L'ÎLE DES CHIENS

DU MÊME AUTEUR

Postmortem
Mémoires mortes
Et il ne restera que poussière...
Une peine d'exception
La Séquence des corps
Une mort sans nom
Morts en eaux troubles
Mordoc
La Ville des frelons
Combustion
La Griffe du Sud
Cadavre X
Dossier Benton

PATRICIA CORNWELL

L'ÎLE DES CHIENS

roman

Traduit de l'anglais (américain)
par Jean Esch

CALMANN-LÉVY

Pour en savoir plus
sur Patricia Cornwell :

www.patricia-cornwell.com
www.pcornwell-france.com

Titre original américain :
ISLE OF DOGS
(Première publication : G. P. Putnam's Sons, New York, 2001)

ISBN 2-7021-3244-8

À mon amie et éditrice, Phyllis Grann

Note du traducteur

Ce roman accorde une large place aux jeux sur le langage, et les noms des personnages n'échappent pas à cette volonté comique. Pour des questions de « tonalité », nous avons choisi de ne pas les traduire dans le texte. Voici la signification de ces patronymes :

Outre le docteur Faux, en français dans le texte, et la famille Crimm, nous avons Fonny Boy, variation sur le mot *phony* signifiant, là encore, « faux », « bidon », prononcé avec l'accent du Sud, « Fonny » devient *funny*, c'est-à-dire « drôle », « bizarre ». Quant à Windy Brees, la secrétaire écervelée et éthérée, elle porte bien son nom, puisque *windy* et *breeze* sont deux mots qui font référence au vent, l'adjectif *windy* désignant également une personne désinvolte ou enjouée.

Vous trouverez par ailleurs les mots suivants :

Commonwealth : nom donné à certains États d'Amérique, essentiellement les plus anciens (Virginie, Pennsylvanie, Maryland, Massachusetts et Kentucky), définis par une charte.

General Assembly : nom du Parlement dans certains États de l'Union.

Trooper : sans équivalent en France, nom donné aux agents de la police de chaque État.

1

LE NOM d'Unique Premier lui allait comme un gant, c'était du moins ce que répétait sa mère à qui voulait l'entendre. Unique était la meilleure, et il n'y en avait qu'une comme elle. Elle ne ressemblait à personne d'autre ; et c'était une sacrée chance, disait son père, le docteur Ulysses Premier, qui n'avait jamais compris quelle malignité génétique avait frappé son seul enfant.

Unique était une jeune fille menue de dix-huit ans, avec de longs cheveux de jais brillants, une peau pâle et translucide comme de l'opaline, des lèvres charnues et roses. Elle pensait que ses yeux bleu ciel avaient le pouvoir d'hypnotiser tous ceux qui les regardaient, et qu'il lui suffisait de jeter un regard à une personne pour que celle-ci se soumette aux exigences de son But. Unique pouvait harceler quelqu'un pendant des semaines, en attisant une attente insupportable jusqu'au dernier acte, qui devenait alors une libération nécessaire et frénétique, généralement suivie d'un trou noir.

– Hé ! Réveillez-vous, ma voiture est en panne.

Elle frappa à la vitre du semi-remorque Peterbilt qui était garé tout seul devant le Farmer's Market, à la périphérie de Richmond.

– Vous auriez pas un téléphone, par hasard ?

Il était 4 heures du matin, il faisait nuit noire et le parking était mal éclairé. Tout en sachant parfaitement que ce n'était pas prudent de se trouver seul à cet endroit à cette heure-ci, Moses Custer avait fait fi de son bon sens habituel après s'être disputé avec sa femme, et il avait fichu le camp avec son camion, dans lequel il avait l'intention de passer la nuit en jouant les abonnés absents, stationné devant les stands des marchands de primeurs. Ça servirait de leçon à sa femme, se disait-il chaque fois que la routine de leur vie conjugale tournait au vinaigre.

Comme on continuait à frapper à la vitre, il ouvrit la portière de la cabine.

– Mince alors, qu'est-ce qu'une adorable jeune fille comme ça fait dehors à c't'heure-ci ? demanda Moses, surpris et à moitié ivre, en voyant ce délicat visage à la peau laiteuse qui lui souriait à la manière d'un ange.

– Vous allez vivre une expérience unique, déclara Unique, comme chaque fois qu'elle s'apprêtait à atteindre son But.

– Hein ? Qu'est-ce que ça veut dire ? Une exp... périence unique ?

La réponse lui fut fournie par une légion de démons qui le rouèrent de coups de pied, de coups de poing, lui arrachèrent les cheveux et les vêtements. Des explosions et des obscénités jaillirent des tréfonds de l'enfer, le feu ravagea ses muscles et ses os, tandis que des forces sauvages le frappaient et le lacéraient, le laissant pour mort au pied de son camion. Moses plana un instant au-dessus de son être défunt, contemplant son corps mutilé et sans vie sur le bitume. Une flaque de sang s'écoulait sous sa tête martelée par les gouttes de pluie, une de ses chaussures avait été arrachée et son bras gauche formait avec son buste un angle improbable. Moses resta là à observer son corps, dont une partie, ravagée, attendait l'Éternité, tandis qu'une autre partie regrettait sa vie perdue et se lamentait.

– Ma tête est foutue, gémit-il, avant de se mettre à sangloter, alors que tout devenait noir. Ooooh, ma pauvre tête. Je ne suis pas encore prêt, Seigneur ! Mon heure n'a pas encore sonné !

Les ténèbres se dissipèrent pour laisser apparaître un vide aérien dans lequel Moses voyait clignoter des lumières et s'affairer des pompiers, des ambulanciers et des policiers en cirés jaunes ornés de bandes réfléchissantes qui lançaient des éclairs blancs. Des lumières aveuglantes chuintaient sur le bitume trempé par la pluie violente et glacée, des voix excitées poussaient des cris incohérents. Moses avait l'impression que des gens lui criaient après, et il avait peur, il se sentait coupable et honteux. Il essaya d'ouvrir les yeux, mais c'était comme si on lui avait cousu les paupières.

– Où est passé l'ange ? ne cessait-il de murmurer. Elle a dit que sa voiture était en panne.

La voiture d'Unique était en parfait état de marche et la jeune fille roula dans le centre de Richmond pendant des heures, en écoutant à la radio les flashs d'information concernant l'agression et le braquage au Farmer's Market commis, pensait-on, par le même gang de pirates de la route qui terrorisait l'État de Virginie depuis des mois. Mais aujourd'hui, Unique éprouvait un peu moins de plaisir qu'habituellement. Elle aurait pourtant juré que ce vieux camionneur noir était mort, et elle était furieuse contre ses complices, si pressés de s'enfuir qu'ils l'avaient privée d'une jouissance totale. Si ça n'avait tenu qu'à elle, elle aurait terminé ce qu'elle avait commencé et aurait veillé à ce que le camionneur ne parle plus jamais.

Mais elle ne craignait pas d'attirer l'attention de la police, tandis qu'elle roulait au hasard au volant de sa Miata blanche à cette heure insolite. Être Unique, ça voulait dire ne pas ressembler à ce qu'on était. Être Unique, ça voulait dire ne pas avoir la tête de l'emploi. Elle était tellement convaincue de son invincibilité qu'elle s'arrêta dans un Mini-Mart devant lequel stationnait une voiture de police.

Unique savait repérer une voiture banalisée à cinq cents mètres, et elle entra dans la boutique en observant le beau jeune homme blond qui payait sa bouteille de lait au comptoir. Il portait un jean et une chemise en flanelle. Unique chercha à voir s'il était armé et elle remarqua la bosse caractéristique au creux des reins, sous la chemise.

– Merci, Fred, dit le policier blond au caissier.

– De rien, Andy. On peut dire que vous m'avez manqué. À croire que vous étiez parti sur une autre planète pendant toute l'année dernière.

– Me voici de retour, dit Andy en empochant sa monnaie. Soyez prudent. Ce gang est très dangereux. On a encore un routier qui vient de se faire agresser.

– M'en parlez pas ! J'ai entendu ça à la radio. Ils l'ont salement amoché, il paraît. C'est pas vous qu'on a appelé sur place ?

– Non. Je n'étais pas en service. J'ai appris la nouvelle

comme vous, par la radio, répondit Andy avec une pointe de déception dans la voix.

– Moi, je suis d'accord avec le journal : je crois que c'est un truc raciste, dit Fred. D'après ce que j'ai entendu dire, le chef de la bande est un Blanc et jusqu'à maintenant, toutes les victimes sont des Noirs, excepté cette femme chauffeur de poids lourd, il y a quelques mois. Mais bon, je crois bien qu'elle faisait partie d'une minorité, elle aussi, si vous voyez ce que je veux dire. J'aime pas beaucoup les gouines, personnellement, mais c'est affreux. Je crois bien avoir lu quelque part qu'on lui a enfoncé un bâton dans... Oh ! s'exclama Fred en sursautant, lorsque Unique surgit de nulle part et déposa un pack de six boîtes de Michelob sur le comptoir. Je ne savais même pas qu'il y avait quelqu'un d'autre dans la boutique. Vous ne faisiez aucun bruit.

Unique lui adressa un sourire charmeur.

– Je voudrais aussi un paquet de Marlboro, s'il vous plaît, dit-elle d'une petite voix douce.

Elle était très jolie et bien habillée, tout en noir, mais ses chaussures étaient éraflées et sales ; on aurait dit qu'elle avait été surprise par la pluie. Andy remarqua la Miata blanche sur le parking en regagnant sa Caprice banalisée. À peine était-il reparti que la ravissante et frêle jeune fille aux yeux étranges remonta dans sa Miata. Elle le suivit dans le centre de Richmond, jusqu'au quartier du Fan, et juste au moment où Andy ralentissait pour essayer de déchiffrer sa plaque d'immatriculation, elle tourna dans Strawberry Street. Andy était habité par un étrange sentiment qu'il n'arrivait pas à identifier, et lorsque, de retour dans sa petite maison, il se prépara un bol de céréales, il eut la sensation d'être observé.

Unique était capable de traquer n'importe qui, y compris un flic. Cachée dans l'obscurité des arbres, de l'autre côté de la rue, elle regardait l'ombre d'Andy passer d'une pièce à l'autre, en mangeant quelque chose dans un bol. À plusieurs reprises, il écarta les rideaux pour scruter la rue déserte et calme. Unique fixait son regard sur lui et elle imaginait le pouvoir qu'elle exerçait sur l'esprit de cet homme. Il était mal à l'aise, il sentait Quelque Chose, pensait-elle, car Unique était sur terre depuis très longtemps, et elle pouvait remonter jusqu'à sa réincarnation la plus récente, à Dachau, en Allemagne, où elle avait été habitée par un nazi. Bien avant cela (elle l'avait deviné grâce au jeu de tarot), elle s'appelait l'Adversaire, et son corps était couvert d'yeux.

Andy écarta de nouveau les rideaux. Sa nervosité était maintenant telle qu'il se déplaçait dans la maison avec son pistolet. Peut-être était-il dans tous ses états à cause de cette sale affaire ; il était furieux de ne pas participer à l'enquête. Il s'était senti abattu et frustré en apprenant à la radio que ce Moses Custer avait été tabassé sauvagement et laissé pour mort, alors qu'il n'avait pas pu se rendre sur place pour voir de ses propres yeux ce qui s'était passé. Ou peut-être était-il de mauvaise humeur simplement parce qu'il n'avait pas dormi de la nuit, et parce qu'il était à la fois excité et effrayé par ce qui l'attendait.

Andy Brazil avait attendu ce jour, le 10 septembre, pendant une année entière. Après des heures et des heures d'un travail harassant, il lançait enfin son premier volet d'une série d'essais qui, dans quelques heures, serait envoyé sur un site Internet baptisé Officier Vérité. Son projet était aussi ambitieux qu'insolite, mais Andy était extrêmement déterminé quand il en avait parlé pour la première fois à son supérieur, dans son bureau impressionnant, au quartier général de la police d'État de Virginie.

– Écoutez-moi bien avant de dire non, avait dit Andy en refermant la porte. Et vous devez jurer de ne répéter à personne ce que je vais vous proposer.

Judy Hammer, chef de la police, s'était levée derrière son bureau et était demeurée muette un instant, parfaite incarnation du pouvoir ainsi plantée devant les drapeaux de la Virginie et des États-Unis, les mains dans les poches.

À cinquante-cinq ans, Judy Hammer était une femme remarquable, avec des yeux perçants capables de traverser une armure ou de galvaniser une foule, et ses tailleurs stricts ne parvenaient pas à masquer une silhouette dont Andy avait le plus grand mal à détacher les yeux.

– Bien..., avait-elle dit.

Et elle s'était mise à faire les cent pas dans son bureau, comme à son habitude, pendant qu'elle réfléchissait au projet d'Andy.

– Ma première réaction est un refus formel. J'estime que

ce serait une grave erreur d'interrompre de manière si prématurée votre carrière dans la police. Permettez-moi de vous rappeler, Andy, que vous avez exercé seulement un an à Charlotte, puis seulement un an ici, à Richmond, et que vous êtes officier de la police d'État depuis six mois à peine.

– Et durant ce temps, j'ai écrit des centaines d'articles pour les journaux de la région, lui rappela-t-il. C'est ce que j'ai fait de plus important, non ? Votre objectif n'était-il pas d'utiliser mes services pour informer le public de ce qui se passe et de ce que fait la police, ou de ce qu'elle ne fait pas dans certains cas ? Le but a toujours été d'informer les gens, et j'ai envie de continuer à une plus grande échelle, pour un public plus large.

Andy menait une carrière inhabituelle. Il s'était lancé dans le journalisme aussitôt après ses études et s'était porté volontaire pour suivre les opérations de police, au cœur de l'action, afin de livrer ses témoignages dans le journal local. Cela se passait à Charlotte, en Caroline du Nord, où Hammer était alors chef de la police, et elle avait fini par le recruter comme agent de police assermenté, chargé de faire respecter la loi, tout en continuant à écrire des articles et des éditoriaux. Hammer lui avait accordé ce privilège sans précédent car elle occupait elle-même une position inhabituelle, ayant reçu une subvention du National Institute of Justice qui lui permettait de reprendre en main les services de police dont le fonctionnement laissait à désirer. Femme habituée à voir au-delà des frontières, elle était devenue le mentor d'Andy, qu'elle avait fidèlement emmené avec elle quand elle avait été promue. Mais à cet instant, assis là dans le bureau de Hammer, la regardant faire les cent pas, il sentait bien qu'elle considérait ce projet comme une trahison.

– J'apprécie tout ce que vous avez fait pour moi, lui dit-il. Il n'est pas question de vous laisser tomber et de disparaître.

– La question n'est pas là, je ne m'inquiète pas pour ça, répondit-elle d'un ton qui laissait penser qu'elle ne le regretterait pas le moins du monde s'il disparaissait pendant plusieurs mois.

– Vous avez tout à y gagner, chef, lui avait-il promis. Le moment est venu de parler d'autre chose que des vols, des excès de vitesse ou de la nouvelle vague de criminalité. Je veux replacer le comportement criminel dans le contexte de la nature humaine et de l'histoire de l'humanité. Je crois que c'est important, car les choses ne font qu'empirer. Pouvez-vous m'aider à obtenir des crédits ou un truc comme ça pour payer mes frais pendant que j'effectue mes recherches, que j'écris et que je prends mes cours de pilotage d'hélicoptère ?

– Qui a parlé de cours de pilotage ?

– L'unité aérienne de la police a des instructeurs, et je me suis dit que je vous serais beaucoup plus utile si j'avais mon permis d'hélicoptère, expliqua-t-il.

Hammer avait finalement cédé, peut-être parce qu'elle avait senti qu'il allait la quitter quoi qu'il arrive. Il pouvait donc créer un site Internet dans le cadre d'un projet spécial et top secret, tout en continuant à travailler pour elle, lui dit-elle, mais à une condition : cela devait demeurer anonyme, car le gouverneur Bedford Crimm IV était un vieil aristocrate autocratique et insupportable qui interdisait à Hammer de divulguer des informations au public sans son autorisation. Dès lors, rien de ce qu'écrivait Andy ne pouvait être lié directement à la police de Virginie, mais en même temps, il devait en donner une image positive et encourager l'opinion à la soutenir. Hammer ajouta qu'Andy devait rester disponible en cas d'urgence, et que s'il voulait apprendre à piloter un hélicoptère, il n'avait qu'à le faire pendant ses loisirs.

Il tira un peu sur la corde en demandant :

– Est-ce que j'aurai un budget voyage ?

– Pour quoi faire ? répondit Hammer. Où allez-vous ?

– J'ai besoin d'argent pour mes recherches archéologiques et historiques.

– Je croyais que vous vouliez écrire sur la nature humaine et le crime. (Hammer recommençait à lui résister.) Et maintenant, vous voulez voler en hélicoptère et jouer les globe-trotters ?

– Si je veux aborder les problèmes de l'Amérique d'aujourd'hui, je dois montrer ce qui clochait dès le départ, expliqua-t-il. Et vous avez besoin de nouveaux pilotes. Il y en a déjà deux qui ont démissionné au cours des trois derniers mois.

Assis à sa table de salle à manger, devenue un bureau irrémédiablement en désordre, Andy entra son code dans l'ordinateur et ouvrit un fichier. Après douze mois de recherches et de travail d'écriture ardus, de leçons de pilotage et de formation théorique, il avait hâte de se lancer à la chasse des hors-la-loi et d'enquêter sur les crimes violents, sur terre comme dans les airs. Il était impatient de faire lire aux gens ce qu'il avait à dire, et souvent, il s'imaginait qu'il voyageait avec ses collègues, en voiture ou en hélicoptère, ou qu'il enquêtait sur les lieux d'un crime, pendant qu'autour de lui les gens parlaient de ce qu'ils avaient lu le jour même sur le site d'Officier Vérité. Nul ne se douterait que ce même Officier Vérité était tout près d'eux, en train de rassembler de nouvelles informations grâce à leurs commentaires. Seule Hammer connaissait la vérité au sujet d'Officier Vérité, et tous les deux avaient pris les plus grandes précautions pour protéger l'identité d'Andy.

Quand il avait effectué ses recherches archéologiques et voyagé jusqu'en Angleterre et en Argentine pour réunir des informations, jamais il n'avait avoué qu'il était à la fois journaliste et policier. C'était juste un homme de vingt-huit ans, étudiant en histoire, criminologie et anthropologie. C'était sa première mission d'infiltration, et il n'arrivait toujours pas à croire que personne n'ait pris la peine de vérifier s'il était réellement inscrit dans une université, ni même s'il était bien celui qu'il prétendait être.

Bien qu'il ne soit pas du genre à se regarder dans un miroir et à se voir comme le voyaient les autres, Andy savait qu'il possédait plusieurs atouts. Il était grand et bien bâti, ses traits étaient si parfaits et fins qu'on s'était souvent moqué de lui quand il était petit en lui disant qu'il était *joli*. Il avait des cheveux blonds très clairs et ses yeux bleus variaient d'intensité au gré de ses pensées et de son humeur, comme la mer qui reflète les nuages. Il pouvait avoir l'air furieux, serein ou extrêmement concentré. Son esprit était vif, et les mots qu'il employait pouvaient scintiller comme de l'argent, et devenir tranchants si nécessaire.

Andy n'avait jamais eu aucun mal à obtenir ce qu'il désirait, car, en général, les gens se sentaient attirés par lui, ou, du moins, ils avaient conscience qu'ils ne pouvaient ignorer sa présence. En outre, il avait travaillé dur pour compenser le vide de ses premières années. Son père avait été assassiné quand Andy était tout petit, le laissant avec une mère alcoolique qui n'avait jamais admis que son fils était un être différent, quelqu'un de foncièrement bon, et qui l'avait exilé dans un royaume solitaire envahi d'inquiétudes et de fantasmes incessants.

S'il n'avait pas grandi de cette façon, sans doute n'aurait-il pas pu supporter l'isolement indispensable pour explorer et écrire ce que le monde s'apprêtait à lire. Mais maintenant que l'heure avait sonné, Andy se sentait aussi perturbé et morose que le ciel matinal derrière ses fenêtres. De gros nuages noirs flottaient au-dessus de la ville. Des éclairs zébraient l'aube sinistre, et Andy songea que ce serait un terrible présage si le courant était coupé et si son ordinateur plantait à cet instant précis. La sonnerie du téléphone l'arracha brutalement à ses préoccupations.

– Ah, vous êtes enfin réveillé, dit Judy Hammer sans même lui souhaiter le bonjour. Je...

– Je croyais que vous deviez m'appeler pour toutes les urgences, dit-il. Vous auriez pu me prévenir au sujet du camionneur agressé devant le Farmer's Market.

– On n'avait pas besoin de vous.

– Toujours la même méthode ? Il a reçu des coups de couteau ?

– Oui, hélas. Plusieurs entailles dans le cou, avec une lame de rasoir, semble-t-il, mais aucune blessure mortelle. Apparemment, les agresseurs sont partis précipitamment et l'homme est resté conscient assez longtemps pour appeler les secours. Si je vous appelle, c'est parce que j'attends Officier Vérité, déclara Hammer. Je croyais que votre site devait démarrer à 6 h 30. Vous avez cinq minutes de retard.

C'était sa façon à elle de lui souhaiter bonne chance.

UNE COURTE EXPLICATION

par Officier Vérité

L'histoire ancienne et riche des États-Unis repose en grande partie sur des observations décrites dans des lettres, des récits, des témoignages, des cartes et des livres publiés au début du XVIIe siècle. La plupart de ces récits originaux ont été perdus à tout jamais ou bien demeurent cachés dans des collections privées. D'autres documents historiques, conservés à Richmond, ont malheureusement été brûlés durant la guerre de Sécession, pour que les nordistes puissent réécrire la réalité et convaincre les écoliers du monde entier que notre pays a réellement pris son essor à Plymouth, ce qui est un mensonge, tout simplement.

Ce mensonge, et bien d'autres, ne devraient pas constituer une surprise. Tant de choses que nous considérons comme des « vérités », dans la vie, ne sont en fait que de la propagande ou une réflexion bien intentionnée sur la façon dont les événements et les gens sont perçus par ceux qui ont des préjugés ou une mauvaise vue. Les légendes passent de bouche en bouche, d'article en article, de e-mail en e-mail, des politiciens à nous, des témoins aux jurés, et à l'arrivée, on en vient à croire toutes sortes de choses qui sont grossièrement déformées, pour ne pas dire totalement fausses. Voilà pourquoi, lecteurs, alors que je commence ces conversations avec vous, je me baserai uniquement sur mes propres recherches et expériences, et je me concentrerai sur la science et la médecine, qui n'ont ni imagination, ni personnalité, ni idées politiques, ni préjugés.

L'ADN, par exemple, se fiche pas mal que vous soyez coupable. L'ADN se fiche pas mal que vous soyez innocent. L'ADN sait exactement qui vous êtes, qui sont vos parents et vos enfants, mais il n'a aucune opinion sur la question et il n'a aucun intérêt à devenir votre ami ou à obtenir vos votes. L'ADN sait que c'est vous qui avez laissé du liquide séminal dans le corps de quelqu'un, mais il n'a aucun jugement ni aucun voyeurisme sur les circonstances ou les raisons de cette présence. Voilà pourquoi je suis beaucoup plus enclin à croire l'ADN que l'accusé appelé à la barre, et il est bien dommage que l'ADN soit trop occupé par les crimes et les recherches en paternité pour reconstruire l'histoire des États-Unis. Si l'ADN avait le temps, il découvrirait, je suppose, qu'une bonne partie des événements du passé auxquels nous croyons sont en fait dénaturés, peut-être de manière choquante.

Étant donné que l'ADN ne peut pas nous servir de narrateur pour cette série d'essais, je ferai de mon mieux pour vous raconter ce que j'ai découvert sur les débuts de l'Amérique coloniale, en espérant que cela servira de métaphore de ce que nous sommes et de ce qu'est devenue notre société. L'histoire débute par un événement infime, mais déterminant, sur les docks de Londres, le 20 décembre 1606, lorsque trente-six marins et cent huit colons firent leurs adieux déchirants à l'Angleterre et se réconfortèrent sans doute dans les tavernes de « l'île des Chiens », ainsi qu'on appelait ce lieu sur une carte de Londres datant de 1610.

Les colons et les marins qui devaient piloter les navires jusqu'en Virginie descendirent l'escalier conduisant aux quais, et là, ces aventuriers courageux qui attendaient du nouveau de la vie, et notamment de l'or et de l'argent, embarquèrent à bord du *Susan Constant,* du *Godpseed* et du *Discovery,* et ils commencèrent leur voyage historique vers le Nouveau Monde en restant encalminés à l'embouchure de la glaciale Tamise pendant six semaines. Des archives précisent que ce contretemps était dû à l'absence de vent ou à des vents contraires.

Si quelques-uns de ces colons jetèrent un regard nostalgique en direction des tavernes et changèrent d'avis, nous n'en savons rien ; en tout cas, un simple calcul indique que personne ne plongea par-dessus bord. Au cours du voyage, un colon mourut aux Caraïbes, sans doute d'une insolation, et le 14 mai 1607, quand les trois navires accostèrent enfin à Jamestown Island, sur la rive nord de la James River en Virginie, cent sept colons débarquèrent. Peu de temps après, trois d'entre eux furent tués par des Indiens, et en juillet, les navires repartirent chercher des vivres en Angleterre, laissant cent quatre colons se débrouiller seuls.

Leur nombre décrut rapidement et dramatiquement, tandis que les marins et le capitaine Newport effectuaient l'interminable voyage de retour vers l'Angleterre. Là-bas, je suppose, les hommes reprirent des forces et dressèrent des plans dans les tavernes de l'île des Chiens et à la Sir Walter Raleigh House, pendant que les colons attendaient les vivres et tentaient d'instaurer des relations pacifiques avec les Indiens, les Sauvages, comme ils appelaient les Amérindiens, en leur donnant des bouts de cuivre et en troquant des colifichets contre du tabac et de la nourriture.

Jusqu'à présent, nul n'a pu m'expliquer de manière convaincante pourquoi les colons et les Indiens entretenaient des relations aussi chaotiques, mais je suppose que la réponse réside dans la nature humaine, qui incite les humains à dominer les autres, à se montrer susceptibles, intolérants, égoïstes, avides, fourbes, à tabasser des innocents et à voler des camions. De même, personne n'a su me dire pourquoi l'île des Chiens se nommait ainsi, et je ne peux que spéculer en m'inspirant de l'évidence : ce nom fait peut-être référence aux *sea dogs* (« loups de mer »), car on sait que de nombreux marins et pirates de l'époque élisabéthaine fréquentaient les tavernes quand ils se reposaient au retour d'un voyage ou attendaient pour s'embarquer.

Je parlerai plus en détail des pirates très prochainement, car ils jouèrent un rôle capital à l'époque où l'Amérique essayait de prendre son essor, et aujourd'hui encore, nous continuons à avoir des problèmes avec les pirates sur les autoroutes et sur les mers, et leurs moyens de locomotion, leur matériel et leurs armes ont évolué de manière spectaculaire au fil des siècles. Malheureusement, je suis au regret de le dire, le pirate moderne possède la même mentalité et les mêmes méthodes que les pirates de jadis. Ce sont toujours des assassins sans pitié, dont le mot d'ordre reste : « Un mort ne parle pas », et qui justifient ainsi les attaques de bateaux et de semi-remorques et le massacre de tous les témoins. De peur que les Virginiens s'imaginent que leur histoire a été épargnée par les agissements de ces individus méprisables, laissez-moi vous rappeler que la baie de Chesapeake regorgeait autrefois de pirates, et Tanger Island commerçait ouvertement avec eux et les hébergeait ; la légende dit d'ailleurs que cette île reçut la visite de Barbe-Noire en personne.

Alors que je commence à partager ces vérités avec vous, lecteurs, j'espère que cela vous amènera à réfléchir à vos propres existences et qu'aujourd'hui, vous essaierez de faire passer les besoins et les sentiments d'une autre personne, au moins, avant les vôtres. De même que les véhicules dans le rétroviseur sont plus proches qu'il n'y paraît, le Passé roule à la hauteur de nos pare-chocs sur les routes de la vie, et peut-être même voyage-t-il dans la voiture avec nous. Nous sommes ce que nous avons été, et plus les choses changent, moins elles changent, à moins de commencer par nos cœurs.

Soyez prudents, amis lecteurs !

2

Le gouverneur Bedford Crimm IV ignorait l'existence du site Internet d'Officier Vérité avant que son secrétaire particulier, Major Trader, vienne le voir à 13 heures et dépose la « Courte explication » sur le vieux bureau en noyer du gouverneur.

– Êtes-vous au courant de cette chose, monsieur le gouverneur ? demanda Trader.

Le gouverneur Crimm prit la feuille et la regarda en plissant les yeux.

– C'est quoi, au juste ?

– Bonne question, répondit Trader d'un ton maussade. On s'y attendait tous, mais il n'y avait aucun moyen de contrôler la chose ni d'anticiper ses répercussions, car Officier Vérité est un pseudonyme. Et apparemment, il n'existe aucun moyen de retrouver la trace de ce renégat par le biais d'Internet.

– Je vois, dit le gouverneur d'un air songeur en continuant à plisser les yeux pour essayer de discerner un mot ou deux. Dois-je en conclure que c'est l'un des nôtres ? Oh, fit-il, agréablement surpris de voir Trader lui servir un brownie sur une petite assiette en porcelaine de Wedgewood. Merci !

– Confectionnés ce matin même, avec le meilleur chocolat de Belgique. D'ailleurs, j'ai peur d'en avoir trop mangé.

– Votre épouse est un fin cordon bleu, dit le gouverneur en mangeant la moitié du brownie en deux bouchées. Je parie qu'elle n'utilise pas de préparations toutes prêtes. Mais n'en avons-nous pas déjà parlé ?

Il mangea le reste du brownie, incapable de résister à tout ce qui était au chocolat.

– Revenons-en à notre affaire, dit-il avec une certaine impatience.

– Bien, dit Trader. Personne dans les forces de police de l'État ne répond au nom de Vérité, et personne là-bas ne prétend savoir qui est cet Officier Vérité. Mais avant la publication sur Internet de ce premier essai (il désigna le document imprimé), il y a eu de nombreuses annonces pour le site d'Officier Vérité et sa date de lancement. Quelle que soit cette personne, elle connaît suffisamment Internet pour faire en sorte que ses astuces de marketing et ses publicités apparaissent partout où vous pouvez l'imaginer.

Le gouverneur Crimm prit sa loupe du XIXe siècle, anglaise et en ivoire. Approchant son œil du verre grossissant, il parvint à déchiffrer quelques passages du pamphlet, de quoi être intéressé et légèrement choqué.

– Il est évident que cet Officier Vérité est installé en Virginie, ou du moins, qu'il veut pointer le doigt sur cet État, reprit Trader d'un ton indigné, pendant que le gouverneur poursuivait lentement sa lecture. J'ai rassemblé dans un dossier ses différentes formes de publicité par affiches et par e-mails. Il semble avoir accès à toutes les adresses informatiques gouvernementales du Commonwealth ; c'est une des raisons pour lesquelles je suis sûr qu'il agit de l'intérieur, que c'est un renégat et un agitateur.

– J'aime bien quand il dit que l'Amérique a commencé à Jamestown et non pas à Plymouth, souligna le gouverneur, dont la famille vivait en Virginie depuis l'époque de la guerre de l'Indépendance. J'en ai franchement assez d'entendre les autres États tirer crédit de tout ce que nous avons réalisé. Par contre, je désapprouve son idée selon laquelle il faut se méfier de l'histoire. Ce texte risque de faire quelques mécontents, n'est-ce pas ? Et que signifie cette histoire de pirates ?

Il immobilisa la loupe au-dessus du nom de Barbe-Noire.

– C'est très embêtant. Vous avez certainement écouté les informations ce matin ?

– Oui, oui, bien sûr, dit le gouverneur, distrait. A-t-on des informations supplémentaires à ce sujet ?

– La victime, Moses Custer, a été tabassée sévèrement, et elle ne se souvenait plus de grand-chose. Le pauvre homme délirait, il parlait d'une expérience unique avec un ange dont la voiture était en panne. Mais finalement, après avoir été longuement interrogé par la police, il a retrouvé ses esprits et s'est souvenu d'un jeune Blanc avec des dreadlocks qui braillait des obscénités en ouvrant les portes du semi-remorque et en découvrant entassées des milliers de citrouilles, que sa bande et lui se sont certainement empressés de déverser dans la James River. Le chauffeur, ce... Custer, présentait les mêmes plaies étranges que certaines des autres victimes.

– Je croyais que nous faisions de notre mieux pour étouffer cette histoire de pirates, dit le gouverneur, comme si la mémoire lui revenait tout à coup. N'ai-je pas interdit au chef Hammer de faire la moindre déclaration à la presse sans me demander mon autorisation ?

– En effet. Et jusqu'à présent, nous avons réussi à cacher à la presse les détails les plus sensationnels.

– Vous ne croyez tout de même pas que cet Officier Vérité a l'intention de parler de cette histoire de pirates, si ?

– Si, monsieur, répondit Trader comme s'il s'agissait là d'une certitude. Nous pouvons être sûrs que son site Internet va s'ouvrir comme une boîte remplie d'asticots, car selon toute vraisemblance, c'est quelqu'un de bien informé, et je crains que la faute retombe sur votre administration si jamais les choses prennent une sale tournure.

– Vous avez sans doute raison. C'est toujours moi qu'on accuse, dit le gouverneur, alors que son estomac et ses intestins se réveillaient soudain, comme des vers exposés brutalement à la lumière.

Il aurait préféré que Trader n'évoque pas cette boîte grouillante d'asticots.

La santé de Crimm n'était plus ce qu'elle avait été, et très souvent, il souffrait carrément le martyre. La veille, il avait encore dû subir un dîner officiel dans sa résidence de fonction, et étant donné qu'il recevait certains de ses plus importants bailleurs de fonds, le directeur de la résidence avait estimé qu'il était important de servir des plats et des vins de Virginie. Comme d'habitude, cela voulait dire du jambon de Smithfield, des pommes au four de Winchester et des petits gâteaux préparés selon une recette d'avant la guerre de Sécession, le tout arrosé de vins provenant des vignobles de Virginie.

La digestion de Crimm ne supportait rien de tout cela,

surtout pas les pommes, et il avait passé presque toute la matinée à chercher les toilettes les plus pratiques et les plus discrètes dans l'enceinte du Capitole, pour finalement battre en retraite dans son bureau, qui avait des murs épais et un cabinet de toilette privé, qu'il pouvait utiliser sans un garde armé posté devant la porte. Et comme si ça ne suffisait pas, le vin lui avait collé une affreuse migraine.

– Je ne comprends pas pourquoi je suis obligé de servir, et surtout de boire, un mauvais vin, se lamentait-il d'un ton amer, en faisant courir lentement sa loupe au-dessus du texte.

– Je vous demande pardon ? dit Trader, dérouté. Quel vin ?

– Oh, vous n'étiez pas présent hier soir, je suppose. (Crimm poussa un soupir.) On devrait servir du vin français. Souvenez-vous combien Thomas Jefferson aimait le vin français, et tout ce qui était français, d'ailleurs. En quoi le fait de servir du vin français dans cette résidence constituerait-il une atteinte à la tradition ?

– Vous savez combien les gens sont médisants, lui rappela Trader. Cela étant dit, je suis entièrement d'accord avec vous, gouverneur. Les vins français sont bien meilleurs, et vous les méritez. Mais quelqu'un fera une réflexion, la presse propagera l'information et cela nuira à votre réputation. Ce qui me ramène à Officier Vérité. Cet article n'est que le commencement. Nous avons un électron libre sur les bras, et nous devons le faire taire d'une manière ou d'une autre, ou du moins, avoir notre mot à dire.

Le gouverneur déchiffrait lentement les mots d'Officier Vérité en écoutant d'une oreille distraite son secrétaire, qui était un sale fouineur et une source d'énervement. Crimm ne savait pas trop pourquoi il avait engagé Trader, ni même s'il l'avait engagé, d'ailleurs. En tout cas, Trader n'était pas sa tasse de thé, ou il ne l'était plus, à supposer qu'il l'ait été un jour. Le secrétaire particulier était un gros plouc obèse qui s'intéressait plus aux grands repas, aux grandes affaires et aux grands discours qu'à la franchise. Le seul avantage de la vue déclinante de Crimm, c'était qu'il ne voyait presque plus les individus comme Trader, même quand il se trouvait dans la même pièce qu'eux, et il en était reconnaissant à Dieu, car le spectacle de Trader, avec ses bajoues, ses costumes mal taillés et ses longues mèches de cheveux gras plaquées en travers de son crâne était de plus en plus répugnant.

– « ...les véhicules dans le rétroviseur sont plus proches qu'il n'y paraît, lut le gouverneur, lentement et à voix haute, à travers sa loupe. Le Passé roule à la hauteur de nos pare-chocs sur les routes de la vie, et peut-être même voyage-t-il dans la voiture avec nous... » (Il leva la tête et lança un regard appuyé à Trader.) Hmm hmm, voilà un sujet de réflexion intéressant.

– Je n'ai aucune idée de ce que ça signifie, si ça signifie quelque chose.

Trader était agacé de voir le gouverneur prendre des initiatives différentes de celles que lui, son secrétaire particulier, lui recommandait.

– On dirait une énigme, ajouta le gouverneur, en promenant la loupe au-dessus du texte, comme s'il consultait un plateau de Ouija. Vous vous souvenez de l'Homme mystère, dans *Batman* ? Toutes ces petites énigmes qui indiquent où, quand et comment il va frapper la prochaine fois, et que Batman et Robin doivent d'abord déchiffrer, évidemment. Cet Officier Vérité nous donne un indice sur quelque chose, sur ce qu'il va faire ensuite, ou sur ce que je devrais faire peut-être. Quelque chose qui concerne « les routes de la vie ».

– En parlant de ça, justement. (Trader sauta sur l'occasion pour revenir à un sujet qu'il espérait mieux contrôler.) Les excès de vitesse continuent à poser un grave problème, monsieur le gouverneur, et je me suis dit que si on attirait l'attention des électeurs sur cette question, cela pourrait faire oublier les pirates.

– La vitesse sur « les routes de la vie »... C'est peut-être ça qu'il veut dire. C'est peut-être la réponse à l'énigme, dit le gouverneur, fasciné par ses propres déductions. Mais j'ignorais que les excès de vitesse s'étaient aggravés.

Il n'en était rien. Mais Trader voulait attirer l'attention du gouverneur loin des énigmes. Crimm avait la réputation de faire en public des déclarations ineptes et déplacées concernant ses dernières lubies, ses curiosités ou ses observations, et si l'envie lui prenait d'expliquer que ses décisions étaient influencées par des énigmes et un Homme mystère, cela risquait de faire mauvais effet.

– Les citoyens se plaignent d'être obligés de dépasser les limitations de vitesse, même dans la voie des véhicules lents, à cause des automobilistes agressifs qui collent à leurs pare-chocs et leur font des appels de phares, ajouta Trader, en inventant au fur et à mesure. Et on ne peut pas placer un agent tous les kilomètres avec un pistolet-radar. Sans parler de l'augmentation de la violence, à cause de ces abrutis qui veulent faire du 140 et qui se fichent de savoir à qui ils font des queues de poisson.

– Les gens n'ont pas assez peur. Voilà le problème. (Le gouverneur écoutait seulement d'une oreille, car il était en train de déchiffrer ce que disait Officier Vérité au sujet de l'ADN.) Vous savez, il a raison quand il dit qu'il vaut mieux faire confiance à la technologie qu'aux êtres humains. Peut-être que nous pourrions trouver un moyen de faire croire au public que nous disposons d'une nouvelle technologie très avancée capable de les surprendre en plein excès de vitesse, même s'il n'y a pas d'agent dans les parages.

À cet instant, le gouverneur commença à croire, avec une foi toute religieuse, qu'il avait mis le doigt sur l'énigme proposée par Officier Vérité. Il était grand temps de faire peur au public pour lui apprendre à bien se conduire ! Les inspecteurs de police et les procureurs le faisaient quotidiennement en menaçant les suspects avec l'ADN, même quand on n'avait pas retrouvé d'ADN, ou quand l'analyse ne pouvait rien donner. Alors, pourquoi est-ce que le gouverneur ne déciderait pas de faire peur aux gens, lui aussi ? Il en avait assez d'être gentil. À quoi ça lui servait, hein ?

– On a un tas de nouveaux hélicoptères, dit-il à son secrétaire. On va s'en servir pour foutre la trouille aux gens.

– Hein ? Vous voulez utiliser les hélicoptères pour repérer les chauffards et les arrêter ?

Trader n'aimait pas du tout cette idée, surtout parce qu'il n'y avait pas pensé le premier.

– Non, non. Mais rien ne nous empêche de les utiliser pour surveiller les routes et faire croire qu'ils sont équipés d'ordinateurs sophistiqués pour repérer les excès de vitesse, et qu'ensuite, ils alertent les policiers par radio pour qu'ils arrêtent ces salopards. (Les intestins du gouverneur recommençaient à grogner, comme s'ils étaient pressés d'aller quelque part.) Il suffit d'installer des panneaux sur les routes, et les gens auront peur de se faire arrêter, même s'il n'y a pas d'hélicoptère, ni d'agent, dans un rayon de dix kilomètres.

– Je vois. Du bluff.

– Exactement. Commencez à plancher là-dessus immédiatement. (Le gouverneur devait impérativement mettre fin à cette discussion.) Revenez me voir avec un projet et nous publierons un communiqué de presse avant la fin de la journée.

– Utiliser l'aviation pour attraper les chauffards, ce n'est pas une bonne idée, dit Trader sur un ton de mise en garde. Cela risque de vous faire perdre des points dans les sondages et de créer une situation explosive...

Les tripes du gouverneur Crimm créaient déjà une situation explosive, et il se leva d'un bond de son fauteuil en cuir, en ordonnant à Trader de sortir de son bureau. Quelques instants plus tard, assis derrière une porte fermée, ayant actionné le ventilateur, il se demanda qui était véritablement cet Officier Vérité, et s'il existait un moyen d'influencer ce qu'il écrivait sur Internet. Ah, comme ce serait bien s'il pouvait disposer d'une personne réfléchie et philosophe pour propager ses idées et ses convictions... Crimm prit le téléphone portable posé sur une planchette à côté du papier toilette.

– Qui est à l'appareil ? demanda Crimm lorsqu'un homme répondit.

– Officier Macovich, dit une voix hésitante dans l'avant-poste de l'EPU, l'unité spécialisée dans la protection des personnalités, situé au sous-sol de la résidence gouvernementale.

Thorlo Macovich reconnut immédiatement la voix du gouverneur, et il pria pour que le gouverneur ne reconnaisse pas la sienne. Ou bien, s'il avait de la chance, peut-être que le gouverneur avait déjà oublié l'incident qui avait eu lieu dans la salle de billards de la résidence, la veille au soir. Il était possible également que le gouverneur ne l'ait pas vu, car il ne voyait plus grand-chose, ces temps-ci. Mais la fille cadette de Crimm se souviendrait bien de lui, sans aucun doute. Macovich n'avait jamais vu quelqu'un piquer une telle crise à cause d'une partie de billard perdue ; elle hurlait des obscénités et elle avait ordonné à Macovich de rester au sous-sol et de ne plus jamais remonter, ce qui constituait une sérieuse entrave à l'accomplissement de son devoir.

– Officier Vérité..., dit Crimm, juste au moment où un nouveau spasme le faisait se plier en deux.

– Ça ne va pas, monsieur ? (Macovich était à la fois surpris et inquiet.) Woo ! C'était quoi, ce bruit ?

– Savez-vous qui est cet Officier Vérité ?

Le gouverneur pouvait à peine parler.

– Non, monsieur. Mais tout le monde ne parle que de lui... C'était quoi, ça ? On dirait que quelqu'un s'amuse à faire éclater du Bultex. Vous êtes sûr que tout va bien, monsieur ? Woo ! Quelqu'un tire des coups de feu, ou quoi ? Je vous ai déjà dit que je n'étais pas tranquille de vous savoir seul là-bas avec vos collaborateurs, le dimanche. C'est risqué. J'arrive tout de suite !

– Non ! Ne venez pas ! s'exclama le gouverneur, tandis que les gaz continuaient à faire pression sur ses organes pour s'échapper. Découvrez plutôt qui est cet... Officier Vérité. C'est une mission que je vous confie, vous entendez ? Et dites au personnel des cuisines que je veux un repas léger, ce soir. Pas de pommes, ni de jambons, pour l'amour du ciel. Peut-être des fruits de mer.

– De Virginie, je suppose, monsieur.

Macovich était soulagé. De toute évidence, le gouverneur ne se souvenait pas de lui.

– Du moment que ce n'est pas des œufs d'alose.

– Oh, je ne pense pas qu'on trouve des œufs d'alose à cette époque de l'année. Je peux prendre un hélicoptère pour aller chercher des crabes frais à Tanger Island, si ça vous fait plaisir, monsieur, proposa Macovich, à contrecœur, car il détestait aller à Tanger Island. Ou bien des truites.

– C'est ça ! s'exclama le gouverneur, surpris à la fois par une idée et par un grand bruit qui, aux oreilles de Macovich, ressemblait à une montgolfière qui se dégonfle. On va commencer par Tanger Island ! Vos collègues et vous, vous irez installer le premier piège à excès de vitesse là-bas. Vous saviez qu'ils avaient accueilli Barbe-Noire, sur cette île, dans le temps ? Une bande de pirates, voilà ce que c'est. On va leur donner une leçon !

– Il n'y a pas de panneaux de limitation de vitesse à Tanger, fit remarquer Macovich, en se demandant quel était ce piège à excès de vitesse dont parlait le gouverneur. La plupart des habitants de l'île se déplacent dans des petites voitures de golf, monsieur. Ou en bateau. Et ils ne s'entendent pas très bien avec les autres habitants de Virginie, déjà. Puis-je vous demander de quel genre de pièges vous voulez parler ?

– On n'a pas encore trouvé de nom. (Le gouverneur Crimm épongea la sueur qui ruisselait sur son visage, tandis que ses boyaux continuaient leur concert bruyant et douloureux.) Oubliez les fruits de mer pour ce soir. Vous en rapporterez demain, quand vous irez peindre les indicateurs de limitation de vitesse, à la première heure. Maintenant, écoutez-moi bien : allez voir Trader, il vous mettra au courant. Nous allons restaurer la sécurité sur les routes de la vie, exactement comme le dit Officier Vérité dans son énigme sur son site Internet.

Macovich ne se souvenait pas d'avoir vu une énigme sur le site d'Officier Vérité, ni quoi que ce soit qui ait pu inciter le gouverneur à installer des pièges à excès de vitesse sur une petite île isolée dans la baie de Chesapeake, dont la population était inférieure à sept cents personnes. En outre, Macovich n'était pas certain de vouloir se laisser entraîner dans une histoire concernant Tanger Island, où ne vivait pas un seul Afro-Américain. À vrai dire, quand il recevait ordre de s'y rendre pour aller chercher des fruits de mer, il avait la nette impression d'être le premier Afro-Américain que rencontraient les insulaires, à l'exception de ceux qu'ils voyaient à la télé ou dans les catalogues que leur apportait le bateau postal.

Macovich sortit de la résidence et alluma une Salem Light pendant qu'il contournait Capitol Square, peu impatient de s'entretenir avec le secrétaire particulier du gouverneur, quel que soit le sujet. On ne pouvait pas faire confiance à ce salopard de Major Trader, et tout le monde le savait, sauf le gouverneur. Macovich s'inquiétait. Si la police d'État commençait à s'en prendre aux habitants de Tanger, il risquait d'y avoir des problèmes.

– Laissez-moi vous poser une question, dit Macovich en

entrant dans le bureau de Trader. Vous êtes déjà allé à Tanger Island, vous avez déjà rencontré un habitant de l'île ?

– Ce n'est pas le genre d'endroit que j'ai envie de visiter. (Penché au-dessus de son clavier d'ordinateur, Trader mangeait un hot dog que lui avait apporté une de ses assistantes.) Combien de fois devrai-je vous répéter d'ôter vos lunettes de soleil quand vous entrez quelque part, ou quand il fait nuit ? Je me suis démené pour changer l'image des *troopers*, pour que le public cesse de vous considérer comme une bande de brutes épaisses.

Il avala la moitié du hot dog en une seule bouchée et de la moutarde dégoulina sur sa cravate déjà tachée, et démodée.

– Ce n'est pas parce que vous êtes un agent de l'EPU en civil et que vous pilotez un hélicoptère que vous avez le droit de bafouer le protocole et de donner une mauvaise image de vous et des autres.

– Woo, notre image risque d'en prendre un coup, justement, répliqua Macovich, sans quitter ses lunettes. Si on débarque sur cette île avec nos gros hélicoptères et qu'on commence à distribuer des P.-V. pour excès de vitesse, ces gens vont se rebeller.

– Je crois que ce serait une erreur.

Trader essuya ses lèvres molles avec une serviette grasse et s'empressa d'établir une stratégie. Le gouverneur ne l'avait toujours pas informé que les premiers pièges à excès de vitesse seraient installés sur Tanger Island, mais Macovich ne devait surtout pas le deviner.

– On les jettera tous en prison, dit-il, comme s'il avait déjà réfléchi aux mesures à appliquer en cas de révolte des insulaires.

– Oh, voilà une excellente idée, monsieur le secrétaire particulier, dit Macovich d'un ton sarcastique. Mettons derrière les verrous tous les pêcheurs, les femmes et les enfants de l'île. Sans oublier les personnes âgées. Des pirates de la route agissant en toute liberté tabassent des camionneurs innocents et font du trafic de drogue avec le Canada, mais au moins, on fera en sorte qu'aucun habitant de Tanger Island ne commette un excès de vitesse avec sa voiturette de golf.

Trader se lécha les doigts et les essuya sur son pantalon ample.

– À votre place, je ne pousserais pas trop le bouchon, dit-il d'un ton cassant. Surtout après avoir triché au billard hier soir. Vilain garçon.

– J'ai pas triché !

Macovich avait crié si fort que les autres fonctionnaires qui cumulaient des heures supplémentaires pendant le week-end sortirent la tête de leurs bureaux, d'un bout à l'autre du couloir.

– La First Family est convaincue du contraire, et vous avez de la chance que le gouverneur ait d'autres préoccupations, répondit Trader d'un air hautain. Je n'aimerais pas être celui qui lui rappellera que vous n'êtes plus en odeur de sainteté dans la résidence ces temps-ci. Vous ne seriez pas le premier trooper de l'EPU à se retrouver en uniforme, à patrouiller jour et nuit dans une voiture.

– Le chef Hammer ne me fera jamais une chose pareille. Qui transportera en hélico ce vieux gouverneur aveugle, hein ? Qui transportera les gros fainéants de la First Family, hein ?

– Baissez d'un ton, je vous prie, dit Trader en haussant le sien.

Macovich s'approcha du faux bureau de style colonial ; ses lunettes noires foudroyèrent Trader.

– Au cas où vous l'auriez oublié, dit-il d'une voix rageuse, il ne reste plus que deux pilotes d'hélicoptère, à cause de la First Lady qui les fait tous fuir. (Macovich pivota sur lui-même pour sortir du bureau.) Et devinez quoi, Trader. La vie n'est plus une immense plantation, et un de ces jours, en vous réveillant, vous allez vous retrouver en plein milieu de *Autant en emporte le vent* !

Unique Premier n'avait jamais vu *Autant en emporte le vent*, elle n'avait pas lu le roman, mais elle comprenait le sens de l'expression. Elle avait toujours su disparaître sans laisser de trace, et étant enfant, elle avait découvert qu'en modifiant l'organisation de ses molécules quand elle s'introduisait dans les maisons des voisins, elle devenait invisible. Elle suivit la chaussée pavée de Shockshoe Slip et entra au Tabacco Company, un bar-restaurant très chic installé dans un ancien entrepôt de tabac, pas très loin de la rivière.

Unique s'assit à une table près du piano, commanda une bière et se mit à fumer, en revivant les événements de la nuit.

Servir d'appât pour les pirates de la route commençait à l'ennuyer, elle devait bien le reconnaître. Ces types avec qui elle s'était associée quelques mois plus tôt manquaient d'envergure, et ils étaient défoncés presque en permanence. Principalement leur chef, qui se grillait la cervelle avec de l'alcool et de l'herbe ; il était tellement à côté de ses pompes qu'Unique ne prenait même plus la peine de coucher avec lui. Elle tapota la cendre de sa cigarette et fit signe à la serveuse de lui apporter une autre bière, tandis qu'elle sentait sur elle le regard insistant d'une femme assise seule au bar.

– Tu n'es pas d'ici ? lui demanda la femme, dont l'énergie puissante et le regard brûlant s'inscrivirent de façon très nette sur le radar sexuel d'Unique.

– Je vais, je viens, répondit Unique de manière évasive, avec son petit sourire.

– Oh.

La femme se leva de son tabouret, émerveillée par la façon dont s'exprimait cette jolie fille.

– Tu permets ?

Elle posa sa bière sur la table d'Unique et tira une chaise.

– Je m'appelle O.V., et je trouve ça amusant, maintenant que tout le monde ne parle plus que de cet Officier Vérité. Tu ne vas pas le croire, mais les gens qui me connaissent, et même des étrangers, se sont mis en tête que mes initiales signifiaient Officier Vérité, et tout ça uniquement parce que j'écrivais dans le journal du lycée dans le temps ! Pour eux, je suis Officier Vérité, mais je ne veux pas que ça se sache !

Unique sirotait sa bière en soutenant le regard d'O.V.

– Eh bien, non ! dit celle-ci. Mais j'aimerais bien que ce soit moi, vu que c'est devenu le grand mystère en ville : qui est Officier Vérité ? Quelle est la vérité sur Officier Vérité ? Comme s'il s'agissait de Robin des Bois ou je sais pas qui. Tu as une idée, toi ? Tu as des cheveux magnifiques. Tu dois passer ton temps à les brosser.

– Je ne sais pas, répondit Unique, alors qu'O.V. tapait du pied et s'agitait nerveusement sur sa chaise comme une collégienne amoureuse. Ma voiture est en panne. Ça ne t'ennuie pas de me ramener chez moi ?

– Pas du tout ! s'exclama O.V. Aucun problème. Ouah, tu

as une voix super douce. C'est moche pour ta voiture. Putain, quand ta bagnole déconne, c'est vraiment la merde, pas vrai ?

O.V. continua à jacasser, pendant qu'elle déposait brutalement un billet de 10 dollars sur le bar et enfilait son blouson de moto. Généralement, elle n'avait pas autant de chance quand elle essayait de draguer des femmes, mais il était temps que la roue tourne, nom de Dieu ! O.V. était fonctionnaire et elle était obligée de porter des robes et autres tenues féminines au bureau, où personne ne connaissait la vérité sur sa vie privée. Le seul moyen dont elle disposait pour tromper sa solitude, c'était d'enfiler la tenue appropriée et de traîner dans les bars le soir et le week-end. C'était une méthode coûteuse et peu productive, voilà pourquoi ses mains tremblaient d'excitation quand elle ouvrit la portière de sa vieille Honda pour laisser monter Unique.

– C'est par où, chez toi ? demanda-t-elle en s'engageant dans Cary Street.

– Allons faire un tour sur les quais. J'adore regarder la rivière. On se promènera sur Belle Island, répondit Unique de sa petite voix frêle, comme un murmure, tandis que son But, ainsi qu'elle le nommait, palpitait en elle et que la lente brûlure d'une rage ancienne commençait à consumer son cerveau.

Quelques minutes plus tard, O.V. et Unique descendirent de voiture, au bord de l'eau ; le vent glacé de septembre faisait danser les cheveux d'Unique comme un feu noir. Il n'y avait personne d'autre dans les parages et Unique songea vaguement que cette O.V. était incroyablement stupide pour s'aventurer par ici avec une parfaite inconnue, et oser imaginer qu'Unique partageait ses penchants. Aussi stupide que tous les autres. Elle prit O.V. par la main et elles franchirent un petit pont qui menait à Belle Island, là où les soldats de l'Union avaient été emprisonnés durant la guerre de Sécession. L'île, fortement boisée, était traversée par des pistes cyclables et des chemins. Unique attira O.V. derrière un arbre et se mit à l'embrasser et à la caresser furieusement.

– Je vais te faire découvrir une expérience unique, murmura-t-elle, avant d'enfoncer sa langue dans la bouche d'O.V. et de sortir un cutter de sa poche.

3

MAJOR TRADER SERVAIT depuis suffisamment longtemps dans l'administration Crimm pour savoir plusieurs choses. Premièrement, le gouverneur avait effectivement un tas de choses en tête, et de ce fait, on pouvait le convaincre sans trop de mal de soutenir une politique ou une suggestion qui différait de son idée première. Deuxièmement, comme s'il n'était pas déjà suffisamment perdu, et presque aveugle, il était d'un naturel étourdi et se laissait facilement distraire, surtout quand ses boyaux se manifestaient. Troisièmement, Trader était plus tranquille quand il volait les bonnes idées des autres et rejetait sur eux les conséquences des mauvaises idées.

Assis dans son bureau, regardant par la fenêtre le nuage de fumée de Macovich s'envoler au-dessus du parc élégant du Capitole, Trader passait en revue les positions du gouverneur sur plusieurs questions et il se souvint que Crimm avait été maintes fois attaqué à cause des problèmes de transport à l'intérieur du Commonwealth. Les embouteillages demeuraient inextricables et les automobilistes se montraient de plus en plus agressifs dans le nord de l'État de Virginie. Les routes et les ponts tombaient en ruine. Les trains n'étaient pas à l'heure, ou ne circulaient carrément pas, et ils étaient bondés, et plus personne n'avait envie de prendre l'avion. Le gouverneur était jugé responsable de tous ces problèmes, et de bien d'autres.

S'il n'avait pas l'intention de remercier Macovich pour l'avoir mis en garde au sujet des habitants de Tanger Island, Trader était convaincu que la dernière initiative du gouverneur concernant les excès de vitesse sur l'île allait provoquer un vif ressentiment ; il valait donc mieux en accorder le crédit à quelqu'un d'autre. Il jeta quelques notes dans un carnet, en se demandant quel nom il pouvait donner à cette nouvelle initiative. Il essaya Speed Check Aviation Regulation, mais décida que SCAR[1] ne correspondait pas à l'effet recherché ; en revanche, il aimait assez SCARE[2], qui pouvait être l'acronyme de Speed Check Aviation Regulation Emergency. Oui, se dit-il, ça marchait très bien. Les gens comprendraient que le gouverneur était décidé à faire peur aux gens pour les obliger à respecter la loi, et le mot Emergency (« Urgence ») laissait deviner que, aux yeux du gouverneur, la lutte contre les chauffards de Tanger Island et d'ailleurs était une question de vie ou de mort. Officier Vérité pouvait raconter tout ce qu'il voulait sur les pirates, l'opinion publique, exaspérée par ces contrôles radar, n'y prêterait pas attention. Trader composa le numéro de la ligne privée du gouverneur.

– Allô ?

Crimm avait une voix faible et voilée.

– Je crois que j'ai trouvé quelque chose, dit Trader. Que pensez-vous de SCARE ? (Il tapotait sur son carnet avec son stylo.) Ça résume bien le message que vous voulez faire passer. Imaginez ce mot, SCARE, inscrit en gros sur des panneaux.

Crimm avait le postérieur à vif. Tremblant et inondé d'une sueur glacée, il essayait de se souvenir de quel sujet il avait parlé avec Trader juste avant cette redoutable éruption gastro-intestinale. La seule chose dont il se rappelait concernait l'énigme d'Officier Vérité.

– Vous voulez l'obliger à révéler son identité en lui faisant peur ? (Assis dans son gros fauteuil en cuir, le gouverneur prit sa loupe et découvrit sur son bureau une nouvelle pile de mémos et de coupures de presse.) Ça vient d'où, ça ?

– Ça vient d'où ? Vous voulez parler des panneaux SCARE ?

Trader était désorienté ; phénomène courant quand il s'entretenait avec le gouverneur.

– Oh, je vois, dit Crimm. (Façon de parler, évidemment.) Vous voulez faire peur à cet Officier Vérité pour qu'il nous dise qui il est réellement. D'ailleurs, ça pourrait être une femme. Mais je ne me sens pas très bien, et je n'ai plus envie de discuter de ça.

1. *Scar* : mot signifiant « cicatrice » (*N.d.T.*).
2. *Scare* : mot signifiant « peur » (*N.d.T.*).

– Je parlais des contrôles de vitesse. (Trader ne supportait pas que le gouverneur lui coupe la parole.) Nous devons trouver un nom pour ce programme, et je pensais que SCARE convenait parfaitement à ce que vous...

– Ridicule ! (Le gouverneur venait de se souvenir du sujet de leur conversation.) Si vous appelez ça SCARE, tous les habitants de Tanger Island sauront que le but est de leur faire peur, et ils comprendront que c'est une menace en l'air. Trouvez-moi un nom qui fasse plus bureaucratique, un nom qui ne veut rien dire et que les gens prendront au sérieux.

– Les habitants de l'île risquent de poser un problème, comme je l'ai déjà signalé. (Trader s'attribuait le mérite d'avoir alerté le gouverneur.) N'oubliez pas que c'est moi qui vous ai prévenu le premier. Et ne venez pas rejeter la faute sur moi en cas de polémique.

– Si on m'attaque, je rejetterai la faute sur vous.

– Évidemment, dit Trader. Mais que mes mises en garde ne vous empêchent pas de faire appliquer la loi, monsieur le gouverneur. (Trader était passé maître depuis longtemps dans l'art du double langage). Je pense que nous devrions envoyer immédiatement un hélicoptère sur place pour tester notre programme. Qu'en pensez-vous ?

– On doit envoyer des hélicoptères pour aller chercher mes fruits de mer de toute façon. Alors, pourquoi pas ?

– C'est exactement ce que je pense.

Après avoir raccroché, Trader griffonna sur son carnet pendant une heure, testant toutes les combinaisons de mots sans aucun sens qu'il pouvait inventer ou dénicher dans le dictionnaire. En fin d'après-midi, il trouva VASCAR, qui voulait dire Visual Average Speed Computer, plus ou moins, et signifiait que si un automobiliste roulait visiblement trop vite, alors un appareil non humain, et donc impartial – un ordinateur – décidait si cette personne était coupable en calculant la vitesse moyenne à laquelle elle se déplaçait d'un point A à un point B. Les points A et B seraient matérialisés par des bandes blanches peintes sur la chaussée et facilement repérables du ciel. Trader ne doutait pas que cet acronyme était suffisamment obscur et bureaucratique pour inspirer la peur en chacun. Mais surtout, Trader veillerait à ce que la colère de l'opinion se reporte sur la police d'État, pas sur le gouverneur ou sur lui.

« Idée brillante », pensa-t-il joyeusement, tandis qu'il se connectait à Internet en utilisant un pseudonyme. Un plan prenait rapidement forme dans son esprit, et il avait du pain sur la planche. Il se rendit sur le site d'Officier Vérité ; son pouls était lancé au triple galop. Rien ne l'excitait davantage que son ingéniosité et ses talents de manipulateur. Il allait tout faire pour que la nouvelle de la naissance de VASCAR traverse le cyberespace à toute allure, pour faire savoir au monde entier que l'État de Virginie de tolérait pas, et n'avait jamais toléré, les chauffards, et que le Commonwealth était une sorte de tyran qui envoyait de puissants hélicoptères pour persécuter une population de paisibles pêcheurs, dont très peu possédaient des voitures. Il ferait en sorte que les citoyens, rendus furieux, se plaignent directement au chef de la police d'État, Judy Hammer, ce qui aurait pour effet de détourner les critiques concernant les problèmes des transports et des pirates qui visaient le gouverneur, et par conséquent lui-même, Trader.

Hammer était une nouvelle venue, elle n'était pas originaire de Virginie ; elle constituait donc une cible de choix. Trader ne l'aimait pas, de toute façon. Jusqu'à présent, les chefs de la police d'État avaient toujours été des sortes de colosses, des durs à cuire qui descendaient de vieilles familles de Virginie ; ils savaient recevoir des ordres et vouaient le respect qu'il méritait au secrétaire particulier, car c'était lui, en définitive, qui contrôlait ce que pensait le gouverneur et ce que croyait l'opinion publique. Hammer faisait honte à la profession. C'était une femme directe, belliqueuse, qui s'habillait souvent en pantalon, et le jour où Trader avait fait sa connaissance, durant l'entretien pour la nomination au poste de chef de la police d'État, elle l'avait regardé sans le voir, comme s'il était transparent, et elle n'avait pas ri, elle n'avait même pas prêté attention à ses anecdotes et à ses plaisanteries douteuses.

Les doigts de Trader s'immobilisèrent sur le clavier de l'ordinateur, alors qu'il était en train de rédiger un e-mail :

Cher Officier Vérité,

J'ai lu avec beaucoup d'intérêt votre « Courte explication », et j'espère que vous saurez répondre aux angoisses d'une vieille femme comme moi qui n'a jamais été mariée, qui vit seule et qui a peur de conduire à cause de tous ces fous sur la route, sans parler de ces affreux pirates!

Mais je suis convaincue que la solution, ce ne sont pas des contrôles radar et des hélicoptères qui poursuivent d'honnêtes citoyens dans un grondement d'enfer! VASCAR va déclencher une nouvelle guerre civile, et j'espère que vous aborderez ce problème dans votre prochain essai.

Sincèrement vôtre,
U. Amie.

Trader avait l'intention de mettre un N après le U et non pas un point. Il ne découvrit son erreur qu'en recevant la réponse, quelques instants plus tard :

Chère Mme U. Amie
Merci pour votre intérêt. Je suis navré d'apprendre que vous vivez seule et que vous avez peur de conduire. Ça me fait de la peine. Surtout, n'hésitez pas à m'écrire quand vous le souhaitez. Qu'est-ce que le VASCAR ?

Officier Vérité

Major Trader se dit qu'il pouvait tout aussi bien se faire appeler Mme U. Amie à partir de maintenant, et il expédia un autre e-mail :

Cher Officier Vérité,
Je suis très heureuse que vous ayez pris le temps de répondre à une vieille femme. Le chef Hammer sait ce qu'est le VASCAR. L'idée vient d'elle. Je m'étonne que vous n'ayez pas entendu parler des contrôles de vitesse qu'elle va installer sur Tanger Island, car je ne peux m'empêcher de penser qu'elle a eu cette idée en lisant votre « Courte explication ». Je vous félicite pour l'avoir incitée à faire un exemple en punissant des gens qui ont jadis couché avec des pirates et qui aujourd'hui profitent des touristes.

Sincèrement vôtre,
Miss U. Amie

Trader gloussa en envoyant un mémo à Hammer. Le message était aussi bref que déroutant, et accompagné d'un communiqué de presse qui devait être diffusé immédiatement, sur ordre du gouverneur.

– C'est quoi, ce bordel ? demanda Hammer lorsque sa secrétaire, Windy Brees, lui tendit un fax émanant du bureau du gouverneur et l'informant de la création d'un nouveau programme de lutte contre les excès de vitesse, baptisé VASCAR.

– Jamais entendu parler, répondit Windy. Quel nom idiot ; ça ne veut rien dire, si vous voulez mon avis, à part que ça fait penser à NASCAR, et je parie que le gouverneur ne l'a même pas remarqué. Encore un exemple qui prouve qu'il faut toujours regarder sept fois dans sa bouche.

Hammer lut plusieurs fois la note et le communiqué de presse, furieuse de découvrir que le gouverneur instaurait un nouveau programme de police sans la consulter au préalable.

– Bon Dieu, grommela-t-elle. C'est la chose la plus idiote que j'aie jamais entendue. On va utiliser les hélicoptères pour surveiller la vitesse à laquelle roulent les gens ? En commençant par s'attaquer à Tanger Island ? Et la nouvelle doit rester confidentielle jusqu'à ce que des bandes blanches fluorescentes soient peintes sur les quelques routes qu'ils ont là-bas ? Appelez-moi immédiatement le gouverneur, ordonna Hammer. Et dites à la personne qui répond que c'est urgent.

Windy regagna son bureau et appela le bureau du gouverneur, en sachant que ça ne servait à rien. Le gouverneur ne répondait jamais aux appels de Hammer, et il ne l'avait pas rencontrée une seule fois depuis qu'il l'avait nommée. Aussi Windy avait-elle appris à inventer des excuses sophistiquées pour justifier son incapacité à obtenir une réponse de la part du gouverneur. « Une chose est sûre, disait souvent Windy aux autres secrétaires et employés quand ils se retrouvaient dehors pour fumer une cigarette, un point à temps vaut mieux que deux tu l'auras », ce qui était sa façon de dire qu'en racontant des histoires à sa patronne, Windy prenait des mesures préventives pour ne pas se faire botter les fesses quand elle devait annoncer à Hammer que le gouverneur, une fois de plus, n'avait pas de temps à perdre avec cette femme chef de la police d'État.

Les amis et les collègues de Windy avaient cessé depuis longtemps de rectifier ses erreurs de langage, et désormais, même quand elle massacrait un lieu commun ou un proverbe, la plupart des gens comprenaient ce qu'elle voulait dire, et eux-mêmes, perdant de vue la signification de cette expression, finissaient par répéter l'expression erronée. Ce qui rendait folle de rage Hammer, confrontée en permanence à ces aberrations.

– Chef Hammer ? (Windy venait d'apparaître dans l'encadrement de la porte.) Je suis navrée, mais le gouverneur n'est pas joignable pour le moment. Apparemment, il est en transition.

Hammer leva les yeux d'une pile de rapports et de notes qu'elle était en train d'étudier.

– Comment ça, « en transition » ?

– Il se déplace quelque part. Peut-être qu'il regagne la résidence à pied. Je ne sais pas exactement.

– Il est en *transit* ?

– Ou ça ne va pas tarder, j'imagine. (Windy continua à s'empêtrer dans son mensonge.) Mais je crois que personne ne peut le joindre pour le moment, pour résumer. C'est pas seulement vous.

– Bien sûr que si !

Hammer reporta son attention sur la note concernant le VASCAR, en se demandant comment elle allait bien pouvoir gérer la dernière idiotie en date de l'administration, et peut-être la plus désastreuse.

– Le gouverneur refuse de me parler, et je vous dispense d'essayer de me cacher la vérité.

– En tout cas, c'est pas gentil de sa part. (Windy posa ses poings sur ses hanches.) Et j'espère que vous serez pas fâchée après moi à cause de la façon dont il vous traite. C'est pas juste de tirer sur le messager.

Tuer le messager, rectifia mentalement Hammer en ruminant sa colère. On *tire* sur le pianiste et on *tue* le messager. Bon Dieu, je n'arrête pas de penser par clichés ! Et je déteste les clichés !

– Un des hommes avec qui je sortais le mois dernier m'a dit que si le gouverneur vous a choisie, c'est uniquement parce qu'il se fait toujours critiquer à cause des problèmes de circulation, et qu'il a besoin de quelqu'un à qui refiler le bouc émissaire, dit Windy, et je pense que vous devriez pas vous sentir responsable.

Hammer n'arrivait pas à croire qu'elle ait hérité d'une secrétaire aussi stupide. Ah, si seulement ce n'était pas si difficile de renvoyer un fonctionnaire. Pas étonnant, se disait-elle, que son prédécesseur ait pris sa retraite anticipée, avec des ennuis cardiaques et la maladie de Parkinson. Mais à quoi donc pensait-il quand il avait engagé Windy Brees ? Dès qu'elle avait ouvert la bouche, il aurait dû remarquer que cette fille était une incompétente et une source d'embarras, une petite idiote pleine d'entrain, maquillée à la truelle, qui minaudait et ne cessait de pencher la tête d'un côté et de l'autre pour essayer de paraître soumise, jolie et en quête d'hommes puissants capables de veiller sur elle.

Il était 18 heures passées quand Hammer rangea ses affaires dans sa mallette et rentra chez elle. En roulant dans le centre-ville, elle se disait que le projet VASCAR allait ruiner à coup sûr sa carrière, et apparemment, elle ne pouvait rien y faire. Était-ce une simple coïncidence si, le jour même où Andy lançait un site Internet censé redorer l'image de la police d'État, le gouverneur décidait de lancer un programme qui allait ternir cette image ? Était-ce une simple coïncidence si Andy avait plus ou moins jeté le discrédit sur Tanger Island en indiquant qu'il s'agissait autrefois d'un repaire de pirates, et si le gouverneur avait choisi de s'en prendre aux habitants de l'île ? Sans parler du fait qu'elle manquait cruellement de pilotes d'hélicoptères et que les rares troopers qui restaient au sein de l'unité aérienne devaient être utilisés pour rechercher les criminels et repérer les champs de marijuana, et non pas pour pourchasser les chauffards sur une île minuscule, ou ailleurs.

Hammer ruminait son ressentiment envers Andy, tout en attisant sa paranoïa fulminante. Elle n'aurait jamais dû l'autoriser à écrire ses essais sur Internet sans le censurer. Mais cela faisait partie de leur accord.

– Si vous me censurez, je refuse de le faire, lui avait-il dit l'an dernier. Un des intérêts évidents de l'anonymat, c'est que personne ne sait ce que va dire Officier Vérité et que personne ne peut contrôler ce qu'il dit ; sinon, il n'y a plus de vérité. Si vous lisez mes textes avant que je les envoie sur Internet, chef Hammer, je sais très bien ce que vous allez faire. Vous allez commencer à vous inquiéter à cause des critiques, des reproches, des problèmes politiques. C'est ce qui préoccupe tous les bureaucrates, malheureusement. Non pas que je vous traite de bureaucrate.

– C'est pourtant ce que vous faites, avait-elle répondu, profondément meurtrie.

Et peut-être avait-il raison, songeait Hammer avec désespoir, en roulant dans East Broad Street, vers son quartier rénové de Church Hill. Peut-être qu'en effet elle était en train de devenir une bureaucrate, trop préoccupée par ce que les gens pensaient ou disaient d'elle. Où était donc passée cette fermeté diplomatique avec laquelle elle traitait les récriminations et les exigences du public ?

Elle appela Andy de son portable.

– Nous avons une urgence potentielle, lui annonça-t-elle. Le gouverneur veut qu'on installe des contrôles radar sur Tanger Island, et je crois que ça va faire du raffut.

– Je suis au courant, dit-il.

– Comment ? demanda-t-elle, surprise.

– Je regrette que vous ne m'ayez rien dit avant, ajouta Andy sur un ton de frustration, assis devant son ordinateur, passant en revue les centaines d'e-mails qu'Officier Vérité avait reçus jusqu'à présent. Je ne savais absolument rien avant de recevoir le e-mail de Mme Friend. À ce sujet, j'aurai peut-être besoin d'une assistante, car je n'arriverai jamais à répondre à tout le courrier que je reçois, dit-il, alors que son ordinateur lui annonçait « Vous avez un message » quatre fois de suite.

– Cette idée de VASCAR ne vient pas de moi, nom de Dieu ! s'exclama Hammer. Et qui est cette Mme Friend ? Nous devons concentrer nos efforts sur les agressions et ces actes de piratage honteux, pas sur les excès de vitesse ! Andy, j'ai besoin de votre aide sur ce coup-là. Nous devons trouver la meilleure tactique.

– Il n'y a qu'une seule chose à faire, dit Andy, tout en pianotant sur son clavier. J'irai moi-même à Tanger Island pour installer un contrôle de vitesse, et on verra bien la réaction des gens. Il vaut peut-être mieux que ce soit moi, plutôt que quelqu'un d'autre, et je pourrai me servir d'Officier Vérité pour contrer toutes les attaques dirigées contre vous et la police d'État ; je montrerai à l'opinion publique que VASCAR est une mauvaise idée, et peut-être que le gouverneur renoncera à ce foutu programme, et qu'il nous laissera nous occuper des vrais crimes. Il me suffit de quelques pots de peinture blanche fluorescente, d'un pinceau, d'un hélicoptère et d'un peu de temps pour modifier mon essai de demain sur les momies.

– Que viennent faire les momies là-dedans ? demanda Hammer.

MOMIES

par Officier Vérité

Comme la plupart des gens, j'ai grandi en regardant des films d'horreur avec des momies. Ayant effectué un grand nombre de recherches archéologiques dernièrement, je suis en mesure d'affirmer, chers lecteurs, que les descriptions terrifiantes de ces morts vivants enveloppés de bandes de tissu sont inexactes, et injustes.

Les momies ne peuvent pas nous faire du mal, sauf peut-être en répandant une maladie infectieuse datant de l'Égypte ancienne, ce qui est peu probable, mais il est tout à fait possible, en, revanche, de développer des problèmes respiratoires en inhalant une épaisse couche de poussière dans un endroit glacé et sinistre. Ou bien, vous pouvez vous blesser en cherchant une momie, ou vous égarer à l'intérieur d'une pyramide et mourir de soif et de faim, ou alors, vous pouvez tomber sur un pilleur de tombes avec lequel vous aurez une violente altercation.

Dans les enquêtes sur les homicides, le terme « momie » désigne une personne morte dont le corps a été exposé à un froid ou une sécheresse extrême. Au lieu de se décomposer, le corps se dessèche, et il peut rester dans cet état de conservation pendant des dizaines, voire des centaines d'années. Ce type de « momies », que l'on retrouve essentiellement dans les caves ou le désert, ne sont pas de véritables momies, mais soyez sûrs que les anthropologues et les autres diront d'un corps desséché qu'il est « momifié », car le terme est passé dans le langage courant. D'ailleurs, je reconnais que, pour un expert, il est préférable de dire qu'une victime a été momifiée plutôt que d'admettre que la pauvre était toute ratatinée, rabougrie, et qu'elle ressemblait à un squelette couvert de vieux cuir craquelé.

Le mot « momie » vient du mot arabe signifiant « bitume », qui sous sa forme perse originale signifiait « cire ». *De la* « momie » est donc une substance semblable au bitume, une sorte d'asphalte utilisé en Asie Mineure, et *une* « momie » est une personne ou un animal qu'on a conservé grâce à des procédés artificiels, même si, à notre époque, il serait erroné de qualifier de momie un corps embaumé. Pour une simple raison : les corps embaumés avec du formol ne sont pas nécessairement bien préservés. Si vous déterrez une personne embaumée au bout d'une centaine d'années, en fonction de l'endroit où elle était inhumée, vous découvrirez qu'elle n'est pas aussi bien conservée qu'une momie égyptienne vieille d'un millier d'années.

Dans notre société, nous ne remplissons pas le ventre de la personne embaumée avec de la myrrhe pure et d'autres essences, nous n'introduisons pas de bitume dans ses membres et nous ne faisons pas tremper le corps dans du natron pendant soixante-dix jours avant de le sangler dans des bandelettes de linge clair enduites de gomme, qui servait fréquemment de colle aux Égyptiens. De nos jours, un corps embaumé n'est pas placé dans une boîte en bois, puis déposé verticalement contre un mur, à l'intérieur d'une sépulture fraîche et sèche.

Je ne suis pas en train dire que vous ne pourriez pas conserver l'être cher en utilisant cette méthode antique, à condition de dénicher un scribe éduqué qui puisse tracer sur le corps les points d'incision pour l'embaumement, puis un praticien pour pratiquer l'opération à l'aide d'une pierre d'Éthiopie aiguisée, avant de s'enfuir, car pour les Égyptiens, violer le corps des morts constituait un crime, même si le praticien était engagé de manière officielle pour accomplir ce travail, à en croire l'historien grec Diodore de Sicile. Et en supposant que vous soyez prêt à payer le prix : un embaumement de luxe à l'égyptienne coûtait environ un talent d'argent, ce qui représente approximativement 400 dollars US, en fonction de l'inflation et du taux de change.

Il n'y a pas très longtemps, mon intérêt pour les momies m'a conduit en Argentine, où des scientifiques étaient en train de procéder à de nombreux examens sur les momies : IRM, scanners, biopsies, prélèvement d'ADN... J'ai contacté le *National Geographic* pour savoir s'il m'était possible de voir ces momies, et on me répondit « OK », du moment que je ne disais rien à personne avant la publication de l'article.

La matinée était fraîche et ensoleillée quand j'arrivai à Salta, une ville située dans le nord-ouest de l'Argentine, qui est devenue un grand centre de recherches archéologiques concernant les cultures incas et précolombiennes. Là, je trouvai les archéologues qui avaient mené une expédition au sommet d'un volcan andin, à la frontière entre l'Argentine et le Chili, où ils avaient découvert trois momies d'enfants incas vieilles de cinq cents ans et parfaitement conservées. Les enfants avaient été offerts en sacrifice et enterrés avec de l'or, de l'argent et de la nourriture. Les archéologues me conduisirent en Jeep, sur une route poussiéreuse, jusqu'à l'université catholique, où un petit bâtiment avait été transformé en laboratoire temporaire, étroitement surveillé par des gardes armés de mitraillettes. Les pilleurs de tombes, à l'instar des pirates, demeurent une menace constante dans notre société, même dans les endroits les plus reculés.

En observant les archéologues qui sortaient d'un freezer un premier petit paquet et le déposaient sur une table d'examen recouverte de papier, je m'aperçus qu'il n'y avait guère de différences entre déballer les restes congelés de deux fillettes et d'un jeune garçon incas tués un demi-siècle plus tôt, et le travail que j'effectuais sur les lieux d'un accident de voiture ou d'un meurtre. La différence principale, c'est qu'en archéologie, on n'étudie pas les causes de la mort dans le but de trouver un coupable, mais plutôt pour interpréter un passé mystérieux et insaisissable, en l'occurrence celui d'un peuple qui ne possédait pas de langage écrit, mais qui racontait son histoire par le biais de tissages et d'œuvres d'art complexes. Je ne m'intéressais guère, je l'avoue, aux maladies, aux habitudes alimentaires, aux costumes et aux coutumes ; je voulais surtout savoir si ces enfants étaient inconscients, à cause de l'altitude et des boissons alcoolisées rituelles comme la *chicha* (de la bière de maïs), quand on les avait enterrés vivants.

Je me demandais à quoi pensaient ces deux filles et ce garçon, vêtus de tenues finement tissées, coiffés de plumes et parés de bijoux, durant la procession qui les conduisait jusqu'au sommet du mont Llullaillaco à sept mille mètres d'altitude. J'espérais qu'ils ne comprenaient pas ce qui leur arrivait pendant qu'on les enveloppait de bandes de tissu et qu'on les plaçait en position assise au fond de profondes tombes, que les Incas remplissaient ensuite de pierres et de terre, dans l'espoir de satisfaire les dieux.

Je vois encore les visages de ces trois enfants assassinés, surtout celui du garçon, âgé de huit ans environ quand on l'avait envoyé en voyage vers l'Au-delà, chaussé d'une paire de mocassins fourrés, avec un bracelet en argent, deux paires de sandales supplémentaires et une fronde pour chasser. Son expression trahissait la détresse et la révolte, ses genoux étaient ramenés contre son torse, en position fœtale, ses chevilles solidement entravées par une corde. Je devinais qu'il était parfaitement éveillé et fort mécontent du rôle qu'on lui faisait jouer, et j'avais le sentiment désagréable qu'il s'était débattu pendant qu'on l'ensevelissait sous la terre et les pierres. Les filles, elles, âgées sans doute de huit et quatorze ans, n'étaient pas attachées, et elles paraissaient plutôt sereines, mais curieusement, une de leurs deux tombes avait été frappée par la foudre, et quand les scientifiques déballèrent la petite momie dans ce laboratoire improvisé de Salta, je sentis l'odeur de chair humaine brûlée. J'eus l'impression que le Tout-Puissant avait fait savoir aux Incas qu'Il était fort mécontent du sort réservé à ces enfants enterrés vivants.

Les choses n'ont guère changé, je suis désolé de le dire. Poursuivant mes recherches sur notre passé, je me suis rendu sur le site d'excavation de Jamestown, et j'ai effectué des pèlerinages en Grande-Bretagne pour essayer d'établir un rapprochement entre les premiers colons et ceux qui étaient restés encalminés sur la

Tamise. J'ai exploré les marécages, les bars et les parkings de l'île des Chiens, et le dôme du Millenium, qui se dresse tel un gigantesque œuf poché hérissé de grues dorées, mais je n'ai retrouvé aucune trace de John Smith, ni de ses compagnons de voyage, ni aucune personne ayant gardé le moindre souvenir.

Les gens rencontrés dans les pubs et les tavernes que j'ai visités ne parurent pas du tout impressionnés en apprenant que Tanger Island possédait un lien avec l'île des Chiens, du fait que Tanger avait été découverte par le capitaine John Smith en 1608.

Ce long préambule, chers lecteurs, pour vous annoncer une triste nouvelle.

Tanger Island a été redécouverte, et pas uniquement par des touristes friands de gâteau de crabe. De redoutables individus haut placés ont décidé d'utiliser les pauvres insulaires à des fins politiques, et cela est proprement injuste, indépendamment des relations anciennes que ces gens entretenaient avec les pirates. J'aborderai bientôt cette question, sans fard.

Soyez prudents, amis lecteurs !

4

À LA FOIS frustrée et stupéfaite, Hammer referma le dossier Officier Vérité. Où voulait donc en venir Andy ? Quel était le rapport entre les momies et Jamestown d'un côté, les problèmes actuels de la Virginie de l'autre ?

Tout cela était déplacé et ne pouvait servir qu'à provoquer de nouveaux problèmes, songea-t-elle en faisant claquer un tiroir, tout en déplorant que personne ne sache faire un bon café dans ce bureau. Comment était-elle censée réagir après avoir lu cet essai sur les momies ?

Il était un peu plus de 8 heures du matin au quartier général, et tout le monde était apparemment en train de lire la prose d'Officier Vérité. Hammer avait été outrée et agacée d'entendre, pendant qu'elle se rendait au travail en voiture, Billy Bob, dans son émission du matin à la radio, évoquer l'essai sur la momie.

– Hé ! Vous savez pas ce qu'on va faire ? On va lancer un concours, immédiatement, dans « Billy Bob Matin ». Nos auditeurs peuvent nous appeler pour nous dire qui est, selon eux, Officier Vérité. Génial, non ? Celui qui trouvera recevra un super cadeau, qu'on déterminera plus tard. Ouah ! Regardez-moi ça ! Notre standard clignote déjà. Allô ? Ici Bill Bob, dans « Billy Bob Matin ». Vous êtes en direct, comment vous vous appelez ?

– Windy.

Hammer n'en crut pas ses oreilles en entendant la voix aiguë de sa secrétaire s'échapper du haut-parleur de son autoradio. À en juger par la mauvaise qualité de la communication, elle en déduisit que Windy appelait avec son portable, de sa voiture sans doute, en allant travailler.

– Alors, Windy, dites-nous qui est Officier Vérité, à votre avis ?

– Je crois que c'est le gouverneur, mais il a sûrement un nègre de plume.

Hammer manipulait distraitement des papiers sur son bureau, en tendant l'oreille vers le bureau de Windy, juste à côté. À la seconde même où la secrétaire entra comme une tornade et déposa son sac de déjeuner sur son bureau, Hammer se leva d'un bond pour lui sauter dessus.

– Oh ! s'exclama Windy, un peu excitée, mais aussi surprise par la fureur de Hammer. Vous m'avez entendue à la radio, hein ? Ne vous inquiétez pas, j'ai juste dit que je m'appelais Windy, sans donner mon nom de famille, ni l'endroit où je travaillais. Hein ? Qu'est-ce qu'un nègre de plume ? Oh, vous savez bien, c'est quand quelqu'un engage quelqu'un d'autre pour écrire à sa place, généralement parce qu'il sait pas bien écrire.

– Je crois que vous avez mélangé « nègre » et « nom de plume », dit Hammer avec une fureur contrôlée en faisant les cent pas devant le bureau de la secrétaire, avant de penser à fermer la porte. N'ai-je pas suffisamment d'ennuis avec le gouverneur ? Il faut que vous vous amusiez à téléphoner à la radio pour l'accuser d'être Officier Vérité ?

– Comment vous savez que c'est pas lui, d'abord ? répliqua Windy en retouchant son rouge à lèvres.

– La question n'est pas de savoir ce que je sais ou ne sais pas. C'est un problème de manque de discrétion et de discernement, Windy.

– Je parie que vous savez qui est Officier Vérité, dit Windy avec une timidité feinte en faisant battre ses cils surchargés de mascara. Allez, dites-le-moi. Je parie que vous savez qui c'est. Il est mignon ? Il a quel âge ? Il est célibataire ?

Avant cet instant, Hammer ne s'était pas demandé comment elle réagirait si les gens commençaient à la questionner à propos d'Officier Vérité. Le mensonge ne faisait pas partie de sa nature, sauf quand une arrestation ou des aveux l'exigeaient, ou quand elle partait en voyage et cachait les valises en disant à son chien Popeye qu'elle revenait tout de suite. Hammer n'aurait su dire pourquoi elle pensait à Popeye à ce moment précis, mais les images de son boston-terrier adoré, qu'on lui avait volé durant l'été, la frappèrent de plein fouet et l'obligèrent à battre en retraite dans son bureau. Elle referma la porte derrière elle et inspira à fond plusieurs fois. Les larmes lui picotaient les yeux.

Le téléphone de sa ligne privée sonna.

– Hammer, dit-elle d'un ton brusque en décrochant.

– C'est Andy.

Elle l'entendait à peine ; elle renifla bruyamment et se ressaisit.

– La ligne est mauvaise, dit-elle. Vous êtes sur l'île ?

– Exact. Juste pour vous signaler qu'on a atterri à 8 heures pile... Je suis dans Janders Road. J'ai pensé que c'était un bon choix... elle est moins fréquentée que... et... stupide... s'en fout... ?

– Je ne vous entends plus, Andy. Il faut qu'on parle de votre texte de ce matin. Je n'arrive toujours pas à y croire. Ça ne peut pas continuer. Allô ?... Allô ?... Vous êtes toujours là ?

La communication fut interrompue.

– Merde, marmonna Hammer.

Tanger Island ne possédait pas d'antenne de relais, et rares étaient les habitants de l'île qui utilisaient un téléphone portable et Internet, ou qui s'intéressaient à Officier Vérité. En revanche, la plupart des insulaires savaient qu'un hélicoptère venu du continent s'était posé sur le minuscule terrain d'atterrissage moins d'une heure plus tôt. Ginny Crockett était postée à sa fenêtre depuis cet instant. Elle prit un moment pour aller nourrir son chat, Sookie, et quand elle revint dans le salon de sa jolie maison peinte en rose, elle vit un trooper en uniforme gris, coiffé d'un large chapeau, qui peignait une grande bande blanche en travers de Janders Road, sur les pavés disjoints. Cette bande mystérieuse et menaçante prenait naissance juste devant l'épicerie-droguerie, derrière les mauvaises herbes qui avaient poussé entre les pavés de la chaussée, et elle se dirigeait tout droit vers le cimetière familial, dans le jardin de Ginny.

De l'eau fraîche coulait dans les trois grandes cuves métalliques de son élevage de crabes. Ce n'était plus la saison des « effeuilleurs », comme on surnommait les crabes bleus qui perdaient leur carapace à la mue, et ils ne regarderaient plus les touristes de leurs yeux télescopiques pleins de ressentiment jusqu'à l'année prochaine. Mais cela n'empêchait pas Ginny de planter une pancarte devant chez elle et de réclamer 25 *cents* aux touristes qui voulaient admirer le grand crabe mâle qu'elle conservait dans une des cuves. Elle avait baptisé ce crabe « Jimmy », et celui-ci lui avait rapporté jusqu'à présent 20 dollars et 50 cents. Peut-être que ce trooper faisait semblant de peindre la chaussée, pour pouvoir l'espionner. Les autorités passaient leur temps à espionner les gens, semblait-il, pour voir si les personnes comme Ginny payaient des impôts sur les revenus que leur rapportaient leurs petites activités commerciales.

Voilà bien longtemps que les habitants de l'île avaient compris que les touristes étaient prêts à payer pour n'importe quoi. Il suffisait de fabriquer une petite boîte en bois avec une fente en haut et de l'installer quelque part, à côté d'une pancarte annonçant ce que vous aviez à vendre, et à quel prix. Ce qui avait le plus de succès, c'étaient les recettes de cuisine et les plans des rues dessinés à la main et photocopiés sur des feuilles de différentes couleurs.

Ginny s'approcha de son grillage pour observer de plus près le trooper qui traversait lentement la rue, avec un gros pinceau et un pot de peinture spéciale qui, d'après ce que Ginny pouvait lire sur l'étiquette, promettait d'être résistante à l'eau, de sécher rapidement et de briller dans l'obscurité. C'était un jeune gars, assez beau, qui se déplaçait à la manière d'un crabe, justement, et, c'était à mettre à son crédit, il ne semblait pas très heureux de faire ce qu'il faisait.

– Y peut pas y faire ça là ! lança Ginny, pour dire que personne n'avait le droit de peindre la route. C'est pas bien ! ajouta-t-elle avec cet étrange accent chantant qui caractérise la façon de parler des habitants de Tanger Island depuis qu'ils ont émigré d'Angleterre, il y a des siècles, et qu'ils vivent en cercle fermé sur leur petit morceau d'île.

Andy posa sur elle ses lunettes noires et remarqua immédiatement que cette femme avait une dentition épouvantable. Quand il était entré dans l'épicerie-droguerie tout à l'heure pour acheter de l'Evian, il avait remarqué deux autres habitantes de l'île qui souffraient du même problème.

– Vous n'avez pas de dentiste, sur l'île ? demanda Andy

à la vieille femme qui l'observait d'un œil méfiant derrière son grillage.

– L'gars y vient tous les lundis'xprès du continent, répondit-elle à contrecœur, car le dentiste était un sujet douloureux et tous ses voisins avaient tendance à aborder la question en niant l'évidence.

– C'est toujours le même qui vient ? demanda Andy, accroupi au milieu de la chaussée.

Il avait arrêté de peindre depuis quelques instants.

– Ouais. Il vient là d'puis si longtemps que j'pourrais même pas vous dire depuis quand, répondit la vieille femme, plus intimidée qu'agressive, désormais.

Ses lèvres étaient plissées comme du papier crépon autour de ses grandes et fausses dents.

– Il y a un tas de mauvais dentistes, par ici, dit Andy. Tous les gens que j'ai rencontrés sur l'île jusqu'à présent ont d'énormes problèmes de dentition, apparemment, et même si ça ne me regarde pas, peut-être que vous devriez envisager de changer de dentiste, ou du moins essayer de vous renseigner sur celui-ci.

Les remarques de cet homme et ses dents impeccables, parfaitement blanches, et authentiques, atteignaient Ginny au plus profond d'elle-même. Pourtant, quand ils se réunissaient, les habitants de l'île ne se privaient pas de faire des remarques au sujet du dentiste. Mais sans lui, ils n'auraient personne.

– Je suppose que vous ne lisez pas le site d'Officier Vérité, dit Andy en continuant à peindre la bande blanche. Pourtant, il a des choses très intéressantes à dire sur l'honnêteté face à la vérité, et l'exigence de vérité. La seule façon d'atteindre la vérité, madame, c'est de regarder vos peurs droit dans les yeux, qu'il s'agisse d'une momie ou d'un dentiste ambulant et nuisible.

Ginny était déconcertée ; elle ne savait pas quelle attitude adopter face à ce jeune trooper, dont la gentillesse contrastait avec son uniforme menaçant et l'outrage qu'il infligeait à la route devant chez elle.

– Faites pas comme si qu'vous étiez pas en train d'y peindre une ligne blanche d'vant mes yeux, là ! dit-elle, pour changer de sujet.

– Je ne me cache pas, dit Andy. Je suis obligé d'installer ce contrôle de vitesse. Ordre du gouverneur, madame.

Ginny n'avait jamais entendu parler de cette histoire. Elle s'enflamma immédiatement. Il y avait moins de vingt véhicules à essence qui circulaient sur l'île, principalement de vieilles camionnettes rouillées utilisées pour transporter des objets encombrants. Presque tout le monde se déplaçait à pied ou avec des voiturettes de golf, des scooters, des mobylettes et des vélos. Tanger Island mesurait moins de cinq kilomètres de long sur deux kilomètres de large. Six cent cinquante personnes seulement vivaient là, et si quelqu'un avait envie de faire un peu le fou avec sa voiturette de golf, en quoi est-ce que ça gênait le gouverneur ? Sur l'île, la vie se déroulait à un rythme lent. Les routes étaient à peine plus larges que des chemins, très peu étaient pavées et, à la moindre erreur, vous vous retrouviez la tête la première dans un marécage. La vitesse sur les routes n'avait jamais constitué un problème dans cette communauté ; d'ailleurs, Ginny n'avait jamais entendu le maire, ni le conseil municipal, aborder la question.

– Z'avez suffisamment de routes chez vous autres là-bas sur le continent, c'est pas la peine d'venir y peinturlurer les nôtres. Arrêtez-y donc ça ! Ou sinon, j'vais vous y faire voir.

Andy n'avait pas très bien compris ce que lui disait la vieille femme, mais il percevait une menace dans sa voix.

– Je fais mon travail, répondit-il en plongeant le pinceau dans le pot de peinture.

– Qu'est-ce qu'arrive si c'est qu'on roule dessus ?

Ginny désigna la bande de peinture fraîche en travers de la chaussée.

– Rien pour l'instant, répondit Andy en adoptant un ton grave, pour inciter la vieille femme à se plaindre et lui soutirer quelques phrases bien senties qu'il citerait dans la prochaine intervention d'Officier Vérité. Il faut d'abord que j'en peigne une autre à exactement cinq cents mètres d'ici. Comme ça, quand nos hélicoptères survoleront l'île, les pilotes pourront calculer combien de temps met un véhicule pour aller d'un trait à l'autre. Le VASCAR nous dira très exactement à quelle vitesse vous roulez.

– Hein ? Bon sang de bois ! C'est-y qu'ils vont installer le NASCAR[1] ici, à Tanger ?

1. *Nascar* : organisme qui organise les courses de stock-car (*N.d.T.*).

Ginny était outrée.

– VASCAR, répéta Andy, ravi de voir que les Virginiens confondaient VASCAR et NASCAR. C'est le nom d'un ordinateur qui sait si vous roulez trop vite.

– Et après, y s'passe quoi ?

Ginny ne comprenait toujours pas, et ses pensées étaient envahies par des vrombissements de voitures et des fanatiques ivres.

– Un policier posté sur le sol arrête le coupable et lui remet une convocation.

Ginny imaginait le jeune officier avec son grand chapeau et ses lunettes noires en train de réprimander sévèrement un pauvre habitant de l'île sur son vélo, en le menaçant de son doigt pour essayer de lui faire peur tout en lui récitant ses droits, comme dans les films que Ginny regardait grâce à son antenne parabolique entourée de boules en verre et autres décorations de jardin.

– Vous savez ce qu'est une contravention ? demanda Andy d'une voix sévère.

Son pinceau atteignit l'extrémité de la chaussée, à quelques centimètres seulement du grillage de Ginny et de tous les membres de sa famille décédés dont les pierres tombales, polies par le temps, penchaient dans diverses directions.

– On vous dresse une contravention, vous allez au tribunal et vous payez une amende. En liquide ou en chèque.

– Combien que c'est qu'il faudra payer si on est contraventionné ?

Andy se redressa et étira son dos endolori.

– Les amendes pour excès de vitesse sont calculées en fonction de la vitesse à laquelle vous roulez, expliqua-t-il à la vieille insulaire mécontente.

Il prit soin de ne pas montrer combien lui-même était effaré à l'idée de dresser des contraventions pour des excès de vitesse enregistrés depuis les airs. Les avions et les hélicoptères n'étaient pas dotés de pistolets-radars et il était difficile de distinguer les plaques d'immatriculation de si haut. Il imaginait un pilote calculant la vitesse d'une petite voiture blanche roulant vers le nord, par exemple, puis alertant par radio un policier à bord de sa voiture banalisée pour qu'il intercepte le contrevenant. Le policier jaillirait alors de derrière les buissons sur le terre-plein central, avec son gyrophare et sa sirène, pour se lancer à la poursuite d'une voiture blanche choisie parmi tout un tas d'autres voitures blanches roulant dans la même direction. Quel gaspillage de carburant, de fonds publics et de temps...

– Le tarif est de 3 dollars par kilomètre-heure au-dessus de la limite autorisée, plus 30 dollars de frais de justice. Au fait, comment vous appelez-vous ?

– Pourquoi c'est faire que vous m'demandez ça ?

Se sentant menacée, Ginny recula d'un pas.

– Est-ce que vous utilisez Internet ?

Elle le regarda sans rien dire. Et sans comprendre.

– Non, c'est pas un produit pour faire le ménage, dit Andy, légèrement frustré et déçu. Je suppose que vous n'avez pas d'ordinateurs ni de modems, par ici.

Il balaya du regard les petites maisons en bois qui bordaient la route défoncée et aperçut des voiturettes de golf qui cahotaient au loin.

– Oubliez Internet, dit-il. Mais j'aimerais connaître votre nom, comme ça, je l'enverrai à Officier Vérité par e-mail et il pourra vous citer pour que le monde entier sache ce que vous pensez de l'initiative du gouverneur concernant les contrôles de vitesse.

Ginny était abasourdie.

– La publicité pourrait attirer de nouveaux touristes pour vos crabes, dit Andy en montrant les cuves dans le jardin. 25 cents plus 25 cents, ça fait une jolie somme, à force, non ?

– Si ça me rapporte un *quarter* de temps à autre, j'dis pas non, dit Ginny, en s'efforçant de minimiser l'ampleur de sa petite entreprise exonérée d'impôts. Mais à cette époque, y a pas d'crabes à montrer, et tout ce que j'ai, c'est mon Jimmy dans c'te cuve là-bas. C'est un costaud, pour sûr, mais c'est calme en ce moment question touristes, et bientôt, les étrangers z'iront ailleurs, y viendront plus ici.

– On ne sait jamais. Rien ne vaut la publicité. Peut-être que les affaires vont reprendre. (Andy essayait d'inciter cette vieille femme à lui donner son nom.) Si les gens entendent parler de votre gros crabe, ils feront la queue pour venir le voir.

Ginny finit par céder : elle donna son nom au trooper, car elle sentait qu'il ne travaillait pas pour le fisc, qu'il avait d'autres problèmes juridiques en tête, et parce que 25 cents plus 25 cents, ça faisait une jolie somme, à force, en effet. De nos jours, avait-elle constaté, un tas de gens n'hésitaient pas à se débarrasser de leur menue monnaie.

– Pour résumer, Mme Crockett, dix kilomètres-heure de dépassement, ça coûte 30 dollars, plus les frais de justice.

Cet officier lui expliquait un processus juridique très complexe, et Ginny devait se concentrer.

– ...Au-delà, cela devient de la conduite imprudente, et le chauffard peut aller en prison.

– Seigneur ! Vous pouvez pas nous jeter en prison !

D'une certaine manière, Ginny avait raison. Personne ne pouvait être envoyé en prison sur l'île, car il n'y avait ni tribunal ni prison. Cela signifiait donc que quiconque se rendait coupable d'un excès de vitesse serait « déporté » sur le continent. Cette perspective provoqua des peurs primitives dans toute l'île dès que Ginny dévala Janders Road pour se rendre chez Spanky's, où Dipper Pruitt était en train de servir de la glace à la vanille maison à trois touristes amish silencieuses avec des robes longues et des filets dans les cheveux.

– Y vont tous nous jeter en prison sur le continent ! s'exclama Ginny. Y veulent transformer l'île en circuit pour faire des courses de voitures !

Les trois femmes amish esquissèrent un sourire, tandis qu'elles sortaient de leurs tout petits porte-monnaie noirs quelques pièces étincelantes qu'elles posèrent une par une sur le comptoir, sans faire de bruit. Ginny ne voyait pas souvent des touristes venus de Pennsylvanie, et elle était toujours émerveillée par leur façon de s'habiller et de se comporter, et par la pâleur de leur peau. Ils pouvaient rester pendant des heures sur un ferry ou se promener dans l'île toute la journée sans attraper le moindre coup de soleil, sans être ébouriffés et sans avoir froid. Jamais ils ne s'asseyaient sur les rocking-chairs des vérandas, ni sur les pierres tombales, ils ne regardaient pas dans les cuves des crabes sans payer, et ils ne faisaient aucun commentaire sur le parler exotique des insulaires. Ginny n'avait jamais entendu un seul amish se plaindre de la loi qui interdisait l'alcool sur l'île ni du couvre-feu qui décourageait toute vie nocturne et obligeait les pêcheurs à rentrer chez eux avec leur famille et à se coucher tôt. Si tous les étrangers étaient comme ces gens de Pennsylvanie, Ginny et ses voisins éprouveraient peut-être moins de ressentiment à leur égard.

– Dieu du ciel ! Qui qu'a dit qu'on allait en prison ? demanda Dipper en rinçant la cuillère à glace dans un seau d'eau tiède. Et qu'est-ce qu'ils ont dit qu'on a fait ?

– On roule trop vite avec les voitures de golf, répondit Ginny, tandis que les femmes amish ressortaient en silence dans l'air frais et humide du matin. La police peint des lignes blanches par terre pour nous contraventionner avec des hélicoptères. Petit à petit, ils vont nous expulser d'chez nous pour faire des courses du NASCAR !

Moins d'une heure plus tard, toute la flotte de petits bateaux blancs de l'île revenait à toute vitesse des goulets, des criques et de l'immense baie de Chesapeake. Des petits canots hors-bord, poussés à fond par les pêcheurs, crachotaient comme des radiateurs, en réaction à la menace de la prison et du NASCAR, et aux remarques insultantes du trooper concernant la dentition des habitants de l'île. Un avion chargé de repérer les bancs de poissons abandonna sa tâche pour survoler Janders Road à basse altitude, en prenant soin toutefois d'éviter la grue rouillée qui se dressait à la pointe sud de l'île, près de l'usine de retraitement des déchets et de la piste d'atterrissage en terre.

Heureusement pour Andy, la peinture sécha presque immédiatement et son travail ne fut pas trop endommagé par la foule grandissante de femmes et d'enfants mécontents armés de tuyaux d'arrosage et de seaux d'eau. Mais il commençait à s'inquiéter, et il hésitait à exciter les habitants de l'île afin de leur soutirer des opinions pour son prochain essai. Peut-être n'aurait-il pas dû demander à l'agent Macovich de l'attendre dans l'hélicoptère. Peut-être cette mission était-elle trop dangereuse pour une personne seule. Andy se hâta de terminer la bande qu'il peignait devant le centre médical Gladstone, où le docteur Sherman Faux était en train de fraiser une dent dans la bouche d'un jeune garçon nommé Fonny Boy.

5

La matinée du gouverneur Crimm ne se déroulait pas très bien, jusqu'à présent. Il s'était perdu en descendant pour prendre son petit déjeuner, et il avait atterri une fois de plus dans un des salons de la résidence, et là, assis dans un fauteuil Windsor, il attendait patiemment que Poney, le majordome, serve le café. Crimm avait égaré la loupe en argent qu'il gardait habituellement précieusement sur le manteau de la cheminée en marbre dans ses appartements.

– Où suis-je ? demanda-t-il, au cas où quelqu'un se trouverait dans les parages. Je ne veux pas de jambon, ce matin, mais il me faut mon café. Poney ? Venez ici immédiatement ! Pourquoi fait-il si froid ? Je sens un courant d'air.

– Oh, mon Dieu ! (La voix de Maude Crimm, la First Lady, entra en flottant dans le salon.) C'est toi, Bedford ?

– Qui veux-tu que ce soit d'autre ? fulmina le gouverneur. Qui m'a volé ma loupe ? Je suis sûr que quelqu'un le fait exprès pour m'empêcher de voir ce que tout le monde manigance.

– Tu crois toujours ça, mon chéri.

Le parfum capiteux de Mme Crimm entra dans la pièce ; ses pantoufles chuchotaient sur le tapis de Bruxelles.

– Il n'y a aucun complot, trésor, mentit-elle, tandis que sa forme floue se penchait en avant pour déposer un baiser sur le crâne dégarni du gouverneur.

Il existait bel et bien un complot, et la First Lady était parfaitement au courant. Elle souffrait d'une dépendance incurable aux objets de collection, et la vue déclinante de son mari ainsi qu'Internet lui avaient offert, enfin, la possibilité de s'adonner à son vice. Ces derniers temps, Maude Crimm ne pouvait pas résister aux trépieds, par exemple, et au cours de ces derniers mois, elle en avait acheté des dizaines, avec des poignées ouvragées, des chérubins, des motifs de dentelle, des tulipes, des grappes de raisin, des volutes, des « Béni soit ce foyer », certains en fer forgé, d'autres en cuivre. En se promenant sur Internet ce matin, pendant que son mari ronflait dans le lit en grinçant des dents, elle était tombée sur un magnifique trépied verni auquel elle n'avait pas arrêté de penser depuis.

Sa philosophie concernant le shopping consistait à s'imposer une certaine retenue de temps à autre, en se détournant de la chose qu'elle désirait, qu'il s'agisse d'une nouvelle robe ou d'un trépied, pour voir si l'objet convoité continuait à lui faire de l'œil. Dès lors, l'achat était imminent et inéluctable. Son mari ne partageait pas cette philosophie, aussi avait-elle appris à lui cacher ses acquisitions, une tâche qui devenait de plus en plus aisée. Malgré tout, les pérégrinations aveugles du gouverneur dans la maison représentaient une source d'inquiétude. Un de ces jours, craignait-elle, il allait entrer dans un des dressing-rooms et percuter l'amoncellement grandissant de trépieds anciens sur le plancher en pin. Or, la First Lady n'avait aucune envie de supporter encore une fois une des tirades de son mari. Il ne lui avait toujours pas pardonné sa dernière folie d'achats, lorsqu'on avait livré à la résidence trente-huit taille-mèches du début du XIXe siècle. Sur une période de plusieurs jours, évidemment. Mme Crimm était assez intelligente pour ne pas tout commander en même temps et pour échelonner les livraisons.

– Tu as regardé dans la chambre Lafayette ? demanda-t-elle à son mari. Parfois, ta loupe se retrouve sur la commode Sheraton, à côté de la lampe à pétrole. Je crois bien l'avoir vue à côté du miroir double l'autre jour, maintenant que j'y pense.

– Pourquoi ma loupe aurait-elle atterri dans la chambre Lafayette ? répondit le gouverneur d'un ton acerbe. Il n'y a que les autres gouverneurs et les anciens présidents qui dorment dans cette pièce. Quelqu'un fait exprès de la cacher. Qu'est-ce que tu veux m'empêcher de voir, hein ? demanda-t-il en se levant du vieux fauteuil branlant.

– Tu sais bien que je n'ai jamais rien voulu te cacher, mon chéri, répondit sa femme en l'entraînant hors du salon.

Mais il se trouve que j'ai lu l'article de ce dangereux Officier Vérité ce matin. Je suppose que tu n'as pas vu ce qu'il publie sur son site Internet ? ajouta-t-elle pour détourner son attention.

– Hein ?

Le gouverneur suivit son épouse et heurta une table basse disposée dans un salon, manquant de renverser une lampe. Tu l'as imprimé ?

– Évidemment, répondit Mme Crimm d'un ton grave. Mais puisque tu ne retrouves pas ta loupe, je vais devoir te le lire. Hélas, je crains que ça t'agace, Bedford, et que ça perturbe ton sous-marin.

Le gouverneur n'aimait pas que sa femme évoque ouvertement son sous-marin, qui était le petit nom qu'elle donnait à sa constitution.

– Qui est là ? demanda-t-il en regardant autour de lui avec les yeux plissés, pour s'assurer que nul ne pouvait les entendre.

– Il n'y a personne, trésor. Rien que toi et moi, et nous sommes presque arrivés à la salle du petit déjeuner. Tourne à droite et fais attention à la lithographie. Ooooh ! Ce n'est rien, je vais la remettre droite.

Il entendit une sorte de raclement, tandis que son épouse redressait la lithographie qu'il avait déplacée.

– Si je me cogne la tête encore une fois contre cette saloperie..., dit-il d'un ton menaçant alors qu'il entrait dans la salle du petit déjeuner en traînant les pieds. (Il chercha une chaise à tâtons.) Qu'est-ce qu'elle représente, au fait ?

– La signature du traité signé entre William Penn et les Indiens.

Mme Crimm déplia une serviette en lin et la coinça à l'intérieur du col de chemise de son mari, qui était boutonnée de travers et qui n'allait pas du tout avec ses bretelles à motif cachemire, son gilet en daim vert et sa cravate à rayures.

– Nous ne sommes pas à Philadelphie, et je ne vois pas ce que vient faire William Penn dans cette maison, déclara le gouverneur. Ça date de quand ?

De toute évidence, il avait oublié la passion passagère de son épouse pour les lithographies, à supposer qu'il en ait eu connaissance un jour. Il poussa un soupir, au moment où Poney apparaissait avec la cafetière.

– Bonjour, monsieur, dit Poney en servant le café.

– Il commence mal, Poney. Croyez-moi. Le monde court à sa perte.

– Assurément, monsieur, confirma Poney avec un hochement de tête compatissant. En fait, je croyais que le monde était déjà perdu depuis longtemps, mais je me trompais. C'est certain. C'est de pire en pire, sans aucun doute. Il y a de quoi vous donner envie de courir à l'église et de supplier le Seigneur de nous aider, par pitié, à échapper à nos malheurs, de pardonner nos péchés, à nous et à nos ennemis, et d'obliger les gens à être raisonnables. Qu'est-ce qui leur prend, hein ? Vous savez, ajouta Poney, l'autre jour, quand les traiteurs sont venus pour votre grand dîner ? J'étais en train de leur faire du thé, tranquillement dans mon coin, quand j'entends l'une des femmes dire à une autre : « J'ai bien envie de faucher une de ces petites tasses à thé, avec l'emblème de la Virginie dessus. Qu'est-ce que t'en penses ? – Ouais, pourquoi pas, lui répond l'autre. Tu paies des impôts, pas vrai ? – Et comment ! fait la première. Tout ce qui est ici, ça appartient pas à la famille Crimm, d'abord. Ça nous appartient à nous. – Personne peut dire le contraire, c'est à nous ! » Et sur ce, ajouta Poney, de plus en plus excité par son récit, les deux femmes ont mis les tasses dans leurs sacs à main, vous vous rendez compte ?

– Mais pourquoi diable... ? bafouilla la First Lady, sous l'effet du choc et du dégoût. Pourquoi les avez-vous laissées faire, nom d'un chien ? J'espère au moins qu'elles n'ont pas emporté les tasses sans anses avec les soucoupes, ce magnifique service en nacre orné d'un motif floral.

– Oh, non, madame, la rassura Poney. C'étaient celles avec les anses et le logo du Commonwealth doré.

– Vous n'auriez pas dû servir le thé à des employées, pour commencer, dit Mme Crimm. Et certainement pas dans un service officiel. Les traiteurs sont des travailleurs ordinaires, pas des invités VIP. Oh, mon Dieu...

Elle se tourna vers le gouverneur pour quêter son soutien, juste au moment où celui-ci renversait du café sur la nappe et manquait la soucoupe en reposant sa tasse.

– Nous devons impérativement cesser d'être aussi généreux avec le public, Bedford. Si ça continue comme ça, on va voir un chauffeur de taxi ou un péagiste se présenter à l'entrée de la résidence pour exiger une visite guidée, avec dégustation de thé dans la porcelaine officielle !

– Cette résidence ne nous appartient pas, lui rappela le gouverneur, et de sombres pensées se rassemblèrent dans son esprit, tels des gens antipathiques réunis dans un ascenseur, tandis que la porte de sa patience se refermait et que son moral commençait à baisser. N'importe quelle personne dans la rue pourrait venir ici et exiger de visiter les lieux, si la vérité était connue, dit-il. Mais ça ne veut pas dire qu'on soit obligés de le faire, ou qu'ils puissent nous y obliger. Le public ignore que c'est son droit, et ce n'est sûrement pas moi qui vais le leur dire. Maintenant, lis-moi ce foutu texte, Maude.

Il espérait ardemment qu'il y aurait une nouvelle énigme pouvant le guider à travers les fourrés qui semblaient se refermer sur lui de tous les côtés.

– Les momies, dit-elle en parcourant le texte par-dessus ses lunettes de lecture. Tu sais que j'ai toujours eu peur des momies, moi aussi. J'ignorais que quelqu'un partageait ce sentiment. Mais quelle est cette histoire de Tanger Island ? C'est la deuxième fois qu'Officier Vérité mentionne cet endroit. Que se passe-t-il là-bas, Bedford ?

– Voulez-vous du porridge d'avoine ou des croquettes avec vos œufs ? demanda poliment Poney.

– Je ne savais pas qu'il y avait des œufs, dit le gouverneur.

– Je lui ai réclamé des œufs pochés, déclara Mme Crimm en lissant sa robe de chambre sur ses cuisses épaisses. Je me suis dit que ça te ferait du bien. Rien ne vaut une nourriture simple quand on a le sous-marin en dérangement.

À l'instar de ses intestins, le cerveau du gouverneur Crimm était parti en immersion, sans trop savoir où il allait. Il n'écoutait quasi plus ce que disait ou lisait son épouse, à mesure qu'il se rapprochait d'un soupçon qui se transforma très vite en certitude. Il y avait un message codé dans le texte de cet Officier Vérité sur les momies, et Crimm se souvint brusquement que lorsqu'il était enfant, il appelait sa mère « Mommie ».

Lutilla Crimm avait conçu son fils aîné dans un quartier riche de Charlottesville nommé Farmington, au cours d'une terrible tempête de neige. Crimm essayait de se remémorer, vaguement, ce qu'il avait entendu dire à ce sujet, et il lui semblait que, lorsque son père était en colère après sa femme, il lâchait en aparté quelques remarques sarcastiques au jeune Bedford, selon lesquelles il ne devait jamais laisser une femme diriger et gâcher sa vie.

– Les femmes, c'est plein de mensonges, disait le père de Bedford quand ils transportaient des bûches tous les deux pour le poêle à bois ou quand ils déblayaient la neige sur le trottoir devant leur imposante maison en briques qui se dressait sur fond de montagnes. Elles te disent des mots doux, elles te font croire qu'elles meurent d'envie de faire l'amour avec toi, et ensuite, quand elles t'ont mis le grappin dessus et qu'elles t'ont bien coincé avec des gosses, tu sais quoi ?

– Quoi ?

Bedford avait formulé pour la première fois ce qui allait devenir sa question la plus fréquente.

– Quoi ? répéta son père. Je vais te le dire, fiston ! Elles t'annoncent soudain que le plafond a besoin d'être refait, que les moulures s'effritent ou qu'il y a des toiles d'araignées sur le lustre, juste au moment où tu es en train de...

– Oh, répondit Bedford en lâchant les bûches dans le seau près du poêle.

– Disons les choses ainsi, ajouta son père, pendant que son épouse faisait du point de croix dans son boudoir, à l'étage. La moitié de toi s'est retrouvée sur l'édredon, fiston. C'est sûrement pour ça que tu es un avorton totalement miro.

– Qu'a dit maman, exactement ?

Bedford avait besoin de savoir la vérité.

– Elle a parlé du plafond ou des toiles d'araignées ?

– Ni l'un ni l'autre. Pas ce soir-là. Elle s'est redressée dans le lit, et elle a dit : « Je crois que j'ai oublié de donner à manger au chat. »

– Et c'était vrai ? demanda le jeune Bedford, et jamais il n'oublierait son désespoir en apprenant qu'il serait pour toujours myope, petit et laid, tout ça à cause d'un chat.

– Pourquoi maman a-t-elle pensé au chat à ce moment précis ?

– C'est exactement ce que j'essaye de t'expliquer au sujet des femmes. Elles pensent à un tas de choses à ce moment précis, car elles veulent créer une diversion.

Son père fourra une bûche dans le poêle, qui protesta en envoyant des étincelles.

– Ta maman savait exactement ce qu'elle faisait en parlant du chat.

Depuis ce jour, Bedford Crimm ne détestait pas seulement les chats, il portait une profonde douleur dans son cœur et il manquait terriblement d'assurance, car sa maman avait pratiqué le coïtus interruptus au moment de le concevoir, renversant ainsi une grande partie de ses forces vitales sur l'édredon. Elle ne devait pas beaucoup aimer son fils, songeait Bedford avec tristesse en picorant son œuf poché, qu'il voyait à peine, et en cherchant à tâtons le moulin à poivre, et en s'obligeant à ne pas écouter sa femme, qui entretenait avec Poney une conversation exaspérante sur les gens frappés par la foudre. Crimm croyait avoir tiré un trait sur son enfance malheureuse quand il était devenu un homme politique puissant, et voilà que le nommé Officier Vérité faisait resurgir le passé.

Une bouffée de paranoïa et de colère s'échappa de Crimm comme un gaz toxique, et son sous-marin donna l'alerte. D'une manière ou d'une autre, Officier Vérité connaissait la vérité sur les débuts honteux dans la vie du puissant gouverneur, et Crimm n'avait aucune envie que tout le monde soit au courant. Oh, évidemment qu'Officier Vérité savait ! Il savait tout. Sinon, pourquoi aurait-il parlé de momies ?

– C'est une honte !

Il frappa du poing sur la table et un chandelier en argent tomba sur le beurrier.

Le silence figea la pièce.

Au bout d'un moment, Maude Crimm, stupéfaite, s'exclama :

– Mon Dieu ! Heureusement que la bougie n'était pas allumée, sinon, le beurre aurait pris feu. Le vrai beurre est fait avec de la graisse animale, et ça brûle très facilement.

– Pas aussi facilement que ça, madame, dit Poney pour donner son avis. Mais il vaut mieux éviter de prendre des risques.

Il redressa le chandelier et l'essuya avec la serviette posée à cheval sur son avant-bras.

– Il ne faut pas mettre le feu à la résidence, dit-il. Cette maison s'enflammerait comme un fétu, elle est tellement vieille...

– Nous parlions d'éclairs, de maisons et de vêtements qui prennent feu, et voilà qu'un chandelier tombe dans le beurre, murmura la First Lady d'un ton lourd de sous-entendus. J'espère que ce n'est pas un signe.

Poney fit claquer sa langue en secouant la tête.

– J'espère que non. On n'a pas besoin de signes pareils.

– Quels signes ?

Revenant à lui, le gouverneur pensa aussitôt au projet VASCAR et aux panneaux que Major Trader voulait installer dans tout le Commonwealth.

– Appelez Trader, ordonna Crimm à Poney. Dites-lui que j'exige un compte rendu immédiat sur la situation à Tanger Island. Les bandes de contrôle de vitesse devraient être peintes, à l'heure qu'il est. Et demandez à l'officier Macovich s'il a découvert qui était cet Officier Vérité. Je vais démasquer ce scélérat et le réduire au silence avant qu'il cause d'autres dégâts ! Et au diable le Premier Amendement !

Il frappa du poing sur la table encore une fois, et Poney rattrapa le chandelier juste à temps.

O.V., elle, n'avait rien rattrapé à temps, et quand Unique avait traversé le petit pont en sens inverse hier soir, avant de repartir au volant de sa Miata, elle était certaine qu'O.V. était plus que morte. Malgré tout, elle éprouvait le besoin impérieux d'aller vérifier. Ses souvenirs de ce qui s'était passé après qu'elles étaient arrivées sur l'île restaient incomplets et flous, mais à en juger par la quantité de sang qu'elle découvrit sur ses vêtements quand elle regagna son appartement miteux du centre-ville, Unique avait une assez bonne idée de ce qu'elle avait fait à cette femme laide et présomptueuse qui avait osé s'imaginer qu'Unique serait intéressée par ses avances, et qu'elle était son genre.

Elle se gara à proximité de Belle Island et, chaussée de tennis et munie d'un appareil photo Polaroïd, elle partit pour ce qui pouvait passer pour une promenade matinale dans la nature. De jour, l'île n'avait pas du tout le même visage, et il fallut vingt bonnes minutes à Unique pour retrouver les ruines en briques où elle avait apparemment traîné le corps nu d'O.V., alors qu'elle ne se souvenait pas d'avoir fait quoi que ce soit après avoir tranché la gorge de la jeune femme d'une oreille à l'autre. Unique sentit son pouls s'accélérer et elle fut envahie par une sensation de pouvoir, de jubilation et d'excitation sexuelle, tandis que, immobile entre ces murs à moitié écroulés, elle contemplait le corps mutilé et ensanglanté qui gisait dans la boue, sur le dos.

Les yeux d'O.V. étaient entrouverts et vitreux ; ses cheveux étaient durcis par le sang et la boue séchés. Unique était écœurée à l'idée que cette femme avait pu toucher ses lèvres ou une partie de son corps. Accroupie, elle prit des photos sous tous les angles afin de se remémorer clairement cet épisode plus tard, sans avoir à courir le risque de faire développer la pellicule dans une boutique. En se penchant pour réaliser des gros plans, elle fut un peu étonnée de sentir les effluves de l'eau de toilette d'O.V., et cette odeur raviva le souvenir du hurlement, puis des gargouillis émis par O.V. qui portait ses mains à sa gorge, pendant qu'Unique lui décochait un coup de pied dans la tête, avant de lui taillader les seins et de graver le nom d'Officier Vérité sur son ventre. Unique se félicitait d'avoir eu l'intelligence d'ajouter ce détail. O.V. aurait aimé être Officier Vérité, avait-elle dit ; voilà, c'était chose faite.

– Tu as eu ce que tu voulais, dit Unique à voix basse à l'attention du corps froid et ensanglanté, tandis qu'elle regagnait le petit pont.

Elle était repartie depuis longtemps quand le chef d'O.V. commença à téléphoner chez elle pour savoir pourquoi elle n'était pas venue travailler. Unique passait devant la maison du policier blond en civil au moment où deux femmes qui promenaient leurs enfants dans des poussettes découvrirent l'horrible spectacle dans les ruines sur Belle Island, au moment même où Poney faisait mine de retrouver la loupe du gouverneur.

Poney savait que le gouverneur se mettait dans tous ses états quand il ne retrouvait plus un de ses auxiliaires optiques excentriques, et bien que la First Lady lui ait donné des instructions strictes pour qu'il n'aide pas son mari à mieux voir quand il était dans la maison, à cause de la collection de trépieds, Poney se dit qu'il devait agir, et vite. Plongeant la main dans une poche de sa veste blanche amidonnée, il en sortit la loupe en argent, qu'il déposa en silence dans un compotier en étain.

– Ça alors ! s'exclama-t-il. Regardez ce que j'ai trouvé. Voici votre loupe, monsieur. Pourquoi l'avez-vous mise dans le compotier ?

Maude Crimm jeta à Poney le regard noir qu'il méritait pour avoir bafoué ses directives. Elle croisa l'œil droit grossi du gouverneur qui balayait le décor à travers sa loupe.

– Mais où sont donc les filles ? demanda-t-il en découvrant que ses filles n'étaient pas à table.

– Oh, je leur ai dit qu'elles pouvaient dormir un peu, ce matin, répondit leur mère. Elles ont veillé tard devant la télé, hier soir, elles sont épuisées. Quand je pense que ta loupe était dans le compotier ! Bedford, mon chéri, tu devrais en prendre soin.

– À partir de maintenant, elle ne me quittera plus, déclara-t-il, menaçant, et sa femme se raidit. Dorénavant, j'ai bien l'intention de voir ce qui se passe sous mon toit, tu entends ? Je ne suis pas né de la dernière pluie. Oh, que non. Je suis né en 1929, et je ne suis pas un imbécile. (Il pointa un doigt boudiné sur son épouse.) Maude, tu me caches quelque chose.

– Absolument pas, mentit-elle, en s'inquiétant à cause du trépied qu'elle avait découvert sur Internet ce matin même.

Le gouverneur Crimm repoussa sa chaise et se leva, sa serviette coincée dans son col de chemise telle une cape mal placée. Pour la première fois depuis son mariage, il se mit à soupçonner sa femme d'avoir un amant. Il pouvait très bien y avoir un autre homme dans la maison, à cet instant même ; voilà pourquoi quelqu'un avait délibérément caché sa loupe dans le compotier. Il imaginait que tous les hommes d'ici sauteraient sur l'occasion de coucher avec une First Lady, surtout la sienne, et cette pensée fit chavirer violemment le sous-marin du gouverneur.

– Ah, c'est donc ça ! lança-t-il dans l'encadrement cintré de la porte, alors que les pas lourds et fatigués de ses filles résonnaient dans l'escalier.

Il l'avait percée à jour, voilà. Évidemment, il savait ce que manigançait son épouse, et il l'imaginait jetant son dévolu moite et plantureux sur d'autres hommes. Pendant que Crimm était angoissé par des images érotiques et improbables, la First Lady, elle, pensait à l'amoncellement de trépieds dans le dressing-room, et elle paniquait. Son mari avait découvert la vérité. Poney, quant à lui, se dit qu'il était temps d'aller faire du café et il disparut sans un bruit, tandis que les yeux de Mme Crimm s'emplissaient de larmes et que les pas pesants et lents de leurs filles se rapprochaient.

– Oh, me pardonneras-tu un jour, Bedford ? supplia Mme Crimm en reniflant.

La loupe se prit dans le coin de la serviette, et il arracha celle-ci de son col d'un geste rageur pour la jeter par terre ; ses pires craintes se réalisaient.

– Dis-moi juste comment, demanda-t-il, alors que des crampes assaillaient son sous-marin. Comment les as-tu trouvés ? Dans l'annuaire ? Dans des soirées ?

– Non, jamais dans des soirées. (Elle était choquée qu'il puisse penser qu'elle avait pu voler des trépieds dans des soirées.) Jamais je ne m'abaisserais à faire une chose pareille. D'ailleurs, je n'ai pas besoin de ça, ajouta-t-elle d'un ton indigné. Je les ai trouvés sur Internet, si tu veux savoir. On trouve tout sur Internet de nos jours, et la tentation était trop forte, je l'avoue. Oh, Bedford, je ne peux pas m'en empêcher. J'ai beau avoir honte, je sais que je recommencerai. Mais je me dis que je pourrais avoir de plus gros défauts.

– Non, il ne peut pas y avoir de plus gros défaut ! Et je parie que Poney est dans le coup, lui aussi, dit le gouverneur, tandis que son sous-marin crevait la surface sombre de son bien-être, périscope sorti pour espionner l'ennemi, son épouse infidèle en l'occurrence. Ce scélérat de Poney était forcément au courant de tes manigances, étant donné qu'il est aux petits soins pour toi toute la journée. Et je doute qu'ils soient arrivés en douce la nuit. Je t'en supplie, dis-moi que non ! Ce serait le pire des avilissements si tu les avais fait venir en douce la nuit pendant que je dormais, dans le même lit ! Remontez immédiatement ! ordonna-t-il à ses filles. Nous sommes en train de nous disputer, et vous savez qu'on ne se dispute jamais devant vous !

– Jamais la nuit, jura Mme Crimm, tandis que les pas pesants de ses filles faisaient demi-tour pour remonter lourdement l'escalier. Une fois que je les ai choisis, ils arrivent toujours le lendemain, et je les cache dans le dressing-room.

– Tu peux être sûre que j'inspecterai tous les dressing-rooms dès que je rentrerai à la maison, aujourd'hui ! tonna le gouverneur, et il les aurait bien inspectés dès maintenant, mais son sous-marin était en détresse et il fonçait droit vers une mine. Et si je les trouve cachés là – même un seul –, c'est fini. Je parle sérieusement.

– Ça n'arrivera pas, dit-elle en tapotant ses yeux avec son mouchoir, tout en se demandant où elle pourrait bien cacher les trépieds après les avoir sortis du dressing-room, immédiatement après le départ de son mari. Je le jure sur ma tête. Tu pourras inspecter les dressing-rooms tant que tu veux, mon chéri, tu n'y trouveras que du linge. Tout ton joli linge, bien repassé, plié et rangé.

Le gouverneur fut pris de sueurs froides au moment où la première explosion résonna à travers ses organes creux, sous la forme d'une épouvantable lame de fond qui déferlait vers son orifice. Le sous-marin de Bedford Crimm IV arma ses torpilles et ferma hermétiquement l'écoutille de ses sphincters, alors que le gouverneur s'enfuyait avec grand fracas vers les toilettes les plus proches.

6

UNE FOIS PAR SEMAINE, le docteur Faux prenait le ferry pour se rendre à Tanger Island, où il offrait son temps et son savoir-faire à des gens qui n'avaient ni médecin, ni dentiste, ni vétérinaire sur place. C'était sa mission, dans la vie, disait-il souvent : aider les insulaires défavorisés et leurs familles, qui ignoraient tout de ses pratiques de tarification insolites et de codification inventive destinées à escroquer régulièrement le programme d'aide médicale de l'État de Virginie.

Les dentistes, estimait le docteur Faux, n'avaient d'autre choix que de compléter leurs revenus aux frais du gouvernement, et il considérait sincèrement comme légitime de soumettre les insulaires à des procédures inutiles, médiocres et bidon, compte tenu de l'immense sacrifice qu'il accomplissait. Après tout, qui d'autre accepterait de venir sur cette île abandonnée ? Personne, rappelait-il à tous ceux sur qui il travaillait ou faisait semblant de travailler. Il régla une lampe et promena un petit miroir sur les molaires antérieures de Fonny Boy.

– J'ai l'impression qu'il y a pas mal de dégâts, là-bas, commenta le docteur Faux, en décidant que la dent qu'il venait de plomber avait besoin d'être à nouveau dévitalisée. Fonny Boy, je te rappelle avec insistance que tu dois réduire ta consommation de sodas. Combien en bois-tu par jour ? Ne mens pas.

Fonny Boy leva cinq doigts, tandis que le docteur Faux regardait par la fenêtre les femmes et les enfants qui essayaient d'effacer une mystérieuse bande blanche peinte sur la chaussée.

– C'est beaucoup trop, dit-il à Fonny Boy, un garçon de

quatorze ans, grand et maigre, avec des cheveux décolorés par le soleil et ébouriffés, et qui avait la manie de patauger dans l'eau avec un bâton ou un filet, non pas pour chercher des crabes, mais des trésors.

– De toute évidence, tu es plus sujet aux caries que la plupart des gens, dit le docteur Faux, comme il le disait à tous ses patients insulaires. Je pense que tu devrais au moins passer aux sodas allégés, et encore mieux, boire de l'eau.

Fonny Boy avait passé la majeure partie de sa vie sur l'eau et dans l'eau ; pour lui, en boire, ce serait comme manger de la terre pour un fermier.

– Non, je peux pas en boire, dit-il, en ayant l'impression que ses lèvres et sa langue engourdies faisaient dix fois leur taille normale. J'suis tout gonflé, on dirait que j'vais m'étouffer !

– Et l'eau en bouteille ? Ils en font des très bonnes, maintenant, avec des parfums de fruit et pétillantes. (Tout en parlant, le docteur Faux continuait à regarder par la fenêtre.) Pourquoi est-ce que cet avion arrête pas de tourner au-dessus de notre tête ? Et qui est cet officier trempé comme une soupe, avec un pot de peinture et une bouteille d'Evian ? Et pourquoi est-ce que tout le monde lui court après dans la rue ? Puisque je t'ai endormi, je vais peut-être en profiter pour régler ton appareil.

Le docteur Faux prit le temps de jeter quelques notes et des codes dans l'épais dossier dentaire de Fonny Boy.

– Naan ! protesta Fonny Boy. Ça me fait mal à la bouche. L'appareil, ça va encore, mais c'est les p'tits élastocs qu'arrêtent pas de sauter sans raison.

Pour commencer, Fonny Boy n'avait jamais voulu porter d'appareil dentaire. Et il avait été tout aussi mécontent quand le dentiste avait insisté pour lui arracher quatre dents parfaitement saines quelques mois plus tôt. Fonny Boy détestait aller chez le dentiste, et il se plaignait souvent à ses parents, en disant que le docteur Faux était un picaro, le mot utilisé à Tanger Island pour désigner les pirates.

– Y m'a fait montrer une photo de sa bagnole, leur avait-il dit l'autre jour. L'a une énorme Merco noire, et sa femme elle a la même, sauf qu'elle est d'une autre couleur. Comment qu'y peut s'payer des caisses à ce prix-là s'il travaille sur nous autres gratos ?

C'était une bonne question, mais comme toujours, personne n'avait pris Fonny Boy au sérieux. Ses voisins et professeurs le trouvaient amusant et étrange, et ils aimaient échanger des histoires concernant sa manie de farfouiller parmi les débris éparpillés sur le rivage, ou son besoin irrépressible de faire de la musique.

« Je vous jure ! avait-il entendu un jour dans la bouche de sa tante Ginny Crockett, après une messe dominicale. C'gamin est convaincu qu'à force de retourner tout le rivage, il va découvrir un tonneau rempli de pièces en argent. Sa pauvre mère est toujours en train de lui crier dessus, et je peux pas lui jeter la pierre. Elle a fait ce qu'elle a pu pour ce garçon, et par-dessus le marché, l'arrête pas de souffler dans son biniou.

– Y va m'tuer ! Y trimballe son instrument partout et il en joue joliment, répondit l'amie de Ginny, en disant l'opposé de ce qu'elle voulait dire, car de l'avis général, quand Fonny Boy jouait de l'harmonica, c'est-à-dire en permanence, il ne produisait qu'un épouvantable vacarme.

– Son papa devrait lui filer une bonne raclée, mais il est toujours à se vanter de son fils », dit Ginny, et en disant cela, elle exprimait vraiment ce qu'elle voulait dire, car le père de Fonny Boy avait une fâcheuse tendance à croire que son fils unique faisait l'admiration de toute l'île.

– Dès qu'on t'aura retiré cet appareil, dit le docteur Faux en prenant une nouvelle paire de gants de chirurgien qu'il facturerait trois fois plus cher que leur valeur, je recommanderai la pose de couronnes pour huit dents de devant. Tu te sens d'attaque pour un petit prélèvement de sang, ce matin ? ajouta-t-il, car il avait découvert qu'il pouvait vendre du sang à des chercheurs louches qui effectuaient des études génétiques sur les populations vivant en cercle fermé.

– Naaan !

Fonny Boy se redressa brutalement dans son fauteuil, en serrant les accoudoirs à s'en faire blanchir les jointures.

– Ne t'inquiète pas pour les couronnes, Fonny Boy. J'utiliserai des alliages précieux, tu auras un sourire à 1 million de dollars !

À cet instant, le vieux téléphone noir sonna dans le cabinet. Cet appareil datait de l'époque où les fils étaient recouverts d'un tissu isolant, et comme toujours, il y avait énormément de friture sur la ligne.

– Clinique, dit le docteur Faux.

– Faut que j'parle à Fonny Boy, dit une voix d'homme à travers les grésillements et le bourdonnement. L'est là ?

– C'est vous, Ouragan ? demanda le dentiste au père de Fonny Boy, surnommé Ouragan à cause de son sale caractère. Je vous rappelle que vous devez venir me voir pour un bilan complet, un détartrage et un prélèvement sanguin.

– Passez-moi Fonny Boy avant que le diable m'emporte !

– C'est pour toi, dit le docteur Faux à son patient.

Fonny Boy se leva du fauteuil et prit le combiné, tout en écrasant une mouche léthargique.

– Ouais ?

–'coute-moi bien. Fermes-y donc la porte à double tour ! ordonna le père de Fonny Boy d'un ton pressant. Laisse pas sortir le dentiste ! Y a des fois où que faut faire des choses pour embêter le monde, fiston. Dans une situation comme celle-ci, c'est tout ce qu'on sait faire, nous autres. Ce foutu dentiste t'a encore trifouillé la bouche ?

– Ouais ! M'a rien fait du tout, papa ! dit Fonny Boy, ce qui était une façon de parler inversée, et qui signifiait, évidemment, que le dentiste avait l'intention de charcuter méchamment la bouche de Fonny Boy.

– Haut les cœurs, fiston, dit son père, pour l'encourager à ne pas céder à la dépression ou au découragement. On va lui refiler une dose de sa propre médecine, et on se servira de lui pour faire un exemple, pour leur apprendre à toujours s'en prendre à nous. On est tous de la même famille, fiston. En attendant, dis rien, on arrive !

– Bon sang de bois ! s'exclama Fonny Boy en fonçant vers la porte pour fermer le verrou avec la clé qui était accrochée derrière un tableau représentant Jésus conduisant ses brebis.

Il ne savait pas trop pourquoi il devait enfermer le docteur Faux à l'intérieur de la clinique, mais ce fichu dentiste l'avait mérité, et pour une fois qu'il se passait quelque chose, c'était excitant. Tanger Island n'offrait aucun intérêt pour sa jeunesse, et Fonny Boy rêvait de rencontrer la chance un jour et de partir pour de bon. Par la fenêtre, il vit une foule de pêcheurs remonter la route en formation militaire ; certains armés de rames en bois et de pinces à huîtres.

– Assoyez-vous dans le fauteuil et attention à la marche ! ordonna-t-il au dentiste.

– Il faut que je retire le coton de ta bouche, lui rappela le docteur Faux. Assieds-toi d'abord dans le fauteuil ; je m'y assoirai ensuite, si tu veux.

Le docteur Faux se disait que l'anesthésiant avait énervé Fonny Boy et entraîné des troubles nerveux passagers.

Même le dentiste le plus expérimenté ne pouvait jamais savoir avec certitude de quelle façon certaines drogues agissaient parfois sur certains patients, et le docteur Faux demandait toujours aux gens s'ils faisaient des allergies ou des réactions indésirables aux médicaments. Mais les insulaires étaient soumis si rarement aux sédatifs, à la moindre anesthésie ou à toute substance provoquant une modification du comportement, à l'exception de l'alcool qu'ils n'avaient pas le droit de boire, que les patients du docteur Faux étaient relativement intacts sur ce plan, et de ce fait parfaitement adaptés aux études à l'aveugle sur les placebos et autres mixtures que divers laboratoires pharmaceutiques souhaitaient faire approuver par les pouvoirs publics et qu'ils étaient ravis d'offrir au docteur Faux à des fins expérimentales. Le dentiste promena ses doigts recouverts de latex dans la bouche de Fonny Boy, à la recherche du coton.

– Ne me dis pas que tu l'as encore avalé ?

– Ouais.

– Tu risques d'être un peu constipé pendant quelques jours. Pourquoi as-tu verrouillé la porte, et qu'as-tu fait de la clé ?

Fonny Boy palpa ses poches pour s'assurer que la clé était en sécurité. Elle ne l'était pas. Qu'est-ce que j'en ai foutu ? se demanda-t-il en balayant du regard le cabinet, tandis que dans la rue résonnaient des bruits de pas et des éclats de voix furieux. Tout excité, Fonny Boy écrasa son poing sur le nez du dentiste, sans méchanceté, mais avec suffisamment de force pour le faire saigner.

– Aïe ! s'écria le docteur Faux, sous l'effet de la surprise et de la douleur. Pourquoi as-tu fait ça ? demanda-t-il, alors que les insulaires criaient à Fonny Boy de leur ouvrir la porte.

– J'peux pas ! leur cria-t-il. J'trouve plus où qu'est la clé ! J'ai plus souvenance où que j'l'ai mise !

– Pourquoi m'as-tu frappé ?

Stupéfait et révolté, le docteur Faux tamponnait son nez avec un mouchoir en papier.

Fonny Boy ne savait pas trop pourquoi il avait frappé le dentiste, mais il lui semblait important de s'affirmer à travers la violence. Il aimait assez l'idée de montrer aux autres qu'il avait utilisé la force pour dominer le docteur Faux. Son père serait content, sans aucun doute, mais malgré tout, Fonny Boy aurait bien aimé se souvenir de ce qu'il avait fait de la clé, car dehors, l'agitation enflait.

– Hé ! Faut enfoncer la porte ! cria-t-il à la foule déchaînée.

Les pêcheurs s'exécutèrent et firent irruption dans la pièce, en agitant leurs rames et leurs pinces à huîtres.

– À bas la Virginie ! À bas la Virginie ! scandaient-ils. N'essayez pas de retourner sur le continent, docteur Faux ! Vous êtes notre prisonnier de guerre !

– Vous allez payer !

– Exactement ! Exactement !

– Z'entendez ça, docteur Faux. Alors, ça fait quel effet de se retrouver sur c'te fauteuil ?

– Fichons-lui une raclée !

– C'est déjà fait, déclara Fonny Boy avec vantardise. Je lui ai collé un gnon sur le tarin et il a basculé cul par-dessus tête !

– On devrait lui arracher toutes les dents ! Regarde donc toutes celles qu'il t'a enlevées à toi !

– Qu'on l'abatte ! Et après, on le ligotera pour le donner à bouffer aux crabes !

– C'est pas une belle façon de mourir, ça.

– Pour sûr qu'il l'a mérité ! Pas vrai ?

– Attendez une minute ! protesta le docteur Faux, suffisamment fort pour faire taire momentanément les insulaires, tandis qu'il se recroquevillait au fond de son fauteuil de dentiste en se tamponnant le nez. Je vous ai entendus ! Et ce que j'entends, c'est que vous étiez d'abord en colère contre la Virginie, et maintenant, vous vous en prenez à moi ! Faudrait savoir !

– On est en colère après tous les gens du continent,

décréta quelqu'un. Tout le monde sur le continent profite de nous autres !

– Si vous êtes vraiment décidés à me kidnapper, dit le docteur Faux en réfléchissant à toute vitesse, votre plan marchera seulement si vous informez le gouverneur. Sinon, personne ne saura que je suis ici, et à quoi ça vous servira de me garder enfermé ? Concernant vos accusations injustes, pleines d'ingratitude, au sujet de la façon dont je me suis occupé de vos problèmes dentaires, je vous signale que je suis venu ici pendant toutes ces années avec la bonté pour seul objectif, et sans moi, vous n'auriez aucun dentiste.

– Mieux vaut pas de dentiste que vous.

– Ma femme, elle aurait encore toutes ses dents. Et moi, j'ai ma dent qui me fait du mal quand y a de l'air qui passe à travers. Une dent que vous avez réparée !

– Peut-être qu'on devrait réfléchir, dit un des insulaires qui commençait à avoir des doutes, en appuyant sa rame contre un mur. On veut pas avoir d'ennuis.

– Parfaitement, confirma le docteur Faux. Vous êtes furieux après le gouverneur, et je ne peux pas vous en vouloir, je l'avoue. De toute évidence, vous êtes persécutés et frappés d'ostracisme, comme toujours, et je ne sais pas à quoi servent ces bandes blanches peintes sur le sol, mais une chose est sûre, on ne les a pas mises là dans votre intérêt.

– Non, ça annonce rien de bon pour nous autres.

– L'écoutez pas ! (Fonny Boy avait décidé de reprendre l'initiative.) Il vient du continent, et comment que ça se fait que les troopers et lui sont ici en même temps, hein ? Il nous espionne, voilà !

– Ça alors ! D'où c'est que tu sors qu'il est venu nous espionner, fiston ? demanda le père de Fonny Boy avec une fureur et un ressentiment grandissants.

– Il espionne comment que c'est qu'on pêche, et après, il va aller raconter des mensonges sur les crabes et tout ça. Et bientôt, ils vont faire une loi comme quoi qu'on n'a pas le droit de pêcher, déclara Fonny Boy, sans le moindre soupçon de preuve.

– C'est lui qui t'a dit ça ? demanda son père en désignant le dentiste d'un mouvement du menton.

– Ouais. Et comment qu'c'est lui !

– C'est quoi qu'il t'a dit ?

Fonny Boy haussa les épaules ; son histoire commençait à s'enliser, mais la graine avait été plantée.

– On peut pas prendre de risques, déclara un autre pêcheur.

– Nan.

– Nan. On peut pas.

– Qu'est-ce qu'on fera si on nous dit qu'on a plus le droit de pêcher le crabe ? Ma parole, on n'aura plus un sou en poche.

– C'est pas juste !

– Nan. C'est pas juste !

– Moi, j'propose qu'on le laisse passer un coup de téléphone, pour qu'il explique nos intentions, suggéra le père de Fonny Boy d'une voix pleine de fureur.

– Qui c'est qu'il va appeler ?

– Il a qu'à téléphoner à la police d'État. C'est eux qu'ont peint la route, là devant. Et p't'être que le dentiste est un espion de la police envoyé par le gouverneur.

On tendit au docteur Faux le vieux téléphone noir, et après avoir appelé les renseignements et être passé de poste en poste, il obtint enfin le chef Judy Hammer au bout du fil et il pria pour qu'elle n'ait pas l'idée de se renseigner sur ses antécédents.

– Qui est à l'appareil ? demanda Hammer.

Elle entendait des murmures rageurs en bruit de fond.

– Je suis dentiste sur le continent, répondit une voix. Je m'occupe de Tanger Island et je vous appelle de là-bas, car j'ai des gros ennuis à cause de votre agent qui a peint des bandes dans Janders Road, et du gouverneur qui veut réquisitionner l'île pour la transformer en circuit automobile.

– Mais de quoi parlez-vous ?

Hammer avait envie de raccrocher au nez de ce soi-disant dentiste, qui était de toute évidence un détraqué, mais elle se dit qu'elle devrait peut-être l'écouter jusqu'au bout.

– Ces bandes blanches servent à contrôler la vitesse dans le cadre du nouveau programme VASCAR du gouverneur.

– Si vous n'enlevez pas immédiatement ces bandes et si vous ne signez pas un accord qui interdit à la police d'État, aux garde-côtes et aux autres de molester à nouveau les insulaires, ils vont me garder prisonnier contre ma volonté !

– Qui êtes-vous ? demanda Hammer en prenant des notes.

– Je n'ai pas le droit de vous donner mon nom.

– À bas la Virginie ! cria quelqu'un avec un drôle d'accent, à l'arrière-plan.

– Y a personne ici qu'a voté pour le gouverneur, si j'me souviens bien.

– On n'a rien fait, à part pêcher nos crabes et gagner notre vie de manière honnête, et qu'est-ce qu'on découvre en revenant à la maison ? Des bandes blanches dans la rue et lui, le dentiste, qui nous arrache toutes les dents !

– Je ne vous ai pas arraché toutes les dents ! protesta le dentiste, en plaquant la main sur le téléphone, ce qui n'empêcha pas Hammer de l'entendre.

– Très bien, dit-elle d'une voix autoritaire. Qu'attendez-vous de nous, exactement ? Je ne comprends pas.

Sa question fut suivie d'un long silence au bout du fil.

– Allô ?

Elle entendit une voix qui disait :

– On en a tous assez d'être interférés. Dites-lui de faire la commission au gouverneur qu'on était bien heureux avant qu'il s'en mêle, et ce qu'on veut, c'est notre indépendance d'avec la Virginie !

– Ouais !

– Parfaitement ! On veut plus voir de percepteurs et de policiers sur l'île ! On veut avoir notre indépendance !

– Plus d'argent pour les impôts ! Pas un seul dollar !

– Et qu'on nous dise plus de limiter nos prises !

– Ouais !

– Vous les avez entendus, dit le dentiste à Hammer. Plus de quotas de pêche, plus d'impôts, plus de police et plus d'ingérence. Tanger Island veut faire sécession avec la Virginie et, ajouta-t-il en prenant un ton de conspirateur, ils réclament une rançon de 50 000 dollars en échange de ma libération, en petites coupures que vous enverrez à la poste restante numéro 316 de Reedville. Veuillez accéder à ces exigences immédiatement. Je suis retenu en otage à l'intérieur de la clinique, j'ai déjà été frappé, je saigne et ma vie est en danger !

Avant que Hammer ait le temps de réagir à ce qu'elle considérait comme un acte de folie et une extorsion éhontée, le dentiste lui raccrocha au nez. Elle essaya de joindre Andy, sans succès, et lui laissa un message pour lui expliquer ce qui s'était passé.

« Votre essai sur les momies a provoqué des dégâts considérables, ajouta-t-elle à la fin de son message, même si je ne peux pas affirmer que quelqu'un sur l'île l'ait lu. Mais vous avez certainement planté le décor pour faire croire aux gens que Tanger Island était persécutée par l'État de Virginie, et vous avez intérêt à faire quelque chose pour rétablir la vérité, Andy. Appelez-moi. »

Andy n'eut ce message que très tard, ce soir-là, car après avoir regagné précipitamment Richmond en hélicoptère avec Macovich, il s'était aussitôt lancé dans une mission secrète qui nécessitait un déguisement et l'emprunt d'un hélicoptère civil. Il avait passé le restant de la journée sur Tanger Island à rassembler des informations, et quand il rentra enfin chez lui, il était presque minuit. Il écouta son répondeur et rappela Hammer, en la réveillant.

– Mon Dieu, j'étais loin de me douter ! dit-il. Si seulement j'avais su plus tôt.

– Où étiez-vous passé, nom de Dieu ? demanda la voix endormie de Hammer.

– Je ne peux pas vous le dire. Pas maintenant. Je sais que ça peut vous paraître malpoli et injuste, mais j'effectuais des recherches et j'enquêtais sur une affaire dont je n'ai pas le temps de vous parler pour l'instant. Disons simplement que quand j'ai tracé les grandes lignes des textes que je projetais d'écrire pour mon site Internet, mon programme n'incluait pas Tanger Island, ni l'escroquerie dentaire, alors j'ai été très occupé à essayer de rassembler le maximum de renseignements sur les insulaires, et maintenant, je dois raccrocher pour commencer à écrire...

– Andy ! (Hammer était parfaitement réveillée et outrée.) Vous n'avez pas le droit de me cacher des choses ! Où étiez-vous toute la journée ? Avez-vous écouté les infos ? Visiblement pas, ajouta-t-elle d'une voix émue. Une femme a été sauvagement assassinée sur Belle Island, et le meurtrier a gravé votre nom sur le corps !

– Mon nom ? Comment ça, mon nom ?

– Officier Vérité, je veux dire.

– Quelqu'un a gravé *Officier Vérité* sur le corps ? (Andy était effaré et stupéfait.) Mais... Mais...

– Je ne sais rien de plus. Mais je crois qu'il serait préférable d'arrêter cette connerie d'Officier Vérité et de revenir à des méthodes policières plus orthodoxes, avant qu'il y ait d'autres dégâts.

– Vous ne pouvez pas me tenir pour responsable des actes d'un détraqué ! Même si je suis triste pour la victime, je n'ai rien à voir avec sa mort et je promets d'apporter toute mon aide. Écoutez, nous avions conclu un arrangement, et vous aviez donné votre parole, lui rappela Andy. N'oubliez pas ce que je vous ai dit il y a un an, quand on a parlé de tout ça. Quand on dit la vérité, les forces du mal n'apprécient pas, et les emmerdes arrivent. Mais au bout du compte, la vérité finit toujours par l'emporter.

– Oh, pour l'amour du ciel ! s'exclama Hammer avec violence et impatience. Je vous en supplie, épargnez-moi votre philosophie naïve !

– Vous me blessez profondément, dit Andy, meurtri et déçu, mais plus déterminé que jamais. Lisez Officier Vérité demain matin, et peut-être qu'on en reparlera.

UNE BRÈVE HISTOIRE DE TANGER ISLAND

par Officier Vérité

Même si elle le regrette peut-être, présentement, Tanger Island fait partie du Commonwealth de Virginie, et cela depuis 1609, date à laquelle John Smith, accompagné de sept soldats, six gentlemen et un médecin, explorèrent la baie de Chesapeake à bord d'une grande embarcation découverte de trois tonnes.

Partis à la recherche de ports et d'habitations, ils se retrouvèrent au milieu de nombreuses îles, qu'ils baptisèrent les îles Russell. En traversant la baie vers les rivages de l'est, ils se retrouvèrent face à deux indigènes robustes et à l'air lugubre, des « Sauvages », comme les appelait Smith, munis de grandes lances surmontées de crânes humains.

« Qui êtes-vous et qu'avez-vous en tête ? » demandèrent les Sauvages avec audace en langue powhatan, ainsi nommée car c'était la langue que parlait le grand chef Powhatan, père de Pocahontas.

Smith leur répondit dans leur langue, ce qui impressionna fortement les Sauvages, et ici, je me permets une courte digression pour souligner l'importance de la communication, qui constitue assurément un problème opportun à la lumière de ce qui s'est passé hier sur cette île (Tanger), celle-là même qui fut découverte par John Smith. Aucun gouvernement, y compris celui de Virginie, ne devrait promulguer des lois et prendre des initiatives affectant un peuple qui parle de manière inversée. Si un insulaire dit par exemple : « Ah, c'est très bien, ça », ou bien : « Il pleut pas du tout », il veut dire exactement le contraire, en fonction de son intonation, ainsi que l'explique un natif de Tanger, David L. Shores, dans son ouvrage définitif : *Tanger Island : lieu, peuple et langage.*

Jadis, si un insulaire voulait dire le contraire de ce qu'il disait, il le signalait en ajoutant « de droite à gauche », ce qui voulait dire de manière évidente qu'il parlait à l'envers. Il disait : « Il ne pleut pas beaucoup, de droite à gauche », ce qui était normal s'il voulait dire en réalité qu'il pleuvait des hallebardes. Mais plus maintenant. Seules les personnes très familiarisées avec les intonations et les expressions faciales utilisées par les insulaires peuvent éventuellement comprendre ce que l'un d'eux veut dire quand, encore un exemple, il dit : « Ça ne m'intéresse pas d'y aller. »

« Ce que vous voulez dire, si je comprends bien, m'a dit ma meilleure amie, que j'appellerai désormais "ma sage confidente", c'est que si les insulaires avaient réagi au projet de contrôle de vitesse VASCAR en disant "Ah, c'est très bien !", ils auraient pensé en fait que ces contrôles de vitesse n'étaient pas bien du tout et que ça les mettait en colère. Or, d'après ce que vous m'avez dit, cette insulaire nommée Ginny Crockett était visiblement furieuse, même si elle s'est adressée à la police en parlant à l'envers, exact ?

– C'est exactement là où je veux en venir, ai-je répondu. Le gouverneur ne devrait rien entreprendre sur ou concernant cette île sans une parfaite maîtrise du parler inversé. Et il me semble évident que l'équipe du gouverneur, si elle maîtrise parfaitement le raisonnement à l'envers, ne connaît rien au parler à l'envers. Ils ont fait une chose formidable.

– En disant "Ils ont fait une chose formidable", vous avez une intonation forte et un ton exagérément aigu, et vous avez fait durer les syllabes, tout en agitant le menton et en haussant les sourcils. Est-ce que ça signifie que vous pensiez exactement l'inverse ?

– Ah ! C'était un test pour voir si vous suiviez, répondis-je. Ce qui compte, ce n'est pas ce que vous dites, mais *comment* vous le dites.

– Je me demande si John Smith a connu un problème similaire dans ses rapports avec les Sauvages, s'est demandé ma sage confidente. Peut-être que les Sauvages parlaient à l'envers, eux aussi.

– En tout cas, on peut être sûrs que la manière dont ils disaient les choses était souvent plus importante que ce qu'ils disaient », ai-je répondu.

Après un séjour amical chez les Sauvages, Smith reprit la mer, en suivant les anses et la côte, lorsque soudain, « des bourrasques redoutables, la pluie, le tonnerre et les éclairs surgirent, et c'est en grand danger que nous échappâmes au déchaînement impitoyable de cette étendue d'eau semblable à l'océan », pour reprendre les propres mots de Smith. Ayant échappé de peu à la mort, les colons trouvèrent abri sur une des nombreuses îles que Smith baptisa les îles Russell.

Repartant de nouveau, ils furent assaillis par un deuxième orage qui projeta par-dessus bord leur mât et leur voile, et faillit les envoyer par le fond, tandis qu'ils écopaient furieusement. Deux jours durant, ils attendirent que le temps tumultueux se calme et cherchèrent de l'eau potable en un lieu inhabité que Smith baptisa Limbo Island, l'île des Limbes. Finalement, après avoir confectionné une voile avec leurs chemises, ils reprirent la direction de Jamestown.

La plupart des chercheurs semblent croire que Tanger fait partie des îles Russell. Mais en ce qui me concerne, après avoir étudié plusieurs cartes anciennes et une carte aérienne moderne, je me demande : est-il possible que Tanger soit en réalité Limbo, et cela pourrait-il expliquer cette tendance des insulaires à ne pas vouloir dire ce qu'ils disent ou à ne pas dire ce qu'ils veulent dire ? Je pense que les historiens ne peuvent pas écarter complètement cette possibilité, pas plus que je ne peux la démontrer. Mais si vous examinez une carte aérienne de Washington, vous constaterez que Tanger et Limbo Island ne sont qu'à quelques minutes d'hélicoptère l'une de l'autre.

Afin d'enquêter plus en profondeur, j'ai décidé de me rendre à Jamestown en hélicoptère et d'enregistrer de là-bas les coordonnées exactes qui auraient été celles de Smith s'il était allé de Jamestown à Tanger en bateau, pour revenir ensuite à Jamestown avant de partir à Limbo. Notez les coordonnées géographiques de Jamestown, Tanger et Limbo, que je vous donne ici telles qu'elles sont apparues sur mon GPS quand je me trouvais au-dessus de chaque île. Quand vous aurez étudié la carte, je vous expliquerai ce que cela signifie :

	JAMESTOWN ISLAND	TANGER ISLAND	LIMBO ISLAND
Latitude	37° 12.47	37° 49.51	37° 55.75
Longitude	76° 46.66	75° 59.87	76° 01.58

De toute évidence, Tanger et Limbo ne sont pas très éloignées l'une de l'autre. Voici donc l'hypothèse que je formule : imaginez, chers lecteurs, Smith et ses hommes dans leur embarcation découverte, sous la pluie battante, les coups de tonnerre, les éclairs, l'absence de visibilité ; comment Smith pouvait-il être certain, lorsqu'il crut trouver refuge sur l'île qu'il baptisa Tanger Island, qu'il ne se trouvait pas en réalité sur Limbo Island ? Je pense pouvoir affirmer que, si j'avais navigué dans de telles conditions après un verre ou deux de Wild Turkey, je me serais peut-être retrouvé sur Limbo aussi facilement qu'ailleurs.

Tanger est-elle en réalité Limbo ? Nous ne le saurons jamais. Même si John Smith était encore parmi nous aujourd'hui, je doute que lui-même puisse nous le dire. En revanche, je suis convaincu que si John Smith visitait Tanger aujourd'hui, il aurait l'impression de se trouver à Limbo, même si ce n'est pas le cas.

Si Tanger est en réalité Limbo, je regrette personnellement qu'elle n'ait pas gardé ce nom. Je pense que Limbo Island aurait pu développer un important marché spécialisé en attirant des touristes qui aiment se retrouver au milieu de nulle part et ne rien faire du tout pendant un certain temps. Je pense également que le gouverneur de Virginie n'aurait pas pris la peine de faire peindre des bandes blanches sur les routes d'un endroit nommé Limbo, et de toute façon, les habitants de Limbo n'auraient même pas réagi.

Soyez prudents, amis lecteurs !

7

Andy mesurait l'agacement de Hammer au rythme de ses doigts qui pianotaient sur son bureau. À ce moment précis, elle exécutait un staccato violent sur son sous-main, tandis qu'Andy lui faisait son rapport sur Tanger Island et expliquait comment la révolte était liée au passé des Tangeriens, car il n'avait aucune raison de penser, à cet instant, que ses commentaires sur les malversations dentaires avaient énervé les insulaires tout autant que le contrôle de vitesse.

– La plupart de ces gens ne connaissent sans doute même pas leur passé, et ils n'ont jamais entendu parler de John Smith, rétorqua Hammer de derrière son bureau, d'où elle avait une jolie vue sur l'allée circulaire devant le quartier général et sur les drapeaux qui claquaient au vent en haut des grands mâts.

– À votre place, je ne les sous-estimerais pas ; j'essaye simplement de vous expliquer le contexte, répondit Andy, qui transpirait sous son uniforme et redoutait ce qu'allait dire Hammer au sujet du dernier essai d'Officier Vérité.

– Ce que je veux dire, c'est que les insulaires sont programmés pour penser que tous les gens sont des picaros qui veulent leur voler leur île et tout ce qui s'y trouve, exactement comme les Amérindiens en voyant les Anglais débarquer à Jamestown et commencer à bâtir leur fort.

– Des picaros ? dit Hammer en fronçant les sourcils.

– C'est comme ça que les insulaires appellent les pirates.

– Seigneur, soupira-t-elle.

Windy Brees fit soudain irruption dans le bureau de Hammer, avec une expression d'intense excitation sur son visage maquillé et un paquet UPS coincé entre ses longs ongles rouges.

– Mince alors ! s'exclama Windy. Vous devinerez jamais ce qui s'est passé !

Hammer n'aimait pas jouer aux devinettes avec sa secrétaire.

– Dites-le-moi, demanda-t-elle avec une pointe d'impatience.

– On est dans les ennuis jusqu'au pétrin ! dit Windy, essoufflée. Un dentiste qui s'occupe de ces Tangeriens a disparu ! Il s'est rendu sur l'île hier, comme d'habitude, et sa femme a déclaré à la police de Reedville qu'il n'avait jamais repris le ferry pour rentrer, et quand ils ont appelé la clinique, un garçon parlant bizarrement a dit que le dentiste était retenu en otage jusqu'à ce que le gouvernement fasse de l'île un État indépendant. Ou un truc dans ce genre.

– Oui, je suis déjà au courant de ce qui s'est passé. Apparemment, les insulaires le retiennent en otage à l'intérieur de la clinique.

– La clinique ? répéta Andy en sentant un mauvais pressentiment l'envahir.

– C'est ce que m'a dit le dentiste quand ils l'ont autorisé à téléphoner, expliqua Hammer. Mais je ne connais pas son nom. Il a dit qu'il ne pouvait pas me le donner.

– Sherman Fox, déclara Windy. Mais ça s'écrit bizarrement. (Elle jeta un coup d'œil à son bloc-notes.) F.A.U.X.

– Ça se prononce Fo.

– Peu importe, intervint Hammer. Andy, auriez-vous vu le dentiste, par hasard, pendant que vous peigniez les bandes blanches, hier ?

– Non, répondit-il, omettant de préciser qu'il ne l'avait pas vu davantage quand il était retourné sur l'île déguisé, mais sans doute s'était-il trouvé sans le savoir à quelques mètres du dentiste, car la clinique faisait partie des endroits qu'il avait visités.

Il fallait qu'il parle de sa mission secrète à Hammer, mais il jugeait plus sage d'attendre qu'elle soit de meilleure humeur.

– Un important groupe de pêcheurs défilait dans Janders Road, ajouta-t-il, et je ne suis pas étonné, car les insulaires ont derrière eux une longue histoire de ressentiment et d'isolement. Et même si j'admire Thomas Jefferson, il n'a pas arrangé les choses en ordonnant que tous les bateaux de Tanger Island soient saisis et les vivres coupés durant la guerre de l'Indépendance. Il s'est comporté avec son propre peuple comme s'il s'agissait d'un pays ennemi, comme si Tanger Island ne faisait pas partie de l'État qu'il gouvernait...

– Je crains que M. Jefferson ne soit pas en mesure de nous aider ! déclara sèchement Hammer en se levant de son fauteuil.

– C'est peut-être préférable, étant donné la manière dont il a géré la situation la dernière fois, fit observer Andy, qui avait réussi à s'échapper de justesse à bord de l'hélicoptère Bell 407 quand les insulaires l'avaient pourchassé dans Janders Road, puis à travers d'innombrables marécages qu'enjambaient des petits ponts, pour finir sur le minuscule terrain d'atterrissage où l'agent Macovich attendait dans l'hélicoptère, en ayant eu la bonne idée, Dieu soit loué, de faire tourner le moteur.

– Il faut y retourner, déclara Andy à un Macovich visiblement affolé, tandis que celui-ci décollait et accélérait aussitôt, sans même se stabiliser.

– Vous êtes complètement dingue, ou quoi ? (La voix de Macovich résonna bruyamment dans le casque d'Andy, au moment où une pierre rebondissait contre un patin de l'hélicoptère.) Pas question de retourner là-bas ! Ces cinglés nous balancent des trucs ! Pourvu qu'ils n'atteignent pas les pales du rotor !

Le drame redouté n'était pas arrivé, car le 407 était un appareil puissant, et ils furent vite hors d'atteinte.

– Le problème, c'est que je n'ai pas fini, expliqua Andy en regardant la populace furieuse se réduire à la taille d'une fourmilière.

– Vous n'avez pas fini de peindre les bandes blanches, c'est ça ? Merde, alors. Quel dommage, ironisa Macovich. Car il n'est pas question que j'y retourne, sauf pour acheter des crabes pour le gouverneur. Si vous n'avez rien à acheter, je vous déconseille d'y retourner vous aussi, à moins que vous vouliez servir à nourrir les crabes.

– Tant pis, répondit Andy. Je pense que nous sommes en présence d'une importante affaire de fraude dentaire, mais je m'en occuperai tout seul.

Andy n'avait pas servi à nourrir les crabes. Il n'était pas idiot au point de retourner sur l'île dans le même hélicoptère, qui portait de manière visible la mention « Police d'État ». Il avait eu l'intelligence de demander à un copain travaillant pour la société locale de transport par hélicoptère de lui prêter un Long Ranger...

– Andy ! (Hammer arrêta de faire les cent pas et lui jeta un regard accusateur.) Vous êtes toujours avec nous, ou bien vous êtes déjà parti sans me prévenir ?

– Désolé. Je pensais aux insulaires, et à la manière dont ressortent leurs vrais sentiments à notre égard quand on ne leur achète pas des fruits de mer ou des souvenirs. Ils ont carrément lancé des pierres sur notre hélicoptère au moment où on décollait.

– C'est affreux ! s'exclama Windy, avec une émotion ampoulée. Vous auriez pu être tué. Enfin quoi, lancer des pierres sur un hélicoptère, c'est grave, non ?

Elle aurait tant aimé qu'Andy soit plus âgé et qu'il l'invite à sortir avec lui un jour ou l'autre. Elle ajouta :

– Je n'ai aucune envie de visiter une île où les gens vous jettent des cailloux et parlent à l'envers.

– Je vois que vous avez lu Officier Vérité, ce matin, commenta Hammer d'un ton narquois, tandis qu'Andy prenait un ton désinvolte.

– Je le louperais pas pour tout l'or dans une botte de foin, répondit Windy. Mais j'aimerais bien qu'il mette une photo de lui sur son site. Je meurs d'envie de savoir à quoi il ressemble.

– Il a sans doute une tête de débile, dit Andy. Comme la plupart de tous ces dingues d'informatique. Et je commence à en avoir marre d'entendre parler d'Officier Vérité par-ci, Officier Vérité par-là. Comme si c'était Elvis.

– Oh, je crois pas que ce soit Elvis. Et je crois pas que ce soit le gouverneur qui utilise un nom de nègre, non plus, déclara Windy. Pas après ce que j'ai lu ce matin. Si Officier Vérité était le gouverneur, il critiquerait pas le gouverneur, car ça reviendrait à se critiquer lui-même et...

– Que sait-on sur le dentiste kidnappé, à part ça ? demanda Hammer en se remettant à arpenter la moquette tout en rêvant qu'elle faisait un nœud à la langue de Windy.

– Il est né à Reedville et il s'est porté volontaire pour exercer à Tanger Island il y a plus de dix ans, mais il n'aime pas que ça se sache, a expliqué sa femme à la police, répondit

Windy. Il dit que ça lui ferait du tort auprès de sa clientèle chez lui si ses patients savaient qu'il avait acquis la majeure partie de son expérience en travaillant sur des Tangeriens. Mais au moins, il comprend leur façon de parler, et il pense comme eux.

– Comment savez-vous ce qu'il comprend ou pense ?

– Tout le monde sur cette île pense de la même façon, répondit Windy, et il est bien forcé de penser comme tous ces gens pour pouvoir s'occuper de leurs dents. La police de Reedville a également mentionné que ce docteur Fox n'avait pas d'adresse, uniquement une boîte postale, et sa femme prétend qu'il n'existe aucune photo de lui parce qu'il déteste être photographié. Et en plus, il n'a pas son numéro de sécurité sociale sur son permis de conduire, ni ailleurs, et tous ses numéros de téléphone sont sur répondeur, et quand il prend des vacances en famille dans des lieux exotiques, il ne dit jamais à personne où il va.

– Je crois qu'on devrait se renseigner sur cet homme, suggéra Andy. J'ai l'impression qu'il cache quelque chose. Quel est son mode de vie ? Il a de l'argent ?

– Un tas, dit Windy. La police m'a dit qu'il avait une énorme maison, et plein de voitures et aussi des écoles privées.

– Comment la police sait-elle à quoi ressemble sa maison s'ils ne connaissent pas son adresse ? demanda Andy.

– Oh, Reedville est une petite ville, tout le monde sait où vit tout le monde. Et puis, une énorme maison comme ça, sur l'eau, ça se voit comme le nez et la barbe au milieu de la figure.

– J'ai trouvé que c'était bizarre quand il a dit que les insulaires exigeaient 50 000 dollars qu'il fallait envoyer à la poste restante de Reedville, dit Hammer sans cesser de faire les cent pas. Il a précisé aussi que les insulaires exigeaient la levée de tous les quotas.

– Oh, je vois, dit Andy, ils veulent nous forcer à lever l'embargo sur la pêche au crabe.

D'un geste distrait, Hammer rafla une poignée de notes éparpillées sur son bureau et les passa en revue, dans l'espoir que le gouverneur avait enfin répondu à un de ses appels. Mais non. Il n'y avait pas un seul message indiquant qu'il avait essayé de la joindre, ni même qu'il savait qu'elle essayait de le joindre depuis des mois.

– Et je suis sûr qu'ils veulent qu'on supprime les contrôles de vitesse et qu'on empêche le NASCAR de s'installer. Ils pensent qu'on va transformer leur île en circuit automobile, dit Andy.

– Oui, c'est ce que j'ai cru comprendre. Mais comment diable peuvent-ils croire une chose pareille ? (Hammer avait haussé le ton.) Jamais cette île ne pourrait accueillir cent cinquante mille amateurs. Il n'y aurait pas assez de place pour garer les voitures, et il serait impossible de les transporter sur l'île avec les pilotes ou les mécaniciens. Sans compter que les sponsors ne voudraient jamais envoyer leurs vedettes dans un endroit où l'alcool et le tabac sont considérés comme des péchés. De plus, Tanger est à peine au-dessus du niveau de la mer, ça veut dire que le circuit serait inondé. Pourquoi diable leur avez-vous dit que le NASCAR allait débarquer chez eux, Andy ?

– Je n'ai jamais dit ça. Je leur ai parlé de VASCAR, pas du NASCAR, mais cette vieille femme a tout mélangé ; c'est une habitude, chez eux.

– Je suis sûre qu'ils vont également exiger qu'on supprime la réserve naturelle des crabes. Ils ne nous pardonneront jamais d'avoir décrété que la majeure partie de la baie de Chesapeake était interdite aux pêcheurs.

Une partie de Hammer parlait, pendant que l'autre ruminait sa colère contre le gouverneur. Elle savait bien que si elle était plus jeune, ou si elle était un homme, le gouverneur l'appellerait en permanence.

– Chef Hammer ? (Windy s'immisça dans la conversation comme un courant d'air désagréable.) J'ai essayé de joindre le bureau du gouverneur dès que je suis arrivée, mais il est toujours en réunion et il ne prend aucun appel.

– Mon cul, dit Hammer en regardant fixement le petit paquet enveloppé de papier kraft que Windy tenait dans ses mains. C'est pour moi ? Ça vient de qui ?

– Oui. L'expéditeur est Major Trader. Vous voulez que je l'ouvre ?

– On l'a passé aux rayons X ? demanda Hammer.

– Oui, oui. Vous savez, on ne juge jamais un paquet à sa couverture, dit Windy en arrachant l'emballage. Oh, regardez ! Des chocolats faits maison avec un mot... (Elle prit la petite carte et lut :) *Salutations, gouverneur Crimm.*

– C'est étrange, commenta Andy, qui savait très bien que Crimm n'adressait jamais la parole à Hammer, et encore moins des cadeaux. Je crois que je ferais mieux de prendre ces chocolats.

– Pour quoi faire ? demanda Hammer, perplexe.

– Parce que c'est foutrement suspect, et j'ai bien l'intention d'enquêter, dit Andy.

– Ce sera tout pour l'instant, Windy, décréta Hammer. (Elle fit signe à sa secrétaire de quitter la pièce et de ne surtout rien ajouter.) Appelez le bureau du gouverneur et essayez de voir si vous pouvez l'avoir au téléphone.

Windy semblait déçue et triste d'être ainsi bannie, et elle aurait vraiment préféré que le pauvre petit chien de sa patronne n'ait pas disparu, pensait-elle. Hammer n'était plus jamais de bonne humeur. Andy adressa un petit clin d'œil à Windy au moment où elle sortait, pour lui remonter le moral.

– Les insulaires se contrefichent de la réserve naturelle, dit Andy en fourrant les chocolats dans sa mallette. D'ailleurs, ils n'ont aucune raison de s'en soucier, étant donné qu'ils ne pêchent pas dans cette partie de la baie.

En réalité, Hammer savait très peu de chose sur la pêche et les lois qui s'y rapportaient. L'industrie de la pêche n'entrait pas dans les compétences de la police d'État, c'était du ressort des garde-côtes, à moins que les pêcheurs commettent des crimes graves sur la route ou les autoroutes. Elle mit en veilleuse la partie d'elle-même qui pestait contre le gouverneur.

– Expliquez-moi cette histoire de réserve naturelle, dit-elle en se rasseyant derrière son bureau. Et aussi pourquoi les insulaires n'aiment pas la Virginie.

Andy lui apprit que Tanger Island était devenue de plus en plus hostile envers le reste du Commonwealth lorsqu'une General Assembly récente avait promulgué un certain nombre de lois entièrement en faveur des crabes, et défavorables aux pêcheurs. Il était exact que la survie de certaines espèces de crabes était sérieusement menacée.

– En vérité, la réserve naturelle ne sert à rien, résuma Andy à l'attention de Hammer. La zone de la baie qui a été interdite correspond à des grands fonds qui nécessiteraient des longueurs de corde extraordinaires pour pouvoir y plonger des paniers à crabes. Évidemment, les insulaires se sont bien gardés de le préciser, et jusqu'à présent, personne sur le continent, à part peut-être moi, ne sait que Tanger Island n'a aucune raison de s'opposer à l'existence de cette réserve. Pendant ce temps, les crabes continuent de venir frayer aux endroits habituels, sans savoir qu'ils bénéficient d'une zone de protection.

– Bon, oublions cette histoire de réserve, dit Hammer, déçue. Mais franchement, Andy, je ne vois pas de quel moyen de pression nous disposons. Telles que vous décrivez les choses, la Virginie se fiche du sort des pêcheurs de crabes, et ceux-ci ne s'intéressent pas tellement aux problèmes de la Virginie.

– C'est la source de tous les problèmes. Tout le monde s'en fiche.

– Ne devenons pas cyniques.

– Ce qu'il nous faut, c'est une bonne vieille politique communautaire, dit-il. Et je peux œuvrer en ce sens par le biais d'Officier Vérité.

– Oh, non, dit-elle. Plus de...

– Si ! s'écria Andy. Donnons-lui au moins une chance. Officier Vérité peut demander à ses lecteurs de nous aider à résoudre nos affaires.

– Y compris Popeye ! (Windy venait de réapparaître sur le seuil du bureau.) Oh, ce serait merveilleux si on pouvait convaincre Officier Vérité de réclamer de l'aide pour retrouver Popeye !

– Hein ? fit Andy, stupéfait. Qu'est-ce que vous dites ? *Retrouver* Popeye ?

La douleur traversa le regard de Hammer.

– Ne soyez pas en colère après moi, lui dit Windy. Je sais que vous pensez que j'ai vendu le pot aux roses, mais peut-être qu'on peut retrouver Popeye. Peut-être que ce n'est pas trop tard, même s'il a disparu depuis plusieurs mois déjà, quand vous l'avez laissé sortir pour faire son popo.

– Ça suffit, Windy ! répéta Hammer. Laissez-nous et fermez la porte.

– Bon, d'accord, mais je vais envoyer immédiatement un e-mail à Officier Vérité pour lui parler de Popeye.

Sur ce, elle sortit et ferma la porte. Hammer poussa un soupir.

– Comment avez-vous pu ? murmura Andy, outré et profondément attristé d'apprendre la nouvelle et de découvrir que Hammer ne lui avait rien dit. Comment avez-vous osé ne pas m'appeler à la minute même où Popeye a disparu ?

– Vous étiez parti pour un de vos voyages d'études, Andy, dit Hammer d'une voix abattue. Je ne sais plus pour quelle autre raison, mais je n'ai pas eu envie d'en parler. On ne peut rien y faire, de toute façon. Attendez, dit-elle en levant la main. Quoi encore, Windy ? lança-t-elle à la secrétaire, qui venait d'ouvrir la porte.

– L'inspecteur Slipper de Richmond est en ligne, annonça Windy.

– Merci.

Hammer attendit que la secrétaire ait refermé la porte et elle jeta à Andy un regard lourd de menaces en décrochant.

– Hammer, j'écoute.

Elle griffonna des notes pendant un long moment, et en voyant l'expression de son visage, Andy comprit qu'on lui annonçait des choses graves et désagréables. À vrai dire, elle paraissait un peu déconcertée.

– Comme je vous l'ai expliqué hier, dit-elle finalement, il paraît que personne ne sait qui il est. Mais je n'irais pas jusqu'à supposer que parce qu'il se nomme Officier Vérité... Oui, bien sûr. Évidemment. Vous ne devez négliger aucune piste, et bien évidemment, je vous tiendrai au courant. Soyez gentil d'en faire autant.

Elle raccrocha et posa sur Andy un regard rempli à la fois d'énervement et d'angoisse.

– C'était l'inspecteur qui enquête sur le meurtre... la femme découverte sur Belle Island. On l'a identifiée.

– C'est qui ?

– Une femme blanche de vingt-deux ans qui se faisait appeler O.V. Apparemment, elle était fonctionnaire et c'était une lesbienne cachée qui avait la réputation de draguer des femmes dans des bars...

La police, expliqua Hammer, pensait que l'homicide était un crime gratuit commis par un homme, sans doute l'individu qui se faisait appeler Officier Vérité.

– C'est démentiel ! s'exclama Andy. J'étais... Je ne pouvais pas...

– Évidemment ! dit Hammer en se levant pour faire les cent pas une fois de plus, en passant à la vitesse supérieure. Nom de Dieu ! Je savais que c'était une mauvaise idée ! Je vous interdis de continuer à écrire ces...

– *Non!* Vous ne pouvez pas me punir à cause d'un salopard.

Andy bondit de sa chaise et agrippa Hammer par le bras, sans brutalité, mais avec suffisamment de fermeté pour qu'elle arrête de s'agiter et le regarde.

– Écoutez-moi bien. (Il baissa la voix.) S'il vous plaît. Je... Je vais régler cette histoire et je ferai tout pour vous aider. Je n'ai jamais entendu parler de cette O.V., et je ne vois pas comment ce meurtre peut avoir un rapport avec moi ou Officier Vérité, ou avec n'importe quel... Bref, espérons simplement que la police de Richmond ne commettra pas une énorme bêtise en révélant aux médias ce détail sur Officier Vérité !

Il était hors de lui. S'il était obligé de dévoiler la véritable identité d'Officier Vérité, ce ne serait pas seulement un an de travail qui finirait à la poubelle, Hammer aurait de gros ennuis avec le gouverneur pour avoir autorisé un de ses hommes à publier des textes non soumis à son approbation, et surtout à celle du gouverneur.

– Je peux peut-être rassurer le gouverneur en expliquant qu'Officier Vérité n'est pas un tueur détraqué, pensa Andy à voix haute. Et je demanderai à mes lecteurs de nous aider à résoudre les problèmes et à faire triompher la justice dans l'affaire O.V. et les autres.

– Ce qu'il faut surtout, c'est informer le gouverneur que nous sommes confrontés à un problème urgent à Tanger Island, répondit Hammer avec frustration. On ne va pas lui parler d'un meurtre qui ne dépend même pas de nos compétences !

– Je peux peut-être essayer de le contacter pour vous, suggéra Andy au moment où l'agent Macovich entrait dans le bureau, juste à temps pour surprendre la fin de leur conversation.

– Il dîne au Ruth's Chris Steak House tous les mercredis soir, dit-il.

– Trouvez-le-moi, tous les deux, ordonna Hammer, puis elle ajouta à l'attention de Macovich : Peut-être qu'il ne se souviendra pas de vous et de l'incident de la salle de billard. Quoi qu'il arrive, je vous en conjure, ne jouez plus au billard !

– Woo, fit Macovich en secouant sa grosse tête. Ne vous en faites pas pour ça. Je risque pas de rejouer avec cette fille, sous aucun prétexte.

– Ne jouez avec personne de la résidence.

Hammer voulait s'assurer que Macovich avait bien saisi le message.

Il fronça les sourcils derrière ses lunettes noires.

– Et si le gouverneur me l'ordonne ?

– Laissez-le gagner.

– Woo. Ça va pas être facile. Il voit rien du tout. La moitié du temps, il arrive même pas à taper dans la bille. Dès qu'il voit une tache blanche, il essaye de taper dedans avec sa queue. La dernière fois, j'ai posé un gobelet en polystyrène sur le bord de la table et il a envoyé valdinguer tout mon café dans la pièce.

– Vous n'avez pas à poser votre café sur les meubles de la résidence, pour commencer, répondit Hammer.

– Je pensais qu'il m'avait pas vu.

8

LE DOCTEUR FAUX était ligoté sur une chaise, et il avait les yeux bandés par un bandana qui sentait l'eau saumâtre. Pas véritablement effrayé, il était surtout énervé et terriblement incommodé. À mesure que le temps passait, ses espoirs concernant une libération rapide et le versement de 50 000 dollars en liquide commençaient à s'envoler. Il ne savait plus trop quelles étaient les intentions des insulaires, mais ils n'avaient pas la réputation d'être des gens violents.

À sa connaissance, le plus grand crime de l'histoire de l'île avait été le vol du coffre-fort dans la maison de Sallie Landon, quelques années plus tôt. Elle y conservait toutes ses économies, et tous les habitants de l'île s'étaient cotisés pour qu'elle ne dépende pas uniquement des recettes de cuisine qu'elle vendait dans la petite boîte qu'elle avait clouée sur un poteau téléphonique à côté du bureau de poste. Le crime n'avait jamais été élucidé.

Les ravisseurs du docteur Faux l'avaient conduit dans un endroit qu'il ne reconnaissait pas, toujours à l'intérieur de la clinique, où il entendait passer des bicyclettes, par une fenêtre ouverte qui laissait entrer un flot permanent d'air humide, de mouches et de moustiques. Il ne lui servirait à rien d'appeler à l'aide, car toute la population participait au complot et semblait s'être retournée contre lui. Pour la première depuis presque un demi-siècle, le docteur Faux eut le temps de réfléchir à son existence. Il soupira en repensant aux occasions manquées et à son refus de devenir missionnaire dans ce pays qui s'appelait alors le Congo. Dieu avait appelé Sherman Faux, et le petit Shermie avait presque raccroché au nez du Grand Créateur, et ensuite, il avait toujours refusé de décrocher. Maintenant, Dieu punissait le docteur

Faux, c'était plus que probable. Le dentiste se retrouvait emprisonné sur une petite île isolée au milieu de nulle part, et s'il n'élaborait pas un plan ingénieux, il pouvait dire adieu à son escroquerie au plan d'aide sociale.

– Je suis désolé, dit le docteur Faux en s'adressant à Dieu. Je l'ai bien cherché. Un peu comme Jonas quand il a dit qu'il irait pas à Ninive, et vous lui avez répondu « C'est ce que tu crois », et vous l'avez fait avaler par la grosse baleine qui l'a recraché à Ninive, finalement. Je vous en supplie, je ne veux pas me réveiller au Congo, Seigneur. Ou au Zaïre, comme on l'appelait aux dernières nouvelles. C'est déjà assez moche d'être ici.

Fonny Boy était assis par terre, adossé contre un mur de la remise des fournitures médicales. Il avait chaud, les piqûres d'insecte le démangeaient et il en avait déjà marre de monter la garde, mais quand le dentiste s'était mis à prier à voix haute, sans se soucier de la présence de Fonny Boy, celui-ci avait levé l'ancre lentement pour mettre le cap vers son fantasme préféré, celui où, en relevant un casier à crabes, il découvrait un coffre débordant d'or et de bijoux. Son obsession pour les épaves englouties était sans doute la seule chose qui le poussait à se lever tous les matins à 2 heures en été, pendant les vacances et les week-ends, quand son père le réveillait et qu'ils partaient vers les quais en voiturette de golf. En mangeant un sandwich aux huîtres frites ou au crabe, Fonny Boy s'imaginait remontant à la surface un casier de crabes et s'apercevant que celui-ci était coincé par un navire de picaros englouti, ou bien qu'un des crabes tenait dans ses pinces une pièce en or ou un diamant.

Il existait plusieurs récits légendaires sur l'île, publiés à compte d'auteur, que l'on trouvait dans la plupart des magasins de souvenirs, et Fonny Boy les avait tous lus, car il était passionné par l'histoire maritime et les explorations d'épaves. Son histoire préférée concernait un incident survenu en février 1926, quand des vents et des marées étranges avaient fait baisser le niveau des eaux de la baie, près des côtes, et laissé apparaître la coque d'un vieux navire pourri, un navire de picaros, Fonny Boy en était sûr, car on avait retrouvé une hache de guerre, en plus de la vaisselle en porcelaine et d'autres objets que les pêcheurs s'étaient empressés de vendre à un antiquaire de New York en visite dans le coin.

Hélas, le niveau de l'eau était remonté rapidement, et on n'avait plus jamais revu le bateau. Fonny Boy avait fait des calculs. Si le navire des picaros avait survécu pendant des siècles dans la baie, un quart de siècle de plus ne changeait sans doute pas grand-chose. Il était donc toujours là, quelque part, mais malheureusement, personne ne se souvenait très bien de l'endroit où il était apparu, au cours de cet hiver si lointain.

Fonny Boy nourrissait une autre hypothèse, selon laquelle ce navire englouti était un galion espagnol qui, en 1611, avait fait escale à Old Point Comfort, appelé aujourd'hui Hampton, dans l'État de Virginie. Ce navire avait peut-être été envoyé par le roi Philippe III d'Espagne pour espionner les habitants de Jamestown et voir ce qu'ils manigançaient. D'autres historiens pensent qu'en vérité, les Espagnols cherchaient un autre navire qui s'était abîmé à cet endroit. Et pourquoi se donner tout ce mal, si ce n'est parce qu'il y avait un trésor à bord de ce navire ? s'était dit Fonny Boy. Il ne se passait pas grand-chose dans cette nouvelle colonie anglaise, car les gens se terraient à l'intérieur du fort pour éviter les indigènes au tempérament versatile, d'après ce que Fonny Boy avait lu : un jour ils apportaient du maïs aux colons, le lendemain, ils les accueillaient avec un orage de flèches.

Fonny Boy s'était toujours rangé du côté des indigènes. À leurs yeux, se disait-il, les colons devaient être comme ces étrangers que les insulaires toléraient la plupart du temps, mais qu'ils n'aimaient pas et en qui ils n'avaient pas confiance. Pourquoi est-ce que les étrangers regardaient toujours de haut les indigènes et les gens du cru ? C'étaient plutôt les étrangers qui étaient à plaindre, car c'étaient eux qui devaient prendre des taxis, qui ne connaissaient pas les bons endroits pour manger, qui ne savaient pas faire pousser du maïs et qui devaient payer un quarter pour pouvoir regarder des crabes effeuilleurs, comme s'il s'agissait d'une créature exotique dans le genre panda ou anaconda.

Le docteur Faux s'était tu, tandis que le soleil s'enfonçait lentement dans la baie de Chesapeake et que les restaurants et les boutiques de souvenirs fermaient leurs portes, à 18 heures précises. Si le dentiste ne voyait rien à cause du bandana qui empestait l'eau saumâtre, il sentait la température chuter de manière dramatique à mesure que la nuit enveloppait l'île. De toute évidence, il était condamné à rester ici encore un moment. Personne, pas même les garde-côtes, ne se rendait sur Tanger Island après la tombée de la nuit, lorsque le brouillard se répandait et masquait la côte érodée et ce qui restait du terrain d'atterrissage. Seules les embarcations des pêcheurs de crabes pouvaient circuler en toute liberté quand les conditions atmosphériques étaient mauvaises, mais cela faisait une belle jambe au docteur Faux, car il savait par expérience que les insulaires étaient des gens entêtés que rien ne pouvait faire changer d'avis. Aucun d'eux ne le laisserait rentrer chez lui, plus jamais, peut-être.

– Si vous me gardez ligoté comme ça, dit-il à haute voix, car il lui avait semblé entendre quelqu'un remuer dans la pièce il y a quelques minutes, qui va s'occuper de vos dents ? C'est toi qui es là, Fonny Boy ?

– Ouais.

La réponse de Fonny Boy fut suivie de plusieurs notes d'harmonica.

– J'aimerais bien savoir quel est votre plan, si ça ne t'ennuie pas.

– Ça dépend du gouverneur, dit Fonny Boy, répétant ce qu'avaient dit les pêcheurs après avoir pris en otage le dentiste. Si les bandes blanches restent sur la route, y a aucun espoir pour vous. On en a marre de la Virginie, on en a plus qu'assez d'la façon qu'on est traités et on veut pas aller en prison pour excès de vitesse avec les voitures de golf et on veut pas que NASCAR construise un circuit automobile pour se faire du blé. Et ce qu'on veut, c'est vous faire payer pour c'que vous avez fait à nos dents, en faisant comme si que vous vous intéressiez à nous, alors que c'est même pas vrai !

– NASCAR ? (Le docteur Faux était hébété.) Tu as déjà assisté à une course du NASCAR, Fonny Boy ?

– Ouais ! s'exclama-t-il en haussant les sourcils et en serrant les dents, signes qu'il parlait à l'envers et voulait dire en réalité : « Non ».

– Je ne sais pas si tu veux dire oui ou non, mais je peux t'assurer que le NASCAR n'a pas du tout l'intention de venir ici, et il n'y a pas de blé à se faire en organisant des courses de stock-car, ni quoi que ce soit d'autre, sur cette île.

– C'est la police qui l'a dit. Et si le gouverneur fait pas ce qu'il doit faire, s'il arrête pas d'nous enquiquiner, on va mettre tous les bateaux à l'eau pour former un blockhaus autour de l'île, et on hissera un drapeau avec un crabe dessus, et on brûlera le drapeau de Virginie ! Et vous, docteur Faux, vous avez gagné plein de blé ici à Tanger, avec nous autres, c'est pas vrai ?

– Vous allez hisser un drapeau avec un crabe et commettre un acte de rébellion ? (Le docteur Faux était choqué, et surtout, il voulait esquiver les accusations du jeune garçon qui mettait en doute son honnêteté de dentiste.) Ça risque de déclencher une nouvelle guerre civile, Fonny Boy. Avez-vous conscience des graves conséquences d'un geste aussi hostile ?

– Tout ce qu'on sait, c'est qu'on en a marre, répondit Fonny Boy d'un air de défi, avec une note d'arrogance.

– Écoute, petit. Ça fait des années que je viens sur votre île, avoua le docteur Faux, et c'est pas un hasard si j'ai choisi de ne pas vivre ici. Ce que je veux dire, c'est que si tu veux avoir une chance dans la vie, Fonny Boy, il faut faire les bons choix, c'est-à-dire m'écouter dans ce cas précis.

– Vous écouter, ça mène pas loin, répliqua Fonny Boy avec quelques notes d'harmonica, sans laisser voir que son intérêt avait été éveillé par ce qui pouvait être une sorte de transaction.

– Au contraire, tu as tout intérêt à m'écouter, dit le dentiste. Car en faisant le bon choix, tu pourrais t'offrir une belle occasion. Il y a peut-être une chose exceptionnelle qui t'attend ailleurs, Fonny Boy. Par contre, si tu suis ces gens qui m'ont enfermé ici, il y a de fortes chances pour que tu aies de gros ennuis et que tu finisses ta vie sur cette île minuscule, à vendre des crabes et des souvenirs, et à jouer de l'harmonica. Il faut que tu m'aides à sortir d'ici, et dans ce cas, peut-être que je te ramènerai avec moi à Reedville, tu pourras travailler dans mon cabinet et tu apprendras à conduire une vraie voiture.

– Si j'vous amène sur le continent, qu'est-ce que vous ferez ? Vous allez me jeter des dollars en argent ? demanda Fonny Boy d'un ton sarcastique en se lançant dans une version méconnaissable de « Yankee Doodle ».

– Sais-tu ce qu'est un rabatteur ? demanda le docteur Faux

d'un ton suave. Je vais t'expliquer. Je pourrais t'engager pour te promener dans les rues et trouver des enfants nécessiteux dont les dents ont besoin d'un tas de soins que leurs familles ne peuvent pas leur offrir. Tu me les amènes dans ma clinique de Reedville, et je te donnerai 10 dollars par enfant. Quand tu sauras conduire, je te trouverai une voiture. On ne sera plus obligés de revenir sur cette île misérable, plus jamais.

Fonny Boy devait réfléchir à un tas de choses, et il était temps de rentrer à la maison pour dîner. Il sortit de la remise en claquant la porte pour être sûr que le dentiste l'entendait s'en aller, en omettant de l'informer qu'on allait bientôt lui apporter à boire et à manger. Fonny Boy éprouva un pincement de culpabilité en montant sur son vélo et en s'éloignant de la clinique. Peut-être aurait-il dû se montrer un peu plus charitable avec le docteur Faux, et lui dire qu'il allait avoir à boire et à manger. Peut-être devrait-il faire des efforts pour respecter ce qu'on lui avait enseigné à l'église, mais le fait de se retrouver impliqué dans des activités militaires et des actes de rébellion aiguisait son agressivité.

Il se sentait plein d'entrain, et d'humeur à semer la zizanie et la panique. Il soufflait de toutes ses forces dans son harmonica et pédalait plus vite que d'habitude, accélérant encore au moment de franchir les deux bandes blanches peintes en travers de Janders Road. Fonny Boy pédalait furieusement dans l'air glacé, au clair de lune, ignorant sa tante Ginny qui se dirigeait vers la clinique à bord d'une voiturette de golf.

– Hééé ! lui cria-t-elle au moment où ils se croisaient sur la route. Je t'interdis de jouer du biniou le soir ! Tu vas rendre fous tous les voisins !

Fonny Boy souffla une réponse bruyante et rebelle, en regrettant d'avoir avalé le coton une fois de plus. La dernière fois, ça l'avait bouché pendant une semaine, le coton avait parcouru les méandres de ses intestins avec la lente détermination d'un glacier, jusqu'à ce qu'il finisse par trouver la sortie alors que Fonny Boy était sur le bateau avec son père, sans toilettes ni terre ferme à l'horizon.

Quand Ginny entra dans la salle des fournitures de la clinique quelques minutes plus tard, avec sur un plateau des gâteaux au crabe, des petits pains chauds et de la margarine, le docteur Faux était de nouveau en train de prier.

– ...Amen, Seigneur. Je te rappellerai plus tard. C'est toi, Fonny Boy ? demanda le dentiste, plein d'espoir. Aie pitié, on gèle ici. D'où vient ce temps d'hiver tout à coup ?

– Ça souffle de la baie. Je vous apporte un repas et de l'eau.

– Il faut que j'aille aux toilettes.

Le docteur Faux était gêné de parler ainsi devant une femme dont il avait excavé et exploité la bouche pendant des années.

Ginny dit « D'ac' », du moment qu'il promettait de revenir s'asseoir sur la chaise pliante et qu'il la laisserait l'attacher et lui bander de nouveau les yeux avec le bandana.

– Si vous m'attachez et si vous me bandez les yeux, je ne pourrai pas manger, souligna le docteur Faux, tandis que Ginny le libérait.

La faible lumière de la remise l'obligea à plisser les yeux.

– Je resterai assise ici, sauf si vous revenez pas après avoir fait votre affaire, et par-dessus ça, je suis pas venue ici pour rien vous dire.

Pendant que le dentiste se rendait aux toilettes, elle s'assit sur une caisse d'échantillons gratuits de savons antibactériens, et repensa une fois de plus aux contrôles de vitesse, à l'invasion de l'île par le NASCAR, et aux commentaires du trooper concernant les soins dentaires criminels des insulaires. Avec plusieurs femmes, elles s'étaient réunies chez Spanky et avaient décidé de répandre la nouvelle dans toute la population de Tanger en apposant des affiches sur les clôtures, les boutiques et les restaurants. Elles en avaient même parlé aux capitaines des ferries, qui avaient promis d'incorporer des mises en garde concernant le NASCAR et la fraude dentaire dans leurs visites guidées.

Le docteur Faux revint s'asseoir sur sa chaise pliante et demanda à Ginny si son dentier tenait bien.

– Toujours pareil. Et des fois, je me sens un peu barbouillée, depuis que c'est que vous avez arraché les dernières dents, la semaine dernière. 'vant-hier soir, j'ai dégobillé.

– Si vous avez des nausées et si vous vomissez, ce doit être à cause d'un microbe quelconque, déclara le docteur

Faux. Et j'ai l'impression que votre nouveau dentier claque un peu.

– Oui, quand la crème s'en va.

– Si vous avez besoin d'un autre tube de crème adhésive, vous pouvez en prendre un pendant que vous êtes là. (Le docteur Faux mordit à pleines dents dans un gâteau au crabe.) Ils sont dans le placard du milieu dans la salle d'examen.

Ginny le regardait manger, obligée de lutter contre un profond ressentiment qui tournait à la haine. Femme très pieuse, elle savait que la haine était un péché, mais c'était plus fort qu'elle, tandis qu'elle regardait le dentiste indifférent et vorace enfourner la nourriture.

– J'ai toujours cru que vous étiez le meilleur que je connaissais pour les dents, docteur Faux, déclara-t-elle finalement. Mais maintenant, je vous vois pour de vrai, et vous m'avez appris qu'on devait plus se faire confiance l'un à l'autre. On sait bien ce que vous nous avez fait. Ça me chagrine et c'est ça à quoi que je pensais pendant que je faisais la vaisselle juste avant que je vous apporte vot' dîner. On vous a donné tout ce qu'on pouvait, surtout de la nourriture et des mots gentils, quand vous êtes venu pour nous aider, et quoi que vous avez fait, hein ? Mince alors, vous avez profité de nous tous, et vous nous avez bousillé la bouche pour toucher plus d'argent du gouvernement que normalement !

– Ma chère Ginny, vous savez bien que ce n'est absolument pas vrai, dit le docteur Faux d'un ton enjôleur. D'abord, les fonctionnaires contrôlent régulièrement les dentistes, et ils vérifient ce genre de pratiques. Je n'aurais jamais pu faire une chose pareille, même si l'idée m'avait traversé l'esprit. J'embrasse la Bible et je jure dessus, ajouta-t-il en employant une des expressions favorites des insulaires, que ce que je vous dis est vrai !

– C'est terminé ! déclara Ginny, pour annoncer qu'elle ne voulait plus écouter ses histoires.

Oh, songea Ginny avec amertume. Les poules auront des dents le jour où un fonctionnaire prendra le ferry pour venir sur l'île fouiller dans les bouches des habitants pour vérifier si tel ou tel soin avait bien été effectué, et s'il était justifié. Elle essaya de chasser la haine de son cœur en se disant que sans le docteur Faux, elle n'aurait jamais eu de dentier, ni de crème adhésive, ni d'échantillons gratuits de bain de bouche. Elle n'aurait que ses vraies dents, que le docteur Faux avait été contraint d'arracher, avait-il expliqué, à cause des abcès, des racines mortes, de l'émail défectueux, d'un chevauchement, et elle avait oublié le reste.

« Je veux haïr personne », priait-elle en silence, mais la réalité l'écrasait comme une énorme pierre qu'elle ne pouvait pas repousser.

La vérité, évidemment, c'était qu'elle avait été effarée de découvrir qu'elle avait autant de graves problèmes dentaires, mais elle avait fait confiance au docteur Faux. La vérité, c'était qu'il y a quelques années encore, ses dents étaient parfaites et tout le monde vantait son joli sourire. Elle n'avait pas eu une seule carie depuis l'enfance, et soudain, il ne lui restait plus une seule dent dans la bouche. Plus elle ressassait tout cela, tandis qu'elle verrouillait les portes de la clinique et descendait la rue obscure, plus elle sentait se développer en elle des pensées haineuses à l'égard du docteur Faux. Combien de fois lui avait-il dit que tous les insulaires naissaient avec de mauvaises dents et la Maladie de Tanger due aux alliances consanguines ? Combien de fois avait-elle entendu des histoires de plombage qui tombe, de racine dévitalisée qui s'infecte ou de couronne ressemblant à une touche de piano qui se fend en deux sans aucune raison ?

Hmm, pensait-elle avec un énervement et un chagrin croissants, en franchissant les bandes peintes dans Janders Road. Peut-être devraient-ils retenir le docteur Faux en otage jusqu'à ce qu'il perde toutes ses dents, lui aussi. Peut-être devraient-ils lui mettre un appareil mal adapté qui claque quand on parle, qui fait mal aux gencives et empêche de manger. Peut-être qu'il méritait d'être submergé par la nostalgie et la tristesse en regardant un épi de maïs, ou d'avoir honte quand il donnait l'impression de jouer des castagnettes quand il parlait au téléphone.

– Chérie, tu as l'air toute tourneboulée. Mince, tu es trempée de sanglots !

Le mari de Ginny remarqua que sa femme pleurait quand elle entra en coup de vent et claqua la porte derrière elle.

– Je veux mes dents ! s'écria-t-elle d'un ton hystérique.

– Tu te souviens pas où que tu les as posées en dernier ?

demanda-t-il, en partant à la recherche du bocal de confiture dans lequel Ginny faisait généralement tremper son appareil.

– Mince alors ! s'exclama-t-il en chaussant ses lunettes à double foyer. V'là-t'y pas qu'elles sont dans ta bouche, Ginny !

NOTE HISTORIQUE

par Officier Vérité

À première vue, il peut sembler malhonnête de ma part de baptiser cette digression « note », car le lecteur s'aperçoit tout de suite que ce texte n'est pas précédé d'un chiffre, et qu'il n'est pas situé en bas de page.

Mais le terme note ne désigne pas nécessairement une référence accompagnée d'un chiffre que l'on peut trouver dans des essais, des documents ou des devoirs scolaires. Une note peut également concerner une chose moins importante. Par exemple, on pourrait dire que, il y a quelques années encore, Jamestown n'était qu'une note de bas de page dans l'histoire, puisque la plupart des gens pensaient que les États-Unis étaient réellement nés à Plymouth. Or, même si certains manuels scolaires continuent à accorder peu d'attention à Jamestown, au moins notre première colonie anglaise durable a-t-elle trouvé sa place dans des textes scolaires, et elle n'est plus reléguée en bas de page, littéralement.

Dans le manuel scolaire intitulé *La Nation américaine*, je suis heureux de souligner que Jamestown est évoquée aux pages 85 et 86. Malheureusement, l'édition 1997 de mon *Encyclopaedia Britannica* n'accorde à Jamestown qu'un huitième de page, ce qui amène à penser qu'il ne reste plus rien de ce site, à l'exception de quelques répliques des bateaux sur lesquels les colons sont partis de l'île des Chiens. Ces répliques se trouvent à environ cinq cents mètres à l'ouest du fort original et font partie de ce qu'on nomme la Colonie de Jamestown, qui est également une réplique, je suis navré de le préciser, mais qui mérite quand même d'être visitée, du moment que vous avez conscience que les premiers colons n'ont pas bâti les constructions du XXe siècle, les toilettes, les fast-foods, les boutiques de souvenirs, les parkings, le ferry ; pas plus qu'ils n'ont navigué sur ces bateaux amarrés sur le fleuve.

Je trouve gênant, néanmoins, qu'un grand nombre de panneaux indiquent la réplique de la Colonie, et un ou deux seulement la direction du site original. Vous pouvez donc choisir de visiter la Jamestown reconstituée, ou l'authentique, et de nombreux touristes optent pour la première, à cause des aménagements, sans doute. Évidemment, quand la Colonie a été construite, on croyait que le site original avait disparu dans le fleuve, victime de l'érosion ; c'est pourquoi l'État de Virginie a estimé qu'une reconstitution était la meilleure solution.

« Le problème, ai-je dit à ma sage confidente, c'est que les gens acceptent comme authentiques des choses qui ont été fabriquées ou qui, tout au moins, ne peuvent être prouvées. »

Et je lui ai fourni comme exemple la manière dont a été baptisée Tanger Island.

D'après la légende, quand John Smith découvrit l'île inhabitée que nous supposons être Tanger Island, mais qui était peut-être Limbo, celle-ci lui rappela fortement une ville nommée Tanger située sur la rive sud du détroit de Gibraltar, en Afrique du Nord. Il aurait eu ainsi l'envie de baptiser cette île Tanger Island du Nouveau Monde, ce qui m'a tout l'air d'être une légende apocryphe.

« Tanger Island ne ressemble en rien au Tanger d'Afrique du Nord, ai-je expliqué à ma sage confidente, et j'en viens à me demander si Smith lui-même ne parlait pas un peu à l'envers, à supposer qu'il ait réellement évoqué un endroit nommé Tanger. »

Selon une autre théorie, Tanger Island devrait son nom à la ville de Tanger, au Maroc, en s'appuyant sur le fait que des soldats britanniques basés à Tanger auraient mis le cap sur l'Amérique avec leurs épouses marocaines et se seraient installés sur une île de la baie de Chesapeake, que certains identifient comme Tanger Island, lorsque l'armée anglaise retira ses troupes de la ville marocaine, en 1684. Toutefois, des années plus tard, des gens se faisant appeler « Maures » et vivant à Sussex County, en Virginie, affirmèrent que leurs ancêtres mauresques n'avaient aucun lien avec Tanger Island.

Qui connaît la vérité ? En fait, nul ne semble savoir avec certitude à partir de quand Tanger a été habitée, mais on trouve des traces de terres données en concessions dès 1670, et, selon une légende locale fort controversée, John Crockett se serait installé en 1686 sur une hauteur pour y cultiver des pommes de terre, des navets, des poires et des figues, et y élever du bétail plus huit fils. L'île commençait à prospérer et attira l'attention de factions rivales au cours de la guerre de l'Indépendance, lorsque les Britanniques exigèrent des vivres en provenance de Tanger, et que la Virginie réagit en faisant le blocus de l'île et en menaçant les Anglais par l'intermédiaire du gouverneur, Thomas Jefferson.

Entre-temps, les pirates s'emparèrent de tout ce qu'ils voulaient et incendièrent la maison d'un habitant de l'île nommé George Pruitt, terrorisant une population trop peu nombreuse et mal armée pour se défendre. Comme si ça ne suffisait pas, un garçon nommé Joe Parks II fut enlevé par les Britanniques et enrôlé de force, ce qui obligea tous les jeunes de Tanger à se cacher. Dès lors, les insulaires n'avaient d'autre choix que de décider qu'il valait mieux commercer ouvertement avec l'ennemi, au lieu de se voir confisquer leurs récoltes, leurs biens et leurs êtres chers ; aussi commencèrent-ils à vendre des produits aux Anglais, à d'autres Américains et aux pirates, en brandissant simplement le drapeau approprié en fonction des personnes à qui ils avaient affaire. Cette tactique de survie a perduré à travers les siècles, ce qui explique, selon moi, pourquoi les habitants actuels de Tanger Island supportent les touristes et les submergent de gâteaux au crabe, de gadgets, de T-shirts, de balades en voiturette de golf et de faux renseignements.

Chers lecteurs, je vous demande de réagir en m'aidant à faire appliquer la Règle d'or. Je vous en prie ! Si l'un de vous a subi une intervention dentaire douteuse de la part d'un certain docteur Sherman Faux de Reedville, envoyez-moi un e-mail le plus vite possible. Et si quelqu'un sait, par hasard, où se trouve un chien boston-terrier nommé Popeye, faites-le-moi savoir immédiatement ! Comme le dentiste, ce chien innocent a été kidnappé, et sans doute est-il retenu en otage quelque part. Mais contrairement au dentiste, il n'a jamais fait de mal et n'a jamais profité de personne, et il ne mérite pas ce qui lui arrive. Si vous détenez des informations concernant ces crimes, ou d'autres, principalement le meurtre odieux et récent de la jeune femme se faisant appeler O.V., contactez-moi, je vous prie.

Soyez prudents, amis lecteurs !

9

MAJOR TRADER était penché sur son clavier d'ordinateur, comme un vautour, quand le nouvel essai signé Officier Vérité apparut sur son site Internet, à exactement 7 h 3, ce mercredi matin.

– C'est quoi ces conneries ? s'exclama Trader à voix haute, à l'intention de lui seul. Vilain, vilain, Officier Vérité. On va t'apprendre à saloper le passé glorieux du Commonwealth et à demander au public de jouer les indics !

Trader mordit dans son beignet à la confiture et essuya ses doigts boudinés sur son pyjama en flanelle, tandis que sa femme s'affairait dans la cuisine, entrechoquant les ustensiles et fourrageant bruyamment dans un placard encombré à la recherche d'une poêle.

– Tu es obligée de faire tout ce boucan ? hurla Trader de son bureau, à l'autre bout de la maison que son épouse et lui allaient bientôt vendre en réalisant un joli bénéfice.

Trader avait fait d'astucieux investissements, et ces dernières années, il était devenu très riche, en procédant de manière simple. Il achetait un terrain dans un quartier chic où il était interdit de construire à des fins spéculatives. Il y faisait construire une maison, y vivait pendant un an, puis la vendait, en affirmant que ses fonctions auprès du gouverneur exigeaient intimité et sécurité, deux impératifs qui n'étaient plus assurés, ce qui l'obligeait à déménager une fois de plus. Bien que les voisins aient deviné l'arnaque, nul n'avait pu prouver qu'il construisait véritablement dans le but de spéculer, même si les dix maisons qu'il avait vendues jusqu'à présent étaient toutes identiques et plutôt banales. Des lettres de dénonciation émanant d'une association de quartier étaient restées sans effet, et la combine de Trader était devenue pour lui une sorte de drogue.

En fait, il adorait déménager. Peut-être était-ce l'unique élément dramatique dans son existence artificielle et fallacieuse. Ainsi, pendant plusieurs mois chaque année, Trader distribuait des ordres à son épouse, il supervisait l'empaquetage des affaires et menait son entrepreneur à la baguette pour l'obliger à accélérer le planning des travaux, en hurlant :

– Dépêchez-vous ! Dépêchez-vous ! On déménage dans quinze jours et la maison a intérêt à être terminée ! N'essayez pas de m'entuber !

– Mais on n'a pas encore installé l'électricité, avait souligné l'entrepreneur la semaine précédente d'un ton suppliant.

– Et alors, ça prend combien de temps ? avait rétorqué Trader.

– Vous n'avez même pas encore choisi les peintures.

– Prenez le même blanc coquille d'œuf que pour les dix autres maisons, imbécile ! Avec la même moquette blanc cassé, idiot ! Les mêmes appliques en cuivre, crétin ! Et les mêmes poignées de porte, abruti !

Il était capital que Trader exerce sa souveraineté quand il se trouvait dans son château. Le reste du temps, il était à la botte du gouverneur, et personne ne pouvait comprendre, à moins d'avoir fait cette expérience, combien son ego en souffrait. « Faites ci, faites ça. Employez un autre mot. Réécrivez ce paragraphe. Oh, j'ai changé d'avis. Dites plutôt ça à la presse. Où est passée ma loupe ? Sortez de mon bureau ! Je ne me sens pas bien. »

Au moins, les exigences et le caractère ingrat de la carrière de Trader lui avaient enseigné le poids de la manipulation, de la vengeance et de la spéculation. Grâce à Internet, il deviendrait milliardaire avant longtemps, si sa dernière combine était un succès.

– Major ? Tu ne m'as pas dit ce que tu voulais pour le petit déjeuner. Saucisses ou bacon ? Toasts aux raisins ou muffins ? Porridge avec ou sans fromage ? lui cria son épouse de la cuisine, dans un fracas d'ustensiles.

– Qu'est-ce que tu fabriques ? Tu t'entraînes aux percussions pour jouer dans un orchestre ? hurla Trader. Je veux de tout !

Dieu soit loué, leurs enfants étaient en pension ou à l'université. Trader n'était pas obligé de supporter leurs voix horripilantes. Sa femme était une gêne suffisante ; d'autant que les bruits résonnaient dans cette maison, comme dans les dix précédentes. Trader approchait de la cinquantaine, et si tout se déroulait selon ses plans, il pourrait bientôt prendre sa retraite et se concentrer sur la cybercriminalité. Le front plissé, plongé dans ses pensées, il relut le dernier essai d'Officier Vérité, avant de rédiger un e-mail anonyme et provocateur.

Cher Officier Vérité,

Je suis l'arrière-arrière-petit-fils d'un espion confédéré, et peut-être est-ce mon ADN (ah, ah!) qui m'empêche de résister au plaisir de transmettre des informations confidentielles. Je dis « ah, ah! », car je sais que vous apprécierez mon allusion spirituelle à l'ADN, étant donné que vous en avez parlé précédemment. Il se trouve que j'ai de bonnes raisons de savoir que le gouverneur n'a aucunement l'intention de piéger des chauffards sur Tanger Island. C'est le dernier de ses soucis. En lançant le programme VASCAR, sa vraie motivation était de provoquer une pagaille dont quelqu'un d'autre serait jugé responsable. Je suis certain que vous souhaiterez le mentionner dans votre prochaine intervention. Au fait, j'ai été désolé d'apprendre la disparition de Popeye. Avez-vous songé que quelqu'un avait peut-être kidnappé ce pauvre chien sans défense pour une raison bien précise ? Si une personne détient des informations concernant le docteur Faux ou quelqu'un d'autre, y a-t-il une récompense ?

Sincèrement vôtre,
U. Mouchard

Une fois de plus, Trader avait tapé un point à la place d'un « n ». Comme toujours, il cliqua sur l'icône « Envoyer le message » avant de prendre le temps d'effectuer la correction. La maison s'emplit de l'odeur de graisse de viandes en train de frire, tandis que Trader attendait la réponse d'Officier Vérité.

– Le petit déjeuner est prêt ! lui cria son épouse de la cuisine, juste au moment où l'ordinateur annonçait : « Vous avez du courrier ! »

Cher monsieur U. Mouchard,
Les citoyens devraient être disposés à dire la vérité sans se faire payer ! Si vous savez quelque chose au sujet de la disparition de Popeye, vous avez intérêt à me le dire !

Officier Vérité

– Tiens, tiens, murmura Trader avec un sourire joyeux. On dirait que j'ai touché une corde sensible.
– Tu as parlé, Major ? hurla son épouse pour se faire entendre par-dessus le vacarme de l'eau qui martelait l'évier en Inox bon marché.
– Pas à toi ! gronda Trader en attaquant un autre e-mail.

Cher Officier Vérité,
J'ai entendu des rumeurs concernant l'identité du propriétaire de ce chien. S'agirait-il d'une coïncidence ? Vous savez, tout le monde n'apprécie pas cette femme, qui ne devrait pas occuper cette fonction, pour commencer. C'est un monde d'hommes, non ? Au fait, son adresse est-elle confidentielle ? Je me demande comment les ravisseurs de chien ont trouvé sa maison... Et pour répondre à votre remarque : si, les citoyens qui aident la police devraient être joliment récompensés.

Sincèrement vôtre,
M. U. Mouchard

Andy était furieux lorsqu'il tapa la réponse adressée à U. Mouchard.

Cher monsieur U. Mouchard,
Nous ne sommes pas du tout dans un monde d'hommes, et si Popeye est victime d'une sorte de complot politique, je vous suggère de me dire immédiatement tout ce que vous savez. Ne m'obligez pas à vous mettre en garde encore une fois. Quant à savoir où habite la propriétaire du chien, cela

ne vous regarde pas. Je vous recontacterai au sujet de la récompense.

Officier Vérité

Andy envoya le e-mail et attendit la réponse de M. Mouchard. Mais le déluge d'e-mails qui envahissait le cyberespace d'Andy provenait de ses autres lecteurs. M. Mouchard avait mis fin à leur échange pour se moquer de lui, se dit Andy avec une fureur grandissante.

Il n'arrêtait pas de repenser à toutes les fois où il avait joué avec Popeye. Il sentait presque l'aspect soyeux de son poil et la douceur de son petit ventre rose; il se souvenait parfaitement du bruit réconfortant de ses griffes qui cliquetaient sur le parquet, à l'époque où il rendait de fréquentes visites à Hammer.

Il prit l'album de photos posé sur une pile d'ouvrages de recherches. Il se jura de retrouver ce chien, même si c'était la dernière chose qu'il faisait sur cette terre. Il s'inquiétait également pour la sécurité de Hammer. Son adresse était confidentielle, effectivement, et elle prenait soin de maintenir le secret sur sa vie privée. Seuls la police, ses proches collaborateurs et quelques voisins savaient où elle habitait, et elle ne parlait jamais de Popeye, elle interdisait aux journalistes de photographier son chien. Dès lors, comment le voleur avait-il pu localiser Popeye ? Il s'agissait certainement d'un acte commis par une personne de l'intérieur, comme l'avait suggéré ce U. Mouchard.

– Je t'en supplie, Popeye, sois encore en vie, murmura Andy en tombant sur sa photo préférée de Popeye, celle où le chien portait son manteau de Petit Chaperon rouge. Je t'en supplie, ne nous oublie pas, le chef Hammer et moi. On va te retrouver ! C'est promis ! Et attends un peu de voir ce que je vais faire au salopard qui t'a kidnappé !

Il scanna la photo pour l'envoyer dans le cyberespace, et immédiatement, l'image de Popeye emplit l'écran de son ordinateur. Il ouvrit son site Internet et tapa la légende suivante : « Disparu. Avez-vous vu Popeye ? Grosse récompense ! » Si les gens avaient si peu de morale qu'il leur fallait de l'argent pour faire le bien, Andy se conformerait à leur petit jeu. Il modifia la légende pour ajouter

ÉNORME RÉCOMPENSE, et évidemment, les réponses bidon affluèrent immédiatement, comme prévu. Des gens affirmaient avoir vu Popeye errer sur le bas-côté de la voie express dans le centre-ville, ou dans une ruelle, ou en train de pleurer à l'arrière d'une voiture suspecte. Si la récompense était correcte, écrivait d'autres personnes, elles fourniraient à Officier Vérité des indices concernant l'endroit où se trouvait Popeye.

Il y avait aussi une avalanche de messages de sympathie. Des centaines de lecteurs racontaient leur propre histoire d'animaux perdus depuis l'enfance. Officier Vérité n'avait jamais reçu autant de courrier jusqu'à présent, et Andy passa toute la journée assis à la table de sa salle à manger pour essayer d'y répondre, en espérant que quelqu'un allait lui écrire : « C'est moi qui ai pris le chien, parce que mes gosses en voulaient un, mais j'avais pas les moyens. Je veux bien vous retrouver dans un endroit secret pour vous remettre Popeye en échange d'une récompense. » Ou bien alors : « Écoutez, c'était un coup monté. Quelqu'un qui déteste le chef Hammer m'a parlé de ce chien et m'a filé l'adresse et une petite somme en liquide. Je m'aperçois maintenant que c'était un acte cruel et ignoble, et je serai ravi de vous redonner le chien, du moment que je risque pas d'ennuis et que je touche la récompense. »

Hélas, il n'y eut aucun e-mail concernant le meurtre de la dénommée O.V., à l'exception d'un court message émanant d'une personne nommée P.J., qui prétendait jouer au softball avec O.V., et qui affirmait que jamais elle n'aurait suivi un homme sur Belle Island de son plein gré.

– Avez-vous perdu la tête ? demanda Hammer à Andy au téléphone, à 18 heures précises. Je croyais que vous deviez écrire uniquement des essais contre le crime. Déjà, vous passez allègrement des momies aux pirates, et voilà que vous vous prenez pour la SPA !

– Vous voulez que j'enlève la photo de Popeye du site Internet ? Je peux le faire sans problème, mais je me suis dit que ça ne coûtait rien d'essayer. Peut-être est-il toujours dans les parages et quelqu'un se laissera-t-il tenter par la récompense.

– Je ne sais pas si je pourrai supporter de la voir avec son joli petit manteau rouge chaque fois que je me connecterai sur votre site, avoua Hammer avec tristesse.

– Quand les gens évitent de regarder les photos, cela signifie qu'ils ne sont pas guéris. Voilà pourquoi je ne déchire jamais les photos de mes ex-petites amies. Si je peux les regarder, tout va bien. Si je ne supporte pas de les voir, c'est que ça ne va pas, dit Andy.

– Bon, laissez sa photo sur le site, alors, dit Hammer. Il faudra que je m'y habitue. Et vous avez raison, Andy, s'il y a une chance de retrouver Popeye, nous devons faire tout ce qui est en notre pouvoir. Je croyais que vous étiez censé surveiller le gouverneur, ce soir. (Elle avait repris un ton purement professionnel.) Je ne suis pas sûre que c'était une bonne idée de le critiquer encore une fois dans votre essai. Au fait, qui est cette prétendue « sage confidente » dont vous parlez sans cesse ?

– Cette confidente me permet d'imaginer un dialogue et des discussions explicatives, dit Andy.

– Je ne sais pas de qui il s'agit, mais nul n'est censé savoir que vous êtes Officier Vérité, surtout après cet horrible meurtre, répliqua Hammer d'un ton sec. J'ose espérer que vous n'avez pas compromis votre anonymat à cause d'une prétendue sage confidente. Car sinon, j'ai le droit d'en être informée, même si votre vie privée ne m'intéresse pas le moins du monde. Je vous en supplie, dites-moi que ce n'est pas Windy.

– Windy ?

Vexé, Andy fit passer le combiné d'une oreille à l'autre.

– J'espérais que vous pensiez que j'avais meilleur goût que ça.

Hammer mit fin à la conversation, qui avait déjà trop duré, en raccrochant sans même dire au revoir. Andy envoya un dernier e-mail, mais cette fois, il signa de son propre nom :

Cher docteur Pond,

Avez-vous les résultats de toxicologie ? Je vous rappelle qu'il s'agit d'une affaire extrêmement délicate et je vous serais reconnaissant de n'ébruiter aucun détail. Désolé, je ne peux rien faire au sujet de votre contravention pour conduite dangereuse. Je vous suggère de prendre une leçon à l'auto-école le samedi qui vous conviendra, et cette infraction sera rayée de votre dossier.

Merci et bonne chance,
Officier Brazil.

Il se déconnecta et enfila son uniforme, et moins d'une heure plus tard, il était garé devant Ruth's Chris Steak House, dans le sud de la ville, où il retrouva l'officier Macovich, qui avait emmené la First Family au restaurant, pour dîner, en hélicoptère. Assis tous les deux dans la voiture d'Andy, ils regardaient l'entrée du restaurant, en attendant que le gouverneur ressorte.

– Ça fait quel effet de piloter cet engin ? demanda Andy en observant l'hélicoptère Bell 430 gris métallisé avec des bandes bleu marine sur le côté et le sceau du Commonwealth sur les portières.

– Woo, c'est pas aussi formidable qu'on le dit, vous pouvez me croire, répondit Macovich. Encore une chance que le gouverneur m'ait pas reconnu quand je les ai amenés ici, car j'ai bien cru que sa mocheté de fille allait faire une réflexion au sujet du billard, et alors là, c'était foutu. Mais elle était trop occupée à farfouiller dans les trucs à grignoter qui sont dans le petit tiroir sous le siège arrière. J'espère qu'elle va rien dire quand ils vont ressortir. (Macovich alluma une Salem et tourna ses lunettes noires vers Andy.) Maintenant qu'on est assis là, entre hommes, vous pouvez me dire ce que vous avez fait pour avoir tous ces ennuis. Tout le monde se demande pourquoi Hammer vous a expédié sur la touche pendant une année.

– Qui a dit que j'étais sur la touche ? demanda Andy, légèrement sur la défensive.

– Tout le monde le dit. On raconte que vous avez eu de gros ennuis à cause d'une sale histoire, ou peut-être que vous vous êtes engueulé avec Hammer.

– J'ai passé mon permis de pilote et plusieurs examens internes.

– Je sais bien que ça ne vous a pas pris quarante heures par semaine pendant toute une année pour apprendre à piloter. Et les examens, ça vous a pris combien de temps ? Deux ou trois semaines chacun, peut-être ? Alors, qu'est-ce que vous avez foutu le reste du temps ? Vous avez dragué les filles et regardé la téloche ?

– Possible.

– Vous voulez pas me dire ce que vous avez fait pour être suspendu ? insista Macovich.

– Non, répondit Andy d'un air morne, en songeant qu'il ferait peut-être bien de laisser courir cette rumeur, car personne, pas même Macovich, ne devait savoir la vérité au sujet d'Officier Vérité.

– En tout cas, personne se serait douté que vous pouviez avoir des emmerdes dans la vie. En vous regardant, on se dit que vous êtes le salopard le plus heureux de la ville, ajouta Macovich avec une pincée de jalousie.

– On a besoin de nouveaux pilotes, dit Andy pour changer de sujet. Pour l'instant, il ne reste plus que vous et moi.

Macovich suivit le regard d'Andy dirigé vers le gros hélicoptère et un soupçon naquit en lui.

– Je parie que vous voulez transporter le gouverneur, accusa-t-il derrière un épais nuage de fumée.

– Pourquoi pas ? J'ai l'impression que vous auriez bien besoin d'un coup de main, répondit nonchalamment Andy, en décidant au même moment d'en parler au gouverneur. La First Family devrait avoir plus d'un pilote, assurément, et qu'est-ce que vous faites quand les conditions atmosphériques vous obligent à piloter sans visibilité ?

– Je trouve une excuse pour expliquer au gouverneur que l'hélicoptère peut pas l'emmener là où il veut aller, répondit Macovich. Généralement, je lui raconte qu'il y a un problème de maintenance ou qu'un radar est en panne.

– Vous avez un 430 et vous pilotez uniquement par beau temps ? (Andy n'en croyait pas ses oreilles.) Cet appareil est conçu pour voler dans les nuages. À votre avis, pourquoi est-il équipé d'un pilote automatique, d'un IIDS et d'un EPHIS ? Sans parler du système de rotors doux comme de la soie. Bon sang, cet engin se pilote comme un F-16. Je ne vous le conseille pas, s'empressa d'ajouter Andy, car il était interdit d'exécuter des acrobaties avec un hélicoptère. Mais j'avoue que je me suis amusé à faire des loopings sur le simulateur, quand j'étais en stage de formation à Fort Worth.

L'idée de se retrouver la tête en bas à bord d'un hélicoptère provoqua chez Macovich une mauvaise réaction et il inhala le maximum de fumée pour calmer ses nerfs.

– Vous êtes complètement givré, dit-il. Pas étonnant qu'on vous ait suspendu. À moins que... (L'idée venait de traverser Macovich.)... vous étiez pas vraiment suspendu, en fait, vous maniganciez un truc. Une sorte de projet secret. Woo !

– En parlant de secret, répondit Andy en esquivant habilement le sujet, je me demande bien qui est Officier Vérité.

– Z'êtes pas le seul. Le gouverneur veut absolument le savoir, lui aussi, et il m'a demandé de me renseigner. Alors, si vous avez des idées, elles sont les bienvenues.

Andy ne répondit pas.

– Moi aussi, ça m'intrigue, dit Macovich. Comment est-ce qu'il était au courant pour Tanger Island, et de ce qu'on est allés faire là-bas, hein ? J'ai lu tout ça dans un de ses foutus articles sur son machin Internet, là. À croire qu'il était là pour nous observer.

Andy ne dit toujours rien, car il ne voulait pas mentir. Macovich le regarda de nouveau à travers ses lunettes noires, tandis qu'un nouveau doute venait planer au-dessus de ses pensées.

– Ce serait pas vous, Officier Vérité, par hasard ? Si c'est vous, je vous jure de garder le secret, du moment que vous compreniez que je doive le répéter au gouverneur.

Andy esquiva la question une fois de plus.

– Qu'est-ce qui vous fait penser que je ne le dirais pas moi-même au gouverneur, si je savais qui était Officier Vérité ?

– Hmmm. C'est juste. Si vous le saviez, vous lui diriez vous-même pour vous attribuer tout le mérite.

– Logique, non ?

– Alors, c'est qui, à votre avis ? Je me suis dit à un moment que c'était peut-être Major Trader.

– C'est peu probable, dit Andy. Trader est incapable de dire la vérité. Il ne peut donc pas être Officier Vérité, hein ?

– Oui, vous avez sans doute raison. (Macovich cracha un nuage de fumée.) Et vous avez raison aussi au sujet du manque de pilotes.

– Pourquoi est-ce qu'ils démissionnent tous ?

Macovich décida qu'il en avait assez dit. Il avait déjà suffisamment d'ennuis avec la First Family. Inutile d'aggraver la situation, et, de plus, il craignait qu'Andy constitue pour lui une menace. Ce jeune Blanc était intelligent, c'est certain, beaucoup plus intelligent que lui. Il n'avait pas besoin de réfléchir longtemps avant de faire un commentaire, et parfois, il employait des mots que Macovich ne connaissait même pas.

– Je parie qu'à l'école, vous faisiez partie des rats de bibliothèque, dit Macovich, dont la jalousie s'insinuait dans la voix et l'obligeait à trouver le moyen de rabaisser Andy. Je parie que vous passiez votre temps le nez plongé dans les bouquins, à étudier.

– Oh, absolument pas. Je n'ai jamais étudié, répondit Andy, sans préciser qu'il avait bouclé ses études supérieures en trois ans et qu'il aimait tellement apprendre qu'il n'avait jamais eu le sentiment d'*étudier.* Je n'avais qu'une seule envie : finir mes études pour passer à autre chose.

– Sans blague, répondit le nuage de fumée.

Macovich avait connu une année de souffrance dans un établissement d'enseignement technique, et il en était venu à détester son père qui rêvait de voir son fils faire une carrière respectable chez Ethyl Corporation en fabriquant des solvants. Macovich avait quitté la maison dès sa première année d'études pour s'engager dans l'armée, où il avait appris à piloter des hélicoptères, avant d'entrer dans les forces de l'ordre. Il y a quelques mois, il avait donné à son père une photo dédicacée de la First Family, histoire de retourner un peu le couteau dans la plaie. Mme Crimm avait même ajouté un petit mot personnel : « Maude Crimm, First Lady ».

Son mégot de cigarette décrivit un arc de cercle parfait et atterrit sur la chaussée, où il rougeoya comme un œil furieux.

– J'ai qu'un mot à dire au gouverneur et vous pouvez devenir mon copilote, se vanta Macovich, sans avoir nullement l'intention de favoriser Andy, pour l'hélicoptère ou n'importe quoi d'autre. En supposant qu'il se souvienne pas de moi. Si sa tricheuse de fille décide de faire des histoires, vaut peut-être mieux que j'attende pour lui en parler. Woo, je ferais bien d'allumer une clope avant qu'ils sortent.

Pendant un court instant, la fumée se dissipa suffisamment pour qu'Andy se souvienne que Thorlo Macovich était le Noir le plus costaud qu'il ait jamais vu.

– En fait, c'est pas le gouverneur qui veut pas qu'on fume, dit Macovich en allumant une autre cigarette au menthol. Mais la First Lady... woo. (Le nuage de fumée secoua la tête.) Vous vous souvenez de cette interview qu'elle a donnée dans le journal, dimanche dernier, sur la « tabagie passive » ? Comment c'est possible ce truc, hein ? J'avale la fumée, je vous la crache dans la bouche, et vous vous grouillez de trouver une autre personne pour faire pareil dans sa bouche ?

– En tout cas, vous avez intérêt à souffler votre fumée quelque part, et rapidement, dit Andy en élaborant un plan. Les voilà qui sortent.

10

LA FUMÉE la plus nocive de l'État de Virginie n'était pas générée par des Salem Light, mais par un pirate de la route nommé Smoke, incarnation du mal depuis sa naissance. Son casier judiciaire de mineur se composait d'une longue série d'actes criminels, qu'il s'agisse de chats qu'il avait fait brûler vifs, de sévices et même d'homicides. Il avait finalement été jugé quelques années plus tôt, en Virginie, mais il avait réussi à s'échapper du quartier de haute sécurité de sa prison en formant un nœud coulant avec des draps et en faisant semblant de s'être pendu aux barreaux de son lit métallique.

Quand le gardien, A. P. Pinn, découvrit Smoke affalé sur le sol, un nœud coulant autour du cou, les yeux exorbités et la langue pendante, il ouvrit violemment la porte de la cellule et se précipita à l'intérieur pour voir si le prisonnier était toujours vivant. Il l'était, et il se releva d'un bond pour assommer Pinn d'un coup de plateau-repas. Après cela, Smoke revêtit rapidement l'uniforme du gardien, chaussa ses lunettes de soleil et sortit du pénitencier sans être inquiété. Par la suite, Pinn avait écrit un livre pour raconter son calvaire et l'avait publié à compte d'auteur. *Trahi* ne se vendit pas très bien, et Pinn finit par animer une émission locale sur une chaîne câblée intitulée « Tête à tête avec Pinn ».

Smoke regardait chaque semaine « Tête de Pinn », comme il disait, pour s'assurer que la police n'avait toujours aucune piste et que nul ne se doutait qu'il était le chef d'une bande de pirates de la route. D'une certaine façon, il était déçu que Pinn n'ait jamais fait allusion à lui, sauf pour indiquer qu'il avait été traumatisé par un coup de plateau. Personne, disait-il, ne pouvait savoir quel effet ça faisait d'être assommé par un pain de viande et des pommes de terre surgelées, à moins de l'avoir vécu.

L'émission de Pinn venait de débuter, et Smoke et ses pirates étaient réunis dans leur camping-car Winnebago volé, garé derrière un bosquet de pins, sur un terrain vague du nord de la ville. Smoke pointa la télécommande sur la télé et monta le volume au moment où Pinn souriait à la caméra et s'entretenait avec le révérend Pontius Justice au sujet du programme de surveillance de quartier que le révérend venait d'instaurer à Shockhoe Bottom, près du Farmer's Market.

– Regardez-moi c't'enfoiré, dit Smoke en avalant une gorgée d'Old Milwaukee. Il se prend pas pour de la merde.

Pinn portait un costume croisé noir brillant, une chemise et une cravate noires, et il avait visiblement fait blanchir ses grandes dents. À l'époque où Smoke avait connu Pinn, en taule, donc, le gardien avait d'épaisses lunettes aux verres fumés. Il avait dû les échanger contre des lentilles de contact, qui le faisaient cligner des yeux en permanence.

– Il se croit où, ce connard ? Aux oscars ? Je vois encore la bosse que je lui ai faite à l'arrière du crâne avec le plateau.

Smoke désigna la bosse sur l'écran.

– Il a toujours eu cette bosse derrière la tête, dit Cat, le plus âgé des pirates. Avant, il se rasait pas la tête comme ça, et il mettait pas des tonnes de gel comme maintenant. Alors, la bosse ressort. Putain, il a la tête qui brille. Faut foutre des lunettes de soleil pour le regarder en face.

Cat plissa les yeux à travers la fumée de sa cigarette et fit tomber sa cendre dans une boîte de bière.

– Qu'est-ce qu'il utilise comme gel, à votre avis ? demanda un autre pirate nommé Possum, un garçon malingre à l'air maladif, qui avait tendance à rester dans sa chambre toute la journée pour regarder la télé, dans le noir. De la cire d'abeille, vous croyez ? Hé, p't-être qu'il se fout du Bed Head. Vous vous souvenez de ce type à qui j'ai acheté le flingue ? Je lui ai demandé comment qu'il faisait pour avoir le crâne qui brillait autant, et il m'a répondu qu'il mettait du Bed Head, qu'il achetait à New York dans un de ces Cosmetic Center, et ça coûtait genre 20 dollars. C'est un petit stick que tu pousses par en dessous, et après, tu te le frottes sur la main comme du déodorant...

– Cet enfoiré de sa mère se fout du déodorant sur la tête ? demanda un troisième pirate, Cuda, diminutif de Barracuda.

Il regardait d'un air effaré le crâne luisant de Pinn.

– La ferme ! beugla Smoke en augmentant encore le volume.

Il s'énervait, car Pinn s'emballait en évoquant le sujet qui justement intéressait Smoke.

« ...Dans votre livre, disait le révérend Justice du fond de son fauteuil rembourré, à côté d'un mur en contreplaqué peint de manière à ressembler à une bibliothèque et d'une cheminée où brûlait un feu, vous expliquez longuement que les voisins doivent être de vrais voisins, et pas seulement des gens qui vivent dans le même quartier. Je crois que je vous cite sans me tromper.

– C'est vrai, j'ai dit ça.

– Donc, si nous aimons nos frères et nos sœurs et si nous surveillons leurs allées et venues, le quartier sera différent.

– Euh, oui, j'ai peut-être dit ça.

– Aviez-vous cette philosophie avant de recevoir un coup sur la tête ?

– Je ne m'en souviens pas. Peut-être.

Pinn se redressa dans son fauteuil et regarda fixement la caméra en jouant avec le nœud de sa cravate en satin qu'il avait payée 9,95 dollars chez S&K.

– Tout ce que je sais, c'est que je me suis comporté en bon voisin quand j'ai voulu vérifier si ce détenu était mort, et soudain, je me suis retrouvé inconscient sur ce sol en ciment. Il m'a pris mon uniforme et tout le reste. (Pinn se laissait emporter par ce souvenir, et il avait de plus en plus de mal à paraître serein et plein de sagesse.) Vous imaginez un peu ? Ça vous plairait, à vous, dit-il en pointant le doigt sur les téléspectateurs, que quelqu'un vous file un coup sur la tête et vous abandonne par terre à poil, en donnant l'impression aux prisonniers et aux autres gardiens que vous aviez un petit chéri qui vous faisait des trucs, vu qu'on vous a retrouvé couché à plat ventre, sans rien sur vous !

Le révérend avait blêmi, et il commençait à transpirer sous les projecteurs. Il essaya d'interrompre Pinn :

– C'est pourquoi le pardon...

– Pardon, mon cul ! Je pardonnerai jamais à ce salopard. Putain, non. Je vais le retrouver un de ces jours, et on verra bien qui baise qui. (Il foudroya du regard la caméra, les yeux fixés sur Smoke.) Et je vais vous dire une chose : quelqu'un sait où se cache ce salopard. Si vous l'avez vu, appelez ce numéro gratuit qui s'affiche en bas de votre écran, et vous recevrez une récompense. Il se fait appeler Smoke, c'est un Blanc d'aspect ordinaire avec des dreadlocks et ce qu'il appelle une barbe, avec à peu près autant de poils qu'une queue d'opossum. »

– Hé ! protesta Possum en lançant une boîte de bière vide sur la télé.

Smoke l'éjecta de la banquette en le poussant violemment et lui ordonna de la fermer.

– Si tu fais exploser la téloche, je t'explose la tête !

« Je ne sais pas comment est habillé Smoke maintenant, poursuivait Pinn, car la dernière fois que je l'ai vu, il portait une combinaison orange, comme tous les autres, mais c'est un jeune type de race blanche, d'environ vingt et un ou vingt-deux ans, aussi sournois qu'un reptile. Je peux vous assurer qu'il fait rien pour aider la communauté, loin de là ! Écoutez-moi bien ! (Il chercha du regard son auditoire sans visage derrière la caméra.) Vous voulez que votre quartier soit envahi par la vermine ?

– Nous resterons vigilants, promit le révérend Justice en hochant la tête tout en s'épongeant le visage avec son mouchoir. Nous sommes entourés par la malveillance, assurément. Regardez la récente et effroyable affaire de ce pauvre Moses Custer qui se fait tabasser et voler son Peterbilt.

– On a volé le camion frigorifique ou juste la cabine ? demanda Pinn, momentanément distrait par cette horrible histoire. »

– Hé, qu'est-ce que vous pariez que Tête de Pinn est le gars qui se fait appeler Officier Vérité ? C'est peut-être lui le débile qu'écrit toutes ces conneries sur Internet.

« Je suis allé voir Moses à l'hôpital, dit le révérend en secouant la tête d'un air affligé. On dirait que ce pauvre homme a été attaqué par un pitbull.

– Il vous a dit ce qu'ils lui avaient fait ? »

Pinn était nerveux. Il n'aimait pas qu'un invité soit mieux informé que lui.

– Qu'est-ce qui te fait croire que c'est Officier Vérité ? demanda Possum, qui possédait des connaissances en informatique et était chargé de consulter le site d'Officier Vérité chaque matin pour voir s'il y avait quelque chose qui pouvait intéresser Smoke.

Possum s'occupait également des transactions par Internet, dont les recherches de semi-remorques susceptibles d'être garés quelque part avec une pancarte À VENDRE, et toutes les informations concernant les démonstrations de camions, les rodéos de camions, les accessoires et les pièces détachées de camions, ainsi que la piraterie, la contrebande, le Canada, plus quelques pôles d'intérêts personnels à Possum, comme le fan club Bonanza et toutes les conventions qui s'y rattachaient, et auxquelles il n'assisterait sans doute jamais. Il y avait également une grosse quantité d'e-mails, bien évidemment, provenant des contacts criminels de Smoke, dont la plupart préféraient rester anonymes.

« Moses dormait dans son camion, expliquait le révérend Justice, quand soudain, cet ange est venu pour lui offrir une expérience unique, et sans qu'il comprenne ce qui se passait, voilà que des démons l'ont jeté sur le trottoir, et là, ils ont commencé à le rouer de coups de pied, à le frapper et à lui donner des coups de couteau.

– Il n'avait pas verrouillé ses portières ? demanda Pinn avec un soupçon de reproche, car il avait pour habitude de rejeter la faute sur la victime chaque fois que possible, et il avait déjà décrété que Moses Custer n'aurait sans doute jamais été attaqué par des démons, des pirates ou n'importe qui d'autre s'il avait pris la peine de verrouiller ses portières.

– Non, je ne crois pas, mais ce n'est pas une raison pour lui jeter la pierre », dit le révérend en adressant un regard sévère à Pinn.

– Hé ! s'exclama gaiement Cuda, p't-être qu'il va dire dans quel hôpital il est, et on pourra aller l'achever !

– Je crois pas que Tête de Pinn soit Officier Vérité, déclara Possum. À moins qu'il écrive vachement mieux qu'il parle. J'crois que cet Officier Vérité est vraiment de la police, comme son nom l'indique. Il arrête pas de parler de pirates, d'ADN et toutes ces conneries, et on a intérêt à faire gaffe qu'il nous tombe pas dessus, car il a les moyens de découvrir des choses, et t'es déjà allé en taule, toi, dit-il en regardant Smoke. Et y a ton signalement qui circule, alors p't-être qu'on ferait mieux d'arrêter d'être des pirates, et qu'on devrait se trouver des petits boulots honnêtes chez Foot Locker ou un truc comme ça...

– Ta gueule ! hurla Smoke, au moment où la porte en aluminium du camping-car s'ouvrait pour laisser entrer Unique, qui transportait quelque chose dans un sac-poubelle.

– J'ai besoin de fric, dit-elle à Smoke. Tu m'en dois encore.

« Écoutez-moi, vous tous, spectateurs concernés. (Pinn pointait le doigt sur la caméra de nouveau, toujours obnubilé par son calvaire.) Au diable Moses Custer et tout le reste. Si vous voyez un jeune Blanc ordinaire avec des dreadlocks, appelez-moi immédiatement. »

– Tu vois, j't'avais bien dit qu'ils avaient ton signalement ! s'exclama Possum.

– Il a parlé de la gouine qui s'est fait buter sur Belle Island ? demanda Unique, les yeux fixés sur l'écran de télé.

– Quelle gouine ? demanda Smoke en bâillant.

– Non, mais Officier Vérité en a parlé sur son site. Par contre, il a pas dit qu'elle était gouine, dit Possum. Il réclame des informations au public.

Unique trouvait cela très drôle. Personne ne pouvait fournir d'informations. Elle était invisible quand elle avait quitté le bar avec O.V., personne n'avait donc pu voir Unique et fournir des renseignements à cet Officier Vérité ou à quelqu'un d'autre. Évidemment, être invisible avait des inconvénients. Ainsi, Unique avait fini par comprendre que c'était sans doute le fait de réorganiser ses molécules quand elle poursuivait son But qui lui faisait tout oublier après les faits. Or, revivre ses sévices, c'était justement ce qu'il y avait de meilleur.

« Décrochez votre téléphone immédiatement. (Pinn répéta le numéro affiché en bas de l'écran.) Dites-nous la vérité et nous le retrouverons. Je vous enverrai 500 dollars. C'était A. P. Pinn dans "Tête à tête avec Pinn". Bonsoir ! »

Il rayonnait.

– Si on allait voir ce qui se passe dans le coin ? proposa Cat, qui en avait marre de cette émission et des infos locales qui suivirent. Je sors la bagnole de sous la bâche et on part en chasse.

– Ouais, grogna Cuda. On a presque plus de bière et il me reste plus qu'une clope. Ah, putain ! (Il se leva, s'étira et se pavana.) P't-être qu'on pourrait retrouver c't'enfoiré de Custer et le buter à l'hosto, avant qu'il nous dénonce...

– Il sait rien de plus, répondit Smoke d'un ton cassant. Et toi, si tu l'avais buté tout de suite, ajouta-t-il à l'intention de Possum, on serait pas en train de s'faire du souci.

Possum avait bu trop de bière pendant qu'ils rôdaient l'autre soir, à la recherche d'une prise de guerre, et il avait tiré un peu à côté, à son grand soulagement secret. Autant qu'il s'en souvienne, la balle qu'il avait tirée avait atteint Moses dans le pied et arraché sa chaussure.

– Je continue à penser qu'on devrait le retrouver, ajouta-t-il, à l'opposé de ses véritables sentiments. Cette fois, je lui en collerais une en pleine tête.

Il fit semblant d'avoir autant de sang-froid que Smoke en sortant un pistolet .9 mm glissé dans le dos de son jean large pour le pointer sur le téléviseur, comme si c'était un lit d'hôpital.

– Si tu flingues la téloche, enculé, c'est toi le prochain sur la liste !

Smoke bondit pour lui arracher l'arme des mains et la pointer sur la tête de Possum, en armant le pistolet.

Possum avala sa salive, les yeux écarquillés par la terreur.

– Non, Smoke, je t'en supplie ! Je plaisantais.

– Je veux mon fric, déclara Unique de sa petite voix douce, alors que son regard commençait à s'enflammer et que son But commençait à provoquer cette tension insupportable à l'intérieur de ses Ténèbres.

Sans lui prêter attention, Smoke tira un coup de feu dans le plancher, en s'esclaffant. La douille éjectée rebondit contre une lampe, et il lança le pistolet à Possum.

– Ou peut-être que je buterai cette saloperie de clébard, puisque t'as l'air de l'aimer tant que ça. Tiens, d'ailleurs, va le chercher.

– Non ! s'écria Possum. Je t'en supplie, Smoke. Tu peux pas buter ce petit chien ! Ça veut pas dire que je l'aime, hein ! Je supporte pas ce clébard stupide, mais on en a besoin ! Tu vas pas gaspiller une balle pour ça !

– Je le buterai tôt ou tard, déclara Smoke. Ou alors je le ferai cramer, tiens. C'est encore mieux. Mais pas avant d'être prêt à me farcir cette salope de Hammer. Je lui ferai payer de m'avoir envoyé en taule. Elle et ce salopard d'Andy Brazil !

À contrecœur, Possum battit en retraite dans sa chambre, où il sursauta en découvrant une photo de Popeye avec son manteau rouge sur l'écran de son ordinateur. Le vrai Popeye dormait sur le lit de Possum.

– Merde ! murmura Possum en lisant rapidement le dernier texte d'Officier Vérité, avant de quitter le site. On peut pas parler de ça à Smoke ! dit-il à Popeye en la prenant dans ses bras.

Le chien se mit à trembler de peur et d'excitation.

Officier Vérité savait que Popeye avait été kidnappé et qu'il était toujours vivant ! Il le cherchait et incitait le monde entier à lui donner un coup de main.

– Je te ferai pas de mal, petit bonhomme, murmurait Possum à l'oreille du chien. Mais Smoke est méchant. Tu sais à quel point il est méchant. Faut s'arranger pour qu'il sache pas qu'Officier Vérité offre une récompense pour qu'on te retrouve, et qu'il a demandé à tout le monde de former un groupe de volontaires comme dans Bonanza.

Popeye n'avait pas besoin qu'on lui dise à quel point Smoke était méchant ; il lui aurait volontiers planté ses crocs dans le mollet. Popeye resterait traumatisé par le souvenir de ce jour où sa maîtresse l'avait laissé sortir sans le surveiller, car elle n'était pas sûre d'avoir éteint la cuisinière. Tout s'était passé si vite. Sa maîtresse était retournée précipitamment dans la cuisine, pendant que Popeye reniflait l'herbe près du trottoir. Un Land Cruiser Toyota s'était approché dans un grondement, il avait pilé net, et Possum l'avait appelé en lui tendant une friandise. Sans comprendre ce qui lui arrivait, Popeye s'était retrouvé projeté à l'arrière du Land Cruiser conduit par ce monstre pervers. Et depuis, il était enfermé dans ce camping-car.

Serrant Popeye dans ses bras, Possum l'emporta avec lui dans le salon. Possum avait appris à feindre un tas de choses, y compris ses sentiments. Il prenait soin de se comporter comme s'il était furieux de devoir s'occuper de leur otage canin. Jamais il ne laissait voir que Popeye et lui avaient établi des relations d'affection, et que ce chien était peut-être la seule source de chaleur dans toute son existence, à l'exception des rediffusions à la télé qu'il regardait pendant que les autres dormaient. Popeye se recroquevilla sur les genoux de Possum et lui lécha la main.

– Je t'ai déjà dit de pas me lécher ! lui cria Possum, qui jouait les méchants en présence de Smoke.

– C'est peut-être le moment d'envoyer un message à Hammer pour lui dire qu'on a retrouvé son chien, déclara Smoke en tendant quelques dollars à Unique, qui repartit sans rien dire. On lui filera rendez-vous quelque part, et quand elle se pointera, je lui ferai sauter sa putain de tête, et celle de Brazil par la même occasion.

– Ça fait des mois que tu répètes ça, Smoke, dit Cuda. Et moi, je te réponds à chaque fois : et si elle vient avec des renforts ? Et si ce Brazil tire le premier ? Autant que je sache, la dernière fois que tu t'es frotté à lui, t'as fini en taule, preuve que c'est le plus fort.

– C'est pas lui le plus fort, c'est moi ! Peut-être même qu'on butera tous ceux qui se pointent, *toi* y compris. Va enfermer cet horrible bâtard dans ta chambre et envoie un e-mail au capitaine Bonny pour lui demander quand c'est qu'on va faire ce putain de coup et utiliser ce putain de clébard pour buter ces enfoirés, dit Smoke à Possum. J'en ai marre d'attendre ! Toi, va chercher la caisse, ordonna-t-il à Cat.

Possum se connecta sur Internet, cliqua sur la barre des Favoris et se rendit ainsi directement sur le site du capitaine Bonny, dont la page d'accueil représentait une gravure sur bois du farouche Barbe-Noire. Possum cliqua sur la section « Entrer en contact » et envoya le message suivant, qui était l'inverse de ce qu'attendait Smoke :

Cher capitaine Bonny,

Les pirates sont pas encore prêts pour le Gros Coup. Je vous tiendrai au courant.

Bien à vous, Pirate Possum.

Major Trader était en train de manger un banana split dans le bureau de son domicile quand le e-mail arriva. Il commençait à en avoir assez de Pirate Possum et de ses compagnons grossiers et criminels. Trader avait fidèlement transmis des informations aux pirates et voilà plusieurs mois maintenant qu'il les protégeait des journalistes, et il n'avait toujours pas été récompensé de ses efforts. Ils avaient intérêt à le remercier de manière correcte dès qu'ils auraient fait leur prétendu Gros Coup, dont Trader supposait depuis le début qu'il s'agissait d'un trafic de cocaïne, d'héroïne et d'armes avec le Canada.

Il écrivit un e-mail.

Cher Pirate Possum,

C'est toujours un plaisir d'avoir de vos nouvelles. Mais laissez-moi vous rappeler que lorsque j'ai orchestré le kidnapping de Popeye pour que vous puissiez tendre une embuscade au chef Hammer, il était prévu que je serais joliment récompensé. Voilà des mois que je patiente, et maintenant, mes conditions ont changé ! Je n'exige plus 50 %, mais 60 % du butin, en argent liquide, déposé dans une mallette étanche, dans un endroit de mon choix. Laissez-moi vous rappeler également que si vous ne faites pas ce que j'attends, je serai contraint d'utiliser la force.

Sincèrement vôtre,
Le tristement célèbre Capitaine Bonny

11

LA PORTE NOIRE du restaurant s'ouvrit lentement et le gouverneur Crimm, accompagné de la First Lady, sortit de l'ancienne maison de planteur, pressé de tous les côtés par les membres de l'EPU, la section de protection rapprochée des personnalités, sérieux dans leurs costumes impeccables. Les quatre filles des Crimm – toutes célibataires et ayant dépassé la trentaine – emboîtèrent le pas de leurs prestigieux parents et furent immédiatement coupées du reste de la société par un deuxième mur de troopers en queue de procession.

Macovich jeta rapidement sa cigarette et se déplia lentement, membre après membre, pour sortir de la voiture, tandis qu'Andy tirait sur le tissu de son uniforme gris foncé, vérifiant que sa cravate maintenue par une pince, sa bombe de gaz lacrymogène, ses menottes, sa matraque, ses chargeurs de balles et son sifflet étaient en place. Il se disait que ce n'était peut-être pas une bonne idée de parler de Tanger Island ou de Hammer en présence de toutes ces paires d'yeux et d'oreilles. Assurément, Hammer serait ridiculisée devant ses hommes s'ils apprenaient que le gouverneur ne répondait jamais à ses coups de téléphone et refusait de la rencontrer. De plus, à en juger par la démarche du gouverneur, Andy craignait qu'il ne soit pas totalement à jeun.

– Écoutez, le gouverneur risque de se souvenir de vous, ou la fille que vous avez mise en colère pourrait faire une réflexion, dit Andy en calquant son pas sur celui de Macovich, alors que le petit groupe distingué approchait.

Macovich n'avait nullement l'intention d'aider Andy à obtenir une audience privée avec le gouverneur, surtout si celui-ci avait un coup dans le nez et qu'il se montrait plus enjoué, plus généreux que d'habitude. Macovich n'avait aucune envie de voir Andy devenir le chouchou du gouverneur, en plus d'être le chouchou de Hammer. Voilà des années que Macovich essayait d'obtenir un statut particulier, ou même l'affection du gouverneur, en vain, et l'incident du billard n'avait sûrement pas arrangé les choses.

– Woo, à votre place, j'essaierais pas, dit-il pour tenter de décourager Andy. Surtout s'il est saoul. Il est mauvais quand il a trop bu.

Macovich se sentait un peu coupable de mentir et d'écraser ainsi Andy, mais c'était plus fort que lui. Il craignait d'avoir atteint un point limite dans son ascension professionnelle, et s'il ne jouait pas finement, s'il ne marquait pas son territoire, il allait se retrouver agent de sécurité dans un centre commercial, ou obligé de transporter en hélicoptère des hommes d'affaires racistes. Mais à la grande surprise et au grand agacement de Macovich, Andy l'ignora superbement et se dirigea droit vers le gouverneur, à qui il serra la main.

– Ah, je suis protégé par les militaires, maintenant.

Le gouverneur semblait ravi ; il distinguait vaguement que la personne qui se trouvait devant lui était un type grand, en uniforme, qui appartenait donc à l'armée ou à la garde nationale.

– Ça me plaît.

Les trois filles Crimm les plus âgées fixèrent leur attention sur Andy telles des sangsues lors d'une saignée, tandis que la quatrième, dont les problèmes d'adolescence transparaissaient de manière gênante, faisait des bulles avec son chewing-gum. Tout sourire, le gouverneur Crimm chercha à tâtons sa loupe, qu'il avait attachée à sa chaîne de montre de gousset pour être certain que son accessoire optique bienaimé ne se retrouverait pas une fois de plus dans le compotier. Un œil énorme regarda à travers le verre épais.

– Plus j'ai de protection, mieux c'est, déclara-t-il. Comment vous appelez-vous, soldat ?

– Andy Brazil. J'aimerais faire partie de votre équipe de pilotes, monsieur le gouverneur. Si vous en êtes d'accord. Peut-être pourriez-vous m'accorder un moment pour qu'on en discute.

– Je parie que vous voulez faire partie de la section de protection rapprochée également.

Le gouverneur avait déjà entendu ça. Tous les troopers qu'il avait rencontrés voulaient appartenir à l'EPU, tout comme la plupart des agents fédéraux voulaient entrer dans les services secrets. C'était une question de pouvoir. Il fallait se rapprocher du trône. Crimm distinguait vaguement qu'Andy était plutôt beau garçon, bien bâti, sans être une montagne de muscles comme ces hommes et ces femmes qui protégeaient la First Family. Andy possédait un corps capable de contourner les ennuis avec élégance, au lieu de foncer dedans tête baissée, et le gouverneur se disait que cet Andy pourrait faire un bon mari pour au moins une des filles Crimm. Mais une pensée pénétra légèrement son esprit surchargé et enivré, et il se demanda s'il avait envie de laisser sa femme en présence d'un jeune homme aussi attirant et charmeur.

Certes, la First Lady avait juré de dire la vérité, et elle avait même posé sa main gauche sur la bible de la famille Crimm, mais elle n'avait pas réussi à convaincre son mari qu'elle n'avait pas caché des amants dans les dressing-rooms de la résidence. Hier, Crimm était rentré pour déjeuner à l'improviste, et il avait découvert Poney à quatre pattes en train de laver le plancher d'un dressing-room avec une serpillière.

« Qu'est-ce que vous faites ? lui avait-il demandé en cherchant à tâtons sa chaîne de montre et la loupe qui pendait à l'extrémité.

– Je cire le plancher, avait répondu Poney en frottant nerveusement pour faire pénétrer la cire dans les éraflures que les trépieds avaient laissées sur les lattes de pin. Ça fait un moment que je me promettais de le faire, monsieur. Je m'y suis mis. Il y a une excellente soupe de pois cassés qui mijote dans la cuisine, si vous en voulez.

– Avec du jambon ? (Le gouverneur examinait le vieux bois rayé à travers sa loupe.) Comment se fait-il que le parquet soit creusé comme ça ? On dirait que quelqu'un avec des chaussures ferrées s'est caché dans cette penderie.

– C'est peut-être l'aspirateur, suggéra Poney en s'empressant de masquer les traces. Je n'arrête pas de dire aux femmes de ménage de ne pas passer l'aspirateur dans les penderies. J'ai peur qu'il y ait du jambon dans la soupe, en effet. Je ne savais pas que vous rentriez déjeuner, sinon, j'aurais veillé à ce qu'ils ne mettent pas de jambon, pas même un os de jambon. »

Au moment où Poney se lançait dans ces explications, le gouverneur entendit un tintement métallique : quelqu'un descendait précipitamment. Crimm se précipita lui aussi, mais il ne fut pas assez rapide pour apercevoir la cause de ce bruit étrange, et il imagina un homme portant des éperons ou une armure, et ses craintes concernant sa femme se mirent à hurler dans sa tête. Se livrait-elle à d'étranges jeux de déguisement avec des inconnus qu'elle recrutait sur Internet? Il l'imaginait dans des positions érotiques avec de jeunes prétendants virils vêtus uniquement d'éperons ou d'un casque avec une plume, ou bien les deux. Maude et ses amants lascifs se livraient à de bruyants ébats métalliques; peut-être même utilisaient-ils des aimants pour décupler leur plaisir pervers, avant qu'elle commence à refuser ses faveurs à ces cybernautes, comme elle les refusait au gouverneur depuis de nombreuses années. Autant qu'il puisse en juger, cet Andy faisait partie du complot. Comment pouvait-il être certain qu'Andy n'avait pas déjà rencontré Maude sur Internet? S'il voulait transporter la First Family en hélicoptère, c'était peut-être parce qu'en réalité, il voulait transporter Maude au septième ciel.

– Avant d'appartenir à l'EPU, il faut être trooper, dit-il à Andy d'un ton autoritaire et froid.

– Je suis trooper, monsieur le gouverneur. Et nous manquons de pilotes, ajouta Andy en s'adressant à la First Lady, car il n'était pas de tempérament sectaire et ne traitait pas les femmes des autres comme des accessoires.

– C'est vrai, on dirait qu'on a toujours le même pilote, ces derniers temps, dit-elle, agacée par cette constatation, en jetant un regard noir à Macovich.

Où étaient donc passés tous ses pilotes? se demanda-t-elle. Si elle avait bonne mémoire, il y en avait tout un tas, au début de l'année. Le problème venait sûrement de cette emmerdeuse qui avait été nommée chef de la police d'État. Trader racontait des choses horribles à son sujet. Comment s'appelait-elle, déjà? Un nom qui lui laissait un mauvais goût dans la bouche... Il était peut-être temps que la First

Lady lui envoie une note bien sentie pour exiger davantage de pilotes, se dit Mme Crimm en pensant avec bonheur à son expression favorite :

– La diversité, c'est le piment de la vie, déclama-t-elle à voix haute.

– Pardon ? dit Andy, déconcerté.

– Je me demande si vous êtes d'accord, lui dit la First Lady.

Comprenant qu'il s'agissait d'un test, Andy répondit :

– Oui, dans la plupart des cas. Mais pas toujours. Par exemple : je ne porte pas une diversité de tenues dans mon travail. Je suis toujours en uniforme. J'aime beaucoup l'uniforme de la police d'État et je suis heureux de le porter chaque jour ; la diversité n'est donc pas un problème pour moi.

– Hein ? Quoi ?

Le gouverneur avait surpris le code secret de son épouse et il était choqué qu'elle puisse se comporter ainsi en public ; il l'imagina en train de faire l'amour avec cet Andy, nu comme un ver, à l'exception de sa ceinture avec tous ses accessoires.

– La diversité n'est certainement pas le piment de la vie ni de quoi que ce soit ! tonna Crimm. La vie, c'est la fidélité et l'obéissance à son maître. Et d'abord, qu'entends-tu par piment ?

Il foudroya du regard son épouse infidèle à travers le verre déformant de sa loupe.

– Calme-toi, mon chéri, dit la First Lady, qui se souvenait soudain qu'elle avait caché son lot de trépieds dans le sellier, et réalisait qu'il était peut-être préférable de changer de sujet. Je t'avais bien dit de ne pas manger autant de crème et de beurre. Tu connais les effets sur ton sous-marin. (Elle était certaine, en disant cela, de détourner son attention.) Toutes ces graisses animales et ces produits laitiers sont du carburant pour ton sous-marin, et heureusement qu'il n'y avait pas d'épices dans ton dîner, à part le sel que tu as versé généreusement dans tous tes plats. On a de bonnes raisons d'éviter les épices, n'est-ce pas ? D'ailleurs, nous n'en parlerons plus jamais, pour éviter que tu fasses des associations qui risquent d'exciter ton sous-marin et de l'envoyer en plongée dans des turbulences qui pourraient faire sauter des joints de culasse, provoquer des fuites ou des remontées de vase du fond de ta constitution. Agent Brazil... voilà un nom exotique, vous venez d'Amérique du Sud ? Connaissez-vous Constance, Grace et Faith ?

La First Lady s'arrêta net avant la quatrième fille, la plus jeune et la moins belle de toutes les femmes qui se trouvaient sur le parking.

– Et vous ? demanda Andy à la fille ignorée, qu'il imaginait s'appeler Sloth ou Gluttony, vu son apparence et son comportement.

– Qu'est-ce ça peut vous faire ?

Elle se remit à mâchonner violemment son chewing-gum, et Andy fut frappé par son agressivité et son absence totale de charme.

– Je vous ai vu descendre de votre bagnole banalisée, dit-elle en lui jetant un regard mauvais. À quoi ça sert de rouler dans une bagnole banalisée quand on porte un uniforme ? C'est naze.

– On dirait que vous n'êtes pas d'ici.

Andy ignora les mauvaises manières de l'adolescente ; il essayait de deviner la provenance de cet accent traînant. Par ailleurs, il ne voulait pas avouer que Hammer insistait pour qu'il roule à bord d'un véhicule banalisé, parce qu'il était un journaliste infiltré et qu'elle préférait qu'il attire l'attention le moins possible.

– Je suis née à Grundy, dans les mines de charbon, répondit la fille malpolie.

– Absolument pas ! s'exclama la First Lady, effrayée. J'étais enceinte au cours d'une tournée électorale le long de la frontière ouest de la Virginie et nous avons visité plusieurs villes minières, expliqua-t-elle à Andy pendant que le gouverneur continuait d'observer les environs à travers sa loupe, à la recherche de l'hélicoptère. Mais elle est née à l'hôpital, comme toutes mes autres filles, ajouta Mme Crimm d'un ton indigné, en adressant un regard de mise en garde à la fille sans nom.

– On a toujours besoin d'un pilote de plus, il me semble, déclara le gouverneur d'un ton consterné, en regrettant d'avoir mangé autant et gêné que la First Lady ait parlé de son sous-marin en public.

Parfois, Bedford Crimm regrettait sa vie. En Virginie, les

gouverneurs ne peuvent se succéder à eux-mêmes, aussi était-il toujours obligé d'attendre quatre ans avant de se représenter. Cela faisait vingt ans qu'il était recyclé dans ce système grotesque, mystérieux et antique : commandant en chef le temps d'une mandature, avant de réintégrer le secteur privé pendant une autre mandature, puis retour au poste de gouverneur. La Maison-Blanche lui paraissait de plus en plus petite, de plus en plus lointaine. Il approchait des soixante-dix ans, la vodka lui montait directement à la tête, et son sous-marin mal équipé était rarement opérationnel, maintenant.

Les membres de l'EPU commençaient à s'impatienter. Une foule s'était rassemblée. Andy n'était pas idiot. Il savait qu'il y avait un autre avantage à devenir le pilote du gouverneur : plus il était proche de lui, plus il pourrait rassembler d'informations pour les essais d'Officier Vérité.

– Gouverneur, dit-il, permettez-moi de vous dire encore une fois combien je serais honoré de vous transporter, votre famille et vous, à bord d'un nouvel hélicoptère, et je saurai assurer votre protection en même temps. Je ne pourrais pas disposer d'une minute pour vous parler en privé, je suppose ?

Macovich bouillonnait, mais personne ne s'en apercevait, car on apprenait aux troopers à ne jamais afficher ce qu'ils ressentaient. Sa seule consolation, tandis qu'il regardait Andy l'éclipser en cette froide nuit de septembre, c'était qu'il connaissait très bien le nom de cette épouvantable fille Crimm. Woo, oui, il le connaissait. Il ne lui avait jamais parlé, pas même quand il l'avait battue au billard, mais il ne la quittait jamais des yeux derrière le masque de ses lunettes noires.

Elle s'appelait Regina, et c'était une partie de son problème, si on ne tenait pas compte de sa malheureuse obésité et de son visage épais et disgracieux. Parmi les troopers, tout le monde savait que Regina avait des penchants qui allaient à l'encontre des tentatives incessantes de la First Lady pour marier ses filles indésirables.

– L'officier Brazil n'est pas un très bon pilote, murmura Macovich à l'oreille de la First Lady, en se disant que la meilleure façon de protéger son territoire, c'était de miner celui d'Andy. Mais il est célibataire et il n'a pas le moral, ces derniers temps. Je crois qu'il se sent seul.

– Comme c'est triste ! répondit la First Lady. Je vais l'inviter à la résidence.

– Oh, ce serait très gentil à vous, madame, dit Macovich comme s'il n'avait jamais entendu des paroles aussi magnanimes.

Andy Brazil n'avait aucune idée de ce qui l'attendait, pensait Macovich avec un frisson sadique.

– Il est temps d'y aller, déclara le gouverneur en sentant son sous-marin plonger dans un océan de bile boueuse déversée par sa vésicule biliaire. Je ne suis pas dans mon assiette ; je n'aurais pas dû manger ce gâteau au caramel que Trader a fait apporter au restaurant, ajouta-t-il. (Les antennes d'Andy se dressèrent.) Vraiment, Maude, il faut que je me limite.

Macovich et ses collègues escortèrent la First Family jusqu'à l'hélicoptère sous un manteau d'obscurité protectrice, pendant qu'Andy sortait son téléphone portable. Il allait appeler immédiatement le restaurant et exiger que le restant du gâteau au caramel soit scellé dans un sac en plastique immédiatement. Soudain, il se souvint qu'il avait promis à Hammer de parler au gouverneur de la situation sur Tanger Island. Le moteur de l'hélicoptère rugit et les quatre pales commencèrent à tourner, tandis qu'Andy courait vers l'appareil.

– Gouverneur ! Le chef Hammer a des informations importantes, il faut qu'elle vous parle !

Ses paroles furent éparpillées aux quatre vents par le souffle du rotor.

– Je sens une odeur de cigarette ! s'exclama la First Lady, aussi prompte à réagir qu'un détecteur de fumée, en maintenant ses cheveux laqués pour les protéger du vent.

– C'est pas moi ! dirent en chœur tous les troopers.

Smoke et ses pirates assistaient à cette scène à travers les vitres fumées de la Toyota Land Cruiser noire qui avait été volée à New York et, qui par une suite de transactions, s'était retrouvée en possession de Smoke avec de nouvelles plaques d'immatriculation et un numéro de série limé. Les pirates patrouillaient dans les rues quand ils étaient arrivés devant le Bellgrade Shopping Center, où le Ruth's Chris Steak

House se cachait derrière des arbres centenaires, et ils ne pouvaient pas ne pas remarquer l'énorme hélicoptère posé sur l'herbe.

Aucun des pirates de la route n'avait jamais vu un engin pareil, et quand le pilote mit les gaz, Smoke et sa bande restèrent bouche bée devant le mouvement des pales et les feux de décollage qui rougeoyaient dans la nuit, tandis que les arbres étaient fouettés par des bourrasques dignes d'un ouragan.

– Putain ! s'exclama Smoke. (Il exprimait très rarement des émotions autres que la colère et la haine.) Regardez-moi ce machin, bon Dieu de merde !

Cuda, Possum et Cat restèrent muets d'émerveillement ; le bruit des pales martelait leurs tympans et faisait bouillonner leur sang comme le désir sexuel.

– Je me demande si c'est dur de piloter un truc pareil, dit Smoke. Hé, vous imaginez ce qu'on pourrait faire avec cet engin ? Plus besoin de bagnoles ! Personne pourrait nous attraper, et on pourrait livrer la marchandise au Canada nous-mêmes, deux fois plus vite, et merde aux intermédiaires !

L'hélicoptère décolla, inondant l'herbe tourbillonnante d'une lumière aveuglante, et à travers la paroi vitrée de l'appareil, Smoke vit une des filles Crimm éventrer un paquet de chips. Puis il remarqua autre chose : Andy Brazil revenait au trot vers sa voiture banalisée. En revoyant tout à coup ce salopard, Smoke se transforma en lave en fusion. À l'époque où Andy était flic, c'était lui qui, avec Hammer, l'avait arrêté et envoyé en taule. Quand Smoke était dans sa cellule, pas un jour ne passait sans qu'il ne s'offre des fantasmes réjouissants en imaginant le sort qu'il réserverait à ces deux flics.

– Tiens, tiens, tiens, fit Smoke, tandis que l'hélicoptère s'élevait au-dessus des arbres en grondant dans le ciel. Regardez qui est là ! P't-être que je devrais faire sauter la cervelle de cet enfoiré tout de suite.

– De qui que tu causes ?

Cat détacha les yeux de la lumière vive qui déchirait la nuit. Il suivit le regard de Smoke dirigé vers un jeune type blond en uniforme qui montait dans une voiture banalisée.

– Pourquoi tu veux lui faire sauter la cervelle maintenant, mec ? protesta Possum, alors que Smoke enclenchait la première. Tu vas quand même pas faire ça avec tous les flics qu'il y a ici ! T'es dingue ou quoi ? Putain, si tu fais ça, je descends, moi !

Possum était à l'avant de la Toyota. Quand il voulut ouvrir la portière, Smoke le frappa au visage d'un revers de la main. Cuda et Cat se recroquevillèrent sur leurs sièges pour se faire tout petits, sans rien oser dire. Ils détestaient Smoke, mais ils n'avaient nulle part où aller, et ils avaient bien trop d'ennuis maintenant, de toute façon, pour chercher une autre activité. Cuda et Cat avaient commencé tous les deux dans les gangs, qui florissaient aujourd'hui. Être un pirate, c'était comme appartenir à la Mafia, se disait Cat pour se rassurer, blotti sur le siège de la Toyota, sans oser remuer un cil. Personne n'osait chercher des histoires à Smoke et à ses pirates, et ils voyaient grand, ils ne se contentaient pas de braquer des gens devant les distributeurs de billets ou de tirer sur des passants au hasard dans la rue pour s'amuser. L'autre jour, Smoke avait emmené sa bande au centre commercial, et il leur avait acheté à tous une paire de Nike dernier modèle et autant de pizzas et de frites qu'ils pouvaient en avaler.

Smoke n'était pas totalement mauvais, au fond. Possum essayait de se remonter le moral, lui aussi. Mais il en avait marre de se faire tabasser par Smoke, et il craignait que Smoke blesse ou tue ce pauvre Popeye. Quand Possum était gamin, son père le tabassait lui aussi, et il faisait des choses affreuses pendant les repas, il plantait des couteaux à steak dans la table en bois et il balançait de la nourriture à travers la pièce. Son père aimait tirer sur des lapins avec son fusil et lancer les chiens ensuite pour avoir le plaisir de voir les petites bêtes se faire déchiqueter. Possum avait commencé à passer ses journées dans le sous-sol de la maison, au lieu d'aller à l'école, pour regarder la télé dans le noir. Au bout de quelques années, il cessa de grandir et ne sortit plus du sous-sol que la nuit pour piller le réfrigérateur et les bouteilles d'alcool, quand ses parents dormaient après s'être disputés.

Possum n'avait jamais rien fait de mal, jusqu'à ce qu'il soit capable de voir dans l'obscurité et que la lumière du soleil lui fasse mal aux yeux. À ce moment-là, il commença à s'aventurer hors du sous-sol après minuit pour se promener dans Chamberlayne Avenue, observant d'un air rêveur les voitures qui passaient dans un chuintement et les gens normaux, des gens libres d'aller et venir à leur guise, sans être obligés de passer toutes leurs journées dans un sous-sol pendant que leur papa saccageait la maison, battait leur maman et torturait des animaux.

Un matin, sur le coup de 2 heures, Possum zonait sur le parking du centre commercial Azalea ; il s'apprêtait à forcer le distributeur de billets, en espérant que quelqu'un avait oublié des billets dans la fente, quand une Toyota Land Cruiser s'arrêta devant lui. Possum se mit à courir, mais Smoke était trop rapide pour lui. Très vite, il se retrouva plaqué sur le bitume et un jeune type blanc avec des dreadlocks lui colla un flingue dans la nuque et lui ordonna de monter à bord du Land Cruiser. Depuis, Possum faisait partie de la bande des pirates, et parfois, il regrettait le sous-sol, il pensait à sa maman. Une fois, une seule fois, il l'avait appelée d'une cabine.

– Je me suis trouvé un bon boulot de nuit, lui dit-il. Mais je peux pas te dire où, pour pas que papa vienne me chercher, tu comprends. Tu vas bien ?

– Oh, mon chéri, parfois c'est pas si affreux que ça, tu sais, répondit-elle de cette voix abattue, déprimée, que Possum connaissait si bien. Je t'en supplie, rentre à la maison, Jerry, ajouta-t-elle, car le véritable nom de Possum était Jeremiah Little. Tu me manques, mon chéri.

– T'en fais pas pour moi, m'man. (Possum avait une grosse boule au fond de la gorge, à l'intérieur de la cabine couverte de graffiti.) Je vais gagner assez d'argent pour te sortir de là, et on ira vivre tous les deux dans un chouette motel où il pourra jamais nous retrouver !

Le problème, comme l'avait découvert Possum depuis, c'était que Smoke gardait pour lui tout le fric des butins. Il donnait de l'argent à ses pirates en fonction de leurs besoins et il les empêchait de faire des économies. Possum mangeait à sa faim, il avait tout l'alcool et toute l'herbe qu'il voulait. Il portait de jolies baskets et des jeans qui lui tombaient sur les hanches. Il avait un bippeur, un téléphone portable, un appareil GPS, un flingue et sa propre chambre dans le camping-car. Mais il n'avait pas d'économies, et était bien parti pour ne jamais en avoir. Il pensait à tout cela en sentant encore la brûlure de la claque sur sa joue et le goût du sang à l'intérieur de sa bouche. Sa maman lui manquait, et il s'apercevait que Smoke était encore pire que son papa.

Malgré tout, il essaya de raisonner Smoke :

– Tu peux pas le tuer maintenant. Vaut mieux attendre qu'on fasse notre Gros Coup. Après ça, on pourra se payer tous ces salopards, y compris Popeye.

Smoke tourna dans Huguenot Road et accéléra.

– T'en fais pas, mec, j'vais pas buter c't'enfoiré de Brazil devant tout le monde. Mais le moment venu, j'vais m'le payer grave, crois-moi, pareil que cette salope de Hammer. Hé, p't-être que j'vais filer son putain de clébard à bouffer à un pitbull et ensuite je balancerai la carcasse dans son jardin.

– Si tu fais ça, t'auras plus rien pour l'emmerder, dit Possum avec une indifférence feinte. Ce chien, c'est ta meilleure arme, Smoke. Tu sais bien que cette nana fera n'importe quoi pour récupérer son bâtard. Faut que tu la joues rusé, sans te presser. P't-être que tu pourrais te servir du clebs pour te payer Hammer et Brazil en même temps. Qu'est-ce tu paries que Brazil connaissait Popeye, et qu'il a les boules, lui aussi, à cause que le chien a disparu ?

– Ouais, je vais les piéger tous les deux ! Bien vu, mec. Les deux en même temps ! (Smoke essayait de suivre l'hélicoptère qui disparaissait rapidement à l'horizon vers les lumières de la ville.) Ensuite, on les emmènera tous les deux au club house, ajouta-t-il en faisant référence à leur camping-car, et je prendrai mon pied à les faire souffrir grave avant de leur faire sauter la tête et de balancer leurs putains de cadavres dans la flotte.

Les membres de la bande savaient que la spécialité de Smoke, enfant, consistait à enterrer des lapins et des écureuils vivants, de sauter à pieds joints sur les grenouilles, de capturer les oiseaux, et il faisait un tas d'autres choses innommables à des créatures sans défense. Possum avait d'ailleurs remarqué que Smoke avait baptisé chacun de ses pirates d'un nom d'animal, comme pour bien indiquer ce qui leur arriverait si jamais ils ne marchaient pas droit.

– Ouais, c'est ça, piège-les tous les deux, dit Possum en essayant de prendre un ton vicieux et méchant. Et tu pourras même buter quelqu'un d'autre si tu veux. On pourrait aussi dire au capitaine Bonny qu'on lui filera que dalle, et que s'il essaye de nous faire chier, on le bute et on le balance dans la flotte, lui aussi.

– Ta gueule ! (Smoke frappa Possum sur l'oreille.) Faut que je trouve où il gare cet hélico, et ensuite, on le piquera en bricolant les fils de contact.

– Pas la peine de bricoler les fils, osa dire Possum, alors que son oreille bourdonnait encore douloureusement. J'ai vu un docu sur ces appareils à la téloche. Suffit d'appuyer sur un bouton et ils démarrent. Après, tu tires juste sur une sorte de poignée et tu pilotes avec un joystick.

Cat intervint :

– Piloter un hélico, c'est pas comme conduire une bagnole. Je suis pas sûr qu'on pourrait le faire décoller.

– Essayez de savoir où est l'aéroport de la police, ordonna Smoke à ses pirates. Cherchez sur le GPS.

Unique n'avait pas besoin d'un GPS pour trouver son chemin, et d'ailleurs elle n'en avait pas. Smoke ne lui fournissait aucune arme, aucun équipement spécial, même si elle aurait pu obtenir de lui tout ce qu'elle voulait, si elle en avait besoin. Mais Unique possédait ses propres techniques qui émanaient de ses Ténèbres, là où vivait le nazi, profondément enfoui à l'intérieur de son âme. Alors qu'elle roulait dans Strawberry Road à bord de sa Miata, elle se sentait légère, aérienne. Elle volait, ses longs cheveux flottaient derrière elle, le vent frais caressait son joli visage. Elle se gara à une centaine de mètres de la maison du flic blond en civil, sans se douter le moins du monde qu'il s'agissait d'Andy Brazil, le flic dont parlait Smoke quelques instants plus tôt.

Unique ne connaissait pas encore Smoke à l'époque où Andy et Hammer l'avaient arrêté ; elle ne les avait donc jamais vus, ni rencontrés, à sa connaissance. Si Unique n'avait pas été contrôlée par le Mal, c'eut été une coïncidence remarquable qu'elle se retrouve à traquer sans le savoir l'ennemi de Smoke, et également le mystérieux Officier Vérité. Mais rien dans la vie d'Unique n'avait jamais été dû à une coïncidence ou à un accident. Elle était guidée par son But, qui lui avait ordonné de laisser le sac-poubelle sur le perron du flic en civil et de scotcher une enveloppe sur sa porte.

12

Au sommet d'une des sept collines de Richmond, dominant la ville, se trouvait une vieille maison classée que Judy Hammer avait restaurée et meublée à la perfection, sans ménager sa peine. Assise devant son vieux bureau à cylindre, elle réglait des factures ; derrière la fenêtre, les lumières de la ville s'étendaient à ses pieds et lui rappelaient qu'elle avait une énorme responsabilité envers les Virginiens, et qu'elle était devenue un modèle pour des femmes dans tout le pays.

N'empêche que ce n'était pas facile de trouver des hommes libres quand on approchait de la soixantaine et qu'on transportait une arme à feu dans son sac Ferragamo. Hammer se sentait seule et découragée, et la découverte de la photo de Popeye sur le site Internet l'avait mise dans tous ses états. Encore une sale journée au niveau des infos. Une femme attaquait McDonald's en justice, car elle avait été soi-disant brûlée par une tranche de cornichon provenant d'un hamburger « mal construit ». Sans parler de la police locale qui draguait une fois de plus la James River à la recherche d'armes en tout genre, étant donné que la plupart des suspects avouaient qu'ils balançaient leur arme du haut d'un pont une fois leur crime commis.

Hammer s'étonnait de ne pas encore avoir eu de nouvelles d'Andy à cette heure. Elle craignait que ce silence indique une approche manquée du gouverneur. Peut-être que Macovich et Andy n'avaient pas réussi à entrer en contact, ou bien le résultat n'avait pas été concluant. Alors que ces sombres pensées trottaient dans sa tête, le téléphone sonna.

– Oui ? répondit-elle sèchement, comme si elle détestait qu'on la dérange.

– Chef Hammer ? demanda Andy au bout du fil.

– Qu'y a-t-il, Andy ?

Il roulait vers l'est dans Broad Street, où des adolescents à l'air renfrogné traînaient sur les trottoirs devant des immeubles aux portes et aux fenêtres murées, jetant des regards hostiles à la voiture banalisée hérissée d'antennes.

– Je ne suis pas très loin de Church Hill, dit Andy en continuant à observer les individus à l'air louche. Si ce n'est pas trop inconvenant, ajouta-t-il courageusement, je pourrais peut-être passer chez vous pour vous exposer la situation.

– Parfait, répondit Hammer, et elle raccrocha sans même dire au revoir.

Elle ne possédait pas le codage génétique lui permettant de supporter le temps perdu, et à mesure qu'elle vieillissait, sa haine des communications à distance s'intensifiait. Elle ne supportait pas les cliquetis métalliques du téléphone quand quelqu'un pénétrait dans son espace aérien sans y être invité. Elle détestait les messages vocaux et elle les écoutait le plus vite possible avant de les effacer de sa vie, généralement longtemps avant la fin du message. Les émetteurs-récepteurs étaient une plaie, tout comme les e-mails, surtout ceux émanant d'inconnus qui faisaient irruption dans votre cyberespace sans y être invités. Hammer n'aspirait qu'à une chose : la tranquillité. À ce stade de sa vie, les gens commençaient à la fatiguer, et elle s'apercevait que toutes ces « communications » servaient très rarement à transmettre des informations importantes.

– Racontez-moi ce qui se passe, dit Hammer avant même qu'Andy ait franchi la porte d'entrée. Avez-vous informé le gouverneur que Tanger Island retenait un dentiste en otage et avait déclaré la guerre à la Virginie à cause de ces foutus contrôles de vitesse, du NASCAR et d'une probable escroquerie dentaire ?

– Je n'en ai pas eu l'occasion, avoua Andy à contrecœur en s'asseyant dans le canapé. Je crois qu'il ne reconnaît personne visuellement. Il m'a pris pour un militaire, et il ne savait pas du tout qui était Macovich. En fait, je me demande si ce n'est pas là le cœur du problème, chef Hammer. Peut-être qu'il est réellement aveugle et qu'il ne vous a pas vue depuis que vous avez prêté serment parce qu'il ne vous a *jamais* vue.

Hammer n'avait pas envisagé cette explication.
– C'est ridicule, décréta-t-elle.
– Sauf votre respect...
Elle le fit taire d'un geste. Chaque fois que quelqu'un commençait une phrase par « Sauf votre respect... », Hammer savait qu'on s'apprêtait à lui mentir et qu'elle allait se mettre en colère.
– Dites-moi juste ce que vous avez à dire, et épargnez-moi le coup du respect.
– Il faut que quelqu'un lui dise de régler ce problème de vue. Vous, peut-être.
– Si j'ai l'occasion de lui parler, je le lui dirai, parmi un tas d'autres choses.
En présence d'Andy, Hammer se sentait vieille. Il la faisait vieillir de plusieurs années, et elle commençait à réagir en l'évitant et en se montrant plus froide avec lui. Toute sa vie, elle avait été une femme d'une beauté remarquable, jusqu'à ses cinquante-cinq ans, où il lui avait semblé accumuler les rides et la graisse de manière instantanée. Sa lèvre supérieure commença à disparaître en l'espace d'une nuit, ses cheveux devinrent plus clairsemés et ses seins se ratatinèrent, tout cela en quelques jours. Pendant ce temps, Andy, lui, était de plus en plus beau chaque fois qu'elle le voyait.
C'était injuste, se disait-elle.
– Ça ne va pas ? lui demanda-t-il. Vous semblez en colère et pas tellement dans votre assiette, tout à coup.
– Le simple fait de parler du gouverneur me met de mauvaise humeur.
C'était injuste, nom de Dieu ! se lamentait-elle en silence. Des hommes de l'âge de Hammer sortaient avec des femmes de l'âge d'Andy, qui trouvaient que la calvitie, la peau burinée, les lunettes épaisses, les muscles flasques, les pompes et les pilules spéciales destinées à relever le niveau de leur intimité et les ronflements constituaient un plus. Les femmes avaient subi un lavage de cerveau généralisé, pensait-elle en fulminant dans son coin. De jeunes femmes se vantaient de l'âge avancé de leurs amants.
Pas plus tard que l'autre jour, Windy Brees fumait une cigarette sur le parking du quartier général et Hammer l'avait surprise en train de parler d'un certain M. Click avec une amie. Hammer était passée devant les deux jeunes femmes

d'un pas vif, les yeux baissés, les bras chargés de dossiers, en faisant mine d'ignorer leur conversation. Mais Windy avait une voix qui portait, et l'ensemble des forces de police avait entendu ce qu'elle racontait.

« Quel âge a M. Click ? demandait la jeune amie de Windy d'un ton envieux.

– Quatre-vingt-onze ans, lui répondit fièrement Windy. J'ai le béguin. Je passe mon temps devant le téléphone. »

En disant cela, elle brandit son téléphone portable, avec un soupir, comme si elle priait pour qu'il sonne.

« Il n'est pas allumé, fit remarquer son amie. Il faut que tu appuies sur la touche "On", sinon, ça sonnera pas s'il t'appelle. »

L'amie avait sorti son propre téléphone de son sac pour faire une démonstration.

« Mais oui, évidemment ! s'exclama Windy en sentant renaître l'espoir. Je me demande s'il a pensé à allumer le sien, d'ailleurs. Car chaque fois que je l'appelle, je tombe toujours sur la même voix qui me dit qu'il n'est pas disponible, et ça me déprime, parce que j'ai peur qu'il ne soit pas disponible de manière générale, et c'est pour ça que j'ai pas eu de ses nouvelles depuis l'autre soir. »

– Je ferais peut-être bien de prendre les choses en main, déclara Hammer. Je ne peux pas attendre que le gouverneur me voie, alors qu'un dentiste est retenu en otage sur une île qui a déclaré la guerre à la Virginie. Ça ne peut rien donner de bon, Andy. Nous devons intervenir immédiatement.

– Sauf votre respect... (Andy se rattrapa aussitôt.) Chef Hammer, reprit-il, le gouverneur Crimm est un homme orgueilleux, un accro du pouvoir. Si vous passez au-dessus de lui, il n'oubliera pas et ne pardonnera pas. Même s'il refuse de l'admettre, il vous en voudra à mort d'avoir tiré la couverture à vous.

– Alors, qu'est-ce qu'on fait, bon Dieu ?

– Accordez-moi quarante-huit heures, déclara audacieusement Andy. Je me débrouillerai pour obtenir un rendez-vous avec lui et je l'informerai de la situation.

Il s'interrompit en songeant à Popeye, et combien la maison de Hammer semblait vide sans le petit chien.

– Au fait, toujours pas de nouvelles pour Popeye, mais je refuse d'abandonner, déclara Andy.

Les yeux de Hammer s'emplirent de larmes, qu'elle s'empressa de chasser en clignant des paupières.

– Je sais à quel point il vous manque, dit Andy, ému par la tristesse de sa supérieure et bien décidé à l'obliger à se confier. Et je sais que vous n'aimez pas du tout que je fasse des choses sans votre permission, mais je ne suis plus un novice. Et je sais ce que je fais. On dirait que vous êtes toujours en colère après moi et que vous n'appréciez pas du tout mes initiatives.

Hammer refusa de le regarder et de répondre.

– Pour être franc, reprit Andy, vous semblez triste et en colère contre le monde entier, depuis quelque temps.

Hammer restait muette. Andy se leva du canapé.

– Je ne cherche pas à violer votre intimité, dit-il. Je vais m'en aller, pour ne pas vous déranger plus longtemps.

– Oui, bonne idée, répondit Hammer en se levant brusquement. Il est tard.

Elle l'accompagna jusqu'à la porte, comme si elle avait hâte qu'il s'en aille.

Andy jeta un coup d'œil à sa montre.

– Vous avez raison, il faut que j'y aille. Je dois terminer mon essai.

– Oserai-je aborder ce sujet ? demanda Hammer en sortant avec lui sur le perron, où un vent d'automne cinglant agitait les arbres qui commençaient à se parer des premières teintes de jaune et de rouge. Y aura-t-il de nouveaux commentaires saillants de la part de votre sage confidente ?

– Je n'ai pas de sage confidente, répondit Andy avec une soudaine brusquerie en descendant les marches du perron éclairé par la douce lueur des lampadaires. J'aimerais bien, pourtant, lança-t-il par-dessus son épaule en ouvrant sa portière de voiture. Hélas, je n'ai pas encore rencontré quelqu'un qui corresponde à cette description.

Andy rentra chez lui d'humeur maussade. Il gravit les marches du perron et sursauta en découvrant sur son paillasson un sac-poubelle et une enveloppe scotchée sur la porte. Immédiatement, il fut sur ses gardes. Il n'y avait aucune inscription sur l'enveloppe blanche tout à fait banale, une de celles qu'on trouvait n'importe où. Le sac-poubelle en plastique noir contenait visiblement quelque chose. L'instinct de policier d'Andy se mit aussitôt en branle, et sans toucher à rien, il sortit son téléphone portable.

– Inspecteur Slipper, répondit une voix après que le téléphone eut sonné longuement dans la salle de la brigade A de la police de Richmond, celle qui s'occupait des crimes violents.

– Joe, c'est Andy Brazil.

– Yo ! Quoi d'neuf, mec ? Ta sale tronche nous manque par ici. Comment va la vie ?

– Écoute, dit Andy. Est-ce que tu pourrais te pointer chez moi ? Quelqu'un a déposé un truc bizarre devant ma porte et je veux pas y toucher.

– Merde ! Tu veux que je me pointe avec les démineurs ?

– Non, pas pour l'instant. Viens donc jeter un coup d'œil, pour l'instant.

Andy était assis sur les marches de son perron dans l'obscurité, car la lumière de la véranda était branchée sur une minuterie et tout était éteint à l'intérieur pour faire des économies. Le quartier général de la police de Richmond se trouvait dans le centre, mais pas très loin du quartier Fan où se trouvait la petite maison de location d'Andy. L'inspecteur Joe Slipper arriva un quart d'heure plus tard, et Andy découvrit à ce moment-là à quel point certains de ses vieux copains, du temps où il était policier, lui manquaient.

– Je suis rudement content de te voir, dit-il à Slipper, un petit homme replet qui empestait toujours l'eau de Cologne et qui avait un penchant pour les costumes de créateurs qu'il achetait pour trois fois rien chez un soldeur du coin.

– Merde, fit celui-ci en promenant le faisceau de sa lampe électrique sur le sac-poubelle et l'enveloppe vierge. C'est super bizarre.

– Tu as des gants ? demanda Andy.

– Oui, bien sûr.

Slipper sortit de la poche de sa veste une paire de gants en latex.

Andy les enfila pour détacher l'enveloppe de la porte. Comme elle était scellée, il l'ouvrit avec un canif. À l'intérieur se trouvait une photo Polaroïd, et sous le regard horrifié d'Andy et de Slipper, le faisceau de la lampe révéla l'image choquante du corps nu et ensanglanté de la dénommée

O.V. sur Belle Island. Slipper poussa délicatement le sac-poubelle avec le bout du pied.

– Merde. On dirait qu'il y a des fringues à l'intérieur.

Il ouvrit le sac et en sortit délicatement un blouson de moto en cuir noir, un jean, une culotte, un soutien-gorge et un T-shirt frappé du logo d'une équipe féminine locale de softball. Les vêtements semblaient avoir été tailladés avec une lame de rasoir ; ils étaient durcis par le sang séché.

– Bon Dieu, commenta Andy avec des sueurs froides, en repensant au message gravé sur le corps de la femme assassinée. J'ai aucune idée de ce qui se passe, Joe.

Sans un mot, la mine sombre, Slipper regagna sa voiture pour aller chercher des sacs en papier et du ruban adhésif. Il scella tous les indices à l'intérieur des sacs, après quoi il suggéra qu'Andy et lui aient une petite discussion. L'un et l'autre ignoraient qu'Unique, cachée dans l'obscurité de l'autre côté de la rue, assistait à la scène.

– Si on allait s'asseoir dans ta voiture ? proposa Andy, car il ne voulait pas que Slipper pénètre dans son bureau-salle à manger encombré de toutes ses notes de travail sur Jamestown, l'île des Chiens, les pirates, les momies, plus les photos de Popeye et le reste.

– Pas de problème, répondit Slipper, légèrement étonné. Pourquoi ? Tu caches une femme chez toi ?

– J'aimerais bien, répondit Andy. En fait, c'est un vrai chantier à l'intérieur. Mais si tu veux entrer, pas de problème. Tu peux même fouiller toute la maison, si tu veux.

– Mais non, Andy, allons ! J'ai aucun motif pour fouiller ta maison, même si tu m'en donnes l'autorisation. Viens, on va s'asseoir dans ce tas de ferraille que la municipalité me fournit en guise de voiture.

– Je ne sais pas ce qui se passe, Joe, ne cessait de répéter Andy.

– Moi, si, répondit Slipper, alors que les deux hommes montaient à bord de sa vieille Ford LTD banalisée et refermaient les portières. Apparemment, le meurtrier t'a laissé cette merde, et il s'amuse avec nous. J'ai inspecté le lieu du meurtre et je peux te dire que cette photo a été prise avant qu'on arrive. De plus, quand on a débarqué, il n'y avait aucune trace des vêtements de la victime, et on a fouillé toute l'île.

Andy était dans tous ses états. Le meurtrier savait-il qu'il était Officier Vérité ? Était-ce pour cette raison que ce nom était gravé sur le corps de la victime et qu'on avait déposé ces pièces à conviction devant chez lui ? Mais comment quelqu'un, à part Hammer, pouvait-il connaître la véritable identité d'Officier Vérité ? Ça ne tenait pas debout. Andy craignait que s'il en parlait à Slipper, celui-ci le répète à ses collègues, ce qui mettrait fin à la carrière littéraire d'Andy, et provoquerait le renvoi de Hammer par le gouverneur. Pire encore, Andy deviendrait le suspect numéro un.

– Bon Dieu, dit-il avec un soupir de frustration. Joe, laisse-moi te préciser d'emblée que je n'ai rien à voir dans toute cette histoire. Je n'avais jamais entendu parler de la victime avant que tu appelles Hammer aujourd'hui. Je ne l'avais jamais vue, et je ne l'ai pas tuée, ni elle ni personne d'autre, au cas où cette idée t'aurait traversé l'esprit, même brièvement. Je pense qu'on doit jouer cartes sur tables, toi et moi.

– Très bien, on va jouer cartes sur table, dit Slipper en regardant à travers le pare-brise la rue obscure et déserte, et Andy comprit, en voyant que l'inspecteur refusait de le regarder en face, que Slipper ne savait pas trop quoi penser, et qu'il nourrissait effectivement des soupçons.

– Sais-tu quelque chose au sujet de cet Officier Vérité ? demanda Slipper.

– Je sais que ce nom était gravé sur le cadavre parce que tu l'as dit à Hammer et qu'elle me l'a répété. Et je connais le site Internet d'Officier Vérité, évidemment, comme tout le monde.

– Tu as lu ses conneries ?

– Oui, dit Andy. Mais je ne vois pas ce qu'il peut y avoir comme rapport entre ce qu'il écrit et le meurtre de cette femme ?

– Je suis forcé d'être d'accord avec toi, admit Slipper. Franchement, je ne vois pas le rapport entre Jamestown, les momies, et tout le reste, et ce qui ressemble fort à un crime antilesbienne. Et je dois t'avouer, ajouta-t-il en regardant enfin Andy dans les yeux, que la moitié des flics d'ici ont toujours cru que tu étais homo, ou que du moins, tu n'avais rien contre les homos.

– C'est vrai, répondit Andy en toute sincérité. Je n'ai rien contre personne, à part les gens qui font du mal.

– Oui, c'est l'impression que j'ai toujours eue, dit Slipper. Mais pourquoi est-ce que le meurtrier déposerait ces saloperies devant chez toi, nom de Dieu ? Je me demande si ce ne serait pas l'œuvre de quelqu'un que tu as arrêté, ou avec qui tu avais des contacts quelconques, peut-être du temps où tu bossais pour la municipalité ? Ton adresse est dans l'annuaire ?

– Non, Joe. Je peux te poser une question ?

– Bien sûr.

– As-tu envisagé que le lien avec Officier Vérité, ce n'était peut-être pas que le meurtrier lisait ses chroniques, mais que c'était peut-être la victime qui les lisait, et que le meurtrier le savait ?

– J'ai honte de t'avouer que je n'y avais pas pensé, répondit Slipper avec une étincelle d'intérêt et d'espoir. Joli raisonnement. Je vais suivre cette piste immédiatement et retourner interroger les personnes avec qui cette O.V. travaillait.

– Peut-être aussi les personnes qui font partie de l'équipe de softball dont elle portait le T-shirt, suggéra Andy. Mais peut-être que tu devrais éviter de poser directement la question sur Officier Vérité, car tu ne veux pas que les gens sachent ce qui était gravé sur son corps, pas vrai ?

– Surtout pas ! Il n'y a que le meurtrier, le légiste et nous qui soient au courant. Il faut garder le secret, au cas où on arrêterait un suspect et qu'il passe aux aveux, c'est ça ?

– Exactement, Joe.

– À ton avis, comment est-ce que je pourrais me renseigner au sujet d'Officier Vérité sans le mentionner directement ?

– J'ai peut-être une idée. Officier Vérité reçoit des e-mails.

– Ah bon ?

– Oui. C'est marqué sur son site : on peut le ou la contacter, je ne sais pas si c'est un homme ou une femme. Pourquoi ne pas envoyer un e-mail à Officier Vérité et lui demander son aide. Il pourra... supposons que c'est un homme, d'accord ?, il pourra faire passer un message sur son site et voir si des personnes qui connaissaient O.V. réagissent.

– Quel genre de message ? demanda Slipper en se grattant le menton. Qu'est-ce qu'on lui demandera de mettre sur son site ?

– Voyons voir, dit Andy en réfléchissant. Un truc du genre : « La police recherche toute personne ayant connu O.V. et susceptible de savoir quels étaient ses hobbies, ses passions, ce qu'elle lisait, et si elle parlait beaucoup de quelqu'un ou de quelque chose ces derniers temps. »

Slipper prenait des notes ; il demanda à Andy de répéter le texte du message.

– Et à ta place, j'ajouterais que les informateurs n'ont pas besoin de donner leur identité, suggéra Andy, car sinon, les gens n'oseront pas se manifester. Et j'offrirais une récompense pour toute information conduisant à une arrestation.

Unique était accroupie derrière un arbre ; ses molécules s'étaient réorganisées pour la rendre invisible et son But palpitait, alors qu'elle s'imaginait venant frapper à la porte du policier blond, un soir.

« Ma voiture est en panne, récita le nazi. Je peux téléphoner ? »

Le flic la laisserait entrer et dès qu'il lui tournerait le dos, juste une seconde, Unique deviendrait invisible et se glisserait derrière lui, et elle lui trancherait la gorge d'une oreille à l'autre pour l'empêcher de hurler et pour qu'il se noie dans son propre sang. Ensuite, disait le nazi du fin fond de l'obscurité de son être, elle tailladerait son joli visage, lui arracherait les yeux, lui couperait la langue, le castrerait, elle lui graverait un svastika sur le ventre et elle photographierait le résultat de son But, comme toujours. Pour finir, elle emporterait ses vêtements afin de les apporter à la personne que lui désignerait le nazi.

– Je suis sûr que tu y as déjà pensé, suggéra Andy de manière diplomatique, mais moi, je ferais des analyses d'ADN sur l'enveloppe, au cas où le meurtrier aurait léché le rabat, et j'entrerais les données dans le fichier central pour voir s'il nous sort une fiche. Je ferais analyser aussi les taches de sang sur les vêtements. Parfois, le meurtrier se blesse lui aussi. Et je demanderais à Vander de faire son truc avec la lumière ultraviolette et la Super Glue, au cas où il y aurait des empreintes invisibles sur le sac-poubelle, l'enveloppe et le Polaroïd, qu'on pourrait ensuite rentrer dans l'ordinateur de l'AFIS. Évidemment, il faut aussi prélever les fibres, les poils, les cheveux, etc., sur les vêtements et dans le sac, mais avant de faire ça, n'oublie pas de tout montrer au docteur Scarpetta.

– Oui, OK, dit Slipper avec un certain mépris, car il avait été formé à la vieille école et il était à peu près aussi à l'aise avec les méthodes scientifiques d'investigation qu'avec son magnétoscope, qu'il ne savait pas faire fonctionner. J'avais déjà prévu de faire tout ça.

13

L'OFFICIER MACOVICH avait déposé la First Family à l'héliport du centre, puis il était retourné au hangar de la police d'État, et c'est là que, juché sur un escabeau, devant l'appareil, il ôtait tous les insectes collés sur le pare-brise à l'épreuve des oiseaux, éclairé par les projecteurs de la piste.

Oui, aucun doute, se disait Macovich avec amertume, être pilote d'hélicoptère, c'était super glamour, comme truc. Il n'y avait rien de plus excitant que de balader le gouverneur, qui était miro comme une taupe, et sa foutue famille qui se prenait pour la famille royale. Les Crimm ne lui disaient jamais merci, il ne recevait jamais de compliments et il n'avait pas été augmenté depuis belle lurette. C'était pas juste : Andy était suspendu pendant un an et il reprenait son travail comme si de rien n'était.

Macovich espérait qu'Andy aurait ce qu'il méritait, et tous les autres aussi. Il aurait voulu qu'un miracle survienne dans sa vie pour l'aider à ne plus avoir de dettes et à calmer ses pulsions sexuelles permanentes et épuisantes. Les femmes et la plupart des hommes n'avaient aucune idée de ce que c'était qu'avoir entre les jambes un étalon qui n'arrêtait pas de ruer, de trépigner et de renâcler pour sortir de sa stalle, même quand son propriétaire dormait. La nature concupiscente de Macovich avait fait irruption au petit trot dans sa vie dès le plus jeune âge, et cela faisait ricaner fièrement son père, qui surnommait son fils Thorlo le pur-sang, sans s'apercevoir que le petit Thorlo développait un gros problème qui finirait par dominer son corps et sa vie. Il lui fallait impérativement des femmes, et ça coûtait cher. Il lui fallait des femmes insatiables et assez douées pour tenir en selle, même quand la chevauchée était agitée, et ce genre de compagnie féminine n'était pas facile à trouver.

Macovich arrêta de gratter les insectes sur le pare-brise en voyant une Land Cruiser avancer avec audace et s'immobiliser juste devant le hangar de la police d'État. Un jeune Blanc à l'air mauvais, avec des dreadlocks, descendit de voiture et marcha vers l'hélicoptère, comme s'il était parfaitement libre de faire tout ce qui lui plaisait.

– Hé ! lui lança Macovich d'un ton sévère. L'accès est interdit !

– Je suis complètement paumé, répondit le jeune gars. Vous pouvez me dire comment on fait pour aller au vrai aéroport ? J'ai un avion pour Petersburg dans un quart d'heure et je vais le louper si j'arrive pas à l'aéroport vite fait.

– Y a pas d'avion pour Petersburg, répondit Macovich en grattant un insecte écrabouillé et récalcitrant avec son chiffon. C'est même pas à cinquante kilomètres d'ici, pourquoi prendre l'avion ? Vous aurez aussi vite fait en voiture.

Les autres pirates avaient baissé les vitres du Toyota et ils écoutaient, en se demandant avec angoisse ce qu'allait faire Smoke. Bon Dieu, se disait Cat, si Smoke piratait cet hélico, ils seraient totalement incapables de le piloter. D'où il était, à l'arrière du Land Cruiser, Cat voyait bien que le cockpit de l'engin ressemblait à l'intérieur d'un vaisseau spatial, avec des centaines de boutons partout, des coupe-circuit et un tas d'autres trucs qu'il ne connaissait pas. Il donna un petit coup de coude à Cuda.

– Hé, qu'est-ce qu'on va faire s'il bute le trooper et qu'il pique l'hélico ? demanda Cat.

– P't-être qu'on pourrait piquer un autre camion pour le foutre dans la remorque.

– Ça rentrera dans aucune remorque.

– Ouais, exact. Faudrait enlever le toit au chalumeau pour faire de la place pour les hélices. Putain, j'ai jamais vu des hélices aussi grandes.

– On appelle ça des pales, rectifia Possum. Les hélices, c'est pour les bateaux et les avions, pas pour les hélicos.

– N'empêche, ça rentrera pas ! dit Cat, énervé.

– Vous prenez la nationale vers le nord, vous pouvez pas

vous tromper, dit Macovich pour résumer l'itinéraire conduisant à Petersburg.

– Et si je vous filais du fric pour que vous nous emmeniez avec votre engin ? dit Smoke en désignant d'un mouvement de tête l'énorme et magnifique hélicoptère. On y serait en combien de temps ?

– Dix minutes, sauf si on a un vent contraire. Mais je peux pas vous emmener. Cet hélicoptère sert uniquement à transporter le gouverneur et sa famille.

– Et alors ? Il en saura rien !

Smoke devenait de plus en plus agressif ; il s'était rapproché de l'escabeau et se demandait s'il n'allait pas balancer un coup de pied dedans pour faire tomber le trooper.

– Il y a un petit compteur Hobb à l'intérieur du cockpit, et chaque fois que vous décollez, le compteur l'enregistre, expliqua Macovich. Demain, quand j'emmènerai la First Family, le compteur indiquera que j'ai volé pendant dix minutes, que je me suis posé, que j'ai redécollé et que je suis revenu ici. Comment je pourrai expliquer pourquoi je suis allé à Petersburg avec l'hélico ? À moins que le gouverneur croie que je l'ai emmené là-bas après le dîner.

– Peut-être qu'il s'en souviendra pas.

C'était une possibilité, surtout avec la quantité de vodka que le gouverneur avait ingurgitée dans la soirée, et Macovich était tenté d'accepter. Il avait eu une mauvaise semaine et une soirée stressante, et il savait qu'il ne pourrait pas payer sa facture mensuelle de carte Visa.

– Vous pourriez juste nous faire faire une petite balade dans ce truc ? proposa le gamin aux dreadlocks. En fait, on n'a pas vraiment besoin d'aller à Petersburg. Il est tard.

– Non. (Macovich descendit de l'escabeau et secoua son torchon, faisant tomber des centaines d'insectes morts.) Impossible. Faut pas y compter.

Smoke sentait le contact dur du pistolet contre ses reins. Il était assez intelligent pour comprendre que le piratage d'un hélicoptère, ce n'était peut-être pas aussi simple que de voler un semi-remorque, et qu'il ferait peut-être mieux d'être patient et de réfléchir un peu. S'il butait le trooper, il y avait des chances qu'il n'ait pas le temps d'apprendre à piloter cet engin avant que quelqu'un les aperçoive, ses pirates et lui, devant le hangar de la police d'État, en train de parcourir les manuels d'instruction et de plonger le nez sous le capot.

Smoke décida de tenter une autre approche :

– Vous donnez des leçons ?

– Oui, je suis instructeur.

Macovich ouvrit le compartiment à bagages et jeta à l'intérieur le torchon sale.

– Vous savez quoi ? Si vous filez des leçons à un de mes gars, vous aurez pas à le regretter, du moment que personne, je dis bien personne, est au courant.

Smoke avait déjà décidé que ce serait Possum qui prendrait des leçons de pilotage. Et si Possum se faisait pincer, Smoke engagerait quelqu'un d'autre, sans avoir besoin de changer ses plans. Possum était le pirate qu'il aimait le moins, de toute façon, et il se foutait pas mal de ce qui pouvait lui arriver. Il regrettait parfois même de l'avoir kidnappé devant le distributeur de billets. Smoke donna son numéro de bippeur au trooper en lui demandant de l'appeler s'il était intéressé, mais il avait intérêt à se décider vite, car Smoke était un type très occupé. De plus, ajouta-t-il, si le trooper en avait marre de ce boulot idiot et mal payé, Smoke pourrait certainement l'engager dans son écurie de course.

– Vous avez une écurie de course ?

Macovich était tellement impressionné qu'il cessa de verrouiller l'hélicoptère pour regarder Smoke d'un air admiratif.

– Exact.

– Wooooo ! Le NASCAR ?

– Je suis pilote, répondit Smoke en réfléchissant à toute vitesse et en prenant un air agacé. C'est pour ça que je dois me cacher. À peine vous prononcez mon nom, vous voyez rappliquer plus de fans que vous avez de moustiques sur votre pare-brise. Quand on est aussi célèbre que moi, on vit comme en prison.

– Woo ! C'est quoi le numéro de votre voiture ?

Macovich ne connaissait aucun pilote du NASCAR qui avait des dreadlocks, mais il devinait que le jeune type se déguisait en dehors des circuits pour échapper à ses groupies hystériques.

– Je peux pas te le dire, ducon, répondit Smoke d'un ton brusque. Si tu veux faire partie de mon écurie, ajouta-t-il en s'éloignant, appelle-moi. Mais grouille-toi.

Pendant que Macovich réfléchissait à cette occasion qui venait de se présenter à lui soudainement, Andy buvait de la bière d'un air amorphe, assis dans sa petite maison à la lisière du quartier du Fan. Un meurtrier détraqué avait laissé des indices devant sa porte et Andy avait hâte que Slipper envoie un e-mail à Officier Vérité. Il se leva et fit valdinguer une chaise au milieu de la salle à manger d'un coup de pied. D'un geste rageur, il prit une autre bière dans le réfrigérateur et retourna devant son ordinateur.

Les mots commencèrent à jaillirent de ses doigts pour donner naissance à un texte lapidaire qu'il expédia ensuite sur son site. Slipper envoya un e-mail à Officier Vérité, Andy y répondit, puis s'endormit sur son clavier. Quand le téléphone le réveilla, il était affalé sur la table de la salle à manger.

– Oh, merde, grommela-t-il en regardant autour de lui d'un air hébété, tandis que le téléphone continuait à sonner.

– Allô ? fit-il en espérant que c'était Hammer, qu'elle avait déjà lu son nouveau texte et qu'il lui plaisait.

– Y a-t-il ici une personne nommée Andy Brazil ? demanda une voix de femme vaguement familière.

– Qui le demande ?

– La First Lady Crimm à l'appareil.

– Oh, oui, madame ! s'exclama Andy, stupéfait. Quelle surprise inattendue...

– Présentez-vous à la résidence à 6 heures pour un apéritif et un dîner léger. À 18 heures, ce soir.

– Jeudi ? demanda Andy, qui ne savait plus très bien quel jour on était.

– Euh, oui, je suppose. Je ne vois pas les jours passer. Nous habitons la grande maison jaune pâle au milieu de Capitol Square dans la 9e Rue, juste avant d'arriver à Broad Street. Je sais que vous êtes relativement nouveau en ville et que vous avez été suspendu pendant un an ; peut-être avez-vous encore du mal à vous repérer.

La First Lady rendit le téléphone à Poney et adressa un sourire satisfait à ses filles assises autour de la grande table coloniale pour le petit déjeuner.

– Je continue à penser que tu aurais d'abord dû en parler

à papa, dit Grace tout en faisant signe à Poney de bien vouloir ajouter du beurre dans son porridge, au moment où soufflait une rafale de vent venue du nord et où une pluie violente se mettait à tomber.

– Il a bien aimé ce jeune homme, je l'ai vu, répondit Mme Crimm. Ton père a déjà beaucoup de choses en tête. Bon sang ! Il y a du soleil et hop, il se met à pleuvoir tout à coup !

– Il remarque plus de choses que tu ne l'imagines. Et si, du jour au lendemain, il voyage en hélicoptère avec un ancien policier blond devenu trooper et qui a été suspendu pendant un an, papa se souviendra peut-être qu'il n'avait rien à voir dans ce choix, dit Faith, tandis que la pluie martelait le vieux toit d'ardoise.

– Ne dis pas de bêtises. Nous avons besoin de nouveaux pilotes. Je ne sais pas où sont passés tous les autres, à moins qu'ils ne soient accaparés par les contrôles de vitesse et qu'ils n'aient plus le temps de s'occuper de nous. Et tu as entendu ce qu'a dit le jeune homme : il doit discuter de choses importantes avec ton papa, et moi, au moins, je veux savoir ce que c'est.

Poney cherchait la base du téléphone sans fil. Il ne trouvait jamais rien dans la résidence et dans les dépendances quand les Crimm vivaient ici, et, certains jours particulièrement éprouvants, il se demandait si les responsables de la prison lui avaient fait une fleur en l'assignant aux tâches domestiques. D'autres détenus qui étaient au service de la First Family travaillaient dehors : ils effectuaient des réparations, faisaient du jardinage, ratissaient les feuilles, astiquaient les voitures.

– Pardonnez-moi de vous déranger, dit Poney sans regarder personne dans les yeux, mais je ne trouve pas la base du téléphone sans fil.

Constance, Grace, Faith et la First Lady furent momentanément déconcertées, comme toujours lorsque quelqu'un ne trouvait pas quelque chose. Regina était l'unique membre de la First Family qui préférait manger sans qu'on la serve. Quand Poney s'occupait d'elle, c'était trop long. Elle prit donc toute seule un toast, du porridge, des œufs sur le plat, une autre banane et du miel que le gouverneur de Caroline du Nord leur avait envoyé à Noël dernier.

– Il était là il y a une minute !

Faith était agacée ; son visage chevalin et blême était quasi invisible, car elle n'avait pas encore appliqué son épaisse couche de maquillage quotidienne.

Les membres de la First Family avaient appris l'art de fouiller toute la maison sans quitter leur chaise. Poney n'avait jamais compris comment on pouvait réussir un truc pareil, mais enfin, s'il avait été aussi intelligent, il ne porterait pas une veste blanche et ne serait pas au service des Crimm matin, midi et soir.

– Pardonnez-moi, mademoiselle Faith, mais « là », ça veut dire où ? demanda Poney. Quand vous l'avez vu pour la dernière fois.

– Y a qu'à faire le numéro, suggéra Regina la bouche pleine. Quand il sonnera, on saura où il est.

– Ça marche seulement quand t'as perdu le téléphone, pas quand t'as perdu le socle ! répliqua Constance d'un ton cassant, agacée de voir que les téléphones, les socles et un tas d'autres choses ne restaient pas à leur place.

– Le socle sonne lui aussi, en effet, comme vous l'avez fait remarquer judicieusement hier, rappela Poney à la First Lady, bien qu'elle ne lui ait jamais rien fait remarquer directement durant les nombreux mois où il avait travaillé pour la famille Crimm.

Une solution se présentait donc, mais un autre problème se posait : les détenus n'avaient pas le droit de connaître le numéro de téléphone privé de la First Family. Pour localiser le socle du téléphone sans fil, il fallait donc qu'un membre de la First Family compose le numéro, ce qui était strictement interdit par le protocole.

La table du petit déjeuner s'était transformée en tableau vivant montrant la First Family figée dans l'indécision, à l'exception de Regina, qui continuait d'empiler de la nourriture sur son assiette sans se soucier du protocole.

Elle tendit la main.

– Donnez-moi ça, Poney.

Il vint se placer derrière elle et déposa soigneusement le téléphone à côté de son set de table, en se tenant à l'écart, comme s'il apportait un dessert flambé. Regina composa le numéro avec ses doigts enveloppés de miel et aussitôt, le socle du téléphone sonna sous la robe d'intérieur molletonnée de Regina posée sur le buffet en acajou.

– Allô ? fit Regina dans l'appareil pour s'assurer que c'était bien elle qui appelait. Allô ? répéta-t-elle en croisant ses jambes qui évoquaient dans l'esprit de Poney deux souches d'arbre recouvertes de feutre et chaussées d'horribles pantoufles en fourrure. Peut-être que je devrais m'engager dans l'EPU, dit-elle. (Elle rendit le téléphone à Poney.) J'en ai ras le bol des obligations officielles.

– Tu ne pourrais pas être assignée à notre protection. (La First Lady était opposée à cette idée, et elle avait bien l'intention de décourager sa fille.) À moins qu'un autre trooper de l'EPU soit assigné à ta protection pendant que tu protèges tes sœurs, papa et moi.

– Montre-moi où c'est écrit dans le code de la Virginie ! dit Regina. Je parie que ça y est même pas !

– Tu pourras peut-être en discuter avec ce séduisant officier Brazil, et je lui laisserai le soin de te convaincre, dit la First Lady à Regina. Le métier de trooper est dangereux et ingrat, et puisqu'on parle de ça, l'une d'entre vous a-t-elle lu Officier Vérité, ce matin ?

– On vient de se lever, lui rappela Constance.

– Eh bien, il raconte une histoire passionnante et mystérieuse sur la mort de J. R.

– Hein ? Il parle de *Dallas* ? s'exclama Faith, stupéfaite. Ça passe plus à la télé depuis des siècles !

– C'est pas le même J. R., déclara la First Lady. D'ailleurs, c'est une honte qu'ils aient supprimé *Dallas*. Votre papa ne s'en est jamais remis, et je me souviens qu'il était furieux quand la chaîne a arrêté la série. Maintenant, y a plus rien de bien à la télé, à part le téléachat.

QUELQUES MOTS SUR LE FAIT DE MANGER DES AIGLES

par Officier Vérité

Selon toute vraisemblance, un jeune homme que les archéologues de Jamestown ont baptisé J. R. fut le premier Blanc tué par un Blanc en Amérique. Façon de parler, puisque l'Amérique ne s'appelait pas encore l'Amérique à l'époque où fut fondée Jamestown.

Mais quand vous visitez le site des fouilles et que vous examinez le moulage en fibre de verre du squelette de J. R., vous ne pouvez pas ne pas être ému par le triste sort de ce jeune homme trouvant la mort si loin de chez lui, puis restant enfoui dans l'argile dure de Virginie pendant quatre siècles, avant qu'une truelle découvre sa tombe anonyme. Au fait, J. R. signifie Jamestown Rediscovery, et c'est le préfixe donné à tous les objets découverts sur ce site, y compris les tombes et les morts qui s'y trouvaient. Nous ignorons qui a tué J. R. À l'heure où j'écris ces lignes, nous ne savons même pas avec exactitude qui était J. R.

Mais grâce à la science, J. R. a réussi à nous apprendre une ou deux choses. Les résultats de la datation au carbone 14 confirment qu'il est mort en 1607, sans doute quelques mois seulement après l'arrivée des premiers colons à Jamestown. On peut donc supposer qu'il faisait partie des cent huit Anglais, hommes et enfants, partis de l'île des Chiens et qui s'étaient retrouvés encalminés sur la Tamise. Les anthropologues indiquent qu'il s'agissait d'un homme robuste mesurant environ 1,80 m, avec un menton carré et une petite mâchoire, âgé de dix-sept à vingt-cinq ans, sans traces d'arthrite et avec des dents relativement saines, ce qui permet de supposer qu'il ne mangeait pas de sucre. Les analyses de plomb, de strontium et des isotopes d'oxygène montrent qu'il avait grandi au Royaume-Uni, probablement au sud-ouest de Londres ou au Pays de Galles.

J. R. fut mortellement blessé à la jambe par une balle de mousquet calibre 60 et une vingtaine de plombs, ce qui, à cette époque, devait être considéré comme une énorme puissance de feu. Les examens balistiques montrent que le fusil à mèche qui l'a tué était trop loin de la cible pour que J. R. se soit blessé tout seul. Il s'est rapidement vidé de son sang et a été enterré sans linceul dans un cercueil hexagonal, avec les pieds tournés vers l'est conformément à la tradition chrétienne.

Si J. R. a été tué par un autre colon, et j'ai le sentiment que tel est le cas, cela nous conduit à élaborer des hypothèses sur le mobile du meurtre à partir des documents historiques. Une étude des écrits vieux de plusieurs siècles et un rapprochement de ces textes avec des objets et des ossements excavés pourrait conduire aux hypothèses suivantes concernant le meurtre de J. R.

Peut-être était-il impliqué dans un complot politique, ou avait-il des ennuis familiaux, ou bien il ne travaillait pas et refusait de se mêler aux autres, ou alors c'était un voleur, ou il avait pris plus que sa part de nourriture. Peut-être avait-il commis un acte de cannibalisme, comme un autre colon, qui fut exécuté un peu plus tard, après avoir été surpris en train de saler sa femme morte pour la conserver. Ou peut-être J. R. s'était-il querellé avec un indigène qui détenait une arme à feu et avait appris à s'en servir. Ou bien, plus vraisemblablement, J. R. avait eu une altercation avec un autre colon armé qui avait décidé de lui tirer dans la jambe, car J. R. portait peut-être un casque et une armure à ce moment-là. Peut-être ce colon l'avait-il assassiné après avoir découvert que J. R. était un espion à la solde des Espagnols ou un pirate.

Je pense que J. R. était en effet un espion ou un pirate, ou même les deux. Mais quelle que soit la véritable explication, la mort de J. R. ne fut pas une mort agréable, car vraisemblablement, il resta conscient suffisamment longtemps pour savoir qu'il était en train de mourir. Je l'imagine couché à l'intérieur du fort, en état de choc, regardant tout son sang s'échapper de son corps par une artère tranchée derrière le genou, et j'imagine la panique dans le fort, tous les colons qui courent avec des morceaux de tissu, des bassines d'eau de la rivière et les remèdes dont ils pouvaient disposer. Peut-être essayaient-ils de réconforter J. R., ou peut-être que tout le monde se disputait, hurlait et interrogeait le meurtrier.

Comment savoir ? Mais tandis que vous imaginez cette tragédie, fidèles lecteurs, sans doute vous posez-vous la même question brûlante que moi : pourquoi n'est-il pas fait mention de la mort de J. R. dans les écrits de John Smith ? Pourquoi, à cette date, n'a-t-on retrouvé aucune allusion, dans aucun texte, à un jeune colon abattu d'une balle dans la jambe, accidentellement ou volontairement ?

Cela pour vous montrer que l'histoire n'est rien d'autre que ce que certaines personnes décident de dévoiler aux générations futures. Quand John Smith prenait des notes et narrait des histoires pour le compte du roi James et de ses concitoyens restés au pays, je suppose qu'il était suffisamment malin pour comprendre que les investisseurs et les futurs colons seraient un peu refroidis en apprenant que les habitants de Jamestown étaient des sauvages, des meurtriers, rendus fous à force de boire de la mauvaise eau, constamment assiégés par les indigènes, et contraints par la famine de manger des serpents, des tortues, et au moins un aigle, si l'on en croit les déchets laissés par les colons.

Les débuts de l'Amérique ne furent ni excitants, ni amusants, ni glorieux, ni même patriotiques, mais ils pourraient certainement servir de modèle à un reality show à côté duquel « Survivor » ressemblerait au « Manège enchanté ». Hélas, les choses n'ont guère changé. Regardez donc le meurtre sadique de cette pauvre O.V., dernièrement ! Nous ne savons pas qui l'a tuée, là non plus, mais je vous le demande, vous, chers lecteurs soucieux de votre communauté, envoyez-moi un e-mail si vous avez connu O.V. ou si vous avez des informations la concernant, y compris ses hobbies, ses centres d'intérêt, ce qu'elle lisait, si elle utilisait Internet, et si elle avait fait allusion à une chose ou à une personne nouvelle dans sa vie ces derniers temps.

Soyez prudents, amis lecteurs !

14

Le gouverneur Crimm avait étudié le dernier essai d'Officier Vérité pendant une heure entière, et il était fasciné, effrayé et écœuré par ce qu'il avait lu. Il ne cessait de promener sa loupe sur chaque mot, tandis que Major Trader lui résumait les dossiers en cours et lui offrait des chocolats maison fourrés à la cerise.

– La General Assembly va bientôt débuter, disait Major Trader. Et nous ne sommes pas du tout prêts.

– Vous dites toujours ça, répondit le gouverneur en mangeant distraitement la friandise. Au fait, qui a tué J. R. ? Quelqu'un a interrogé les archéologues ? Et si ça n'a pas été fait, pourquoi ? À votre avis, on passe pour qui si on n'est pas capables de résoudre un meurtre commis il y a quatre cents ans, en présence de témoins, certainement ? Je veux que vous appeliez Jamestown pour exiger que l'affaire J. R. soit résolue immédiatement, et nous organiserons une grande conférence de presse pour bien montrer aux habitants de Virginie que je ne tolère aucun crime.

– Nous pourrions laisser entendre sans risque qu'il a été tué par un pirate, c'est même dans notre intérêt de l'affirmer, dit Trader. On pourrait dire que c'est n'importe quel pirate, ça n'a pas d'importance, vous comprenez ? En ce temps-là, tous les pirates étaient mauvais, comme aujourd'hui, d'ailleurs, on peut donc expliquer que J. R. s'était aventuré hors du fort pour aller chercher de l'eau quand tout à coup, il a aperçu un navire espagnol arborant un drapeau noir à tête de mort, et sans avoir le temps de réagir, il a été abattu.

– Je croyais qu'on voulait éviter d'attirer l'attention sur notre problème de pirates.

– Les pirates de la route, c'est autre chose, répondit Trader, en se félicitant intérieurement de ses activités secrètes de piraterie, dont le butin allait bientôt l'enrichir.

Crimm immobilisa sa loupe au-dessus du mot « cannibalisme ».

– Rendez-vous compte : un colon qui sale sa femme morte pour la manger, dit-il avec répulsion, en s'imaginant mourant de faim et découvrant que sa femme bien en chair était décédée.

Quel horrible scénario ! Le sous-marin du gouverneur fit une embardée et heurta un obstacle, provoquant un éclair de douleur dans tous ses organes.

– C'était un crime capital, en ce temps-là, souligna Trader comme s'il lisait dans les pensées de Crimm. Les guides des excursions à Jamestown vous diront que quiconque était surpris en train de manger sa femme ou n'importe qui d'autre était immédiatement arrêté et pendu. Ensuite, on l'enterrait rapidement dans un endroit secret, pour éviter qu'un autre colon le sale et le mange à son tour.

– Je me demande si le cannibalisme est toujours un crime capital, car sinon, il faudrait le rétablir.

Le sous-marin de Crimm décrivit une nouvelle embardée, plus violente.

– Tout dépend des circonstances, répondit Trader en songeant à sa femme replète et acariâtre, en se demandant s'il pourrait être suffisamment affamé un jour pour envisager, ne serait-ce qu'un instant, de la manger, en supposant qu'elle meure de manière brutale, sans que personne ne remarque sa disparition. D'après le code de l'État, par exemple, si l'homme l'a assassinée d'abord, après l'avoir éventuellement violée ou volée, et s'il la mange ensuite, alors là il s'agit d'un crime capital, et l'homme aura droit à une injection mortelle, à moins que vous ne suspendiez l'exécution ou que vous accordiez votre grâce.

– Je ne suspends jamais les exécutions et je n'accorde aucune grâce, répondit le gouverneur d'un ton agacé, tandis que sa loupe continuait à se promener dans le texte et qu'une nouvelle onde de choc traversait son corps. D'ailleurs, je veux que vous publiiez un communiqué de presse pour annoncer que quiconque se livrera au cannibalisme paiera le prix suprême, à condition que ces autres crimes soient inclus. Je crois que nous n'avons jamais évoqué la question du cannibalisme, et il est grand temps de le faire. Nous allons rédiger un projet de loi et le déposer lors de la prochaine General Assembly.

Trader prenait des notes avec un crayon à papier ; c'était chez lui une habitude, car il était souvent obligé d'effacer ce qu'il avait écrit.

– On pourrait peut-être dire que J. R. a été surpris en train de se livrer au cannibalisme et tué par un peloton d'exécution. Qu'en dites-vous ?

Le gouverneur leva la tête pour regarder Trader avec un énorme œil chassieux, injecté de sang et légèrement voilé.

– Autant que je sache, répondit Trader, une balle dans la cuisse ne constituait pas un mode d'exécution très répandu. Je crois que vos électeurs ne goberaient pas cette histoire.

– Bien sûr que si. Tout le monde sait qu'en ce temps-là, les armes n'étaient pas fiables. Bon, parlons d'autre chose.

– Oui, passons aux autres affaires, dit Trader, en tournant une page de son bloc-notes. Que souhaitez-vous faire au sujet de ce dentiste retenu en otage sur Tanger Island ? Je suis sûr que vous avez lu le journal ce matin ou écouté les informations, non ?

– Pas encore.

Le gouverneur émit un grognement en plaquant les mains sur ses intestins gonflés.

– Apparemment, la police de Reedville s'est confiée à un journaliste, et malheureusement, il paraîtrait que la vie de ce dentiste est menacée, car les Tangeriens sont furieux à cause de VASCAR. Je vous recommande donc de suspendre ce programme sur-le-champ, jusqu'à ce que cette affaire soit résolue dans le calme. Je peux d'ores et déjà vous annoncer que j'ai averti le chef Hammer des conséquences éventuelles d'une telle initiative. Mais évidemment, elle ne m'a pas écouté, comme toujours.

– L'idée venait d'elle ?

Le gouverneur était désorienté et pris de vertiges.

– Forcément, monsieur le gouverneur. Vous ne vous souvenez pas, quand nous en avons discuté tous les deux, l'autre jour, je vous ai dit que c'était un nouvel exemple de son manque de bon sens, et vous avez dit : « Tant mieux. Si ça provoque un scandale, faites en sorte que ça retombe sur elle, pas sur moi. » Et je vous ai répondu : « Très bien, c'est ce qui va se passer. »

– A-t-elle retrouvé son chien, au fait ? demanda le gouverneur, tout en nettoyant sa loupe avec un petit chiffon spécial et en priant pour que la dernière attaque sous-marine reflue.

– L'hypothèse, c'est qu'il a été enlevé par un de ses ennemis politiques, répondit Trader avec gravité.

– Quelle honte que tant de gens la détestent à ce point, dit Crimm, immobile sur son siège, de plus en plus livide. Quand je l'ai nommée, je ne pouvais imaginer qu'elle deviendrait une telle source d'embarras. Téléphonez-lui et dites-lui que j'aimerais lui parler. Mais pas maintenant.

– Je vous le déconseille fortement, monsieur le gouverneur. Ni maintenant, ni plus tard, s'empressa de déclarer Trader. Il ne faut pas qu'on puisse vous mettre dans le même sac. Cette femme est une gêne sur le plan politique, il vaut mieux que vous preniez vos distances avec elle.

– J'ai de la peine pour son petit chien. J'espère qu'elle a reçu mon message de soutien.

– J'y ai veillé, mentit Trader, en songeant à ce message et aux nombreux autres adressés à Hammer qu'il avait interceptés ou bloqués.

– S'il arrivait quelque chose à Frisky, ajouta le gouverneur d'un ton empreint de tristesse, en réprimant un spasme, je ne serais plus le même, Maude et les filles non plus. Frisky est un ami fidèle et loyal. Dieu soit loué, j'ai l'EPU pour empêcher que quelqu'un me le vole pour réclamer une rançon ou se venger à cause d'une mesure impopulaire.

– Vos mesures ne sont jamais impopulaires, déclara Trader avec emphase. Pas celles dont vous êtes responsable, en tout cas.

– Je suis sûr qu'on va me tenir pour responsable de ce crime haineux, supposa Crimm, alors que son sous-marin s'enfonçait dans des eaux fétides.

– Je vous conseille fortement d'indiquer que le meurtre de cette femme appelée O.V. est lié à l'affaire Moses Custer. C'est donc la faute de Hammer si aucune des deux affaires n'a été résolue, suggéra Trader. On pourrait peut-être même établir un lien avec l'assassinat de J. R. par un pirate, pendant qu'on y est, et mettre dans la tête du public l'idée que c'est également la faute de Hammer si l'affaire n'a jamais été résolue.

Le gouverneur se leva d'un bond de son fauteuil et faillit tomber à la renverse lorsque son sous-marin percuta des objets immergés.

– Sortez ! ordonna-t-il à Trader, titubant et essoufflé. Je ne peux pas penser aux pirates maintenant !

Possum, lui, ne pensait qu'à ça. Il pensait aux pirates depuis qu'il avait lu l'essai d'Officier Vérité ce matin. Possum regardait la télé tout en réfléchissant à une erreur flagrante de la part des pirates dont il espérait pouvoir se servir pour manipuler Smoke, et sauver Popeye.

Aux siècles passés, tous les pirates qui se respectaient comprenaient la nécessité de fixer des drapeaux aux mâts de leurs bateaux pour communiquer avec leurs victimes désignées. En hissant le drapeau noir frappé d'une tête de mort, ils informaient le navire qu'ils voulaient piller qu'il avait intérêt à se rendre, ou sinon... Si le navire en question ignorait la menace, un drapeau rouge succédait au drapeau noir, pour indiquer que l'attaque était imminente. Si le navire continuait à vaquer à ses occupations, des tirs de canon et autres violences s'ensuivaient.

Les pirates modernes semblaient avoir oublié la politesse des drapeaux. De nos jours, quand une bande de pirates arrivait à toute allure à bord d'un hors-bord pour s'emparer d'un bateau ou d'un yacht, ils ne lançaient pas le moindre avertissement avant que leurs mortiers ou leurs mitraillettes ouvrent le feu. Les pirates étaient devenus une espèce de hors-la-loi des mers, cruels, sanguinaires et méprisables qui refusaient d'accorder une chance à qui que ce soit, et qui s'intéressaient avant tout au matériel électronique, aux tapis, aux vêtements de créateurs, au tabac, et surtout à la drogue qu'ils espéraient trouver sur le bateau piraté. Quand le butin comporte de la drogue, les victimes survivantes ne déclarent pas l'incident aux autorités.

Les pirates de la route devraient en revenir à la courtoisie des drapeaux, se disait Possum, perché sur son lit, dans le noir, à l'intérieur de sa minuscule chambre dans le camping-car aux rideaux hermétiquement fermés. Il ne loupait jamais une rediffusion de *Bonanza,* et il rêvait d'avoir un père comme Ben Cartwright et des frères comme Little Joe et Hoss. Il s'imaginait sur un magnifique cheval, tandis que le thème musical avec les guitares et les roulements de tambour galopait dans sa tête.

Pas plus tard qu'hier après-midi, il avait regardé la rediffusion de son épisode préféré, celui dans lequel la fille de Little Joe est kidnappée par un propriétaire de fête foraine et ligotée à l'intérieur de la penderie de la femme obèse, non loin des loges des Belles Filles d'Égypte et de la femme à barbe. Little Joe convainc Hercule de lui donner un coup de main, et ensemble, ils tabassent les méchants, ils désarment l'un d'eux au moment où il allait poignarder la femme obèse, et la fille de Little Joe embrasse Hercule à la fin. Oh, Possum adorait voir Little Joe s'éloigner en roulant des mécaniques, avec son chapeau de cow-boy enfoncé sur les yeux et sa grosse ceinture qui se balançait sur ses hanches, avec son six-coups à crosse d'ivoire.

Qu'est-ce qu'il ne donnerait pas pour sortir de cette chambre miteuse et puante, et découvrir Ben, Little Joe et Hoss qui l'attendaient, à la place de Smoke, des autres pirates et cette fille bizarre, Unique, qui passait les voir parfois, mais de moins en moins souvent. Parfois, une larme roulait sur le visage de Possum et il était obligé de se cacher derrière un masque quand venait le moment d'éteindre la télé et d'émerger du monde plus doux dans lequel il vivait durant la journée, pendant que les autres cuvaient leurs gueules de bois et leurs méchancetés de la nuit précédente. Possum n'avait jamais fait de mal à personne avant que Smoke le kidnappe devant le distributeur de billets, et maintenant, il se trouvait dans un sacré pétrin.

Il avait tiré sur ce pauvre camionneur qui n'embêtait personne dans son camion et voulait juste vendre sa cargaison de citrouilles à l'ouverture du Farmer's Market le lendemain matin. Possum avait peur de s'endormir, maintenant, persuadé qu'il allait faire des cauchemars à cause de ce qu'il avait fait à Moses Custer, et de toutes ces citrouilles qu'ils avaient déversées dans la James River.

Pendant plusieurs jours, on avait parlé aux infos de ces milliers de citrouilles qui flottaient et s'échouaient sur les rochers. Évidemment, il n'avait pas fallu longtemps à la police de Richmond pour faire le rapprochement et en déduire que les citrouilles flottantes étaient celles qui se trouvaient à bord du camion volé. Possum priait pour que M. Custer ne meure pas ou ne reste pas invalide. Par ailleurs, il comprenait vaguement que Smoke l'avait désigné pour tirer afin que Possum ne puisse plus quitter la bande de pirates sans se retrouver en prison, voire dans le quartier des condamnés à mort. Il aurait voulu pouvoir envoyer un e-mail à Officier Vérité et le supplier de le sauver, ainsi que Popeye, mais si jamais Officier Vérité le dénonçait à la police ? Popeye risquait de se retrouver dans un chenil, et Possum, lui, finirait à coup sûr en centre de détention pour mineurs, avec des types aussi redoutables que Smoke.

Il faisait nuit, tout était calme. Assis sur son lit, Possum caressait Popeye en cherchant un moyen de convaincre Smoke de fixer un drapeau sur le camping-car et le Land Cruiser. Smoke se laisserait convaincre à coup sûr si Possum réussissait à lui faire croire que c'était une bonne idée et qu'elle venait de lui. La tête de mort était peut-être trop évidente, songeait Possum dans l'obscurité, et Smoke ne saurait sans doute pas ce que ça signifiait. Possum s'installa devant son ordinateur, avec l'intention de se rendre sur le site du capitaine Bonny pour voir si le pirate possédait ses propres couleurs, et dans ce cas, comment est-ce qu'il les affichait.

Mais en faisant défiler la liste des Favoris, Possum, distrait, cliqua par inadvertance sur le site d'Officier Vérité, et non celui du capitaine Bonny. Il fut surpris de découvrir qu'Officier Vérité avait expédié un nouveau texte.

– Hé, qu'est-ce que tu penses de ça ? murmura Possum, tout excité, en s'adressant à Popeye qui ronflait sur le lit. Deux textes le même jour ! Cet Officier Vérité prépare un coup !

UNE COURTE DIGRESSION

par Officier Vérité

Les habitants de Tanger Island sont un peuple secret et sensible qui sait peu de chose sur ses origines, car, fort logiquement, quand on commence à forger des légendes et à transmettre des fausses informations, on finit par oublier ce qui s'est réellement passé et on croit à ses propres déformations de la vérité.

Des siècles durant, les habitants de Tanger ont dissimulé leur passé de pirates, préférant croire leurs propres légendes. Un après-midi, déguisé en journaliste, j'ai visité l'île et discuté avec une habitante qui avait fait un saut chez Spanky, car il n'y avait pas beaucoup de monde à la boutique de souvenirs.

« Je suppose que vous devez en avoir assez de tous ces touristes qui envahissent votre île, dis-je à cette femme qui s'appelait, et s'appelle peut-être toujours, Thelma Parks.

– J'ai pas trop de mal à les supporter quand ils nous fichent la paix, répondit-elle en me jetant un regard méfiant.

– Et j'imagine que ce n'est pas le cas.

– Non, c'est juste. L'autre jour, v'là qu'ils débarquent dans ma boutique pour me filmer, et moi, j'voulais pas.

– Vous leur avez demandé de ne pas vous filmer ? demandai-je, en prenant des notes.

– Nan. »

Thelma m'expliqua alors qu'elle exigeait maintenant 25 cents en échange du droit de la photographier quand elle était derrière sa caisse, et ce revenu supplémentaire l'aidait à supporter les hordes d'étrangers qui semblaient trouver que son magasin de souvenirs de Tanger

Island était exotique et différent de tout ce qu'ils avaient pu voir dans leur vie. Ce qui est inexplicable, confia-t-elle. Aucun de tous ces gadgets en plastique comme les phares, les crabes, les homards, les poissons, les skiffs et ainsi de suite n'est fabriqué à la main ou en Amérique. En fait, ajouta-t-elle, les homards sont rares dans la baie de Chesapeake, et la plupart des insulaires n'en ont jamais vu un seul, à part à la télé dans les publicités pour les restaurants de fruits de mer qui passent régulièrement dans le journal local.

En sortant de chez Spanky, je poursuivis mes déambulations et arrivai par hasard au centre médical. J'entrai et ne trouvai ni dentiste, ni médecin, ni infirmière, uniquement un jeune garçon dégingandé avec des yeux bleus et une tignasse de cheveux blonds. Il était assis dans le fauteuil de dentiste, le regard vague, perdu dans ses rêveries, ignorant totalement ma présence. J'en déduisis que c'était un patient et que le dentiste allait revenir d'un instant à l'autre, sans me douter que, en vérité, le dentiste était retenu en otage, car ni son enlèvement ni la menace de guerre de Sécession n'avaient encore été rendus publics.

« Bonjour », fis-je poliment.

Le garçon avait le regard vitreux, et il ne trahit aucune réaction.

« Il y a quelqu'un ? » lui demandai-je.

Il n'y avait personne.

« Est-ce que je pourrais trouver un membre du personnel médical qui aurait une minute à me consacrer ? demandai-je. Je prépare un article sur l'histoire de la naissance de notre nation et son état actuel, et je pense que Tanger Island est la clé.

– La clé est dans ma poche. »

Il cligna des yeux tout à coup et plaqua sa main sur sa poche dans un geste de protection. Voyant qu'il ne me connaissait pas, il sursauta dans son fauteuil et se leva d'un bond.

« Hé, qu'est-ce que vous foutez ici ? J'croyais pourtant que j'avais verrouillé la porte. »

Il se jeta dessus pour pousser le verrou.

J'entendis des bruits étouffés provenant d'une pièce au fond et un bruit de chaise qui racle le sol.

« C'est le chien, dit le jeune garçon en indiquant l'endroit d'où venait le bruit.

– Pourquoi est-ce qu'on entend un raclement de chaise ? demandai-je intrigué. Il est ligoté, ou quoi ?

– Ouais. »

Nouveau raclement sur le sol.

« Il doit étouffer et se sentir très seul, attaché là-dedans, dis-je, gêné par l'idée qu'un chien soit ligoté sur une chaise à l'intérieur d'une clinique. Si on le libérait pour qu'il ait un peu d'air frais et de la compagnie ?

– Bonne idée ! s'exclama le garçon en bloquant la porte qui s'ouvrait sur la pièce en question, alors que la chaise raclait le sol une fois de plus. Il mord. C'est pour ça qu'on l'a attaché. C'est le chien du dentiste.

– Où est le dentiste ?

– Il est pas libre.

– Oh, s'il est occupé, je lui parlerai une autre fois, répondis-je. Qu'avez-vous aux dents ? Je vois que vous portez des appareils, et visiblement, on vous a fait plusieurs extractions. Je remarque aussi que les élastiques n'arrêtent pas de sauter quand vous parlez. »

Le garçon plaqua sa main sur sa bouche, l'air gêné.

« Le dentiste, il a intérêt à faire gaffe à lui.

– Pendant qu'on discute, dis-je en me rapprochant de la table, sur laquelle un dossier dentaire était bien en vue, ça vous ennuie si je feuillette votre dossier pour voir tout ce qu'on vous a fait ? Je suppose que c'est votre dossier ? Vous vous appelez Darren Shores ? »

– Tout le monde sur l'île m'appelle Fonny Boy.

Fonny Boy et moi débutâmes alors une longue conversation et je découvris qu'il connaissait très bien les légendes de l'île, du fait de sa fascination pour l'histoire de la navigation, principalement dans la baie. À mesure que nous faisions connaissance et qu'un certain niveau de confiance s'instaurait, Fonny Boy devint plus précis et commença à me parler des pirates, les picaros, comme il les appelait. Ils étaient partout, dans le temps, m'expliqua-t-il. À une époque, il y avait tellement de navires de pirates au large des côtes du Maryland, de

Virginie et des deux Carolines que des villes comme Charleston se trouvèrent paralysées. Nul n'osait sortir du port de peur d'être attaqué par les pirates, qui n'hésitaient pas à tuer, en employant des méthodes très désagréables.

Fonny Boy se lança alors dans une série de détails concernant en particulier Barbe-Noire, Edward Drummon de son nom de baptême, à l'époque où il n'était qu'un honnête marin dans son port natal de Bristol, en Angleterre, à la fin du XVIIe siècle. Quand il décida de devenir pirate, il changea son nom en Edward Teach, souvent mal orthographié dans les comptes rendus : Thatch, Tache, et Tatch. Après la guerre de la reine Anne, Barbe-Noire mit le cap vers la Jamaïque pour se lancer à l'attaque des navires français, et c'est là que, convaincu que les drapeaux d'avertissement ne suffisaient pas, il commença à cultiver son personnage d'être vil et terrifiant pour inciter ses victimes à se rendre sans la moindre hésitation. Il tressait sa longue barbe, puis il y mettait le feu avec des allumettes, expliqua Fonny Boy ; il attachait à sa taille des pistolets, des poignards et un grand sabre, et il coinçait d'autres armes dans la cartouchière qu'il portait en baudrier.

Très vite, Barbe-Noire et sa flottille commencèrent à hanter les côtes de Caroline du Nord et la baie de Chesapeake. Les habitants de Tanger hissaient le drapeau noir chaque fois que le bateau de Barbe-Noire apparaissait au loin, et de temps à autre, le pirate impitoyable débarquait sur l'île où il buvait du rhum de la Jamaïque et festoyait sans retenue. Il était indésirable à terre, et personne ne dormait beaucoup quand il était là. Les femmes et les enfants se cachaient dans leurs maisons, si bien que Barbe-Noire en vint à croire que Tanger était une île peuplée exclusivement d'hommes. De ce fait, ses visites se firent de plus en plus rares et brèves. D'après Fonny Boy et les comptes rendus historiques quasi inexistants, Barbe-Noire était curieux de savoir comment une île entièrement masculine avait pu survivre durant des décennies.

Les réponses qu'il trouva restèrent ignorées jusqu'à ce qu'on découvre un livre de comptes vieux de trois cents ans. Ce registre extraordinaire, d'après la légende, avait quitté le bateau de Barbe-Noire, l'*Aventure*, pour se retrouver dans le grenier d'un descendant d'Alexander Spottswood, gouverneur de Virginie à l'époque des expéditions sanglantes de Barbe-Noire. Ce livre détaillait les comptes du butin de Barbe-Noire, et décrivait en détail le plaisir sadique avec lequel le pirate découpait des gens en morceaux et brandissait sa coupe de rhum vide vers le ciel en provoquant Dieu. Les notes rédigées de la main même de Barbe-Noire mentionnaient cent quarante barils de cacao et un tonneau de sucre qu'il avait volés et cachés sous de la paille dans une grange en Caroline du Nord. Il y avait dans ces notes une allusion codée à un trésor caché dont seuls Barbe-Noire et le diable connaissaient l'emplacement, et qui n'a jamais été découvert à ce jour.

Je savais qu'il était impossible que Tanger ait été peuplée uniquement d'hommes et pressai Fonny Boy de me livrer l'explication qui avait été fournie à Barbe-Noire. Le garçon me répéta alors ce qui s'était transmis d'une génération à l'autre.

« Que le diable s'empare de ton âme si tu me mens ! éructa Barbe-Noire en s'adressant à un habitant de l'île intelligent, mais peu de digne de confiance, nommé Job Wheeler, un veuf sans enfants qui, toujours d'après la légende, invita le pirate chez lui, dans une partie de l'île baptisée aujourd'hui la Crique de Job.

– Je ne peux pas te cacher la vérité, dit Job à Barbe-Noire, qui buvait rhum sur rhum et mettait le feu à sa barbe. Même si nous avons débuté en Angleterre il y a bien longtemps, nous avons débarqué sur cette île en venant de Caroline du Nord. »

Job proférait ce mensonge éhonté en étant certain d'attirer ainsi l'attention de Barbe-Noire, car tout le monde savait que le pirate était de mèche avec Charles Eden, le gouverneur de Caroline du Nord. Durant la majeure partie de sa vile carrière, Barbe-Noire avait sillonné les estuaires et les détroits de Caroline du Nord sans jamais être inquiété. De fait, tous les complots fomentés dans d'autres États pour neutraliser le pirate et ses loups de mer étaient immanquablement contrecarrés par une lettre émanant d'un habitant de Caroline du Nord, ce qui provoquait l'écœurement de Spottswood, le gouverneur de Virginie, qui n'avait aucune affection pour Barbe-Noire et ne souhaitait pas qu'il continue à exercer ses activités, ni à vivre.

« Comment est-ce possible ? beugla Barbe-Noire à travers d'épaisses volutes de fumée, en fermant un œil de manière menaçante, t'as intérêt à dire la vérité, ou sinon, j'te découpe en petits morceaux et j'te renvoie là d'où que tu viens, c'est-à-dire en enfer, scélérat !

– Je ne suis pas un scélérat, affirma Job. Et je ne viens pas de l'enfer, mais de Caroline du Nord, où tu as de nombreux amis. Mais nul ne peut savoir que nous autres, habitants de cette belle île, sommes originaires de Caroline du Nord, et que nous avons réussi à échapper à une terrible sécheresse qui avait fait mourir nos récoltes, asséché nos langues et épuisé nos réserves, et qu'alors nous nous sommes entassés sur des bateaux et sommes venus jusqu'ici. »

« Tu laisses entendre, ai-je dit à Fonny Boy, que les insulaires descendaient des Colons perdus qui ont disparu après que Sir Walter Raleigh les avait déposés sur Roaonoke Island ? Il est vrai que lorsque Walter Raleigh est parti pour le Nouveau Monde le 8 mai 1587, son objectif était de trouver un emplacement dans la baie de Chesapeake, mais des ouragans l'obligèrent à s'installer plus au sud sur Roanoke Island. Les Colons perdus n'avaient donc jamais souhaité vivre en Caroline du Nord. Quand vous décidez de déménager, je suppose que vous réfléchissez à votre nouvelle destination, et Tanger était décrite comme une jolie île, à part qu'il n'y avait pas d'eau potable.

« Néanmoins, décrétai-je, la chronologie infirme tout ce que Job raconta à Barbe-Noire, car les colons étaient déjà perdus quand Smith se rendit en Virginie et découvrit soi-disant votre île en 1608. Je suis donc contraint de rejeter totalement cette théorie. Par ailleurs, on ne peut pas prouver d'une manière que je jugerais satisfaisante que, lorsque Smith débarqua à Tanger, il ne se trouvait en fait pas sur Limbo Island, ce qui fait de vous tous non pas des Islandiers, mais des Limboniens. »

Fonny Boy avait retrouvé son regard vide, affalé dans le fauteuil de dentiste, agité de légers tressaillements. La chaise racla de nouveau le sol quelque part au fond de la clinique, puis bascula bruyamment, sans doute renversée par le chien ligoté du dentiste, qui rêvait peut-être, lui aussi, ou du moins le supposai-je sur le moment.

« Bon, il faut que j'y aille, dis-je à Fonny Boy. Je vais voir ce que je peux apprendre de plus sur vous autres, et essayer de savoir pourquoi Job Wheeler et Barbe-Noire étaient les seuls à parler du passé de Tanger Island. Et pourquoi, après que Job fut décédé et que Barbe-Noire eut connu la fin violente qu'il méritait, ces secrets et d'autres sont restés cachés dans le livre de comptes découvert dans le grenier de Spottswood. »

Les mouvements de paupières de Fonny Boy s'accéléraient et il regardait dans le vide, en transe, agrippant les bras du fauteuil de dentiste comme s'il regardait un film d'aventure palpitant. Inutile d'essayer de continuer à communiquer avec lui, décidai-je, et je quittai la clinique. Je hélai une voiturette de golf taxi et regagnai le terrain d'atterrissage, tandis que les théories et les spéculations s'entrechoquaient dans ma tête sans avoir de sens, car je ne suis ni historien ni romancier historique, même si je connais des gens qui le sont. En rentrant chez moi en hélicoptère, je compris que la logique et le sens des responsabilités m'imposaient de poursuivre mon enquête historique ardue sur la manière dont ce pays avait commencé, et ce qui lui était arrivé ensuite.

« Attention à l'oiseau, là-bas », me dit mon copilote en désignant une mouette qui nous avait apparemment vus à la toute dernière seconde.

Soyez prudents, amis lecteurs !

P.-S. : La personne qui détient Popeye en otage est priée de me contacter avant qu'il soit trop tard ! Et mille mercis à vous, mes fidèles lecteurs, pour les renseignements que vous m'avez envoyés concernant O.V.

15

À L'INSTANT MÊME où Windy Brees pénétra dans son bureau, Hammer comprit que les ennuis n'étaient pas loin.

– Bon sang de bois ! Vous avez vu ce qu'Officier Vérité vient de mettre sur son site ?

– Oui, répondit Hammer. Je l'ai lu ce matin.

– Non ! Il a écrit autre chose, et vous allez pas le croire !

– Un autre texte ?

Hammer était stupéfaite, mais pas question de montrer qu'elle était au courant du planning de publication d'Officier Vérité.

– Intéressant, dit-elle. Je ne sais pas pourquoi, je croyais qu'il n'envoyait qu'un seul essai par jour.

– Eh bien, non, dit Windy. Je sais pas qui c'est, mais on peut dire que c'est un écrivain proliférant. Je me demande à quoi il ressemble et quel âge il a. Il doit être vieux, pour savoir autant de choses. Ces faits historiques et tout ça...

– Qu'est-ce qui vous fait croire que c'est un homme ? demanda Hammer, tout en se connectant sur le site.

– Bah, d'abord, il est intelligent.

Après avoir commencé à lire le texte, Hammer ordonna à Windy de sortir et de fermer la porte. Elle téléphona à Andy.

– Ça suffit ! déclara-t-elle dans un murmure outré. Retrouvez-moi à...

Elle chercha un endroit où lui donner rendez-vous. Il n'y avait aucun endroit à Richmond où l'un et l'autre pouvaient se rendre sans qu'on les remarque, surtout s'ils étaient ensemble.

– Retrouvez-moi sur le parking du Ukrop dans un quart d'heure, déclara-t-elle avec colère.

– Quel Ukrop ? demanda Andy au bout du fil. Puis-je vous expliquer une chose ?

– Non, vous ne pouvez pas. Pas au téléphone. L'Ukrop de Stonypoint. On parlera dans la voiture.

Major Trader venait de lire l'essai, lui aussi, et il propulsa sa masse considérable dans le bureau du gouverneur Crimm en soufflant et en ahanant.

– Gouverneur ! s'exclama-t-il en faisant irruption sans frapper. Officier Vérité s'est rendu à Tanger et il affirme qu'un jeune garçon de l'île nommé Fonny Boy retient le dentiste en otage ! C'est un journaliste déguisé !

– Quoi ? demanda le gouverneur d'une petite voix en émergeant de son cabinet de toilette privé.

Il ajusta son gilet écossais et vérifia que la montre qui se transmettait de génération en génération était bien à sa place dans son gousset.

– Le jeune garçon de l'île est journaliste ? Quel jeune garçon ? De quoi est-ce que vous parlez, nom d'un chien, et vous savez que vous ne devez pas entrer à l'improviste !

– Le garçon s'appelle Fonny Boy. Et on a son signalement, dit Trader tout excité. Mais c'est Officier Vérité qui s'est déguisé en journaliste, pas le garçon.

– Il ne s'est pas déguisé en Fonny Boy, mais en journaliste ? (Crimm repêcha sa loupe au milieu d'un océan de documents.) Vous êtes censé être mon secrétaire particulier et vous massacrez l'anglais, purement et simplement. En permanence et régulièrement. Et vous n'apportez donc jamais vos costumes chez le teinturier, pour l'amour du ciel ? Votre femme ne dit rien ? (Le gouverneur jeta un œil agrandi sur cette masse négligée que représentait Trader.) Vous avez de la sauce tomate sur votre chemise et votre cravate est trop courte. On dirait que vous venez de faire la bringue, et j'envisage sérieusement de vous virer un de ces jours.

– Je vous en prie, gouverneur ! s'exclama Trader. Ne tuez pas le messager. Ce n'est pas moi qui envoie toutes ces informations confidentielles et embarrassantes sur Internet.

– Je le sais bien. (Le gouverneur s'assit péniblement derrière son bureau et fit signe à Trader de prendre un siège et de parler moins fort.) J'ignore qui est cet Officier Vérité, mais au moins, il a une jolie plume.

– Je prends cela pour une insulte, dit Trader. C'est méchant de me dire ça. Je pense que vous devriez vous excuser pour avoir blessé ma sensibilité créatrice.

– La seule chose créative, chez vous, c'est votre façon de manipuler la vérité, répliqua le gouverneur. Et si je n'étais pas préoccupé par des sujets plus graves, dont ma santé, je vous surprendrais plus souvent en flagrant délit de mensonge, et j'agirais.

– Comment va votre santé ? demanda Trader d'un ton mielleux.

– Vous m'avez apporté ce dernier essai ?

Trader déplia les feuilles et les aplatit sur le sous-main. Le gouverneur resta muet pendant de longues minutes, le temps de promener sa loupe sur les mots signés Officier Vérité, en émettant de temps à autre des grognements et d'autres bruits inarticulés pour marquer sa désapprobation, son étonnement et son inconfort physique.

– Il n'y a qu'une seule chose à faire, décréta-t-il de son ton le plus autoritaire. Nous devons recruter un agent secret qui dénoncera ce scélérat d'Officier Vérité et le traînera en justice.

– En justice ? Pour quelle raison, monsieur le gouverneur ? Je ne pense pas qu'il ait commis un crime.

– J'estime qu'on pourrait l'accuser de trahison, vous ne croyez pas ? Est-ce qu'il ne fourre pas son nez dans des affaires d'État et ne qualifie pas mes décisions d'idiotes ? En outre, je n'apprécie pas son obsession pour les pirates, alors que nous avons déployé tant d'efforts pour minimiser ce problème. Voilà que maintenant, il fait même intervenir Barbe-Noire, et tout le monde ne parle que de ça.

– Je sais, je sais.

Trader n'aurait pas pu être plus d'accord, car il songeait joyeusement à son site du capitaine Bonny.

– On ne veut surtout pas, ajouta-t-il, que l'opinion publique pense que Barbe-Noire était le bienvenu en Virginie, ni même qu'il a pu venir en Virginie, ne serait-ce qu'une seule fois. Ce qu'il faut faire, c'est insister sur le fait que Barbe-Noire et la Caroline du Nord s'entendaient comme larrons en foire, et que c'est le gouverneur Spottswood qui...

– Vous savez ce que je pense de Spottswood ! s'exclama le gouverneur, tandis que son sous-marin déclenchait l'alerte. Je ne veux pas qu'il en retire plus de mérite encore, vous avez compris ? Je suis obligé de vivre avec ses prétendus descendants et je commence à en avoir marre d'être invité à leurs barbecues dans leurs maisons coloniales et d'écouter leurs interminables histoires apocryphes concernant le gouverneur Spottswood, qui était certainement un sale vantard atteint de la goutte et de la chaude-pisse. (Le gouverneur sortit sa montre de son gousset.) Il se fait tard. Venez donc dîner à la résidence, nous reparlerons de tout ça et nous élaborerons un plan.

Andy, lui, avait déjà un plan, mais en voyant Hammer jaillir de sa voiture et marcher dans sa direction sur le parking de l'Ukrop, il craignit qu'elle soit trop en colère pour l'écouter.

– Débranchez immédiatement votre site, dit-elle en ouvrant brutalement la portière de la Caprice banalisée d'Andy. Ça suffit ! Vous êtes devenu totalement incontrôlable. Dois-je comprendre que vous avez effectué une mission incognito sur Tanger Island ? Et quelle est cette chose horrible qu'on a déposée devant chez vous hier soir ?

– Je suis désolé. J'ai eu tort de ne pas vous parler de ma mission secrète. Mais j'avais peur que vous tentiez de m'en empêcher, répondit Andy calmement. Et on ne peut pas « débrancher » un site Internet. Je pourrais le fermer, à la rigueur, mais ce ne serait pas une bonne idée, croyez-moi. L'enjeu est trop important.

– Le seul enjeu pour l'instant, me semble-t-il, c'est ma carrière, ma réputation et la vie d'un dentiste, répliqua-t-elle.

– Un dentiste scélérat. Vous auriez dû voir le dossier sur lequel je suis tombé ! Et vous oubliez Popeye ?

Le chagrin de Hammer refit surface et la réduisit au silence.

– Je crois qu'il y avait une forte dose de préméditation dans son enlèvement ; c'est donc certainement l'œuvre de quelqu'un qui a une dent contre vous, dit Andy.

– Autant dire la moitié de la planète, ironisa Hammer, abattue.

– Ce n'est pas une histoire d'argent, pas directement. S'il s'agissait d'une demande de rançon, on vous aurait contactée depuis longtemps. Je crois que quelqu'un manigance quelque chose de particulièrement infâme. J'ai récolté quelques indices par le biais d'Officier Vérité : des e-mails suspects. Je crois que si je continue à publier mes essais et à suivre autant de pistes que possible, on connaîtra le fin mot de cette affaire, et d'un tas d'autres. Et je vous jure devant Dieu que si Popeye est toujours en vie, je le retrouverai.

– Je refuse de nourrir trop d'espoir, déclara Hammer, stoïque. Vous croyez vraiment qu'il est toujours en vie ?

– Ce n'est qu'une impression. Mais oui. D'abord, les boston-terriers ne sont pas très recherchés par les voleurs de chiens ; ils ont des oreilles de chauve-souris, des yeux globuleux qui regardent sur le côté et leur petite queue en tire-bouchon ne cache pas grand-chose, si vous voyez ce que je veux dire. Sans parler de leur gueule écrasée, de leur tendance à perdre leurs poils par endroits, et de leur intelligence qui dépasse de loin celle de la plupart de leurs propriétaires, vous excepté, évidemment.

– Dans ce cas, Popeye a peut-être été kidnappé dans le cadre d'un plan plus vaste dont on ne sait rien pour l'instant, en conclut Hammer.

– Exactement, dit Andy en hochant la tête.

– C'était très risqué, et sans doute inconscient et stupide de votre part de vous faire passer pour un journaliste et d'aller sur Tanger Island, dit Hammer.

– Écoutez, dit-il. Grâce à un e-mail envoyé à Officier Vérité, je savais avant même de me rendre là-bas pour peindre les bandes blanches sur la chaussée qu'il s'agissait d'un piège politique destiné à détourner l'attention braquée sur le gouverneur, qui passe de plus en plus pour un potentat incapable à cause de ce connard de Major Trader. C'est une honte que ce fonctionnaire pervers et négligé puisse manipuler le gouverneur de manière aussi évidente, sans que le pauvre vieux ne voie rien, car il ne voit rien du tout. Si vous saviez les histoires incroyables que j'ai entendues en furetant pendant un an...

– C'est-à-dire ?

Hammer devenait intéressée.

– Il semblerait par exemple que chaque fois que Trader

apporte à Crimm des biscuits ou des sucreries, le gouverneur soit victime peu de temps après d'une attaque gastro-intestinale qui le laisse totalement affaibli. Et permettez-moi d'ajouter que ces friandises sont toujours au chocolat.

– Non ! Vous ne croyez quand même pas que...

– Si. Et j'ai bien l'intention de le prouver dès que le labo aura fini d'analyser les chocolats prétendument envoyés par le gouverneur, et les restes du gâteau au caramel que Trader a fait livrer chez Ruth's Cris.

– Vous les avez expédiés au labo ?

Elle était stupéfaite.

– Évidemment. J'avais entendu des rumeurs, et le gouverneur ne vous a jamais téléphoné, pourquoi vous enverrait-il des chocolats par l'intermédiaire de « Devinez qui ? ». Je pense que ce salopard de bon à rien de Trader met du laxatif dans les sucreries du gouverneur, et cela depuis des années. Quel meilleur moyen de manipuler quelqu'un que de le faire se plier en deux chaque fois qu'il doit prendre des décisions capitales, c'est-à-dire quotidiennement dans le cas d'un gouverneur ?

– C'est criminel ! s'écria Hammer, écœurée, en se souvenant vaguement de son entretien pour le poste de chef de la police d'État, au cours duquel Trader lui avait proposé un saladier en argent rempli de cacahouètes enrobées de chocolat, qu'elle avait refusées, car elle ne mangeait pas de sucreries.

– Et ce n'est pas tout, ajouta Andy d'un air menaçant. Je me suis renseigné sur Trader. Pour commencer, le nom de jeune fille de sa mère était Bonny.

– Et alors ?

– Vous allez comprendre.

Andy croisa le regard de Hammer, alors que le soleil commençait à décliner et que les clients allaient et venaient d'un pas pressé entre le magasin et leurs voitures, indifférents à cette conversation importante qui se déroulait au milieu d'eux.

– Les Bonny sont originaires de Tanger Island. La mère de Trader a épousé un pêcheur nommé Trader, et Major Trader est né sur l'île le 11 août 1951. Il a été mis au monde par une sage-femme qui a eu, semble-t-il, beaucoup de mal à effectuer cet accouchement, car le bébé se présentait les pieds en avant, ce qui peut paraître logique, d'une certaine façon, étant donné que Trader inverse la vérité et qu'il renverse tout ce qui est moral et honnête.

– Vous voulez insinuer que l'idée d'instaurer le projet VASCAR sur Tanger Island était un piège délibéré de la part de Trader ? dit Hammer.

– Exactement. Une chose est sûre : Trader connaît les insulaires, et sans doute a-t-il conservé quelques relations sur l'île. Malgré cela, il n'a fait aucun effort pour intervenir, et ceci pour au moins une très bonne raison.

– Laquelle ?

– La famille Bonny descend des pirates, dit Andy. Et je crains d'avoir d'autres mauvaises nouvelles.

Il lui parla alors du sac-poubelle et de l'enveloppe retrouvés devant chez lui la veille.

Hammer écouta tout son récit sans l'interrompre une seule fois, ce qui était tout à fait inhabituel de sa part. Elle était visiblement choquée et inquiète.

– D'après certaines informations reçues par Officier Vérité, reprit Andy, la jeune femme assassinée se faisait appeler O.V., et ces derniers temps, les gens la taquinaient en lui disant que c'était elle, Officier Vérité. À cause des initiales. Elle adorait ça, et souvent, elle répondait qu'elle aurait bien aimé être Officier Vérité, car elle avait toujours rêvé de devenir journaliste, mais elle a fini dans l'administration.

Andy se tut, profondément attristé à l'idée que cette pauvre femme n'avait jamais pu réaliser son rêve ; elle aurait voulu être Officier Vérité, et maintenant, elle était morte.

– Vous pensez donc qu'elle a rencontré le meurtrier et qu'elle lui a parlé ? supposa Hammer. Elle lui a raconté que les gens la taquinaient au sujet d'Officier Vérité, et elle lui a dit qu'elle aurait bien aimé être Officier Vérité. Elle faisait suffisamment confiance à cette personne pour la suivre quelque part ?

– C'est exactement ce que je pense, mais j'hésite encore en ce qui concerne le sexe du meurtrier. D'autres informations que j'ai reçues indiquent qu'O.V. n'était pas du genre à sortir avec des hommes, et jamais elle n'aurait laissé un homme la draguer, sauf au bureau, où elle vivait dans le mensonge par crainte de la réaction de son patron homophobe. Alors, elle avait pris l'habitude de s'habiller de façon un peu « hard » pour traîner dans les bars le soir et le week-end, à la recherche d'une compagnie du même sexe. Apparemment, elle a appelé une amie le soir du meurtre, pour lui dire qu'elle allait au Tobacco Company. C'est un endroit sélect où on ne s'attend pas à tomber sur des dingues. J'en conclus que la personne qu'a rencontrée O.V. n'était pas du genre qu'on remarque ou dont on se méfie. J'ai transmis toutes ces informations à l'inspecteur Slipper, au fait, par l'intermédiaire d'Officier Vérité. Espérons qu'il va suivre cette piste.

– Tout ceci n'explique pas du tout pourquoi le meurtrier a laissé des indices devant chez vous, Andy, souligna Hammer, le visage crispé par l'angoisse. J'ai peur pour votre sécurité ! Nous avons affaire à un psychopathe pervers, et maintenant, c'est vous qui êtes visé !

– Franchement, dit Andy, je ne suis pas convaincu que le meurtrier soit un homme, ni même qu'il agisse seul. Permettez-moi de vous rappeler que Moses Custer a été agressé lui aussi avec une arme ressemblant à un rasoir.

– Une femme pirate de la route qui commettrait des crimes haineux ? dit Hammer, dubitative.

– Les gens ont tort de supposer que les femmes ne sont pas violentes et capables de commettre les mêmes atrocités que les hommes, répondit Andy. Tout le monde peut éprouver de la haine. Et je me dis qu'Officier Vérité devrait peut-être aborder cette question très bientôt. Voilà un bon plan.

Cat exécutait son plan, lui aussi, pendant que cette conversation embuée se déroulait à des kilomètres de là, de l'autre côté de la James River. Le pirate avait emprunté le Land Cruiser, qui était garé présentement devant le hangar de la police d'État, coincé incognito entre deux autres véhicules civils. Après plusieurs heures d'attente, Cat fut enfin récompensé lorsque Macovich apparut dans le ciel et posa le 430 avec lequel il s'était rendu sur Tanger Island pour aller chercher des crustacés frais.

Macovich devait bien reconnaître que ces Tangeriens étaient les gens les plus curieux de la terre. Bien qu'ils aient déclaré la guerre à la Virginie et hissé un drapeau frappé d'un crabe, à l'instant même où ils avaient compris que Macovich venait dans le simple but de leur acheter quelque chose, ils avaient abaissé le drapeau du crabe pour le remplacer par celui de Virginie. Après quoi, ils doublèrent leurs prix pour le dîner du gouverneur.

– Je suppose que vous ne savez rien au sujet de ce dentiste que vous cachez quelque part sur l'île ?

Macovich avait au moins fait une tentative pour enquêter sur le kidnapping pendant que la femme à la caisse lui rendait sa monnaie.

– Le dentiste ? Je l'ai pas vu depuis quelque temps, répondit la femme.

Macovich ne la croyait pas, et il ne put s'empêcher de remarquer qu'elle avait les couronnes les plus horribles qu'il ait jamais vues.

– C'est lui qui a soigné vos dents ? demanda-t-il.

– Ouais.

La femme de Tanger, nommée Mattie Dize, gratifia Macovich d'un sourire d'une blancheur de plâtre, pendant qu'il empochait sa monnaie.

– Woo, fit Macovich en secouant la tête. Je suis content que ce soit pas mon dentiste. Bon, écoutez-moi. Je crois que vous feriez mieux de tous vous calmer et de laisser ce dentiste rentrer chez lui. Qu'est-ce que ça vous apporte de le cacher quelque part ? Le reste de la Virginie ne veut pas avoir d'ennuis avec vous autres, Tangeriens.

Mattie plissa les yeux et téta sa lèvre inférieure, tandis qu'elle refermait violemment le tiroir-caisse.

– Le gouverneur veut pas se disputer avec vous, lui non plus, ajouta Macovich, tandis que les crabes et une truite se débattaient au fond du sac en plastique blanc. Je pourrais commencer à enfoncer les portes de toutes les maisons jusqu'à ce que je trouve le dentiste, et ensuite, je vous jetterais tous derrière les barreaux, mais je veux bien être gentil. Et de toute façon, faut que je rapporte ces crabes au gouverneur avant qu'ils meurent, parce que la First Lady elle aime pas les crustacés morts.

Macovich avait au moins essayé de négocier, se disait-il en coupant le moteur de l'hélicoptère devant le hangar et en remarquant un jeune garçon à l'air coriace, habillé comme un membre d'une écurie du NASCAR, qui parlait dans un téléphone portable.

– Le voilà, disait Cat à Smoke.

– Qui ça ? T'as intérêt à avoir une bonne raison pour me réveiller en plein milieu de l'après-midi.

– Le grand trooper noir. Il vient d'atterrir avec son hélico.

– Sans dec' ? (Smoke se réveilla instantanément.) Grouille-toi d'aller prendre ta leçon, et d'abord, pourquoi c'est pas Possum qu'est là-bas à ta place ?

– Il avait un truc à faire dans sa chambre.

– Je vais lui botter le cul, déclara Smoke d'une voix à moitié comateuse en roulant sur le flanc, avant de se rendormir.

D'une démarche nonchalante, Cat avança vers l'hélicoptère, alors que Macovich était en train de faire le plein avec un gros tuyau relié à un camion citerne Exxon. Cat boutonna son coupe-vent NASCAR et abaissa sur ses yeux sa casquette NASCAR, en se félicitant d'avoir assisté à toutes les courses au circuit international de Richmond, ce qui lui avait permis d'être largement pourvu en gadgets – vêtements, briquets, posters, tasses, stylos, désodorisants de voiture qu'on accrochait au rétroviseur... – bien avant d'imaginer que toutes ces choses lui serviraient un jour pour son travail.

Macovich, tout excité, regardait le gars du NASCAR avancer vers lui. Que ne donnerait-il pas pour faire partie d'une écurie de course ! Ce jeune type en jetait : la démarche arrogante, l'air d'un dur, costaud, mais assez petit pour se glisser à l'intérieur d'une voiture de stock-car. Il fumait une Winston et portait des lunettes de soleil, et sans doute une superbe blonde sexy l'attendait-elle à la maison.

– Je suis ici sur ordres de mon pilote, dont je peux toujours pas vous dire le nom, dit Cat en ouvrant d'une pichenette un Zippo coloré portant la signature de « Jeff Burton ». Allons-y.

– Allons-y où ?

Macovich regardait avec envie le briquet, en se demandant si le pilote blanc avec les dreadlocks qu'il avait vu hier soir n'était pas Jeff Burton déguisé.

– Vous devez m'apprendre à voler.

Cat jouait avec le briquet ; une cigarette était coincée derrière son oreille.

Macovich regarda autour de lui pour voir si quelqu'un les observait. Cat sortit un billet de 100 dollars de la poche à fermeture Éclair sur la manche de son blouson. Macovich regardait fixement le billet en essayant de se souvenir depuis quand il n'en avait pas vu.

– Voilà ce qu'on va faire, dit-il à Cat. Vous me laissez aller déposer ces crustacés d'abord, et on se retrouve ici dans une heure ou deux, quand le soleil commencera à se coucher.

– Hé, minute ! s'écria Cat, affolé. J'apprends pas à piloter dans le noir, moi !

– Ça va pas la tête ou quoi ? répliqua Macovich. Vous croyez qu'un gros hélico comme ça a peur de voler dans le noir ? Il est super équipé : pilotage automatique, balise de navigation, détecteur de turbulences et tout un tas de phares d'atterrissage, y a même un lecteur de DVD à l'arrière pour que la famille du gouverneur puisse regarder des films quand je les transporte.

Cat avait compris le truc du DVD, mais pas le reste. Il commençait à se dire qu'il avait vu trop grand, mais pas question de se dégonfler devant ce flic.

– Ah ouais ? fit-il. J'ai vu des hélicos plus gros que celui-là, et mille fois mieux. À votre avis, avec quoi est-ce que les pilotes atterrissent sur les circuits, hein ?

– Des Jet Rangers essentiellement, ou un 407 éventuellement, répondit Macovich qui était bien placé pour répondre à cette question, car la First Family raffolait des voitures de stock-car qui tournaient en rond dans un vacarme d'enfer pendant toute la nuit. Bon, ajouta-t-il, faut que j'apporte ces crustacés avant qu'ils soient morts. Je reviens tout de suite et je veux bien accepter seulement 100 dollars pour la première leçon, par courtoisie, on va dire. Mais après, ce sera plus cher. Cet engin coûte les yeux de la tête.

– Ça vaut combien ? demanda Cat, très intéressé.

– Dans les 6 millions, répondit Macovich en verrouillant les portières et le coffre à bagages de l'hélicoptère.

Possum n'avait pas le droit à un verrou sur la porte de sa chambre, et pourtant, il aurait bien aimé en avoir un, car il craignait que Smoke soit furieux en apprenant qu'il s'était défilé pour la leçon de pilotage. Nerveux, Possum mangeait un sandwich au beurre de cacahouète et à la confiture de raisin dans sa chambre plongée dans l'obscurité, tout en dessinant des projets pour un drapeau de pirate, en regardant *Bonanza* à la télé et en caressant Popeye.

– J'aimerais bien pouvoir faire ça, murmura-t-il en s'adressant au chien, tandis qu'à la télé, Hoss s'amusait à tordre des fers à cheval à mains nues, devant la grange.

Little Joe préparait physiquement Hoss pour lutter contre l'infâme Bear Cat Sampson du Tweedy Circus, qui venait de s'installer en ville. Il suffisait à Hoss d'immobiliser au sol, en moins de cinq minutes, le lutteur du cirque toujours invaincu pour empocher 100 dollars. Ça représentait sans doute une grosse somme d'argent, à cette époque, se disait Possum. Aujourd'hui, 100 dollars permettaient tout juste de s'acheter une paire de baskets correcte.

Possum dessina un fer à cheval dans son cahier d'esquisses et le ratura aussitôt. Il essaya ensuite de dessiner Hoss en train de soulever une charrette remplie de sacs de grains. Mais aucun de ces thèmes ne convenait sur le papier. Possum essaya alors de représenter la carte du ranch Ponderosa, et il sentit qu'il était sur la bonne piste.

Soudain, la porte de sa chambre s'ouvrit violemment, laissant apparaître Smoke qui le foudroyait du regard. Possum plissa les yeux, ébloui par la lumière soudaine.

– Qu'est-ce que tu branles, bordel ? brailla Smoke comme s'il allait se jeter sur Possum et Popeye pour leur faire du mal.

– Rien.

– Pourquoi t'es pas allé au hangar ! Cat m'a appelé pendant que t'étais là à glander devant la télé ! C'est toi qui devais apprendre à piloter !

– Cat sera plus doué que moi, répondit timidement Possum. Comme tu dormais, on voulait pas te déranger avec ça, Smoke.

– Bouge ton sale cul. On va au Wal-Mart acheter des fringues de NASCAR. À partir de maintenant, c'est nos couleurs ! Et que je te voye plus porter tes merdes avec Michael Jordan. On va aller à la course de bagnoles. Y en a une en ville, samedi soir.

– Mais on n'a pas de billets ! Comment on va faire si on n'a pas les billets ! Et y aura pas de place pour se garer !

– On n'a pas besoin de billets, ni de place pour se garer, répondit Smoke en sortant de la chambre et en claquant la porte.

Hoss pénétra sur le ring et reçut quelques manchettes, avant d'immobiliser Lock Bear dans l'étau de ses bras et de lui briser les côtes.

– Lâche-le ! Lâche-le ! chuchotait Possum en s'adressant à Hoss, même s'il avait déjà vu de nombreuses fois cet épisode, et qu'il savait que Hoss ne lâcherait pas Bear Cat avant la fin du temps imparti, si bien que Hoss et Little Joe laisseraient filer les 100 dollars et pour finir, ils voyageraient avec le cirque jusqu'à ce que Bear Cat soit à nouveau en état de lutter. Lâche-le, Hoss !

Dans les gradins, Ben Cartwright et Little Joe applaudissaient, et Possum se remit à dessiner. Le NASCAR lui avait donné une idée. Comme les pirates, le NASCAR utilisait un tas de drapeaux différents. Possum dessina un drapeau à damier et le transforma en drapeau de pirate en coloriant la tête de mort et les os en rouge.

– Merde, ça marche pas non plus, Popeye.

Il dessina alors un drapeau noir indiquant qu'il fallait rentrer au stand, et il sentit un frisson glacé lui parcourir la nuque. Il approchait du but. Il effaça quelques zones de noir, formant des yeux blancs et une bouche souriante qui donnaient une impression morbide. Il remplaça les deux os entrecroisés par des queux d'opossum et coinça une cigarette entre les dents, avec la fumée qui s'échappe. Une tête de mort qui fume !

Il se précipita dans la chambre de Smoke en brandissant son carnet.

– Hé, regarde !

– Si tu rentres encore une fois dans ma piaule sans frapper, je t'explose ta petite bite ! beugla Smoke en se redressant sur son lit.

Il alluma une cigarette.

– On a un drapeau de pirate, Smoke ! Je vais en fabriquer un qui ressemble à ça et on pourra le prendre pour la course, pour faire croire que c'est notre drapeau de NASCAR. On pourra emmener Popeye aussi, et s'arranger pour que les deux flics se pointent, tu piges ? Jamais ils pourront se douter que des types d'une écurie de course ont des flingues, et on leur fera sauter la tête ! Ensuite, Cat se pointera avec l'hélico et on foutra le camp sans que personne puisse nous arrêter. On ira jusqu'à Tanger, vu que tout le monde a déjà des emmerdes là-bas, et on se planquera en attendant que ça se calme, qu'est-ce t'en penses ?

Smoke tira sur sa cigarette et secoua plusieurs boîtes de bière qui se trouvaient au pied du lit. Elles étaient toutes vides.

– Va me chercher une bière. Arrange-toi pour que ce putain de drapeau soit terminé samedi. Et appelle Cat sur le portable ; qu'il se démerde pour qu'on ait l'hélico samedi. Qu'il dise à ce gros Noir de flic que le célèbre pilote et son équipe en ont besoin pour aller à la course et pour se faire déposer ensuite dans une méga fête sur l'île. Quand on sera là-bas, on le flinguera lui aussi. L'hélico sera à nous, et on sera super peinards.

16

LES GRILLES NOIRES en fer forgé s'ouvrirent lentement et un agent de sécurité du Capitol jeta un regard sévère à travers la vitre de sa guérite en voyant Andy approcher de la résidence du gouverneur.

– Je me gare où ? lui demanda Andy, car l'allée circulaire était encombrée par la flotte de berlines et de limousines du gouverneur.

– Mettez-vous là, sur l'herbe.

– Non, je ne peux pas faire ça, protesta Andy en regardant la pelouse fraîchement tondue et les haies sculptées.

– C'est pas un problème, dit l'officier. Les détenus la remettront en état demain. Faut bien les occuper.

Poney assistait à cette scène à travers des carreaux de fenêtre vieux de plusieurs siècles. Le majordome était de mauvaise humeur. Depuis une heure, l'aide-cuisinier de la résidence ne cessait de l'insulter, car les filles Crimm (Regina, surtout) avaient protesté contre l'idée de faire un repas léger, synonyme généralement de truite ou de crabes venus tout droit de Tanger Island. Regina avait la sale manie de pénétrer dans la cuisine d'un pas énergique pour soulever les couvercles des marmites, et quand elle découvrit dans l'évier une truite et plusieurs douzaines de crabes à divers stades de l'agonie, elle piqua sa crise.

– Je déteste le poisson ! rugit-elle. Tout le monde dans cette maison sait que je déteste le poisson !

– C'est votre maman qui a choisi le menu, répondit le chef Figgie. On n'a fait que suivre ses instructions, mademoiselle Reginia.

– Je ne m'appelle pas Regin*ia* !

Le chef regardait la truite dans l'évier, en priant pour

qu'elle meure rapidement. Elle avait un hameçon dans la bouche et il ne comprenait pas comment elle pouvait continuer à s'agiter après tout ce temps. Les crabes, eux, essayaient inlassablement de sortir de l'évier et ils se cognaient inévitablement contre les parois en Inox, en faisant du raffut et tendant vers lui leurs yeux périscopiques remplis de ressentiment et de peur.

Le chef Figgie refusait de tuer qui que ce soit et, pour des motifs religieux, il était opposé à l'idée d'ôter la vie à des créatures plus petites et moins intelligentes que lui. Il préférait la nourriture déjà morte qu'on livrait empaquetée. Mais surtout, il était violemment opposé à l'élevage des porcs, or, Regina avait une passion pour cette viande.

– Où est passé le jambon ? demanda-t-elle de sa voix brutale et puissante. Pourquoi on ne mange pas des fourrés au jambon ? C'est un dîner léger, et vous le savez, Figgie. Vous faites ça uniquement parce que vous ne m'aimez pas. Regardez comme ces crabes m'observent. Laissez-moi les faire sortir par la porte de derrière pour qu'ils puissent s'enfuir.

– La First Lady ne serait pas contente si on les laissait partir.

– On s'en fout.

Pendant ce temps, les crabes avaient grimpé les uns sur les autres, si bien que celui du dessus pouvait atteindre le robinet avec sa patte. Ils se figèrent et firent semblant d'être morts quand Major Trader pénétra en se pavanant dans la cuisine située au sous-sol de la résidence, là où, au cours des derniers travaux de rénovation, des archéologues avaient découvert des milliers d'objets anciens, dont des hameçons rudimentaires faits avec des arêtes de poisson, ainsi que de nombreuses pointes de flèche et des balles de mousquet.

– Pourquoi est-ce que les crabes sont empilés comme ça ? demanda Trader en regardant dans l'évier. J'ai l'impression qu'ils sont déjà morts, et la First Lady déteste les crustacés morts, Fig. (Trader appelait toujours le chef Figgie *Fig*, pour faire plus court.) Elle aime les voir s'agiter dans tous les sens et cogner contre la paroi de la marmite quand on les fait bouillir ; comme ça, ils sont vraiment très frais quand elle les mange. Tenez, dit-il en déposant sur le plan de travail une petite boîte en fer. Mon épouse a fait des cookies pour le gouverneur. Et pour personne d'autre.

Le chef Figgie était malade à l'idée de faire bouillir une créature vivante.

– Franchement, reprit Trader en haussant la voix, ces crabes sont morts, et la First Lady ne sera pas contente si elle s'en aperçoit quand ils seront dans son assiette. Elle va vous faire renvoyer, Fig, et tous vos petits négrillons n'auront plus de papa.

En horrible raciste qu'il était, Trader trouvait que c'était une excellente plaisanterie, et il éclata de rire.

Andy avait déjà sonné trois fois à la porte, alors que Poney regardait à travers les vieux carreaux irréguliers. Il était essentiel pour un majordome de paraître débordé, et de donner l'impression que la demeure était si vaste qu'il fallait un long moment pour traverser toutes ces élégantes pièces avant de déboucher dans le hall.

– J'arrive ! cria Poney en mettant ses mains devant sa bouche pour faire croire que sa voix venait de loin.

Andy se manifesta en cognant sèchement contre la porte avec le heurtoir en forme d'ananas, symbole de l'hospitalité en Virginie. Poney accéléra le pas juste avant d'arriver à la porte, histoire de transpirer un peu et d'avoir le souffle coupé.

– J'arrive ! répéta-t-il, sans mettre ses mains devant sa bouche cette fois.

Il compta jusqu'à dix et ouvrit la porte.

– Je viens voir les Crimm, déclara Andy en serrant la main de Poney, au grand étonnement de celui-ci.

– Oh, fit Poney, désorienté pendant un instant.

Ce jeune homme était poli et gentil. Il essayait de regarder Poney dans les yeux, et Poney n'était pas habitué à ça ; il devait se ressaisir et jouer son rôle.

– Et qui dois-je annoncer ?

Andy se présenta, et il éprouva immédiatement de la peine pour Poney. Ce pauvre homme était éreinté par son travail et mal considéré.

– J'aime bien votre veste, dit Andy. Vous devez passer votre temps à la repasser. On dirait qu'elle peut tenir debout sans vous dedans.

– Ma femme travaille à la blanchisserie en bas, à côté de la cuisine. C'est elle qui me la repasse, et elle ne lésine pas sur l'amidon, répondit fièrement Poney. On se voit seulement quand je travaille, car le reste du temps, je reste enfermé dans ma cellule.

– Ce doit être très dur.

– C'est pas juste, reconnut Poney. Les six derniers gouverneurs, dont trois fois M. Crimm, m'ont promis de me gracier, et puis après, ils sont occupés et ils y pensent plus. C'est ça le problème avec les mandats limités, si vous voulez mon avis. Tous ces gens pensent seulement à ce qui vient après.

Andy entra dans le hall et Poney referma la porte derrière lui.

– Exactement, dit Andy. À la minute même où ils sont élus, ils pensent déjà à ce qu'ils vont faire ensuite, parce qu'ils n'ont que quatre ans devant eux et ils en consacrent la moitié à faire campagne ou passer des entretiens d'embauche.

Poney acquiesça, heureux de voir quelqu'un qui comprenait enfin son calvaire.

– Vous venez voir les filles Crimm ? Parce que vous n'êtes pas leur genre.

– Pas que je sache, répondit Andy, en s'interrogeant soudain sur les vraies motivations de la First Lady quand elle l'avait invité.

Regina était méfiante, elle aussi.

– Ces crabes ne sont pas morts ! hurla-t-elle. Il y en a un qui vient de me regarder ! J'ai vu ses yeux bouger. Comment est-ce que je pourrais manger une chose avec des yeux qui lui sortent de la tête ? Rien que de les regarder, ça me fait du mal. On se dit qu'il y a plein de trucs qui leur rentrent dans les yeux tout le temps, vu qu'ils dépassent comme ça et qu'ils n'ont pas de paupières.

– C'est pour pouvoir se cacher dans le sable et voir quand même, lui expliqua Trader. Voilà pourquoi leurs yeux ressemblent à des périscopes de sous-marin.

Il faisait volontairement allusion aux sous-marins pour se moquer de la constitution du gouverneur, dans son dos. Trader était très respectueux de son éminent patron seulement quand il ne pouvait pas faire autrement, et il avait l'habitude de maltraiter le personnel de la résidence et de dire tout ce qu'il voulait quand Crimm n'était pas là, ou quand il ne s'apercevait de rien.

– Conduisez-les jusqu'à la rivière et relâchez-les, ordonna Regina au chef Figgie. Le poisson aussi. Il me regarde. Mais enlevez-lui ce foutu hameçon de la bouche avant. Si vous le libérez avec ce crochet, ce pauvre animal va s'accrocher partout et il va mourir noyé. Je veux des pains de jambon, avec du beurre et de la confiture de menthe, vous entendez ? Où est passé le reste de la tourte ? La tourte au beurre de cacahouète ?

Elle fit couler l'eau du robinet sur les crabes et le poisson, ce qui les réveilla un peu, pendant qu'elle distribuait les ordres.

– Il y a un seau dans le coin. Mettez-les dedans, tout de suite. Et à l'avenir, je vous interdis de faire entrer un seul crabe ou poisson dans cette maison. J'en ai assez de la viande de cerf, également. Qu'est-ce qui vous dit que les Indiens ne l'empoisonnent pas, pour se venger de nous ? Ils traînent la carcasse sur les marches, en croyant qu'on est heureux qu'ils nous fassent des cadeaux.

– On ne doit pas dire les « Indiens », mademoiselle Regina. Ce sont des Amérindiens, et je trouve que c'est très gentil de leur part de nous offrir du cerf.

Le chef Figgie était offusqué, et nullement intimidé par la fille Crimm.

– Les Amérindiens, hein ? (La rage assombrissait le visage de Regina.) Sans blague ? C'est la même chose que lorsqu'on vous appelle des indigènes ?

– Exactement, dit le chef Figgie en regardant sans ciller les minuscules yeux noirs et durs de Regina, qui lui rappelaient des raisins de Corinthe enfoncés dans de la pâte à pain en train de lever. Mais si jamais vous traitez d'indigène un membre du personnel de cette maison, je vous dénonce aux associations de lutte contre le racisme ! Je me fiche que vous soyez la fille du gouverneur !

– Faites sortir ces crabes d'ici immédiatement ! brailla Regina. Ou sinon, ils vont mourir et empester.

Les crabes agitèrent leurs pinces pour fêter la nouvelle, tandis que le chef Figgie les sortait délicatement de l'évier, ainsi que la truite, pour les déposer dans le seau.

Poney, lui, n'avait pas cette chance. Personne ne l'avait jamais libéré. Que n'aurait-il donné pour que le chef Figgie le transporte jusqu'à la rivière dans un seau pour le laisser filer ! Il regarda le chef traverser la salle à manger en direction de l'entrée de service ; de l'eau s'échappait du seau. Regina, qui le suivait de près, se figea en apercevant Andy.

– Ce ne sera pas un dîner léger, finalement, lui annonça-t-elle.

– Peu importe, répondit poliment Andy. J'ai besoin de voir votre père le plus vite possible. Nous nageons en pleines eaux troubles.

Elle le foudroya du regard.

– C'est un jeu de mots douteux à cause du poisson ?

Regina était convaincue par avance que ce beau jeune homme ne serait pas gentil avec elle. Comme tous les hommes. Ils n'avaient jamais été gentils, et ne le seraient jamais.

Andy aperçut le poisson qui nageait à l'intérieur du seau surpeuplé et il comprit sa gaffe.

– Pardonnez-moi. Je ne voulais pas faire de mauvais jeu de mots. Je disais simplement que j'espérais bien pouvoir m'entretenir avec le gouverneur, ce soir.

– Vous pouvez m'appeler Regina.

– Et pourquoi pas Reggie ? suggéra-t-il.

– Personne ne m'a jamais appelée Reggie.

Déstabilisée par l'intérêt que lui accordait cet homme, Regina dut prendre appui contre la rampe en acajou verni du grand escalier qui disparaissait dans les étages et conduisait aux appartements privés de la First Family, où à cet instant même Maude Crimm mettait de la laque sur ses cheveux, mécontente de ce reflet qui se mettait de la laque sur les cheveux dans le miroir.

Elle avait été belle, autrefois. Le jour où Maude et Bedford s'étaient rencontrés au bal Fabergé, elle était voluptueuse mais menue, avec une bouche rouge ourlée et des yeux violets expressifs. Elle contemplait à l'intérieur d'une vitrine un œuf précieux qui était à l'origine de la révolution bolchevique et du mystère Anastasia, lorsque Bedford Crimm IV, alors tout jeune sénateur, était apparu galamment à ses côtés pour observer à travers une loupe ancienne les ravissantes courbes que masquait à peine sa robe décolletée.

– Vous vous rendez compte ? lui dit-il. Je me suis toujours demandé pourquoi choisir un œuf. Tant qu'à faire fabriquer des objets avec des métaux précieux et des pierres hors de prix, pourquoi ne pas choisir autre chose ?

– Qu'auriez-vous choisi ? demanda timidement Maude.

Elle était rapidement tombée sous le charme de Crimm et de son esprit curieux ; elle s'était aperçue que jamais elle ne s'était interrogée sur le sens de la collection Fabergé. Durant toutes ces années, elle ne s'était pas posé la question : pourquoi ?

– Je n'aurais pas choisi un œuf, en tout cas, répondit Crimm d'une voix grave et imposante où résonnait le rythme du Vieux Sud. Un thème de la guerre de Sécession, peut-être. (Il réfléchit.) Des canons en or ou des drapeaux confédérés en platine, rubis, diamants et saphirs ; toutes ces pierres que vous devriez porter autour de votre délicieux cou blanc fuselé. (Il fit courir son doigt potelé le long de la gorge de Maude.) Un grand collier avec un énorme diamant au bout, qui disparaîtrait dans votre décolleté. (Il lui fit la démonstration.) Et qui resterait caché, pour vous chatouiller au moment où vous ne vous y attendez pas.

– J'ai toujours rêvé d'un gros diamant, répondit Maude en jetant des regards nerveux autour d'elle, et espérant que personne ne faisait attention à eux dans cette assistance nombreuse. Vous-même semblez porter un gros diamant, dit-elle en regardant l'entrejambe de son pantalon de smoking.

– Le diamant de l'espoir, dit-il goguenard.

– Parce que vous espérez toujours. Je comprends, dit-elle. Vous savez, sénateur Crimm, je suis une grande collectionneuse.

– Sans blague ?

– Parfaitement. Il se trouve que je suis assez calée en matière de loupes. (Elle continuait à l'impressionner.) Elles remontent à l'époque des cavernes, en Crète, et un ancien empereur chinois se servit d'une topaze pour observer les étoiles. C'était des milliers d'années avant la naissance du petit Jésus, vous vous rendez compte ? Et je parie que vous ne saviez pas que Néron lui-même regardait les gladiateurs s'entre-tuer à travers une émeraude. Pour que le soleil ne lui fasse pas mal aux yeux, je suppose. Il me paraît donc naturel que vous ayez vous aussi un appareil optique très spécial, vu que vous êtes un homme si important et si puissant.

– Si on s'éclipsait dans les toilettes pour hommes, afin de mieux faire connaissance ? suggéra Crimm.

– Pas question !

Le « non » de Maude était en fait un « oui », mais Crimm découvrirait peu de temps après leur mariage que même un « oui » était un « non » quand elle était préoccupée par des histoires de moulures au plafond et de toiles d'araignées.

– Dans les toilettes pour dames, alors, proposa Crimm.

Les jolies femmes l'avaient toujours ignoré, avant qu'il fasse de la politique. Désormais, tout était devenu incroyablement simple pour lui, et il sentait qu'on lui avait donné une deuxième chance. Peu importe qu'il soit né si petit et si laid, avec une vue qui se détériorait. Même la taille de son diamant n'avait aucune importance. Ce n'était plus comme à l'époque du Commonwealth Club, où tous les hommes promis à un brillant avenir s'asseyaient autour de la piscine, nus, pour prendre des décisions politiques et mettre au point des OPA hostiles.

« Pas même un demi-carat », avait murmuré l'un d'eux, Crimm s'en souvenait encore.

Les voix portaient à la surface de l'eau, et Crimm, qui était assis sur le plongeoir, avait entendu cette remarque déplacée.

« C'est la qualité qui compte, pas la taille, avait-il répliqué. Et la dureté.

– Tous les diamants sont durs », avait lancé un autre homme, qui dirigeait aujourd'hui une énorme société.

Crimm découvrit dans les toilettes pour dames que tous les diamants n'étaient pas durs. La tache de naissance de Maude avait eu de fâcheuses conséquences. La vue de ses fesses donnait l'impression qu'elle s'était assise sur une flaque d'encre. Crimm avait peur de toucher à cette tache hideuse.

– Que s'est-il passé ? demanda-t-il en reculant et en rangeant son diamant dans son pantalon.

– Rien du tout, répondit Maude, appuyée contre le carrelage froid du mur. Quand les lumières sont éteintes, ça ne se voit même pas. Certains trouvent ça attirant.

Maude éteignit la lumière et l'embrassa sauvagement. Elle plongea dans la mine à la recherche du diamant.

– Dis-moi des choses vulgaires, murmura-t-elle dans les toilettes obscures. Personne ne me l'a jamais fait, et j'ai toujours rêvé d'entendre les choses obscènes que les hommes avaient envie de me faire. Fais attention, tu me cognes contre le mur, ça fait mal. Non, non, pas par terre, c'est sale. Peut-être qu'on ne devrait pas faire ça ici. Je vais avoir des bleus.

– Allons dans une cabine. (Crimm avait du mal à articuler.) Comme ça, dit-il, si quelqu'un entre, il ne nous verra pas. Et si on fait du bruit, on les couvrira en tirant la chasse d'eau.

Cette époque amoureuse avait pris fin après le mariage. La vue de Bedford s'était considérablement dégradée, et il n'avait plus touché Maude depuis que Regina avait été conçue, malgré les efforts incessants de la First Lady pour paraître désirable, dans le but de provoquer l'excitation, la frustration et de camoufler sa véritable envie de « non ». Maude n'avait pas fantasmé sur le « oui » depuis très longtemps, mais en pensant à Andy Brazil, elle se disait que, peut-être, elle devrait essayer le « oui » encore une fois. Après tout, son mari se montrait tellement injuste à propos des trépieds ; elle passait désormais tout son temps à les déplacer dans la maison.

Peut-être devrait-elle donner au gouverneur un véritable motif d'inquiétude et garder pour elle toute seule ce beau Brazil, se disait-elle avec rancœur. Au diable ses filles. Peut-être que si elle parvenait à séduire Andy, elle aurait une meilleure image d'elle-même, et cela la détournerait de ses envies de shopping. Elle appliqua une couche supplémentaire de mascara noir pour souligner ses yeux violets. Elle se badigeonna la bouche de rouge à lèvres écarlate, remit un peu de blush et fronça les sourcils, pour vérifier que son Botox tenait bien.

– Oh, seigneur, dit-elle à son miroir en détectant une trace de mouvement sur son front.

Son collagène commençait à s'atténuer et elle redoutait de retourner chez le chirurgien maxillo-facial. Elle en était arrivée à un point où elle ne supportait plus la moindre piqûre dans la peau sans une forte dose de Demerol, et tout ça pour quoi ? Tout le monde s'en foutait. Plus personne ne la remarquait. Maude décrocha son soutien-gorge et réussit à l'ôter sans enlever son chemisier, un truc qu'elle avait appris à la fac.

– Inutile, murmura-t-elle avec agacement en voyant ses seins migrer vers ses hanches.

Elle remit son soutien-gorge en soupirant, et se changea pour enfiler un beau pull en pur cachemire qui était déjà trop petit de plusieurs tailles quand elle était beaucoup plus mince.

– Et voilà, dit-elle en s'adressant au chien de la First Family, Frisky, qui dormait sur le lit dans la chambre adjacente. Avoue que je suis encore rudement bien pour soixante-dix ans, non ?

Frisky ne réagit pas. C'était un très vieux labrador couleur chocolat et il avait fini par se lasser d'écouter les radotages de la First Lady. Cela durait depuis neuf ans, et Frisky estimait que la First Lady était déjà fanée dès le premier jour. Maintenant, elle était particulièrement moche avec son visage figé et ses lèvres gonflées, et il n'avait pas l'intention d'ouvrir les yeux ni d'interrompre son rêve préféré, dans lequel il était ramasseur de balles à Wimbledon. Il priait en silence pour que la First Lady, pour une fois, ne le réveille pas.

– Allons, Frisky ! lança Maude à son chien endormi, en essayant vainement de faire claquer ses doigts.

Mme Crimm luisait de lotion pour le corps et elle avait les doigts glissants.

– Viens, descendons accueillir notre invité.

17

LES CRABES et la truite allaient connaître un nouveau coup du sort.

Major Trader s'était porté volontaire pour déverser le contenu du seau dans la rivière, car il nourrissait des projets personnels et secrets. Il se disait qu'il pourrait sans doute trouver un pêcheur à qui il pourrait vendre aisément ces animaux tout frais pour une jolie somme, et il en profiterait pour repérer un endroit propice au largage de la mallette étanche pleine d'argent liquide qu'il espérait obtenir prochainement de la part des pirates.

Présentement, Trader conduisait sa voiture de fonction et le seau ballottait dans le coffre. Il roulait à toute allure, prenait les virages sur les chapeaux de roue et stoppait brutalement aux feux rouges.

Au bout d'un moment, Trader grimpa sur un trottoir et s'arrêta là, à l'endroit où Caesar Fender pêchait, sans rien attraper.

– Hé ! Vous avez renversé ma boîte de matériel, enfoiré ! hurla Caesar. Pour qui que vous vous prenez ? J'ai rien fait de mal ! J'ai même pas de bagnole, z'avez pas le droit de me foncer dessus avec vos phares allumés et d'écraser mon matériel, comme si que je roulais trop vite ou j'sais pas quoi !

– J'ai des fruits de mer tout frais destinés au gouverneur, déclara Trader. Je vous les vends 50 dollars. Je parie que vous avez plein de petits négrillons affamés à la maison. Et je parie qu'ils n'ont jamais mangé du crabe ni de la truite fraîche.

Caesar Fender était choqué par les insultes de ce Blanc obèse.

– Vous me devez 2 dollars pour ma boîte de matériel, plus

75 cents pour tous les hameçons que vous avez tordus et les bouchons que vous avez bousillés. Si vous faites encore un pas, z'allez renverser ma boîte d'asticots dans la flotte, et moi, j'vais vous botter le cul !

– Si vous levez la main sur moi, je vous fais arrêter et envoyer en prison !

– Payez-moi c'que vous m'devez pour tout le matériel que vous m'avez bousillé !

– Surveillez votre langage. Vous vous adressez à un haut fonctionnaire gouvernemental.

– J'en ai rien à foutre de qui vous êtes !

Trader ouvrit le coffre de sa voiture et Caesar s'approcha pour jeter un coup d'œil à l'intérieur, furieux, mais intrigué. La truite avait le ventre en l'air et les yeux fermés ; tous les crabes étaient immobiles, ils avaient les yeux fermés eux aussi.

– Espèce de sale arnaqueur ! s'écria Caesar. Ces bestioles sont complètement crevées. Ça fait combien de temps que vous les trimballez dans votre coffre ? Un mois ? Pouuuh ! (Il agita sa main devant son nez, tandis qu'il sortait le seau du coffre.) Sale menteur de Blanc. J'vais vous montrer c'que j'en pense de vos putains de *fruits de mer frais*...

Soudain, tous les crabes et la truite jaillirent du seau comme s'ils essayaient d'échapper à un incendie. Ils s'envolèrent et retombèrent dans la James River ; les crabes coulèrent jusqu'au fond et restèrent assis là, à regarder autour d'eux, hébétés, tandis que la truite décrivait paresseusement des cercles au-dessus d'eux.

– Regardez ! On voit la truite qui nage ! s'exclama Trader en montrant du doigt le poisson qui évoluait sous la surface scintillante. Ils n'étaient pas morts, et vous les avez refoutus à l'eau ! Filez-moi 50 dollars ! ordonna-t-il.

– Pas question.

Caesar rassembla son matériel de pêche endommagé.

Les gènes de pirate de Trader se retrouvèrent activés, et il décocha un coup de poing dans l'œil de Caesar. Celui-ci transforma sa canne à pêche en fouet et cingla la joue de Trader avec du fil de Nylon et plusieurs petits plombs qu'il avait fixés avec ses dents peu de temps après être arrivé, quelques heures plus tôt, à vélo. Les deux hommes se battirent comme des chiffonniers, en se roulant sur le sol, hurlant des injures et se rouant de coups. Enragé et en sang, Trader se précipita vers sa voiture, que Caesar se mit à bombarder de coups de pied, avant de faire exploser le pare-brise avec sa boîte de matériel de pêche en métal.

Dans un état second, essoufflé, Trader plongea sur le siège du passager et chercha à tâtons le pistolet lance-fusées qu'il gardait en permanence sous son siège. Il se coupa les doigts avec des éclats de verre en introduisant une fusée dans le gros canon du vieux pistolet de détresse qui appartenait à sa famille de pirates depuis 1870. Il ressortit de la voiture en roulant sur lui-même et pointa le pistolet vers Caesar, tandis que le pêcheur fou le bombardait de minuscules plombs, dont l'un l'atteignit sur le nez, déclenchant chez Trader un réflexe qui fit tressaillir son index sur la détente du pistolet.

La fusée explosa comme un petit missile enflammé, fonça droit sur Caesar et s'enfonça dans sa poitrine. Les crabes et la truite virent avec horreur le pêcheur s'enflammer et faire quelques pas, avant de s'effondrer sur le bitume. Trader s'enfuit à bord de sa voiture de fonction cabossée, avec le pare-brise étoilé et le coffre toujours ouvert. Quand il pénétra dans la résidence du gouverneur, quelques instants plus tard, il était livide et couvert de sang, se sentait nerveux, paranoïaque et désorienté.

Regina était désorientée, elle aussi. Jamais elle n'avait vu sa mère aussi maquillée et aussi parfumée. Si elle l'avait croisée dans un salon funéraire, elle aurait pensé que Mme Crimm était remplie de formol et enduite de mastic, et qu'on avait échangé ses vêtements avec ceux d'une autre femme morte, beaucoup plus petite et qui adorait le rose fuchsia de son vivant.

– Qu'est-ce qui t'est arrivé, maman ? demanda Regina, en s'attaquant à une épaisse tranche de jambon glacée au miel et glissée à l'intérieur d'une énorme brioche dégoulinante de beurre et de confiture à la menthe.

Un peu en retard, Mme Crimm s'assit en bout de table et leva sa fourchette pour indiquer que tout le monde pouvait attaquer le repas.

– Comment ça, « qu'est-ce qui m'est arrivé » ? (Mme Crimm jeta un regard noir à sa fille.) Et je te signale que tu ne dois pas commencer à manger avant tout le monde. Je ne t'ai pas élevée comme ça.

Andy découpait le seul morceau de jambon maigre qu'il avait trouvé dans le monticule qui occupait toute son assiette, au moment où Trader fit son entrée dans la salle à manger. Andy remarqua immédiatement que le secrétaire particulier était en sang et en état de choc, et qu'il dégageait une vague odeur de produits chimiques et de poudre à canon.

– Je préférerais savoir ce qui vous est arrivé à vous, dit-il à Trader.

Mme Crimm en déduisit que son beau et jeune invité ne pensait pas un seul instant qu'il lui était arrivé quelque chose à elle. Elle avait toujours l'air aussi séduisante. Cacher son corps sous d'épaisses couches de vêtements longs et amples quand on était une femme, c'était un comportement irrationnel et victorien. L'attention d'Andy allait bientôt dériver vers l'extrémité de la table et s'attarder sur elle. Après le dîner, ils s'éclipseraient tous les deux dans la chambre, elle fermerait la porte à clé et elle dirait « oui ». Même si le gouverneur rentrait à la maison à ce moment-là, il ne les verrait pas, du moment qu'ils ne faisaient pas de bruit.

– Vous êtes tombé sur une émeute ou un ouragan ?

Pour l'instant, l'attention d'Andy demeurait fixée sur Trader, qui se lança dans une longue explication, le souffle court, en parlant si vite que les mots se faisaient des crocs-en-jambe et se rentraient dedans en plein vol.

– Mais qu'est-ce qu'il a dit ? demandait la First Lady à Andy à chaque instant. On dirait qu'il a fait une attaque !

L'histoire de Trader pouvait se résumer facilement, même s'il lui fallut un long moment pour la raconter et si les faits étaient aussi changeants qu'un ciel d'orage. En gros, voici ce qui s'était passé : il était arrivé au bord de la rivière à 19 heures pile. Là, un Afro-Américain pêchait à côté de sa bicyclette. Trader le salua et les deux hommes parlèrent de la pluie et du beau temps, tandis que Trader jetait à l'eau les crabes et la truite.

– Oh, mon Dieu ! s'exclama Mme Crimm. Il n'a pas jeté les crabes dans le fleuve, si ? S'ils ne retrouvent pas le chemin de la baie, ils vont mourir à coup sûr.

Trader s'empressa de continuer son histoire.

– Il y a eu une fusillade, traduisit Andy. Une Lincoln

immatriculée dans l'État de New York est arrivée en grondant et un jeune Hispanique d'une vingtaine d'années a ouvert le feu avec un pistolet Sig-Sauer .9 mm, par la vitre, en hurlant des obscénités. Il a tiré sur le pêcheur à bout portant, probablement dans la poitrine, et le pêcheur a probablement pris feu, probablement à cause d'un briquet Bic qui se trouvait probablement dans sa poche de chemise.

– Comment ça se fait qu'il n'est sûr de rien ? demanda Regina en prenant une autre part de brioche au jambon. Il n'a même pas essayé de voir si ce pauvre homme était encore vivant, ou s'il brûlait pour de bon ? (Tout en mastiquant, elle braqua les yeux sur Trader.) Vous avez foutu le camp sans essayer de l'aider ? Quel genre d'individu êtes-vous donc ?

– Il m'a chié dessus !

Trader haussa la voix, sans s'apercevoir que son problème d'élocution soudain était dû au stress post-traumatique, qui avait activé un code génétique le faisant parler comme un pirate.

– On ne parle pas comme ça à table ! lui lança Mme Crimm.

– Il m'a chié dessus plusieurs fois ! J'avais peur de m'approcher de lui !

– C'en est trop ! déclara Regina en se bouchant les oreilles. Que quelqu'un parle à sa place. Andy, dites-nous ce qu'il dit. Il veut vraiment dire que cet Hispanique a fait *ses besoins* sur lui ? (Elle fronça les sourcils.) Qu'est-ce qu'il entend par *chier* dessus ?

– Regina ! s'exclama sa mère en la foudroyant du regard. On ne parle pas de ces choses à table !

Trader voulut expliquer qu'il parlait de coups de feu, mais Andy lui conseilla de ne pas insister, et de plutôt mimer la scène en faisant semblant de tirer avec ses doigts. (C'était une bonne idée.) Rassurée, la First Family recommença à manger, tandis que Trader affirmait, par l'intermédiaire d'Andy, qu'il était certain que cet Hispanique était celui qui avait commis tous ces crimes racistes, et qu'il allait s'en prendre ensuite à la First Family, c'est pourquoi il était revenu précipitamment à la résidence, afin de s'assurer qu'ils étaient tous sains et saufs et en sécurité.

– Il a dit qu'il détestait les Crimm, bafouilla Trader. Et que tous les Crimm devaient être punis.

– Vous êtes sûr qu'il ne parlait pas des criminels, plutôt ? demanda Regina, la bouche pleine. Papa est un fervent partisan de la peine de mort pour les criminels, et il est réputé pour ça.

– Allons, ma chérie, ça n'aurait aucun sens, dit Mme Crimm. Cet Hispanique est visiblement un criminel lui-même ; pourquoi commettrait-il une série de crimes visant des individus tels que lui ?

– Que je sois damné, ce bandit parlait de *vous* ! s'écria Trader en pointant le doigt sur tous les Crimm réunis autour de la table, l'une après l'autre, avec un plaisir morbide. Les *Crimm.* Pas les criminels !

Faith était terrorisée.

– On ne pourra plus jamais sortir de la résidence, maman !

– Et s'il se cache quelque part dans les parages ?

Les yeux écarquillés, Constance ne cessait de remplir son verre de vin d'une main tremblante.

– Je n'ai jamais entendu parler de quelqu'un qui prenait feu quand on lui tirait dessus, souligna Andy en s'adressant à Trader. Vous avez réellement vu de la fumée et des flammes, et ses vêtements ont pris feu ? Si j'ai bien compris, vous n'êtes pas resté très longtemps, vous aviez peur et vous étiez inquiet pour les Crimm. Peut-être avez-vous fait un petit malaise ; en tout cas, j'ai du mal à avaler votre histoire.

D'un ton quelque peu condescendant, Trader répliqua que c'était un phénomène scientifique connu : des gens prenaient feu et se consumaient sans crier gare, depuis la nuit des temps.

– On appelle ça la « combustion spontanée », dit-il. Renseignez-vous.

Andy n'avait pas besoin de se renseigner. Il connaissait bien ce phénomène de combustion humaine spontanée, ces histoires de gens qui s'enflammaient tout à coup, sans raison.

– Nous verrons bien ce que dit le médecin légiste, répliqua-t-il à Trader.

– Vous croyez que ce fou va venir jusqu'ici pour nous faire brûler ? demanda Constance, rongée par l'angoisse.

– Pourquoi est-ce qu'il s'en prendrait à nous ? demanda Grace qui n'arrivait pas à comprendre. Qu'a-t-on fait à cet homme, ou à n'importe quel autre Hispanique ? Nous ne sommes pas une minorité, à moins que l'on ne considère notre appartenance à une sorte de famille royale, qui n'est pas très nombreuse.

– On ne connaît même pas d'Hispaniques, rappela Faith en balayant du regard sa famille rassemblée autour de la table. (Son visage en forme de fer à cheval tremblotait dans la lumière tamisée des bougies.) Et papa n'a pas un seul Hispanique dans son cabinet, il n'en a jamais eu ! Alors, pourquoi est-ce que les Hispaniques nous en voudraient ?

– Pour toutes ces raisons, probablement, répondit Andy.

– C'est-à-dire ? demanda Regina entre deux bouchées.

– Il me semble que le gouverneur pourrait avoir un cabinet plus diversifié. (Andy essayait d'être diplomate.) Quand une catégorie entière de gens se sent exclue, cela provoque du ressentiment qui peut se transformer en violence.

– Mais Bedford ne parle pas espagnol, expliqua Mme Crimm. Il n'en voit pas l'intérêt.

– Il ne voit pas grand-chose, en fait, madame. (Andy était franc, et il faillit ajouter « Sauf votre respect », mais le spectre de Hammer avait plané au-dessus de lui toute la journée.) Je suis convaincu que s'il pouvait faire quelque chose au sujet de sa vue, sa vie s'en trouverait grandement améliorée.

– Sa vision a toujours été la même, répondit la First Lady.

Regina voulut prendre le beurre, et le couteau en argent glissa entre ses doigts gras et boudinés, puis tomba sur le parquet ciré. Poney surgit de nulle part pour le ramasser. Il le remplaça par un couteau propre.

– Voulez-vous autre chose, mademoiselle Reginia ? s'enquit-il poliment.

– J'en ai marre que tout le monde m'appelle Regin*i*a ! Et j'en ai encore plus marre que personne ne m'appelle ! (Des larmes jaillirent de ses yeux.) Chaque fois que le téléphone sonne, c'est quelqu'un qui cherche à retrouver le socle. J'ai pas d'amis. Pas même un seul. (Elle se mit à pleurer la bouche pleine, en continuant à mâcher.) Je suis née dans une mine de charbon...

– Mais non, voyons ! déclara sa mère.

– J'ai été conçue dans une mine. Je sais très bien ce qui s'est passé quand papa et toi vous êtes descendus dans ce puits profond et sombre, avec ce petit casque et la lampe électrique.

Elle prit la bouteille de vin, mais celle-ci lui échappa et roula sur la table, avant de tomber au sol. Poney rampa sous la table pour récupérer la bouteille de chardonnay de Virginie.

– J'en ai marre de tout, putain ! beugla-t-elle.

– Je t'interdis d'employer ce mot, déclara la First Lady d'un ton sévère. Que s'est-il donc passé pour que tu deviennes si grossière ? J'estime que ce mot affreux est dégradant et inconvenant dans la bouche d'une jeune femme, surtout la fille d'un gouverneur.

– C'est comme ça qu'ils parlaient, à la mine, glissa Regina à Andy.

Tout le monde avait oublié la présence de Trader à cette table, et même sur terre.

– Chuut ! fit soudain la First Lady, car Poney venait de détecter un bruit de pas et s'était précipité à la rencontre de ce bruit.

Presque au même moment, la porte du hall se referma violemment et, à en juger par le ton des murmures qui suivirent, Bedford Crimm n'avait pas passé une très bonne journée.

– Je sens l'odeur du jambon ! déclara-t-il avec consternation. Je croyais qu'on mangeait des fruits de mer, ce soir. Je ne suis absolument pas d'humeur à manger du jambon. Que sont devenus les crabes que j'ai fait venir ?

– Ce sera tout, monsieur ? demanda un trooper.

– Non ! s'écria Maude Crimm dans la salle à manger. Ne le laisse pas s'en aller, trésor ! Il faut que tous les membres de l'EPU restent ici !

C'était une réaction inhabituelle de la part de la First Lady, souvent agacée par les problèmes de sécurité omniprésents. Au début, elle s'était sentie importante et admirée quand des escadrons de solides troopers, vêtus de costumes immaculés, l'entouraient partout où elle allait et veillaient à ce que ses moindres désirs soient satisfaits. Puis elle avait fini par s'en lasser. Maude Crimm rêvait de pouvoir rester assise dans son jardin, dans sa baignoire ou devant la télé, faire des achats sur Internet ou subir ses opérations cosmétiques sans que tout cela soit enregistré par des caméras. Elle devenait de plus en plus paranoïaque au sujet de sa vie privée et soupçonnait maintenant les troopers d'espionner tout ce qu'elle faisait, absolument tout, y compris ses manœuvres pour cacher ses objets de collection.

– Qu'est-ce que ça signifie ? demanda le gouverneur en entrant dans la salle à manger et en plissant les yeux dans la lumière des bougies pour essayer de distinguer ce qu'il y avait dans les assiettes. Du jambon, grommela-t-il. Je ne supporte pas le jambon. Où sont passés les crabes ?

Il posa son regard morne et mécontent sur Regina.

– On les a relâchés.

Elle était toujours franche avec son père.

– Je les fais venir par hélicoptère et toi, tu les relâches ?

– La truite aussi, ajouta-t-elle en tendant la main vers la confiture à la menthe.

– Monsieur, dit Andy, bien décidé à toucher du doigt les problèmes de la First Family. Je pense qu'il y a une chose dont vous devez être informé. Un homme de race noire vient d'être assassiné, alors qu'il pêchait dans la rivière, et Major Trader ici présent affirme que vous-même, votre épouse et vos filles pourraient être en danger. Il affirme également avoir été témoin du crime, et il affirme que le suspect est le même homme qui a agressé Moses Custer et assassiné la dénommée O.V.

Crimm prit sa loupe accrochée au gousset de son gilet et fut visiblement surpris de voir apparaître son secrétaire privé.

– Seigneur ! s'exclama le gouverneur. Vous ne devriez pas être à l'hôpital ?

Trader avait peur de parler ; il se contenta de secouer la tête.

– Que s'est-il passé ? demanda le gouverneur. Je ne voudrais pas paraître insensible, mais ce n'est pas très sain de saigner à table.

Trader se leva en appuyant une serviette sur son front. Il resta planté là, muet, sur le vieux tapis oriental, jetant des regards affolés autour de lui, tandis qu'il essayait de faire le tri dans ses pensées embrouillées et de dresser un plan. Pour commencer, décida-t-il, ce problème d'élocution passager était une bénédiction, car compte tenu des circonstances, il était préférable de dire des choses qui n'avaient aucun sens pour les autres. Il lui était plus facile de mentir dans cet état, et les gens étaient moins tentés de le questionner. Par ailleurs, s'il avait besoin du concours d'une autre personne pour s'exprimer, son témoignage serait considéré comme des « ouï-dire » et donc irrecevable devant un tribunal.

– C'est horrible, dit Faith. Ce monstre met le feu aux gens et ensuite, il s'enfuit. Il vient de New York, il parle espagnol et il a l'intention de faire la même chose à chacun de nous.

– Même si cela me déplaît fortement, dit Mme Crimm, je crois que nous devrions demander aux troopers d'encercler la résidence jusqu'à ce que cet horrible individu soit arrêté. Peut-être devrait-on également faire appel à la garde nationale, mon chéri.

Le gouverneur tira une chaise et s'assit, ne sachant pas trop quoi faire, étonné que personne ne l'ait averti de cette affaire plus tôt. Souvent, il apprenait les mauvaises nouvelles en rentrant à la maison pour dîner, et cela n'était pas fait pour arranger son sous-marin.

– Que quelqu'un me mette au courant, exigea le gouverneur.

Trader voulut offrir un tas de faux détails, mais il savait comment réagirait le gouverneur face à ses soudaines bizarreries d'élocution. Le secrétaire utilisa le langage des signes pour expliquer qu'Andy devrait relater les événements de la journée à Crimm, ce que fit Andy.

– Que recommandez-vous ? lui demanda le gouverneur, après avoir été mis au courant de l'histoire, qui lui semblait abracadabrante.

– Je suis d'accord pour ne prendre aucun risque, répondit Andy. Faites renforcer la sécurité. Mais cette affaire mérite une enquête approfondie. Sincèrement, je crains que certains faits importants nous échappent, malgré le prétendu témoignage oculaire de M. Trader. Sans vouloir vous vexer, ajouta Andy à l'attention de Trader. Mais ce que vous avez soi-disant vu et ce qui s'est réellement passé ne concorde pas forcément. J'ai deux questions, par exemple : qu'est devenu le seau ? Et quelqu'un d'autre a-t-il assisté au meurtre ?

Trader expliqua avec des gestes que le seau était au large et que les seuls témoins éventuels étaient les crabes et la truite. Il était convaincu que cela réglerait la question.

– Si le seau est au large, souligna Andy, cela peut signifier que vous avez libéré les crabes et la truite *avant* l'altercation. Car après avoir vu quelqu'un prendre feu, vous n'avez certainement pas songé à jeter les crabes et la truite dans l'eau, n'est-ce pas ?

Trader fit « non » de la tête, en revoyant les crabes et la truite traverser les airs dans une gerbe d'eau. Ils étaient retombés dans la rivière, puis le pêcheur et lui avaient commencé à se disputer et à se dire des horreurs. Trader avait dû reposer le seau par terre, ou peut-être le pêcheur l'avait-il fait. À l'heure qu'il est, la police l'avait certainement retrouvé et conservé comme pièce à conviction. Sans trop savoir pourquoi, il avait le sentiment que ce seau allait lui causer des ennuis.

Le gouverneur alluma un cigare cubain.

– Dites-moi, dit-il en s'adressant à Andy. Si on parvenait à localiser les crabes et la truite, est-ce que ça nous serait utile ?

– J'ai jamais rien entendu d'aussi stupide ! s'exclama Regina. À quoi ça pourrait bien servir, hein ? Et d'abord, comment on saurait que c'est bien les mêmes ?

– Grâce à l'ADN, répondit Andy. S'ils ont laissé des traces cellulaires dans le seau, même infimes, on peut établir une comparaison. Par exemple, les gens n'imaginent pas le nombre de cellules que laissent les yeux. Vous vous frottez les yeux, vous avez des cellules plein les doigts, et ensuite, quand vous touchez quelque chose, vous y déposez ces cellules. Chaque créature vivante possède un ADN unique, à l'exception des vrais jumeaux.

– Alors, peut-être que les yeux des crabes ont laissé des cellules dans le seau ? demanda le gouverneur fasciné. Comment savez-vous tout ça ?

– J'ai toujours été passionné par la médecine légale et les enquêtes criminelles, monsieur le gouverneur. Mon père était officier dans la police de Charlotte.

– Et maintenant, que fait-il ?

– Il a été tué dans l'exercice de son devoir.

Le gouverneur fut profondément ému. Il avait toujours rêvé d'avoir un fils et n'était nullement impressionné par ses filles, dont il appréciait rarement la compagnie. En vérité, Bedford Crimm était en manque d'une personne sensible de sexe non féminin, et il avait complètement oublié ses inquiétudes concernant la liaison éventuelle entre Andy et son épouse.

– Buvons un verre de cognac et fumons un cigare, dit-il en posant un œil mouillé de larmes sur Andy. Vous jouez au billard ?

– Pas très souvent.

– Et au sujet de cet horrible individu en liberté ? demanda Mme Crimm.

– Dites-lui de raconter son histoire à un des autres troopers, ordonna le gouverneur à Andy pour qu'il le répète à Trader. Dites-lui de mettre tout l'EPU sur le coup, et faisons venir la garde nationale ; qu'ils se renseignent sur cette voiture immatriculée à New York, et qu'ils envoient éventuellement des hommes en ville.

– Peut-être devrions-nous également installer des contrôles aux postes de péage, suggéra Andy. Au cas où ce *supposé* serial killer hispanique tenterait de quitter la ville, ajouta-t-il avec une pointe de mépris en regardant Trader droit dans les yeux.

Le secrétaire particulier détourna le regard.

– Excellente idée, dit le gouverneur, de plus en plus impressionné par ce jeune homme. Nous devons localiser les crabes et la truite. Dites à Trader de commencer les recherches, étant donné qu'il est le dernier à les avoir vus.

– Vous pouvez lui dire vous-même, monsieur, répondit poliment Andy. Il vous entend, même s'il ne peut pas parler, ou veut nous faire croire qu'il ne le peut pas. Et puis-je suggérer de choisir une personne plus objective pour rechercher les témoins ?

Andy était persuadé que si Trader retrouvait les crabes et la truite, il ferait en sorte que personne ne les revoie plus jamais. Le gros secrétaire-pirate les ferait certainement bouillir vivants pour les manger, pensait Andy avec dégoût en imaginant déjà la réaction du gouverneur lorsqu'il lirait l'essai qu'il avait l'intention d'envoyer sur son site dès qu'il trouverait un ordinateur. Il jeta un regard sévère et menaçant à Trader.

– Ne vous approchez pas des crabes et de la truite, lui dit-il.

Il attendit que Trader quitte la pièce en clopinant pour entraîner la First Lady à l'écart afin de lui dire un mot en tête à tête.

– Ça m'ennuie terriblement de m'imposer et de m'immiscer dans votre vie privée d'une manière ou d'une autre, madame Crimm, mais apparemment, la nuit va être longue, et j'aimerais savoir si je peux vous emprunter un ordinateur, juste une minute, pour vérifier quelque chose.

– Mais bien sûr, répondit la First Lady, impatiente de l'entraîner dans son boudoir, à l'étage, là où elle passait tant d'heures secrètes et délicieuses, assise devant son vieux bureau chinois, à faire des achats sur Internet.

Elle ressentit un frisson d'excitation salace en conduisant Andy à l'étage et en le faisant asseoir dans son fauteuil.

– Voulez-vous que je vous montre comment ça fonctionne ? demanda-t-elle en se penchant en avant pour frotter sa poitrine gonflée et comprimée sur le dos de la main d'Andy.

– Non, je vous remercie. (Le parfum de la First Lady provoqua en lui une réaction allergique et il se mit à éternuer.) Si vous voulez bien me laisser seul un instant ? J'ai peur qu'il s'agisse d'informations confidentielles classées top secret.

Il éternua encore trois fois.

– Que fabriquent-ils là-haut ? demanda le gouverneur jaloux en levant les yeux vers l'escalier. Qu'est-ce qu'ils font, nom d'un chien ? Qui éternue comme ça ? demanda-t-il, alors que sa femme redescendait en étalant un peu son rouge à lèvres et en ébouriffant ses cheveux raides.

Andy envoya sur Internet son dernier essai, qu'il avait terminé le matin même. Le timing ne pouvait pas être meilleur. Il se leva juste au moment où Regina entrait dans le boudoir d'un pas pesant en exigeant de savoir ce qu'il faisait.

– Maman est toute décoiffée, comme si vous aviez fait des trucs, dit-elle avec délicatesse. Heureusement que papa peut pas voir de quoi elle a l'air !

– Elle n'était pas décoiffée en sortant d'ici, répondit Andy. Elle m'a montré où était l'ordinateur et elle est partie. Elle était exactement comme elle était à table.

– Qu'est-ce que vous faites ici ? (La méfiance faisait briller les petits yeux de Regina.) Je parie que c'est vous, Officier Vérité, pas vrai ?

– Quelle drôle d'idée.

– Prouvez que c'est pas vous !

– C'est difficile de prouver une chose négative, répondit

Andy, tandis que Regina se faufilait derrière lui pour s'installer devant le clavier de l'ordinateur.

Elle se connecta sur le site d'Officier Vérité et laissa échapper un petit hoquet de surprise en découvrant un tout nouveau texte. Elle cliqua dessus immédiatement.

– Vous voyez, dit Andy. Comment Officier Vérité pourrait-il être en train d'écrire un nouvel essai tout en étant ici pour partager un repas léger avec la First Family ?

– Oui, vous avez sans doute raison, dit Regina en commençant à lire avec avidité.

QUELQUES MOTS SUR ANNE BONNY

La femme pirate
la plus tristement célèbre de tous les temps.
(À noter que de nombreuses personnes
faisant autorité en matière de pirates sont divisées
au sujet d'Anne Bonny.)

par Officier Vérité

Son histoire commence par sa naissance dans le comté de Cork, en Irlande, le 8 mars 1700, fille illégitime d'un brillant avocat irlandais nommé William Cormac et de la femme de chambre de son épouse, dont le nom ne figure dans aucun texte. Lorsque la liaison scandaleuse fut dévoilée, William n'eut d'autre choix que de fuir l'Irlande avec sa nouvelle famille et de s'installer à Charleston, en Caroline du Sud, où il se lia d'amitié, sans aucun doute, avec Barbe-Noire et quelques politiciens corrompus. Très vite, William devint un riche marchand installé sur une plantation à la sortie de la ville.

On ne sait pas grand-chose sur l'enfance d'Anne, hormis que c'était une jolie rouquine dotée d'un sale caractère qui la poussa à assassiner une de ses servantes avec un couteau à découper à la suite d'une querelle. Quand Anne fut en âge de choisir ses vêtements, elle commença à s'habiller en homme, et de nombreux admirateurs commencèrent à la courtiser. Les avances sexuelles indésirables déclenchaient en elle une telle violence qu'un prétendant se retrouva alité pendant des semaines.

(Je m'interromps ici, chers lecteurs, pour souligner que le comportement d'Anne indiquait d'emblée que c'était une psychopathe affligée d'une mauvaise conjonction génétique, qui devait, malheureusement, se transmettre de génération en génération jusqu'à aujourd'hui, en Virginie, où l'un de ses descendants occupe actuellement une position très influente.)

À seize ans, Anne poursuivit son chemin maudit en s'acoquinant avec un marin bon à rien nommé James (Jim) Bonny, qui était bien décidé à mettre la main sur la plantation de la famille d'Anne. Le moyen le plus simple pour y parvenir, décida-t-il, consistait à épouser Anne, dont l'apparence vestimentaire ne le gênait pas, à moins qu'il ne l'ait même pas remarquée. Le père d'Anne n'appréciait guère Jim Bonny et le couple de jeunes mariés n'obtint pas la plantation, et n'aurait même pas eu droit à une chambre correcte s'ils avaient émis le souhait de vivre avec la famille d'Anne.

Le jeune couple quitta donc Charleston fâché et mit le cap sur New Providence, aux Bahamas, où Anne se mit à fréquenter assidûment un établissement local baptisé le Repaire des pirates, qui était exactement ce que son nom indiquait. Jim était un piètre exemple de virilité et de courage, et il entreprit de dénoncer aux autorités différents marins qu'il n'aimait pas, les accusant d'être des pirates, même si ce n'était pas vrai, tandis que son épouse psychopathe et insatisfaite passait de plus en plus de temps au Repaire.

Un grand nombre de ces marins mal dégrossis qui devinrent ses camarades de beuveries étaient d'anciens pirates, et ils s'ennuyaient ferme. Un jour, Anne, que les anciens pirates prenaient pour un homme, but une grande quantité de verres de rhum en se plaignant de la belle-sœur du gouverneur de Jamaïque, Lawes, une femme méchante et cruelle qui avait accusé Anne d'être une moins que rien. Les comptes rendus n'indiquent pas clairement si cette femme avait fait ce commentaire désobligeant quand Anne était déguisée en homme ou habillée normalement. En revanche, on sait parfaitement qu'Anne réagit en lui cassant deux dents d'un coup de poing, ce qui était bien plus grave au XVIIIe siècle qu'aujourd'hui, car il n'y avait pas de dentistes ni de prothésistes à proprement parler, et un sourire édenté était une chose irréversible.

« J'aurais dû lui casser toutes les dents ! fanfaronna Anne devant les ex-pirates. Puis je l'aurais attachée à un arbre, sans pain ni eau, à poil, et j'aurais laissé les fourmis rouges la dévorer.

– Ouais, t'aurais dû, dit le capitaine Calico Jack en hochant la tête. Tu l'aurais foutue complètement à poil, même les parties intimes ?

– Oui, complètement, répondit Anne. C'est mieux. Pour que les morsures des fourmis fassent encore plus mal. »

Anne et Calico devinrent très amis, et un jour, elle fit en sorte qu'il sache bien qu'elle était une femme, en déboutonnant devant lui sa chemise d'homme. Calico proposa alors de la racheter à sa larve de mari, Jim, qui les dénonça immédiatement tous les deux au gouverneur de Caroline du Sud, Rogers. Anne reçut ordre de se présenter pour être flagellée, avant de retourner auprès de son époux légitime. Calico et Anne décidèrent alors de s'introduire dans le port, habillés en homme tous les deux, et de voler un sloop pour débuter une nouvelle existence de pirates.

Au cours des mois qui suivirent, Anne et Calico Jack attaquèrent de nombreux navires et installations côtières. Le sexe d'Anne demeura un secret pour tout le monde, à l'exception de Jack, jusqu'à ce qu'ils s'emparent d'un navire marchand hollandais et recrutent un certain nombre de marins parmi l'équipage, dont un jeune homme blond aux yeux bleus incroyablement beau. Anne se prit de passion pour lui et elle déboutonna sa chemise pour lui dévoiler sa véritable identité. Le jeune homme fit alors de même pour lui dévoiler qu'il était en réalité Mary Read. On ignore si les deux femmes furent déçues de découvrir qu'aucune des deux n'était un homme, toujours est-il qu'elles formèrent un redoutable couple de pirates, maniant la rapière et le pistolet avec dextérité, et combattant courageusement quand leur bateau se lançait à l'abordage d'un navire marchand.

Anne et Mary aimaient leur existence de pirates et

elles devinrent de véritables boucaniers assoiffés de sang et redoutés, qui jouaient du sabre et abordaient les bateaux avec plus d'audace qu'aucun homme. Elles tombèrent enceintes en même temps et, en 1720, elles subirent une défaite cuisante lorsqu'un ancien pirate devenu chasseur de pirates les attaqua pendant que l'équipage ivre se cachait sous le pont, laissant Mary et Anne lutter seules dans l'épaisse fumée des canons.

Tous les pirates furent capturés et pendus, à l'exception des deux pirates enceintes, qui furent envoyées en prison. Mary succomba à la fièvre dans sa minuscule cellule humide, et on pense qu'Anne bénéficia d'une grâce. Elle disparut des mers et des récits historiques.

Ma théorie concernant le sort d'Anne Bonny repose sur la lecture de tous les récits de sa vie, grâce auxquels je suis parvenu à une conclusion située dans les limites du possible. On peut être certain qu'Anne n'aurait pas été la bienvenue aux Antilles ; elle ne pouvait pas non plus retourner auprès de son mari ou reprendre sa carrière de pirate. Je suppose qu'elle a mis son enfant au monde puis cherché un lieu qui soit à la fois calme et adapté à son besoin d'aventures, parce qu'elle n'avait pas l'intention de devenir une femme au foyer et qu'elle voulait continuer à défier la loi. Elle savait certainement que Barbe-Noire et d'autres pirates fréquentaient Tanger Island et commerçaient régulièrement avec les insulaires, et si elle continuait à s'habiller en homme, elle pourrait devenir pêcheur, vivre au moins sur un bateau et enseigner à son enfant les secrets de la météo et de la pêche.

Cet enfant était un fils, je suppose, et c'est de cette lignée d'assassins que descend assurément un certain haut fonctionnaire. Si le gouverneur lit cet essai, je lui demande de repenser à toutes les fois où un individu déloyal et méprisable lui a donné une sucrerie ayant provoqué aussitôt une attaque gastrique explosive.

Il est honteux que ce scélérat, dont le nom restera secret pour l'instant, n'ait rien dit de cet héritage filial quand il s'est présenté à ce poste de hautes responsabilités, lors des habituelles vérifications sur son passé. Mais ces enquêtes sont devenues inefficaces, de nos jours. Elles ne font pas apparaître les motivations du candidat, qui dans le cas de cette personne, comme dans celui de son ancêtre Anne Bonny, étaient de prendre le pouvoir, de vivre des aventures, d'avoir accès aux forces de l'armée et de la police, et de connaître suffisamment bien les règles pour les enfreindre chaque fois que bon lui semblerait.

Soyez prudents, amis lecteurs !

18

LES SECOURS n'essayèrent même pas de ranimer Caesar Fender, qui demeura non identifié, tandis qu'il continuait à se consumer et à fumer à côté de sa boîte d'articles de pêche écrasée. Le corps était carbonisé de fort étrange manière. Seule la poitrine avait brûlé, et il n'y avait dans les parages aucune trace d'incendie pouvant expliquer cette mort effroyable.

– C'est comme si son cœur avait pris feu, commenta l'inspecteur Slipper. Ou peut-être les poumons. Ça peut arriver en fumant ?

– Vous voulez dire que vos poumons prennent feu pendant que vous fumez ? dit Treata Bibb, qui conduisait une ambulance depuis quinze ans et n'avait jamais rien vu de semblable. Non, répondit-elle à sa propre question, après réflexion. Ça m'étonnerait. Je crois que la cigarette n'a rien à voir avec ce qui a tué ce pauvre malheureux. (Elle s'accroupit pour regarder de plus près.) C'est comme si un cratère s'était creusé en lui, de part en part. Regardez, on voit le trottoir à travers ce gros trou. (Elle toucha la chair carbonisée avec un doigt ganté.) Même les os au milieu de la poitrine sont tout brûlés. Mais le reste est intact.

Des voitures s'arrêtaient le long du trottoir et des gens s'étaient alignés au bord de la chaussée, comme s'ils attendaient de voir passer un défilé. La police avait du mal à contrôler la foule grandissante des curieux et des journalistes à mesure que la nouvelle se répandait qu'un pêcheur s'était transformé en boule de feu tout près de Canal Street, non loin de l'endroit où on avait retrouvé le corps mutilé d'O.V. sur Belle Island.

– Que se passe-t-il ? demanda une femme au foyer nommée Barbie Fogg par la vitre baissée de son minivan.

– Faudra lire le journal pour le savoir, lui répondit un agent de police en lui faisant signe de circuler avec sa lampe torche.

– Je ne lis pas le journal.

Elle mit sa main devant ses yeux pour se protéger du faisceau de la lampe, en se demandant pourquoi diable tous ces hélicoptères sillonnaient le ciel en balayant la ville et les comtés environnants avec leurs projecteurs.

– C'est sans doute un dangereux serial killer qui s'est échappé de prison, ou un truc dans ce genre, décréta-t-elle avec effroi, tandis qu'un frisson glacé remontait jusqu'à la racine de ses cheveux. Peut-être le meurtrier qui a assassiné cette pauvre femme l'autre jour ! Mais j'en saurai pas assez pour protéger ma famille parce que je ne lis pas le journal et que vous ne voulez pas me donner le moindre détail. Et vous vous demandez ensuite pourquoi les gens n'aiment pas la police !

Elle repartit à toute vitesse et une autre voiture s'arrêta à sa place, conduite celle-ci par une vieille femme dont la vision nocturne n'était plus ce qu'elle était.

– Excusez-moi, je cherche la voie express, dit la vieille femme, appelée Lamonia, à l'agent de police qui tenait une lampe torche. Je suis en retard pour les répétitions de la chorale. Quelle est la cause de toute cette agitation ?

Lamonia leva les yeux vers les hélicoptères Blackhawk qu'elle ne pouvait pas voir. Par contre, elle les entendait très bien.

– On dirait que c'est la guerre, commenta-t-elle.

– C'est juste un petit problème, mais on a la situation bien en main, madame, répondit l'agent. La voie express est juste là, dit-il en pointant sa lampe dans la bonne direction. Tournez à gauche dans la 8e et vous entrez dedans directement.

– Je suis déjà entrée dedans, dit Lamonia avec un petit sanglot de douleur et d'humiliation dans la voix. L'année dernière, j'ai percuté le rail de sécurité. À vrai dire, monsieur l'agent, je ne devrais probablement pas conduire la nuit. Je ne vois rien. Mais si je loupe les répétitions de la chorale, ils vont me renvoyer, et c'est la seule chose qu'il me reste. Voyez-vous, mon mari est décédé il y a deux ans, puis mon chat est mort quand je l'ai écrasé accidentellement en reculant.

– Vous feriez peut-être mieux de vous garer.

Lamonia regarda à droite et à gauche sans rien voir et crut détecter une tache de lumière qui lui rappelait ces tests oculaires où elle devait coller son visage au milieu d'un appareil et actionner un petit interrupteur chaque fois qu'elle apercevait une lumière dans son champ de vision. La semaine précédente, elle avait actionné l'interrupteur au hasard, en espérant pouvoir duper l'oculiste une fois de plus.

– J'ai bien compris votre petit jeu, lui avait dit l'oculiste en lui mettant des gouttes dans les yeux. Ne croyez pas être la première à faire ce coup-là.

– Et si on refaisait une opération au laser ?

D'après l'oculiste, il n'existait aucune façon d'améliorer la vision nocturne de Lamonia. Elle réussissait à se débrouiller seule uniquement parce qu'elle avait bonne mémoire ; elle savait combien de marches menaient à la véranda, elle connaissait avec précision l'emplacement des meubles. Elle savait quelle jupe ou quelle robe elle enfilait dans le noir en palpant le tissu. Cependant, conduire la nuit, c'était une autre affaire. Les rues de la ville n'avaient pas changé, mais sa mémoire ne lui était d'aucune utilité quand des voitures changeaient de file ou s'arrêtaient devant elle, ou quand des piétons décidaient de traverser. Voilà ce qu'elle expliquait à l'agent de police, qui était déjà reparti.

– Si vous voulez bien braquer votre lampe, je la suivrai pour me garer, dit Lamonia au moment où un autre hélicoptère volant en rase-mottes dans un vrombissement d'enfer balayait le lieu du crime avec son projecteur.

Apercevant une lumière, elle avança dans cette direction, grimpa sur le trottoir et roula sur quelque chose qui crissa sous un pneu.

– C'était quoi, ça ? marmonna-t-elle en percutant une civière qu'elle projeta dans la rivière, avant de rentrer dans l'arrière de l'ambulance.

– Stop ! Stop ! criaient des voix autour de sa Dodge.

Lamonia pila net. Désorientée et apeurée, elle enclencha la marche arrière et recula en arrachant une bande de plastique jaune délimitant le lieu du crime, avant de sentir un autre cahot sous son pneu arrière droit.

– STOP ! hurlaient les voix, plus pressantes. STOP !

Hooter Shook comprit qu'il se passait quelque chose de grave en voyant arriver Trooper Macovich avec un coffre plein de cônes de signalisation et de balises.

– Hé ! Pourquoi est-ce que vous fermez toutes les files du péage ? lui demanda Hooter en le regardant disposer les cônes orange fluorescents en ligne.

– On établit un poste de contrôle, déclara Macovich en déposant des balises fumantes et sifflantes en travers de la nationale 150, une route à quatre voies très fréquentée qui permettait d'accéder à la ville et d'en sortir.

Hooter regardait avec intérêt, et un peu d'inquiétude également, Macovich barrer toutes les files en dressant un mur de plastique orange fluorescent et de feu, ne laissant ouverte que la file pour les automobilistes pouvant faire l'appoint, obligeant ainsi tous ceux qui roulaient vers le nord à passer devant sa cabine et à déposer directement l'argent dans son gant. Péagiste depuis longtemps, elle se souvenait de l'époque où elle n'était pas obligée de porter des gants chirurgicaux, qu'elle crevait immanquablement avec ses faux ongles. Aujourd'hui, tous ses collègues semblaient inquiets à l'idée d'être en contact avec les doigts des conducteurs, alors qu'en vérité, les pièces et les billets étaient bien plus sales que les mains des inconnus.

L'argent était touché par des millions de personnes, Hooter le savait bien. On le ramassait dans le caniveau, parfois, les pièces et les billets se frottaient les uns contre les autres dans des portefeuilles obscurs et des petits porte-monnaie. Les pièces s'entrechoquaient à l'intérieur de poches qui n'avaient peut-être pas été lavées depuis longtemps. Les billets étaient des bouts de papier poreux qui absorbaient les bactéries comme des éponges, et dans des bars topless, des hommes glissaient des dollars dans des vêtements réduits au minimum, et les billets entraient en contact avec des parties anatomiques pas très saines.

Hooter pouvait parler pendant des semaines de tous les endroits où circulait l'argent pour prouver combien il était sale. Aussi valait-il mieux porter des gants, surtout depuis qu'elle s'était aperçue que la municipalité ne voyait pas d'inconvénient à ce qu'elle porte des gants en coton, que ses ongles ne pouvaient pas déchirer. Mais elle était gênée quand elle tendait sa main gantée par l'ouverture de sa cabine, comme si le conducteur ou la conductrice avait la typhoïde. Elle vexait ainsi des milliers d'amours-propres à chaque service, et elle n'avait jamais le temps d'expliquer à l'automobiliste humilié qu'elle ne portait pas un gant à cause de lui, mais de l'état insalubre de l'économie.

– Les microbes, dit Macovich en fumant devant la cabine de Hooter, avec qui il discutait par la vitre coulissante, en attendant la prochaine voiture. Tout est une question de microbes. Woo. Je me souviens de mes cours de secourisme avec ces mannequins en caoutchouc grandeur nature. Vous aviez de la chance s'ils essuyaient la bouche en caoutchouc avant que vous pinciez le nez et que vous colliez vos lèvres sur celles du mannequin pour souffler. Aujourd'hui, vous arrivez sur les lieux du drame, vous voyez une personne inconsciente qui perd son sang, vous devez enfiler deux paires de gants et recouvrir le visage d'une sorte de drap en plastique avec un trou au milieu, un peu comme les sièges de toilettes jetables qu'on trouve dans les W.-C. publics. Et vous espérez que la personne va pas éternuer, vous vomir dessus ou se mettre à gesticuler, et vous priez pour qu'elle ait pas le sida.

– Je parie qu'on peut attraper le sida avec l'argent, dit Hooter en hochant la tête pour confirmer sa propre conviction. Qu'est-ce qui vous dit qu'un homosensuel retrouve pas un autre homosensuel pour faire l'amour dans un square, et avant d'aller se laver les mains, il lui offre un sandwich et il paye avec un billet de 5 dollars. Ce billet de 5 dollars se retrouve enfermé dans un petit tiroir-caisse avec des centaines d'autres billets infectés, puis il va à la banque, et il atterrit entre les mains d'un type atteint du sida qui vient toucher un chèque. Peu de temps après, le même billet se retrouve sur le comptoir d'un bar crasseux, le serveur le fourre dans sa poche de pantalon sale et il décide de se rendre en ville en passant par ma cabine.

– On va bientôt en arriver là, dit Macovich qui pensait à voix haute.

Cette conversation le mettait mal à l'aise, et il se demandait s'il oserait encore toucher de l'argent.

– On devra mettre des gants matin, midi et soir si on veut

acheter des choses, ajouta-t-il. Dieu soit loué, nous autres, on ne touche pas directement l'argent quand on rédige des P.-V.

– Ouais, vous avez une sacrée chance de ce côté-là, dit Hooter.

Macovich s'avança au milieu de la voie de péage et braqua sa lampe sur la Pontiac Grand Prix qui approchait. C'était un vieux modèle tout cabossé, et il sentit son pouls s'accélérer en apercevant les plaques d'immatriculation de New York et une vignette d'assurance arrivée à expiration. Il s'approcha de la portière du conducteur, la main posée sur l'étui de son pistolet.

– Permis et carte grise, demanda-t-il, tandis que la vitre s'abaissait.

Il braqua sa lampe sur le visage effrayé d'un Mexicain qui semblait beaucoup trop jeune pour conduire et qui était de toute évidence en situation irrégulière.

– Vous parlez anglais, monsieur ?

– *Si.*

Le jeune Mexicain ne faisait aucun geste pour sortir son permis de conduire.

– Demandez-lui plutôt s'il *comprend* l'anglais ! cria Hooter de sa cabine dans laquelle il n'y avait absolument rien à part un tabouret, un extincteur et sa pochette en skaï.

Macovich répéta la question de Hooter, alors que le jeune garçon tournait la tête pour échapper au regard aveuglant de la lampe torche.

– *No*, répondit-il, de plus en plus effrayé.

– Non ? fit Macovich en fronçant les sourcils. Si tu comprends pas l'anglais, comment t'as compris que je te demandais si tu le comprenais ?

– *Creo que no.*

– Qu'est-ce qu'il a dit ?

Macovich se retourna vers Hooter qui était penchée par l'ouverture de sa cabine.

– Autant que je sorte, vu que la file est bloquée par vous et cette grosse Pontiac, dit-elle en ouvrant sa porte.

– Il a dit ça ? (Macovich n'en revenait pas.) Il a dit qu'il allait descendre de voiture ? Pourtant, j'ai pas l'impression qu'il a l'intention de descendre.

Hooter n'entendit que des bribes de ce que disait Macovich, tandis qu'elle boutonnait son pardessus et sortait de sa poche un bâton de rouge à lèvres. Perchée sur les talons de vingt centimètres de ses bottes en skaï rouge, elle avança sur l'asphalte à la manière d'une poule. Quand on était péagiste, on était constamment exposé aux regards du public. Hooter était très attentive à sa façon de s'habiller et de se maquiller ; elle veillait toujours à ce que chaque tresse soit bien en place et ornée de perles de couleurs éclatantes.

– C'est pas bien de pas coopérer, mon poussin, dit-elle en regardant par la vitre baissée. Tu vas coopérer avec ce grand trooper. Personne veut faire d'histoires. Ils recherchent un suspect qui pourrait très bien être toi. Alors, t'as tout intérêt à coopérer pour pas aggraver ton cas...

– Ne lui dites pas tout ça, murmura Macovich à l'oreille de Hooter, dont le parfum s'engouffra dans ses narines et enveloppa son cerveau. C'est quoi que vous portez ?

– Poison.

Elle était ravie qu'il l'ait remarqué.

– Comment vous savez qu'on cherche un suspect ? demanda-t-il en se penchant de nouveau vers elle pour replonger dans son parfum.

– Pourquoi vous auriez bloqué toutes les files sauf la mienne, sinon ? Vous croyez que je suis née de la dernière pluie ? J'ai roulé ma bosse, vous pouvez me croire. Et c'est moi la doyenne de ce poste de péage.

– Woo, je n'essayais pas de vous rabaisser, madame la doyenne, dit Macovich pour la taquiner un peu.

– Jouez pas au malin avec moi !

– Woo, je joue au malin avec personne, moi, surtout pas avec une jolie fille comme vous. Si on allait boire un verre après le service ?

Il songea joyeusement au billet de 100 dollars tout neuf que lui avait refilé Cat pour leur brève leçon de pilotage.

Le jeune Mexicain était raide sur son siège, les yeux écarquillés ; il serrait si fort le volant qu'il avait les mains toutes blanches.

– *Por favor*, dit-il en levant les yeux vers Macovich et Hooter. *No bueno armonia.*

Cruz Morales comprenait vaguement l'anglais et il avait l'habitude de jeter quelques expressions espagnoles simples que la plupart des New-Yorkais comprenaient immédiatement. Mais il y avait un océan d'incompréhension entre lui, ce flic et la nana du péage, et Cruz ne pouvait se permettre d'attirer l'attention. Il avait douze ans, une fausse carte d'identité, et il était allé à Richmond pour récupérer un colis destiné à ses frères aînés. Il n'avait pas regardé ce qui se trouvait dans le paquet solidement ficelé et caché dans le compartiment du pneu de secours, mais au poids, il devinait qu'il transportait des armes, une fois de plus.

– Je crois qu'il dit qu'il a besoin d'une *faveur*, traduisit Hooter. Il a l'air trop jeune et trop petit pour faire du mal à quelqu'un. (Ses instincts maternels étaient transportés par un nuage de parfum.) Peut-être qu'il lui faut un soda ou un café. Tous les Mexicains commencent à boire du café dès qu'ils sont tout petits.

La dent en or de l'employée du péage semblait être la seule tache de lumière dans l'existence de Cruz Morales à cet instant. Il croisa son regard et lui fit un petit sourire. Il claquait des dents.

– Vous voyez, dit Hooter en donnant un coup de coude à Macovich. Il sort de sa coquille.

Elle jeta un coup d'œil aux kilomètres de voitures arrêtées dans sa file. Une queue infinie de phares impatients, et dire que tous ces gens étaient ici pour la voir ! Ça la mettait dans tous ses états. L'espace d'un instant, elle se prit pour une star de cinéma, et fut submergée par une vague de sympathie envers ce jeune Mexicain qui était visiblement si loin de chez lui et effrayé. Sans doute avait-il froid, sommeil et faim, également.

Plongeant la main dans sa poche de manteau, Hooter farfouilla parmi les tubes de rouge à lèvres pour sortir une serviette en papier qu'un séduisant trooper blanc lui avait donnée l'année dernière quand un homme avec un sac en papier sur la tête avait essayé de braquer la cabine de péage, mais était rentré dedans à la place. Hooter sortit ensuite un stylo et nota son numéro de téléphone sur la serviette, avant de la tendre au jeune Mexicain.

– Appelle-moi si tu as besoin de quelque chose, mon trésor, dit-elle, magnanime. Je sais parfaitement ce que ça fait d'être une minorité et d'être accusé par les autres, alors qu'on n'a rien fait du tout à part collecter leur argent insalubre ou rouler sans savoir que son certificat d'assurance était périmé.

– Descends de voiture, ordonna Macovich à l'étranger en situation irrégulière. Descends lentement en laissant tes mains en évidence !

Cruz Morales écrasa brusquement l'accélérateur, pied au plancher, en faisant crisser les pneus, et il franchit le péage comme un bolide, alors que les lumières clignotaient et les sirènes hurlaient, car il n'avait pas eu le temps de lancer trois quarters dans la corbeille.

– Merde ! s'écria Macovich, en palpant sa ceinture surchargée d'équipement pour chercher ses clés, tandis qu'il courait vers sa voiture banalisée et sautait derrière le volant.

Il brancha le gyrophare et la sirène, puis démarra en trombe, sous le regard de Hooter qui avait l'impression de voir s'éloigner un sapin de Noël clignotant et hurlant. Elle regagna sa cabine en aluminium et referma la porte derrière elle. Le flot infini des phares commença à avancer lentement vers elle. Hooter espérait que les gens ne seraient pas grognons à cause de l'attente.

– Qu'est-ce qui se passe, bon Dieu ? demanda le premier conducteur, perché sur le siège surélevé de sa camionnette. À force de rester assis sans bouger, j'ai cru que j'allais me transformer en squelette.

– Dans ce cas, la jolie petite dame qui vous attend à la maison, je parie, aurait été déçue, plaisanta Hooter, avec un grand sourire. J'aime bien votre autocollant arc-en-ciel, dit-elle avec un petit mouvement de tête en direction du pare-brise. J'en vois passer de plus en plus, ces derniers temps, comme si les gens cherchaient le bon côté de la vie. Peut-être que je devrais en coller un sur ma cabine.

Le conducteur se pencha pour ouvrir sa boîte à gants.

– Tenez, dit-il en lui tendant un paquet d'autocollants arc-en-ciel. Servez-vous.

– Vous voyez, dit Hooter au conducteur suivant, alors que la camionnette avec l'autocollant arc-en-ciel s'éloignait, quand on est gentil avec les gens, c'est contagieux. Comme les microbes, sauf que ça rend pas malade d'être gentil.

Elle avança sa main gantée pour prendre le billet de 1 dollar que lui tendait Barbie Fogg.

– Je sais pourquoi toutes ces voitures sont immobilisées,

dit Barbie. Vous avez entendu parler de cet homme qui a explosé au bord de la rivière ? On ne parle que de ça à la radio.

– Mince ! (Hooter lui rendit un quarter et déposa 75 cents dans la corbeille du péage.) J'ai pas la radio dans ma cabine, car j'ai pas le temps de l'écouter. Que s'est-il passé, ma petite ?

Des voitures klaxonnèrent, transformant la nationale en un immense vol d'oies migratrices.

– La police n'a rien voulu me dire. Mais ce sera dans le journal demain, dit Barbie. Le problème, c'est que je reçois pas le journal, alors je saurai pas ce qui s'est passé.

– Vous n'avez qu'à repasser par ici demain, déclara Hooter avec un air d'importance. Je lis toujours le journal avant de partir travailler. Je vous raconterai. C'est quoi votre nom, ma petite ?

Elles échangèrent leurs noms, et Hooter lui remit un autocollant arc-en-ciel.

– Mettez ça sur votre minivan, ça donnera de la joie et de l'espoir à tous les gens que vous croiserez, promit-elle.

– Merci bien ! (Barbie était touchée et ravie.) Je le collerai dès que je serai rentrée chez moi.

19

LE GOUVERNEUR CRIMM frotta de craie l'extrémité de sa queue de billard. La fumée de son cigare enveloppait sa tête d'un halo brumeux, alors qu'il essayait de distinguer les boules cerclées sur la table tapissée de velours rouge, rapportée de France par Thomas Jefferson ; c'était du moins ce qu'avait affirmé Maude quand elle l'avait découverte sur un site de vente aux enchères sur Internet. Régulièrement, un des troopers entrait dans la salle de billard pour tenir le gouverneur au courant de l'évolution de la situation. Les nouvelles n'étaient pas encourageantes.

Le contrôle des véhicules aux postes de péage n'avait permis de repérer qu'une seule voiture immatriculée dans l'État de New York, et le conducteur, manifestement hispanique, avait pris la fuite. Jusqu'à présent, on ne l'avait pas rattrapé, et tout le monde s'accordait à dire que cet individu, le serial killer haineux, avait quitté la ville, en direction du nord. Parmi les autres nouvelles inquiétantes figurait la dernière livraison d'Officier Vérité, qui accusait Major Trader d'être un personnage malhonnête, un pirate intéressé qui tentait d'empoisonner le gouverneur. Et comme si la situation n'était pas suffisamment désespérée, Regina s'était assise sur une chaise percée de style Chippendale, et elle lapait bruyamment une glace mélangée avec des cookies faits maison qu'elle avait trouvés dans la cuisine. Elle mastiquait la bouche grande ouverte sans cesser de parler, ce qui déconcentrait le gouverneur, qui observait à travers sa loupe les boules qu'il voulait viser.

– Joli coup ! commenta Andy lorsqu'une boule décolla de la table.

Il la rattrapa au vol et la glissa discrètement dans la poche du coin.

– Vous ne me laissez pas gagner, par hasard ? dit le gouverneur en ajoutant un peu de craie au bout de sa queue.

– Tout le monde te laisse tout le temps gagner, dit Regina à son père. Sauf moi. Je refuse de te laisser gagner.

Regina était une excellente joueuse de billard et entre deux mandatures de son père, quand elle était libre d'aller et venir à sa guise, elle était connue dans les bars de la région pour ses coups fourrés et son acharnement. La seule personne à l'avoir battue sans tricher, c'était ce salopard irrespectueux de Trooper Macovich.

– Tenez, dit Andy en tendant sa queue à Regina. Je n'ai pas la tête à jouer, ce soir. Prenez ma place. Si je peux me permettre, dit-il en s'adressant au gouverneur, alors que Regina disposait les boules dans le triangle, comment Trader en est-il venu à travailler pour vous ?

– Bonne question, dit le gouverneur. Ça date de mon premier mandat de gouverneur, et si je me souviens bien, Trader était tout en bas de l'échelle, mais j'ai fait sa connaissance parce qu'il passait souvent à la résidence pour donner un petit coup de main ici et là, pour diriger les détenus, par exemple, ce qui n'est pas une tâche très enviable.

Regina joua le premier coup et quatre boules pleines filèrent dans quatre poches différentes.

– Ah, merde, pesta-t-elle. Je ne suis pas en forme, moi non plus, ce soir.

Poney venait d'entrer pour savoir si quelqu'un désirait un doigt de cognac en plus, et il surprit la remarque du gouverneur au sujet des détenus. Il fut vexé. Il était toujours meurtri quand la First Family laissait entendre qu'on ne pouvait plus faire confiance, pour quoi que ce soit, à une personne qui avait fait de la prison.

– Voulez-vous un autre cigare ? proposa-t-il au gouverneur d'un ton morne, pendant que Regina, tenant sa queue dans le dos, frappait deux autres billes qui partirent chacune dans des angles différents et improbables, directement dans les poches.

– J'avoue que je suis profondément déçu d'apprendre qu'il a sans doute essayé de m'empoisonner, ajouta le gouverneur. Je pense qu'on devrait revenir au temps des goûteurs. Et on engagerait cette crapule, tiens.

– À condition de le retrouver, dit Andy. À mon avis, il va certainement disparaître, si ce n'est pas déjà fait. Dommage que nous n'ayons pas de preuves formelles contre lui, car on aurait pu l'arrêter avant qu'il quitte la résidence.

– J'ai l'impression que cet Officier Vérité ne manque pas de preuves, lui, commenta Crimm d'un ton plein de sous-entendus. Et cela m'amène à penser que cet éditorialiste renégat pourrait bien être le complice de Trader. Comment voulez-vous qu'Officier Vérité soit au courant de cette tentative d'empoisonnement si ce n'est parce qu'il y est mêlé, vous voulez me le dire, hein ?

Andy n'avait pas anticipé ce raisonnement de la part du gouverneur, et il s'inquiéta un peu. Si Hammer recevait une convocation du tribunal et si on lui demandait sous serment si elle connaissait l'identité d'Officier Vérité, elle serait obligée de dire la vérité, et Andy pourrait se retrouver dans de sales draps.

Comme s'il lisait dans les pensées d'Andy, Crimm déclara :

– Il faut que je parle au chef Hammer, pour savoir si elle sait des choses.

– Je suis sûr qu'elle sera ravie de parler avec vous, monsieur le gouverneur. Malheureusement, elle a le plus grand mal à vous joindre, et vous ne la contactez jamais.

– Comment ça ? s'étonna le gouverneur en posant sur Andy un œil énorme à travers sa loupe. Je lui ai envoyé un grand nombre de messages, et pas seulement au sujet de son pauvre petit chien, pour l'inviter à des cérémonies officielles !

– Elle ne les a jamais reçus, monsieur.

– Ce satané Trader sévissait donc à tous les niveaux !

Le gouverneur était de plus en plus abattu.

– J'ai l'impression qu'il vous ment depuis le début, dit Andy.

– Un nouveau cigare, c'est une bonne idée, dit le gouverneur à Poney, qui attendait toujours patiemment sur le seuil de la pièce.

Crimm écrasa son cigare à moitié consumé dans la coupelle de glace de Regina, qu'il avait confondue avec un cendrier. Il était agacé de voir sa fille expédier les boules les unes après les autres dans les poches, sans aucun sens du fair-play.

– Voilà pourquoi je n'aime pas jouer avec toi, lui dit-il. Je ne peux jamais tirer. C'est comme si je n'étais même pas là. Vous savez ce que je vais faire, fiston ? dit-il en s'adressant à Andy. Je vais vous confier une mission spéciale. Je veux que vous découvriez rapidement qui est Officier Vérité, et quels sont ses liens avec Trader. Et pendant que vous y êtes, rapatrions ce dentiste et assurons-nous que les habitants de Tanger ne préparent pas d'autres coups fourrés.

– Pourquoi tu m'envoies pas en mission avec Andy, papa ? Je l'aiderais à résoudre des crimes et à expédier les méchants en prison, suggéra Regina, tandis que la dernière boule filait sur le tapis, rebondissait plusieurs fois contre les bandes, avant de disparaître dans une des poches. Peut-être qu'il pourrait m'apprendre à piloter un hélicoptère, aussi.

– Peut-être que Mlle Regina et M. Andy devraient enquêter sur ce pêcheur qui a pris feu, lança Poney du pas de la porte. Il paraît que ça se passe pas très bien. Une vieille femme a roulé sur le corps, sur un vélo et une boîte d'articles de pêche avec sa voiture. Les troopers ne parlent que de ça. Ils racontent aussi qu'un Hispanique dangereux est en fuite et qu'il va certainement tuer d'autres Noirs de la même façon.

– De quelle façon ? demanda le gouverneur.

– Par consomption spontanée.

– Ce sera au docteur Sawamatsu d'en juger, répondit le gouverneur.

Il avait lui-même nommé le nouveau chef légiste, et il avait la plus grande confiance dans les talents du docteur Sawamatsu, venu initialement en Virginie dans l'unique but d'étudier les blessures par balles. Son intention était de retourner au Japon après son voyage d'études, mais la circulation était tellement catastrophique là-bas et il en avait tellement assez de vivre dans une maison remplie de gens qu'il ne connaissait pas qu'il avait prolongé son séjour bien après la fin de son internat. Le gouverneur, qui cherchait toujours à attirer les entreprises et les touristes japonais en Virginie, avait un jour appelé le docteur Sawamatsu.

– Docteur Sawamatsu, lui avait-il dit, et le médecin n'oublierait jamais ce qui suivit, j'aimerais connaître votre opinion sincère sur une chose. Comme vous le savez, notre chef légiste est une femme que je n'apprécie pas particulièrement. Son équipe est entièrement composée d'Américains, et je me demande : est-ce que ça changerait quelque chose si j'avais un médecin légiste japonais ?

– Pour qui ?

– Pour ces cinq cents plus grosses entreprises japonaises qui ne cessent de délocaliser sans jamais se relocaliser ici, pour commencer. Et pour les citoyens japonais en général qui n'ont pas encore découvert les villes coloniales de Williamsburg, Jamestown et nos nombreux parcs d'attractions, nos plantations, nos lieux de villégiature, et ainsi de suite. Du moment qu'ils parlent anglais, et ils le parlent tous.

Le docteur Sawamatsu avait dû réfléchir vite. Devenir médecin légiste en Amérique était son vœu le plus cher, mais il savait parfaitement que ses patients n'étaient pas des personnes influentes dans le monde du tourisme ou des affaires, avant qu'on les conduise à la morgue ou après.

– Dans le cas d'affaires sensationnelles, ça changerait certainement les choses si le médecin légiste était asiatique, répondit-il. À cause de la publicité et du message. Dans ce cas, je pense en effet que mes compatriotes vous renverraient l'ascenseur en localisant leurs sociétés et leurs touristes chez vous, si vous leur offrez des avantages fiscaux.

– Voilà une idée originale, répondit le gouverneur, et aussitôt après avoir raccroché, il annonça à son cabinet son intention d'exonérer d'impôts toutes les sociétés et les ressortissants japonais.

Le résultat fut stupéfiant. En l'espace d'un an, le tourisme explosa. Les trains et les cars Greyhound durent doubler leur personnel et leurs véhicules, des magasins d'appareil photo surgirent à tous les coins de rue. Le docteur Sawamatsu devint assistant-chef légiste et il reçut une lettre de remerciements de la part du gouverneur Crimm, qu'il encadra et accrocha dans son salon, à côté de la vitrine renfermant les souvenirs qu'il avait récoltés auprès de ses patients morts qui n'avaient plus besoin de prothèses, de lettres de suicide ou de menaces, ni des débris des épaves dans lesquelles ils étaient morts, ni des armes qui les avaient tués.

– Il faut sortir ce corps d'ici, disait le docteur Sawamatsu aux policiers, accroupi dans l'obscurité, en enfilant des gants en latex. Et je vous en prie, empêchez qu'on lui roule dessus encore une fois.

– Où est la chef ? demanda l'inspecteur Slipper, qui ne partageait pas l'opinion du gouverneur concernant le docteur Sawamatsu. Pourquoi le docteur Scarpetta n'est pas là ? Elle se déplace presque toujours pour les meurtres compliqués et sensationnels.

– Elle est allée au tribunal à Halifax et elle va rentrer très tard, répondit le docteur Sawamatsu avec une certaine irritation. Bon, il faut transporter ce corps à la morgue immédiatement.

– Je suis pas sûr qu'on puisse tirer la civière de la rivière, dut avouer l'inspecteur Slipper à son grand regret. Il faudrait faire appel à des plongeurs.

– Pas le temps. On va l'envelopper dans des draps et le mettre dans l'ambulance, ordonna le docteur Sawamatsu. Je l'examinerai demain matin. Je ne vois rien ici.

– Je suis contente de ne pas être la seule, commenta Lamonia d'un ton bougon.

On lui avait passé les menottes et elle attendait à côté de sa Dodge cabossée, ne sachant pas trop ce qu'elle avait bien pu faire pour énerver tout le monde à ce point. Trader, lui, n'était pas du tout fâché après Lamonia, évidemment. Il observait toute cette agitation à travers son pare-brise étoilé, après une heure infructueuse passée sur un pont à braquer une lampe électrique puissante dans l'eau pour essayer de retrouver les crabes et la truite. Trader était très reconnaissant à Lamonia d'avoir ainsi saccagé tous les indices. Il regarda le médecin légiste et les ambulanciers envelopper le pêcheur mort dans des draps, puis l'emporter pour le charger à bord de l'ambulance, dont un feu arrière était cassé. Comment la chance de Trader avait-elle pu tourner de manière aussi brutale en l'espace d'une seule journée ?

La carrière et l'existence de Major Trader étaient un désastre et, pour être franc, elles l'avaient toujours été. Il se regarda dans le rétroviseur intérieur et découvrit un visage qui aurait pu être celui de son grand-père maternel, prénommé Major lui aussi. Tous les hommes du côté de sa mère s'appelaient Major, depuis qu'Anne Bonny avait couché avec un pirate et donné naissance à un fils qu'elle avait baptisé Major, car c'était un grade supérieur à capitaine, et elle n'avait jamais rencontré de pirate possédant un grade plus élevé que capitaine.

Tous les Major de la famille se ressemblaient : c'étaient des individus robustes au visage rubicond, avec de l'embonpoint, des yeux pâles fuyants et le cheveu rare. Enfant, Trader avait traversé une période de pyromanie, sans jamais se faire prendre. Aujourd'hui encore, personne sur Tanger Island ne savait que c'était le petit Major qui, un jour, avait mis le feu à une cabane sur pilotis qui se révéla être un élevage de crabes à abdomen mou. Des milliers de crabes en pleine mue avaient trouvé la mort, toute la récolte de l'année avait été anéantie, l'économie détruite. Comme si ça ne suffisait pas, on ne parvint pas à circonscrire l'incendie et le feu se propagea dans plusieurs criques, détruisant des dizaines d'embarcations, avant d'être finalement éteint tout près de la Chesapeake House de Hilda Crockett, réputée pour ses grandes tables familiales, ses gâteaux de crabe, ses beignets de clams, son pain maison, son jambon et un tas d'autres choses.

Le jeune Major Trader devint également expert pour subtiliser le pistolet de détresse dissimulé dans les cuissardes de son père, qui y cachait également ses bouteilles d'alcool. En faisant diverses expériences avec du gaz pour briquet, de l'essence et du bourbon, Major s'aperçut qu'il pouvait mettre le feu à distance en remplissant un bidon de lait de liquide inflammable et, pendant que personne ne regardait, tirer une fusée dans le bidon pour provoquer une petite explosion, un peu comme il l'avait fait avec le pêcheur.

Poney avait connu, lui aussi, une jeunesse de délinquant, mais contrairement à Trader, il vivait dans le remords, avec un sentiment de honte et de regret écrasant. Lassés de regarder Regina jouer seule au billard, pendant que son père patientait et faisait tomber sa cendre de cigare chaque fois qu'il croyait voir un cendrier, Poney et Andy étaient sortis dans le jardin. Ils s'assirent sur un banc en granit, dans le froid, et commencèrent à parler.

– Vous voulez quelque chose, monsieur Andy ?

– Non. C'est très aimable à vous, mais détendez-vous un peu, et parlez-moi plutôt de vous. Pourquoi vous faites-vous appeler Poney ?

– Je l'ai pas choisi, répondit Poney. (La fumée qui s'échappait de sa bouche lui rappela qu'il avait très envie d'une cigarette.) Vous permettez ? demanda-t-il en sortant un paquet de sa veste blanche. Mon père m'a appelé Poney parce que, quand ma sœur est née – elle est plus âgée que moi –, elle disait toujours qu'elle voulait un poney. On n'avait pas les moyens d'en acheter un, alors quand je suis né, mon père m'a baptisé Poney et il a dit à ma sœur : « Voilà, tu as un poney, maintenant. »

Andy ne fit aucun commentaire ; il essayait de savoir si cette histoire était émouvante ou tout simplement déprimante.

– Si vous voulez savoir la vérité, c'est pas un nom qui m'a beaucoup aidé, reprit Poney. Les autres détenus s'amusent à faire des commentaires, jusqu'au moment où ils comprennent que ça va chauffer pour leur matricule s'ils espèrent me monter dessus dans les douches, si vous voyez ce que je veux dire... (Il secoua la tête en souriant, et plusieurs dents en or étincelèrent dans l'obscurité.) Je me suis battu plus souvent qu'à mon tour, et je suis plus fort que j'en ai l'air. J'ai fait un peu de boxe, quand j'étais plus jeune, et du karaté, aussi.

– Vous en avez pris pour combien ? demanda Andy.

– J'ai encore deux ans à tirer, à moins que le gouverneur me fasse libérer avant. Il pourrait, mais il le fera pas. Je fais du bon travail, et les Crimm veulent pas me remplacer. Ils sont habitués à moi. Mais si je fais un pas de travers, ils me renverront en cellule. Alors, je suis coincé. (Il fit tomber sa cendre d'une pichenette.) J'aurais jamais dû voler ce paquet de cigarettes.

Il secoua la tête de nouveau, en soupirant cette fois.

– Vous êtes en prison pour le vol d'un paquet de cigarettes ?

Poney acquiesça.

– J'ai violé ma liberté conditionnelle. Avant ça, j'avais

volé deux bouteilles d'eau-de-vie d'abricot dans une épicerie. On peut donc dire que j'ai gâché ma vie pour des choses qui étaient mauvaises pour ma santé. C'est de famille.

– Le vol ?

– Non, l'autodestruction. Et vous ?

Il était rare que quelqu'un interroge Andy sur sa vie, et il avait toujours pris soin de ne pas dévoiler trop de choses.

– Parlez-moi de vous, monsieur Andy, dit Poney. Vous avez une copine ? Quelqu'un à qui vous tenez ?

Andy enfonça les mains dans les poches de sa veste d'uniforme d'hiver et rentra la tête dans les épaules pour se protéger du froid, inhabituel en cette saison, tandis que des hélicoptères agitaient la nuit.

– Non, pas en ce moment, répondit Andy. J'étais plus ou moins avec une femme plus âgée que j'ai connue à Charlotte. Mais c'est fini.

– Elle est restée là-bas, je parie.

– Je ne sais pas où elle est. Je voulais qu'on reste amis, mais elle n'est pas comme ça. Je ne comprends pas les femmes, avoua Andy. Elles reprochent toujours aux hommes de ne pas savoir être de simples amis, mais quand on essaye de l'être, elles réagissent bizarrement.

– C'est bien vrai, dit Poney en hochant la tête avec gravité. Tu l'as dit, mon frère. Les femmes disent jamais ce qu'elles veulent, ou elles pensent pas ce qu'elles disent, ou elles avouent pas ce qu'elles veulent, sauf quand c'est une chose qu'elles veulent pas ou qu'elles veulent nous faire croire qu'elles veulent ou qu'elles veulent pas. Tout ça pour pouvoir nous manipuler. Mon épouse, c'est une femme adorable quand elle est pas trop épuisée par le linge de la First Family ou furieuse après moi parce que je retourne en cellule pendant les vacances et les fêtes. Mais si je me mets à sa place, je dois bien avouer que je suis pas toujours réglo avec elle... Des fois, je devrais aller la voir et lui dire : « Je t'aime, baby. » Ou alors : « Je te trouve superbe, aujourd'hui, baby. » Ou bien : « J'ai le cœur brisé, baby, car je sais que j'ai passé la plupart de nos belles années derrière les barreaux ; c'est pas juste pour toi et tu peux pas savoir combien tu me manques quand je suis loin de toi. » Je crois que je refuse de me l'avouer, monsieur Andy, mais j'ai certainement foutu ma vie en l'air pour toujours, si vous voyez ce que je veux dire... (Il tira sur sa cigarette.) C'est trop tard, maintenant, sans doute que je sortirai jamais de prison, car le gouverneur m'oubliera, ou bien le suivant, ou celui d'après... Et sûrement que j'ai pas assez de jugeote pour semer la pagaille dans la résidence et me faire virer, comme ça je pourrais attaquer le Commonwealth en justice pour discrimination, j'aurais droit à des avocats qui feraient de moi un cheval de bataille ; ils éplucheraient mon dossier et ils découvriraient une erreur dans l'ordinateur de l'administration pénitentiaire, et je serais libéré. Alors que là, j'ai pas d'argent pour me payer un avocat, et pour l'instant, je suis pas un cheval de bataille. Ce que je veux dire, c'est que si j'agissais mal, tout s'arrangerait pour moi.

– Je comprends très bien ce que vous ressentez, dit Andy. Mais il faut continuer à bien faire, Poney. Regardez Officier Vérité. Il a fait une chose bien en révélant la vérité sur Major Trader, et maintenant, le gouverneur suspecte Officier Vérité d'avoir fait quelque chose de mal.

– Exact. J'aimerais bien connaître cet Officier Vérité, dit Poney dans un soupir. Ça a l'air d'être une personne bien, et il était temps que quelqu'un dénonce Trader. Moi, j'ai toujours su que c'était un pourri et un incapable. Oui, j'aimerais bien connaître Officier Vérité. Peut-être qu'il pourrait régler mes problèmes avec l'administration pénitentiaire.

– Pourquoi vous ne les appelez pas directement, pour voir si quelqu'un ne pourrait pas s'occuper de votre cas ? demanda Andy.

– J'ai pas le droit de passer des coups de fil personnels de la résidence. Et de toute façon, ils écoutent jamais les détenus. Tous ceux qu'ont des ennuis avec la justice disent qu'ils sont victimes d'une erreur, pourquoi je serais différent des autres ?

Regina s'était cachée derrière un vieux buisson de buis, et aucun mot de cette conversation ne lui échappait. Elle s'était désintéressée de la partie de billard et regrettait de ne pas avoir pensé à mettre un manteau quand elle avait décidé de sortir en douce dans le jardin. Elle possédait un certain talent pour espionner les gens, et elle espérait glaner quelques informations qui lui seraient utiles. Mais en écoutant Andy discuter avec Poney, elle fut émue et en oublia sa motivation première. Elle aussi avait été rembarrée dans ses quelques tentatives pour se faire des amis et très souvent, elle s'estimait accusée à tort.

Regina était secouée de frissons incontrôlables. Elle avait une drôle de sensation dans l'estomac, et ses intestins ruaient dans les brancards en se remplissant d'un vent menaçant qui semblait provenir des égouts.

– À votre place, disait Andy à Poney, j'enverrais un e-mail à Officier Vérité pour voir s'il peut découvrir pourquoi vous êtes toujours en prison.

– Vous croyez qu'il ferait ça pour moi ?

Poney remarqua qu'un buis tremblait.

– Ça ne coûte rien de demander, dit Andy.

– Je peux pas envoyer de e-mail non plus.

Poney observait le buis tremblant avec une inquiétude grandissante. Soudain, il repensa au pêcheur qui avait explosé et il fut pris de panique.

– Je crois que ce buis, là-bas, va exploser ! s'écria-t-il, au moment où une forte explosion sourde résonnait derrière les buissons.

Andy quitta d'un bond le banc en pierre et se précipita vers le buisson fumant et malodorant au moment où Regina sortait de sa cachette en se dressant telle une montagne.

– Qu'est-ce que vous faites ? lui demanda-t-il.

– Je m'entraîne aux techniques d'enquête, répondit-elle en tenant à deux mains son gros ventre agité de tremblements.

– Faut pas vous cacher comme ça derrière des choses et faire comme si vous alliez exploser, mademoiselle Regina, dit Poney, en tremblant de soulagement. Bon sang, vous m'avez fichu la trouille, j'ai cru que ce fou avait caché une bombe dans le jardin et qu'on allait tous brûler.

– Il faut que je m'en aille, dit Andy.

– Passez me prendre demain matin pour qu'on commence à enquêter sur cette affaire, dit Regina.

Elle avait beau ne pas se sentir bien, elle faisait des suggestions comme si elle commandait une attaque aérienne.

– Je vous attends à la première heure.

– Impossible, répondit Andy. Il faut que j'aille à la morgue dès l'ouverture pour savoir ce que le légiste a découvert concernant l'homme tué près de la rivière. Vous n'avez sûrement pas envie de voir une chose pareille. C'est très désagréable.

– Bien sûr que j'ai envie de voir ! s'exclama Regina avec un enthousiasme déplacé.

– C'est très très désagréable et dérangeant, dit Andy pour la dissuader. Vous avez déjà senti l'odeur d'un animal mort couvert de mouches ? Eh bien, c'est mille fois pire. Ça s'accroche à vos sinus, et chaque fois que vous approchez de la nourriture, ensuite, l'odeur réapparaît et ça vous donne la nausée. Sans parler du spectacle et des bruits de la morgue.

– Je veux y aller !

Regina ne se laisserait pas décourager.

Andy était d'humeur maussade en retournant en ville. Il commençait à regretter d'avoir fait la connaissance des Crimm au restaurant, la veille. Regina était la personne qu'il aurait souhaité éviter par-dessus tout, et voilà qu'il semblait condamné à la traîner comme un boulet. Par-dessus le marché, le gouverneur n'était pas loin de croire qu'Officier Vérité était le complice de Trader, et un dingue avait gravé *Officier Vérité* sur le corps de sa victime, avant de déposer des pièces à conviction devant chez Andy.

– Je me suis fourré dans le pétrin, dit-il à Hammer, en l'appelant de la voiture.

– Andy, vous savez quelle heure il est ? demanda Hammer qui dormait à poings fermés quand la sonnerie du téléphone l'avait brutalement ramenée sur terre. Vous semblez abattu. Que s'est-il passé ?

Une fois de plus, Andy se trouvait par hasard à proximité de Church Hill, le quartier de Hammer, et celle-ci lui proposa de passer chez elle, au moment même où Fonny Boy faisait un saut à la clinique pour prendre des nouvelles du docteur Sherman Faux, qui tremblait sur sa chaise pliante, sans rien voir. Il priait :

– Mon Dieu, je vous demande de faire un miracle. Pas un gros. Juste un tout petit miracle. Peut-être qu'un ange désœuvré pourrait venir par ici pour me libérer. Je promets de faire vite, je ne lui ferai pas perdre son temps inutilement, car je sais bien qu'il y a beaucoup de gens et d'animaux qui ont plus besoin de Votre aide que moi. Mais de mon côté, je ne peux pas aider qui que ce soit tant que je reste prisonnier sur cette île. Je suis tout ankylosé et j'ai mal partout à force de rester sur cette chaise en fer. Alors, juste un ange, c'est tout ce que je demande. Pour une heure ou deux, le temps nécessaire pour me ramener sur le continent.

Fonny Boy l'écoutait attentivement sans se faire repérer, car il avait appris depuis la naissance à ne pas faire de mouvements brusques qui risquaient d'informer les poissons et les crabes qu'ils allaient se faire prendre. Les crabes étaient particulièrement malins, et ils avaient une très bonne vue.

Fonny Boy décida de faire croire au dentiste que Dieu avait exaucé sa prière, alors qu'en réalité, il voulait prendre au mot le docteur Faux qui lui avait promis un emploi sur le continent. Fonny Boy se leva sans un bruit pour quitter la remise, puis il fit demi-tour et entra de nouveau dans la pièce exiguë en faisant claquer la porte, cette fois, pour signaler sa présence au dentiste.

– Qui est là ? demanda celui-ci, rempli d'espoir. C'est toi, Fonny Boy ?

– Ouais.

– Oh, Dieu soit loué. J'ai froid et il faut que je rentre chez moi, Fonny Boy. Comment va ta dent ? L'effet de l'anesthésiant a disparu ?

– Ouais.

– Et le coton que tu as avalé ? Tu as eu des problèmes ?

– Ouais ! répondit-il en parlant à l'envers cette fois, ce qui voulait dire qu'il n'avait eu aucun ennui jusqu'à maintenant. Je vais vous conduire jusqu'à la côte, ajouta-t-il. Mais on n'a pas le temps d'aller chercher la longue-vue et le projecteur de mon père, et il fait vachement froid dehors, et vous avez pas de manteau. Mais faut se grouiller avant que tous les bateaux sortent pour aller relever les casiers !

– Tant pis pour le manteau, et on peut très bien se passer de jumelles et de lampe électrique ! s'exclama le dentiste avec bonheur.

Il avait les larmes aux yeux, mais Fonny Boy ne pouvait pas s'en apercevoir à cause du bandana puant qui était toujours noué autour de la tête du dentiste. Pendant des années, le docteur Faux avait été payé pour travailler ou faire semblant de travailler sur les dents de ce garçon, et jamais il ne s'était aperçu que Fonny Boy était un ange.

– Que Dieu te bénisse, mon garçon, murmura le docteur Faux, alors qu'ils quittaient la clinique en silence.

– Chut, fit Fonny Boy. Pas de bruit.

Les rues de l'île étaient désertes et obscures, et il n'y avait pas une seule lumière allumée dans les maisons ; tous les habitants dormaient à poings fermés et les voiturettes de golf se rechargeaient. Mais il était bientôt 3 heures, et Fonny Boy savait que les pêcheurs allaient sortir de chez eux et prendre leurs bateaux ; il fallait donc faire vite. Si Fonny Boy était surpris en train de porter secours au docteur Faux, il aurait des ennuis. Sa mère le conduirait immédiatement à l'église méthodiste unifiée pour le dénoncer au révérend Crockett. Fonny Boy avait déjà eu des démêlés avec le révérend Crockett, et il en avait marre d'apprendre par cœur des passages de la Bible pour se faire pardonner ses péchés.

Le bateau familial était ancré à quelques centaines de mètres seulement de l'église, et la silhouette du clocher semblait observer et suivre Fonny Boy. Les habitants de Tanger vivaient dans la crainte de Dieu, et désobéir à ses parents était une chose interdite. Même si Fonny Boy était un ange aux yeux du docteur Faux, il désobéissait ouvertement à son père et à sa mère en sortant de chez lui en douce pour libérer le dentiste. En outre, quand le père de Fonny Boy arriverait pour aller relever les casiers de crabes, il ne pourrait pas le faire, et il serait extrêmement perturbé par la disparition de son bateau.

Tandis que le garçon et le dentiste descendaient l'escalier en bois branlant qui conduisait à l'appontement, Fonny Boy ne cessait d'exprimer ses inquiétudes à voix haute. Il commençait à hésiter, et il n'osait pas descendre la dernière marche qui conduisait assurément à un monde totalement nouveau et effrayant. Le dentiste essaya de le réconforter en lui expliquant qu'il ressentait la même chose que les garçons et les hommes qui, en ce mois de décembre 1906, avaient descendu en file indienne l'escalier du Blackwall sur l'île des Chiens pour embarquer à bord des bateaux. Little Richard Mutton, de Londres, n'avait que quatorze ans, l'âge de Fonny Boy, et sans doute s'était-il arrêté au bas des marches, lui aussi.

– Ses parents étaient avec lui ? demanda Fonny Boy à voix basse.

– Little Richard était le seul Mutton sur la liste des Mutton, à notre connaissance.

– Alors, pourquoi qu'il a fait ce voyage ? murmura Fonny Boy en imaginant Richard Mutton tout seul et tremblant dans le noir, face à ces trois minuscules navires qui allaient traverser l'Atlantique, à destination d'un monde inconnu et dangereux.

– Pour l'or, répondit le docteur Faux. Le petit Mutton, comme la plupart des premiers colons de ce pays, croyait qu'il allait trouver de l'or, ou au moins de l'argent, comme les Espagnols aux Antilles. Et bien sûr, on leur donnerait de grandes parcelles de terre pour qu'ils puissent les cultiver.

– Qui c'est qui vous a appris tout ça ? demanda Fonny Boy, impressionné et admiratif.

– J'ai lu certaines choses dans l'essai d'Officier Vérité, le matin où vous m'avez kidnappé. Et je me suis toujours passionné pour l'histoire de la Virginie.

Des lumières commençaient à s'allumer aux fenêtres des petites maisons, d'un bout à l'autre de l'île. Fonny Boy sauta dans le bateau de son père et se mit à imaginer de l'or et des trésors, tandis qu'ils fonçaient à travers la baie dans l'obscurité la plus complète. Il aurait peut-être dû vérifier s'il restait du carburant et emporter un ou deux jerricans pour les quatre-vingt-dix minutes de traversée. De fait, ils étaient à cinq miles à l'ouest de Tanger, à l'intérieur de la zone d'accès réglementée R-6609, quand le moteur hors-bord se mit à crachoter et à hoqueter, avant de s'arrêter.

– Oh, non ! soupira le docteur Faux.

Il craignait que Dieu n'ait pas exaucé sa prière, finalement. Au contraire, Il l'avait entraîné dans une situation encore plus dramatique pour le punir de sa vie amorale.

– Qu'est-ce qu'on fait, maintenant, Fonny Boy ?

Tous les pêcheurs avaient un pistolet de détresse à bord de leur bateau, mais Fonny Boy ne pouvait pas s'en servir, car il ne voulait pas être secouru par les siens et subir le châtiment inévitable qui l'attendait pour avoir tenté de fuir avec le dentiste. Il pensait également à la zone militaire qui entourait toute l'île et se disait que ce n'était peut-être pas une bonne idée de tirer une fusée. Les militaires pouvaient riposter.

– Tu crois que le courant va nous entraîner jusqu'à Reedville ? demanda le docteur Faux, alors que l'air glacé commençait à traverser ses vêtements inadaptés.

– Nan, répondit Fonny Boy.

Il se mit à fouiller dans les divers compartiments du bateau, d'où il sortit une corde, un canif rouillé, plusieurs bouteilles d'eau, du produit antimoustiques, dont le dentiste s'enduisit généreusement alors qu'il faisait trop froid pour que les insectes rôdent dans les parages. Le compartiment situé sous le siège du pilote était fermé par un cadenas à code et Fonny Boy essaya de se souvenir de la combinaison. Toutes les choses de valeur, dont le pistolet de détresse, devaient se trouver dans ce compartiment, et il espérait que son père avait laissé l'émetteur récepteur à bord au lieu de le ramener à la maison.

20

CRUZ MORALES échappa aux troopers en empruntant une succession de ruelles, avant de se garer finalement à côté d'une benne à ordures derrière Freckles, un bar situé près de Patterson Avenue. Assis dans l'obscurité, le souffle coupé, il tendait l'oreille, et ses yeux couraient nerveusement de tous les côtés. De la musique country et des murmures s'échappaient de l'intérieur du Freckles, que Cruz prenait pour un petit bar de quartier. Soudain, il eut envie d'une bière, plus que de n'importe quoi au monde. Il avait les nerfs à vif, et jamais il n'avait eu aussi peur de toute sa vie.

Il était convaincu que tous ces gros hélicoptères qui volaient à basse altitude, avec leurs projecteurs qui balayaient le sol, étaient à sa poursuite. Il ignorait ce qu'il avait fait pour provoquer une telle chasse à l'homme, à moins que ce soit à cause de ce paquet dans le compartiment de la roue de secours. Mais comment la police était-elle au courant ? Quand les Blancs de l'atelier de carrosserie l'avaient entraîné dans l'arrière-boutique pour lui donner le paquet en échange d'un autre paquet, Cruz savait qu'il participait à une combine qui pouvait lui valoir des ennuis, mais ces types n'avaient pas pu le dénoncer. Quel intérêt ? Et personne n'avait été témoin de la transaction. Autant qu'il s'en souvienne, les hélicoptères étaient déjà de sortie avant même qu'il s'arrête sur le parking de l'atelier de carrosserie. La police le recherchait donc avant même qu'il ait fait quoi que ce soit ? Comment était-ce possible ?

Il descendit de voiture, ouvrit le coffre et récupéra le paquet dans le compartiment de la roue de secours, qui n'était pas une vraie cachette, étant donné qu'il n'y avait ni roue de secours, ni tapis, et que la première chose que ferait un policier serait de soulever ce panneau suspect. Cruz s'apprêtait à jeter le paquet dans la benne à ordures quand la porte arrière du bar s'ouvrit, déversant de la lumière et des éclats de voix dans la ruelle en terre battue.

Major Trader était ivre et d'humeur macho, alors il avait décidé de faire pipi dehors, même si le Freckles possédait des toilettes parfaitement correctes. Mais en se soulageant en plein air, il retrouvait ses racines, et les pirates comme les pêcheurs de crabes avaient le don de s'adapter aux désagréments. Titubant légèrement, Trader se débattit avec la fermeture Éclair de sa braguette, mais celle-ci avait planté ses dents dans le tissu de son pantalon mal taillé, et elle refusait de lâcher prise.

– Merde ! pesta Trader comme un pirate, en tirant de toutes ses forces. Que mon âme soit damnée !

Plus il tirait, plus la fermeture enfonçait ses dents. Résultat, il était maintenant coincé, dans tous les sens du terme, car la fermeture était bloquée exactement à mi-chemin, et plus il luttait, plus sa vessie avait envie de se rendre. Une main plaquée entre les cuisses, il sautillait et trébuchait en maudissant la fermeture Éclair, tout en essayant de l'obliger à ouvrir sa gueule de métal.

Tapi dans l'ombre derrière la benne à ordures, Cruz assistait à cette scène avec stupéfaction. Jamais il n'avait vu pareille chose, et quel était donc ce langage qui sortait de la bouche de cet homme obèse, et pourquoi sautillait-il d'un pied sur l'autre, en se tenant les parties génitales ? Dans la faible lumière, on aurait dit qu'il tirait sur son entrecuisse pour essayer de s'arracher à la force de gravité et s'envoler. Il haletait et jurait comme un pirate ; ses bonds et ses sauts de plus en plus violents l'entraînaient vers Cruz caché derrière la benne à ordures.

Le jeune Mexicain déposa le paquet par terre et contourna la benne pour revenir devant, au moment où le fou passait derrière en bondissant. Puis Cruz fonça vers sa voiture, sauta à bord, fit rugir le moteur et démarra en trombe, tandis que Trader continuait à sautiller en se tenant le bas-ventre : l'envie devenait insupportable. La fermeture Éclair refusait toujours d'en démordre.

Trader continuait à tirer dessus en gémissant sous l'effet de la torture ; c'était comme si on lui avait branché une pompe à vélo sur la vessie pour voir combien de kilos de pression on pouvait y injecter avant qu'elle explose, puis se dégonfle de soulagement et de honte. Les pirates ne se faisaient pas pipi dessus, pas même quand ils étaient tout petits. Pisser sur la propriété et sur les autres, c'était une chose, ce n'était pas une raison pour se souiller, même si vous étiez occupé à attaquer un navire ou à incendier un élevage de crabes. Trader était essoufflé et épuisé à force de sauter sur place ; c'est alors qu'il remarqua un paquet posé par terre, et il s'assit dessus en croisant fortement les jambes.

– Bon Dieu, bon Dieu..., répétait-il, lorsque la porte arrière de Freckles s'ouvrit, inondant Trader d'une bande de lumière qui lui fit plisser les yeux.

Hooter Shook avait terminé son service au poste de péage, et elle avait fait un saut chez Freckles pour s'offrir un peu de compagnie masculine et un rafraîchissement. Elle avait passé un si bon moment avec ce colosse d'officier Macovich que sa tête commençait à tourner, et puis, malheureusement, ils avaient eu cette dispute.

– N'espère pas te marier, lui avait dit Macovich en vidant sa quatrième bière. Moi, je veux pas avoir une bande de marmots qui me saute dessus dès que je pousse la porte, et je veux pas balancer tout mon fric par la fenêtre. J'économise pour me payer une Corvette.

– Quoiiii ?

Hooter était un peu ivre elle aussi, et la bière faisait mauvais ménage avec son tempérament.

– T'es bien comme tous les autres, tiens ! lança-t-elle en pianotant sur la table en Formica avec ses ongles en acrylique démesurément longs. Je me casse le cul au travail, et quand je rentre à la maison, toi t'es en train d'astiquer ta Corvette, pendant que les gosses chialent dans leur coin avec leurs couches sales et le ventre vide. Et après, t'espères faire l'amour avec moi pendant que tu bois ta bière, sans même me demander mon avis !

– Woo ! T'es déjà arrivée à la fin du film, baby. On se tient pas encore par la main et t'es déjà mariée, avec des mômes. Si on buvait juste une bière, histoire de se détendre, hein ?

Ses ongles cliquetaient bruyamment et de manière erratique sur la table ; on aurait dit des bruits de patins dans un match de hockey sur glace.

– J'ai jamais pigé pourquoi que les femmes elles voulaient avoir des ongles de dix centimètres de long, avoua-t-il. Comment tu fais pour ramasser une pièce ou un timbre, hein ?

– Je ramasse jamais une pièce sans gants, répliqua-t-elle, indignée. Tu sais bien ce que je pense de la saleté et de tout ce qui est malsain !

Cela inquiétait terriblement Macovich. Si elle avait cette attitude face à l'argent, quel genre de relations pouvait-il espérer avoir avec elle ? Si ça se trouve, peut-être qu'elle portait une combinaison anticontamination pour dormir, et ses grands ongles risquaient de causer des dégâts aux endroits sensibles. Woooo, se dit-il. D'abord, pourquoi portait-elle un parfum qui s'appelait Poison ? C'était une erreur de choisir une fille au péage, se disait-il. La dernière fois qu'il avait dragué une fille qu'il ne connaissait pas, c'était pareil. Letitia Sweet travaillait au Shell Quick Mart, pas loin du Q.-G., et Macovich ne faisait pas attention à elle quand il était entré un après-midi pour boire un café et manger des pop-corn. Letitia était carrossée comme une vieille Cadillac et elle avait sans doute autant de kilomètres au compteur et de couches de peinture, mais Macovich était de sale humeur à cause de la cadette des filles Crimm, la terreur du billard.

Il s'approcha du comptoir et impressionna Letitia en sortant un billet de 20 dollars. Elle lui adressa un petit sourire bête, tandis qu'elle se penchait au-dessus du tiroir caisse, laissant voir ses deux pare-chocs en forme d'obus.

Il fallait lui rendre justice : cette femme avait du répondant, quelle que soit la manière dont il la prenne, même si leur premier rencard fut aussi le dernier.

– Pour qui tu te prends ? lui hurla Letitia dans la voiture. Pourquoi que tu me tritures comme ça ? Tu crois que je suis insensible, sous toute cette chair ? Ça te plairait si je te tordais comme une serpillière, comme quand je nettoie mon comptoir à la fin de la journée ?

Elle lui fit une démonstration, et Macovich dut reconnaître qu'il n'aimait pas ça du tout. Alors, pourquoi était-il passé de Letitia à Hooter ? Perdu dans le vide sidéral de son dysfonctionnement et de ses expériences fâcheuses, il se dit qu'il valait mieux ne pas protester quand Hooter lui déclara qu'elle avait besoin d'air frais et que, s'il avait de la chance, elle accepterait de lui dire quelques mots la prochaine fois qu'il emprunterait sa file au péage.

Une fois de plus, le rendez-vous de Hooter se concluait dans un lieu paumé, sans voiture pour la raccompagner, et elle se lamentait sur son sort lorsqu'elle déboucha dans l'allée et aperçut un gros type assis sur un paquet à côté de la benne à ordures. L'espace d'un instant, elle oublia ses problèmes.

– Hé, ça n'a pas l'air d'aller très fort, mon grand, lui dit Hooter en marchant vers lui sur ses talons chancelants. Qu'est-ce que vous faites donc ici dans le froid ? Vous voulez que j'appelle une ambulance ?

– Ma fermeture Éclair s'est coincée, dit Trader en tirant sur la fermeture à petits coups secs, sans résultat. Merde !

– Ça m'arrive, des fois, compatit Hooter. (Elle se rapprocha pour l'observer de plus près et s'assurer que ce n'était pas un fou.) Je vais vous dire, c'est encore pire quand c'est derrière, dit-elle en désignant le dos d'une robe longue imaginaire. Ça m'est arrivé un jour où que j'ai été au bal du jour de l'an au Holiday Inn. J'arrivais plus à remonter ma fermeture jusqu'en haut, et j'avais peur de déchirer ma belle robe si je tirais trop fort.

Elle lui raconta en détail comment elle avait finalement attendu dans le hall du motel, jusqu'à ce qu'un gentil Arabe passe et l'aide à baisser sa fermeture Éclair, pour qu'elle puisse la remonter sans coincer le tissu. Mais l'Arabe ne voulut pas remonter la fermeture, et il insista même pour que Hooter l'enlève complètement, et le reste aussi, alors elle avait été obligée de le tabasser. Hooter alluma une cigarette, emportée dans son souvenir, pendant que Trader, sans lâcher prise, suppliait la fermeture Éclair de lui rendre sa liberté.

Soudain, Hooter demanda :

– Hé, sur quoi que vous êtes assis ?

Trader repensa soudain au paquet irrégulier et dur sur lequel il était perché, à côté de la benne à ordures. Avec sa main libre, il le palpa et entreprit d'arracher le papier d'emballage.

– Des armes !

Immédiatement, il se dit qu'il pourrait s'en servir pour faire sauter sa fermeture Éclair coincée, du moment qu'il faisait attention.

– Ça alors ! fit Hooter. Pourquoi que vous êtes assis sur des armes ? Ça peut être dangereux, et d'abord, pourquoi que c'est que vous les avez enveloppées dans du papier UPS ?

Trader sortit du paquet un pistolet .9 mm et éjecta le chargeur, ravi de constater qu'il était plein, même s'il ne connaissait rien aux armes à feu, à part les pistolets de détresse. Il écarta les genoux au maximum et visa soigneusement.

– Nom de Dieu ! beugla-t-il lorsque la balle rebondit sur la fermeture en cuivre et ricocha contre la benne à ordures avec un grand « bong ! ».

– Vous êtes dingue ! hurla Hooter en reculant de quelques pas, manquant de tomber. Pourquoi que vous vous tirez dans les parties ?

Trader visa de nouveau la fermeture Éclair et pressa la détente, furieux de voir la balle ricocher de nouveau, s'élever à la verticale et briser la lampe du réverbère. La fermeture Éclair était indestructible ; elle serrait les dents et tenait bon, pendant que Trader continuait à tirer. Les douilles s'envolaient et retombaient sur la terre battue avec un petit bruit métallique, pendant que Hooter s'enfuyait dans l'allée en appelant la police et faisant de grands signes aux hélicoptères qui volaient au-dessus de sa tête.

– Au secours ! Au secours ! criait-elle aux Blackhawk. Posez-vous et arrêtez ce fou ! Il essaye de se tirer dans les parties et il n'y arrive même pas ! Mais il va finir par atteindre quelque chose ! À l'aide !

Andy se garait devant chez Judy Hammer quand il entendit l'appel à la radio.

– Fusillade dans Patterson Avenue à la hauteur des numéros 5000. Appel à toutes les voitures patrouillant dans le secteur. On nous signale des coups de feu dans une ruelle.

Hammer apparut sur le perron ; elle se demandait pourquoi Andy restait dans sa voiture. Elle descendit pour se renseigner.

– Qu'est-ce que vous faites ? demanda-t-elle, alors qu'Andy baissait sa vitre.

– Il y a une fusillade et personne ne répond, expliqua-t-il, tout excité. Toutes les unités doivent être occupées par d'autres fusillades, ou bien elles pourchassent le fuyard hispanique.

– Allons-y, dit-elle sans la moindre hésitation en montant à bord.

Ils démarrèrent sur les chapeaux de roue, avec les gyrophares bleus et la sirène à fond, pendant que la régulatrice du central de la police essayait désespérément d'envoyer une patrouille dans Patterson Avenue.

– Trois-trente, dit Andy dans son émetteur, en utilisant son ancien code de patrouille datant de l'époque où il faisait partie de la police de Richmond.

– Trois-trente, répondit la régulatrice, légèrement déroutée, apparemment, car elle avait reconnu la voix agréable d'Andy et elle savait qu'il ne travaillait plus pour la police municipale.

– Je prends l'appel pour Patterson Avenue, déclara-t-il.

– Dix-quatre, ancienne unité trois-trente.

– Vous savez où ça se passe exactement dans la ruelle ? demanda-t-il dans le micro.

– Dix-dix, trois-trente, ce qui voulait dire « Négatif, agent Brazil ou celui qui se fait passer pour l'agent Brazil ».

Betty Freakley, la régulatrice, se tourna vers ses collègues du central de la police et haussa les épaules.

– Je croyais qu'il avait démissionné pour entrer dans la police d'État ? dit-elle.

Toutes les régulatrices étaient occupées. Il y avait de l'animation à Richmond ce soir. Un homme ivre était tombé dans son jardin en promenant son chien. Une femme de race noire était allongée au milieu de la rue près de l'épicerie d'Eggleson. Un enfant avait avalé toutes les petites perles à l'intérieur d'un ours en peluche Baby Millenium 2000. On dénombrait plusieurs accidents de voiture et la plupart des policiers étaient occupés à rechercher un suspect hispanique qui conduisait une Grand Prix immatriculée dans l'État de New York. Mais l'affaire urgente qui retint l'attention de Hammer, c'était cet homme avec un sac en papier sur la tête qui tentait de dévaliser le restaurant fast-food Popeye dans Chamberlayne Avenue.

– Je me demande si ce n'est pas le même homme qui a essayé de braquer le péage, l'année dernière, dit-elle. Comment s'appelait-il, déjà ? Il a percuté la cabine parce qu'il avait découpé des trous aux mauvais endroits dans le sac et il ne voyait rien.

– Son surnom, c'est Stick, dit Andy. Il a un casier long comme le bras et ça fait des années qu'il essaye le coup du sac sur la tête.

– On pourrait croire qu'il aurait compris que ça ne marchait pas, au bout d'un moment, dit Hammer, qui ne manquait jamais d'être stupéfaite par la stupidité de la plupart des criminels.

– Il a déjà braqué le Popeye de Broad Street il y a deux ou trois mois, se souvint Andy, en accélérant pour passer à l'orange dans Cary Street. Il est entré avec son sac sur la tête, il s'est pris les pieds dans la barrière où les gens font la queue et, en repartant avec une boîte de huit nuggets au poulet, il s'est cogné contre la porte vitrée et s'est cassé le nez. On a relevé son ADN grâce au sang sur le sac en papier.

– Il est armé ?

– C'est ça le problème. Il n'est jamais armé, il entre avec son sac sur la tête et il demande je ne sais quoi. On ne peut donc pas l'accuser de braquage, et c'est pour ça qu'il ne reste jamais longtemps en prison. D'après lui, il demande quelque chose et les gens le lui donnent sans protester, il dit que ce n'est pas un crime et il n'y a rien dans le code pénal de Virginie qui affirme que c'est illégal de se promener avec un sac sur la tête. Résultat, quand Stick se présente pour la lecture de l'acte d'accusation, le juge prononce un non-lieu.

– Appel à toutes les voitures patrouillant dans le secteur, dit la voix de la régulatrice. On nous signale un homme de race blanche avec un sac sur la tête sur le parking du restaurant Popeye de Chamberlayne Avenue. Une ambulance est en route.

– Il a dû trébucher encore une fois, dit Andy.

Stick ne fut pas le seul à trébucher, ce soir-là. En descendant de son minivan sous l'auvent pour voitures, Barbie Fogg trébucha sur la poupée Barbie d'une de ses jumelles. Comme toujours, elle était restée à l'endroit où la fillette avait joué avec pour la dernière fois.

– Oh, mon Dieu ! s'exclama Barbie en se relevant et en vérifiant qu'elle n'était pas blessée.

Barbie, qui croyait beaucoup aux signes envoyés par l'Univers, interpréta ce qui aurait pu être un accident grave comme l'indication qu'elle avait laissé échapper et négligé une chose importante. Mais évidemment ! se dit-elle en repensant à la chose inhabituelle qui lui était arrivée avant qu'elle fasse une halte à la maison de retraite où elle rendait visite à des vieilles femmes impotentes qu'elle ne connaissait pas et qui ne se souvenaient pas d'elle. Barbie croyait que l'Univers l'avait choisie pour être une guérisseuse, et enfin l'Univers allait la récompenser ; voilà pourquoi Hooter lui avait offert ce cadeau particulier.

Quelques minutes plus tard, ses voisines, les sœurs Clot, virent Barbie apposer un autocollant sur la vitre arrière du minivan de la famille Fogg. Uva Clot, qui l'observait derrière les stores de la cuisine, fut choquée.

– Viens voir ! cria-t-elle à sa sœur célibataire, Ima, qui regardait la télévision dans le salon, à plein volume. Dieu du ciel, elle rentre ivre et elle colle cette chose sur sa voiture, avec les enfants dans la maison. Qu'est-ce qu'ils vont devenir, ces pauv'z'enfants, quand le monde entier verra c'que leur maman a mis sur sa camionnette ? J'me suis toujours posé des questions sur cette femme, j'te l'avais pas dit que j'me posais des questions, Ima ? Viens donc voir ça, dépêche-toi !

Ima approcha avec son déambulateur et regarda à travers les lattes du store. Elle se raidit en apercevant Barbie Fogg sous son auvent éclairé, de l'autre côté de la rue. Ima ne voyait pas très bien ce qu'était en train de faire Barbie, mais visiblement elle tournait autour de son minivan en donnant des coups de pied dans une poupée sur le sol, et elle n'arrêtait pas de lisser quelque chose sur la vitre arrière, d'un air admiratif. Ima distinguait juste quelques couleurs vives.

– Qu'est-ce qu'elle fabrique ? demanda-t-elle à sa sœur.

– Tu vois pas ce qu'elle a mis sur la vitre, Ima ? C'est un des autocollants arc-en-ciel ! Tu te souviens pas de tous ces drapeaux et ces autocollants arc-en-ciel quand on vivait dans le Quartier français ?

Ima laissa échapper un tel hoquet de stupeur qu'elle bascula vers l'avant avec son déambulateur. Elle voulut se raccrocher aux stores, qui tombèrent avec elle. Barbie Fogg tourna la tête vers les sœurs Clot qui l'observaient à travers leur fenêtre devenue transparente tout à coup ; elle leur adressa un petit signe de la main et disparut rapidement.

– Lennie ! s'écria Barbie en entrant dans la cuisine, où son mari était en train de fouiller dans le réfrigérateur. Tu ne devineras jamais ce qui m'est arrivé ce soir.

– Tu as sûrement raison, répondit Lennie d'un ton agacé en ouvrant une boîte de Budweiser. Je ne devinerai jamais.

– C'est une façon de parler, dit Barbie, comme elle disait toujours.

– T'en a mis du temps. Tu aurais dû être rentrée depuis des heures.

– C'est la circulation et ces pauvres gens de la maison de retraite. Oh, Lennie, je me suis fait une nouvelle copine, ce soir, et j'ai un arc-en-ciel sur ma voiture !

Lennie avala une gorgée de bière et s'essuya la bouche avec le revers de la main.

– Les filles dorment ? demanda Barbie en plongeant à l'intérieur du réfrigérateur à son tour, décidée à fêter son arc-en-ciel en s'offrant une Mila's Hard Lemonade, cette citronnade agrémentée de vodka.

– Oui, oui. Écoute, dit Lennie, un de mes clients a des billets en rab pour la course de samedi soir, et comme tu le sais, je dois aller à Charlotte pour une conférence sur l'immobilier. Tu veux les billets, ou je les donne à quelqu'un d'autre ?

– Je trouverai une baby-sitter et peut-être que j'emmènerai une copine, dit Barbie, en omettant d'ajouter qu'elle ne louperait une course pour rien au monde et qu'elle était ravie que son mari ne puisse pas y assister.

Barbie vouait une passion secrète au pilote Ricky Rudd, qui avait une magnifique peau laiteuse sans aucun défaut et de jolis cheveux blonds. Chaque fois qu'elle voyait une photo de lui avec cette grosse étoile rouge Texaco sur le devant de sa combinaison de pilote, ou quand elle voyait tourner sa Monte Carlo rouge vif numéro 28 à la télé, elle avait des picotements dans tout le corps et elle lui envoyait une lettre. Cela faisait des années qu'elle lui écrivait ; elle lui envoyait déjà des lettres-épîtres hebdomadaires quand il vivait en Caroline du Nord, et quand il était venu s'installer en Virginie, elle avait cherché le moyen d'obtenir son numéro de téléphone. Ricky ne répondait jamais, évidemment, mais elle était convaincue qu'il le ferait si elle n'utilisait pas un pseudonyme et si elle indiquait son adresse.

Outre Ricky, Barbie nourrissait une obsession pour Bo Mann, qu'elle avait remarqué lors du 2000 Chevrolet Monte Carlo 500 l'année dernière. Après de nombreuses enquêtes autour des stands et avoir supplié pour qu'on la prenne en photo avec Bo, elle avait été assez habile pour le convaincre de lui donner son adresse.

– Si je vous envoie une photo avec une enveloppe timbrée pour la réponse, vous me la dédicacerez ? avait-elle demandé à Bo, alors qu'ils posaient devant sa voiture, après la course.

– L'enveloppe ou la photo ? avait-il répondu.

Oh, Barbie adorait les hommes qui avaient le sens de l'humour.

– Il paraît qu'un type s'est fait exploser près de la rivière, ce soir, disait Lennie. Ça signifie qu'il y a un nouveau dingue en liberté. Viens, on va se coucher et faire l'amour.

La citronnade montait tout droit à la tête de Barbie

– Oh, chéri, je ne me sens pas d'humeur, ce soir. J'ai des arcs-en-ciel plein la tête et j'ai juste envie de me détendre pour en profiter, si ça ne t'ennuie pas.

Si, ça l'ennuyait. Frustré, Lennie finit sa bière et alla en chercher une autre. Il l'ouvrit en regardant la belle silhouette de sa femme. Elle passait un temps fou à prendre soin d'elle, mais elle ne voulait pas qu'il lui arrache ses vêtements pour explorer ce qu'elle se donnait tant de mal à entretenir. Ça n'avait aucun sens. Pourquoi une femme prend-elle la peine d'être jolie si elle ne veut pas faire l'amour ?

– Je vais aller voir si les filles vont bien et j'irai me coucher ensuite, je crois, annonça Barbie. Cette limonade me rend toute chose !

– Tant mieux pour elle, marmonna Lennie.

Il se plaignait rarement des folies que faisait son épouse dans les magasins, ou de l'argent qu'elle dépensait en produits de beauté, en injections diverses ou Dieu sait quoi encore quand elle rendait visite à son médecin une fois par mois. Souvent il lui faisait envoyer des fleurs, même sans occasion particulière, et il ne protestait jamais quand il devait garder les jumelles, Mandie et Missie, qui avaient presque cinq ans. Il voulait juste que sa femme le laisse la toucher et qu'elle fasse semblant d'aimer ça, ou au moins de ne pas être incommodée.

Lennie lui apporta une autre citronnade et se servit une autre bière. Généralement, quand il la soûlait, ça marchait, mais ce soir, apparemment, ça la rendait groggy et distante.

– Je peux pas continuer à vivre comme ça, dit-il. Je me casse le cul au boulot pour vendre des baraques et une fois sur deux, quand je rentre à la maison, je dois faire la baby-sitter pendant que tu vas voir des invalides ou tes copines. Ensuite, tu es trop fatiguée pour moi, à moins que tu sois fatiguée *de moi*, tout bonnement.

– Une fille a besoin de copines, Lennie. (Barbie avait du mal à articuler.) Les hommes ne comprennent pas notre besoin d'avoir des copines. Tu as combien de billets en trop ?

– Peut-être que j'ai besoin d'avoir une copine, moi aussi, dit Lennie d'un ton plus brutal.

Barbie se mit à pleurer. Elle ne supportait pas le sale caractère de son mari, ni sa méchanceté, et elle se décomposait sous la violence de sa fureur.

– Je suis désolée, Lennie, sanglota-t-elle. Je fais tout pour essayer de te faire plaisir, chéri. Mais depuis que j'ai eu quarante ans, c'est comme si j'avais plus envie de faire la chose, tu vois. C'est pas ta faute. Je suis sûre que ça n'a rien à voir avec toi. Peut-être que j'aurais besoin d'en parler à quelqu'un.

– Bon sang ! (Lennie leva les yeux au ciel.) Je vais devoir payer les notes de psychiatre, maintenant ! À quoi ça rime ? Tu es conseillère bénévole, non ? Tu n'as qu'à te parler à toi-même !

Barbie pleura de plus belle, et Lennie fut pris de remords. Il serra sa femme dans ses bras et la supplia d'être heureuse.

– Si tu as besoin de parler à quelqu'un, trésor, fais-le, lui dit-il d'une voix apaisante. J'ai deux billets pour la course, et je peux sûrement en avoir d'autres grâce au cadre de General Motors à la retraite qui a acheté la grande maison au bord de la rivière.

Andy et Hammer s'engagèrent dans la ruelle derrière Freckles et constatèrent que tous les lampadaires étaient éteints. Trader, couvert de crasse, était assis sur un paquet, à côté d'une benne à ordures débordante de déchets malodorants. Il n'avait plus de munitions et continuait à se débattre avec sa fermeture Éclair, au bord de la crise de nerf et mourant d'envie d'uriner.

– Nom d'un chien, dit Hammer au fonctionnaire qu'elle aimait le moins, qu'est-ce que vous foutez ici, assis sur un paquet, avec une arme à la main ? Et pourquoi votre costume est-il tout sale ?

Trader laissa exploser sa rage :

– Ma braguette est coincée !

Hammer se pencha en avant pour examiner le problème, tandis qu'Andy remarquait une femme qui se cachait dans l'obscurité à distance respectueuse.

– Vous avez réussi à coincer votre caleçon dans la fermeture ! dit Hammer. Comment se fait-il qu'elle soit toute déformée comme ça ?

– J'ai essayé de la faire sauter !

– Bon, calmez-vous, dit Hammer. Je vais voir ce que je peux faire.

Elle tira sur la fermeture Éclair de Trader, en prenant soin de ne toucher à rien d'autre. En quelques secondes, elle réussit à décoincer le caleçon de Trader, et la fermeture Éclair s'ouvrit avec un grand sourire. Trader se précipita derrière la benne et se mit à uriner comme un cheval.

– Bon Dieu, fit Andy, écœuré.

Il inspecta le contenu du paquet posé par terre et dénombra cinq pistolets de gros calibres et plusieurs boîtes de munitions.

– On dirait qu'il a un tas de petites activités annexes, commenta-t-il.

– Pff, quelle honte, dit Hammer avec hargne.

– Hé, vous ! lança Andy à la femme qui restait dans l'ombre. Venez ici !

Il n'apercevait qu'une silhouette avec des dreadlocks et des hauts talons.

Hooter avança en chancelant sur la terre battue, craignant d'avoir des ennuis, sans trop savoir pour quelle raison.

– Hé, je vous reconnais, vous deux ! s'exclama Hooter, surprise. Vous êtes la femme chef de la police. Et vous, dit-elle à Andy, z'êtes le gentil officier qu'a essayé de m'aider quand l'homme avec le sac en papier sur la tête a essayé de me braquer dans ma cabine, l'année dernière.

– Que s'est-il passé ici ? demanda Andy en désignant d'un mouvement de tête Major Trader, toujours en train de se soulager.

– Je sais seulement que quand je suis sortie du bar, il était en train de faire des bonds dans la ruelle, et après, il s'est assis sur un paquet. Oh, seigneur, regardez toutes ces armes ! Qu'est-ce qu'il faisait assis sur des armes près d'une benne à ordures, je le saurai jamais ! Je lui ai dit que c'était dangereux, mais il voulait pas se lever et il arrêtait pas de se tenir le machin. Mais je sais rien de plus que ça, à part qu'il s'est mis à tirer partout, tout à coup, et j'ai couru me cacher en appelant à l'aide.

– Que faisiez-vous ici, dans cette ruelle ? demanda Andy.

– Je prenais un peu l'air.

– Si vous preniez l'air, ça veut dire que vous étiez dans un endroit où il n'y avait pas beaucoup d'air. Alors, où étiez-vous avant de sortir dans cette ruelle ?

– Je buvais un petit verre. (Elle indiqua le bar d'un mouvement de tête.) C'était vachement enfumé, là-dedans, surtout à cause de ce grand trooper qu'écrase jamais une cigarette sans en allumer une autre.

Andy pensa immédiatement à Macovich. Et Hammer aussi.

– Allez voir s'il est toujours à l'intérieur, ordonna Hammer à Andy.

Celui-ci fit le tour du bâtiment en trottinant et lorsqu'il poussa la porte d'entrée, des dizaines d'yeux vitreux se braquèrent sur lui. Macovich était assis dans un box, tout seul, ivre, en train de tirer sur une cigarette. Andy se glissa sur la banquette en face de lui.

– On vient de trouver Major Trader dans l'allée derrière. Vous n'avez pas entendu les coups de feu ?

– J'croyais qu'c'était une voiture qui pétaradait, bafouilla Macovich dans un épais nuage de fumée. Et j'suis pas en service, ajouta-t-il. Mais j'savais que Trader était dans les parages. Je l'ai vu assis au bar, là-bas, à boire des bières tout seul. Mais j'lui ai pas causé et j'me suis pas fait remarquer.

– L'avez-vous vu en train de bavarder avec quelqu'un, ou parler au téléphone ? Ou n'importe quoi d'autre pouvant laisser croire qu'il était ici pour rencontrer quelqu'un, et peut-être acheter un paquet d'armes ?

– Woo ! Y a plein d'histoires, en ce moment ! dit Macovich en traçant des cercles sur la table avec sa bouteille de bière. Même si j'aime pas ce type, je peux pas dire que je l'ai vu faire quoi que ce soit de louche.

– Dans ce cas, on ne peut pas prouver qu'il a un rapport quelconque avec ces armes, dit Andy, déçu. Pour le moment, du moins. Et on n'a pas qualité pour l'inculper d'usage illégal d'arme à feu. La police municipale s'en chargera, s'ils en ont envie. Vous étiez avec Hooter ?

– Woo ! C'était une erreur. Elle tient pas la bière, et elle est devenue méchante. Ça m'apprendra à draguer une fille du péage.

Macovich essayait de faire comme s'il se fichait pas mal de Hooter. Cette femme lui était inférieure, après tout, c'était une simple employée de péage. Quelle importance alors si elle lui disait des horreurs et fichait le camp ? Des femmes, il pouvait en trouver à tout moment ; il n'avait certainement pas besoin d'une péagiste.

– Je crois que je ferais mieux de la raccompagner chez elle, dit Macovich. Elle a pas de bagnole.

– Je crois que la meilleure solution, c'est que je vous appelle un taxi pour tous les deux, répondit Andy. Mais elle devra sans doute répondre aux questions de la police.

Au moment où Andy disait cela, Hammer demandait justement à Hooter, à l'extérieur :

– C'est vous qui avez appelé la police ? C'est forcément quelqu'un.

– J'ai crié pour prévenir les hélicoptères, dit Hooter en levant les yeux vers un Blackhawk qui tournait au-dessus de leurs têtes. J'imagine que c'est eux qu'ont appelé la police par radio.

– Des gens dans un hélicoptère n'ont pas pu vous entendre crier d'en bas, dit Hammer, alors que Trader continuait à inonder la ruelle derrière la benne à ordures.

– Tout ce que je sais, c'est que j'ai crié en leur faisant des grands signes, alors c'est forcément les hélicoptères qu'ont appelé la police. Dites, j'ai jamais vu quelqu'un faire pipi aussi longtemps. (Elle avait tourné la tête en direction du bruit.) Il est bizarre, cet homme. Je crois que vous feriez bien de vous renseigner sur lui. Je parie qu'il a fait des trucs pas bien, si vous voulez mon avis. P't-être que c'est un homosensuel, aussi, parce qu'il essayait de tirer dans ses parties génitales, comme si qu'il détestait sa virilité. Ça veut sans doute dire qu'il a le sida et plein d'argent sale dans ses poches. À vot'place, je le toucherais pas sans mettre des gants. J'en ai une paire dans mon sac, j'peux vous les prêter, proposa-t-elle à Hammer. Je suppose que vous allez devoir l'arrêter, ajouta-t-elle, au moment où Andy ressortait du bar par-derrière.

– Trader était à l'intérieur, annonça-t-il à sa chef. Macovich l'a vu boire des bières. Vous aussi vous l'avez vu ? demanda-t-il à Hooter.

– S'il était là, j'l'ai pas remarqué. Y avait trop de fumée autour de la table.

– Je vais appeler la police pour savoir ce qu'ils comptent faire, dit Andy à Hammer. Mais pour le moment, je pense que cette affaire ne nous concerne pas. Il faut vous trouver un taxi, ajouta-t-il en s'adressant à Hooter.

– Je suis pas saoule ! protesta-t-elle avec indignation.

– Je n'ai jamais dit ça. Mais vous n'avez pas de voiture.

– Lui, il a une voiture, et c'est à cause de ça que je suis ici.

Elle hocha le menton en direction du bar, en faisant vraisemblablement allusion à Macovich.

– Il n'est pas en état de conduire, dit Andy. Il a bu trop de bières et il est de sale humeur. Je crois qu'il est vexé.

– Ah ? fit Hooter et une étincelle s'alluma dans ses yeux. Ça m'étonnerait, il a un cœur de pierre.

– C'est faux, dit Andy. Parfois, les hommes les plus costauds, les plus grands, sont hypersensibles et ils ne montrent pas leurs sentiments. Vous pourriez peut-être le raccompagner avec sa voiture ?

– Et après, je fais quoi ? s'exclama Hooter. Moi, je reste pas avec un homme qui vit encore chez sa maman !

Cruz Morales aurait donné n'importe quoi pour être avec sa maman, alors qu'il continuait à rouler dans la nuit. À 3 heures du matin, il jeta des regards furtifs autour de lui, tandis qu'il refermait la porte d'une cabine téléphonique et sortait de sa poche la serviette en papier douteuse que lui avait donnée la dame du péage. Elle avait l'air d'une gentille personne, et Cruz avait besoin d'aide. Il n'avait aucune chance de quitter la ville à bord de sa Pontiac immatriculée à New York, avec les flics et les hélicos partout. Au moins, il comprenait maintenant la cause de tout ce chambardement.

Alors qu'il s'enfuyait de ce bar où ce fou sautait autour de la benne à ordures, Cruz avait entendu à la radio que quelqu'un s'était consumé près de la rivière, et que tout le monde recherchait un suspect hispanique de New York qui était peut-être le serial killer auteur d'une série de crimes haineux, dont le plus ancien avait peut-être été commis à Jamestown et n'avait jamais été élucidé, car une femme de la police ne faisait pas bien son travail, d'après le gouverneur. Cruz ignorait totalement de quoi il était question, mais il était hispanique, et il ne comprenait pas comment il était devenu tout à coup un fugitif à cause de crimes dont il ne savait rien. C'est pourquoi il s'était arrêté dans cette épicerie 7-Eleven ouverte jour et nuit pour passer un coup de fil urgent. Il regarda la serviette en papier et découvrit qu'il y avait deux numéros de téléphone écrits dessus, un de chaque côté. Il aurait pourtant juré que la dame du péage n'avait noté qu'un seul numéro, alors à quoi correspondait l'autre, et lequel était le bon ? Cruz introduisit un quarter dans l'appareil et composa un des deux numéros au hasard. Après la troisième sonnerie, quelqu'un décrocha.

– Allô ? fit une voix d'homme.

– Je cherche la dame du péage, dit Cruz, en supposant qu'elle devait avoir un petit ami.

– Qui est à l'appareil ?

– Je peux pas vous le dire, mais faut que je lui parle. Elle m'a dit de l'appeler.

Assis devant son ordinateur, Andy rédigeait le prochain texte d'Officier Vérité. Il aurait parié que la dame du péage en question était Hooter. Mais pourquoi essayait-on de la joindre chez lui ?

– Elle n'est pas là pour l'instant, répondit Andy, ce qui pouvait induire en erreur, mais qui était vrai.

Hooter avait raccompagné Macovich chez lui, et tout le monde était libre d'imaginer ce qui s'était passé ensuite. Andy avait appelé la police, qui était venue récupérer les armes, mais avait décidé de ne pas arrêter Trader avec si peu de preuves, d'autant que c'était un haut fonctionnaire.

« Mais si on arrive à remonter jusqu'à vous à partir de ces armes, avait dit un des policiers à Trader, vous serez dans une sacrée merde. Je me fous de savoir pour qui vous travaillez. Alors, je vous conseille de rentrer chez vous et de ne pas essayer de quitter la ville ou une autre bêtise de ce genre.

– Évidemment que je ne vais pas quitter la ville, avait menti Trader. (Par miracle, des fils s'étaient reconnectés dans sa tête et il parlait de nouveau normalement.) Je serai à mon poste demain matin, comme d'habitude.

– Vous devriez peut-être voir ça avec le gouverneur, avait suggéré Andy. Il est un peu fâché contre vous.

– Balivernes ! Nous avons toujours été en très bons termes, et en vérité, il me considère comme son meilleur ami.

– Il risque de changer d'avis si les examens sanguins de Regina se révèlent compromettants pour vous, Trader, avait dit Andy. Si j'ai bien compris, on l'a conduite aux urgences à cause d'une sévère crise de gastro-entérite, dont nous savons très bien, vous et moi, qu'elle a été provoquée par les cookies que des témoins vous ont vu déposer dans la cuisine de la résidence. On vous a entendu dire qu'ils étaient réservés au gouverneur, mais Regina en a chipé quelques-uns en douce.

– Personne n'a jamais été malade à cause des cookies de ma femme. »

– Quand c'est qu'elle va rentrer ? demanda l'inconnu avec un fort accent espagnol, au bout du fil.

– Je ne sais pas, mais je peux peut-être vous aider... ?

– Je suis inquiet, vous comprenez. Ils disent qu'un Hispanique a tué quelqu'un près du fleuve. Moi, j'ai tué personne, mais la police, elle me recherche !

Affolé et recroquevillé à l'intérieur de la cabine, Cruz vit une Toyota Land Cruiser noire se garer devant les pompes à essence.

– Qu'est-ce qui vous fait croire que la police vous recherche ? demanda Andy.

– Ils m'ont arrêté au péage et après, ils m'ont pourchassé sans raison. Il a fallu que je me cache et j'ai peur pour ma vie ! La dame du péage m'a donné son numéro et elle a dit qu'elle m'aiderait.

Andy se creusait la cervelle pour essayer de comprendre pourquoi Hooter aurait donné son numéro de téléphone à un éventuel fugitif, puis il se souvint de s'être occupé de l'affaire de l'homme au sac en papier sur la tête l'année dernière.

– Il faudrait peut-être qu'on se rencontre pour parler de tout ça, suggéra Andy, tout en cliquant pour changer un mot dans le texte qu'il allait bientôt envoyer. Inutile de chercher à échapper à la police, même si vous êtes innocent, car tout ce que vous allez faire, c'est vous attirer des ennuis supplémentaires. Si on se retrouvait dans un endroit sûr, pour parler ? J'ai des relations, je peux sûrement vous aider.

Cruz était tenté, et sans doute aurait-il choisi la solution du bon sens en acceptant de rencontrer cet inconnu, mais un événement imprévu se déroulait devant ses yeux. À travers la vitre de l'épicerie, il vit une jeune femme blanche entrer dans la boutique et s'adresser à l'employée comme si elle réclamait son aide. Puis un jeune Blanc avec des dreadlocks entra à son tour en titubant, visiblement défoncé, et il sortit de sous sa veste un pistolet qu'il pointa sur l'employée, qui se tenait loin du comptoir et du bouton d'alarme qui équipe toutes les épiceries, de nos jours. Cruz n'entendait pas ce que disait le Blanc, mais il lançait des injures d'un air méchant et violent à l'employée qui tremblait dans sa blouse à carreaux orange. Elle se mit à pleurer et à supplier, pendant que le Blanc vidait le tiroir caisse. Et soudain, sous le regard horrifié de Cruz, la fille aux longs cheveux noirs prit calmement le pistolet du gars, l'appuya contre le crâne de l'employée et tira à plusieurs reprises. Les détonations ébranlèrent la cabine téléphonique et Cruz ne put retenir un cri.

Andy sursauta en entendant ce qui ressemblait à un coup de feu.

– Que se passe-t-il ? demanda-t-il.

– C'est le Blanc avec des dreadlocks ! Ils viennent de buter la femme de l'épicerie ! hurla l'Hispanique, avant de raccrocher.

Smoke, se dit Andy en se remémorant le signalement que le gardien de prison, Pinn, avait fourni après l'évasion de Smoke. D'après l'identificateur d'appel d'Andy, l'Hispanique appelait d'une épicerie 7-Eleven située dans Hull Street, et Andy appela la police au moment où Cruz sautait dans sa voiture et repartait en trombe encore une fois.

Moins d'une minute plus tard, il fut horrifié de constater que la Toyota Land Cruiser noire collait à son pare-chocs arrière. Heureusement, il avait appris à conduire à New York, et il bifurqua dans plusieurs ruelles, traversa une rue perpendiculaire pied au plancher, puis une autre, sauta par-dessus un terre-plein et se faufila périlleusement entre des voitures, pour finalement se retrouver sur le parking de ce qui ressemblait à une immense demeure avec des courts de tennis.

UNE BRÈVE HISTOIRE DES FERMETURES À GLISSIÈRE

par Officier Vérité

Pour ceux d'entre vous qui ne se sont pas penchés sur la question, une fermeture Éclair, également appelée fermeture à glissière, est un système très simple qui permet de relier les deux côtés d'une ouverture, comme une braguette, le dos d'une robe ou un sac de congélation, mais dans ce dernier cas, il s'agit en fait d'un *zip,* qui ressemble moins à des dents qui se referment et plus à deux gencives. La fermeture Éclair qui nous intéresse ici se compose de deux bandes de tissu, chacune munie d'une rangée de dents métalliques ou en plastique qui s'emboîtent les unes dans les autres quand on actionne la partie coulissante. Les deux rails se séparent à nouveau quand on abaisse la partie coulissante, à moins que la fermeture Éclair déraille ou refuse d'aller plus loin, comme cela est arrivé à cet empoisonneur et à ce menteur de Major Trader hier soir.

La première fermeture à glissière de l'histoire a été présentée officiellement en 1893 par Whitcomb L. Judson, à l'Exposition universelle de Chicago. Quelques années plus tard, Gideon Sundback, un immigré suédois, ingénieur électricien, améliora le procédé en remplaçant les crochets et les œillets par des pinces à ressort. Et en 1913, il créa le système que nous connaissons maintenant, même s'il ne prit le nom de fermeture Éclair que plus tard.

De ce fait, s'il nous arrivait de découvrir à Jamestown une fermeture à glissière dans une tombe que nous estimons dater de l'époque coloniale, nous pourrions en conclure sans risque de nous tromper que ces restes humains sont postérieurs à 1913. Attardons-nous encore un instant sur ce scénario, et supposons qu'en mettant au jour une tombe sur un site archéologique, j'ai effectivement découvert une fermeture à glissière dans la région pelvienne d'un squelette. Je l'aurais immédiatement signalé aux archéologues, de préférence au docteur Bill Kelson, l'archéologue en chef de Jamestown, spécialiste des objets fabriqués coloniaux, y compris les boutons.

« Docteur Kelson, lui aurais-je dit, regardez cette tache verte dans la poussière qui a exactement la forme d'une fermeture à glissière. Selon moi, la couleur verte indique une fermeture en cuivre érodée par le temps. »

Le très estimé archéologue aurait certainement été d'accord avec moi, et il aurait souligné que les épingles de linceul en cuivre ou en laiton laissent elles aussi une tache verte en s'érodant, mais une épingle laisse une tache en forme d'épingle, facile à différencier d'une fermeture à glissière. Il aurait ajouté que l'épingle médiévale était en fer et terminée par une tête en étain, parfois incrustée de verre ou d'une pierre semi-précieuse. Mais la plupart des épingles retrouvées sur les sites historiques sont faites de fil de cuivre avec une tête conique constituée d'un autre morceau de cuivre enroulé trois à cinq fois au sommet puis aplati d'un coup de masse. Cette méthode de fabrication des épingles perdura jusqu'en 1824, date à laquelle Lemuel W. Wright déposa le brevet d'une épingle frappée en une seule fois.

Si nous découvrions une épingle d'au moins dix centimètres de long, nous penserions qu'il s'agissait d'une épingle à cheveux, et que la personne enterrée dans cette tombe était très certainement une femme. Si nous trouvions une épingle à nourrice, la tombe serait postérieure à 1857. Si nous trouvions des boucles en cuivre pour les capes, la tombe daterait sans doute du XVIIe siècle. Quant aux aiguilles, dirait certainement le docteur Kelson, on en trouvait rarement, car elles rouillaient, à moins d'être en os, auquel cas on pouvait en conclure que les restes étaient ceux d'un tapissier.

« Et les dés à coudre ? aurais-je pu demander au docteur Kelson, en ôtant délicatement la terre qui recouvrait la tache laissée par la fermeture à glissière.

– C'est variable, aurait-il pu me répondre. En fonction de leur usage. »

Les dés à coudre du XVIe et du début du XVIIe siècle étaient gros et lourds, en général, rarement décoratifs. Si je découvrais un très grand dé à coudre, la tombe daterait très certainement du milieu du XVIIe siècle, et s'il y avait un trou dans le dé à coudre, sans doute aurait-il été échangé à un Indien des plaines qui l'aurait accroché sur un lacet en cuir pour orner des habits et des bourses. Les premiers Amérindiens avaient un grand sens de l'élégance et ils adoraient porter des perles, des morceaux de cuivre, des outils artisanaux, des têtes et des membres de poupées en bois.

Hélas, je n'ai pas trouvé de jouets, ni même de morceaux de jouets, au cours de mes fouilles avec les archéologues de Jamestown, et je n'ai pas eu la chance, non plus, de découvrir des pièces de monnaie, ni même un bouton ; par contre, j'ai trouvé un certain nombre de balles de mousquet et des têtes de flèche, ainsi que les restes d'un squelette de femme grosse fumeuse de pipe, qui ne s'était pas coupé les cheveux pendant quatre ou sept ans.

Conformément à ma promesse d'être un narrateur honnête, je dois ajouter que je n'ai pas trouvé de fermeture à glissière en fouillant le sol de Jamestown. Mais si cela m'était arrivé, je l'aurais reconnue sur-le-champ et j'en aurais tiré un grand nombre d'informations.

Pour en revenir à cette crapule de Major Trader, sachez qu'il court dans la nature et est dénué de remords. La dernière fois qu'on l'a aperçu, il tirait des coups de feu derrière Freckles, et sans doute est-il toujours en ville pour vaquer à ses néfastes occupations, comme toujours. Si vous cliquez sur la petite icône représentant une prison dans le coin supérieur droit de votre écran, vous verrez une photo récente de Trader en compagnie du gouverneur Crimm, le monsieur sur la gauche qui tient une loupe. Je vous en prie, ne confondez pas les deux hommes. Le gouverneur est un homme respectueux de la loi, et j'aimerais profiter de l'occasion qui m'est offerte pour lui dire la chose suivante :

Je sais que c'est un sujet délicat, monsieur, mais vous devez impérativement faire quelque chose pour votre vue, et j'aimerais vous suggérer un chien ou un cheval d'aveugle. Je pense que le second animal est préférable au premier, car l'attente pour obtenir un minicheval est moins longue, ils vivent plus longtemps que les chiens, et vous avez déjà un chien qui pourrait s'offusquer de voir arriver un autre chien. J'ai pris la liberté de me renseigner pour savoir comment vous pourriez vous procurer un minicheval, et j'ai découvert qu'il y en avait un disponible immédiatement. Il est propre, il adore voyager à l'arrière d'une voiture ou d'un van, il aime les autres animaux familiers et les enfants, et il s'appelle Trip, car il adore voyager, justement. Je me suis également permis d'envoyer un e-mail aux éleveurs pour qu'ils vous réservent Trip et vous appellent à votre bureau pour de plus amples informations, ce qu'ils ont promis de faire sans délai.

Autre chose, monsieur le gouverneur. Il serait bon que quelqu'un s'occupe de la situation de votre majordome vis-à-vis de l'administration pénitentiaire. Il est parvenu à mes oreilles qu'il était peut-être victime d'une erreur informatique, et il est grand temps que votre majordome soit libéré et qu'il travaille à votre service en tant que civil et non en tant que détenu. Par ailleurs, si j'étais vous, je m'occuperais également du sort de Moses Custer, et je veillerais à ce qu'il soit sous bonne protection pour empêcher ses agresseurs de lui faire mal à nouveau, ou pire. Il est possible que ces mêmes individus violents aient frappé une fois de plus, cette nuit, en assassinant l'employée d'une épicerie, et ils pourraient même être liés au meurtre brutal d'O.V.

Monsieur le gouverneur Crimm, il est temps pour vous de montrer aux Virginiens que vous vous souciez personnellement de leur sort et que vous n'avez d'autre préoccupation que le bien-être de la communauté.

Soyez prudents, amis lecteurs !

21

Possum lut plusieurs fois la dernière livraison d'Officier Vérité, convaincu que le croisé anonyme de l'Internet savait que les agresseurs dont il parlait étaient Smoke et sa bande de pirates.

– Et c'est normal qu'il s'en doute, murmura Possum en s'adressant à Popeye, qui ronflait sur le lit. Tout le monde sait que Smoke s'est évadé de prison et que c'est un bon à rien, parce qu'il sait rien faire d'autre. Oh, mon Dieu, Popeye, et si la police découvre notre camping-car et nous arrête tous, ou si Smoke provoque une fusillade et qu'on finit tous morts ?

Popeye se réveilla aussitôt.

– C'est pas juste ! reprit Possum, avec une colère grandissante. Qu'est-ce qu'ils avaient besoin de tuer cette pauvre femme de l'épicerie ? Maintenant, y donnent le signalement de Smoke aux infos parce que quelqu'un a tout vu !

Possum inspira à fond et se tourna plusieurs fois vers la porte fermée de sa chambre.

– Il est temps que je fasse un truc, murmura-t-il à l'oreille de Popeye. Et je vais le faire, en espérant que Smoke en saura rien !

Possum envoya un e-mail.

Cher Officier Vérité,

Ce Trader dont vous venez de parler est un pirate du Web qui se fait appeler Capt'aine Bonny. Je l'ai compris à cause de ce que vous avez dit l'autre jour sur votre site, comme quoi que Trader il avait des relations avec cette femme pirate qui doit être morte maintenant.

Je crois que vous pourriez coincer le Capt'aine Bonny en

lui envoyant un e-mail pour lui tendre un piège. Dites-lui juste que vous allez lui déposer une valise étanche pleine de ce qu'il attend, et quand il viendra pour la récupérer, arrêtez-le ! Prenez un pseudonyme pareil que le mien, pour qu'il croye que le e-mail vient de moi.

P.-S. : Il y a un coup de prévu rapport avec Popeye ! C'est ce Trader qui a eu l'idée de le kidnapper !

Possum cliqua sur « Envoyer message » et regarda la porte fermée avec soulagement. Dieu soit loué, ni Smoke ni aucun des autres pirates n'avait vu ce qu'il venait de faire. Smoke le tuerait à coup sûr s'il le surprenait en train d'envoyer un message à Officier Vérité. Smoke le tabasserait à coups de poing, à coups de pied et il le laisserait pour mort, exactement comme il l'avait fait avec ce pauvre Moses Custer, qui, au moment même où Possum pensait à lui, recevait un coup de téléphone dans sa chambre d'hôpital.

– C'est le gouverneur ! brailla l'infirmière Carless en lui tendant le téléphone, et une manche de sa blouse renversa un gobelet de jus d'orange sur le plateau de Moses, aspergeant sa chemise de nuit d'hôpital.

– Vous êtes sûre ?

Moses ne la croyait pas, et il se disait que si cette infirmière provoquait encore un seul accident, il allait chercher ce foutu bouton d'appel d'urgence et appuyer dessus de toutes ses forces.

– Et si c'est un de ces pirates qu'essaye de me retrouver ?

L'infirmière Carless lui reprit le téléphone, en lui donnant au passage un coup de combiné dans le menton.

– Je crains qu'il soit pas là, dit-elle dans l'appareil, pendant qu'elle essuyait le jus d'orange en donnant un coup de coude dans la pomme d'Adam de Moses.

– Non ! (Moses lui arracha le téléphone des mains.) Et si c'est bien le gouverneur ? Je peux pas lui raccrocher au nez ! Qui est à l'appareil, si je peux me permettre ? demanda-t-il. Avant qu'on parte à la recherche de Moses de chambre en chambre, à supposer qu'il soit dans cet hôpital, et même qu'il soit encore vivant, on veut savoir qui veut lui parler.

– Le gouverneur Crimm.

– Quel gouverneur Crimm ? demanda Moses, toujours pas convaincu.

– Le gouverneur Bedford Crimm IV. Il n'y a pas d'autre gouverneur Crimm, car tous ceux qu'il y a eu avant, c'était moi. J'ai été gouverneur de Virginie trois fois déjà. Ou quatre ?

– On continue à chercher le dénommé Moses, dit Moses, pas encore prêt à croire cette voix familière. Mais pendant que je vous ai au bout du fil, vous permettez que je vous demande le nom de votre mère, de votre épouse, de vos enfants, de vos animaux domestiques, et aussi leurs âges et leurs pointures ?

– Non, je ne permets pas que vous me posiez des questions d'ordre personnel, répondit le gouverneur, profondément choqué.

– D'accord, d'accord. Ne quittez pas.

Moses plaqua sa main sur le téléphone et écouta son cœur battre à tout rompre. C'était bien le gouverneur, assurément, car aucun gouverneur n'accepterait de répondre à des questions personnelles comme celles-là, et un pirate qui essaierait de se faire passer pour le gouverneur au téléphone aurait inventé une réponse.

– Allô ? fit Moses d'une voix légèrement plus aiguë. Moses Custer à l'appareil.

– Oui, oui, fit Crimm avec une touche d'impatience, assis dans son bureau au dernier étage de la résidence, contemplant de manière floue la belle vue sur l'allée circulaire et la guérite du garde. Ça m'a l'air drôlement désorganisé, dans votre hôpital, et la personne qui répond au téléphone est extrêmement grossière.

– Vous avez raison, c'est la pagaille, ici, dit l'étrange petite voix aiguë au bout du fil. Aïe ! Vous vous êtes prise dans mon cathéter ! Vous l'avez déjà arraché une fois par mégarde ! Ça fait un mal de chien quand vous le remettez !

Une dispute étouffée s'ensuivit et le gouverneur comprit que Moses était empêtré dans son cathéter et refusait que l'infirmière le branche sur un bassin hygiénique.

– Je veux pas de bassin ! déclara Moses. Vous connaissant, vous allez me le renverser dessus ! Laissez-moi mon cathéter et enlevez-moi ce plateau avant de renverser autre chose ou de me crever un œil avec cette fourchette ! Je vous écoute, gouverneur, excusez-moi. Mais cette infirmière a un truc qui cloche. Elle souffre d'une maladie genre Parkinson ou myopathie, et chaque fois qu'elle s'approche de moi, elle me fait aussi mal que les pirates qui m'ont tabassé pour me voler mon camion rempli de citrouilles.

– Je veillerai à ne jamais aller dans cet hôpital, en tout cas, commenta le gouverneur, tout en parcourant la dernière livraison d'Officier Vérité avec sa loupe.

– Oh, non, monsieur. Évitez même de passer devant, et surtout n'y entrez jamais. D'ailleurs, je souhaite de tout mon cœur, monsieur le gouverneur, que vous n'ayez jamais besoin d'aller à l'hôpital. Je prie chaque jour pour votre santé et votre prospération.

– Quoi ? (Le gouverneur relut encore une fois l'avis qui lui était personnellement adressé par Officier Vérité). C'est quoi, cette histoire de procréation ?

– J'en sais rien, moi, dit Moses, alors que Crimm se disait que le pauvre homme était sans doute sous sédatifs.

– Écoutez-moi, dit le gouverneur pour en venir au fait. La nouvelle de la terrible attaque dont vous avez été victime est parvenue jusqu'à moi, alors je voulais prendre de vos nouvelles, vous faire savoir que je m'intéressais personnellement à votre état de santé et que je veillerais à ce que vous soyez protégé en sortant de l'hôpital.

– C'est vrai ?

La voix de Moses monta encore de plusieurs octaves, au moment où ce qui ressemblait à un plateau tombait bruyamment sur le sol.

– Évidemment ! Vous êtes un Virginien, et j'ai juré de veiller sur tous les citoyens de notre magnifique et unique Commonwealth. Quand sortez-vous ?

Le gouverneur regarda l'officier Brazil, qui possédait de si bonnes manières, franchir les grilles de la résidence et garer sa voiture banalisée devant la résidence. Crimm ne se souvenait pas si le jeune homme avait une raison de venir ici ce matin, mais apparemment, sa visite avait un rapport avec Regina, et c'était un immense soulagement. Sa fille cadette avait besoin d'une distraction pour s'occuper, et le gouverneur avait besoin de quelqu'un pour protéger Moses Custer.

– Je crois qu'ils ont dit que je pourrais rentrer avant ce

soir, à condition que l'infirmière ne me fende pas le crâne ou ne me donne pas un mauvais médicament, dit Moses. J'apprécie votre geste. Dire que je suis en train de parler au gouverneur en personne ! Je me fais tabasser, on me vole toutes mes citrouilles, et juste après, y a le gouverneur en personne qui me téléphone pour me dire que je dois être protégé. Le gouverneur en personne dit qu'il est désolé de ce qui m'est arrivé, même si c'est pas sa faute, et que j'aurai pas d'ennuis à cause des citrouilles qu'ont bouché la rivière.

– Évidemment que vous n'aurez pas d'ennuis, dit le gouverneur en regardant Andy descendre de voiture et Regina dévaler les marches du perron, vêtue d'une tenue de safari.

– Au fait, dit le gouverneur pour essayer de mettre fin à cette conversation tout en donnant une bonne image de l'État. Samedi soir, vous prendrez l'hélicoptère avec moi pour aller assister à la course des Winston Series, dans ma loge personnelle. Et un officier nommé Andy Brazil viendra vous chercher à l'hôpital pour vous escorter jusque chez vous.

– Bonté divine ! s'exclama Moses, surpris et enchanté. J'ai jamais vu une course de stock-car en vrai ! Vous pouvez pas savoir comme c'est dur d'avoir des billets et de trouver une place pour se garer. Faut croire que je me suis réveillé au pays d'Oz !

Crimm sortit à tâtons de son bureau, préoccupé par cette question de minicheval ; il se demandait ce qu'il éprouverait en étant guidé à chaque instant. Sans doute devrait-il se résoudre à cette idée. Sa vue baissait de jour en jour. Ce matin, pour descendre le grand escalier tournant de la résidence, il avait dû tenir la rampe à deux mains. Puis il s'était assis encore une fois sur le fauteuil Windsor dans le petit salon des dames et avait réclamé deux œufs au plat avec du bacon frit. Comme personne ne répondait, il s'était levé et avait traversé le couloir pour pénétrer dans le salon des messieurs et essayer encore une fois. Pour finir, il s'était retrouvé à l'intérieur de l'ascenseur, où Poney l'avait découvert quelques instants plus tard, alors qu'il portait du linge propre au premier étage.

« Où suis-je ? avait demandé le gouverneur, hébété, tandis que Poney le conduisait dans la salle à manger.

– Asseyez-vous, gouverneur. »

Poney tira une chaise et déplia une serviette sur les genoux de Crimm.

– Avez-vous bien dormi ?

– Non, avait répondu Regina en empilant des morceaux de beurre sur une montagne de grits. J'arrête pas de faire le même cauchemar.

Comme personne autour de la table ne semblait intéressé par son rêve, elle décida d'en parler à Andy dès l'instant où elle monta à bord de sa voiture banalisée.

– C'est exactement comme la dernière fois, dit-elle sans préambule. Je sais pas d'où vient cette histoire de pneus. À votre avis, pourquoi j'arrête pas de rêver de pneus ? Dans tous mes rêves, y a ces pneus qui roulent sur la route sans voitures ; ils roulent tout seuls.

– Où êtes-vous, pendant ce temps-là ? demanda Andy en bouclant sa ceinture et en lui indiquant qu'elle devait faire de même.

– Dans mon lit, mais ça vous regarde pas !

– Non, par rapport aux pneus, je veux dire.

– Je saute pour les éviter. Qu'est-ce que vous croyez ?

– Vous êtes à pied, donc ?

– Évidemment ! On n'a pas le droit de conduire durant tout le temps où papa est gouverneur. On a un chauffeur où qu'on aille, et je commence à en avoir marre.

– La cause de ces rêves me semble évidente, dit Andy. Vous avez l'impression d'aller nulle part. Vous êtes comme une voiture sans pneus, ou des pneus sans voiture, et dans un cas comme dans l'autre, vous êtes coincée sur l'autoroute de la vie, impuissante, menacée et frustrée, avec le sentiment que le monde vous passe devant le nez.

Le gouverneur et la First Lady observèrent Regina et Andy par la fenêtre.

– On dirait qu'ils se disputent, fit remarquer la First Lady.

– On ne peut pas avoir un autre chien, décréta le gouverneur.

– Qui a parlé d'avoir un autre chien, chéri ?

– Je ne peux pas prendre un chien d'aveugle. Officier Vérité a raison. Ce ne serait pas juste envers Frisky d'avoir un autre chien dans la maison. Un chat, à la rigueur, mais je ne crois pas qu'il y ait des chats d'aveugle, et je déteste les chats.

– On ne peut pas dresser des chats de cette façon, chéri, dit Mme Crimm. Ils sauteraient partout ou ils ramperaient sous des meubles, ou ils ne feraient rien du tout, et ce serait embêtant qu'un chat fasse tout ça pendant que t'es attaché à lui.

– Ils ne t'attachent pas aux animaux, intervint Faith en regardant avec jalousie son épouvantable petite sœur partir avec le bel officier. Tu t'accroches à une petite poignée. Et je viens de lire dans Officier Vérité qu'il existait des chevaux d'aveugle, maintenant, et il te conseille d'en prendre un immédiatement. Je crois que Frisky ne serait pas jaloux d'un cheval, papa.

– On ne peut pas avoir un cheval dans la maison ! protesta Mme Crimm.

– J'en veux un, déclara le gouverneur. Aujourd'hui.

– Je ne sais pas si c'est une bonne idée que Regina aille à la morgue, s'inquiéta Mme Crimm, alors que la voiture d'Andy disparaissait.

– Ce sera peut-être bénéfique pour elle, dit le gouverneur. Ça lui fera prendre conscience de sa chance, et elle arrêtera de se plaindre sans cesse.

– Je suis d'accord, dit Faith. Elle devrait déjà s'estimer heureuse de vivre.

En s'éloignant de la fenêtre, le gouverneur percuta un portrait grandeur nature de Lady Astor.

– Pardon, madame, bredouilla-t-il.

Barbie Fogg se heurtait aux choses, elle aussi, ce matin. La vision troublée par trop de citronnade, elle s'était cognée contre le coin du lit, elle avait donné un coup de coude dans le toaster, et il y a quelques secondes, elle avait failli percuter la voiture qui la précédait, car son attention était accaparée de tous les côtés. Généralement, quand elle conduisait son minivan pour se rendre à l'Aumônerie baptiste du campus où elle était conseillère bénévole, personne ne prêtait attention à elle sur la route. Mais ce matin, les autres automobilistes la dévisageaient, et, dans son état second, elle trouvait cela très déstabilisant.

Barbie Fogg avait toujours été une femme séduisante qui s'habillait avec élégance et goût, et surtout, elle prenait grand soin de sa peau. La peau était le cadeau de Dieu aux femmes, disait-elle souvent aux jeunes étudiantes qui réclamaient ses conseils. Les vêtements et les accessoires ne serviraient à rien si vous aviez une vilaine peau ; tout le monde devrait se rendre régulièrement chez le dermatologue, utiliser des bons laits nettoyants et hydratants et éviter de s'exposer au soleil.

Certes, sa peau était particulièrement jolie ce matin, en effet, grâce au masque au glycogène qu'elle se souvenait vaguement avoir appliqué hier soir après avoir trop bu. Mais pourquoi tous ces automobilistes la regardaient-ils ainsi ? Certains lui adressaient même des coups de Klaxon, et il y a quelques instants, un type portant une boucle d'oreille l'avait doublée au volant de sa Porsche et lui avait fait signe en levant le pouce. Barbie ralentit en approchant de la cabine de péage de Hooter et fut heureuse de voir l'autocollant arc-en-ciel collé sur la vitre coulissante.

– Bon sang, vous travaillez vingt-quatre heures sur vingt-quatre ! lança-t-elle à Hooter, qui semblait ne pas être dans son assiette. On a toutes les deux des arcs-en-ciel. C'est amusant, non ?

– Il m'est arrivé une chose très bizarre, hier soir, dit Hooter, alors que les véhicules s'alignaient derrière le minivan.

Elle raconta à Barbie l'histoire du fou dans la ruelle qui était assis sur un sac rempli d'armes, près de la benne à ordures, et qui essayait de se tirer une balle dans les parties génitales.

– Et vous savez, ce grand trooper avec qui j'avais rendez-vous hier soir ? Eh bien... (Hooter s'interrompit.) Non, vous n'avez aucune raison de le connaître. Bref, il a fallu que je le raccompagne chez sa maman en voiture, et il voulait qu'on fasse des choses, mais moi j'étais pas d'accord, vu que sa maman, elle était dans la pièce à côté, avec un verre collé contre le mur, je parie, pour écouter ce qu'on faisait. Alors, je lui ai dit comme ça : « Tu vis encore avec ta maman, et si je faisais ce que tu veux et si elle entrait à ce moment-là, hein ? » Vous imaginez ? *Vous imaginez ?* Je suis en train de chevaucher le dada de ce grand trooper et en plein milieu de la chose, v'là sa maman en chemise de nuit qui se plante à côté du canapé. J'trouve ça malsain. J'vous le dis, il est bizarre cet homme.

– Quel dada ?

Barbie était horrifiée et perplexe.

– C'est un petit nom pour parler de la plus grosse... (La réflexion de Hooter fut en partie masquée par un concert de Klaxons.) ...jamais vue, ma petite ! Mais en fait, je l'ai pas vraiment vue en personne. Je dis ça d'après le raffut qu'elle faisait pour sortir de son box, si vous voyez ce que je veux dire. Oh, oh, c'est ce qu'on appelle une grosse...

Nouveau concert de Klaxons.

– J'ai l'impression de causer pas mal d'agitation, moi aussi, confia Barbie. Tous les gens me regardent, ils me klaxonnent, et c'est tout juste s'ils ne m'envoient pas dans le fossé, ajouta-t-elle au moment où un énorme pick-up muni de pare-boue bifurqua dans la file voisine et où Bubba Loving montra son majeur dressé en criant quelque chose en direction du minivan de Barbie.

– Comment il connaît mon nom ? s'exclama Barbie. J'ai jamais vu cet homme et il a crié mon nom. Je sais lire sur les lèvres.

– J'aime pas ces types qu'ont des drapeaux confédérés sur leur pare-brise et des plaques avec marqué Bubba, dit Hooter en lançant un regard noir au pick-up. Je suis contente qu'il ait changé de file, parce que j'aime pas toucher l'argent confédéré, avec ou sans gants. Mais je crois pas qu'il a crié vot' nom. (Hooter répugnait à dire la vérité à Barbie.) Je crois qu'il le connaît pas.

– Je suis sûre d'avoir entendu *Fogg*.

– Non, non. Il a dit quelque chose de pas gentil, ma petite. Je crois que ce plouc vous a traitée de *fag*[1].

– Elle est bien bonne, celle-là ! (Barbie n'en revenait pas.) Vous êtes sûre qu'il n'a pas dit Fogg ?

– J'vais pas lui poser la question. C'est un sale plouc, et je parie qu'il a une cagoule dans son coffre, si vous voyez ce que je veux dire.

Barbie ne voyait pas.

– Un drap blanc, expliqua Hooter. Je parie que c'est un grand dragon brûleur de croix du Ku Klux Klan !

1. Pédé, gouine. *(N.d.T.)*

– Quiconque brûle une croix mérite d'aller en enfer ! dit Barbie avec une indignation pieuse.

– Je me fous de savoir où vont les gens comme lui une fois morts, dit Hooter. Je veux pas qu'ils s'arrêtent à ma cabine et qu'ils essayent de découvrir où j'habite pour tirer dans mes fenêtres et faire brûler une croix dans mon jardin. À part que j'ai pas de jardin. Mais ils pourraient faire brûler une croix dans le parking.

– Le monde est rempli de fous, dit Barbie, découragée. C'est pire de jour en jour. Depuis le nouveau millénaire, tout est pire qu'avant. J'vois même pas comment ça pourrait être encore pire.

Hooter était entièrement d'accord avec Barbie Fogg.

Andy ne voyait pas, lui non plus, comment la situation pourrait être pire, tandis qu'il roulait en direction de la morgue avec à ses côtés Regina qui faisait des bulles avec son chewing-gum et jouait avec le scanner.

– Comment on fait pour allumer le gyrophare et la sirène, dans cette bagnole ? demanda-t-elle.

– On n'allume pas le gyrophare ni la sirène.

– Pourquoi ? On enquête sur un meurtre, non ? J'ai l'impression que vous pourriez les allumer, si vous vouliez.

– Non, je ne peux pas. On ne poursuit personne, que je sache.

Il faisait de gros efforts pour contenir son énervement.

– Oh, monsieur est de sale humeur, aujourd'hui, commenta Regina en regardant par la vitre les automobilistes qui cherchaient des places de stationnement et les gens qui attendaient dans le froid pour traverser.

Regina n'avait pas à subir ces désagréments communs, et pour la première fois depuis des années, elle était heureuse. Elle n'arrivait pas à croire qu'elle avait enfin échappé à la protection de l'EPU et qu'elle se trouvait à bord d'une voiture de police d'État toute neuve, pour se rendre à la morgue avec Andy.

– Je serai une excellente collègue, vous verrez, dit-elle. Je connais un tas de choses que vous ignorez certainement, et sans doute plus de choses que cette femme légiste, d'ailleurs. Je parie que vous ne savez pas ce qu'il faut faire quand on est pris dans des sables mouvants, pas vrai ?

– Je n'ai pas l'intention de me retrouver pris dans des sables mouvants, répondit Andy.

– Ah ah, facile à dire. Si c'était aussi simple d'éviter les sables mouvants, les gens ne se trouveraient pas pris dedans, et ils mourraient pas. Ce qu'il faut faire, c'est écarter les bras et les jambes et essayer de flotter. (Elle mima.) Après, on glisse son bâton de marche sous son dos pour empêcher les hanches de s'enfoncer et on sort les jambes pour s'échapper. Pour ouvrir une porte verrouillée, il faut forcer la serrure, et pour ça, il faut une clé à pans creux et une pince à cheveux. Je sais également survivre à une attaque de python, d'alligator et d'abeilles tueuses, se vanta-t-elle. Je pourrais aussi accoucher une femme dans un taxi et atterrir saine et sauve si mon parachute ne s'ouvre pas.

– Visiblement, vous avez lu le guide *Comment survivre dans les pires situations*, répondit Andy, ce qui surprit et agaça Regina. Et ce n'est pas parce que vous lisez la description d'un scénario catastrophe assise tranquillement chez vous que vous êtes capable de sauver votre peau si ce drame se produit réellement.

– Papa m'a donné ce livre pour mon anniversaire, déclara Regina avec suffisance. Et il n'a jamais donné ce livre à mes sœurs parce qu'elles n'aiment pas l'aventure, ce sont des froussardes. J'imagine bien Faith essayant de faire atterrir un avion si le pilote fait une crise cardiaque ; quant à Constance, elle paniquerait à mort si jamais elle était perdue dans le désert ou en pleine mer.

Elle fouilla dans son sac à dos, jusqu'à ce qu'elle trouve le petit manuel de survie jaune vif.

– Qu'est-ce que vous feriez si votre parachute ne s'ouvrait pas, hein ? demanda-t-elle pour le tester, en lissant une page cornée et maculée de taches ressemblant à du chocolat.

– Je vérifierais mon parachute avant de sauter.

La patience d'Andy était tendue comme une corde de guitare qui menace de se briser.

– Et s'il y a de la foudre ?

– Je l'éviterais.

– En vous réfugiant sous un grand arbre ?

Regina voulait absolument lui soutirer une réponse fausse.

– Certainement pas.
– Admettons que vous plongiez à trente mètres et que vous n'ayez plus d'oxygène ? demanda Regina sur un ton de défi.
– Ça ne m'arrivera pas.
Elle referma brutalement le manuel et le fourra dans son sac à dos.
– Quand est-ce que je pourrai avoir un uniforme, à votre avis ? demanda-t-elle avec une colère grandissante.
– Après avoir suivi les cours de l'école de police et obtenu votre diplôme. C'est-à-dire au bout d'un an, à condition que l'école vous accepte.
– Ils seront obligés de m'accepter.
– Ce n'est pas parce que votre père est gouverneur que tout le monde est obligé de vous accepter, répliqua Andy un peu sèchement. Je n'ai pas l'intention de dire aux gens qui vous êtes, je dirai seulement que vous êtes une stagiaire.
– Dans ce cas, je le leur dirai, rétorqua-t-elle en baissant sa vitre pour jeter son chewing-gum.
– Ce ne serait pas très malin. Vous ne croyez pas qu'il est temps de permettre aux gens de vous aimer pour vous-même, et non pas en fonction de ce que vous êtes ? Et ne jetez plus rien par la vitre.
– Et s'ils ne m'aiment pas, hein ? (Son humeur s'était assombrie.) Vous savez bien qu'ils ne m'aimeront pas. Les gens ne m'ont jamais aimée, même en sachant qui est papa. Alors, pourquoi est-ce qu'ils m'aimeraient en ne sachant pas qui je suis ?
– Vous serez obligée de voir ce qui se passe et d'affronter la réalité en face, pour une fois, dit Andy en tournant dans Clay Street. Et si les gens ne vous aiment pas, vous ne pourrez vous en prendre qu'à vous-même.
– Arrêtez vos conneries. C'est pas ma faute ! (Regina avait haussé le ton, sa voix était plus stridente.) J'y peux rien si je suis née comme ça !
– C'est vous qui choisissez d'être malpolie et égoïste, dit Andy. Et je ne suis pas dur d'oreille, pas encore. Inutile de crier. Peut-être que pour une fois, vous pourriez penser aux autres, au lieu de penser à vous. Ce pauvre passant, là-bas, qui va marcher sur le chewing-gum que vous avez jeté ? Ça vous plairait de marcher sur le chewing-gum de quelqu'un,

alors que vous êtes habillée pour aller au travail, pressée, que vous n'avez pas les moyens de vous acheter d'autres chaussures, avec un bébé malade à la maison ?

Regina n'avait jamais pensé à ça.

– L'unique raison pour laquelle on ne vous aime pas, c'est que vous n'aimez personne. Les gens le sentent, dit Andy en pénétrant derrière l'immeuble de brique moderne baptisé Biotech II qui abritait les bureaux du chef légiste et les laboratoires.

– Je ne sais pas comment m'y prendre, avoua Regina. On ne peut pas savoir faire une chose si on ne vous a jamais appris. Depuis que je suis née, tout le monde me traite différemment à cause de ce que je suis, j'ai jamais eu l'occasion de penser aux autres.

– Cette occasion vous est offerte maintenant. (Andy se gara sur un emplacement réservé aux visiteurs et descendit de voiture.) Si vous me traitez comme de la merde, je vous traiterai de la même manière. Ça va peut-être vous faire du bien de visiter la morgue. Vous pourrez vous entraîner à être gentille avec les morts ; ils ne vous en voudront pas si vous n'y arrivez pas.

– Excellente idée ! s'exclama Regina en suivant Andy avec enthousiasme sur le trottoir, puis dans le hall. Mais comment je peux faire pour me soucier des sentiments d'une personne si cette personne ne peut plus rien ressentir ?

– On appelle ça la compassion, l'empathie. Des mots qui vous sont étrangers, je suppose. (Andy s'arrêta à l'accueil pour signer le registre.) Essayez d'imaginer ce qu'ont enduré tous ces pauvres gens qui sont ici, pensez au chagrin de leurs amis et des êtres aimés. Ne ramenez pas tout à vous, pour une fois. Si vous vous montrez odieuse, c'est la fin de votre stage, car je ne le tolérerai pas, et je sais que le chef non plus. Elle vous enverra au tapis en une fraction de seconde.

– Papa la renverra.

– Elle n'en ferait qu'une bouchée au petit déjeuner.

Andy tendit à Regina un petit carnet et un stylo, tandis que des serrures électroniques s'ouvraient en produisant des déclics, et ils pénétrèrent dans le bureau du chef légiste.

– Prenez des notes, ordonna Andy. Écrivez tout ce que disent les médecins et taisez-vous.

Regina n'était pas habituée à recevoir des ordres, mais dès

qu'elle aperçut les clichés des autopsies éparpillés sur les bureaux dans la première pièce, elle commença à perdre sa bravade et son égocentrisme habituels. Les employées de la morgue connaissaient bien Andy, apparemment, et elles se montraient très gentilles et entreprenantes avec lui. Regina fut à la fois stupéfaite et excitée quand Andy la présenta comme sa stagiaire.

– Veinarde, lui glissa une des employées avec un clin d'œil malicieux.

– Pourquoi je ne suis pas votre stagiaire, moi ? demanda une autre d'un air faussement timide.

– Ouais, moi aussi, j'aimerais bien que vous m'appreniez deux ou trois choses.

– On vient pour l'affaire du pêcheur, déclara Andy, très professionnel. C'est le docteur Sawamatsu qui s'en occupe ?

– Non. Il n'est pas encore arrivé.

– Et le médecin chef ?

Andy était soulagé d'apprendre que Sawamatsu n'était pas là, et il espérait qu'il ne viendrait pas du tout.

D'abord, le docteur Sawamatsu parlait très mal l'anglais, et Andy avait les plus grandes difficultés à le comprendre, surtout quand il commençait à débiter des termes médicaux. En outre, le docteur Sawamatsu était un être froid, qui paraissait insensible et cynique ; et Andy était outré par les gens qui n'éprouvaient aucune pitié envers les victimes, vivantes ou mortes. Mais surtout, Sawamatsu s'était plusieurs fois vanté devant Andy de posséder une collection de souvenirs composés d'articulations et de seins artificiels, d'implants péniens, d'un œil de verre et de morceaux d'épaves provenant d'avions écrasés et d'autres catastrophes. Andy doutait que le docteur Scarpetta ait connaissance du hobby improbable de son assistant, car il gardait cette collection chez lui.

– Je vais peut-être le lui dire, pensa Andy à voix haute, tandis qu'il longeait un long couloir moquetté conduisant au bureau du chef légiste de Virginie.

– Dire quoi à qui ?

Regina jetait des regards émerveillés autour d'elle, s'arrêtant parfois devant des bureaux équipés de microscopes où des radiographies étaient accrochées devant des panneaux lumineux.

– Ne posez pas de questions, et, comme on dit dans les

enquêtes sur les explosions : *ne touchez à rien, ne déplacez rien*, lui dit Andy. Tout ce que vous entendrez et verrez ici ne doit être divulgué à personne, pas même votre famille.

– J'essaierai, répondit Regina. Mais je n'ai jamais su garder un secret.

Barbie Fogg avait l'habitude d'écouter des secrets, et elle en possédait quelques-uns. Craignant que Lennie ait lui aussi des secrets, elle décida de prendre la sortie suivante et de faire demi-tour pour retourner au péage et confier ses craintes à Hooter au sujet de son mariage.

– Lennie m'a dit de but en blanc qu'il voulait avoir une copine ! Vous croyez qu'il a des maîtresses parce que je ne veux plus faire l'amour ? Il est agent immobilier, ça veut dire qu'il est souvent à la maison, à rien faire, alors il s'occupe des jumelles, mais ça lui laisse beaucoup de temps pour avoir des maîtresses. Et par-dessus le marché, il doit se rendre à Charlotte pour une réunion importante, et moi, je vais me retrouver plus ou moins coincée à la maison. Ça veut dire que je risque de ne pas vous voir pendant toute une semaine.

Barbie et Hooter étaient tristes. On aurait dit qu'elles étaient amies depuis toujours.

– Je ne me rendais pas compte à quel point vous alliez me manquer, avoua Barbie.

– Seigneur, je vais être déprimée si je vous vois pas passer ! Avec qui je vais parler ? Pourquoi il faut qu'il aille à Charlotte ? Vous savez, je commence à en avoir assez de tous ces gens qui vont en Caroline du Nord, comme si c'était la terre promise ou je sais pas quoi. Moi, j'y ai jamais été. Qu'est-ce qu'il y a de si spécial, là-bas ?

– La municipalité vous accorde des jours de congé ? demanda Barbie, alors que la file des voitures s'allongeait derrière elle et que certaines commençaient à klaxonner. Si vous veniez à la course de stock-car avec moi, demain soir ? Ça me ferait très plaisir, et vous verriez tous les beaux pilotes. Mais il faut prendre votre après-midi, car j'aime bien arriver tôt pour traîner autour des stands et voir les pilotes arriver et monter dans leurs voitures. Parfois, ils acceptent qu'on se fasse photographier avec eux. Oh, si vous saviez ce que c'est ! Bras dessus bras dessous avec un beau pilote de stock-car dans sa combinaison moulante et ignifugée !

– J'ai jamais été à une course de stock-car, alors je peux pas savoir. (Hooter ignorait totalement la longue queue d'automobilistes impatients.) Peut-être que je vais prendre toute ma journée. J'ai pas pris de vacances depuis que j'ai été au mariage de ma sœur. J'étais demoiselle donneuse. (Le visage de Hooter s'illumina, car elle se revoyait vêtue de sa longue robe rose avec des manches transparentes, des perles et des rubans.) C'était pas rien, vous pouvez me croire.

– Hé, tu discuteras avec ta salope de petite copine un autre jour ! Magnez-vous le cul, les goudous !

Bubba Loving était de retour avec son pick-up muni de pare-boue.

– C'est quoi, une goudou ? demanda Barbie en notant rapidement son numéro de téléphone sur un Post-it. Et pourquoi est-ce que ce sale type nous parle de ça ?

– C'est celui qui le dit qui l'est ! lança Hooter à Bubba.

– Appelle-moi tout à l'heure, dit Barbie à Hooter en lui tendant son numéro de téléphone. Je serai à l'aumônerie baptiste du campus ; appelle-moi pour me dire si tu peux venir voir la course, pour que je ne donne pas le billet à une autre personne chanceuse. Viens, je t'en prie. J'adore avoir des copines avec qui parler.

– C'est possible que je vienne. C'est même certain. Et comment, que je vais venir ! (Hooter était tout excitée par cette idée.) Tu peux compter sur moi, à moins que je trouve personne pour me remplacer à mon poste. Si tu venais me prendre ici vers... voyons voir... À quelle heure ?

– 2 heures tapantes.

– Je passerai vite fait chez moi pour me changer et je t'attendrai ici, sauf contretemps. Comme ça, on aura du temps pour parler de ta vie sexuelle merdique.

– Ce serait formidable ! dit Barbie en saluant gaiement Hooter avec des signes de la main, tandis qu'elle repartait en oubliant de payer les soixante-quinze cents du péage, ce qui déclencha l'alarme. L'arc-en-ciel est magique ! Le monde est merveilleux !

– Vous roucoulerez avec votre copine une autre fois où on n'attend pas qu'il gèle en enfer pour pouvoir franchir le péage ! cria Lamonia dans sa Dodge.

Lamonia était de méchante humeur, et ça pouvait se comprendre. D'abord, on lui avait passé les menottes parce qu'elle ne voyait pas bien la nuit, et maintenant, elle se trouvait coincée dans un embouteillage parce que deux lesbiennes interaciales flirtaient au péage et qu'un bouseux raciste piquait sa crise. Qu'est-ce qui clochait sur terre ? Seigneur, ayez pitié de nous, se disait-elle. Toute la planète était en train de s'autodétruire et avant longtemps, Jésus allait en avoir marre et il allait revenir, mais Lamonia n'était pas prête pour l'Extase. Tous les dimanches, elle suppliait Jésus d'attendre encore un peu, parce qu'elle avait un tas d'amis et de voisins qui allaient se retrouver sur le carreau s'Il revenait maintenant sur un nuage pour emmener au ciel tous les croyants.

– Donnez votre vie à Jésus, dit Lamonia à Hooter en déposant un billet de 1 dollar dans la main gantée de coton.

– Tu l'as dit, ma chérie.

Hooter déposa trois quarters dans la corbeille et rendit un quarter de monnaie.

– Je ne suis pas votre chérie, ni celle de personne ! Demandez pardon pour vos péchés et priez Jésus. Demandez-Lui de prendre votre vie et de la sauver, vous entendez ? Car Il va bientôt revenir, et vous ne voudrez pas vous retrouver dans votre petite cabine en train de vous livrer à des perversions avec des inconnues, pour découvrir tout à coup que la moitié des voitures qui passent n'ont plus de conducteurs, car ils ont été conduits au ciel ! Et vous, vous resterez ici !

– Je suis prête pour monter au ciel, dit Hooter à Lamonia, et les deux femmes échangèrent leurs numéros de téléphone. Oh, oui, je suis prête, et j'attends ça avec impatience. J'attends ça depuis toujours ! Jésus revient. J'ai toujours su qu'Il reviendrait. (Hooter avait levé les yeux vers le plafond de la cabine.) Viens, Jésus. Viens vite. Je T'attends, et je ne Te ferai même pas payer le péage quand Tu descendras sur ton nuage !

– Non, non ! s'exclama Lamonia. Ne Lui dites pas de venir maintenant ! Il y a encore trop de travail à faire, pauvre idiote ! Regardez tous ces pécheurs ! Des kilomètres et des kilomètres de pécheurs. Priez pour eux, d'abord, mon enfant !

Hooter contempla les kilomètres de voitures qui klaxonnaient.

– Oui, tu as raison, petite. La plupart de ces gens sont pas encore prêts à recevoir Jésus. Regarde comme ils sont énervés et méchants. (Hooter secouait la tête d'un air triste.) On va demander à Jésus de patienter encore un peu. Accorde-nous encore un peu de temps, Jésus ! supplia-t-elle à voix haute, tandis que Lamonia repartait à reculons et percutait la voiture de derrière. Je T'en supplie, Dieu du ciel, accorde-moi juste mon samedi après-midi. Tu entends ? Juste un petit congé. C'est tout ce que je demande.

22

– DIEU DE MISÉRICORDE, priait le docteur Faux, tandis que Fonny Boy et lui dérivaient à bord de l'embarcation. On a passé toute la nuit ici et la moitié de la matinée, et j'ai tellement froid, tellement faim, que je crains de ne pas survivre une heure de plus. Aidez-nous, par pitié.

Fonny Boy avait renoncé à essayer d'ouvrir le compartiment cadenassé et il tirait des sons tristes de son harmonica en essayant différentes techniques de vibrato et de respiration. Il n'était pas loin d'espérer que le dentiste et lui soient capturés et renvoyés dans la remise, et il regrettait de ne pas avoir pris la peine d'emporter des sodas et de la nourriture. Mais il avait cru qu'ils atteindraient le continent bien avant que le problème des vivres se pose.

– Dieu soit loué, je crois que le courant nous ramène direct vers l'île, dit-il au docteur Faux.

– Je ne vois aucune terre. Nulle part, Fonny Boy. Si on était près du rivage, ils nous auraient repérés, à l'heure qu'il est, et peut-être qu'ils nous auraient bandé les yeux pour nous faire subir le supplice de la planche. Je pense qu'on a dû dériver à l'intérieur de la réserve naturelle, ça veut dire qu'il n'y aura aucun pêcheur dans le coin, et on va attendre ici jusqu'à ce qu'on meure.

– Nan, répondit Fonny Boy. On voit bien le courant. (Il montra du doigt les petites rides à la surface de l'eau.) Mais à coup sûr, ils vont bientôt comprendre qu'on a fichu le camp avec le bateau, et si on se dépêche pas, ils vont nous rattraper et on n'aura plus qu'à réciter la Bible !

– À moins qu'ils pensent qu'on est déjà sur le continent, et tu sais bien qu'ils ne viendront pas nous chercher là-bas. Tu es sûr que tu ne te souviens pas de la combinaison de ce foutu cadenas ? Il y a peut-être un pistolet à fusées dans ce compartiment, ou même un miroir pour envoyer des signaux.

Fonny Boy avait connu la combinaison, à une époque, et il était terriblement frustré de ne pas réussir à s'en souvenir, malgré tous ses efforts. Il avait essayé toutes les dates d'anniversaire de la famille, le code postal de Tanger, et plusieurs numéros de téléphone, sans résultat. Il cogna son harmonica contre le flanc du bateau pour chasser la salive, puis se remit à jouer une mélodie en *do* en commençant par le trou 4, comme toujours.

– Réfléchis bien, Fonny Boy, dit le docteur Faux pour l'encourager. Généralement, les gens utilisent des astuces pour mémoriser des choses, et à mon avis, ton papa a choisi une combinaison qu'il ne pouvait pas oublier. Y a-t-il d'autres chiffres importants pour ton papa ? L'anniversaire de mariage de tes parents ?

Fonny Boy ne s'en souvenait pas non plus. Il souffla dans la partie grave de l'harmonica pour essayer d'improviser un petit blues, comme son héros Dan Aykroyd.

– Je sais que certains pêcheurs se servent de la boussole, ajouta le dentiste. Il y a peut-être un cap que ton père suit toujours quand il part relever ses casiers à crabes ?

Les mots « casier à crabes » s'échappèrent du bateau quasi immobile, retombèrent dans l'eau et plongèrent lentement jusqu'au fond, où une importante colonie de *Callinectes* (du grec signifiant « beau nageur ») *sapidus* (du grec signifiant « goûteux ») profitait de la tranquillité et de la sécurité de la réserve naturelle. Les fugitifs du seau étaient rassemblés, et l'un d'eux, un très beau crabe avec de grosses pinces, décida de voir d'où venaient ces voix et ces sons d'harmonica diffus. Il remonta dans l'obscurité, abandonnant ses camarades dans un nuage de vase, et, en arrivant à six ou sept mètres de la surface, il aperçut la coque de l'embarcation et entendit à nouveau les voix.

– Nan, mon père utilise pas de boussole. Il en a pas besoin, disait un garçon, et le crabe reconnut la voix du jeune insulaire blond tout mince qui racontait des histoires de trésors de pirates quand il allait relever les casiers juste avant l'aube.

– Hmmm. Et votre numéro de poste restante ? demanda une autre voix.

Celle-ci, le crabe ne la reconnut pas, mais l'homme semblait venir du continent.

Fonny Boy essaya ce numéro, mais le cadenas ne voulut rien entendre.

– Et un numéro porte-bonheur ? Ton père n'a pas un numéro porte-bonheur ?

Le seul numéro porte-bonheur que connaissait Fonny Boy, c'était le chiffre 13, et le cadenas refusait cette solution. Il essaya de jouer dans le style classique, et on pouvait presque reconnaître « Oh, Susannah ».

– A-t-il un plat ou une boisson préférés avec un numéro dans le nom ? (Le docteur Faux n'était pas décidé à renoncer.) Genre la sauce 57 de Heinz ou le soda 7 Up ?

– Mon père, il adore le 7 Up ! s'exclama Fonny Boy avec une étincelle d'espoir dans le regard. Il en boit plus que tous les gens que je connais. Mais c'est une combinaison à quatre chiffres, et 7, c'est un seul chiffre.

Le crabe s'empressa de redescendre vers le fond, afin d'alerter ses amis. D'après ce qu'il avait entendu, il était persuadé qu'il y avait dans ce bateau une bande de sept pêcheurs qui recherchaient les crabes et la truite, bien que les crabes n'aient pas vu la truite depuis un certain temps. Ou peut-être que les sept personnes en question étaient des pirates à qui le gouvernement avait promis l'immunité s'ils retrouvaient les crabes et la truite et les ramenaient à la résidence du gouverneur dans le seau. Les crabes connaissaient extrêmement bien les pirates, et ils n'étaient ni impressionnés ni effrayés. Les pirates étaient trop en colère et ivres pour prendre la peine de chasser les crabes, et il en allait ainsi depuis des centaines d'années. De même, la vie des crustacés n'était pas du tout facilitée par tous ces vieux canons, ces vieilles pièces et les bijoux sur lesquels ils couraient continuellement au fond de la baie. Franchement, les crabes se fichaient pas mal des trésors.

Mais ce n'était pas le cas de ce jeune garçon blond, Fonny Boy, se disait le crabe en nageant à travers les remous de vase jusqu'à un promontoire au fond de la baie où émergeait l'épave d'un sloop. En fouillant autour d'une ancre rouillée, le crabe récupéra un petit bout de métal. Agitant furieusement les pattes, il remonta rapidement vers le petit bateau hors-bord et lança le bout de fer en l'air. Celui-ci atterrit sur les genoux de Fonny Boy, en train de s'exercer à « faire le poisson » en creusant ses joues pour tirer des notes plus pures de son harmonica.

– Ça alors ! s'exclama-t-il. Regardez !

Il examina ce bout de fer, visiblement très ancien, qui provenait certainement d'un navire englouti.

– Le trésor tombe du ciel pour nous dire qu'il y a un bateau de picaros à c't'endroit ! s'écria-t-il, incapable de maîtriser son excitation, car il comprenait qu'après une vie difficile, il avait enfin rencontré son destin. Faut marquer c't'endroit, ou on risque d'le perdre !

La seule façon de marquer le lieu, c'était de mettre à l'eau un casier à crabes, et quelques minutes plus tard, les crabes virent une cage grillagée s'enfoncer dans les profondeurs et se balancer bien au-dessus du fond, car la corde était trop courte.

Le plan de Possum se déroulait comme prévu. Après avoir découpé plusieurs T-shirts, il cousait et collait les bouts de tissu pour former un motif qui commençait à ressembler à un drapeau.

– Tu vois ce que je fais, mon beau ? murmura-t-il à Popeye.

Il étala le drapeau sur le lit et Popeye découvrit une tête de mort souriante, en train de fumer une cigarette.

– Et voilà, on a un drapeau pour la course, déclara fièrement Possum à voix basse. On l'accrochera sur le stand en faisant semblant d'être une écurie, et je m'arrangerai pour que quelqu'un cherche ce drapeau et vienne nous sauver. Ou si ça marche pas, peut-être que Smoke aimera tellement le drapeau qu'il sera moins méchant avec nous, et quand on partira sur l'île, je trouverai un moyen de m'enfuir avec toi et on ira se réfugier chez le pêcheur le plus proche.

Tout en parlant, Possum continuait à coudre les éléments du drapeau.

– Je te rendrai au chef Hammer, et la police passera l'éponge sur le fait que j'ai tiré sur Moses Custer. Peut-être même que je pourrai venir te voir de temps en temps. Peut-être que le chef Hammer m'engagera pour te garder quand elle sort.

Possum observa le résultat, qui ne ressemblait pas tout à fait à ce qu'il espérait, car il s'apercevait que le drapeau n'avait qu'un seul côté et il faudrait donc le coller quelque part au lieu de l'accrocher en haut d'un poteau, d'une antenne ou d'un bâton. À part cela, Possum était satisfait du résultat, hybride entre un drapeau du NASCAR et un drapeau de pirates.

Il punaisa son œuvre au mur et resta assis sur son lit à imaginer la réaction de Smoke et ce qui allait se passer samedi, lors de la course. Il craignait de voir ses plans et ses projets voler en éclats. Possum ne voulait plus avoir d'ennuis. Si seulement il pouvait retourner dans le sous-sol de la maison familial et se promener dans les rues la nuit sans craindre d'être arrêté. Il avait vu au journal télévisé que Moses était toujours à l'hôpital, et Dieu soit loué, son état était maintenant stationnaire. Possum sentait son cœur trembler lorsqu'il se revoyait pointer son arme sur ce pauvre homme couché sur le trottoir et presser la détente.

Il ne comprenait toujours pas ce qui lui était passé par la tête, à part qu'il avait peur de Smoke. Possum savait aussi que s'il se comportait différemment des autres pirates ou s'il donnait l'impression d'avoir une conscience, il allait se retrouver avec une balle dans la tête, un de ces jours. Oh, sa maman hurlerait et pleurerait toutes les larmes de son corps si elle apprenait aux informations que Possum avait été assassiné, et son cadavre jeté quelque part à côté de la carcasse d'un petit chien blanc et noir. Si seulement Ben Cartwright, Little Joe ou Hoss pouvaient lui venir en aide. Mais dans tous les épisodes de *Bonanza* que Possum avait regardés, il n'avait jamais vu un jeune Noir au ranch Ponderosa.

– Peut-être qu'il aime pas les Noirs, dit Possum à voix haute en se représentant Ben Cartwright avec son gilet en cuir et ses cheveux blancs. Les Noirs étaient des esclaves. Qui j'essaye de tromper en imaginant qu'une personne à cheval va venir à mon secours ? Au moins, les Cartwright brandissent pas le drapeau confédéré.

Possum contemplait son drapeau de pirate accroché derrière la télé. Et il se demandait s'il ne pourrait pas faire quelque chose pour se racheter aux yeux des Cartwright, qui devaient être terriblement déçus par son comportement criminel.

– Je suis désolé pour Moses, dit-il en s'adressant maintenant à Hoss.

– C'est pas bien, ce que t'as fait, P'tit Gars, répondit Hoss.

– Oh, je sais, Hoss, crois-moi. Mais j'avais la trouille, et Smoke m'aurait tué ou tabassé, et p't-être qu'il aurait tué Popeye, si j'avais pas tiré. J'aimerais pouvoir revenir en arrière et m'enfuir avant qu'il soye trop tard. Mais maintenant, c'est trop tard, et je suis coincé ici.

– Tu dois te racheter, P'tit Gars, déclara Hoss sous son énorme chapeau blanc. Ce qui est fait est fait, mais il est jamais trop tard pour se racheter.

– Comment ? demanda Possum en s'adressant cette fois à Ben.

Ben était sur son cheval, il devait se rendre à Carson City pour faire une course. Il toisa Possum du haut de sa monture et esquissa un sourire.

– Et si tu commençais par appeler Moses pour t'excuser, suggéra-t-il en agitant les rênes de son cheval. Ensuite, il faudra sûrement que tu te rendes au shérif Coffey ! lança-t-il en partant au galop.

Assis sur son lit dans l'obscurité, Possum ouvrit lentement son téléphone portable. Le cœur battant, il tendit l'oreille pour vérifier que personne ne bougeait à l'intérieur du camping-car. Il n'y avait pas le moindre bruit, alors il appela les renseignements et pour 50 cents, on lui passa directement l'hôpital où était soigné Moses Custer, d'après ce qu'ils avaient dit au journal télévisé.

– Moses Custer, je vous prie, demanda Possum.

– De la part de qui ? Il ne prend que les personnes qui figurent sur sa liste.

Possum chercha un moyen de duper cette femme.

– Je suis le numéro trois sur la liste, madame.

Il l'entendit tourner des feuilles et il pria pour que la chance soit de son côté. Elle l'était, plus ou moins.

– Il y a marqué M. et Mme Brutus Custer, vous êtes lequel des deux ?

Possum possédait une voix aiguë et douce qui pouvait facilement passer pour une voix de femme. Il était un peu vexé, mais il savait qu'il ne pouvait pas se faire passer pour un Brutus.

– Je suis Mme Custer, dit-il. Je suis morte d'inquiétude pour mon beau-papa. J'arrive plus à manger ni à dormir. Mais dites-lui que s'il n'a pas envie de parler, j'essaierai plus tard.

Possum tendait une perche à la standardiste, c'était une façon de se dégonfler. Mais Ben Cartwright se retourna sur sa selle et lui jeta un regard noir.

– Ne quittez pas, dit la standardiste.

– Allô ? fit une voix d'homme. Jessie ? Comment ça va, baby ? Pourquoi que t'es pas encore venue me voir ? Je sors aujourd'hui.

– M'sieur Custer, j'suis pas Jessie, mais faut que j'vous parle. Soyez gentil, raccrochez pas.

Son cœur battait si fort que Possum avait peur qu'il lui brise les côtes.

– Qui est à l'appareil ? demanda Moses, sur ses gardes.

– Je peux pas vous le dire, j'peux juste vous dire que j'regrette ce qui vous est arrivé. C'était mal, mal, mal, et j'voulais pas le faire. Mais j'étais obligé.

– Qui est à l'appareil ? demanda Moses d'une voix mal assurée. Qu'est-ce que vous me voulez ? T'es un des pirates, je parie !

– Oui. Mais je veux plus l'être, avoua Possum.

– Tu parles ! J'ai compris tout de suite que t'étais pas Jessie, tu parles pas du tout comme elle.

Possum inspira profondément.

– Je peux pas parler longtemps. J'veux juste vous dire que j'suis désolé pour ce que j'ai fait, et si je peux trouver une façon de me racheter, j'le ferai, promis, m'sieur Custer. Et surtout, faut que vous gardiez plein de policiers autour de vous, parce que les pirates parlent de vous retrouver pour vous achever. Leur chef s'appelle Smoke ; sa copine elle s'appelle Unique et elle a buté cette pauvre femme de l'épicerie hier soir, et Smoke disait qu'il allait me tuer si j'vous avait pas tiré dessus quand on vous a piqué votre camion avec les citrouilles.

– Les salopards ! Qu'ils essayent de se pointer, je vais leur montrer, moi !

– Je fais tout mon possible pour les faire changer d'avis.

– Toi ? Mais bon Dieu, qui tu... ?

Moses s'était mis à hurler, et Possum, paniqué, mit fin à la communication.

– Qu'est-ce qui se passe ici, bordel ? (Smoke avait ouvert brutalement la porte de Possum.) À qui tu parles ?

Possum cacha son téléphone sous les couvertures juste à temps.

– Je parlais de notre nouveau drapeau avec Popeye... Qu'est-ce t'en penses, Smoke ?

Smoke entra en sirotant sa bière du petit déjeuner et regarda longuement le grand drapeau punaisé au mur.

– C'est quoi, cette merde ? demanda-t-il d'une voix dure, cruelle.

– T'as pas de drapeau, et j'me suis dit que tous les pirates avaient des drapeaux, comme les pilotes du NASCAR ont leurs couleurs. Alors, je t'ai fabriqué ça, Smoke, comme j'te l'avais promis. Je pensais que tu pourrais l'accrocher sur le stand demain soir pendant la course. Et après, quand on foutra le camp sur l'île, tu pourras l'accrocher là-bas pour que tout le monde sache qu'il faut pas te chercher des crosses.

– Si tu veux parler tout seul, baisse d'un ton. Tu m'as réveillé, dit Smoke. Maintenant, j'vais être crevé toute la journée.

Smoke se calma et prit un air songeur pour observer le drapeau sous différents angles. Soudain, une idée lui vint, et il l'arracha du mur.

– P't-être que je vais buter ce putain de clébard et l'envelopper dans ce machin. On déposera un petit cadeau devant chez Hammer, dit-il d'un air sadique.

Possum fit semblant de se désintéresser du sort du chien.

– Ce serait moins bien que de se payer Hammer et Brazil, rappela-t-il à Smoke, car Smoke avait tendance à tout oublier, ces temps-ci. Et on a besoin du chien pour les faire venir à la course, pour pouvoir les buter. Après, Cat nous emmènera en hélico et on sera peinards sur l'île.

– Et comment t'as l'intention de magouiller tout ça ? demanda Smoke en jetant le drapeau sur Popeye, qui eut l'intelligence de ne pas bouger.

– Facile, dit Possum. J'envoie un e-mail au Capitaine Bonny et c'est lui qui s'en charge. On sait qu'il a des contacts, pas vrai ? Il peut faire passer le message à Hammer et lui faire croire que tu es un super pilote du NASCAR, avec ta copine super canon, Unique, et nous autres, on est ton écurie et on a trouvé Popeye qui errait sur la route. Alors on l'a ramassé, mais on le rendra seulement si Hammer et Brazil peuvent l'identifier. Comme ça, ils se pointent à la course et ils nous cherchent, et dès que Hammer se met à chialer parce qu'elle est super contente de revoir son clébard, on sort nos flingues, on bute tout le monde, on fonce à l'hélico et on fout le camp.

– Prépare tout, ordonna Smoke.

Il vida sa bière et jeta la boîte par terre.

23

LE CHEF LÉGISTE de Viriginie, le docteur Kay Scarpetta, était dans son bureau quand Andy frappa à la porte ouverte.

– Docteur Scarpetta ? Bonjour, dit-il poliment et un peu nerveux. Si je ne vous dérange pas, j'aimerais vous parler de l'homme non identifié qui s'est consumé dans Canal Street hier soir.

– Entrez, dit le docteur Scarpetta en levant les yeux de la pile de certificats de décès qu'elle était en train de relire. On se connaît ?

– Non, madame. Mais j'ai déjà travaillé avec le docteur Sawamatsu.

Andy se présenta, puis expliqua que Regina était une stagiaire de la police d'État, sans préciser son nom de famille.

– Et comment vous appelez-vous ? lui demanda Scarpetta.

Regina la regarda avec des yeux écarquillés, la gorge nouée. Elle n'avait jamais rencontré une femme qui dégageait une telle force et elle était complètement déstabilisée. Le docteur Scarpetta était une très jolie femme blonde, âgée peut-être de quarante-cinq ans, vêtue d'un ensemble strict à fines rayures. Pourquoi est-ce qu'une femme qui avait tout pour elle voulait travailler avec des morts pour gagner sa vie ? Que devait répondre Regina pour justifier sa présence, sans révéler son identité et provoquer un esclandre ?

– Euh, Reggie, bredouilla Regina.

– Officier Reggie, dit le docteur Scarpetta en hochant la tête, assise dans son grand fauteuil derrière son grand bureau. Vous vous portez garant d'elle ? demanda-t-elle en s'adressant à Andy, sur un ton de mise en garde. Habituellement, je n'accueille pas les stagiaires.

– J'assume l'entière responsabilité, répondit Andy en adressant un regard sévère à Regina.

– Oh, ne vous inquiétez pas, dit celle-ci. Je ne parlerai à personne de ce que j'ai vu ou entendu, et je ne toucherai à rien du tout.

– Excellente idée, dit le docteur Scarpetta, avant de reporter son attention sur Andy. Nous avons réussi à identifier la victime grâce à ses empreintes. C'est un homme de race noire de quarante et un ans, nommé Caesar Fender, habitant Richmond. Nous affichons complet à la morgue ce matin, je regrette de devoir le dire. Avez-vous déjà assisté à une autopsie ? demanda-t-elle à Regina.

– Non, mais pas parce que je ne voulais pas.

Regina était désireuse d'impressionner cette femme médecin légendaire.

– Je vois.

– Dans les cours de biologie, au lycée, j'étais la seule de la classe que ça ne gênait pas de disséquer une grenouille, se vanta Regina. Les boyaux, ça ne m'a jamais fait peur. Et je crois que ça ne me gênerait pas non plus de voir quelqu'un mourir, comme un condamné à mort, par exemple.

– Moi, je n'aimais pas disséquer les bêtes au lycée, dit le docteur Scarpetta, au grand étonnement de Regina. J'avais de la peine pour la grenouille.

– Moi aussi, dit Andy. La mienne était vivante, et j'estimais que ce n'était pas bien de la tuer. Aujourd'hui encore, ça me gêne.

– En tout cas, ça ne m'a jamais plu de voir des gens mourir, détenus ou pas. Je suppose que vous n'avez pas passé beaucoup de temps sur les lieux des crimes ou aux urgences, ajouta le docteur Scarpetta, en se disant que le nom d'Andy lui était familier, tandis qu'elle fouillait parmi les papiers éparpillés sur son bureau, pour finalement sortir un rapport.

Mais oui ! L'officier qui avait envoyé au laboratoire les chocolats empoisonnés se nommait Andy Brazil.

– Il faut que je vous parle d'une chose, lui dit-elle. Nous avons besoin de rester seuls un moment.

C'était une façon polie d'ordonner à Regina de quitter le bureau.

– Veuillez nous attendre dehors, lui dit Andy. On vous rejoint tout de suite.

– Comment je peux apprendre si vous me mettez à la porte tout le temps ? répondit Regina, d'un ton où transparaissait sa personnalité odieuse.

– Je ne vous mets pas à la porte tout le temps, répondit Andy en la poussant quasiment vers la sortie. Voilà, restez là, dit-il comme s'il s'adressait à Frisky.

Il ferma la porte et revint vers le bureau du docteur Scarpetta, tira un fauteuil et s'assit.

– Je viens de recevoir le rapport du labo concernant les chocolats, déclara le médecin légiste. C'est suffisamment grave pour que le docteur Pond ait souhaité le porter à mon attention, car je connais assez bien la question de l'empoisonnement aux laxatifs. Il y a quelques années, j'ai eu le cas d'une femme dont les enfants avaient versé du laxatif dans son chocolat chaud, soi-disant pour lui faire une farce. Plusieurs de ses organes ont été atteints, elle a fait un œdème pulmonaire, elle est tombée dans le coma et elle est morte.

Elle tendit le rapport à Andy, en poursuivant ses explications.

– Les tests effectués en utilisant la chromatographie liquide haute performance indiquent que les chocolats en question contiennent du phénol, du Pt, dans diverses proportions. À doses normales, un laxatif contient approximativement 90 milligrammes de Pt. Or, chacun des chocolats de la boîte que vous nous avez envoyée contient plus de 200 milligrammes, de quoi provoquer, en cas d'ingestion, une perte de fluide et d'électrolyte, ce qui peut être dangereux, surtout chez une victime âgée en mauvaise santé.

– Ce qui résume assez bien le gouverneur, dit Andy avec une inquiétude grandissante. Et au niveau des empreintes ? Le labo a trouvé quelque chose sur le papier d'emballage ? Le petit mot manuscrit est-il vraiment de la main du gouverneur ?

Le docteur Scarpetta parcourut rapidement d'autres rapports.

– Ils ont fait apparaître une empreinte en utilisant les ultraviolets et des teintures fluorescentes, et ensuite, ils ont entré l'empreinte dans le fichier informatique central. Le fichier a sorti un numéro d'identification, avec lequel vous pourrez interroger l'ordinateur de la police d'État. (Elle lui nota le numéro.) Concernant l'examen des documents, l'échantillon de l'écriture du gouverneur ne correspondait pas à celle de la carte qui accompagnait les chocolats.

– C'est donc un faux.

Andy n'était pas étonné.

– Impossible de se prononcer de manière formelle, car il nous faut un modèle officiel. Celui que nous avons utilisé pour procéder à la comparaison provenait d'une lettre que le gouverneur *aurait* envoyée au docteur Sawamatsu.

– Je comprends. On ne peut pas affirmer que cette lettre est authentique, dit Andy. Ou que le gouverneur l'a vraiment signée.

– Légalement, on ne peut pas.

– Ce qui me fait penser à une chose. Et j'espère que cela ne vous paraîtra pas déplacé, docteur Scarpetta. Mais ça me gêne de savoir que le docteur Sawamatsu collectionne des souvenirs pour le moins incongrus ; c'est en tout cas ce dont il se vante devant nous. Êtes-vous déjà allée chez lui ?

– Non.

Le visage du docteur Scarpetta s'était durci.

Parmi les choses qu'elle ne tolérait absolument pas figurait le manque de respect envers les morts. Pour cette raison, aucun membre de son équipe n'avait le droit de simplement envisager de collectionner des souvenirs, des objets personnels, des armes, de la drogue ou de l'alcool provenant d'un corps ou du lieu d'un crime.

– Peut-être que vous devriez passer le voir à l'improviste, un de ces jours, suggéra Andy. Chez lui.

– Ne vous inquiétez pas. Je le ferai.

– Je vais m'occuper immédiatement de cette affaire de chocolats empoisonnés, promit Andy. Et je suppose que le spécialiste des documents a besoin d'un échantillon de l'écriture du suspect, également.

– J'ignorais que vous aviez déjà un suspect, dit-elle. Mais oui. Absolument. Si je peux avoir cet échantillon d'écriture, ce serait une très bonne chose. Et je vous suggère de vous procurer également un échantillon de l'écriture de la personne visée.

– Le chef Hammer ? demanda Andy, surpris. Pourquoi ?

– Pour écarter un éventuel syndrome de Münchhausen, expliqua le docteur Scarpetta d'un ton détaché. Très souvent, dans les cas d'empoisonnement au laxatif, la personne l'ingurgite délibérément pour attirer l'attention, par exemple, ou pour provoquer la compassion d'un parent, d'une épouse.

– Vous êtes en train de dire que le chef Hammer a voulu nous faire croire que le gouverneur, ou une personne se faisant passer pour le gouverneur, lui avait envoyé des chocolats empoisonnés pour attirer notre attention ? Je ne peux pas y croire un seul instant ! Vous ne la connaissez pas, dit Andy, poliment, mais fermement.

– C'est vrai, je ne la connais pas, répondit le docteur Scarpetta. Mais elle débute à un poste très difficile, et si son expérience ressemble à la mienne, je suppose que le gouverneur ne répond jamais à ses coups de téléphone et ne l'invite jamais aux réceptions organisées à la résidence. Alors, peut-être a-t-elle inventé cette histoire pour faire croire que le gouverneur voulait l'empoisonner. S'il se retrouvait brusquement suspect d'une tentative de meurtre, voilà qui ne manquerait pas d'attirer son attention, il me semble.

– Puis-je vous interroger rapidement à propos d'O.V. ? demanda Andy en s'empressant de changer de sujet. Je sais que cette enquête ne m'appartient pas, mais comme vous le savez peut-être, je me sens très concerné, étant donné que le meurtrier a déposé des indices devant ma porte, sans raison évidente.

– Ah ? C'était vous ? (Le docteur Scarpetta fronça les sourcils, et Andy sentit que cette affaire la préoccupait.) Un meurtre affreusement cruel et violent, dit-elle. Mais vous avez bien fait de prévenir l'inspecteur Slipper et de ne toucher à rien. Nous avons relevé des empreintes, mais jusqu'à présent, ça n'a rien donné au niveau du fichier. De même, nous avons relevé de l'ADN sur l'enveloppe, mais là non plus, ça n'a rien donné. Quant aux indices, nous avons trouvé plusieurs longs cheveux noirs collés par le sang sur les vêtements de la victime.

– Des cheveux de femme ?

– Je l'ignore, répondit Scarpetta. C'est possible.

– Mais rien au niveau du fichier central ? Intéressant, dit Andy comme s'il réfléchissait à voix haute. Je me demande si ce n'est pas parce que cette personne est mineure, auquel cas son casier judiciaire serait confidentiel. Et récemment encore, nous n'avions pas le droit d'enregistrer les empreintes digitales et génétiques d'un mineur dans les banques de données. Nous avons peut-être affaire à un jeune criminel endurci avec de longs cheveux noirs, peut-être à une fille qui tue pour le plaisir, et qui est peut-être liée aux pirates de la route de Smoke, et qui a peut-être agressé Moses Custer et assassiné l'employée de l'épicerie hier soir.

– Je ne sais pas.

Scarpetta se leva derrière son bureau et alla ouvrir la porte, et Regina se précipita dans la pièce, avec son carnet et son stylo à la main.

– Je ne veux pas vous faire perdre votre temps, docteur Scarpetta, mais nous sommes très préoccupés par l'affaire du pêcheur carbonisé, dit Andy. Surtout qu'on a parlé de crime raciste, et il m'a semblé judicieux de venir vous voir pour vous transmettre nos informations et savoir quelles conclusions vous tirez de l'autopsie. Un individu louche ayant assisté à la mort affirme que le pêcheur est mort de combustion spontanée, qui aurait pu survenir quand le plomb brûlant et la poudre d'une balle ont enflammé les fibres synthétiques de la chemise de la victime, ce qui expliquerait pourquoi cet homme a pris feu. Laissez-moi ajouter que ce même individu louche est le suspect numéro un dans l'autre affaire dont nous venons de parler.

– Pourquoi vous n'avez pas dit que j'avais été empoisonnée, moi aussi ? s'exclama Regina.

De toute évidence, elle avait écouté à travers la porte et avait entendu au moins une partie de leur conversation.

– On parlera de ça plus tard, dit Andy, car il savait que si elle en disait trop, le docteur Scarpetta comprendrait vite que Regina n'était pas une stagiaire, mais la fille cadette du gouverneur.

– C'était horrible ! dit Regina en s'adressant à Scarpetta. J'ai mangé ces cookies et brusquement, je me suis retrouvée pliée en deux, en souffrant comme jamais je n'avais souffert. Non, en fait, ce n'est pas arrivé brusquement. Je me sentais assez bien jusqu'à ce que je me cache derrière les buis, dans le jardin ; c'est alors que j'ai eu des crampes d'estomac et des gaz. Et avant que je comprenne ce qui m'arrivait, un trooper de l'EPU m'emmenait à l'hôpital, où j'ai subi de terribles humiliations, comme faire pipi dans un petit gobelet en plastique et regarder une infirmière tremper un petit bâton dedans. Ils voulaient que je fasse la grosse commission aussi, mais j'avais plus rien dans le ventre après cette terrible crise. Mon pipi est devenu tout rose et j'ai eu la peur de ma vie ! Je croyais que j'urinais du sang, mais l'infirmière m'a expliqué que c'était une réaction chimique qui le faisait devenir rose, et c'était mauvais signe. Quelqu'un avait mis du laxatif dans mes cookies et essayé de me tuer de sang-froid ! Ou peut-être que quelqu'un essayait de tuer quelqu'un d'autre, mais je suis la personne innocente qui a mangé les cookies, reprit-elle, car elle prenait plaisir visiblement à raconter son histoire. On peut donc dire que j'ai de la chance de ne pas faire partie de vos arrivants de ce matin.

– C'est juste, dit le docteur Scarpetta. Nous avons tous de la chance de ne pas faire partie des arrivants de ce matin ou de n'importe quel autre jour. Officier Brazil, nous avons déjà radiographié le corps du pêcheur : nous n'avons trouvé aucune balle.

– Qu'est-ce qui aurait pu provoquer ces flammes, alors ?

– Évidemment, nous allons rechercher les accélérateurs et autres produits chimiques, dit-elle en ôtant sa veste de tailleur pour la suspendre derrière la porte. Dans ce genre de cas, l'examen externe nous apprend beaucoup de choses. (Elle enfila une blouse blanche.) Par exemple, les traces de chair carbonisée sont plus prononcées dans la zone postérieure, ce qui confirme l'hypothèse selon laquelle la chose responsable de ce phénomène est entrée dans le corps vers la partie médiane de la poitrine. Un peu à gauche de l'axe central, dans la région du cœur, pour être plus précise.

Andy et Regina suivirent le docteur Scarpetta dans le couloir.

– Donc, si quelque chose est entré dans sa poitrine, il n'a pas pris feu sans raison, dit Andy, tandis que Regina prenait des notes avec application.

– On n'a pas retrouvé d'arme sur les lieux ? demanda le médecin légiste.

– Non, madame.

– Comment vous écrivez « accélérateur » ?

Regina pataugeait, et pourtant, le médecin légiste n'en était pas encore arrivée aux grands mots.

– Cet individu louche qui a assisté à la mort vous a-t-il parlé de la couleur des flammes, de leur intensité ? demanda le docteur Scarpetta. Étaient-elles d'un blanc intense, ou bleues, ou rouges, par exemple ?

– « Médiane », ça prend un accent ?

La voix de Regina était tendue, agressive.

– Non, répondit Andy. Mais à votre place, je ne me fierais pas trop à ce témoignage.

– Avec un accent aigu, répondit Scarpetta.

– Comment vous écrivez « postérieure » ?

– On verra ça plus tard, dit Andy d'un ton cassant pour faire comprendre à Regina qu'elle ne devait plus intervenir dans la discussion, que ce soit pour livrer des confidences ou poser des questions d'orthographe.

– L'élément le plus révélateur est un petit résidu grisâtre comme un grumeau à l'intérieur de la cage thoracique, qui indique très certainement l'utilisation d'un engin incendiaire ou d'un matériau qui s'est enflammé à l'intérieur du corps. (Le docteur Scarpetta s'arrêta devant la porte du vestiaire des femmes.) Vous devez passer par le vestiaire des hommes, dit-elle à Andy. L'officier Reggie et moi, nous vous attendrons dans la salle des autopsies et nous nous mettrons au travail.

– Incendiaire ? (Regina commençait à paniquer, et ses réactions face à la peur et à l'angoisse étaient toujours désastreuses.) Ça veut dire quoi ? C'est quoi, un engin incendiaire, nom d'un chien ? J'arrive pas à écrire aussi vite, et c'est pas juste ! Comment est-ce que je pourrais savoir écrire des mots comme ça ? J'ai pas l'habitude, moi. C'est pas comme si je les entendais tous les jours à la résidence !

Le docteur Scarpetta observa Regina d'un œil interrogateur.

– Le moment est peut-être mal choisi pour votre première autopsie, décida-t-elle.

Andy se servit de sa radio portative pour joindre l'officier Macovich.

– Pouvez-vous ramener le paquet à son point de départ ? demanda-t-il en utilisant le langage codé de l'EPU. Et j'aimerais que vous interrogiez le fichier informatique des empreintes.

– Message reçu, répondit Macovich d'un ton qui manquait franchement d'enthousiasme.

– Venez nous chercher à l'entrée des livraisons de la morgue.

– Je serai là dans un quart d'heure.

– Vous avez vraiment tout gâché, dit Andy à Regina quelques minutes plus tard, tandis qu'ils attendaient à l'entrée de la morgue, assis sur des chaises en plastique près du distributeur de Coca-Cola.

Deux employés transportant un corps dans un sac en caoutchouc, sur une civière, descendaient lentement et avec difficulté une rampe. L'homme et la femme, vêtus d'ensembles sombres, semblaient avoir le plus grand mal à déplier les pieds à roulettes de la civière.

– J'ai rien fait de mal, répliqua Regina. Vous êtes méchant avec moi !

– Je vous avais dit de vous taire, et vous m'avez désobéi.

Les deux employés de la morgue étaient coincés. Ils ne pouvaient pas déplier les pieds de la civière, ce qui voulait dire qu'ils ne pouvaient pas poser la personne morte, visiblement imposante, et ils n'avaient aucune main libre pour ouvrir le hayon de la camionnette.

– Regardez, dit Regina en montrant la scène. Pourquoi vous n'allez pas aider ces pauvres gens au lieu de rester assis là à m'embêter.

– J'y vais, du moment que vous restez bien sagement sur votre chaise, répondit Andy, qui ne faisait pas confiance à Regina un seul instant.

Il marcha jusqu'à la camionnette.

– Attendez, je vais vous aider, dit-il à la femme.

– C'est très aimable à vous, dit-elle en lui confiant l'extrémité de la civière. Je croyais que tu devais la réparer, Sammy, dit-elle à son collègue d'un ton agacé, tout en tirant sur les pieds coincés.

– Il suffisait de mettre de l'huile, Maybeline.

– Pourquoi ça marche pas, alors ? Tous les pieds sont coincés, et une des roues est tordue.

Sammy ne dit rien. Pendant ce temps, Andy tenait la civière d'une main et essayait, avec l'autre, de soulever le hayon de la camionnette.

– Combien de fois je devrai te répéter de pas dire que tu vas réparer un truc, et après, je m'aperçois que tu l'as pas fait. (Maybeline était furieuse.) Je me bousille le dos avec ce boulot de merde, pendant que toi tu passes ton temps assis devant la télé.

– Je crois que le hayon est fermé, dit Andy, tandis que la civière tanguait dangereusement. Je propose qu'on laisse tomber les pieds de la civière et qu'on ouvre plutôt la camionnette. Comme ça, on pourrait glisser directement le corps à l'intérieur. Pas besoin de le faire rouler.

– On peut pas le rouler, de toute façon, vu que la roue est tordue et que Sammy n'a pas pris la peine de la réparer. Qu'est-ce que t'as fait des clés ?

Maybeline tira d'un coup sec sur les pieds de la civière.

– Dans ma poche. Mais je ne peux pas les prendre, je n'ai pas trois mains. (Sammy était sur le point de perdre son calme, lui aussi.) Et arrête de t'acharner sur ces pieds, on va finir par faire tomber ce putain de macchabée !

Percevant l'urgence de la situation, Regina se dirigea vers la civière, au moment même où une sonnette retentissait et où une porte métallique s'ouvrait en grinçant.

– Je vais sortir vos clés, dit-elle à Sammy en le palpant de haut en bas, comme elle l'avait vu faire aux policiers à la télé quand ils fouillaient des suspects.

Regina ne pouvait pas savoir que Sammy était extrêmement chatouilleux. Quand elle introduisit sa main dans la poche avant droite de son pantalon, il poussa un cri aigu et fit un bond en l'air. Ce que découvrit alors Macovich en pénétrant en voiture dans la zone de livraison de la morgue, c'était un Blanc complètement fou, en costume sombre, qui hurlait de rire et suppliait cette mocheté de fille Crimm d'arrêter ! Puis l'homme empoigna son entrecuisse, lâchant les poignées de la civière qui s'effondra sur le sol, et le gros sac noir contenant le corps chuta sur le ciment avec un bruit sourd. Pendant ce temps, Andy criait après Regina et une femme hurlait de douleur, car la civière lui avait pincé la main avant de la frapper au visage en basculant. Elle saignait du nez.

Macovich jugea plus prudent de demeurer à bord de sa voiture banalisée pour observer l'altercation, qui devenait vite très violente. Voyons voir comme réagit le petit playboy blanc, pensa-t-il avec méchanceté. Voilà ce qui arrive quand on est le chouchou du prof et qu'on sert de baby-sitter à la sale gamine du gouverneur. Ha, ha. Ça faisait un petit moment que j'avais pas vu une bonne bagarre. Attends un peu que Doc Scarpetta voie ça. Oh, oh. Elle va t'expédier en orbite d'un coup de pied dans le cul et se plaindre au chef Hammer.

– Idiote ! cria Andy à Regina.

– C'est vous, l'idiot ! répliqua-t-elle en hurlant.

– Regardez ce que vous avez fait ! dit Sammy à Regina. Espérons pour vous que la famille de la morte verra pas son corps tout cabossé ! Attendez un peu que les types du salon funéraire voient les bleus et les os cassés !

– Les morts n'ont pas de bleus, lui dit Andy. Et je doute qu'il y ait des os cassés.

Furieux de voir Maybeline saigner du nez, Sammy poussa Regina contre la camionnette et lui arracha les clés des mains. Regina le poussa à son tour et lui décocha un coup de pied dans la cheville. Puis elle lui balança un direct dans l'œil et lui mordit la main parce qu'il la tenait par le bras. Andy s'interposa. Il immobilisait Sammy avec une prise de catch au moment où la porte conduisant à l'intérieur du bâtiment s'ouvrait à la volée et le docteur Scarpetta, équipée d'un bonnet et de gants de chirurgien, sortait pour voir quelle était la cause de ce chahut.

– Ça suffit ! déclara-t-elle d'une voix autoritaire. Arrêtez ça tout de suite !

24

SUR LE COUP DE MIDI, Fonny Boy avait finalement compris qu'en effectuant un certain nombre de tours à gauche et à droite, il pourrait ouvrir le cadenas s'il formait la combinaison 7360, l'équivalent nautique du 7-Up, sans doute.

Comme il l'avait espéré, le compartiment secret contenait une petite bouteille de vodka, un paquet de cigarettes et, Dieu soit loué, un pistolet lance-fusées Orion en plastique doté d'une portée de 30 kilomètres. Il y avait trois cartouches et Fonny Boy les tira toutes les trois à la suite. Le docteur Faux et le jeune insulaire retinrent leur souffle pendant une minute, tandis qu'ils continuaient à dériver à bord de leur embarcation, toujours perdus au milieu de nulle part, suivis avec obstination par le casier à crabes.

– Tu n'aurais pas dû tirer toutes les fusées en même temps, dit le docteur Faux, découragé et tiraillé par un petit creux. Pourquoi as-tu fait ça, Fonny Boy ? Il aurait été plus logique d'en tirer une et d'attendre un peu, puis de tirer la deuxième, et ensuite la troisième. Maintenant, nous voilà revenus au point de départ : on est perdus en pleine mer, sans vivres ni eau. Repose cette bouteille de vodka. Ça va te rendre encore plus idiot et te déshydrater.

Ce que ni lui ni Fonny Boy ne pouvaient savoir, c'était que trois pilotes appartenant aux garde-côtes, accompagnés d'un mécanicien, effectuaient des manœuvres de routine à bord d'un hélicoptère Jayhawk orange. Ils volaient à une altitude d'environ cinq cents pieds quand trois petites roquettes enflammées passèrent devant le pare-brise, à leur grande stupéfaction.

– Nom de Dieu ! C'était quoi, ça ? s'exclama le commandant dans son micro.

– On nous tire dessus ! s'écria dans l'Interphone le mécanicien assis sur une banquette à l'arrière.

– Non, non, je crois que ce sont des signaux de détresse. Des fusées, expliqua le copilote pour rassurer ses camarades. Vous avez vu comme elles étaient lumineuses, on aurait dit du phosphore.

– On n'est pas dans une zone interdite, hein ?

– Absolument pas.

– Alors, c'est sûrement des fusées.

Celles-ci s'éteignirent très vite, en laissant derrière elles dans le ciel des traînées blanches qui disparaissaient rapidement, mais permettaient de retrouver aisément leur origine, à condition de se dépêcher. Le gros hélicoptère mit le cap vers l'est et, quelques minutes plus tard, les garde-côtes avisèrent une embarcation transportant deux personnes, qui leur adressèrent de grands signes frénétiques. Les pilotes et leurs passagers remarquèrent également une bouée, très certainement attachée à un casier à crabes.

– Merde. Des Tangeriens, dit le copilote.

– Exact. Et vous savez quoi ? Ils sont dans la réserve naturelle des crabes, dit le mécanicien. Regardez la bouée jaune fluo. C'est un casier pour la pêche.

Au moment même où les garde-côtes apercevaient la bouée, Fonny Boy et le dentiste entendirent le vrombissement caractéristique des pales d'hélicoptère. Fonny Boy avait été élevé dans la haine des garde-côtes, qui n'arrêtaient pas de persécuter les pêcheurs, pensait-il. Mais à cet instant, il éprouvait un optimisme inhabituel grâce à ce bout de métal rouillé au fond de sa poche. Sa mère ne disait-elle pas toujours que rien n'arrivait jamais sans raison ? S'il n'avait pas aidé le dentiste à s'enfuir, s'ils n'étaient pas tombés en panne sèche, pour être ensuite sauvés par les garde-côtes, jamais il n'aurait découvert l'emplacement d'un bateau englouti, maintenant signalé par un casier à crabes qui, sans que Fonny Boy et le docteur Faux s'en aperçoivent, dérivait avec le courant, car la corde était trop courte.

– Dieu soit loué, dit le dentiste en regardant le Jayhawk qui se rapprochait rapidement. Ils nous ont retrouvés ! Et c'est une bonne chose, car j'ai l'impression qu'on ne bouge pas du tout : le casier à crabes est encore à côté du bateau !

– Je n'arrive pas à croire qu'ils aient le culot de pêcher dans la réserve, dit le mécanicien, en secouant la tête.

Le pilote stabilisa son appareil à basse altitude, provoquant des tourbillons écumants autour du bateau. Les deux pêcheurs en détresse rentraient la tête dans les épaules et se protégeaient les yeux ; leurs vêtements claquaient au vent comme un épouvantail pendant un ouragan, tandis qu'on faisait descendre la nacelle de secours.

Cruz Morales avait besoin, lui aussi, d'être secouru, et il sentait le désespoir le gagner. Peut-être devrait-il se rendre aux autorités, se disait-il. Au moins, il pourrait échapper au froid glacial de cette matinée et manger un repas chaud. Il était épuisé d'avoir erré au hasard dans tout le West End de Richmond, après avoir sagement décidé d'abandonner sa voiture, étant donné que toutes les forces de police de Virginie, plus l'armée, semblaient être à sa recherche. Par-dessus le marché, il craignait qu'on lui colle sur le dos le vol et le meurtre dont il avait été témoin hier soir dans cette épicerie.

Cruz n'avait jamais commis de crime violent, mais alors qu'il déambulait sur le campus de l'université de Richmond en faisant semblant d'être un étudiant, il fut assailli par des idées et des projets qui l'inquiétaient. Il lui suffisait de trouver une personne plus faible que lui, une femme qui n'avait pas l'air trop athlétique ni trop sûre d'elle, et de lui faire peur pour l'obliger à lui remettre son argent et ses clés de voiture. Ensuite, Cruz ficherait le camp, il abandonnerait la voiture dès que possible, et il en volerait une autre pour retourner à New York. Ou mieux encore, pensait-il en approchant d'un petit bâtiment de brique carré situé dans une zone boisée près d'un lac, au cœur du campus, il abandonnerait la voiture devant une gare et il prendrait le train pour rentrer chez lui.

Un panneau installé à l'entrée du bâtiment de brique indiquait : « Aumônerie baptiste du campus ». Cruz, qui ne savait pas très bien lire, commit l'erreur de supposer que le mot « baptiste » était suffisamment proche de Baptista pour indiquer qu'il y avait au moins une personne à l'intérieur qui parlait espagnol. Il passa ses doigts dans ses cheveux pour se peigner et se frotta les dents avec sa manche de veste, pour essayer de se rendre un peu plus présentable, et il sentit les battements de son cœur s'accélérer. Il ouvrit la porte au moment où Barbie Fogg raccompagnait une étudiante dans le hall, où se trouvaient une table basse avec des piles de magazines et une profusion de fausses plantes que Barbie avait achetées pour une bouchée de pain dans un vide-grenier local.

– Je ne peux qu'imaginer, disait Barbie pour compatir avec l'étudiante qui souffrait d'acné. J'ai toujours eu la peau sèche, alors les boutons n'ont jamais été un problème pour moi. Mais je comprends ce que vous ressentez. Allez voir mon médecin, je suis sûre qu'il peut vous aider.

– Je l'espère, madame Fogg. Comme je vous le disais, je ne pense qu'à ça, et ça me déprime.

Aucune des deux femmes ne prêtait attention à Cruz, qui s'était assis rapidement dans un canapé pour se plonger dans un magazine qu'il ne pouvait pas comprendre.

– Ma mère disait toujours que la solution, c'est le savon. Vous tamponnez les zones à problème avec du savon Ivory, et ça les fait sécher, dit Barbie en tapotant l'épaule de la jeune femme. Mais je n'ai jamais essayé, car dans mon cas, ça n'aurait servi à rien. Peut-être qu'un peeling serait efficace.

– Un peeling ?

– Mon médecin pratique des peelings chimiques. Posez-lui la question.

– Je n'y manquerai pas. Merci infiniment, madame Fogg. Ça fait du bien, vous savez, de pouvoir en parler à quelqu'un.

– Personne au monde n'est plus convaincu que moi des bienfaits de la discussion entre amies, déclara Barbie avec émotion. Et ne soyez pas démoralisée parce que aucun de vos camarades étudiants ne veut sortir avec vous. Un de ces jours, vous trouverez votre prince charmant et vous vivrez heureuse jusqu'à la fin de vos jours... avec une belle peau !

Barbie sentit un terrible poids s'abattre sur ses épaules alors qu'elle prononçait ces mots qui sonnaient creux dans son esprit. Cette pauvre fille n'aurait jamais une belle peau. Elle était toute grêlée et constellée de cicatrices rouges enflammées ; et il faudrait certainement avoir recours à la chirurgie au laser si on voulait espérer rattraper des années de dégâts. Pour ce qui était de vivre heureuse jusqu'à la fin de ses jours, Barbie ne connaissait personne qui pouvait honnêtement se targuer d'une telle prouesse. La vie avec Lennie était terne et décousue, et Barbie avait hâte de trouver un moment de calme au cours de cette matinée pour écrire encore une lettre à son idole du NASCAR.

– À bientôt, lui promit-elle à voix basse.

– Oui, à bientôt, dit l'étudiante affligée d'un problème d'acné en s'en allant.

C'est alors que Barbie remarqua le jeune Mexicain dépenaillé assis sur le canapé. Elle fronça légèrement les sourcils et ressentit un pincement d'inquiétude. Il ne ressemblait pas à un étudiant, assurément, mais les jeunes gens étaient parfois très négligés, de nos jours. Et il semblait un peu jeune pour être à l'université, mais plus Barbie vieillissait, plus les autres lui paraissaient jeunes.

– Je peux vous aider ? demanda-t-elle avec le ton professionnel qu'elle avait appris dans son métier, et qu'elle prenait soin de ne pas employer à la maison, car ça énervait Lennie.

– *Si,* répondit-il timidement en levant à peine le nez de son magazine.

– Je parle uniquement anglais, désolée. Mais vous parlez anglais, vous aussi, non ?

Elle sentit croître son inquiétude. S'il ne parlait pas anglais, comment pouvait-il être inscrit à l'université de Richmond ? Et s'il n'était pas étudiant, que diable faisait-il ici, à l'aumônerie baptiste du campus ? Barbie regrettait que le révérend Justice ne soit pas là aujourd'hui. Il n'avait pas téléphoné pour dire où il était, ni quand il serait là, et, la secrétaire étant absente à cause d'un rhume, Barbie se retrouvait seule dans ce petit bâtiment.

– *Si,* répondit Cruz. Je parle un peu anglais, mais pas très bien.

– Vous avez rendez-vous ?

– Non. Pas rendez-vous. J'ai besoin aide beaucoup.

Barbie s'assit à l'autre bout du canapé, en gardant ses distances, et en se disant qu'il ne serait pas prudent de conduire ce jeune Mexicain négligé dans son bureau.

– Parlez-moi de vous.

Barbie employa la phrase avec laquelle elle débutait toujours ses séances. Elle aurait payé cher pour que le révérend Justice franchisse la porte à ce moment-là.

Mais le révérend était allé à l'hôpital pour rendre visite à ce pauvre chauffeur routier qu'on avait tabassé, et il était extrêmement sollicité pour apparaître dans des émissions de télé et de radio locales, se dit Barbie. Elle ne devrait pas être aussi égoïste en espérant qu'il allait négliger les gens qui étaient réellement dans le besoin, uniquement parce qu'elle se sentait un peu mal à l'aise.

– J'ai pas de l'argent, lui dit Cruz, qui sentait fondre ses intentions criminelles. Je suis pas d'ici et j'ai pas de l'argent pour rentrer chez moi. Je suis en ville juste pour travail, vous comprendre ? Et plein des choses arrivent, alors j'ai peur.

– Il n'y a aucune raison d'avoir peur, ici, à l'aumônerie du campus, déclara Barbie avec conviction et une pointe de fierté. Nous sommes là pour aider les gens, et vous ne pouvez pas être plus en sécurité.

– *Si*, c'est bien. Je me sens pas sécurité et je suis très faim.

Cruz cligna des yeux pour repousser ses larmes.

Il aurait bien besoin également de raser ce duvet noir sur sa lèvre et de se faire couper les cheveux, ne put s'empêcher de remarquer Barbie. Il avait les ongles sales et un tatouage sur le dessus de la main droite. Voilà un enfant qui n'avait pas eu une vie facile. Pauvre petit.

– Comment êtes-vous arrivé jusqu'ici ? s'interrogea-t-elle à voix haute.

– Je vois le panneau dehors et je me dis peut-être vous êtes de la famille à Gustavo et Sabina, ou peut-être Carla.

Tout cela n'avait aucun sens pour Barbie.

– Alors, j'ai entré, ajouta Cruz. Vous savez un moyen pour je retourne chez moi ?

– Ça dépend comment vous êtes arrivé jusqu'ici, répondit Barbie, déroutée. Et où vous habitez.

Cruz n'était pas très intelligent, mais il savait que la voiture qu'il avait abandonnée était immatriculée dans l'État de New York. Peut-être valait-il mieux laisser New York en dehors de l'équation pour le moment.

– Je parie que vous venez de Floride, dit Barbie. Il y a beaucoup d'Espagnols qui vivent là-bas. Mon mari m'a emmenée dans les Everglades pour notre deuxième anniversaire de mariage. Il avait toujours rêvé de faire un tour dans un de ces bateaux à air, et on a passé deux nuits à Miami Beach, dans un des rares hôtels qui n'étaient pas encore condamnés par des planches. Bref, vous pourriez peut-être prendre le car pour rentrer en Floride. L'aumônerie dispose d'une petite cagnotte dans laquelle on peut piocher quand un étudiant doit rentrer chez lui et qu'il n'en a pas les moyens.

Cruz sombra dans la déprime. Il ne connaissait personne en Floride.

– Peut-être je vais à New York et je cherche travail, dit-il, en espérant qu'elle n'en déduirait pas qu'il était de New York, et qu'il était ce serial killer hispanique en fuite qui commettait des crimes racistes.

– Oh, c'est une très grande ville, dit Barbie. C'est difficile de trouver un travail là-bas. Voici ce qu'on va faire. Je vais vous donner un peu d'argent pour acheter un billet de car et de quoi manger, d'accord ?

Une petite voix murmurait à Barbie que ce n'était peut-être pas prudent de parler d'argent et de laisser entendre qu'il y avait quelque part dans les locaux de l'aumônerie du campus une cagnotte de secours. Mais face à des gens qui faisaient peine à voir, elle était toujours crédule, et ce jeune garçon, même s'il avait une peau parfaite, était visiblement très malheureux et malchanceux. Alors, peut-être que Dieu suggérait à Barbie de lui offrir un petit miracle ; elle repensa à son arc-en-ciel et le bonheur irradia en elle.

– Oh, *gracias, gracias,* merci, dit Cruz soulagé. Que Dieu vous bénisse. Vous êtes une gentille dame. Vous me sauvez la vie, jamais j'oublie.

Fortifiée par ces marques de gratitude, Barbie se sentit rassurée. Elle se leva du canapé.

– Mais d'abord, je dois demander l'autorisation du révérend Justice... si je le trouve, ajouta-t-elle. Vous le connaissez peut-être. Il est très célèbre. J'espère seulement que je vais réussir à mettre la main dessus. On dirait qu'il a disparu de la surface de la Terre. Attendez-moi ici.

– Je reste ici, promit Cruz.

Barbie regagna son bureau et verrouilla la porte. Elle appela la secrétaire à son domicile ; celle-ci ne semblait pas très malade quand elle décrocha.

– Savez-vous où est le révérend Justice ? lui demanda

Barbie, en sentant l'appréhension et la peur renaître en elle, arc-en-ciel ou pas.

Comment être sûre que ce jeune Hispanique était gentil ? Et s'il ne l'était pas ?

– Vous avez essayé à son domicile ? demanda la secrétaire d'un ton cassant, comme si Barbie l'ennuyait.

– Ça ne répond pas, répondit Barbie, alors que quelqu'un frappait à la porte.

Elle aurait voulu appeler Hooter pour lui demander si elle devait donner de l'argent à ce jeune Hispanique, mais à sa connaissance, il n'y avait pas de téléphone dans les cabines de péage.

– Il y a quelqu'un? demanda une puissante voix de femme, alors qu'on frappait à la porte de nouveau, de manière plus insistante.

Barbie se précipita.

– Désolée, dit-elle à travers la porte. Qui êtes-vous et avez-vous rendez-vous ?

– Vous ne recevez pas sans rendez-vous ? Il faut que je parle à quelqu'un, ou alors, je vais me jeter dans le lac. Je ne suis pas baptiste, mais ça n'aura pas d'importance si je me suicide et si les gens, surtout ceux qui détestent les baptistes, apprennent que vous avez refusé de m'écouter, dit la personne en larmes.

Les pas de Regina Crimm l'avaient conduite jusqu'à Barbie Fogg et Cruz Morales de la manière la plus extraordinaire, grâce à un timing parfait.

L'officier Macovich traversait le centre-ville pour ramener à la résidence du gouverneur l'officier Reggie dépitée, quand il avait reçu un appel radio l'informant qu'une Pontiac Grand Prix, immatriculée dans l'État de New York, avait été découverte sur le parking du Country Club de Virginie. On estimait que le véhicule avait été abandonné depuis peu, car une vieille voiture cabossée qui n'était pas immatriculée en Virginie ne pouvait manquer d'attirer l'attention des membres du club, et c'était le cas. Une femme qui venait jouer au tennis en salle avait aperçu la Grand Prix en garant sa Volvo et elle avait appelé la police sans hésiter.

– Désolé, avait dit Macovich à Regina en actionnant son gyrophare et sa sirène. J'ai un truc à vérifier. C'est peut-être cet Hispanique que tout le monde cherche.

– Pas de problème. Je jure de n'en parler à personne, dit Regina, ravie de rouler avec le gyrophare et les sirènes, et d'autant plus excitée que les membres de l'EPU n'avaient pas le droit de répondre à des appels dangereux pendant qu'ils assuraient la protection de la First Family.

– Pour moi, vous êtes encore une stagiaire, avait dit Macovich en accélérant dans Broad Street et en se faufilant entre les voitures. Alors, si jamais vous avez dans l'idée de me dénoncer, comme vous l'avez déjà fait quand je vous ai battue à la loyale au billard, je nierai tout et je dirai que vous m'accompagniez officiellement.

– C'est papa qui était en colère après vous !

– Parce que vous êtes une mauvaise perdante et que vous m'avez débiné devant lui ! répliqua Macovich en passant à l'orange à toute allure.

En le voyant arriver, les automobilistes se garaient sur le bas-côté, certains qu'on allait leur coller une contravention. Les voitures ne roulaient plus qu'à vingt kilomètres-heure, car tous les conducteurs tremblaient en espérant qu'ils n'avaient pas mordu sur une bande blanche ou commis un excès de vitesse repéré par un hélicoptère.

– Le gouverneur ne m'a pas vu vous battre au billard, reprit Macovich d'un ton irrité, tout en essayant de se faufiler entre les voitures quasi arrêtées. Ça veut dire que vous avez cafardé, et maintenant, j'ai plus qu'à espérer qu'il se souvienne plus de moi.

– Il ne se souvient plus de vous. Il dit que vous vous ressemblez tous, mais il ne dit pas ça méchamment. Papa ne voit pas la plupart des gens, et parfois, il confond Constance et Faith, surtout quand elles ne sont pas maquillées et qu'elles sont en peignoir.

– Dégagez le passage ! hurlait Macovich aux voitures qu'il essayait de dépasser.

Quelques minutes plus tard, il s'engageait dans une longue allée qui conduisait à l'imposant country club avec son élégant club house, ses courts de tennis et son immense parcours de golf. Le CCV, comme on surnommait le Country Club de Virginie, était situé dans un quartier extrêmement riche où la plupart des maisons étaient aussi grandes que la résidence du gouverneur. Macovich piqua une suée, alors qu'il franchissait lentement un ralentisseur. Par ici, les gens pensaient, eux aussi, que tous les Noirs se ressemblaient, mais ce n'était pas une question de mauvaise vue.

– Je déteste venir dans cet endroit, marmonna-t-il.

– Pourquoi ? Papa en est membre depuis qu'il a été élu gouverneur pour la première fois. J'ai pratiquement grandi dans ce club.

Tout en parlant, Regina balayait le parking du regard pour être la première à repérer la Grand Prix.

– Ouais, vous êtes membre grâce à votre famille, mais essayez donc d'y entrer toute seule le jour où votre papa sera plus gouverneur, vous verrez ce qui se passera, dit Macovich, au moment où il avisait la Pontiac garée près des courts de tennis couverts. Les gens comme vous et moi sont pas acceptés dans les endroits comme celui-ci, au cas où ça vous aurait échappé. Et la plupart des autres gouverneurs refusent d'être membres, même gratuitement, car c'est contraire à leurs principes.

Première nouvelle pour Regina.

– Pourquoi est-ce que je ne pourrais pas entrer ? Je suis blanche et j'appartiens à une vieille famille de Virginie.

– N'empêche que vous faites partie d'une minorité.

Macovich annonça par radio qu'il avait repéré la Grand Prix, et il réclama des renforts, tandis qu'il allumait une cigarette. Il alla inspecter la voiture. La clé était restée sur le contact, et quand il démarra, il constata que le réservoir était vide. Il remarqua également qu'il n'y avait aucun effet personnel à l'intérieur de la voiture, ni dans le coffre. Il envoya un deuxième message radio.

– Le suspect semble avoir abandonné le véhicule, annonça-t-il à un collègue qui se trouvait à quelques minutes de là. Je vais inspecter les environs. Je vous laisse faire remorquer la voiture jusqu'à la fourrière.

– Message reçu.

– Pourquoi vous dites que j'appartiens à une minorité ? demanda Regina, décidée à en découdre. Comment osez-vous m'insulter de cette façon ?

– Oh, je vois !

Macovich fulminait à l'intérieur de son nuage de fumée.

– Quand il s'agit de moi, faire partie d'une minorité, c'est pas une insulte, mais quand on parle de vous, c'en est une. Eh bien, laissez-moi vous dire une chose, *Miss Majority.*

Chaque fois que votre papa est pas gouverneur, et que vous avez pas l'EPU accroché à vos basques, tout le monde sait bien que vous traînez chez Babe pour jouer au billard.

– Pas *chaque fois*. Seulement les deux dernières fois. Avant, j'étais trop jeune. Et d'abord, où est le mal ?

– Justement. La dernière fois que vous avez vu un homme dans cette boîte, ça remonte à quand, hein ? On sait bien pourquoi vous allez là-bas. Peut-être que vous sortez avec une sympathique hockeyeuse au crâne rasé, ou peut-être que vous repartez sur une Harley avec une autre gentille fille rencontrée dans le bar. À moins que vous choisissiez plutôt une femme médecin ou une avocate qui cachent leur nature jusqu'à l'heure de l'apéro, quand enfin elles peuvent se planquer au fond d'un box dans un endroit sombre, pour rencontrer d'autres *Miss Majority*. Woo ! Vous menez une vie bien protégée, c'est sûr...

Regina était effondrée. Elle avait toujours pensé que lorsque son père n'était pas gouverneur, et qu'on ne parlait pas de lui aux infos, elle pouvait mener sa vie comme bon lui semblait. Toutes les fois où elle s'était rendue dans ce bar pour femmes du centre commercial Carrytown, elle n'avait jamais imaginé que des gens l'observaient et faisaient des commérages. L'allusion à la hockeyeuse avait fait resurgir le souvenir douloureux d'une histoire d'amour qui lui avait brisé le cœur, une fois de plus. Regina était éperdument amoureuse de D.D., une percussionniste de l'orchestre symphonique municipal qui avait attendu l'anniversaire de Regina pour lui annoncer qu'elle avait une liaison avec une joueuse de tuba, et qu'elle ne voulait plus entendre parler d'elle.

– Je hais ma vie, dit Regina à Macovich au moment où il franchissait l'enceinte de l'université de Richmond, afin d'interroger la police du campus, au cas où ils auraient remarqué un individu suspect dans les parages.

– J'en peux plus ! dit-elle.

Macovich n'avait jamais vu Regina dans cet état.

– Vous êtes méchant. Tout le monde est méchant avec moi. Il y a des limites aux humiliations et à la cruauté qu'une personne peut supporter.

Macovich pénétra sur un petit parking situé à côté du lac, de manière à pouvoir faire demi-tour.

– Je suis tellement malheureuse que je pourrais exploser ! Un de ces jours, je crois que je vais exploser pour de bon, et on ne retrouvera qu'un petit tas carbonisé sur le sol ! s'écria Regina d'un ton menaçant, au moment même où elle avisait un minivan blanc avec un autocollant arc-en-ciel, garé devant un petit bâtiment de brique proclamant : « Aumônerie baptiste du campus ».

– Arrêtez-vous ! s'écria-t-elle. Arrêtez-vous ou je retiens ma respiration jusqu'à ce que je meure, et vous serez obligé de fournir des explications. Personne ne saura de quoi je suis morte, et c'est vous qui serez tenu pour responsable.

Macovich pila net à la hauteur du minivan, pendant que Regina imaginait son pauvre corps négligé et méprisé à l'intérieur d'un sac en caoutchouc à la morgue. Le docteur Scarpetta lui consacrerait un temps fou, avant de conclure que sa mort n'avait aucune cause apparente.

– Peut-être est-elle morte d'un cœur brisé, dirait le célèbre médecin légiste aux parents de Regina.

Ou mieux encore : Regina trouverait le moyen de se consumer, comme le pêcheur, et Andy passerait le restant de sa vie à enquêter sur cette mort tragique, mystérieuse et prématurée. Il en perdrait le sommeil ; la frustration et la culpabilité l'obligeraient à découvrir ce qui était arrivé à cette jeune fille. Il penserait à elle matin, midi et soir ; il regretterait d'avoir été méchant avec elle et de l'avoir chassée de cette morgue, à l'endroit même où il viendrait la voir maintenant qu'il était trop tard.

Regina passa devant le minivan avec son autocollant arc-en-ciel en marchant vers le bâtiment de brique qu'elle imaginait être un centre d'accueil pour les homosexuel(le)s baptistes. Elle gravit les marches du perron et entra dans le hall, où un Mexicain baptiste homosexuel était assis dans un canapé. Honteuse, elle détourna son visage boursouflé et marbré de larmes pour échapper à ce regard inquisiteur, en se mouchant, alors qu'une nouvelle vague de chagrin secouait son corps massif. Andy se lamenterait, oh oui. Totalement effondré, il se précipiterait à la morgue et supplierait qu'on le laisse dire adieu à son ancienne collègue, l'officier Reggie.

– Je vous en supplie, laissez-moi seul avec elle un instant, dirait-il au docteur Scarpetta. Tout est ma faute. J'avais peur de lui montrer combien je tenais à elle, et combien j'avais besoin d'elle. Et voilà comment ça se termine ! Elle n'a pas supporté le stress de son existence et ma cruauté envers elle, et elle s'est consumée !

Peut-être Regina possédait-elle des dons de voyance, car alors qu'elle fantasmait sur la combustion spontanée, Andy s'empressait de regagner le quartier général de la police d'État pour diffuser un texte consacré à ce sujet par Officier Vérité.

LA VÉRITÉ SUR LA COMBUSTION HUMAINE SPONTANÉE

par Officier Vérité

Bien qu'il n'existe aucune preuve pour affirmer que des personnes peuvent littéralement exploser sans aucune intervention de nature mécanique ou chimique, il n'en demeure pas moins que des êtres humains peuvent se consumer en l'absence d'une source de feu extérieure.

Pendant des siècles, on a consacré des écrits à la combustion humaine spontanée (CHS), mais pas toujours de manière convaincante. Des romanciers comme Melville et Dickens, pour ne citer qu'eux, se sont servis de la CHS pour démontrer que tout est lié dans l'existence, et que si vous êtes cruel et injuste envers les autres, ce n'est que justice si un beau jour vous vous enflammez, alors que vous vaquez à vos occupations égoïstes dans votre château ou votre maison.

Le lecteur sera peut-être surpris d'apprendre qu'il existe une explication scientifique au phénomène baptisé CHS. Des expériences réalisées sur des cadavres et des membres humains légués à la Ferme des corps de Knoxville, au Texas, ont prouvé que, dans certaines conditions précises, lorsqu'on mettait le feu à un corps, celui-ci pouvait continuer à brûler jusqu'à ce qu'il soit presque totalement consumé. En temps normal, il faut entre une heure et trois heures et demie pour réduire un corps à un petit tas d'os et de cendres, et ceci ne peut survenir que dans un feu extrêmement chaud ou dans un four crématoire.

Je dois donc reconnaître que le jour où le docteur

Bill Bass, anthropologue médico-légal, m'a dit que l'un de ses étudiants avait écrit une thèse de doctorat sur la CHS, j'ai cru qu'il se moquait de moi.

« Allons, les gens ne prennent pas feu sans raison ! protestai-je, lors d'un barbecue à Knoxville. Je refuse d'en croire mes oreilles.

– Ils ne s'enflamment pas littéralement, me répondit le docteur Bass en buvant du thé glacé dans un pot à confiture, tandis que le soleil se couchait sur la Tennessee River. Mais ils brûlent pendant un très long moment. »

Cette étrange conversation autour de côtelettes d'agneau eut lieu au printemps dernier, alors que j'étais passé à la Ferme des corps pour savoir si les scientifiques qui travaillent là-bas avaient déjà réalisé des expériences sur la momification. Je revenais d'Argentine et j'étais encore passionné par les momies, et j'espérais que le docteur Bass se laisserait convaincre de réaliser un embaumement selon l'antique méthode égyptienne sur un des corps légués à la Ferme. Hélas, il n'y voyait aucun intérêt et m'expliqua qu'il serait très difficile de trouver un apothicaire qui vendait les produits nécessaires, sans compter que le coût de l'opération excéderait certainement son budget.

Toutefois, me dit le docteur Bass (et je devinai qu'il s'en voulait de me laisser repartir déçu, car c'est un homme bon et généreux), la Ferme des corps effectuait des recherches pour le moins inhabituelles sur la combustion humaine spontanée, si ça m'intéressait. Je lui répondis que j'étais très intéressé, et au cours des semaines suivantes, je me rendis fréquemment à la Ferme des corps. Ce n'est pas un endroit très agréable, et pour les lecteurs qui ne connaissent pas ce lieu, permettez que j'en fasse une courte description.

Le Centre de recherches sur la décomposition, rattaché à l'université du Tennessee, la Ferme des corps, comme le surnomment la plupart d'entre nous, se compose de plusieurs hectares boisés entourés d'une haute clôture en bois surmontée de fil de fer barbelé. Depuis vingt-cinq ans, des anthropologues et des spécialistes de la médecine légale se consacrent à l'étude de la décomposition, pour des raisons qui devraient vous paraître évidentes. Si nous ne savions pas de quelle façon le corps humain se transforme avec le temps, dans différentes conditions, nous ne disposerions d'aucune donnée nous permettant de déterminer l'heure du décès.

La Ferme des corps est, à ma connaissance, le seul endroit où les scientifiques spécialistes de la mort peuvent mener d'importantes expériences interdites dans les morgues et les facultés de médecine. Quand une personne lègue son corps à ce centre, elle sait d'emblée et accepte que ses restes soient utilisés pour la recherche, ce qui peut signifier mettre le feu à une jambe amputée pour voir si elle se consume entièrement en l'absence d'un carburant extérieur.

Je peux résumer les brillants travaux du docteur Angi Christensen en disant que les tissus ont été enflammés à l'aide d'une mèche de coton, et que l'échantillon continua à brûler pendant quarante-cinq minutes, car les flammes étaient alimentées par la graisse fondue absorbée par la mèche. Des expériences ultérieures ont montré que les os atteints d'ostéoporose ou fragilisés brûlaient plus facilement et plus complètement que des os sains et compacts. Après des tests méticuleux et de savants calculs mathématiques, Christensen a conclu que dans certains cas, le corps humain peut effectivement se consumer à une très basse température s'il est aidé par un tissu en coton servant de mèche.

Des femmes âgées et obèses aux os fragilisés portant des blouses en coton seront donc plus facilement victimes de ce phénomène aussi rare qu'effroyable, et je vous parlerai ici du triste cas d'Ivy, dont je tairai le nom de famille par respect pour son intimité.

Ivy était une femme blanche de soixante-quatorze ans qui mesurait 1,50 m, et pesait près de 100 kg, d'après son permis de conduire et le signalement donné par les dernières personnes à l'avoir vue dans le quartier. Deux ans encore avant son étrange et ardente mort, elle travaillait comme baby-sitter pour compléter sa maigre pension et le faible pécule que son mari, Wally, lui avait légué à sa mort. Ivy n'avait jamais travaillé pour la même famille plus de six mois d'affilée, car immanquablement, elle s'attirait l'animosité des parents confrontés à une succession de situations louches, jusqu'à ce qu'ils finissent par renvoyer cette femme étrange, sans pouvoir prouver qu'elle ait jamais rien fait de mal.

Ivy éprouvait le besoin irrésistible de se rendre indispensable, et selon son raisonnement, personne ne pouvait avoir plus besoin d'elle qu'un enfant malade ou apeuré. Elle prenait soin de ne jamais accepter de s'occuper d'enfants assez grands pour s'exprimer de manière intelligible et crédible ; c'est pourquoi les parents n'entendaient jamais la vérité sur les méfaits d'Ivy, mais ils s'inquiétaient lorsque, en revenant à la maison, ils découvraient le petit Johnny ou la petite Mary souffrant de crampes d'estomac ou de diarrhée, avec des bleus et des brûlures sur le corps ou dans un état hystérique.

Plusieurs anciens clients la surnommaient Poison Ivy dans son dos et affirmaient qu'elle ajoutait des laxatifs et d'autres médicaments dans la nourriture des enfants, ou bien des épices. Un couple était persuadé que cette femme avait délibérément brûlé leur fille de huit ans avec une cigarette, alors qu'Ivy affirmait que l'enfant avait pris la cigarette dans le cendrier et marché dessus, ce qui expliquait les huit traces de brûlure sous ses petits pieds. Les histoires et les scandales entouraient Ivy, et elle décida finalement qu'il valait mieux qu'elle prenne sa retraite ; c'est alors que ses véritables ennuis commencèrent.

Seule chez elle la plupart du temps, dans sa minuscule maison en stuc, Ivy passait ses journées à boire du mauvais porto, à fumer et à grignoter des cochonneries devant la télé. Elle était voûtée à cause de l'ostéoporose, et ses crises d'arthrite semblaient de plus en plus fréquentes. Plus personne ne l'appelait, on n'avait plus besoin d'elle. Elle finit par haïr sa vie et tous ceux qui l'avaient côtoyée, et jamais elle n'aurait pu imaginer qu'elle était sur le point de devenir une étude de cas dans le domaine de la combustion humaine spontanée.

Le sort voulut qu'Ivy soit d'humeur particulièrement détestable en ce jour de Noël 1987, quand elle enfila une blouse en coton à manches longues, car il faisait un peu frisquet. Elle se servit une vodka-orange bien tassée après avoir ouvert la boîte de chocolats offerte par son fils, qui vivait tout près mais ne venait jamais la voir et l'appelait rarement. Elle s'installa dans le canapé en vinyl devant la télé et passa la matinée à boire et à fumer. C'est là, sur ce canapé, que son corps gravement brûlé fut découvert deux jours plus tard, quand une voisine cubaine s'inquiéta, car Ivy n'avait pas ramassé ses journaux devant sa porte.

Vous serez peut-être intéressés de savoir, chers lecteurs, que ce fut le chef légiste de Virginie, le docteur Kay Scarpetta, qui s'occupa de ce cas. Elle commençait alors sa carrière de pathologiste, affectée au bureau du médecin légiste expert de Dade County, et ce fut elle qui se rendit sur les lieux de ce phénomène déroutant. Les cinq inspecteurs et les policiers présents n'avaient jamais rien vu de tel, ce qui n'est pas surprenant, étant donné qu'il n'y a eu que deux cents cas environ de CHS recensés depuis les années 1600. Le torse d'Ivy était presque entièrement incinéré, y compris les os, et pourtant, il n'y avait pas la moindre trace de feu dans la maison. Bien qu'on sache peu de chose sur la CHS à l'époque du décès d'Ivy, il est très facile, rétrospectivement, de reconstruire l'enchaînement des faits.

Ivy s'est évanouie, ivre, et a laissé tomber la cigarette allumée qui était dans sa bouche, ce qui a mis le feu à sa blouse en coton. Quand son corps a commencé à brûler, la graisse a fondu, imbibant le coton, qui fit office de mèche. Le corps d'Ivy s'est consumé à faible température, certainement pendant plusieurs heures, avant que le feu ne s'éteigne de lui-même, bien après le décès d'Ivy. C'est une chance que j'aie effectué des recherches sur ce phénomène rare, car j'en sais suffisamment pour tirer deux conclusions au sujet de la mort mystérieuse de ce pêcheur, Caesar Fender, dont on a découvert le corps carbonisé récemment dans Canal Street.

La CHS n'est pas un phénomène paranormal, et la mort de Caesar ne correspond nullement aux critères établis dans ce domaine.

Tout d'abord, le résidu grisâtre retrouvé dans la cage thoracique indique clairement la présence d'une source inflammable extérieure. De plus, Caesar n'était ni très âgé, ni obèse, et je doute que ses os aient été décalcifiés. Mais surtout, il ne portait pas de vêtement en coton, ce qui exclut l'effet de mèche. Par ailleurs, rien ne permet de penser qu'il fumait au moment de son décès, même si un témoin, devenu suspect numéro un, a affirmé que Caesar avait un briquet Bic dans sa poche. Aucun morceau de ce prétendu briquet n'a été retrouvé sur les lieux du drame ni à la morgue.

Ce qui m'amène à penser qu'on a utilisé un pistolet de détresse pour commettre ce qui ressemble visiblement à un meurtre, et j'ai le sentiment que le docteur Scarpetta pense la même chose. Ce qui fait une grosse différence entre la mort de Caesar et ce qui est arrivé à Poison Ivy, qui cherchait avant tout à attirer l'attention, aux dépens des autres. Cette maladie porte le nom de syndrome de Münchhausen par procuration, ce qui veut simplement dire que quelqu'un fait du mal à une autre personne qui ne peut pas se défendre, ni décrire ce qui s'est réellement passé. Les victimes sont souvent de jeunes enfants ou des infirmes. Le but du tortionnaire est d'attirer la compassion, l'attention, de se sentir utile lorsqu'il conduit précipitamment sa victime chez le médecin ou à l'hôpital.

« Je ne sais pas ce qui arrive à mon bébé, dira la mère perverse au médecin, en sanglotant. Il a de terribles diarrhées, il est déshydraté et trop faible pour se lever. J'ai déjà perdu deux enfants, si j'en perds un troisième, je n'aurai plus la force de vivre ! »

Très souvent, après avoir fait du mal à la personne qu'il était chargé de surveiller, le pervers serre sa victime dans ses bras, en pleurant.

« Mon pauvre petit chéri, se lamente le tortionnaire sadique et menteur. Oh, mon pauvre petit bébé ! Comment as-tu brûlé tes petits pieds ? Ne t'en fais pas, je vais m'occuper de toi. Ne pleure pas, je t'en supplie, ne pleure pas, et ne sois pas en colère après moi. Je n'ai rien fait, mon pauvre petit chéri. »

Le bébé pleure et crie ; sous l'effet de la douleur et

de la terreur, il s'accroche à maman, à papa ou au cou de son protecteur, tandis qu'on le conduit à toute vitesse chez le médecin, où le pervers obtient l'attention et la compassion désirées.

Je pense qu'il est tout à fait possible que Major Trader, outre sa propension à la piraterie, souffre du syndrome de Münchhausen par procuration. Il empoisonne des gens pour mieux les manipuler et se sentir utile. Si l'un de vous, chers lecteurs, le rencontre ou sait où il se trouve, appelez la police immédiatement, je vous en prie. La dernière fois où on l'a vu, il mangeait un sandwich et sortait de son allée en marche arrière, un peu plus tôt dans la journée. Il a échappé à la police et il est maintenant considéré comme un fugitif dangereux. Si vous l'apercevez, je vous en prie, n'essayez pas de l'approcher, car c'est un individu violent incapable d'éprouver des remords. Et n'acceptez rien de sa main, surtout pas des sucreries.

Soyez prudents, amis lecteurs !

25

– C'EST EN EFFET ce que je pense. (La voix du docteur Scarpetta sortait du haut-parleur dans le bureau de Hammer, peu de temps après que le dernier essai d'Officier Vérité eut traversé le cyberespace comme une fusée.) Mais j'aurais préféré que les informations concernant le pistolet de détresse ou n'importe quel autre élément relatif à cette affaire n'apparaissent pas sur Internet.

– Nul ne peut contrôler ce qu'écrit Officier Vérité, répondit Hammer en lançant un regard désapprobateur à Andy. Il est anonyme, à supposer que ce soit un « il ».

– Comment était-il au courant de cette affaire dont je me suis occupée à Miami ? demanda le docteur Scarpetta.

Ce fut Andy qui répondit :

– Peut-être en effectuant des recherches sur Internet au sujet de la combustion humaine spontanée ? Je suppose qu'on a énormément parlé aux infos d'une affaire aussi sensationnelle.

– Comme toujours.

– Et maintenant ? demanda Hammer en faisant les cent pas dans son bureau.

– J'ai fait analyser le résidu grisâtre par le laboratoire pour voir si on trouvait des traces de strontium oxydé, de perchlorate de potassium, de phosphore, ce genre de produits chimiques, leur expliqua le docteur Scarpetta par le biais du haut-parleur. En attendant, nous sommes en présence d'un décès dû à 40 % de brûlures corporelles, mais je pense d'ores et déjà que vous pouvez considérer qu'il s'agit d'un homicide, à moins qu'on découvre que la victime transportait une fusée qui s'est enflammée par accident.

– Trader a donc menti. Quelle surprise ! dit Andy à Hammer, en raccrochant le téléphone. On peut tirer un trait sur notre Hispanique avec des plaques d'immatriculation de New York.

Malheureusement, l'officier Macovich n'avait aucun moyen de savoir ce qu'étaient en train de dire Hammer et Andy. Alors qu'il attendait dans sa voiture, pendant que Barbie et Regina bavardaient à l'intérieur de l'aumônerie, Cruz Morales se promenait dehors pour fumer une cigarette, et il remarqua la Caprice banalisée. Son cœur fit un bond et se mit à cogner dans sa poitrine. Cette salope de conseillère avait prévenu les flics ! Il jeta sa cigarette et prit ses jambes à son cou, attirant immédiatement l'attention de Macovich, qui reconnut le Mexicain qui s'était arrêté au poste de péage de Hooter. Macovich jeta sa cigarette, lui aussi, et jaillit hors de sa voiture pour se lancer à la poursuite du fuyard.

– Arrêtez ou je tire ! hurla-t-il en dégainant son arme.

– J'ai envisagé de me suicider.

Regina vidait son cœur devant Barbie Fogg pendant ce temps, et les deux femmes ignoraient tout de la poursuite qui s'était engagée dehors sur le parking.

– ...mais j'ai pas d'arme.

– Et c'est une bonne chose ! s'exclama Barbie avec soulagement.

– Je ne sais pas quel est mon problème, reprit Regina en pleurant derrière la porte fermée du bureau de Barbie meublé d'une table bleue vernie à l'ancienne, d'un canapé rose et d'une profusion d'ornements en soie dans des tons pastels apaisants. J'ai l'impression de venir d'une autre planète. J'ai l'impression de dire ce qu'il faut, et pourtant, j'énerve tout le monde. J'ai pas un seul ami, et même si j'en avais un... (Elle consulta sa montre.) Je crois que j'en avais un il y a trois heures, mais plus maintenant. C'est la première fois que je parle aussi longtemps à quelqu'un, j'ai l'impression. En tout cas, c'est la première fois qu'on m'écoute aussi longtemps, ajouta Regina d'un air piteux.

– Qui était cet ami que vous aviez il y a trois heures ?

Assise dans un fauteuil couleur lavande, Barbie écoutait attentivement ce que racontait Regina.

– Andy. Il a bien voulu que je sois sa partenaire, et après, il est devenu méchant.

– Sa partenaire ? C'était votre petit ami ?

Barbie était un peu étonnée.

Si elle avait rencontré un jour une femme incapable de séduire les hommes, c'était bien cette pauvre créature. La jeune femme avait terriblement besoin d'une prise en main complète. Si Barbie se voyait confier cette tâche quasi impossible, elle commencerait par modifier les couleurs de Regina, difficilement définissables. Son teint pâle et négligé et ses cheveux noirs seraient mis en valeur grâce à des couleurs audacieuses comme le noir et le rouge, mais Barbie estimait que seules les femmes très féminines pouvaient se permettre d'avoir une apparence qui suggérait une idée de force et d'assurance.

Or, Regina n'avait surtout pas besoin de paraître plus agressive. Peut-être que si elle perdait cinq kilos, si elle se maquillait, se faisait une belle coupe de cheveux et commençait à s'épiler à la cire régulièrement, son aspect s'adoucirait, espérait Barbie.

– Non, c'était pas mon petit ami, répondit Regina avec une indignation alimentée par son amour-propre meurtri et l'effroyable opinion qu'elle avait d'elle-même.

– Vous avez souvent des migraines ? demanda Barbie.

Regina se moucha bruyamment.

– Évidemment ! Comment est-ce que quelqu'un dans ma situation n'aurait pas des migraines tous les jours ?

Oh, mon Dieu, se dit Barbie. Il faudrait qu'elle reprenne tout dès le début avec cette pauvre fille, y compris lui apprendre à se moucher en se tapotant le nez au lieu de souffler bruyamment.

– Vous froncez souvent les sourcils et vous avez les muscles du front très développés, souligna Barbie. Je pense que le Botox, ce serait un bon point de départ. Je peux vous envoyez chez mon médecin. Mais parlons d'abord de votre petit ami et de ce qui s'est passé.

– Andy n'est pas mon petit ami ! s'écria Regina, le visage marbré de taches rouges et boursouflé. Il m'a laissée être sa stagiaire ce matin, mais quand on est allés à la morgue, il est devenu irritable.

– Andy travaille à la morgue ?

Barbie était horrifiée. C'était de pire en pire. Le dernier endroit qu'une personne comme Regina devait fréquenter, c'était justement la morgue, et l'idée des teintes d'hiver parut tout à coup de mauvais goût et déplacée. Quiconque passait du temps à la morgue ne devait pas porter du rouge et du noir.

– C'est un trooper, expliqua Regina avec une impatience grandissante. Mais la femme qui dirige la morgue ne m'aimait pas, elle non plus, et elle n'a pas voulu me laisser regarder une autopsie, uniquement parce ce que j'avais des problèmes d'orthographe.

Barbie l'écoutait dans un silence perplexe.

– Vous savez, cette femme médecin chef, dit Regina.

– Ah, oui. J'ai lu des choses sur elle et je l'ai vue à la télé, dit Barbie. Avec ses cheveux blonds et sa jolie silhouette, elle porte très bien les couleurs hivernales. Mais pour vous, je commence à me dire qu'il faudrait essayer autre chose. Des couleurs estivales, peut-être. Avez-vous déjà porté une jupe ?

– Couleurs hivernales ? Jupe ? C'est quoi, ici, une clinique Mary Kay ? (Regina se sentait insultée et écœurée.) Je suis venue vous parler de mes problèmes ! Je ne suis pas venue pour que vous me transformiez en ma mère !

– On parlera de votre mère une autre fois, déclara Barbie d'un ton ferme. Chaque chose en son temps. Il va nous falloir un grand nombre de séances, ma chère petite. Mais revenons-en à Andy, car visiblement, il vous a fait du mal.

– Jamais encore quelqu'un comme lui n'avait fait attention à moi, et comme une grosse conne, je suis tombée dans le panneau. (Les larmes se remirent à couler.) Il m'a dit que je n'avais pas d'amis parce que j'étais égoïste et que je ne me souciais pas des sentiments des autres, et ensuite, il m'a fichue à la porte de la morgue et il m'a crié après, alors que j'essayais de trouver des clés et qu'un cadavre est tombé sur le sol.

– Mon Dieu !

Barbie n'arrivait pas à suivre, et les images qui défilaient à toute allure dans son esprit dépassaient ce qu'elle pouvait supporter ; nul doute qu'elles perturberaient son sommeil réparateur cette nuit.

– J'ai gâché mes chances, sanglota Regina. Je m'en aperçois, mais je sais pas ce que j'ai fait de mal. Je voudrais lui donner une raison de me respecter et de m'admirer, mais je ne sais pas laquelle.

– Nous autres, les femmes, nous sommes toutes obligées de nous battre pour être appréciées et admirées. (Voilà enfin une chose que Barbie comprenait.) Vous avez raison, c'est très important. Ce qu'il vous faut, c'est un projet. Par quel petit projet pourriez-vous commencer pour vous lancer ? Quelque chose que vous feriez toute seule et qui impressionnerait les autres, leur donnerait une très haute opinion de vous ?

Regina se concentra pendant une minute, en reniflant et en se mouchant.

– Et si nous commencions par une épilation à la cire et un soin complet du visage ? suggéra Barbie. Ensuite, on pourrait parler régime et yoga.

Si seulement Regina pouvait faire ses preuves, juste une fois.

– Papa a besoin d'un cheval d'aveugle ! s'exclama-t-elle en sentant poindre l'espoir. Peut-être que je pourrais m'occuper de lui. Il faudra bien quelqu'un pour le nourrir, le panser et le dresser.

– Votre père a un cheval qui est devenu aveugle ?

Barbie fronça les sourcils sans modifier son expression ; les muscles paralysés de son front demeurèrent lisses et inexpressifs.

– Non. Il ne voit plus rien et il veut un minicheval, car on a déjà Frisky.

– Oh. C'est une bonne idée. (Barbie essayait de se montrer encourageante.) Eh bien, si on commençait par ça ? Voyons voir comment vous pouvez vous occuper du petit cheval d'aveugle de votre père.

– Il peut l'emmener à la course de stock-car demain soir, et je ferai en sorte que tout le monde voie bien que c'est moi qui m'en occupe, proposa Regina, d'humeur un peu plus enjouée. Ça impressionnerait tout le monde, y compris Andy !

– Quelle coïncidence !

Barbie était émerveillée par le pouvoir de son arc-en-ciel magique capable d'établir tous ces liens dans son existence, si vide par ailleurs.

– Il se trouve que je vais à la course, moi aussi. Si je vous prenais en main avant demain, peut-être que vous rencontreriez un beau pilote ?

Regina était tout excitée ; elle alla même jusqu'à exprimer un peu de reconnaissance.

– Oh, oui, venez donc dans la loge de papa ! Ce serait formidable. Mais je ne veux pas mettre de jupe. Je refuse catégoriquement, sauf si vous pensez que ça peut impressionner les gens. Peut-être que le cheval et moi, on pourrait voyager dans votre minivan. Ces chevaux d'aveugle ne sont pas plus gros que Frisky.

– Pourquoi pas, dit Barbie, qui supposait que Frisky était un chat et que donc, un minicheval pouvait rentrer aisément dans une caisse pour animaux domestiques, à l'arrière du minivan. Dites-moi simplement où vous voulez qu'on se retrouve.

– Passez me chercher à la résidence demain à midi, dit Regina, enthousiaste. Et je vous laisserai me prendre en main.

Unique envisageait, elle aussi, une reprise en main, assise dans son sinistre appartement payé par son riche et important docteur de père, dont elle acceptait l'aide, mais qu'elle haïssait. Totalement nue, couchée sur son dessus-de-lit noir, Unique passait en revue les Polaroïds des différentes personnes qu'elle avait sauvagement assassinées au fil des ans. Mais elle n'éprouvait pas l'excitation sexuelle qui s'emparait habituellement d'elle quand elle revivait ses crimes, car elle était légèrement inquiète.

En quittant précipitamment l'épicerie, hier soir, Smoke et elle avaient remarqué un jeune Mexicain à bord d'une Grand Prix cabossée, et Unique avait ordonné à Smoke de le prendre en chasse. Elle n'avait pas pris la peine de réorganiser ses molécules avant d'entrer dans l'épicerie, car il était très tard et bien qu'elle ait vu la Grand Prix devant la boutique, elle n'avait pas remarqué que le conducteur était dans les parages, car la lumière de la cabine téléphonique était éteinte. Résultat, Unique n'était pas invisible quand elle avait fait sauter la cervelle de l'employée et s'était enfuie au moment même où le Mexicain jaillissait de la cabine téléphonique et fonçait vers sa voiture.

Smoke n'avait pas réussi à rattraper la Grand Prix, et maintenant, Unique devait envisager la possibilité qu'il y avait quelqu'un, quelque part, qui pouvait donner son signalement à la police. Elle contempla la photo sanglante d'O.V. et se revit chevauchant le corps, pendant qu'elle le lacérait à grands coups de cutter ; la chair et le sang chauds d'O.V., consumés par le But d'Unique, devenaient partie intégrante de ses Ténèbres insatiables. Chacune des victimes d'Unique devenait une partie de son être. Le nazi qui l'habitait lui avait fait comprendre depuis longtemps que cette transsubstantiation violente et sexuelle, qu'elle appelait son But, était essentielle à la survie du nazi ; or, si le nazi mourait, Unique mourrait elle aussi.

Ses yeux effrayés balayèrent sa chambre : les meubles bon marché noirs, les bougies et l'encens noirs, et tous ces objets nazis qu'elle avait commencé à acquérir sur Internet quand elle s'était juré de détruire et de consumer tous les gens indignes de mener une existence humaine, d'après son But. Elle prit un autre Polaroïd et se mit à fantasmer sur le jeune flic blond en civil dont elle ne connaissait toujours pas l'identité. Mais son But l'unirait à lui très prochainement, et même si elle était invisible la première fois où elle l'avait vu à l'épicerie, et lorsqu'elle l'avait suivi ensuite, elle ne pouvait pas prendre le risque qu'il la reconnaisse. Et si le jeune Mexicain avait donné son signalement ?

Unique se leva du lit et s'observa dans le miroir en pied. Elle secoua ses longs cheveux de jais, avant de commencer à les tailler grossièrement avec son cutter. Ils tombèrent en tas autour de ses pieds nus, puis le nazi lui conseilla de décolorer ce qui restait en blond très clair, presque blanc, et de revenir sur sa décision de ne pas accompagner Smoke à la course de stock-car demain soir. Unique avait eu l'intention, au départ, de consommer son But avec le flic blond pendant que la bande de pirates se faisait passer pour une écurie automobile, mais les choses avaient changé. Si seulement elle pouvait retrouver ce gamin mexicain et le réduire au silence éternel à coups de lame de rasoir... Mais peut-être était-il trop tard. Peut-être avait-il déjà donné son signalement à la police.

– Montrez-moi, dit-elle en s'adressant à voix basse à ses Ténèbres. Montrez-moi le But.

– Tu trouveras ton But, se répondit-elle d'une voix différente, grave et sinistre.

– Oui. (Elle se sourit dans le miroir, tandis que le désir devenait plus fort.) Bientôt. Bientôt, dit-elle au flic blond. Bientôt tu connaîtras une expérience unique.

26

– J'AI MAL AU CŒUR, dit Fonny Boy aux pilotes dans son micro-casque, tandis que le docteur Faux et lui frissonnaient à l'arrière du Jayhawk, victimes du mal de l'air. Ça m'rappelle la fois où que fonçais sur mon biclou et que j'ai basculé cul par-dessus tête et que j'suis retombé dans mon vomi.

La triste histoire d'enfance de Fonny Boy tombant de son tricycle et vomissant sur lui échappa aux garde-côtes, qui avaient eu l'intelligence de contacter par radio le fichier central et avaient ainsi découvert que le dentiste qu'ils venaient de sauver était recherché pour escroquerie à la Sécurité sociale, blanchiment d'argent et racket. Quant au jeune Tangerien au langage étrange, il avait clairement enfreint les lois maritimes et il était recherché pour kidnapping.

Évidemment, Andy avait veillé à ce que des mandats d'arrêt soient lancés contre le docteur Faux et Fonny Boy après qu'il avait visité l'île déguisé en journaliste, examiné le dossier dentaire de Fonny Boy et compris par la suite que le dentiste était retenu prisonnier. En apprenant que ces deux personnes qui venaient d'être secourues par les garde-côtes étaient recherchées par la police d'État, le pilote de l'hélicoptère bascula sur la fréquence d'urgence et lança un appel à tous les appareils de la police d'État se trouvant dans le secteur.

Après avoir déposé Regina une heure plus tôt, Macovich était en train de donner une leçon de pilotage à Cat quand il entendit l'appel radio.

– Hélicoptère quatre-trois-zéro Sierra Papa, répondit Macovich d'une voix tendue, tandis que Cat faisait décoller brutalement l'appareil bimoteur. La pédale gauche, je t'ai dit ! brailla Macovich dans son micro-casque, et dans sa confusion, il appuya sur la touche « émission » de sa radio de bord, et ses instructions furent entendues par des centaines de pilotes dans le secteur, y compris le garde-côte. Si tu soulèves la pédale de gauche, c'est comme si tu enfonçais la pédale de droite, combien de fois je vais devoir te le répéter ? Tu vois ce que ça donne ? L'hélico tourne forcément vers la droite ! Tu as oublié ce que je t'ai expliqué sur le couple moteur ?

Cat transpirait, et il ne s'intéressait pas du tout aux questions d'aérodynamique. Il voulait juste apprendre le strict minimum pour piloter l'hélicoptère tout seul. Il se foutait pas mal d'obtenir sa licence ou non, ou de se conformer au règlement de la direction générale de l'aviation civile, car il savait bien qu'une fois que toute la bande aurait fichu le camp sur Tanger Island, ils vendraient le Bell 430 à des pirates au Canada, et ils n'auraient plus de souci à se faire. « 6 millions de dollars », se dit-il, en faisant chanceler l'hélicoptère de manière précaire au-dessus du tarmac.

– Hélicoptère zéro Sierra Papa, répondit une voix. Vous êtes sur la fréquence un-vingt-quatre point cinq. (C'était la fréquence d'urgence.) Veuillez repasser sur la un-vingt-cinq-zéro.

Macovich se débattait avec la radio et les commandes, et il appuya de nouveau par inadvertance sur le bouton « émission », tandis qu'il hurlait à Cat :

– Pose-toi, maintenant. En douceur ! Laisse l'appareil se poser tout seul. Non, bon Dieu, tire pas sur le manche au dernier moment !

L'hélicoptère remonta brusquement, puis se reposa brutalement en rebondissant sur ses roues, et la queue se mit à tournoyer, manquant de percuter une camionnette. Macovich hurla à Cat d'ôter ses mains et ses pieds des commandes.

– C'est mon appareil ! (Il luttait pour maîtriser l'hélicoptère.) C'est mon appareil ! Lâche ces putains de commandes, salopard ! C'est fini ! Je te donne plus de leçons ! C'est peine perdue !

Cat appuya sur la pédale de droite et l'appareil roula sur le tarmac en décrivant un virage brutal à droite pour foncer vers le hangar, tandis que les pales du rotor tournaient à plein régime. Macovich n'eut d'autre choix alors que de réagir en frappant son élève sur le côté du crâne pour l'assommer. Il enfonça les deux pédales en même temps et parvint à immobiliser l'appareil, juste avant qu'il percute l'arrière d'un Cessna. Il réduisit les gaz et laissa échapper une grande bouffée d'air qui sentait le tabac froid.

– Hé, mec, fit Cat en revenant peu à peu à lui. Pourquoi que tu m'as frappé, bordel ?

– Va dire à ton putain de pilote du NASCAR que s'il a besoin d'aller quelque part, je le conduirai moi-même, et toi, le danger public, tu poseras ton sale cul à l'arrière ! rugit Macovich.

Les catastrophes évitées de justesse étaient atténuées par sa gueule de bois lancinante et les mauvais souvenirs de sa soirée avec Hooter, qui l'avait rembarré au Freckles et avait ensuite refusé de faire l'amour avec lui sur le canapé quand elle l'avait raccompagné dans le petit appartement de sa mère.

– Faut absolument qu'on aille à la course demain soir, dit Cat en se massant le crâne.

– Le gouverneur aussi doit y aller, répondit Macovich en coupant toutes les commandes. Ça veut dire que je vais devoir vous y conduire tour à tour, j'ai pas le choix. Je peux pas expliquer au gouverneur qu'il va devoir y aller en voiture.

– Qu'est-ce que tu me racontes ? répliqua Cat. Regarde-moi tous ces putains d'hélicos !

Il désigna la flotte d'hélicoptères flambant neufs à l'intérieur du hangar.

– On s'en fout de celui qu'on prend, du moment qu'il vaut aussi cher que celui-ci.

Macovich se dit que l'écurie du NASCAR avait une image de marque à défendre, et il ne savait pas ce qu'il allait pouvoir faire. Il pourrait demander à Andy de transporter la First Family dans un 407, un appareil plus petit mais aussi luxueux, et il pourrait ainsi transporter le pilote et son équipe jusqu'alors incognito avec tout le faste nécessaire, pour une coquette somme qui lui permettrait d'avoir son propre appartement, et comme ça, les femmes qu'il ramènerait chez lui accepteraient plus facilement de faire l'amour avec lui. Il mentirait au gouverneur en lui expliquant que le 430 était en réparation, à supposer que le gouverneur remarque la différence.

– Euh, hélicoptère Sierra Papa ? Vous avez de la compagnie ? demanda le pilote des garde-côtes en fonçant à cent soixante-dix nœuds vers les toits de Richmond.

– Sierra Papa. Qui essaye de me joindre ? répondit une voix essoufflée, et les garde-côtes échangèrent un regard entendu en hochant la tête, façon de dire que ce n'était pas étonnant si tous les pilotes de la police d'État démissionnaient les uns après les autres.

Les histoires circulaient dans les cercles aéronautiques, et la version généralement admise, c'était que personne ne voulait faire partie des forces volantes de la police d'État, car la First Lady essayait inévitablement de caser ses horribles filles avec tous les pilotes qui conduisaient la First Family pour aller au restaurant ou faire du shopping. Mais peut-être pas. Plus vraisemblablement, toute la police d'État avait perdu la boule depuis qu'elle était dirigée par cette femme que les garde-côtes devaient maintenant contacter au sujet de deux fugitifs.

– Ici garde-côtes HH-soixante, répondit le pilote. Avons deux personnes à bord. Nécessaire contacter police d'État. Euh... situation délicate. Quelle est la fréquence pour joindre votre chef ?

– C'est comme dans un film ! s'exclama Windy Brees en faisant irruption une minute plus tard dans le bureau de Hammer, où elle se trouvait en compagnie d'Andy, pour les informer qu'un hélicoptère des garde-côtes venait de récupérer le dentiste kidnappé et son ravisseur harmoniciste.

– L'hélicoptère a dû les attraper dans son grand filet, au milieu des vagues immenses et des bourrasques, exactement comme dans *En pleine tempête*. Vous avez vu ce film avec Keanu Clooney ? Oh, si seulement il était plus âgé !

– On a compris, dit Hammer. Essayez de voir si vous pouvez contacter les garde-côtes pour qu'on leur parle.

Hammer fit pivoter son fauteuil vers l'émetteur-récepteur posé sur une table derrière son bureau, pendant qu'Andy se connectait sur la fréquence 125.0, une fréquence utilisée par les petits aéroports et généralement peu encombrée.

– Dites-leur que nous sommes sur la cent vingt-cinq point zéro, dit Andy à la secrétaire.

Peu de temps après, ils entrèrent en liaison avec les pilotes garde-côtes à bord de leur hélicoptère.

– Ici la police d'État, annonça Andy dans le micro. Êtes-vous en mode « équipage uniquement » ?

– Reçu.

– Reçu, répéta Andy. Pouvez-vous nous résumer ce qui s'est passé ?

– Reçu. On a aperçu deux individus sur un bateau et on les a pris à bord. Apparemment, ils pêchaient dans la réserve naturelle quand ils sont tombés en panne de carburant. Ils ont tiré des fusées de détresse en direction de notre appareil et un examen du bateau a révélé qu'ils n'étaient pas en règle. Ni extincteur, ni gilets de sauvetage.

Hammer intervint :

– Nous voulons les interroger. Quelle est votre position ?

– 11,3 miles à l'est de l'aéroport de Richmond.

Hammer demanda aux garde-côtes s'ils pouvaient conduire les prisonniers jusqu'au quartier général de la police d'État pour interrogatoire, au moment même où le docteur Faux disait dans le micro de son casque que ce serait très pratique si les pilotes pouvaient les déposer à Reedville, Fonny Boy et lui, sans s'apercevoir que la radio était en mode « équipage uniquement », et que personne dans le cockpit ne pouvait l'entendre.

– Je n'ai pas besoin de retourner à Tanger pour le moment, ajouta le docteur Faux, tandis que l'hélicoptère traversait à toute allure un ciel dégagé. Et surtout, je tiens à bien vous faire comprendre que Fonny Boy a simplement eu la gentillesse de me jouer de l'harmonica pendant qu'il me faisait visiter la baie, lorsque notre bateau a connu des ennuis de moteur. Quant au casier à crabes, nous ne savons pas du tout d'où il vient.

– C'est vrai ? demanda le mécanicien qui était assis à l'arrière avec les prisonniers et qui, de ce fait, entendait les paroles du dentiste, mais pas ce qui se disait dans le cockpit.

– Nan !

Fonny Boy commit l'erreur de parler à l'envers au moment où l'hélicoptère mettait le cap à l'ouest, vers le quartier général de la police d'État.

– Oh, c'est donc faux ? s'exclama le mécanicien d'un ton sévère. C'est bien ce que je pensais. Vous étiez en train de pêcher le crabe.

– Je vais appeler ma femme, elle viendra nous chercher, disait le docteur Faux, de plus en plus nerveux. Désolé pour tout ce dérangement, mais on peut dire que vous nous avez sauvé la vie. Si jamais vous avez besoin de soins dentaires gratuits, n'hésitez pas à m'appeler. Tenez, voici ma carte.

Il tendit une carte de visite, qui fut emportée par le souffle d'air qui entrait par la portière ouverte de l'hélicoptère. La carte s'envola dans le ciel éclatant et fut déchiquetée par les pales du rotor arrière.

– Oh, zut ! C'était ma dernière carte. Et ça n'est pas Reedville ! dit le docteur Faux, affolé, tandis que le Jayhawk approchait d'une aire d'atterrissage dans un endroit qui ressemblait à Richmond.

– Vous avez beaucoup de choses à nous expliquer, dit Andy en s'adressant à Fonny Boy et au dentiste qu'on avait menottés et conduits dans une salle d'interrogatoire.

– C'est une énorme méprise, dit le docteur Faux, qui avait décidé de nier son kidnapping et tout ce qui risquait de provoquer un plus grand chambardement encore. J'ai simplement eu envie de prolonger mon séjour sur l'île et Fonny Boy me ramenait chez moi quand son bateau est tombé en panne.

L'attention du jeune garçon dériva vers le morceau de fer rouillé dans sa poche. Quoi qu'il arrive, il devait impérativement retourner jusqu'au casier à crabes et suivre la corde jusqu'au navire englouti qui, il en était maintenant convaincu, renfermait un trésor. Il ne comprenait pas trop pourquoi la bouée était restée à moins d'un mètre de la poupe de leur embarcation, alors qu'ils dérivaient avec le courant, mais sans doute avait-il perdu le sens de l'orientation et le bateau n'avait-il pas bougé du tout, en fait. Il ne pouvait pas admettre qu'il avait perdu l'emplacement de son destin, et que la seule chose qui l'attendait dans la vie, c'était de retourner sur Tanger Island, ou de se retrouver derrière des barreaux.

– Ont-ils pris d'autres otages sur l'île ? demanda Hammer au dentiste, pendant que Windy prenait des notes.
– Je n'ai pas entendu parler d'autres otages, répondit le docteur Faux. Et je trouve scandaleux d'être retenu prisonnier ici avec des menottes aux poignets comme un vulgaire criminel. Je suis un dentiste qui aide les pauvres !
– Vous avez une drôle de façon de les aider, répliqua Andy d'un ton agressif pour endosser le rôle du méchant flic. Vous abîmez leurs dents en effectuant des interventions inutiles, bâclées et imaginaires, en utilisant des matières bon marché pour les couronnes et les plombages, et en facturant de fausses « séances de sensibilisation » avec de très jeunes patients qui se retrouvent avec plus de couronnes qu'ils n'ont de dents de lait. Rien que l'année dernière, trente-deux de vos patients ont subi cent quatre-vingt-douze extractions de dents, et dans au moins cent cas, vous avez facturé des frais d'anesthésiste, alors qu'en réalité, vous endormiez vous-même vos patients. Je pourrais continuer comme ça encore longtemps, dit Andy d'un ton sévère en foudroyant du regard le docteur Faux, qui se sentait défaillir. Pour votre gouverne, j'ai ouvert une enquête conjointe avec le Bureau de contrôle du plan d'aide médicale de l'État de Virginie, rattaché au bureau du procureur général, ainsi qu'avec le FBI et le fisc. Un mandat d'arrêt a été lancé contre vous il y a deux jours, car le shérif n'a pas réussi à vous localiser pour vous remettre une assignation, et vous savez pourquoi ?
– Non. Pourquoi ? demanda le docteur Faux d'une voix stridente, tandis que Fonny Boy promenait sa langue sur son appareil dentaire mal ajusté, faisant sauter un élastique qui traversa la table.
– Votre seule adresse est une poste restante, et les téléphones de votre cabinet et de votre domicile sont branchés en permanence sur répondeurs, dit Andy d'un ton accusateur. Et vous interdisez à tout le monde, y compris vos amis et votre famille, de vous prendre en photo, si bien que le shérif ne sait même pas quelle tête vous avez. De toute façon, vous étiez retenu en otage sur Tanger Island et aucun shérif n'essaiera de vous retrouver sur cette île, car il est peu probable que les insulaires coopèrent avec une personne en uniforme, surtout si elle cherche à remettre une assignation.
– C'est votre opinion, répondit le docteur Faux, dont la

véritable nature commença à transparaître. Vous serez obligé de prouver tout ce que vous avancez. Un tas de gens utilisent une poste restante et beaucoup n'aiment pas être photographiés. Je n'étais pas otage et il n'y a pas d'otages.

– Écoutez, docteur Faux, nous avons besoin de votre aide, dit Hammer, qui tenait le rôle du gentil flic. Personne n'a envie de voir éclater une nouvelle guerre civile. Les habitants de Tanger Island sont des citoyens du Commonwealth comme vous et moi, et en luttant contre nous, ils luttent contre eux-mêmes. C'est comme se tirer une balle dans la jambe quand on est en colère. Toute insurrection de la part des insulaires serait un acte d'autodestruction, et les garde-côtes affirment que lorsque vous avez tiré trois fusées de détresse à bord de votre embarcation, vous ne vouliez pas signaler votre position, vous cherchiez de manière flagrante à abattre l'hélicoptère.

– Pardon ?! s'exclama le docteur Faux.

– Je vais vous dire une bonne chose, ajouta Hammer en changeant de rôle pour jouer celui du méchant flic. Quand une île déclare la guerre à son gouvernement, quand elle renie le drapeau de son État et commet un kidnapping, que peut-on imaginer quand un des habitants de l'île se met à tirer sur un hélicoptère des forces de l'ordre ?

– C'est Fonny Boy qui a tiré les fusées, pas moi. Et d'abord, je ne suis pas un habitant de cette île ! (Le dentiste pointa le doigt sur le jeune garçon.) Je lui avais bien dit de ne pas faire ça. Et d'abord, c'est lui qui a largué le casier à crabes à l'intérieur de la réserve, pour pouvoir retrouver le bateau de pirates.

– Le bateau de pirates ? répéta Andy.

Fonny Boy revint sur terre en entendant ces mots et il jeta un regard menaçant au docteur Faux.

– Z'avez pas l'droit de dire ça ! Faut pas leur parler d'mon bateau de picaros ! J'savais bien qu'on pouvait pas vous faire confiance !

– C'est faux ! répliqua le dentiste vexé. Et d'abord, tu n'as découvert aucun bateau. En vérité, c'est plutôt un vieux morceau de ferraille qui t'a trouvé.

– Ah bon ? Tu es comme un aimant ? demanda Andy à Fonny Boy d'un ton sarcastique. Je crois qu'il est temps que quelqu'un crache cette foutue vérité. Fais-moi voir ce morceau de métal.

Fonny Boy racla le dessus de la table avec ses menottes en plaquant ses mains sur sa poche de coupe-vent dans un geste protecteur.

– Ne m'oblige pas à te fouiller, lui dit Hammer pour seconder Andy.

– C'est à moi ! Il est tombé du ciel et il a atterri sur mes genoux pendant que je jouais de l'harmonica.

– S'il te plaît, fais-moi voir ce morceau de métal, dit Andy en reprenant le rôle du gentil flic et en se levant de sa chaise. Je te promets de ne pas le garder, à moins qu'il soit lié à une enquête sur un crime ou un accident, d'accord ?

– Jamais de la vie !

Fonny Boy était intraitable. En serrant dans son poing le côté droit de son coupe-vent, il fut surpris de sentir une bosse toute dure à côté de la fermeture Éclair cassée.

Intrigué, il plongea sa main dans sa poche, introduisit ses doigts dans un trou et découvrit la clé de la clinique dans la doublure.

– Tiens donc ! s'exclama le dentiste. La clé qu'il a prise quand il m'a enfermé dans la clinique après m'avoir donné un coup de poing sur le nez sans raison !

– Je croyais que vous disiez ne pas avoir été kidnappé.

Hammer l'avait surpris en flagrant délit de mensonge.

– Je suis une victime innocente, déclara le docteur Faux. J'exige ma libération immédiate, et j'ai bien l'intention de porter plainte ! Les habitants de l'île, ces êtres violents et indignes de confiance, m'ont retenu contre ma volonté, et ce sont sûrement eux qui ont inventé cette histoire d'escroquerie.

– J'ai vu les dents des gens de là-bas, dit Andy. Et il me suffit de regarder celles de Fonny Boy. Combien de plombages, de dévitalisations, de poses de couronnes et d'extractions a-t-il pratiqués sur toi, Fonny Boy ?

Fonny Boy était incapable de se souvenir et de compter aussi loin. Il palpa une poche de son jean et sentit le bout de métal. Comprenant qu'il était dans de sales draps à cause du dentiste qui venait de le dénoncer, Fonny Boy jugea plus sage de donner au trooper ce qu'il réclamait. De toute façon, ce morceau de métal ne valait sans doute pas grand-chose, et le plus important, c'était de sortir d'ici pour pouvoir retourner jusqu'au casier à crabes et découvrir le navire englouti avec son trésor.

Tenant religieusement entre ses doigts le vieux morceau de fer rouillé et irrégulier, Andy l'observait d'un air stupéfait, comme s'il s'agissait d'une antiquité d'une valeur inestimable.

– Il faut le dater au carbone 14, dit-il à Hammer. Il a peut-être une grande importance.

27

Les heures passaient et Andy avait encore un tas de choses à faire.

Il devait maintenant aller chercher Moses Custer à l'hôpital et veiller à ce qu'il rentre chez lui en toute sécurité. Ensuite, il devait déposer la mallette étanche dans Canal Street, où le capitaine Bonny, alias Major Trader, avait accepté, par e-mail, de se rendre, afin de recevoir ce qu'il méritait.

« Tu vas avoir ce que tu mérites, c'est sûr », se disait Andy en remplissant une vieille valise en aluminium toute cabossée d'haltères provenant de la salle de musculation qu'il avait installée dans le sous-sol de sa maison. « Que dirais-tu de te retrouver en prison pour meurtre, tentative de meurtre, complot, entrave à la justice et je ne sais quoi encore, espèce de salopard ? »

Andy chargea la valise, son déguisement et du matériel de pêche dans le coffre de sa voiture, après quoi il fonça à l'hôpital.

– Désolé d'avoir été si long, dit-il en entrant dans la grande chambre individuelle dans laquelle le gouverneur avait fait transférer Moses, alors qu'il était sur le point de sortir.

– Il est déjà prêt, et il était temps que vous arriviez, parce qu'on a besoin de la chambre, déclara une infirmière nommée A. Carless, d'après son badge.

Elle était bâtie comme une lutteuse et ses yeux regardaient dans deux directions en même temps.

Elle se précipita vers Custer pour l'aider à quitter son lit et à s'asseoir dans un fauteuil roulant.

– J'ai pas besoin de fauteuil roulant ! protesta-t-il. Aïe !

Vous m'avez donné un coup de coude dans la bouche ! Attendez ! Ma chemise de nuit est pas fermée dans le dos. Venez à mon secours, monsieur l'officier ! Je vous en supplie, éloignez cette femme ! À cause d'elle, je suis plus amoché qu'en arrivant.

Moses Custer faisait peine à voir, en effet. Il avait la tête noir et bleu, un œil gonflé et il lui manquait plusieurs dents, mais il semblait difficile de déterminer ce qui était dû à l'agression. Il avait un bras dans le plâtre, que l'infirmière réussit à cogner dans la table de chevet en voulant arracher le pauvre homme à son lit pour l'asseoir dans le fauteuil, dont elle avait oublié de bloquer les freins. Avant qu'Andy ait le temps d'intervenir, elle souleva Custer et le déposa brutalement dans le fauteuil, qui se mit à rouler tout seul et alla percuter une commode. Custer poussa un grand cri aigu, tandis que le fauteuil rebondissait et venait heurter le lit en marche arrière ; son pied droit bandé se prit dans la poignée du bassin posé par terre et l'envoya valdinguer dans la chambre, alors que le fauteuil tournoyait sur lui-même de manière incontrôlable, et Moses se retrouva finalement éjecté.

– Me touchez pas ! hurla-t-il à l'infirmière qui le soulevait par le devant de sa chemise de nuit, dévoilant ainsi ses fesses nues et d'autres parties intimes de son individu.

Andy prit délicatement Custer par le coude, referma les pans de la chemise de nuit et se dressa devant l'infirmière pour l'empêcher de continuer à martyriser le patient.

– Où sont vos vêtements ? demanda-t-il.

– Mon fils m'en a apporté. Ils sont dans le tiroir là-bas, dit Moses. N'y touchez pas, vous ! cria-t-il à l'infirmière. Laissez faire l'officier.

Andy aida Moses à s'habiller, en affrontant les protestations et les tentatives d'intervention de l'infirmière. Après quoi, il l'aida à s'installer dans le fauteuil roulant.

– Je vais vous conduire jusqu'à la voiture, dit Andy. Nous n'avons pas besoin de votre aide, ajouta-t-il à l'intention de l'infirmière, qui se montrait de plus en plus agressive.

– Le règlement de l'hôpital exige que ce soit une infirmière qui conduise le patient jusqu'à la sortie ! déclara-t-elle.

– Et le règlement de la police d'État exige qu'une personne bénéficiant d'une protection policière soit escortée par un représentant de la loi, rétorqua Andy. Je vous conseille de ne pas vous interposer.

Andy entendit résonner dans son dos les pas de la colossale infirmière, tandis qu'il poussait rapidement Moses dans le couloir, vers la sortie.

– Je vais vous dénoncer à mon surveillant ! lança-t-elle en écartant d'un geste un interne qui se trouvait sur son chemin et obligeant une autre infirmière à faire un écart.

Cette dernière manqua de renverser un trépied de goutte-à-goutte qui alla percuter une plante verte.

Major Trader n'était pas du genre à voyager en car, à moins d'être aux abois. Or, après avoir lu le dernier essai d'Officier Vérité, il s'était dit qu'il serait peut-être judicieux de faire un saut à la gare routière et d'acheter un aller simple pour Key West, où il avait de la famille qui partageait ses gènes de pirate et qui, de ce fait, ne le dénoncerait pas à la police. De toute évidence, une grande enquête était en cours, et elle allait mettre au jour de nombreux faits qui, assurément, ne plaideraient pas en sa faveur.

Le gouverneur Crimm risquait de mal réagir en apprenant que Trader l'empoisonnait depuis des années. De même, il ne serait pas très heureux de découvrir que Trader avait menti, qu'il avait caché des informations, falsifié des documents, à l'occasion, qu'il avait fait preuve de paresse et tendu des pièges à des collègues, trafiqué des communiqués de presse afin de servir ses intérêts égotistes et financiers, utilisé un pseudonyme pour manigancer des activités illégales avec des pirates sur Internet, et que par ailleurs, il descendait d'une longue lignée de pirates, qu'il était pyromane dans son enfance et qu'il avait assassiné le pêcheur de Canal Street, pour ne citer que quelques-uns des défauts de Trader.

Il quitta la gare routière avec en poche un billet de car portant un nom d'emprunt, et héla un taxi pour se rendre dans Canal Street.

Voyant que le temps lui était compté, Andy avait demandé à Moses si ça ne l'ennuyait pas de l'accompagner pour une mission.

– Cette infirmière nous a retardés, expliqua-t-il. J'ai

rendez-vous avec un suspect à 14 h 30, c'est-à-dire dans un quart d'heure.

– Je serais ravi de vous accompagner, répondit Moses. J'ai l'impression de vivre cloîtré, depuis un mois. Un peu d'air frais et d'activité me feront du bien. Je peux vous aider d'une manière ou d'une autre ?

– Avez-vous d'autres souvenirs de votre agression ?

– Non. Tout ce dont je me souviens, c'est de cet ange me disant que sa voiture était en panne et me promettant une chose unique.

– Unique ?

– C'est ce qu'elle a dit.

– Vous savez pêcher ? lui demanda Andy.

– Est-ce que le pape est catholique ? répondit Moses.

Andy se gara à quelques rues du lieu du rendez-vous, qui n'était autre que l'endroit où Trader avait assassiné Caesar Fender. Quand le prétendu Capitaine Bonny avait échangé des e-mails avec Andy, qui signait en utilisant le nom de Possum (bien qu'il ignore toujours la véritable identité de Possum), Andy avait suggéré cet endroit pour livrer la mallette. Il pensait ainsi ajouter l'insulte à la blessure en obligeant Trader à revenir sur le lieu de son crime pour le récompenser de ses forfaits par une valise pleine de fonte et un trajet gratuit jusqu'à la prison. Andy ouvrit le coffre et en sortit la valise. Il revêtit ensuite la fausse barbe, la perruque à queue de cheval et la tenue négligée avec lesquelles il s'était déguisé sur Tanger Island, et il tendit une canne à pêche à Moses.

– Il vous suffit de pêcher, expliqua-t-il à Moses, tandis qu'ils se dirigeaient vers le mur de soutènement au bord de la rivière. Ne vous occupez pas de moi. Un homme va se présenter et essayer de prendre la valise, comme si elle lui appartenait. Il n'arrivera pas à la soulever. Je proposerai de l'aider, et avant qu'il comprenne ce qui lui arrive, il se retrouvera avec les menottes aux poignets, direction la prison.

– Ce plan me convient, dit Moses.

– Après ça, je vous ramènerai chez vous, sain et sauf.

– OK, dit Moses, qui marchait en clopinant. Ça me va.

Des lambeaux de bandes de plastique jaune abandonnées par la police flottaient dans le vent froid. Moses jetait des regards inquiets autour de lui ; ses yeux se posèrent sur une trace de brûlé sur le bitume et un seau en plastique renversé.

– Regardez-moi ça, dit Andy d'un ton agacé en ramassant le seau. Joli travail, tiens. Je ne peux pas croire qu'ils aient laissé traîner ce seau.

Il déposa le seau sur le mur et posa la lourde valise à quelques pas. Moses accrocha un ver en plastique au bout de sa ligne, avant d'y fixer un bouchon.

– Dites, c'est pas là que ce pêcheur a explosé, par hasard ? demanda-t-il, inquiet.

– En fait, si, répondit Andy en préparant lui aussi son matériel de pêche.

– J'espère que vous avez pas rendez-vous avec un meurtrier, dit Moses. Les gens méchants, j'en ai eu ma dose pour un bon moment.

– Ne vous inquiétez pas. Contentez-vous de pêcher, sans vous préoccuper du reste. La personne qui va se présenter ne vous fera pas de mal. Tout ce qu'elle veut, c'est récupérer la valise et ficher le camp.

– J'avoue que personne pourrait vous reconnaître avec ce déguisement, dit Moses en lançant avec élégance sa ligne dans la rivière au faible courant. Vous ressemblez à un hippie d'autrefois, comme ceux qui conduisaient des vieux minibus VW avec des grosses fleurs collées partout.

– Tant mieux. Mais surtout, faites bien attention de ne pas m'appeler Andy ou officier devant ce type.

– Vous en faites pas, dit Moses. Je suis pas du genre à dévoiler mon jeu avec un tueur dans les parages. Mais pourquoi est-ce qu'il a fait exploser ce pauvre pêcheur, et qu'est-ce qui vous dit qu'il va pas faire pareil en me voyant, hein ? J'vous conseille de mettre un flotteur sur votre ligne, ou sinon, votre ver va plonger direct au fond et s'accrocher à une pierre.

– Je vous le répète, il voudra juste prendre l'argent et foutre le camp d'ici, dit Andy en suivant le conseil de Moses concernant le bouchon, avant de jeter sa ligne dans l'eau. De toute façon, si jamais il tente quoi que ce soit, il risque d'avoir de gros ennuis.

– Vous êtes armé ?

– J'ai mon ami avec moi, glissé dans mon dos, répondit Andy en sentant une légère tension à l'extrémité de sa ligne.

Major Trader arriva à bord d'un taxi et demanda au chauffeur de l'attendre, ou sinon il ne serait pas payé. Il aperçut deux espèces de clochards assis sur le mur, en train de pêcher, et une valise en aluminium cabossée, toute seule sur le trottoir. Son pistolet lance-fusées était glissé dans sa poche de veste, au cas où quelqu'un lui chercherait des histoires, et il marcha droit vers la valise.

– C'est à l'un de vous, cette valise ? demanda Trader.

– Jamais vue de ma vie, répondit Andy, car on avait le droit de mentir quand on était en mission d'infiltration.

– Moi non plus, dit Moses. Elle était déjà là quand on est arrivés pour pêcher.

– On m'a volé ma voiture avec ma valise à l'intérieur, c'est pour ça que j'ai dû prendre un taxi, mentit Trader. Mais je savais que le voleur se débarrasserait sûrement de ma valise quelque part, car elle ne contient que des vêtements et des livres.

– Servez-vous, dit Andy.

Trader observa les deux pêcheurs pour s'assurer qu'ils ne lui prêtaient pas attention et qu'ils ne pourraient pas l'identifier par la suite, si jamais on les interrogeait. C'étaient visiblement deux paumés qui n'avaient sans doute jamais eu de véritable métier. Sinon, pourquoi seraient-ils à la pêche un vendredi après-midi, alors que les honnêtes gens travaillaient ? Trader referma la main sur la poignée de la valise et faillit se déboîter l'épaule en voulant la soulever d'un coup sec.

– Merde ! s'exclama-t-il sous l'effet de la surprise.

Cette saloperie pesait au moins 100 kg ! Trader imagina des centaines de dollars en argent, des liasses de billets et peut-être même de l'or. Les pirates avaient apparemment réalisé un gros coup. Il essaya de nouveau de soulever la valise, sans réussir à la décoller du sol. Il essaya alors de l'ouvrir, mais les serrures étaient verrouillées et il ne connaissait pas la combinaison. Pendant qu'il se demandait ce qu'il allait faire, en jetant des regards furtifs aux alentours et en commençant à transpirer, le vieux pêcheur noir, qui semblait avoir été victime d'un grave accident de voiture, tira sur sa canne d'un coup sec et se mit à mouliner furieusement.

– J'en ai ferré un ! s'écria Moses pour que tout le monde

l'entende. Ce petit trésor va plus rester dans l'eau très longtemps.

– Comment tu te débrouilles ? (Andy jouait parfaitement son rôle.) Chaque fois que je pêche ici avec toi, tu remplis un seau de poissons, et moi, je rentre à la maison bredouille.

C'est à ce moment-là que Trader remarqua le seau en plastique blanc qu'il connaissait bien. Son taux d'adrénaline monta en flèche et une alarme interne se déclencha.

– C'est votre seau ? demanda-t-il, tout en essayant plusieurs combinaisons pour ouvrir les serrures de la valise.

– Évidemment, répondit Moses.

– Comment ça se fait, alors, qu'il y a marqué « Fruits de mer Parks » dessus, vu que c'est une poissonnerie de Tanger Island ? (Gagné par le soupçon, Trader palpa son pistolet lance-fusées à travers sa veste.) Ce seau vient de la résidence du gouverneur, alors ne me dites pas que c'est le vôtre.

– J'en sais rien, moi. J'ai jamais mis les pieds chez le gouverneur, mais j'y vais demain, parce que le gouverneur y m'emmène à la course de stock-car. C'est quelqu'un qu'a laissé ce seau ici, dit Moses en continuant à mouliner pour ramener son poisson. On dirait que personne n'en voulait, dit-il. Mais ça me gêne pas de le rapporter chez le gouverneur quand j'irai.

– Si vous utilisez ce seau, dit Trader en s'approchant pour regarder de plus près, pourquoi est-ce qu'il n'y a pas d'eau dedans ? Il me semble que si vous aviez l'intention de vous en servir pour y mettre les poissons que vous pêchez, vous auriez pris la peine de le remplir d'eau. Et je sais très bien que vous n'allez pas à la course de stock-car avec le gouverneur !

Le poisson creva la surface de l'eau en continuant à se débattre, et Andy se dit qu'il avait quelque chose de familier.

– C'est une truite ? demanda-t-il à Moses, tandis que Trader essayait encore une fois de soulever la valise en grognant sous l'effort.

– Tout juste, dit Moses. Et une belle.

De plus en plus désespéré et légèrement méfiant à l'égard de ces deux pêcheurs dépenaillés, Trader essaya de traîner la valise sur le sol, en poussant des jurons. Moses brandit fièrement sa prise et Andy remarqua un vieil hameçon planté dans la bouche de la truite.

– Relâche-la, dit Andy à Moses. On n'a pas besoin de truite, ni de crabe, ni de quoi que ce soit, d'ailleurs, pour identifier ce sale gros porc menteur.

Sur ce, il arracha sa fausse barbe, sa perruque et sortit vivement son pistolet.

– Mains en l'air, Trader ! ordonna-t-il d'un ton féroce, tandis que Moses ôtait l'hameçon de la bouche de la truite, avant de la remettre dans la rivière.

– Enfin libre, dit-il au poisson en le regardant partir en nageant.

– Vous êtes en état d'arrestation ! clama Andy.

Regina criait et donnait des ordres, elle aussi, sans grand succès. On avait livré Trip, le minicheval, une heure plus tôt à la résidence. Regina n'avait guère prêté attention aux instructions du dresseur, et elle n'avait pas pris la peine, non plus, de visionner la cassette vidéo de dressage. Ça ne devait pas être très compliqué d'apprendre à un minicheval à tourner à droite, à gauche, à s'asseoir, à avancer et à se coucher ! Mais voilà une heure qu'elle n'arrêtait pas d'aboyer des ordres à l'animal, et Trip restait immobile au milieu de la salle de bal, à la regarder fixement.

– Bouge ! s'écria Regina en claquant des doigts et en tapant du pied.

Trip cligna des yeux, sans bouger.

– Viens ici tout de suite ! ordonna-t-elle d'un ton agressif, tandis que la First Lady dévalait le grand escalier, en tenant une grosse boîte de trépieds qu'elle avait l'intention de cacher dans le cellier.

– Stupide poney ! hurla Regina.

– Allons, Regina ! (Mme Crimm s'arrêta à l'entrée de la salle, le souffle coupé par l'effort.) Tu sais bien qu'il ne faut pas parler ainsi au personnel !

– C'est pas à moi qu'elle parle, madame, dit Poney en apparaissant avec sa veste blanche amidonnée. Puis-je vous aider à porter cette boîte ?

– Pourquoi toute cette agitation ? demanda le gouverneur en sortant d'un salon, l'œil rivé à sa loupe, visiblement hébété. Où suis-je ? Je ne trouve plus mon bureau. Quelqu'un l'a déplacé ? Qu'est-ce que tu transportes, Maude ?

– Oh, des choses à jeter, répondit-elle en inventant rapidement une histoire. En nettoyant une de mes penderies, je suis tombée sur ce présentoir à chaussures tournant que j'avais acheté par catalogue. Tu ne vois pas de quoi je parle, je suppose, mais je ne m'en suis jamais beaucoup servie, et la plupart des chaussures qui sont dessus sont démodées, de toute façon.

– Votre bureau est toujours au même endroit, monsieur le gouverneur, dit Poney. Puis-je vous aider à monter ?

– Oh, c'est quoi ça ? (Le gouverneur venait d'apercevoir le minicheval, et il tomba immédiatement sous le charme.) Comme tu es mignon, toi ! Et tu en as un joli harnais avec une belle petite poignée en cuir. Ça alors, il a même des chaussures !

– Il est obligé d'avoir des chaussures, sinon il glisserait sur le parquet, dit Regina avec impatience, tandis que la First Lady se précipitait au sous-sol pour cacher les trépieds. Mais c'est un animal inutile, de toute façon. Il refuse de faire ce que je lui demande, alors je ne vois pas comment il peut t'aider, papa. Viens ici ! lança-t-elle au cheval indifférent en faisant claquer ses doigts. Viens ici tout de suite, idiot, ou je te renvoie d'où tu viens et tu iras vivre avec un autre aveugle qui habite dans un taudis sans personnel de maison, sans limousine, sans cuisinier ni visiteurs importants !

– Peut-être que tu ne lui dis pas les mots qu'il faut, dit le gouverneur en s'approchant de Trip pour tapoter sa crinière rousse. Assis, ordonna-t-il.

Trip ne réagit pas.

– Va chercher ! (Le gouverneur lança un bâton imaginaire sur le tapis d'Orient.) Bon, reste.

Trip obéit.

– Monsieur, demanda Poney, que désirez-vous pour votre thé ?

– Deux œufs et un toast, ça ira très bien, répondit le gouverneur en promenant son énorme œil vitreux sur son cheval d'aveugle.

– Le toast, à côté des œufs ou dessous ? demanda Poney.

– Dessous, décida le gouverneur

Et soudain, Trip rampa sous une table de jeu en acajou marqueté.

– Ça alors ! s'exclama le gouverneur en se mettant à

genoux pour essayer de faire sortir Trip de sous la table. Je crois que ce cheval a un problème. Ou peut-être que tu as affolé cette pauvre bête et que tu lui as fait peur avec ta voix, dit-il à Regina.

– Ça recommence, dit-elle d'un ton sarcastique, et Trip ressortit de sous la table et traversa la salle de bal avec ses chaussures de tennis fermées par du Velcro. C'est toujours ma faute, évidemment. Je commence à en avoir marre d'être tenue pour responsable dès qu'il y a un problème. Je suis une excellente dresseuse, c'est ce cheval débile qui déconne, pas moi !

– Stop ! ordonna le gouverneur à sa fille, car il en avait assez de l'entendre.

Trip s'arrêta.

– Monsieur ? (Poney était de retour.) Voulez-vous de la sauce hollandaise, du beurre, du sel, du poivre ou autre chose avec vos œufs ?

Crimm prit le temps d'examiner son sous-marin qui flottait avec délice en eau calme depuis qu'il avait cessé de manger les sucreries de Major Trader. Peut-être n'était-il plus obligé de suivre un régime aussi insipide ? Mon Dieu, ce serait merveilleux !

– Je vais peut-être même essayer un peu de jambon, dit-il en réfléchissant à voix haute.

– Je peux mettre le jambon sur les œufs, suggéra Poney, tandis que Trip continuait à marcher dans la salle de bal avec son harnais qui ballottait sur son dos.

– Pourquoi pas ? s'exclama joyeusement le gouverneur. Allons-y, chargez sur le jambon !

Poney se dirigea vers l'ascenseur.

– Regardez ! s'exclama-t-il, émerveillé. Le cheval va droit vers... Mais où va-t-il ? Il va vers...

– L'ascenseur ! dit le gouverneur.

Intrigué, Poney suivit le cheval et appuya sur le bouton de l'ascenseur. La porte s'ouvrit et Trip y entra.

– On va monter avec lui pour voir ce qu'il fait, dit le gouverneur, qui ne s'était pas autant amusé depuis bien longtemps.

Poney et lui prirent donc l'ascenseur avec Trip, et quand la porte s'ouvrit au niveau des cuisines, le minicheval resta immobile, il attendait les ordres.

– Voyons voir..., dit le gouverneur. Si on essayait... Décharger !

Trip descendit de l'ascenseur. Il franchit une porte ouverte et tomba sur la First Lady en train de déposer une lourde boîte de trépieds sur une étagère. En entendant les baskets du minicheval, elle regarda autour d'elle et découvrit son mari. Elle poussa un grand cri strident et la boîte tomba par terre. Les trépieds s'éparpillèrent dans un grand fracas sur le plancher plusieurs fois centenaire.

– Attends ! s'exclama Mme Crimm pour essayer de s'expliquer, tandis que ses pensées et ses peurs se mélangeaient de manière incohérente dans son cerveau.

Trip s'arrêta.

– C'est quoi, tout ça ? demanda le gouverneur, perplexe, en regardant les trépieds à travers sa loupe.

Immobile dans le cellier, au milieu des trépieds, Trip attendait l'ordre suivant.

– C'était donc ça, hein ? dit le gouverneur. Des achats ! Tu as recommencé à cacher des trépieds, et moi, pendant tout ce temps, je croyais que tu recevais des débauchés dans cette maison.

– Comment as-tu pu penser une telle chose ? s'exclama la First Lady en se penchant pour ramasser ses trépieds adorés, ou du moins, les plus récents, qu'elle avait commandés sur Internet. Voyons, Bedford ! Je ne t'ai jamais trompé !

– Stop ! ordonna le gouverneur à son épouse pour qu'elle arrête de ramasser les trépieds, et Trip, qui ne faisait rien, se contenta de continuer à ne rien faire.

– Pourquoi dis-tu « recommencé » ? demanda Mme Crimm, stupéfaite. Tu savais que je cachais des trépieds ?

Elle jeta un regard accusateur à Poney, qui répondit par un haussement d'épaules, comme pour dire : « Ce n'est pas moi qui le lui ai dit ».

– Oh, je suis tombé par hasard sur tes machins, ici et là, expliqua le gouverneur. Sincèrement, je croyais que c'était de la camelote, des trucs laissés là par les gouverneurs du siècle dernier.

– Ce n'est pas de la camelote ! protesta Mme Crimm avec indignation. Et ça vaut très cher, ajouta-t-elle imprudemment.

– Fiche-moi tout ça dehors, ordonna le gouverneur.

– Dehors ? Dehors ! s'écria la First Lady avec colère.

Trip recula d'un pas à l'intérieur du cellier, bousculant un trépied en forme de fer à cheval, qui cogna contre un autre trépied représentant un chien.

– Mince alors ! s'exclama Poney, stupéfait. Vous croyez qu'il a reconnu le fer à cheval, et c'est pour ça qu'il a décidé de marcher dessus ? En voilà un petit cheval intelligent ! Peut-être qu'il a reconnu le chien, aussi. C'est peut-être sa façon de nous dire qu'il veut écarter Frisky pour être votre seul animal de compagnie.

– Nous devons absolument les séparer, déclara Mme Crimm, consternée par l'apparition de ce nouveau problème. Pauvre Frisky. Il aura le cœur brisé si on s'intéresse plus à ce petit poney qu'à lui, expliqua-t-elle.

Elle eut le malheur de mettre cette idée dans la tête de son mari, et dès lors, le gouverneur n'appela plus le minicheval que le « poney », ce qui était extrêmement déroutant pour Poney le majordome.

– Allez, viens ici, poney, dit le gouverneur pour essayer de faire sortir Trip du cellier, et Poney réagit en entrant à son tour dans le cellier, déjà encombré par le gouverneur, le cheval, la First Lady ; et tout le monde commença à piétiner les trépieds.

– Allez, sois gentil, Poney, sors de là, dit le gouverneur.

Poney ressortit du cellier et Trip, lui, ne bougea pas.

– Tu es très têtu, poney, dit le gouverneur d'un ton sévère.

– Désolé, monsieur, dit Poney totalement désorienté. Je ne voulais surtout pas vous énerver. Vous désirez vos œufs avec un toast dessous, si je me souviens bien. Vous avez dit de charger sur le jambon, je crois.

– En avant, répondit le gouverneur d'un ton distrait en regardant à travers sa loupe Trip le minicheval sortir du cellier et passer sous une table, avant de se diriger vers les cuisines.

– C'est le cheval le plus incroyable que j'aie jamais vu ! s'émerveilla Poney. Regardez ça, monsieur. Je crois qu'il va aller préparer vos œufs ! Non, je disais ça pour rire, dit Poney, un peu honteux, en s'adressant à la First Family. Je sais bien qu'aucun cheval sait faire la cuisine. Si ça existait, vous prendriez plein de petits chevaux comme celui-ci et vous auriez plus besoin des prisonniers.

– Personnellement, je ne mangerais pas un plat préparé par un cheval, déclara Mme Crimm d'un air désapprobateur. Imaginez un peu le manque d'hygiène !

– Ça me fait penser à une chose, dit le gouverneur en suivant Trip. Nous devons régulariser votre situation vis-à-vis de l'administration pénitentiaire. Je vais les appeler.

– Oh, je suppose que vous avez lu le gentil texte qu'Officier Vérité a écrit sur moi, dit Poney avec un mélange de joie et d'étonnement. J'aimerais bien savoir qui c'est, pour pouvoir lui exprimer ma reconnaissance.

28

– TA GUEULE! lança une voix agressive dans la cellule exiguë, puante et sombre.

Il était tard, toutes les lumières avaient été éteintes à l'intérieur de la prison municipale.

– Ta gueule toi-même ! répliqua Major Trader sur le même ton, à l'adresse du bandit de bas étage qui se faisait appeler Stick et qui s'était retrouvé en prison après s'être soi-disant cogné la tête, recouverte d'un sac en papier, et avoir feint d'être inconscient en espérant être conduit gratuitement à l'hôpital, pour pouvoir s'enfuir. Ça n'avait pas marché.

– Vos gueules ! lança un autre détenu, et Trader crut reconnaître le ton rageur de Slim Jim, un multirécidiviste dont la spécialité consistait à crocheter les serrures des voitures pour voler l'argent des péages et les lunettes de soleil.

– Ta gueule toi-même ! lui rétorqua Trader.

Il était de bien trop mauvaise humeur pour se laisser intimider par qui que ce soit.

– Non ! C'est *toi* qui vas la fermer, connard !

Un dénommé Snitch s'était réveillé, et il était grognon.

– *Si,* dit le Mexicain d'une toute petite voix. Tout le monde ta gueule, *por favor.*

– Te mêle pas de ça, le métèque, dit Trader.

– Hein ? (Le jeune Mexicain était choqué.) J'ai vu vous sauter autour de la benne à ordures.

– Ouah ! s'exclama Stick. J'savais bien que ce type était complètement dingue. Pourquoi est-ce qu'il sautait autour de la benne à ordures ?

– J'ai cru il se branlait, répondit le jeune Mexicain, qui n'avait pas encore révélé son vrai nom à ses compagnons de cellule, ni son âge aux policiers. Moi, je caché derrière le bar à cause la police. Et je vois lui sauter partout dans la ruelle, et il se tient le machin en sautant sur place et il fait un tas de bruits. Alors, moi, je m'enfuis, car lui *loco*.

– T'en as du bol de te retrouver en cellule avec lui, commenta Snitch d'un ton sarcastique, en glissant son oreiller plat sous sa tête. On a tous du bol d'avoir ce gros dingue puant avec nous, pas vrai ?

– Alors, pourquoi tu sautais autour de la benne à ordures ? demanda Stick à Trader.

– Ça ne vous regarde pas. Mais sachez qu'il y a une raison à tout ce que je fais. Je n'agis jamais sans un motif.

– Ouah ! On va t'appeler *loco*-motif ! s'exclama Slim Jim en riant. Hé, les gars, je vous présente Loco-motif.

– Je vous en prie, messieurs, pas de dispute. C'est déjà suffisamment pénible de se retrouver ici. Pour l'amour de Dieu, faisons preuve d'un peu de charité et prions pour la paix, dit le révérend Pontius Justice, qui était allé déposer quelques cassettes vidéo chez Barbie Fogg hier soir et avait commis ensuite l'erreur d'essayer d'obtenir une petite gâterie en repartant, pour finalement s'apercevoir que la femme qu'il avait abordée dans la rue n'était pas une prostituée, mais une vieille fille dont la voiture était tombée en panne.

« Qu'est-ce que je ferais avec vos 20 dollars, avait dit la vieille fille avec un étrange accent, alors que le révérend Justice lui faisait signe d'approcher de sa Cadillac. Si vous m'offrez de l'argent pour le taxi, c'est gentil, mais je n'accepte jamais d'argent de la part d'inconnus.

– Je me fous de ce que tu fais avec cet argent », lui avait répondu le révérend Justice, qui était ivre, épuisé et frustré après avoir fait la promotion de son nouveau programme de surveillance de quartier, qui n'avait pas réussi jusqu'à présent à empêcher un seul crime.

« Tu montes, tu t'occupes un peu de moi, et tu pourras faire ce que tu veux avec ce billet de 20 dollars tout neuf que j'ai dans la main. Tu l'as vu ? »

La vieille fille, qui n'était autre qu'Uva Clot, était bien plus âgée qu'il ne l'avait cru tout d'abord en l'apercevant au loin dans la pénombre. Elle s'approcha de la Cadillac, releva le numéro d'immatriculation et se mit à crier pour réclamer de l'aide. Le révérend Justice s'enfuit, mais la police se lança à sa poursuite dans un hurlement de sirènes qui lui vrillaient le crâne.

– Alors, pourquoi êtes-vous ici ? demanda le révérend en s'adressant au recoin sombre de la cellule où Trader occupait toute la largeur de son lit, comme un énorme sac de pommes de terre.

– Je suis un pirate, répondit Trader d'un ton mauvais.

– Que Dieu nous garde ! s'exclama le révérend, horrifié. Vous n'êtes quand même pas un de ces pirates qui ont agressé ce pauvre camionneur et volé toutes ses citrouilles, j'espère ?

– C'est pas vos oignons !

– Que Dieu nous vienne en aide !

– Et je prends plaisir à torturer les petits animaux, ajouta Trader, car il savait suffisamment de choses sur les psychopathes pour savoir qu'ils commençaient tous leur monstrueuse vie de criminel violent en faisant souffrir des créatures sans défense.

Lui, par exemple, n'avait jamais éprouvé le moindre remords quand il avait mis le feu à l'élevage de crabes, assassinant des mères, leurs petits bébés et un tas d'autres crabes, privés temporairement de leur carapace pendant la mue. Il se fichait pas mal des bateaux qu'il avait incendiés, et ça ne l'aurait pas du tout gêné si la vénérable Chesapeake House de Hilda avait entièrement brûlé, et même si Tanger Island était partie en flammes. De même, sa tranquillité d'esprit n'avait nullement souffert quand il avait organisé le kidnapping du boston-terrier de Hammer par Smoke et sa bande d'impitoyables bandits. Trader espérait même que Popeye avait connu depuis longtemps une mort cruelle. Ça servirait de leçon à cette salope de Hammer.

– Oh ! s'exclama Stick d'un ton désapprobateur dans l'obscurité de la cellule. Ça, c'est un truc que j'ai jamais fait et que je ferai jamais. Je pense qu'on devrait noyer ce sale type dans les chiottes, dit-il en s'adressant aux autres. Y en a deux qui le tiennent et celui qu'a les mains libres, il lui enfonce la tête dans le trou.

– Quelqu'un a écrasé mon chien quand j'étais toujours en CE2, dit Slim Jim, à la fois triste et furieux. Je m'en suis jamais remis, et le meurtrier s'est même pas arrêté !

– Pourquoi tu dis que t'étais « toujours en CE2 » ? demanda Snitch, intrigué.

Il se redressa sur son lit et coinça son oreiller contre le mur en parpaings pour soutenir son dos ankylosé.

– Je pouvais pas en sortir, expliqua Slim Jim. C'était un peu comme ici, quoi. Tous les ans, ils disaient que je devais recommencer mon CE2, tout ça à cause de Mme Knock, mon instit'.

– Je parie que vous deviez faire plein de plaisanteries sur son nom, dit Stick. Genre *knock-knock.*

– Ouais. C'était justement un des trucs qui la foutaient en rogne, dit Slim Jim en revivant cette époque frustrante de sa vie ratée. Knock-Knock ?

Il attendit la réaction de ses compagnons de cellule. Le révérend finit par comprendre.

– Qui est là ? demanda-t-il.

– Oh, la ferme ! dit Trader, écœuré.

– Qu'on enfonce la tête de ce putain de pirate dans les chiottes et qu'on tire la chasse !

– Ouais, qu'est-ce qui me dit que c'est pas toi qu'as écrasé mon chien ? lança Slim Jim d'un ton accusateur.

– Premièrement, répondit froidement Trader, il est peu probable que je me sois aventuré dans votre quartier misérable. Je parie que vous viviez dans une sorte de cité minable et que vous passiez tout votre temps dans la rue à manger des rations qu'on vous distribuait, avec aux pieds des baskets volées.

– Si tu m'insultes encore une fois, dit Slim Jim, menaçant, je me lève et je t'arrache la tête avant de la fourrer dans les chiottes et d'expédier ton âme dans les égouts, c'est sa place !

– Allons, je vous en prie ! dit le révérend. C'est le moment de prier pour réclamer le pardon, chercher la paix et aimer son voisin comme soi-même.

– J'me suis jamais aimé, moi, avoua Snitch, morose tout à coup.

– Moi non plus, dit Slim Jim sur le même ton triste. Quand mon p'tit chien a été écrasé sur la route devant mes yeux, j'ai arrêté de m'aimer. Et j'ai décidé de plus rien aimer à partir de ce jour-là, car quand on aime quelque chose, regardez ce qui arrive.

– Tu l'as dit, renchérit Stick.

Possum était seul dans le camping-car; Smoke et les autres pirates étaient partis rôder dans les rues, et Possum avait prétexté qu'il devait apporter les touches finales à leur drapeau pour pouvoir rester avec Popeye.

« Vous avez un message ! » lui annonça soudain son ordinateur.

Le taux d'adrénaline de Possum monta en flèche sous le coup de l'excitation. La plupart des gens avec qui il correspondait par e-mail étaient principalement d'autres pirates, généralement ivres, défoncés ou à mille lieux de leur ordinateur à cette heure tardive. Possum se leva de son lit et s'assit sur la caisse en bois devant son ordinateur. Il cliqua pour voir ce que contenait sa boîte aux lettres. Son excitation redoubla lorsqu'il constata que le message émanait d'Officier Vérité :

Cher Anonyme,

Sans doute êtes-vous quelqu'un de bien pour m'avoir fourni cette information capitale. J'attendais d'avoir de vos nouvelles, mais comme elles ne venaient pas, j'ai décidé d'essayer de vous contacter. Vous serez ravi d'apprendre que le Capitaine Bonny (alias Major Trader) a été appréhendé et qu'il se trouve maintenant derrière les barreaux. J'ai veillé à ce qu'il en soit ainsi, et maintenant, je dois vous demander de remplir votre part du marché.

Quel est donc ce plan qui met en jeu Popeye ? Et comment puis-je être certain que vous me dites la vérité ? J'aimerais être sûr que vous n'avez pas l'intention de faire du mal à qui que ce soit. Où peut-on se rencontrer pour résoudre ce problème, et comment peut-on sauver Popeye ?

Officier Vérité

Possum resta longuement immobile, à la fois excité et inquiet pour sa vie. S'il tendait un piège à Smoke et aux autres pirates, et s'il échouait, il signait son arrêt de mort, et celui de Popeye par la même occasion. Il caressa le chien qui avait sauté sur ses genoux et semblait lire le e-mail d'Officier Vérité. Mais Possum savait que c'était impossible : aucun chien ne savait lire. D'ailleurs, la plupart des gens qu'il connaissait ne savaient pas lire, eux non plus, y compris les pirates de la bande. Même Smoke et sa copine bizarre et cruelle avaient du mal à lire, et généralement, ils s'en remettaient à la télé ou à Possum pour s'informer.

– Qu'est-ce que je dois faire, Popeye ? demanda-t-il à voix basse.

Le chien sauta de ses genoux pour retourner sur le lit, où il se mit à piétiner le drapeau de pirates.

– Tu crois que ça va marcher ? lui demanda Popeye. Ça aussi, c'était mon idée. Comment sais-tu que j'ai fabriqué ce drapeau exprès pour ça, hein ? Mais si ça marche pas ? Si Smoke nous tue tous, pour finir ?

Popeye se roula en boule sur le drapeau et s'endormit, comme pour faire comprendre à Possum qu'il ne devait pas s'inquiéter.

Possum laissa échapper un profond soupir et se mit à pianoter sur son clavier, juste à temps, car Andy commençait à désespérer.

Cher Officier Vérité,

Je vous jure que vous pouvez me faire confiance. Mais mon problème, c'est : est-ce que je risque d'avoir des ennuis si je vous aide ? Je suis plus ou moins coincé par Smoke et les gars de la bande, et si je leur tends un piège, même si ça marche, j'ai peur de me retrouver en prison.

Car c'est moi qu'ai tiré sur Moses Custer, dans le pied. J'avais pas le choix, car sinon, Smoke m'aurait fait très mal, peut-être même qu'il m'aurait tué. Et Smoke dit toujours qu'il va tuer Popeye si je fais pas ce qu'il veut.

Je sais pas quoi faire.

En lisant ce message, Andy découvrit que c'était ce salopard de Smoke qui se cachait derrière le kidnapping de Popeye. Andy savait qu'il ne fallait pas le sous-estimer, mais il savait aussi, et c'était un soulagement, qu'il était dans une position idéale pour conclure un marché honnête avec ce pirate anonyme, alors il lui envoya cet autre message :

Cher Anonyme,

La balle que vous dites avoir tirée sur Moses ne l'a pas atteint. Il s'est retrouvé à l'hôpital car les pirates l'ont tabassé et lardé de coups de couteau. L'avez-vous frappé, vous aussi ?

Officier Vérité

Cher Officier Vérité,

Non ! Tout ce que j'ai fait après avoir tiré, c'est d'aider les autres à balancer les citrouilles dans la rivière. Quant aux coups de couteau, c'était Unique. Je suis heureux que la balle l'ait manqué ! Peut-être que je vais pouvoir me pardonner, et Hoss sera moins fâché contre moi.

L'allusion à Hoss demeurait mystérieuse pour Andy, et il ne comprenait pas ce que voulait dire son correspondant anonyme en écrivant : « les coups de couteau, c'était Unique », mais il décida de courir le risque.

Cher Anonyme,

Vous savez certainement que Hoss voudrait qu'on arrête la bande des pirates pour que personne d'autre, y compris Popeye, ne soit blessé. Je ne pense pas que Hoss soit fâché après vous, car il sait que la balle n'a pas atteint Moses. Hoss sait tout. Mais sans doute est-il déçu que vous n'ayez pas dénoncé Smoke et les autres. C'est le moment de vous racheter, et la meilleure façon de commencer, c'est de me dire comment je peux mettre la main sur Smoke et sa bande sans qu'ils se doutent de rien. En faisant cela, vous obtiendrez l'immunité en échange de votre coopération avec la police. Et vous savez maintenant, je pense, que je dis toujours la vérité.

Officier Vérité

La réponse arriva dans sa boîte aux lettres quelques minutes plus tard :

Cher Officier Vérité,

Allez à la course de stock-car et cherchez une écurie avec un drapeau de pirates. C'est nous. Je serai avec Popeye et je ferai de mon mieux pour rester à l'écart, mais je vous signale que Cat a pris des leçons d'hélicoptère avec la police d'État et il veut nous emmener tous sur Tanger Island, quand Smoke aura tué un tas de gens.

– Nom d'un chien ! marmonna Andy en lisant le message.

Il ne voyait qu'un seul trooper susceptible de donner des leçons de pilotage, compte tenu de la pénurie de pilotes dont souffrait actuellement la police d'État.

– Macovich ! Sale abruti ! s'exclama Andy. À quoi est-ce que tu joues ?

Macovich n'était pas un saint, mais surtout, il n'était pas très intelligent, et Andy essayait de deviner ses motivations. Il fouilla dans les documents que renfermait sa mallette, jusqu'à ce qu'il trouve le dossier de l'affaire de l'Homme au sac en papier, sur laquelle il avait enquêté l'année dernière. Il composa le numéro de téléphone personnel de Hooter Shook.

Émergeant difficilement de son sommeil, Hooter répondit enfin :

– Allô ? fit-elle, à moitié endormie.

Elle pensait que c'était encore Macovich, car il l'appelait beaucoup ces derniers temps, et il passait la voir au péage, même sans raison. Cet homme était un drogué du sexe, se disait-elle. Elle n'avait jamais vu ça. La plupart des hommes avec qui elle sortait pour la première fois lui laissaient au moins une heure ou deux pour savoir si elle était vaguement d'accord pour qu'ils se tiennent la main ou enfoncent leurs langues jusqu'au milieu de leurs gorges respectives. Mais Macovich, lui, n'avait pas cessé de la peloter sous la table pendant qu'ils buvaient un verre dans le box chez Freckles. C'était honteux, vraiment. Pourtant, elle l'aimait bien quand ils avaient discuté gentiment devant sa cabine.

– Je t'ai dit de ne plus m'appeler ! pesta-t-elle, avant qu'Andy ait le temps de dire un mot.

– Je ne vous ai pas appelée depuis longtemps, répondit-il. Attendez, laissez-moi deviner, vous pensez que c'est l'officier Macovich.

– Vous lui ressemblez pas, dit Hooter en retrouvant son calme.

– Officier Vérité à l'appareil, déclara Andy avec audace.

– Non... Vous me faites marcher, dit Hooter, méfiante.

(Elle ne reconnaissait pas la voix d'Andy, car pour elle, les Blancs avaient presque tous la même voix.) Officier Vérité a aucune raison de m'appeler.

– Eh bien, si. Et la raison, c'est que j'ai besoin de votre aide. J'ai eu vent que vous aviez bu un verre avec Macovich l'autre soir au Freckles.

– Exact. Et c'était l'enfer, vous pouvez me croire.

– A-t-il réglé l'addition ?

– J'en sais rien. Je suis sortie dans la ruelle derrière pour prendre l'air, et c'est là que ce dingue a commencé à vouloir se tirer une balle dans les...

Andy lui coupa la parole :

– Oui, je suis au courant. Mais j'aimerais savoir si vous avez vu Macovich sortir son portefeuille.

– Non, non. Il a payé directement à chaque tournée, parce qu'on était les seuls Afro-Américains dans c'bar, et je suppose qu'ils nous faisaient pas assez confiance pour attendre qu'on paye tout à la fin.

– Franchement, ça m'étonnerait, dit Andy. Les gens de chez Freckles ne sont pas comme ça, mais je comprends votre raisonnement. Peut-être que Macovich a voulu payer directement parce qu'il aime faire étalage de son argent, surtout s'il essayait de vous impressionner.

Il y eut un silence au bout du fil ; Hooter réfléchissait à cette explication.

– Oui, z'avez peut-être raison, concéda-t-elle finalement. C'est vrai qu'il exhibait son argent, et moi ça me plaisait pas du tout, car l'argent c'est plein de microbes ; il savait pourtant ce que j'en pensais, mais ça l'empêchait pas d'essayer d'me tripoter les cuisses sous la table. Maintenant que j'y pense, c'est lui qu'a payé sans qu'on lui demande rien, alors p't-être que vous avez raison et que j'ai tiré des conclusions hâtives, comme on dit. Mais vous savez, y a des gens au péage qui me disent jamais « Merci » ou « Bonne journée », même quand je leur dis la première. J'ai toujours pensé que c'était à cause que j'suis pas blanche.

– Un tas de gens sont simplement grossiers et imbus d'eux-mêmes, fit remarquer Andy.

– Oui, sans doute. (Hooter s'était considérablement calmée, et elle semblait tout à fait réveillée, à présent.) Oui, il exhibait son argent, dit-elle pour en revenir à Macovich. Faut que je vous précise qu'il y avait beaucoup de fumée à not' table, mais quand il a sorti son argent, j'ai remarqué un tas de billets de 20 dollars et même, à un moment, j'serais prête à le jurer, j'ai vu un billet de 100 dollars, comme j'en ai jamais vu dans ma cabine de péage et comme j'en ai jamais eu de toute ma vie.

C'était donc ça : Macovich apprenait au dénommé Cat à piloter un hélicoptère, et sans doute touchait-il 100 dollars par leçon, en liquide. Il devait faire ça la nuit ou pendant ses heures de repos, quand il savait qu'il n'y avait personne dans le hangar. Andy se rendit dans la cuisine pour voir l'heure. Il était un peu plus de 1 heure du matin. Il s'habilla en civil, prit son arme, sa radio portable, sortit de chez lui et monta dans sa voiture.

En arrivant à l'aérodrome, il s'aperçut qu'il ne s'était pas trompé. Le Bell 430 n'était pas dans le hangar, et le tarmac était parsemé de mégots de cigarettes qui semblaient être des Salem Light, même près de la citerne de carburant. Andy régla sa radio portable sur la fréquence aérienne de la police d'État.

– Quatre-trois-zéro Sierra-Papa, lança Andy sur les ondes.

Macovich fut à la fois surpris et agacé d'entendre la voix d'Andy dans son casque, tandis que Cat, vêtu aux couleurs du NASCAR, essayait de maintenir l'hélicoptère en équilibre en volant autour de l'aérodrome voisin de Chesterfield.

– Trente-Sierra-Papa, répondit Macovich, en essayant de paraître innocent et très occupé.

– Qui c'est qui nous appelle ? demanda Cat.

– Ne quittez pas, dit Macovich à Andy. C'est la tour de contrôle, dit-il à Cat en utilisant le système de liaison interne, car il ne voulait pas commettre la même erreur de transmettre sur les ondes tout ce qu'il disait en privé.

– J'veux leur parler, déclara Cat, au moment où il manquait son approche. J'ai besoin d'apprendre à me servir de la radio.

– Pas maintenant, répondit Macovich. Tu vas devoir refaire un passage, tu étais beaucoup trop haut pour ton approche, et j'ai l'impression que la tour de contrôle n'apprécie pas trop ta façon de piloter, alors il vaut mieux que tu me laisses discuter avec eux et que tu enlèves ton casque une minute, car ça va pas être très agréable à entendre, ce qu'ils ont à dire, tu peux me croire ! Pas si près de la clôture, bon sang ! Remonte à huit cents pieds et contente-toi de voler en rond pendant que je règle ce problème !

Cat ôta son casque et plissa les yeux à travers ses lunettes de soleil Oakley pour essayer de distinguer les silhouettes sombres des arbres qui se dressaient devant lui.

– Trente-Sierra-Papa, dit Macovich à Andy. Je suis occupé pour l'instant.

– Reçu. Je sais que vous êtes occupé, répondit Andy d'un ton indiquant qu'il savait très bien ce que faisait Macovich. Votre élève est en infraction, ajouta-t-il en utilisant le jargon de l'aviation.

– Comment ça ?

Macovich sentait croître son inquiétude ; il tira sur le manche afin d'éviter les arbres ; c'était un geste réflexe auquel il ne faisait même plus attention, car il avait pris l'habitude de se battre avec les commandes de l'appareil chaque fois qu'il donnait une leçon à ce débile du NASCAR.

– Informez votre élève que la tour vous ordonne de vous poser immédiatement, dit Andy.

– Reçu, répondit Macovich à contrecœur. (Il tapota sur le casque de Cat pour lui faire signe de le remettre.) On a un problème. C'est mon appareil. M'oblige pas à te demander une fois de plus d'ôter tes sales pattes et tes pieds des commandes ! On a des emmerdes avec la direction fédérale de l'aviation, et je vais devoir régler ça pour que t'aies pas d'ennuis et qu'on se retrouve pas cloués au sol.

– Merde, alors ! rugit Cat. Et la course ! Y a pas intérêt à avoir un problème ! Le pilote célèbre dans le monde entier pour qui je travaille supportera pas qu'y ait un problème, et il est super pote avec le gouverneur et le président des États-Unis, et il va te faire virer !

– T'inquiète pas pour ça, répondit Macovich en mettant le cap à toute vitesse vers l'aéroport de Richmond. Je prends les choses en main.

En vérité, ce fut Cat qui fut pris en main, lorsqu'il se retrouva, moins d'une heure plus tard, à la prison municipale, entassé à l'intérieur d'une cellule obscure avec d'autres détenus qui n'arrêtaient pas de se lancer des « Ta gueule ! » et qui parlaient sans cesse d'un chien écrasé par un chauffard.

Andy appela Hammer dès qu'il rentra chez lui. Il l'informa des derniers événements, sans oublier de la rassurer, évidemment, en lui disant que Popeye était sans doute vivant et qu'ils pourraient peut-être venir à son secours lors de la course de stock-car.

– Ce sale vendu ! dit-elle en parlant de Macovich. Il peut se préparer à rendre son insigne et son arme dès son retour au quartier général. Appelez-le pour lui dire de se présenter au rapport dans mon bureau à 8 heures précises.

– Je me permets de ne pas être d'accord, dit Andy. Smoke et sa bande ne savent pas que l'identité de Cat a été dévoilée et qu'il est maintenant en prison.

– Pour eux, il est également porté disparu, lui rappela Hammer. Vous ne croyez pas qu'ils vont se méfier en ne le voyant pas arriver pour les conduire à la course en hélicoptère ?

– Je crois avoir une solution pour contourner ce problème.

– Espérons-le.

Andy exposa son plan :

– Je conduirai le gouverneur à la course de stock-car dans un 407, avec Moses Custer et je ne sais qui encore, et je veillerai à ce qu'ils soient à l'abri dans leur loge. Nous posterons au moins vingt troopers à des endroits stratégiques. Macovich est obligé de transporter Smoke et ses pirates comme prévu. Ne vous inquiétez pas. Tout est arrangé.

– Arrangé, mes fesses ! (Hammer ne semblait pas convaincue.) Il y aura au moins cent cinquante mille fans à cette foutue course. Vingt troopers ne peuvent pas protéger le gouverneur et ses invités et contenir une pareille foule en cas de problème. Au premier coup de feu, ça va être l'émeute, des gens vont se faire piétiner. Des voitures vont quitter la piste et se rentrer dedans. Ce sera un drame affreux, et je ne pense pas que nous soyons équipés pour y faire face. Et supposons que Tanger Island décide de faire des siennes également ? ajouta Hammer. J'ai l'impression que rien ne pourra leur ôter de la tête cette idée ridicule comme quoi le NASCAR voudrait s'emparer de leur île, et quelle meilleure occasion que cette course pour lancer une opération hostile ?

dit-elle en continuant à imaginer des scénarios catastrophe. Nous devrions poster des troopers sur l'île également. Franchement, j'aimerais que vous puissiez écrire un texte qui convaincrait ces gens de rester raisonnables et de se calmer, mais je suppose que personne n'a d'ordinateur sur Tanger Island.

– En tout cas, je n'ai reçu aucun message d'une personne vivant sur l'île, indiqua Andy. Vous avez donc sûrement raison. Personne ne me lit, là-bas. En revanche, à en juger par toutes les antennes paraboliques que j'ai aperçues, ils regardent la télé. Alors, pourquoi ne pas créer une diversion sur l'île ? Je peux introduire dans mon prochain essai un élément qui sera diffusé dans les journaux télévisés avant la course.

Andy repensa à Fonny Boy et à son morceau de fer rouillé, et il se dit que rien n'attirait plus l'attention des insulaires que la peur de voir des étrangers leur subtiliser des objets de valeur. Il commença par rédiger un e-mail en choisissant soigneusement ses mots pour demander à son ami pirate anonyme de laisser son ordinateur branché sur le site d'Officier Vérité afin de guetter le prochain envoi. Par ailleurs, le pirate anonyme devait informer Smoke que Cat était occupé à parfaire sa technique de pilotage et qu'il les rejoindrait à Tanger Island après la course pour avoir le temps d'effectuer une reconnaissance de la région afin d'installer leur nouveau quartier général.

« Dites à Smoke et aux autres que Cat a découvert l'existence d'un gigantesque trésor caché, et que son instructeur va le déposer sur l'île avant de conduire Smoke et les autres à la course comme prévu, et de les emmener ensuite sur Tanger Island, où Cat aura déjà embarqué sur un bateau pour récupérer le trésor avant que quelqu'un d'autre le découvre, écrivit Andy au pirate anonyme. En supposant que Cat n'ait pas d'ordinateur ou ne sache pas s'en servir, dites simplement que le e-mail contenant toutes ces informations émanait du pilote de l'hélicoptère, l'officier Macovich, qui avait décidé de se joindre à votre bande de pirates et d'être votre pilote, de vous fournir des armes et du matériel de plongée, de s'occuper du blanchiment d'argent et des expéditions au Canada, et de tout le reste, en échange d'une modeste part du trésor. »

Possum était légèrement dérouté et un peu effrayé en recevant le message d'Officier Vérité, mais il décida de suivre les instructions, de laisser son ordinateur connecté sur le site Internet et de transmettre les informations à Smoke. Malgré tout, il se posait une dernière question :

Cher Officier Vérité,

C'est la dernière fois que je vous écris, mais je me demandais si vous ne pourriez pas supprimer la photo de Popeye avec son manteau rouge de la page d'accueil de votre site. Car si Smoke voit cette photo, c'en est fini de Popeye, car il sait pas que quelqu'un d'autre le cherche, à part la chef de la police à qui on l'a volé.

P.-S. : Je m'appelle Possum, mais dans le temps je m'appelais Jeremiah Little, avant que Smoke m'oblige à rejoindre sa bande de pirates en menaçant de me tuer. Pouvez-vous appeler ma maman et lui dire que je vais bien, que j'ai pas d'ennuis, et essayez de savoir aussi si elle vit toujours avec mon papa, car dans ce cas, je peux pas retourner dans le sous-sol et j'aurai pas d'endroit où aller quand je serai libéré de Smoke et que je pourrai sortir du camping-car ?

P.-P.-S. : Oubliez pas votre promesse !

Andy répondit par retour du courrier pour informer Possum que la photo de Popeye serait retirée à l'instant même, et bien entendu, Officier Vérité appellerait la maman de Possum et il tiendrait toutes ses promesses. Andy écrivit également :

Au moment de quitter le circuit, montez le premier à l'arrière de l'hélicoptère piloté par l'officier Macovich. Puis prenez Popeye dans vos bras et glissez sur la banquette pour ressortir par l'autre porte, et courez le plus vite possible vers un camping-car entouré d'un drapeau de la Virginie et de six cônes de signalisation. Le camping-car sera facilement repérable derrière le grillage qui entoure la piste de l'héliport, et je serai assis devant dans une chaise de jardin, déguisé en fan de stock-car ivre. Je vous en prie, faites attention aux rotors !

Bonne chance !
Officier vérité

LA DÉCOUVERTE DU TRÉSOR TORY EST PROCHE ! !

par Officier Vérité

L'arrestation récente du docteur Sherman Faux (un dentiste fallacieux que tout le monde doit éviter) a donné lieu à une stupéfiante révélation qui excite les historiens maritimes, les archéologues et les chasseurs de trésors du monde entier.

Si vous vous demandez, chers lecteurs, pourquoi vous n'avez jamais entendu parler du célèbre trésor Tory, j'ai une explication évidente à vous offrir. Le tristement célèbre Major Trader est connu pour avoir manipulé toutes les informations officielles circulant à l'intérieur du Commonwealth et vers d'autres États et nations par le biais des ondes. De toute évidence, la découverte imminente des épaves de bateaux engloutis dans la baie de Chesapeake, débouchant sans aucun doute sur la découverte du prodigieux trésor Tory, est une information que Trader, et d'autres, ne souhaitaient pas divulguer à l'opinion publique, et surtout pas aux insulaires.

Au cours de la guerre d'Indépendance, le pirate Tory le plus tristement célèbre et le plus dangereux était sans conteste Joseph Wheland Jr., qui débuta sa violente carrière en 1776 en menant des opérations de pillage pour le compte de la couronne britannique. Très vite, Wheland se retrouva à la tête d'une petite flotte, et dès lors, il frappa partout où bon lui semblait, incendiant des plantations dans la baie de Chesapeake et s'enfuyant avec du bétail, des esclaves, des meubles, de l'argenterie, des bijoux et toutes les choses de valeur sur lesquelles ses hommes et lui mettaient la main. Leurs véritables motivations étaient bien éloignées de la conquête militaire et de la fidélité à la couronne britannique. En résumé, Wheland devint un véritable pirate, et il choisit Tanger Island pour installer ses quartiers d'hiver.

De son repaire de pirate sur l'île, Wheland partait avec sa flotte grandissante de canonnières pour aborder d'autres navires, piller, estropier et tuer. Il existe très peu de documents indiquant l'ampleur du butin qu'il amassa ainsi, le nombre de navires qu'il envoya par le fond ni combien de ses propres bateaux coulèrent au large de Tanger Island et autour des îles environnantes, mais on peut supposer sans crainte de se tromper que cela fait plus de deux siècles maintenant que la fortune du trésor Tory repose sur les fonds sablonneux de la baie. Cette affirmation se base sur la pure logique.

Les pirates aussi avides et impitoyables que Wheland n'attaquaient pas seulement les innocents, ils n'hésitaient pas à s'agresser et à se massacrer mutuellement, à condition d'être certains d'avoir le dessus. Quand un navire transportant le butin d'une plantation voguait dans les parages, Wheland l'attaquait à coup sûr, à moins qu'il craigne de se retrouver en position de faiblesse. À cet égard, Wheland et ses pirates n'étaient guère différents des dealers d'aujourd'hui. Quand des dealers font escale de nos jours en Virginie lorsqu'ils se rendent de New York à Miami, il n'est pas rare que l'un d'eux achète des armes ou de l'héroïne à un « collègue », et qu'il dégaine un pistolet au moment de payer. Dans ce cas-là, celui qui l'emporte ne rafle pas seulement le butin, il s'empare également de l'argent ou de la marchandise illégale qui devait servir de moyen de paiement. Sans oublier un petit bonus prélevé dans les poches de la victime, argent liquide et drogue, plus ses chaînes en or, sa montre incrustée de diamants, ses bagues et son moyen de locomotion.

Les dealers, à l'image des pirates de la route moderne, sont uniquement des pirates de terre. Si vous pouvez imaginer une bande de dealers projetée dans le passé, au XVIIIe siècle, et se réveillant à bord d'une canonnière au large de Tanger Island, vous aurez une image assez précise de ce que pouvait être une rencontre avec un autre bateau en ce temps-là. Vous pouvez être certains que le combat qui s'engagerait alors entre dealers des mers ne serait pas très différent de l'attaque d'un bateau de pirates par Wheland jadis. Allons même plus loin, en projetant Wheland lui-même dans le rôle d'un pirate contemporain voyageant à travers le temps. L'histoire ressemblerait à peu près à ceci :

Par une nuit fraîche d'octobre, Joseph Wheland partit au volant de sa Mercedes noire, avec son spoiler, ses vitres teintées mauves, ses jantes dorées, ses housses de siège en peau de mouton, son sound system gonflé et des plaquettes désodorisantes accrochées au rétroviseur. Fumant une cigarette, plongé dans une agréable torpeur due à la marijuana, il quitta New York et prit la direction de Richmond avec plusieurs autres véhicules et une bande de types armés formant un convoi. Dans la rue, Wheland était surnommé Wheelin' Bone, « l'Os roulant », car il était toujours dans sa voiture, il ne jouait pas au basket et il ne faisait pas de musculation ; c'était un vrai sac d'os et n'avait rien d'impressionnant. Mais son physique banal n'atténuait pas pour autant la terreur qu'il inspirait dans le cœur de ses victimes et des autres pirates quand ils apprenaient que Wheelin' Bone était dans les parages.

Arrivés à Richmond au petit matin, Wheelin' Bone et ses compagnons s'arrêtèrent dans une rue jonchée d'ordures à l'entrée de la cité de Gilpin Court et se rendirent à l'appartement d'un dealer local que les autres pirates surnommaient Smack. En regardant par sa fenêtre et en voyant approcher Wheelin' Bone vêtu d'un long manteau noir et d'un survêtement noir avec des têtes de mort partout, portant une paire de Nike noires, Smack se sentit un peu mal à l'aise.

« Putain, merde, dit-il à ses lieutenants. Il a l'air furax. On dirait qu'il a planqué un Uzi sous son putain de manteau noir, j'vois le canon qui dépasse.

– T'es sûr que c'est pas une boutonnière ?

– Prenons pas de risques, moi je dis.

– T'as raison, on prend pas de risques, dit Smack. On va les flinguer à travers la porte. »

Des culasses de pistolet claquèrent à l'intérieur du repaire, et c'est alors qu'une chose inexplicable se produisit. Wheelin' Bone et ses gars allaient frapper à la porte quand soudain, ils se volatilisèrent dans un étrange crépitement et un éclair de lumière blanche aveuglante. Effrayés, Smack et ses pirates répondirent par des salves d'armes automatiques qui déchiquetèrent la porte, pulvérisèrent les lampes et les bouteilles de bière dansèrent dans la rue. Ils tirèrent jusqu'à ce que leurs chargeurs soient vides. Quand la fumée se dissipa, ils contemplèrent d'un air hébété la rue sombre et déserte.

Emportés par un tourbillon à travers la Quatrième Dimension, franchissant l'espace-temps, Wheelin' Bone et ses hommes atterrirent en douceur à bord d'une canonnière baptisée *Rover*, remplie d'antiquités du XVIIIe siècle, de bijoux, de sacs de poudre d'or et de pièces d'argent.

« Putain, où qu'on est ? » demanda Wheelin' Bone en observant les eaux calmes de la baie de Chesapeake et la silhouette sombre de Tanger Island au loin.

« J'ai jamais vu un bateau aussi vieux, bordel. Y a même pas de moteur ni de projecteur.

– Putain, mate l'artillerie ! s'exclama un de ses compagnons penché au-dessus d'un énorme canon. Ah, j'aimerais bien canarder une bagnole de flics avec ça ! »

Wheelin' Bone et ses hommes s'esclaffèrent en imaginant la scène, et ils décidèrent d'apprendre à utiliser ces canons, à fabriquer des grenades artisanales et à naviguer. Alors que les jours et les semaines passaient, ils attaquèrent d'autres navires, sans discrimination, après quoi ils passaient les nuits à festoyer en buvant du vin de Madère et du rhum, car ils avaient rapidement épuisé leur stock de marijuana et de cocaïne, et ils n'avaient rencontré personne qui ait entendu parler de ces choses-là. Wheelin' Bone et ses hommes devinrent des experts en piraterie : ils attaquaient les navires des autres flibustiers et les incendiaient, après avoir pillé ce qu'ils contenaient et tué les membres d'équipage, qu'ils découpaient en morceaux et jetaient par-dessus bord pour nourrir les crabes.

Les années passèrent et la guerre de l'Indépendance s'acheva, mais Wheelin' Bone, lui, était toujours plus puissant et avide. Il terrorisait la baie et les côtes du Maryland et de Virginie, et il devint encore plus redouté que Barbe-Noire en son temps, bien qu'on ignore si Wheelin' Bone avait une barbe et s'il y mettait le feu. Sa méthode, inspirée sans aucun doute des histoires de Barbe-Noire qui se transmettaient de pirate en pirate, consistait à tirer des boulets de canon sur le flanc du navire visé, suivis de « grenades » dans le style Barbe-Noire, c'est-à-dire des caisses en bois remplies de poudre, de balles, de morceaux de plomb et de fer, un peu à la manière des bombes artisanales modernes, à cette différence près que les « grenades » étaient enflammées manuellement avec une petite allumette, juste avant que les pirates s'empressent de lancer le puissant engin destructeur à bord du navire ennemi. Wheelin' Bone et ses camarades abordaient ensuite le bateau endommagé, ils enjambaient les morts, achevaient les blessés et se livraient au pillage en s'en donnant à cœur joie.

Wheland, ou Wheelin' Bone (appelez-le comme vous voulez), disparut des documents historiques vers la fin du XVIIIe siècle, et dès 1806, les actes de piraterie avaient quasiment pris fin dans la baie, même si ces eaux et ces côtes paisibles redevinrent le théâtre d'affrontements violents six petites années plus tard, durant la guerre de 1812. De fait, la baie de Chesapeake et la Patuxent River toute proche demeurent aujourd'hui encore un lieu d'intense activité militaire, ce qui explique l'existence de toutes ces zones interdites dont j'ai parlé dans un précédent essai, et qui font qu'il est si difficile de se rendre sur Tanger Island en avion.

On peut seulement imaginer le nombre d'épaves de navires détruits et de coffres remplis de trésors qui jonchent le fond de la baie depuis que John Smith a fondé Jamestown. La loi sur les antiquités stipule clairement que tous les trésors découverts appartiennent à l'endroit où on les a découverts, c'est-à-dire à l'État de Virginie dans le cas du trésor Tory. Évidemment, si l'on peut remonter jusqu'au navire à bord duquel se trouvait initialement le trésor volé, il y a de fortes chances pour que l'endroit de départ du navire fasse valoir ses droits, de manière injuste, sur ce trésor. Cela donnera lieu à une longue et épineuse bataille juridique. J'ai le sentiment que le prodigieux butin de Wheland sera réclamé par la Caroline du Nord. Mais toutes ces arguties deviendront caduques si des personnes retrouvent rapidement le trésor et s'empressent de le vendre à des marchands à un très bon prix. Or, il me semble que personne n'est mieux placé pour localiser et récupérer rapidement le trésor Tory que les descendants des pirates qui vivent maintenant sur Tanger Island, et qui connaissent la baie mieux que quiconque sur terre.

Je soutiens que le trésor appartient aux pêcheurs, et nous devrions le leur laisser. L'économie de Tanger est sinistrée. La pêche aux crabes est soumise à de sévères quotas et le nombre de crabes ne cesse de diminuer d'année en année. Voilà pourquoi je demande à tout le monde, y compris au gouverneur, de ne pas s'approcher de ce casier à crabes indiqué par une bouée jaune, à environ dix miles à l'ouest de Tanger. Que la décence l'emporte sur la cupidité, car disons-nous bien que la plupart d'entre nous n'ont pas à subir les difficultés des vies souvent ingrates des pêcheurs de l'île. Et compte tenu de ce qu'ont enduré leurs ancêtres à l'époque où Joseph Wheland établit ses quartiers d'hiver sur leur île, il y a bien longtemps, il est logique et juste que les Tangeriens d'aujourd'hui tirent enfin profit de la cruauté de ce pirate maléfique. Ce serait un bel exemple de justice immanente.

Anne Bonny et Wheland n'ont jamais subi le châtiment qu'ils méritaient. Barbe-Noire lui non plus n'a pas eu ce qu'il méritait. Le larder de coups de couteau et planter sa tête tranchée à la proue d'un navire, c'était un châtiment trop léger, comparé à la façon dont on traitait les pirates dans d'autres parties du monde. Avant qu'elle n'acquière une image romantique à l'époque moderne et cède la place aux vulgaires attaques à main armée, la piraterie était combattue avec la plus grande sévérité aux siècles passés. Il vous suffit de feuilleter les deux volumes de l'édition de 1825 du *Registre épou-*

vantable, ou répertoire des crimes, jugements et calamités ; vous serez choqués et écœurés par ce que vous y découvrirez.

À titre d'exemple, je vous livre le sort réservé aux pirates russes de la Volga, à ce point infestée de pirates aux siècles passés que les marchands cessèrent de transporter des chargements de valeur sur le fleuve s'ils n'étaient pas escortés par un convoi armé. Ces pirates russes, qui n'avaient pourtant pas la cruauté de Bonny, Wheland ou Barbe-Noire, étaient généralement capturés vivants et nul doute qu'ils devaient se ronger les sangs en voyant des soldats construire une barge et y dresser des potences munies de gros crochets en fer.

Les pirates étaient ensuite déshabillés et suspendus par les côtes à ces crochets, et l'on faisait dériver la barge sur le fleuve, pour que chacun puisse voir ce spectacle d'horreur et entendre les gémissements de douleur des suppliciés. Quiconque dans les villages ou les villes en bordure de fleuve voyait passer ces potences flottantes et faisait montre d'un peu de pitié en offrant de l'eau ou de l'alcool aux malheureux ou en mettant fin à leurs tourments d'un coup de fusil charitable subissait la même mort lente et atroce que les pirates, pour avoir voulu jouer les bons Samaritains. Cette menace était suffisamment sévère pour dissuader les gens d'intervenir, et de fait, quand un pirate parvenait à se détacher de son crochet et que, nu, tremblant, affaibli par la douleur et tout le sang perdu, il rencontrait un simple berger, celui-ci réagissait aussitôt en lui fracassant le crâne à coups de pierre.

Je suis sûr que ce berger s'empressait ensuite d'aller se vanter au village le plus proche de l'acte ignoble qu'il venait de commettre, car sinon, ce châtiment ne serait jamais apparu dans les récits historiques. Je ne dis pas pour autant que je crois aux bienfaits des groupes d'autodéfense et à la torture. Ne croyez pas non plus que j'approuve la manière dont les Russes traitaient leurs pirates. Je dis simplement que Bonny, Barbe-Noire, Wheland et leurs loups de mer sanguinaires ont eu de la chance de ne pas être capturés en Russie.

Il est fort probable qu'un morceau de fer provenant

d'une des grenades utilisées par Wheland ait conduit à la découverte d'au moins un des navires engloutis, et on ne peut qu'imaginer les mystères et les trésors qui reposent depuis des siècles au fond de la baie, dans la zone de la bouée jaune dont je vous ai parlé plus haut. Je sais que certains historiens diront qu'il n'y a aucune preuve attestant de l'existence d'un trésor Tory, mais je rappellerai à mes lecteurs et au gouverneur Crimm que Wheland Wheelin' Bone n'a pas laissé la liste de tous les navires et de toutes les plantations qu'il a pillés, et on ne peut pas savoir quels navires ont sombré, ni ce qui se trouvait à bord.

Soyez prudents, amis lecteurs !

29

POSSUM NE VIT PAS immédiatement l'essai d'Officier Vérité quand celui-ci apparut sur le site Internet, car Smoke et ses pirates étaient revenus au camping-car moins d'une heure plus tôt et la terreur s'était emparée de Possum en le saisissant par la peau du cou.

– Ah, si seulement tu étais ici avec moi, disait-il en s'adressant à Hoss. Je sais que j'ai pas toujours fait des choses bien, mais j'essaye maintenant. Dis-le bien à Little Joe, à M. Cartwright, et à Adam aussi, s'il a pas encore quitté la série. D'accord ? Si tu m'entends, Hoss, je t'en supplie, rassemble un groupe d'hommes et retrouve-moi à la course de stock-car. J'ai peur, j'ai jamais eu aussi peur de ma vie. Je sais pas pourquoi, mais j'ai le pressentiment que ça va pas se passer aussi bien que le pense Officier Vérité. Et je supporte pas l'idée d'abandonner Popeye. C'est la seule créature vivante à qui je peux faire confiance, Hoss. Imagine un peu que tu doives abandonner ton cheval, ou que tu aies la trouille qu'une bande de hors-la-loi te tende une embuscade au moment où tu t'y attends pas, et qu'ils tuent ton cheval ! Je sais bien que Popeye m'appartient pas, et c'est pas juste qu'il soye enfermé dans ce camping-car. Je sais que je dois faire une bonne action. Mais j'ai besoin d'aide, Hoss.

– Écoute-moi bien, petit gars, répondit Hoss, assis sur son cheval bien-aimé. Les hors-la-loi sont des hors-la-loi, qu'ils volent des chevaux ou des camions, et il *faut* que tu fasses une bonne action, en effet. Pa, Little Joe et moi, on n'est pas fâchés après toi, mets-toi bien ça dans la tête. Par contre, on est très en colère après Smoke et sa meute de bandits armés. Faudrait tous les pendre au bout d'une longue corde, sans exception ! Alors, fais exactement ce que t'a demandé Officier Vérité et n'aie pas peur, car on est là pour t'aider.

L'image de Hoss s'effaça de l'esprit de Possum et le jeune garçon sécha ses larmes avec le drapeau de pirate. En se redressant sur son lit, il découvrit la page d'accueil du site d'Officier Vérité qui illuminait l'écran de son ordinateur. Il alla s'asseoir sur la caisse qui lui servait de siège et lut le dernier essai, en croyant deviner ce qu'Officier Vérité avait en tête, sans en être tout à fait sûr. Après avoir respiré à fond et ordonné à Popeye de rester sage « comme un gentil chien », Possum sortit en coup de vent de sa chambre pour aller frapper à la porte de Smoke.

– Smoke ! Faut que tu viennes voir ça ! Tu vas pas y croire !

Smoke était assis en tailleur sur son lit, en train de remplir une seringue avec un mélange empoisonné composé de solvant et de mort-aux-rats qu'il avait volés au rayon produits d'entretien du supermarché où il avait emmené ses pirates pour dénicher leurs tenues du NASCAR.

– Qu'est-ce que tu veux, bordel ? cria-t-il à Possum.

Smoke était défoncé à la bière, au crack et à la haine après avoir braqué une autre épicerie, pour découvrir qu'il n'y avait que 82 dollars dans le tiroir-caisse.

– T'as vu Cat ? Où il est passé, c't'enfoiré, nom de Dieu ? s'exclama Smoke en remettant le petit capuchon orange sur l'aiguille de la seringue.

Possum poussa légèrement la porte et risqua un coup d'œil par l'entrebâillement, le cœur battant.

– J'veux pas t'embêter, Smoke, mais y a un truc sur le site d'Officier Vérité qu'il faut que tu voyes, dit-il d'une petite voix timide. Paraît qu'il y a un énorme trésor au fond de la baie, et on peut mettre la main dessus si on se grouille. Qu'est-ce que tu fous avec cette seringue ?

Smoke se leva brusquement de son lit ; son torse nu couvert de tatouages ruisselait de sueur. Il avait les yeux vitreux. La seule personne plus redoutable que Smoke, c'était Smoke défoncé et en manque de sommeil.

– C'est pour Popeye, dit-il avec un rire sadique en faisant mine de faire une injection au chien.

– Oublie ce putain de chien une minute ! s'écria Possum

en reprenant son rôle de méchant, qu'il avait appris à peaufiner.

– Me dis pas ce que je dois faire ou pas, pauv' débile ! rugit Smoke en pointant l'aiguille de la seringue vers Possum. Tu vois ça ? C'est comme ça que Smoke fait payer leurs péchés aux enfoirés. Au moment où cette salope de Hammer et son connard d'acolyte de mes deux, Andy Brazil, débouleront dans les stands pour sauver ce putain de clébard, je sors ma seringue et hop, j'injecte la mort-aux-rats à Popeye, devant leurs yeux ! Et pendant que ces enfoirés essaieront de sauver le clebs, qui va se mettre à convulser en souffrant à mort, on leur tire une balle en pleine tête à tous les deux et on fonce vers l'hélico !

C'était un scénario effroyable, mais Possum réussit à demeurer impassible. À vrai dire, il semblait à moitié endormi et indifférent à tout ce qui l'entourait, excepté au moyen de s'emparer du trésor Tory avant tout le monde.

– Si jamais un de ces foutus pêcheurs s'empare du trésor avant qu'on se pointe là-bas après la course, dit Possum, on attend qu'il revienne sur l'île, on lui fait sauter la tête, on balance son cadavre dans la baie, et on garde le trésor. Cat sera déjà sur place, et il aura tout préparé ; c'est pour ça qu'il est pas là. On a même un trooper qui bosse pour nous. Putain, mec, c'est super top !

Regina était loin d'afficher le même enthousiasme feint, alors qu'elle descendait pour prendre son petit déjeuner, un peu plus tard ce matin-là. Elle avait encore passé une nuit épouvantable à rêver de pneus et elle regardait enfin la vérité en face : l'interprétation d'Andy était juste. Sa vie passait à côté d'elle sans s'arrêter. Elle était d'une grosseur écœurante et elle avait un caractère exécrable. Pour la première fois de sa vie, sa conscience s'éveillait, et elle éprouvait un douloureux sentiment de honte et de regret.

– Bonjour, dit Poney, tandis que Regina prenait une chaise et s'y laissait tomber mollement.

– Vous voulez dire que c'est une bonne journée, ou bien vous me souhaitez une bonne journée, ou ce sont juste des paroles en l'air ? marmonna Regina en regardant l'assiette fumante que Poney déposait sur la table.

– Pour moi, c'est une bonne journée qui commence, répondit gaiement le majordome. Je vais bientôt être un homme libre, Miss Reginia. Le seul problème c'est que... (Il lui servit des œufs brouillés et des saucisses sur une assiette où étincelait le sceau doré de la Virginie.) ...j'ai fait trois ans de prison de trop à cause de ce M. Trader. Apparemment, il a trafiqué des documents officiels, parce qu'il voulait pas me laisser partir.

En regardant son assiette, Regina découvrit avec étonnement qu'elle n'avait pas faim. Elle ne se souvenait pas que cela lui soit arrivé récemment, sauf le jour où on l'avait conduite d'urgence à l'hôpital, après qu'elle avait mangé les cookies empoisonnés de Trader. Mais sa perte d'appétit avait été temporaire et d'origine médicale, ça n'avait rien à voir avec son état présent.

– Vous ne mangez pas, Miss Reginia ? demanda Poney avec une note d'inquiétude, debout devant elle de l'autre côté de la table, avec sa veste blanche amidonnée, une petite serviette en lin posée à cheval sur le bras.

Regina fut surprise de s'entendre répondre, d'une voix aimable :

– Vous n'auriez jamais dû aller en prison, pour commencer. Je ne vous ai jamais vu faire quelque chose de mal, et je n'ai jamais eu peur de vous.

– Oh, merci, Miss Reginia.

Poney souriait, mais il était perplexe. Il n'avait pas l'habitude d'entendre la cadette des filles Crimm émettre une opinion à son sujet ; généralement, c'était comme si elle ne remarquait même pas son existence.

– J'apprécie beaucoup, dit-il, et je crois que je peux vous aider avec Trip. On dirait qu'il répond uniquement à deux ou trois ordres simples. Si vous essayez de discuter avec lui, il est perdu et il n'obéit pas.

Regina s'égaya un peu.

– Je pourrais vous écrire une liste de commandes, proposa Poney, et vous essaierez avec lui ce soir pendant la course. J'ai lu une partie des documents laissés par l'entraîneur : ce petit animal adore voyager. Il suffit de lui mettre une couche et vous pouvez l'installer à l'arrière d'une limousine ou d'un hélicoptère. Ma femme est dans la buanderie en train de lui faire une belle couverture blanche avec le sceau de la Virginie dessus, qu'il pourra porter sous son harnais.

L'humeur de Regina continuait à s'améliorer, comme si la colère et la déprime avaient été une façade toute sa vie, et que soudain, cette masse de malheur, compacte et étouffante, s'écroulait. Elle repensa à Andy et à son sermon concernant la compassion, et elle répéta une ou deux phrases emphatiques dans sa tête, tandis que Poney continuait à lui parler de Trip.

– Je suis contente que papa ait réglé votre histoire de prison, déclara Regina, récitant ce qu'elle s'était répété plusieurs fois dans sa tête. Mais j'espère que vous continuerez à travailler pour nous, Poney, même si vous n'y êtes plus obligé.

Stupéfait, Poney se demanda si Regina avait de la fièvre. Elle paraissait un peu pâle ce matin et elle n'avait pas touché à son assiette, et surtout, ça ne lui ressemblait pas d'être aussi aimable.

– Ça me ferait très plaisir que vous m'écriviez cette liste. (Regina continuait à stupéfier Poney par sa gentillesse.) Papa aura besoin d'aide pour s'occuper de Trip pendant la course, et je veux apprendre le maximum de choses. Je suis contente que papa ait un cheval d'aveugle. Peut-être qu'il n'aura plus besoin d'utiliser des loupes.

Regina se leva de table et plia soigneusement sa serviette, sous les yeux de Poney qui la regardait comme si elle s'était métamorphosée par magie.

– Merci, Miss Reginia. Je vous ferai la liste, et je vous montrerai quelques petites choses aussi, si vous voulez.

– Merci, Poney, dit Regina en remontant pour se rendre dans la chambre de ses parents.

La First Lady était assise devant son bureau chinois, en train de lire sur l'écran de son ordinateur quelque chose qui accaparait toute son attention.

– Où est papa ? demanda Regina en prenant une chaise pour voir ce qui passionnait sa mère à ce point.

– Je crois qu'il est dans le jardin avec le poney, répondit Mme Crimm en faisant défiler le texte sur l'écran.

– Il ne faut plus employer le mot poney pour parler de Trip, dit Regina en faisant preuve une fois de plus d'une considération inhabituelle. C'est un minicheval, pas un poney, d'abord, et quand papa dit : « poney ceci », « poney cela », Poney croit que papa lui parle, et il est tout désorienté, et sans doute qu'il se sent vexé, aussi.

La First Lady jeta à sa fille un regard rempli de perplexité et dit :

– Oui, tu as sans doute raison. Tu m'as l'air d'étonnamment bonne humeur aujourd'hui. Je crois que je ne t'ai jamais vue comme ça. Tu es malade ?

– Je ne sais pas ce que j'ai, répondit Regina en regardant par-dessus l'épaule de sa mère ce qui semblait être un nouvel essai signé Officier Vérité. Mais j'ai encore rêvé de pneus, maman, et ça m'a fait penser à ce que m'a dit Andy pendant qu'on allait à la morgue. Puis j'ai pensé à la morgue, et je me suis dit que j'aurais peut-être pu me retrouver là-bas, moi aussi, si j'avais mangé plus de cookies de Major Trader, avec lesquels il voulait faire du mal à papa. Et soudain, j'ai commencé à ressentir un peu d'espoir. Tu sais, je n'avais jamais pensé qu'il pouvait y avoir de l'espoir.

– Bien sûr qu'il y a de l'espoir, ma chérie, répondit Mme Crimm d'un air indifférent, en se demandant si ces pêcheurs de Tanger Island allaient effectivement découvrir le trésor Tory, qui renfermait certainement des trépieds volés dans les riches demeures des planteurs, même si elle doutait que les pirates aient utilisé des trépieds, mais pourquoi pas ? Ils cuisinaient sur leurs bateaux, après tout, et il était logique de poser une marmite brûlante sur quelque chose pour ne pas brûler les surfaces en bois de la cuisine.

– À ton avis, combien de temps un trépied peut-il rester au fond de l'eau avant d'être rongé par la rouille ? demanda-t-elle à haute voix en regardant à travers ses vieilles lunettes cerclées de métal qui étaient attachées à une longue chaîne en or. Tu devrais lire ça. C'est très intéressant, cette histoire de vieux morceau de ferraille qui va sans doute conduire à la découverte du trésor Tory, et je me dis que si un morceau de fer est toujours intact après des centaines d'années passées sous l'eau, pourquoi est-ce qu'un dessous-de-plat ne tiendrait pas aussi longtemps ? Beaucoup sont en fer. Mais je devine que ton papa ne sera pas content quand je vais lui lire ça. Je suis prête à parier qu'il va affirmer que ce trésor appartient légitimement à l'État de Virginie. Peu importe de savoir à qui l'a volé ce Wheelin' Bone. Quels droits possède la Caroline du Nord sur une chose retrouvée dans la baie de Chesapeake, hein ? Ce qui compte, c'est que le trésor est enfoui ici, en Virginie, et donc il nous appartient, et tous les trépieds qu'on retrouve devraient être donnés à la résidence du gouverneur.

Regina se leva pour voir d'un peu plus près ce que lisait sa mère. Bien que fervente partisane, depuis toujours, de la théorie du « celui qui le trouve le garde », elle ne savait pas trop quoi penser dans cette affaire. Si les insulaires découvraient le trésor et en disposaient à leur guise, le reste du monde n'aurait pas le plaisir d'admirer de vieux canons, des pièces de monnaie et des bijoux anciens au musée de Virginie.

– Il faudrait partager, déclara Regina, au moment où un bruit de pas, deux paires de baskets et une paire de pantoufle, résonnait dans son dos.

– Quoi ? demanda le gouverneur, comme à son habitude, en captant la fin de la discussion entre son épouse et sa fille. Va, continue à marcher comme ça, ordonna-t-il à Trip, qui continuait à avancer sans qu'il soit nécessaire de le lui dire.

– Papa, je crois qu'il obéit mieux quand on utilise des ordres brefs, dit Regina.

– OK, fit le gouverneur.

En entendant ce mot, Trip s'arrêta à côté du bureau laqué noir et incrusté de nacre de la First Lady. Il attendait l'ordre suivant.

– Je ne t'ai pas dit de t'arrêter, mais c'est ce que je voulais que tu fasses, dit le gouverneur à son minicheval en lui massant affectueusement le nez. Je crois qu'il comprend beaucoup plus de choses que tu l'imagines, Regina.

– Peut-être. Mais ce qu'il comprend et ce que tu veux lui faire faire, ce n'est pas forcément la même chose.

– Je vois. Mais c'est quoi cette histoire de canons et de bijoux qu'il faudrait partager ? demanda le gouverneur en sortant sa loupe d'une poche de son peignoir, car même si son cheval d'aveugle lui était très utile, il ne pouvait pas l'aider à lire.

Regina résuma le texte d'Officier Vérité et donna une fois de plus son avis : selon elle, le trésor ne devait pas être dilapidé par celui ou ceux qui le découvraient, mais partagé avec le public.

– Du moment que certaines pièces reviennent à la résidence, s'empressa de préciser la First Lady.

– Peut-être qu'on pourrait mettre un ou deux canons dans le jardin et devant la maison, suggéra le gouverneur, en sentant remonter ses aigreurs tandis qu'il songeait à ce maudit État de Caroline du Nord. Aussi effroyable qu'ait été ce pirate de Wheland, il fait partie de l'histoire de Virginie, et que je sois damné si ces satanés pêcheurs mettent la main sur le trésor en premier, pour le vendre à un quelconque antiquaire, ou pire, à la Caroline du Nord.

– Oh, Bedford ! dit Mme Crimm d'un ton suppliant, tu dois faire quelque chose immédiatement, avant qu'il soit trop tard ! Tu ne peux pas envoyer un porte-avions ou je ne sais quoi, pour empêcher que ces gens de Tanger volent tout le trésor ? Ils n'ont aucun droit !

– Non, aucun, confirma Regina, et c'était la première fois qu'elle ne partageait pas l'opinion d'Officier Vérité. Je trouve ça très bizarre, ajouta-t-elle. Dans quel camp se situe cet Officier Vérité ? Jusqu'à présent, il a toujours dit qu'il était du côté de la vérité et de la justice.

– Si ça se trouve, il est de mèche avec les gens de Tanger, et il essaye de m'influencer pour que je leur laisse leur trésor, dit le gouverneur, qui voyait bien plus clairement les choses depuis qu'il avait cessé d'écouter les conseils de Trader et de manger ses sucreries. Je vais publier immédiatement un communiqué de presse pour ordonner à tous les chasseurs de trésors de se tenir à l'écart de cette bouée jaune, déclara-t-il. Et que ces pêcheurs n'essayent pas d'approcher de l'épave ! (Il flatta l'encolure de Trip.) En avant ! Pas vrai, petit ?

En entendant le mot « en avant », le cheval s'éloigna de son maître pour se diriger vers l'ascenseur.

– Bravo ! s'exclama Regina, fière de la détermination et du pouvoir de son père. Il faut tous les arrêter !

Trip s'arrêta devant son reflet dans un miroir doré de style Chippendale.

– À votre avis, il faut descendre très bas ? demanda la First Lady qui imaginait déjà des malles pleines d'or, d'argenterie et de bijoux dignes d'une reine.

– Bas ? répéta Regina. Pour quoi faire ? demanda-t-elle,

pendant que Trip se couchait devant le miroir et continuait à se regarder, un peu perplexe.

– D'après l'emplacement indiqué dans ce texte de propagande d'Officier Vérité, répondit le gouverneur, je dirais que le trésor est assez profond, car il se trouve dans la réserve naturelle des crabes située dans un trou, si je ne m'abuse.

– Tant mieux, dit la First Lady, soulagée. Plus il est profond, mieux c'est, car il sera plus difficile à retrouver. Je doute que ces gens de Tanger disposent du matériel nécessaire pour plonger et ramener un gros canon à la surface. Il ferait couler leurs petits bateaux !

En moins d'une heure, la nouvelle de la découverte imminente du trésor Tory parcourut bruyamment les ondes pour se répandre sur les chaînes de télévision et les stations de radio, dans toute la Virginie, dans tout le pays, et particulièrement en Caroline du Nord. Les commentateurs prévoyaient une réaction furieuse des habitants de Tanger en apprenant que le gouverneur avait ordonné que tout pêcheur aperçu à moins de cinq milles de la bouée jaune soit arrêté par les garde-côtes qui avaient été envoyés en toute hâte dans ce secteur pour patrouiller dans la baie. Les chasseurs de trésors savaient qu'ils seraient capturés avec leur bateau, l'espace aérien entre les côtes de Virginie et Tanger Island était interdit à tout engin non autorisé, et des bâtiments de la marine se préparaient pour former un barrage autour de l'île.

Fonny Boy et le docteur Faux entendirent cette nouvelle à la radio, en voiture, après avoir versé la caution pour leur libération, tandis qu'ils quittaient Richmond le plus vite possible. Ils fonçaient vers Reedville où le dentiste avait l'intention de s'embarquer à bord du bateau postal et de soudoyer le capitaine pour qu'il les aide à localiser le panier à crabes que Fonny Boy avait mis à l'eau.

– Les garde-côtes ne se méfieront pas du bateau postal, expliquait le dentiste, pendant que Fonny Boy, crispé, regardait défiler les poteaux téléphoniques derrière la vitre.

– C'est mal ! C'est pas juste ! Ce trésor est à moi ! répétait-il toutes les minutes.

– On fera fifty-fifty, je te l'ai dit, répondit le dentiste. Tu me dois l'argent de la caution et la somme que je vais devoir remettre au capitaine du bateau postal. Il nous faudra du matériel, aussi, ça va coûter cher. Il y a un magasin d'articles de pêche près de l'endroit où accoste le bateau postal, mais il faut faire vite, et pour l'amour du ciel, Fonny Boy, essaye de ne pas nous attirer d'ennuis. Si la police découvre qu'on a quitté Richmond, ils nous arrêteront de nouveau pour violation de notre liberté conditionnelle, et cette fois, le juge ne nous fera pas de cadeau.

– Ils nous feront rien !

Fonny Boy s'exprimait à l'envers pour dire que s'ils étaient arrêtés alors qu'ils cherchaient le trésor, ils seraient dans de sales draps, cette fois.

– Si le bateau postal est confisqué, on s'en fiche, dit le docteur Faux. Il n'est pas à nous. Si on nous interroge, on rejettera la faute sur le capitaine en disant qu'on est montés à bord pour poster quelques lettres et des factures de soins dentaires et que soudain, le bateau s'est mis à foncer vers le trésor avant qu'on puisse descendre.

– Non ! s'exclama Fonny Boy avec fougue, pour exprimer le contraire de ce qu'il disait.

Major Trader et ses compagnons de cellule apprirent la nouvelle, eux aussi, grâce à un des gardiens qui avait l'habitude d'écouter son walkman si fort que les prisonniers entendaient toutes les chansons, les publicités et les flashs d'informations qui s'échappaient des écouteurs.

– Écoutez-moi bien, dit Trader à ses compagnons de cellule. Au lieu de perdre votre temps à essayer de me noyer dans les toilettes, unissons-nous. Si nous trouvons le moyen de sortir d'ici, nous pouvons découvrir le trésor les premiers.

– Vous croyez ? demanda Slim Jim. À supposer qu'on réussisse à sortir d'ici, comment qu'on va retrouver l'endroit exact et comment qu'on fera pour remonter le trésor du fond de l'eau, hein ?

– Je sais pas nager, déclara Snitch.

– Moi non plus, avoua Stick.

– Vous n'êtes pas obligés de savoir nager, idiots ! répondit Trader avec agacement.

Il avait échangé son lit contre celui du jeune Mexicain, car s'il y avait une chose que Trader comprenait parfaitement, c'était la psychologie d'entreprise. Sa théorie était extrêmement simple. Si vous voulez feindre l'amitié et la sympathie, vous faites asseoir la personne que vous voulez manipuler dans un décor agréable, avec juste une table basse entre elle et vous. Si le but est d'intimider, vous vous asseyez à votre bureau, qui devient alors une barrière imposante entre vous et l'individu que vous souhaitez terroriser. Si vous voulez dérouter et intimider (cela avait toujours été sa tactique préférée avec le gouverneur), vous empoisonnez la personne visée avec du laxatif et vous abordez les questions importantes pendant que vous marchez ou que vous êtes en voiture.

Le lit métallique du jeune Mexicain, découvrit Trader dans la lumière de l'aube, se trouvait au centre de la cellule. En se l'appropriant pendant que le jeune garçon utilisait les toilettes, Trader avait acquis le statut de leader qu'il convoitait, même si les autres détenus ne savaient pas trop pour quelle raison ils le considéraient soudain avec un peu plus de respect. Conscient du pouvoir des attaques gastriques fulgurantes, Trader établit le plan : au moment où le garde passerait devant leur cellule, le révérend Justice se plierait en deux, en poussant des cris et des gémissements de douleur, pendant que les autres détenus se regrouperaient autour de lui, affolés, en appelant au secours.

– Le gardien se précipitera dans la cellule pour intervenir, expliqua Trader. Et à ce moment-là, toi, dit-il à Stick, tu lui enfonces ton doigt dans l'œil, et toi, dit-il à Cat, tu lui prends sa radio, et toi, dit-il à Slim Jim, tu lui subtilises ses clés pour pouvoir ouvrir toutes les portes, et toi... (Il pointa l'index sur le jeune Mexicain.) ...tu mets ton doigt dans ta poche pour faire croire que c'est une arme et tu menaces d'ouvrir le feu parce que personne ici ne comprend l'espagnol, et toi... (Il esquissa un mouvement de tête en direction de Snitch.) ...tu restes ici, dans la cellule, et quand on t'interrogera plus tard, tu raconteras qu'on s'est évadés grâce à une complicité extérieure, et tu nous as entendus dire qu'une voiture nous attendait pour nous conduire à Charlotte.

– Mais on n'a pas de voiture qui nous attend, fit remarquer Stick, qui n'aimait pas l'idée d'enfoncer son doigt dans l'œil de quelqu'un.

– C'est là que vous intervenez, dit Trader au révérend Justice. Les gardiens vous traitent avec beaucoup plus de respect que nous, ils vous ont même posé des questions d'ordre religieux, et ils vous ont demandé de prier pour tous leurs petits problèmes. Je pense sincèrement que si vous demandez la permission d'utiliser la cabine téléphonique parce que l'un de vos paroissiens mourant doit recevoir les derniers sacrements par téléphone, le gardien acceptera votre requête.

– Il n'y a pas de derniers sacrements chez les baptistes, déclara le révérend. Et je ne suis pas certain de vouloir participer à tout ça. J'ai déjà un tas d'ennuis pour avoir essayé de racoler la vieille Clot.

Le silence se fit au moment où le gardien passait avec ses écouteurs sur les oreilles, le regard vitreux, faisant claquer ses doigts et chantonnant un air de rap.

– Quand on vous aura laissé téléphoner, reprit Trader, vous appellerez quelqu'un qui travaille pour vous, quelqu'un de soumis et naïf, et vous lui ordonnerez de venir vous chercher devant la porte. Dites-lui seulement que vous serez avec quelques amis, et comme ça, on foutra le camp d'ici. Dans l'hypothèse hautement improbable où nous serions arrêtés, je déclarerais qu'on vous a kidnappé et que vous n'aviez rien à voir dans ce plan.

Le révérend se sentit un peu plus détendu après les explications de Trader. Après tout, Pontius Justice était une vedette locale, qui avait consacré sa vie à sauver des âmes et à combattre le crime. Même s'il libérait de temps à autre ses désirs charnels longtemps refoulés en ramassant dans la rue des belles de nuit, il n'oubliait jamais de les payer et de dire merci.

Andy, lui, attendait encore les remerciements de Hammer, et il était énervé de voir qu'elle se contentait de faire les cent pas sur la moquette de son bureau au quartier général de la police d'État.

– Vous auriez dû m'en parler d'abord, répéta-t-elle une fois de plus derrière la porte fermée, bien qu'il y ait très peu de monde au quartier général le samedi matin. Bon sang, Andy, vous aviez perdu la raison quand vous avez écrit cette histoire insensée de prétendu trésor ? Regardez un peu ce que vous avez déclenché ! En encourageant les insulaires à s'emparer de ce supposé butin, sous prétexte qu'il leur revient de droit, vous avez incité le gouverneur à brandir des menaces et à monopoliser les forces armées. La guerre civile que nous redoutions va avoir lieu ! Et franchement, je suis d'accord avec le gouverneur, dans cette affaire. Les insulaires n'ont aucun droit sur ce trésor. Sa place est dans un musée.

– C'est ce que j'essaye de vous expliquer, dit Andy. Mon but, c'était justement de faire croire à tout le monde que tous les autres essayaient de leur voler quelque chose. Et pour provoquer la haine de Tanger Island envers la Virginie, il fallait que j'attise la colère de la Virginie envers cette île. Ainsi, quand Macovich va débarquer ce soir dans un hélicoptère de la police d'État, avec Smoke et ses pirates habillés aux couleurs du NASCAR, quel genre d'accueil vont-ils recevoir, à votre avis ? Nos troopers en civil n'auront même pas besoin d'intervenir, si ça se trouve.

– Vos propos n'ont ni queue ni tête et vous m'effrayez ! s'exclama Hammer. Moi qui croyais que l'objectif d'Officier Vérité était de toujours dire la vérité. J'ai plutôt l'impression que, dans vos derniers textes, vous cherchez surtout à manipuler les gens, même si c'est pour la bonne cause. Ou ce que vous estimez être la bonne cause. Bon Dieu, je ne sais plus quoi penser !

– Je comprends parfaitement ce que vous ressentez, dit Andy. Je vous jure que je sais ce que je fais. Nous savons bien, vous et moi, que Smoke est un être impitoyable et dangereux. Si, au moment où l'hélicoptère se pose sur l'île, Smoke croit apercevoir des gens qui ne ressemblent pas à des pêcheurs, même s'ils sont déguisés, il est capable d'ouvrir le feu dès qu'il posera le pied sur la piste. Nous devons donc introduire un élément de surprise pour le faire hésiter un instant et nous permettre de l'encercler, afin de le neutraliser sans incidents.

– Très bien, suivons votre plan et mobilisons les troupes, décida Hammer. Le gouverneur sera obligé de regagner la résidence en voiture après la course de stock-car. Vous et moi, on prendra l'hélicoptère pour aller sur Tanger Island et voir ce qu'on peut faire pour essayer de mettre fin à ce désordre. Au fait, qu'est-ce qui vous fait croire qu'il y a un trésor enfoui dans la baie ?

– Je ne le crois pas forcément, dit Andy. Mais ce vieux morceau de fer provient assurément d'une bataille navale, sans doute avec des pirates. Et ce renégat de Joseph Wheland a certainement amassé une fortune au cours de toutes ces années de pillage dans les plantations et à bord des autres navires. Et qu'est devenu son butin ?

Barbie n'avait jamais visité une véritable plantation, mais elle comprit à quoi cela pouvait ressembler en arrivant devant les grilles de la résidence du gouverneur à midi, juste à temps pour découvrir un étrange spectacle.

Deux robustes troopers de l'EPU chargeaient des pelletées de sciure de bois à l'arrière d'une grande limousine noire. Barbie franchit le portail et s'arrêta dans l'allée circulaire. Elle prit tous ses produits de beauté, qui tenaient parfaitement dans une boîte à outils, et récupéra un sac de vêtements posé sur la banquette arrière.

– Que faites-vous ? demanda-t-elle aux troopers. Je ne veux pas me mêler de ce qui ne me regarde pas, mais pourquoi mettez-vous toute cette sciure sur le plancher de cette belle limousine ? Vous allez planter des fleurs ? C'est une magnifique idée. Comme ça, le gouverneur circulera dans un jardin.

Les troopers lui répondirent d'un ton cassant que l'information était confidentielle, au moment où la porte de la résidence s'ouvrait pour laisser apparaître un majordome noir, vêtu d'une veste blanche amidonnée, qui accueillit Barbie avec un grand sourire.

– Entrez, dit-il chaleureusement. Miss Reginia vous attend. Laissez-moi prendre votre veste. Puis-je vous aider à porter cette boîte à outils ?

– Merci, dit Barbie en ôtant sa veste pour laisser apparaître une tenue en cuir moulante très sexy qui contrastait avec sa délicatesse apparente et sa voix douce. J'ai besoin de cette boîte à outils et du sac pour m'occuper de Regina.

Poney savait que le physique de cette pauvre Reginia avait besoin de gros travaux, mais il était triste de penser que la situation s'était détériorée au point où il fallait maintenant utiliser des outils. Il escorta Barbie dans le grand escalier tournant, jusqu'aux appartements privés de la First Family, où Regina était en train de fourrager dans la penderie de sa chambre, totalement découragée.

– Oh ! s'exclama-t-elle avec soulagement lorsque Barbie entra et déposa sa boîte à outils et son sac sur le lit. Je suis contente de vous voir ! Je ne trouve rien à me mettre et en me regardant dans la glace, tout à l'heure, je me suis fait peur. Vous croyez vraiment que vous pouvez m'arranger à temps pour la course ?

– Évidemment, répondit Barbie en regardant par la fenêtre les troopers qui continuaient à charger de la sciure à l'arrière de la limousine.

– C'est pour Trip, expliqua Regina.

– Trip ?

– C'est le nom du minicheval de papa, spécialement dressé pour guider les aveugles. Papa doit l'emmener partout où il va, et comme c'est moi qui supervise tout, je me suis un peu renseignée sur le sujet et j'ai découvert que les minichevaux se tenaient mieux en voiture si on leur mettait de la sciure.

Regina marqua un temps d'arrêt pour voir si Barbie comprenait. Apparemment, elle ne comprenait pas.

– C'est un peu comme s'il était dans une stalle, expliqua Regina. C'est une sorte de litière.

– Oh ! fit Barbie, stupéfaite. Et moi qui croyais qu'ils allaient planter un joli petit jardin mobile. Suis-je bête ! Mais quand même, si un petit cheval fait ses besoins à l'intérieur d'une limousine, sciure ou pas, je me dis que ça risque d'être un peu désagréable pour la personne qui voyage avec lui.

– Le caca de cheval sent moins mauvais que le caca de chien, souligna Regina. De toute façon, dès que Trip aura fait ses besoins, il suffit de jeter la sciure et hop, on n'en parle plus.

– Mais que se passera-t-il quand vous serez dans la loge du gouverneur, pendant la course ? demanda Barbie en ouvrant la boîte à outils pour sortir et disposer sur une très vieille commode en noyer des flacons de fond de teint, de vernis à ongles, de lotions capillaires, de teintures et des dizaines d'autres produits de beauté.

– S'il a besoin de sortir, il frappera à la porte, expliqua Regina. Je l'emmènerai dans l'ascenseur et je trouverai bien un peu d'herbe quelque part. Ça sert à quoi, ces ciseaux ? Vous allez me couper les cheveux ?

Barbie ordonna à Regina de s'asseoir dans le rocking-chair et de rester calme un moment. Après quoi, elle tourna autour de son plus grand défi pour avoir une vision globale du problème, et décider finalement que les longs cheveux bruns crépus de Regina, avec des pointes fourchues, devaient disparaître.

– Faites voir vos dents, demanda-t-elle.

Regina ouvrit grande la bouche en retroussant les lèvres, dévoilant des dents jaunies qui, ironie du sort, auraient pu appartenir à un minicheval, se dit Barbie.

– J'ai apporté du produit blanchissant, dit-elle avec un optimisme forcé. On va en mettre tout de suite pour lui laisser une chance d'agir. Quant à vos cheveux, ma chérie, ils n'ont aucune couleur véritable. Je dirais que c'est un mélange tacheté de châtain et de noir. À mon avis, la solution, c'est de tout teindre en noir et de couper sous les oreilles, en dégradé, évidemment ; cela adoucira votre nez et votre menton. J'ai pensé également à apporter un lait autobronzant que vous appliquerez après votre gommage au sel, le bain d'algues de la mer Morte, les soins de manucure et de pédicure, et le masque de boue. Ça vous donnera un joli teint doré sans exposer votre peau aux rayons néfastes du soleil. N'est-ce pas excitant ?

Regina avait des doutes. D'abord, elle n'avait pas imaginé que Barbie lui demanderait de se déshabiller complètement, ni qu'elle devrait laisser une quasi-inconnue badigeonner son corps massif avec du sel, de la boue et un tas de lotions.

– Je sais ce que vous pensez, lui dit Barbie en nouant une serviette autour du cou de Regina et en commençant à tailler de grosses touffes de cheveux qui lui rappelaient les buissons d'amarante qu'on voyait dans ces vieux westerns qu'elle regardait parfois avec Lennie à la télé. Notre séance d'entretien a démontré que vous aviez une très mauvaise image de vous-même et que vous détestiez votre corps, et sans doute êtes-vous un petit peu nerveuse à l'idée de vous déshabiller et de vous faire masser, frictionner et récurer de la tête aux pieds, mais quand vous verrez le résultat, vous vous sentirez bien et vous serez enchantée.

– Vous avez beau frotter avec tout ce que vous voulez,

rien ne pourra faire disparaître cette graisse, se lamenta Regina en toute franchise, tandis que ses cheveux continuaient à pleuvoir sur le sol.

Dans d'autres circonstances, l'idée de sentir son corps ainsi manipulé lui aurait procuré un plaisir secret. Mais Barbie Fogg n'était pas son genre. Absolument pas. Elle n'était pas assez costaude, et surtout, elle donnait l'impression de pouvoir caresser et malaxer une autre femme toute la journée sans éprouver le moindre frisson, ni le désir d'aller plus loin. Regina sentait que Barbie ne s'intéressait pas du tout aux rapports physiques, avec qui que ce soit, et à cet égard, elle lui rappelait sa mère qui, aussi loin que remontaient les souvenirs de Regina, s'était toujours intéressée davantage aux objets de collection, comme les vieilles boîtes de café ou de tabac ou les dessous-de-plat, qu'aux jeux érotiques avec le même sexe, avec le sexe opposé ou même avec son propre sexe.

– On va vous mettre au régime immédiatement, décréta Barbie en continuant à donner des petits coups de ciseaux. Ça signifie que vous n'approcherez pas du buffet pendant la course, d'accord ? Une bonne salade, beaucoup de céleri, des carottes, des radis devraient faire l'affaire, mais en attendant, ne soyez pas si négative. Vous savez ce qu'on dit : « Les vêtements sont les meilleurs alliés d'une femme. » Et j'ai pris la peine de faire un saut dans une ravissante petite boutique pour choisir une tenue parfaite pour vous.

– Quoi donc ? demanda Regina avec appréhension, tandis que Barbie commençait à dégrader les mèches de cheveux avec un rasoir.

– Une petite chose adorable. À tomber par terre. J'ai cherché une tenue dans laquelle vous puissiez vous sentir à l'aise, et qui s'accorde avec votre visage, votre silhouette et votre personnalité, et j'ai trouvé cet ensemble en jean absolument parfait ! Je n'en croyais pas mes yeux en le voyant. Mais restez tranquille, et essayez de ne pas vous balancer. Magnifique, ce rocking-chair, d'ailleurs, mais je ne voudrais pas vous couper en vous rasant la nuque, avant de passer à l'épilation de la lèvre supérieure et du menton, à la cire, et peut-être qu'on fera aussi les sourcils. Bref, je vous ai trouvé une salopette en jean délavé, mais avec une jupe à la place du pantalon, que vous pourrez porter avec cette adorable chemise en soie à manches longues qui imite une chemise de bûcheron, mais avec un col en dentelle qui laissera voir votre poitrine, mise en valeur par un soutien-gorge pigeonnant que j'ai trouvé. J'ai choisi la taille à vue d'œil, mais je pense que vous faites un 95 D, non ?

– Je porte pas de soutien-gorge, généralement, répondit Regina à travers une cascade de petits cheveux. Je déteste ça. Je mets plutôt des maillots de corps ; de toute façon, personne remarque ma silhouette quand je suis en sweat-shirt.

– Eh bien, les gens vont vous regarder, ce soir, croyez-moi, déclara joyeusement Barbie. Vous aurez un décolleté si généreux qu'on pourra y glisser un pique-nique ! Pour ce qui est des chaussures, car aucune tenue n'est complète sans les chaussures, j'ai déniché une adorable paire de baskets en cuir rouge vif. Vous imaginez ? Avec le logo Converse en paillettes sur la cheville et des lacets en cuir blanc ! Je parie que vous chaussez un bon 40, non ? Et en robe, vous mettez du 48 ?

– Homme ou femme ? demanda Regina, immobile dans le rocking-chair, tandis que Barbie continuait à lui dégager la nuque au rasoir. J'ai toujours porté des vêtements d'hommes, alors je ne sais pas quelle taille je fais chez les femmes.

– Ne vous en faites pas pour ça. Je suis très douée pour deviner les tailles des gens, déclara Barbie en reculant d'un pas pour admirer son travail. Sans doute à cause de mon métier : en tant que conseillère professionnelle, je dois savoir jauger les gens. Tenez, regardez.

Elle tendit un miroir à Regina pour que celle-ci puisse admirer sa nouvelle coupe de cheveux.

– Je ne sais pas quoi penser, avoua Regina avec une certaine inquiétude. Ça ressemble aux casques des pilotes de courses.

– C'est la toute nouvelle tendance, dit Barbie, rayonnante. On appelle ça une NASCOIF. Super chic, non ? Si vous alliez chez un coiffeur pour qu'il vous fasse cette coupe, ça vous coûterait les yeux de la tête, à supposer que vous puissiez obtenir un rendez-vous pendant la saison des courses.

– Si c'est super chic, pourquoi vous n'avez pas une coupe NASCOIF ? demanda Regina.

– Oh, j'ai les traits trop fins, dit Barbie. Allez, hop, dans la baignoire.

30

HOOTER CONSACRAIT elle aussi sa journée à se préparer pour la course. Elle avait passé des heures à défaire ses dreadlocks et à s'occuper de ses cheveux, qui étaient présentement en train de mijoter sous une grosse serviette, pendant qu'elle se collait de nouveaux faux ongles en acrylique qui ressemblaient à des drapeaux américains enroulés. Après quoi, elle lutta pour se glisser dans un pantalon moulant noir en imitation peau de serpent, sur lequel elle enfila une grosse paire de bottes argentées qui s'attachaient avec des bandes velcro, conçues pour donner un look astronaute.

Le choix du reste de la tenue exigeait une longue réflexion. Hooter opta finalement pour un simple bustier noir, et pour couronner le tout, elle mit le blouson orné de perles avec les logos Kodak, DuPont et Pennzoil, de couleurs vives, qu'elle avait trouvé dans un dépôt-vente d'East Broad Street.

Andy soignait sa tenue lui aussi, mais pas pour des questions de vanité ou de sex-appeal. Il n'était jamais allé sur le circuit automobile international de Richmond, et il ne savait pas trop à quoi pouvait ressembler l'accoutrement d'un fan de stock-car aviné, mais il s'imaginait qu'il valait mieux miser sur l'aspect passe-partout, sans lésiner sur le côté protection et armement. Alors, il choisit des bottes de cow-boy éraflées, un jean large qui dissimulait aisément un pistolet glissé dans un étui de cheville, qu'il attacha au-dessus des bottes, et par-dessus son gilet pare-balles, il enfila un sweat-shirt Redskins et un blouson en cuir. Il avait eu la bonne idée de ne pas se raser ce matin, et avec sa barbe naissante, sa perruque à queue de cheval, ses lunettes de soleil à verres réfléchissants et son pistolet .9 mm glissé dans la ceinture de son pantalon, dans son dos, il se sentait protégé par son apparence. Smoke ne le reconnaîtrait pas. D'ailleurs, personne ne le reconnaîtrait.

Il venait juste de commencer à s'asperger de bière quand on sonna à la porte.

– Bon sang..., murmura-t-il, légèrement inquiet, car il n'attendait aucune visite. Qui est là ? lança-t-il d'un ton bourru à travers la porte.

– C'est moi, répondit une voix de femme étouffée qu'il ne reconnut pas immédiatement, et il songea au serial killer qui avait déposé les sinistres pièces à conviction devant sa porte.

– Qui ça, « moi » ? demanda-t-il.

– Hammer.

– Ouah ! s'exclama-t-il, étonné, en ouvrant la porte. Désolé si je vous ai paru un peu inhospitalier, mais j'ignorais que c'était vous. Sur le coup, j'ai failli ne pas reconnaître votre voix, à cause de...

Andy sentait que le sang avait du mal à irriguer son cerveau, tandis qu'il observait sa supérieure de la tête aux pieds. Hammer avait revêtu la tenue d'une loubarde à moto : ensemble en cuir noir clouté, grosses bottes de la même couleur et blouson Harley-Davidson. Elle portait en bandoulière un sac fourre-tout Harley qui contenait sans doute un petit arsenal. Elle avait durci son beau visage en appliquant plusieurs couches de maquillage tape-à-l'œil, et ses cheveux étaient crêpés.

– Épargnez-moi vos remarques, déclara-t-elle d'emblée en entrant chez Andy. Je n'ai aucune envie de ressembler à une allumeuse sur deux roues, mais il fallait bien que je fasse quelque chose. Simplement, je redoute notre arrivée en hélicoptère dans cette tenue, ajouta-t-elle en détaillant le déguisement d'Andy. On ne peut envoyer aucune unité de troopers en civil sur Tanger Island, car les seuls pilotes que nous ayons, c'est vous et Macovich, et vous êtes occupés tous les deux ; et les ferries ne fonctionnent plus à cause de ces foutues restrictions imposées par le gouverneur à la suite de votre essai sur ce prétendu trésor Tory. C'est pourquoi j'ai décidé de passer vous voir immédiatement, pour vous demander s'il ne serait pas possible d'envisager un changement de tactique.

Elle le suivit dans la salle à manger, et ils prirent place dans le bureau improvisé d'Andy. En découvrant l'ordinateur, l'imprimante, les classeurs et les piles de documents rassemblés, Hammer ressentit une sensation étrange, car elle avait conscience de pénétrer dans l'antre secret d'Officier Vérité, même si elle savait parfaitement qui était Officier Vérité en réalité, où il travaillait et vivait. Bizarrement, elle s'apercevait qu'elle aussi avait commencé à tisser des liens affectifs avec cet auteur imaginaire.

– Tout ceci est ridicule, dit-elle.

– Je sais, concéda Andy. J'ai l'air grotesque, et je suis désolé d'empester la bière et de ne pas être rasé. Et vous avez certainement raison : un hélicoptère de la police d'État, ça ne colle pas avec nos déguisements.

– Non, je voulais dire que c'était étrange de se retrouver ici, dans cet endroit où vous rédigez vos essais. J'ai l'impression d'être passée derrière le rideau pour découvrir le magicien d'Oz, ou de me retrouver dans la grotte de Batman. Et je dois avouer qu'une partie de moi-même est extrêmement déçue, car je crois que j'avais commencé à croire à l'existence d'Officier Vérité, moi aussi. Oh, Seigneur, ne me dites pas que j'étais en train de devenir une fan ! (Elle secoua la tête en soupirant.) À croire que je perds la tête. Pour commencer, je ne suis fan de personne, et j'ai toujours pensé qu'être fan de quelqu'un ou de quelque chose, c'était une chose irrationnelle et stupide. Comment un être sensé peut-il glorifier une autre personne dans des proportions olympiennes, la considérer comme un dieu et accrocher des posters à son effigie ? Comment expliquer que l'on puisse idolâtrer et avoir envie de coucher avec un parfait inconnu ? ajouta-t-elle, tandis qu'Andy regardait ses mains, mal à l'aise et meurtri à l'idée que, peut-être, Hammer lui avait préféré Officier Vérité. Ce que ça signifie, disait-elle, c'est qu'il y a probablement des milliers, voire des millions, de parfaits inconnus qui lisent Officier Vérité, qui l'idolâtrent et nourrissent des fantasmes sexuels à son égard. Je sais que Windy est dans ce cas, mais elle est persuadée qu'Officier Vérité a au moins quatre-vingts ans et qu'il se déplace à l'aide d'un déambulateur. Je crois que l'escroquerie est finie, déclara Hammer en frappant sur la table du plat de la main.

– Quelle escroquerie ? répondit Andy avec une pointe de tristesse et de colère. Ça n'a jamais été une escroquerie. Peu importe que j'utilise un nom de plume ou pas. C'est quand même moi qui ai écrit ces textes. Je *suis* Officier Vérité.

– Officier Vérité n'existe pas, déclara Hammer.

– Très bien, alors laissez-moi vous poser une question, dit Andy en s'efforçant de retrouver son calme. Si vous ne m'avez jamais imaginé dans la peau d'Officier Vérité, qui était Officier Vérité à vos yeux ? Vous fantasmiez sur lui, vous aussi ?

– Il est préférable d'abandonner sur-le-champ cette discussion inutile et inepte, dit Hammer. Nous devons nous concentrer sur la grande opération qui nous attend, nom d'un chien !

– Vous avez absolument raison, dit Andy d'une voix plus maîtrisée. Que vous soyez ou pas une fan d'Officier Vérité ou de quiconque, ça n'a aucune importance. Je ne suis fan de personne, moi non plus. Ça ne m'est jamais arrivé, ajouta-t-il au moment où le téléphone sonnait.

– Woo ! On a un vrai problème, Brazil ! s'écria un Macovich survolté au bout du fil. Le gouverneur veut pas prendre l'hélicoptère pour aller à la course de stock-car !

– Vous me faites marcher, dit Andy. Et pourquoi a-t-il changé d'avis ? Vous devez absolument le convaincre. Expliquez-lui que pour des raisons de sécurité, il doit...

– Ça servira à rien. Apparemment, il s'est mis en tête qu'il lui fallait une grande litière pour transporter son petit cheval qu'il vient d'avoir. Je crois que son horrible fille, la championne de billard, y est pour quelque chose. J'ai jamais rien entendu d'aussi stupide de toute ma vie, mais on peut rien y faire. Il a demandé à des troopers de remplir l'arrière de sa limousine avec de la sciure, et pas moyen de le faire changer d'avis. La First Family et lui iront en limousine, point final. Et je dois leur servir de chauffeur. Je suis vraiment désolé, je sais pas quoi vous dire d'autre.

– Mais... Smoke et ses pirates ? s'exclama Andy. Comment vont-ils réagir si l'hélicoptère ne vient pas les chercher pour les conduire à la course ? Ils détiennent Popeye en otage !

– Tout ce que je sais, c'est qu'ils doivent me retrouver à l'héliport du centre et que j'y serai pas.

– Merde ! rugit Andy en raccrochant violemment le téléphone.

Il expliqua la situation à Hammer et il eut un pincement au cœur en voyant l'angoisse traverser son visage au moment où elle comprenait que tout leur plan venait de tomber à l'eau et qu'elle ne reverrait peut-être jamais Popeye. Smoke et ses pirates resteraient dans la nature si elle ne trouvait pas le moyen de les attirer dans un piège. Il était peu probable désormais qu'ils soient présents lors de la course.

– S'ils attendent l'hélicoptère et qu'il ne vient pas les chercher, ils vont comprendre qu'il se passe quelque chose, dit-elle, abattue. Ils comprendront qu'on a certainement arrêté Cat, et que la moitié des forces de la police d'État les attend sur le circuit. Tout ça à cause d'un satané minicheval !

Andy ne dit rien. L'un et l'autre savaient parfaitement que c'était Andy qui avait fourré cette idée de minicheval dans la tête du gouverneur par le biais de son article sur le site d'Officier Vérité.

– Je ne sais pas quoi dire, je...

– Trop tard pour les excuses, dit Hammer, dépitée. Et vous n'avez pas besoin de vous excuser, de toute façon, Andy. Ce n'est pas votre faute. C'est moi qui ai accepté cette comédie d'Officier Vérité, sans imaginer les répercussions que cela pouvait avoir. J'espère juste que Popeye... (Sa voix se brisa.) J'espère juste qu'il ne souffrira pas...

Elle laissa éclater son chagrin, et les larmes inondèrent ses yeux.

– Hé, attendez une minute ! s'exclama Andy, traversé soudain par une idée à la fois invraisemblable et simple. Donny Brett pilote un Bell 430 !

– Qui ça ? demanda Hammer en fouillant dans son sac Harley-Davidson à la recherche d'un mouchoir en papier, faisant tinter une paire de menottes contre un pistolet.

– Vous savez bien, le numéro 11 ! Il a remporté six victoires cette année. Si je sais quel hélicoptère il pilote, c'est parce que Bell s'en est servi dans un tas de publicités. Il est peint à ses couleurs, et Brett arrive toujours sur les circuits avec son hélicoptère. Je parie qu'au moment même où je vous parle, l'appareil attend sagement sur l'héliport du circuit. Mais oui, c'est ça ! (Les pensées s'enchaînaient si vite dans le cerveau d'Andy que ses paroles devenaient presque incohérentes.) La famille d'un pilote ! Évidemment ! On va débarquer sur l'héliport du centre dans l'appareil de Brett et on conduira nous-mêmes ce salopard de Smoke et ses pirates sur le circuit !

– Mais comment fera-t-on pour convaincre ce Brett Machin-Chose de nous laisser utiliser son hélicoptère, comme ça de but en blanc ? demanda Hammer. Impossible.

– C'est simple, répondit Andy. On entre dans le rêve et on transforme la fiction en réalité.

– Ce n'est pas le moment de parler comme un écrivain ! rétorqua Hammer, avant de se moucher.

– Vous monterez devant avec moi, sur le siège de gauche, en vous faisant passer pour ma petite copine.

Andy exposait son plan à mesure qu'il prenait forme dans son esprit.

– Et vous, vous serez qui ?

– Je me ferai passer pour le frère de Donny Brett. Ce qu'il faut, c'est faire croire à Smoke et à sa bande que Macovich n'a pas pu venir chercher cette soi-disant écurie du Drapeau noir et qu'il a demandé l'aide de Brett. On emmène ces salopards, on planque des officiers en civil partout, et dès qu'on atterrit, on les embarque. Allez, venez. Il faut aller sur le circuit.

Le seul moyen de s'y rendre rapidement, compte tenu des embouteillages qui s'étendaient dans quasiment tout l'État à cause des cent cinquante mille fans de stock-car qui se battaient pour assister à la course, c'était de survoler les bouchons en empruntant un appareil de la police d'État. Après quoi, Hammer et Andy s'empresseraient de trouver Donny Brett, que l'on décrivait toujours comme un vrai Américain, très attaché à la famille, collectionneur d'insignes et d'armes de la police. Brett était également un adepte de la sécurité, et quand Hammer et Andy se frayèrent un chemin au milieu de la foule pour accéder à la luxueuse caravane de Brett installée à proximité du circuit, des colosses gardaient la porte, nullement disposés, semblait-il, à épargner les fans trop enthousiastes.

– Nous devons parler à M. Brett, déclara Hammer.

– Il se repose, fichez le camp, s'il vous plaît, répondit un des gorilles d'un ton peu aimable.

Le portefeuille de Hammer se trouvait dans sa poche arrière de pantalon, attaché par une chaîne. Elle montra rapidement son insigne, en murmurant :

– Nous participons à une vaste opération d'infiltration. Des vies sont en jeu !

Andy glissa la main dans son jean pour sortir son insigne, lui aussi.

– Nous ne voulons pas déranger M. Brett, car nous savons qu'il a besoin de repos et de tranquillité avant de monter à bord de sa voiture pour remporter la course, nous l'espérons, mais nous devons absolument lui parler, dit Andy.

– Moi aussi, j'espère qu'il va gagner, dit le deuxième gorille. Quand il gagne pas, il est de sale humeur. Il aime bien piquer un roupillon et méditer un peu avant les courses. J'vais aller lui expliquer ce qui se passe, et on verra bien ce qu'il décide.

– Vous plaisantez, hein ? s'exclama Donny Brett quelques secondes plus tard lorsqu'on escorta la vieille motarde et son petit copain péquenaud à l'intérieur de la caravane somptueuse. Je ne doute pas que vous soyez des flics, mais vous devez me prendre pour un crétin si vous pensez que je vais laisser quelqu'un piloter mon hélico. Et d'abord, comment je ferais pour repartir après la course, hein ?

– Nous pouvons vous fournir un 430 de la police, dit Andy au célèbre et beau pilote de stock-car, qui semblait plutôt endormi et modeste quand il ne portait pas sa tenue éclatante. Dès que le gouverneur aura regagné sa résidence sain et sauf avec sa limousine, un trooper de l'EPU nommé Macovich viendra vous chercher en hélicoptère. Je vous le promets.

Brett réfléchit à cette proposition en ouvrant une boîte de Pepsi.

– Ah ? fit-il. Et à quoi il ressemble, cet hélico de la police ? Il est peint comment ?

– Aux couleurs de la police d'État, répondit Hammer.

– Si je remporte la course, les gens auront l'impression que je quitte le circuit sous escorte policière ?

Brett semblait séduit par cette idée.

– Même si vous ne gagnez pas, dit Hammer.

– Mais vous allez gagner, ajouta Andy.

Assis à une table, le pilote laissa échapper un long soupir. Il paraissait tout petit et peu sûr de lui, tout à coup ; il ne ressemblait pas du tout à son image lourdement travaillée et exploitée.

– À vrai dire, j'en suis pas certain, avoua-t-il en baissant la tête d'un air honteux. Tout le monde dit que je suis le favori, mais ça me met encore plus de pression sur les épaules, et la vérité, c'est que Labonte a bien mieux commencé la saison que moi. Il m'a déjà pris plusieurs points. Mon problème, c'est que j'aime les trophées. Je les aime beaucoup trop. Ça veut dire que je ne mise pas sur la régularité comme Labonte. Pour être franc, Richmond n'est pas mon circuit préféré. Au printemps dernier, j'ai fini dix-huitième ici, vous vous rendez compte ? Ma confiance en a pris un sacré coup, même si le public s'en rend pas compte. Je crois que c'est en partie pour ça que je me suis offert cet hélico. Les gens deviennent dingues quand ils me voient arriver et repartir à bord de cet engin ; ça m'aide à retrouver confiance en moi, et peut-être que grâce à ça, les fans pensent que je suis toujours le Numéro Un, même si ça risque de pas durer longtemps, vu comme c'est parti.

Hammer commençait à s'impatienter ; elle jeta un regard à sa montre, tandis qu'Andy prenait une chaise pour écouter les lamentations de Brett.

– Écoutez, dit Andy. Il y a vingt ou vingt-cinq voitures qui participent à cette course, et chacune d'elles, y compris la numéro 11, a la possibilité de finir première.

– C'est justement ça, dit Brett en sirotant son Pepsi d'un air affligé. N'importe qui peut gagner. La compétition est extrêmement serrée, et c'est ce qui a bousillé ma confiance la dernière fois que j'ai terminé dix-huitième sur ce foutu circuit.

– Allons, vous avez toujours été réputé pour votre instinct et votre jugement, lui rappela Andy. Vous vous souvenez des Busch Series, en 99...

– Il faut y aller, déclara Hammer d'une voix tendue, en se retenant pour ne pas hurler. Si on ne part pas maintenant, on va arriver en retard !

– Comment pourrais-je oublier ? répondit Brett. Une de mes meilleures courses...

– Parfaitement ! dit Andy. Et vous savez pourquoi ? Vous avez dû lutter comme un beau diable pour grignoter chaque place, au milieu des épaves et des carambolages. Et qu'est-ce que vous avez fait ? Vous avez eu l'intelligence de lever le pied au bon moment, et ensuite, vous avez foncé dans le dernier tour et vous êtes resté premier jusqu'au bout.

– Exact, dit Brett en relevant la tête, revigoré. Je les ai bien eus !

– Et ça s'est passé ici même, conclut Andy en martelant la table avec son index pour accompagner chaque syllabe. Ici même, sur le circuit de Richmond !

– Je sais, je sais, c'est mon tempérament qui fait que je m'attarde sur mes mauvais résultats, dit Brett avec un sourire sans joie. Mais vous savez quoi ? Ce soir, ça va changer ! Et si vous voulez utiliser mon hélico, allez-y, du moment que quelqu'un sait piloter ce foutu engin.

– Ne vous inquiétez pas pour ça, dit Andy. Quand vous serez sur la piste, tout à l'heure, repensez à ce que je vous ai dit. Sortez-leur le grand jeu. Vous sentirez quand c'est le bon moment.

– Bon sang, c'était quoi cette tirade ? demanda Hammer à Andy tandis qu'ils volaient vers le centre de Richmond à bord du magnifique 430 de Brett, peint en noir, avec son numéro de voiture et des logos publicitaires dans les tons jaune, violet et rouge. Je croyais que vous n'alliez jamais aux courses automobiles.

– C'est juste, mais je les regarde parfois à la télé et j'étudie les stratégies, comme avec les joueurs de tennis ou les tireurs d'élite de la Navy, répondit Andy dans son micro en survolant à cent cinquante nœuds l'autoroute I-95 qui n'était qu'une bande ininterrompue de voitures quasi immobiles, aussi loin que portait le regard. Je suis bien content d'être dans les airs et pas en bas, ajouta-t-il.

Jusqu'à présent, Barbie Fogg avait réussi à éviter les embouteillages provoqués par les hordes qui se dirigeaient vers le circuit. Non pas parce qu'elle connaissait des raccourcis et des itinéraires détournés, mais après avoir récupéré son amie Hooter à la cabine de péage, une chose inattendue s'était produite. Son téléphone portable avait sonné, et en répondant, quels n'avaient pas été sa surprise et son soulagement d'entendre la voix du révérend Justice.

– Où étiez-vous donc passé ? lui demanda Barbie, pendant que Hooter, assise à la place du passager, agitait ses doigts devant elle pour admirer ses drapeaux en acrylique.

– J'ai visité l'aumônerie de la prison, répondit le révérend. Mais ma voiture est tombée en panne, il faut que vous veniez me chercher le plus vite possible. Je suis avec quelques fidèles, prévoyez donc de la place pour... attendez voir... six personnes avec moi.

– Oh, on va être serrés, dit Barbie, pendant que Hooter arrachait les fermetures en Velcro de ses bottes d'astronaute pour les rajuster, admirant sa tenue super chic et s'imaginant déjà dans la loge privée du gouverneur durant la course.

Elle se demandait si ce grand et vilain officier Macovich serait là. Sans doute que oui. Il était toujours à se vanter en disant qu'il faisait un métier dangereux et important. L'autre soir, quand elle était allée boire des bières avec lui, c'était le gouverneur par-ci, le gouverneur par-là. Hooter éprouva un pincement de regret en repensant à ce moment partagé. Certes, Macovich prenait des libertés et il ne pensait qu'à une seule chose, même quand il parlait du gouverneur et de ses fonctions dans cette grande demeure de Capitol Square, qui ne l'empêchaient pas de battre tout le monde au billard, mais Hooter souffrait de la solitude.

– Je crois que j'ai été un peu trop dure avec lui, dit-elle en soupirant, tandis que Barbie pénétrait sur la piste d'une station-service murée pour faire demi-tour. J'espère qu'il sera là ce soir. Dis, Barbie, tu crois qu'il aimera mon style ?

– Je te trouve splendide, répondit Barbie, qui craignait de ne pas arriver à temps pour le début de la course, si encore elle y arrivait.

L'appel du révérend était aussi inattendu qu'étrange, pensait-elle en roulant vers un quartier délabré de la ville, juste au nord du centre, là où le révérend lui avait demandé d'attendre, devant la prison, sur le parking du tribunal pour mineurs. Ses fidèles et lui seraient cachés dans un petit bosquet, lui avait-il expliqué, et ils sauteraient à bord du minivan dès qu'ils la verraient. Elle devait repartir immédiatement sans poser de questions.

– Tu devrais peut-être appeler ton trooper pour lui dire

qu'on risque d'être un peu en retard, suggéra Barbie avec une inquiétude grandissante. Et lui demander de s'assurer qu'ils ne donnent pas nos sièges dans la loge du gouverneur.

– Comment ça, « en retard » ? s'exclama Hooter, qui n'avait pas écouté ce que disait Barbie au téléphone, il y a quelques minutes. On peut pas arriver en retard, ma petite ! Si on arrive trop tard, on va louper les pilotes qui sortent de leurs caravanes pour monter dans leurs voitures ! Et tu pourras pas te faire photographier avec eux ! C'est la chance de toute une vie, on peut pas arriver en retard !

Alors que Barbie accélérait, Hooter repéra un gros hélicoptère coloré qui survolait la zone du centre hospitalier.

– Hé, regarde cet hélico ! (Elle se pencha en avant pour mieux voir.) Ça doit être génial, non ? De se balader dans cet engin. Sans doute un pauvre malheureux qu'ils emmènent aux urgences, mais j'ai jamais vu un hélicoptère de secours qui ressemble à ça.

– Oh, mon Dieu ! s'exclama Barbie, en manquant de quitter la route. C'est les couleurs de Donny Brett ! Regarde, y a son numéro 11 peint sur la porte ! Oh, seigneur, il a déjà dû avoir un accident !

– La course a pas encore commencé, fit remarquer Hooter. Peut-être qu'il a eu une crise cardiaque ou un truc dans ce genre. Pour sûr qu'il doit être vachement stressé après avoir fini dix-huitième la dernière fois qu'il est venu ici.

31

ANDY ET HAMMER éprouvaient un stress beaucoup plus intense que Donny Brett.

Malgré la confiance affichée par Andy quand il avait promis à Hammer qu'il saurait parfaitement comment maîtriser Smoke et ses pirates, il n'avait, en vérité, aucune idée de ce qui l'attendait. Par-dessus le marché, son micro-casque ne cessait de déplacer sa perruque à queue de cheval, et bientôt, il ferait trop nuit pour qu'il garde ses Ray Ban. Il orienta le nez de l'hélicoptère face au vent lorsqu'il aperçut Smoke, accompagné d'une jeune femme à l'apparence frêle, avec des cheveux blond platine très courts, et de deux pirates, qui descendaient d'un véhicule 4 × 4 noir arrêté sur le parking, de l'autre côté de la clôture de l'héliport. Ils étaient tous habillés aux couleurs du NASCAR, et le plus petit du groupe tenait une sorte de paquet qui semblait enveloppé dans un drapeau noir.

– Ce doit être Possum, dit Andy à Hammer dans le micro. Apparemment, il tient Popeye dans ses bras.

Hammer s'efforça de demeurer impassible. Elle savait qu'il serait malavisé de montrer qu'elle portait un quelconque intérêt à ce qui se trouvait dans ce drapeau, car elle était censée être la petite amie du frère de Donny Brett, elle n'avait donc aucune raison de savoir qui était Popeye et de se soucier de son sort.

– Tenez bon, dit Andy au moment où il posait l'hélicoptère sur la surface en béton et réduisait les gaz pour laisser tourner les moteurs au ralenti. Je vais leur parler. Si jamais ça tourne mal, coupez les gaz et ouvrez le feu en faisant coulisser la vitre.

Les pirates et la jeune femme étaient rassemblés derrière

le grillage ; ils regardaient le splendide hélicoptère avec une admiration teintée de respect, un peu surpris, visiblement, de voir ce plouc avec sa queue de cheval se diriger vers eux.

– T'es qui, toi ? demanda Smoke, tandis que le petit paquet remuait dans les bras de Possum.

– Mon frère m'envoie vous chercher, dit Andy, en réécrivant une fois de plus son scénario.

– Ton frangin, c'est Donny Brett ? demanda Cuda en ouvrant des yeux comme des soucoupes. Wouah, il assure ! J'espère qu'il va se déchaîner, ce soir, car la dernière fois, il a merdé grave. Il a fini dix-huitième !

– La ferme ! ordonna Smoke. C'était la police qui devait v'nir nous chercher, normalement, dit-il à Andy. Pourquoi c'est ton frangin qui nous envoie son hélico ?

Du coin de l'œil, Andy vit les doigts de Smoke s'agiter nerveusement sur une poche de son blouson Winston Cup rouge vif, dans laquelle il avait certainement caché une arme de gros calibre. Andy observa la jeune femme à l'air étrange qu'il supposait être la petite amie de Smoke, et quelque chose dans son regard le fit frissonner de la tête aux pieds. Il avait l'impression de l'avoir déjà vue.

– Tout ce que j'peux vous dire, répondit Andy, c'est que ma meuf et moi, on était avec Donny dans sa caravane, en train de le briefer pour la course, quand on voit rappliquer un gros trooper noir balèze super paniqué. Il nous explique en gueulant que l'hélico du gouverneur a un phare pété et l'appareil est collé au sol, mais il doit absolument aller chercher les gars d'une écurie dans le centre, alors il sait pas quoi faire, mais peut-être que Donny pourrait le dépanner, vu que son hélico est posé juste là. Je suppose que c'est vous, l'écurie du Drapeau noir, ajouta Andy en feignant le doute et la méfiance, tout à coup, histoire de les bousculer un peu.

– Exact ! s'écria Possum par-dessus le grondement sourd des pales de l'hélicoptère, en réussissant à déplier légèrement le drapeau, suffisamment pour qu'Andy aperçoive un bout de tête de mort en train de fumer une cigarette. Allons-y ! dit Possum.

– Pas si vite, dit Smoke en jetant un regard menaçant à Andy. Comment que t'es au courant de cette histoire de Drapeau noir ?

– Ouais, d'abord ? ajouta Cuda.

– Je vois bien votre drapeau, répondit Andy, reconnaissant à Possum d'avoir eu l'intelligence de le dérouler juste à temps.

– Et j'ai envoyé un message sur le site Internet du NASCAR, dit Possum afin de renforcer cette explication en y ajoutant un mensonge.

– Exact, confirma Andy pour envoyer un signal secret à Possum. Je l'ai lu.

Possum avait compris le message. Il parvint à dissimuler sa stupéfaction. Ce type blond avec la queue de cheval, ce n'était pas le frère de Donny Brett, c'était Officier Vérité, incognito ! Il avait modifié le plan ! Depuis le début, Possum était rongé par le pressentiment que quelque chose allait foirer à la dernière minute, et il ne s'était pas trompé. Sinon, Officier Vérité ne serait pas venu avec l'hélicoptère du frère de Donny Brett !

– On va pas rester ici toute la journée à discuter, dit Andy d'un ton ferme. Il faut qu'on débarrasse la piste avant qu'un hélico-ambulance atterrisse pour apporter un cœur destiné à une transplantation. Alors, soit vous montez, soit je retourne au circuit sans vous.

– Allons-y, dit Smoke.

Sa petite amie, ses pirates et lui escaladèrent la clôture et, en tenant leurs casquettes de base-ball enfoncées sur leurs têtes, ils coururent vers l'hélicoptère à travers les bourrasques des rotors.

Barbie et Hooter virent l'hélicoptère aux couleurs vives s'élever au-dessus des toits des immeubles et s'éloigner à toute allure, alors que Barbie pénétrait sur le parking désert du palais de justice. Elle se rendit sur l'arrière du bâtiment, et immédiatement, six hommes à l'air désespéré se précipitèrent vers le minivan, ouvrirent les portières et se jetèrent à l'intérieur. Hooter ne fut pas sans remarquer que ces hommes sentaient mauvais, qu'ils n'étaient pas rasés et n'avaient ni ceintures ni lacets. Elle savait reconnaître des détenus quand elle en voyait, et la peur la pétrifia. Oh, oh, oh, dans quoi s'était-elle fourrée une fois de plus ? Et ce jeune Mexicain, n'était-ce pas celui qu'elle avait rencontré au péage l'autre soir ?

– Démarrez ! ordonna le révérend Justice.

– Ouais, tirons-nous d'ici ! hurla Slim Jim.

– Baissez-vous ! brailla Trader.

– Hé, mec, tu m'écrases ! se plaignit Cat.

Les hommes se jetèrent sur le plancher du véhicule, tandis que Barbie sortait en trombe du parking, au moment où des voitures de police avec des gyrophares blancs fonçaient vers le sinistre bâtiment de brique qui abritait la prison, de l'autre côté de la rue.

– Conduis normalement, lui conseilla Hooter, car il fallait bien que quelqu'un garde la tête froide pour prendre la direction des opérations. Si tu fonces comme ça, la police va nous arrêter, c'est sûr. Et ils nous enverront en prison pour avoir aidé des détenus à s'échapper.

– Quoi ? s'exclama Barbie, paniquée, en serrant le volant à deux mains. Des détenus ?

– Nous avons été arrêtés injustement, Barbie, expliqua le révérend, tapi sur le plancher du véhicule, à l'arrière. Le Seigneur a voulu que vous nous aidiez à sortir. Et je n'avais pas le choix, car ces autres détenus que vous voyez m'ont forcé à faire comme si j'avais un problème dans le ventre, et quand le gardien s'est précipité dans la cellule pour m'aider, je l'ai assommé en le frappant sur la tête avec un plateau, exactement comme c'est arrivé à Pinn quand il était gardien de prison. L'idée m'est venue parce que j'ai participé à « Tête à tête avec Pinn ». Les voies du Seigneur ne sont-elles pas merveilleuses ? Si je n'avais pas assisté à cette émission à cause de Moses Custer et de mon programme de surveillance de quartier, je n'aurais jamais pensé à assommer le gardien avec un plateau-repas. Mais évidemment, si je n'avais pas été aussi stressé à cause de toute cette publicité faite autour de moi, je n'aurais pas essayé de racoler cette vieille femme dans le but de me soulager, et je n'aurais pas été obligé d'assommer quelqu'un avec un plateau-repas.

Ce n'était peut-être que de la superstition, mais Moses Custer avait toujours entendu dire que lorsqu'une oreille vous démangeait, ça signifiait que quelqu'un parlait de vous. Présentement, tandis qu'il voyageait à bord de la limousine du gouverneur, au milieu du cortège, son oreille droite le grattait furieusement sous ses bandages, et il se demandait si cela voulait dire qu'un tas de gens à l'extérieur savaient qu'il voyageait en tant que VIP dans une énorme limousine noire, pour aller assister à la course de stock-car dans la loge privée du gouverneur. Il regardait les embouteillages à travers les vitres teintées, tandis que le gouverneur ronflait et que sa fille bizarre, avec ses cheveux de jais coupés comme un casque, regardait fixement son décolleté tremblotant, pendant qu'un minuscule cheval roux, debout dans la sciure, écrasait le pied de Moses.

Quant à Macovich, il essayait de se frayer un chemin au milieu des bouchons, tout en s'entretenant par radio avec Andy, qui avait branché le système de communication de l'hélicoptère sur la position « équipage uniquement », pour que les pirates n'entendent pas ce qu'il disait.

– Pour arranger les choses, dit Macovich dans son micro, six détenus se sont échappés de la prison et il y a des voitures de flics partout. Je vous le dis, c'est le bordel, ici. Je sais pas quand on va arriver à la course, mais on sera en retard, c'est sûr.

– Il faut que je passe au plan B, déclara Andy, au moment où le circuit automobile, noir de monde, apparaissait au loin, trois cents mètres plus bas.

– Wooo, je croyais qu'on en était déjà au plan G ou H, au moins.

– Je vais effectuer un survol de reconnaissance au-dessus du circuit et je tournerai en rond jusqu'à ce qu'une horde de policiers en uniforme envahisse l'héliport. Smoke changera alors d'avis et il m'ordonnera de les conduire directement à Tanger Island.

– On n'a pas d'hommes en civil, là-bas ! s'exclama Macovich, inquiet.

Andy regarda tout en bas les milliers de fans qui agitaient frénétiquement les bras en direction de l'hélicoptère et se battaient pour approcher de la piste d'atterrissage.

– Je ne m'attendais pas à ça, et j'aurais dû, dit-il. Les fans de Brett ont reconnu son appareil. Ils vont se jeter sur nous.

Quelqu'un risque d'être blessé, ou Smoke risque de s'enfuir. Il n'est pas question que je me pose sur le circuit.

– Reçu, dit Macovich.

Les stands se remplissaient, tandis qu'Andy allumait les phares d'atterrissage clignotants et commençait à descendre lentement. Il rebrancha la radio de bord sur la position « général », pour que tous les passagers puissent l'entendre dans leurs casques.

– On va se poser dans quelques minutes, annonça-t-il. Il est très important que vous suiviez les instructions, pour des raisons de sécurité. Quand nous aurons atterri, restez assis à vos places, le personnel au sol viendra vous chercher.

Smoke regardait par la portière. Au moment où l'héliport lui apparaissait, il vit des dizaines de policiers envahir la piste. Par ailleurs, Smoke trouvait que la queue de cheval du pilote avait quelque chose de bizarre. Il avait l'impression qu'elle était au milieu tout à l'heure, et maintenant, elle était sur le côté.

– C'est quoi, tous ces flics ? demanda Smoke dans son micro.

– Je ne sais pas, mais ils vont dégager quand je vais m'approcher, répondit Andy.

Hammer se raidit ; elle brûlait d'envie de se retourner pour voir si Popeye allait bien.

– Ah ouais ? fit Smoke d'un ton où perçait toute son agressivité. J'ai l'impression qu'y a un truc pas clair dans tout ça.

– La vache, mate un peu tout ce peuple ! s'exclama Cuda. Ils regardent tous vers nous en brandissant le poing ! Ils doivent nous prendre pour Donny Brett !

– Mon cul !

La voix haineuse de Smoke emplit le casque d'Andy, et soudain, il sentit qu'on lui arrachait sa perruque par-derrière, et une claque fit valdinguer ses Ray Ban.

Andy repensa à ce que lui avait inculqué Macovich quand il apprenait à piloter : « Contente-toi de piloter l'hélicoptère ». Quoi qu'il arrive, même dans la situation la plus désespérée, Andy devait continuer à piloter l'hélicoptère et poursuivre sa descente lente et régulière, malgré le contact du canon froid d'une arme dans sa nuque et Smoke qui hurlait des obscénités et menaçait de tuer le chien.

Hammer décida d'intervenir :

– Du calme ! Vous voulez qu'on s'écrase, bande d'idiots ? Fermez-la, derrière, et laissez-nous manier cet engin. Aucun de vous ne sait piloter, ça veut dire que vous dépendez de nous !

– Saloperies de flics ! rugit Smoke, au comble de la fureur. Je sais qui vous êtes, tous les deux ! J'ai ton putain de chien avec moi, salope. Si tu fais pas c'que je te dis, j'lui injecte une dose de mort-aux-rats !

Hammer supposait, et espérait de tout cœur, que Smoke bluffait. Mais Possum, lui, avait vu la seringue que Smoke venait de sortir de sa poche. Il sentait Popeye trembler dans ses bras, à travers le tissu du drapeau, tandis qu'Unique restait totalement immobile, comme si elle était en transe, avec une étrange lueur dans le regard.

– Fais pas ça, surtout, dit Possum à Smoke. Pas maintenant. Si tu piques le clebs, il va nous faire une crise et se mettre à sauter partout, et quand il sera mort, on aura plus aucun moyen de pression sur ces sales flics.

Smoke se calma un instant, le temps de se dire que Possum avait sans doute raison, alors que la terreur s'emparait de Hammer, car elle comprenait que Smoke possédait véritablement une seringue remplie de mort-aux-rats. Le salaud ! Si jamais ils réussissaient à se poser sains et saufs, il n'était pas impossible qu'elle tue cette ordure de Smoke, même si cela lui coûtait sa carrière et si elle se retrouvait accusée de meurtre.

Unique sortit de sa poche un cutter, sans détacher son regard irréel de la nuque du flic blond. Le nazi lui avait promis qu'elle trouverait son But, et elle l'avait trouvé. Elle désorganisa ses molécules, puis les réorganisa comme précédemment en s'apercevant que ce flic qu'elle avait suivi, et qui se révélait être Andy Brazil, l'avait déjà vue quand il était venu les chercher avec l'hélicoptère. Inutile donc de se rendre invisible, et de toute façon, il ne pourrait pas la reconnaître. Elle sentit naître des palpitations dans son bas-ventre en s'imaginant en train de trancher la gorge de ce type, d'une oreille à l'autre. La copilote prendrait les commandes, et une fois qu'ils auraient atterri, Unique l'égorgerait elle aussi, et elle s'amuserait un peu avec le corps ensuite.

– Tirons-nous d'ici ! ordonna Smoke à Andy. Tout de suite ! Conduis-nous sur Tanger Island ! Et interdiction de dire des trucs qu'on n'entend pas derrière !

32

MACOVICH APERÇUT tout à coup le minivan blanc avec l'autocollant arc-en-ciel sur la vitre, deux voitures devant lui, et il repensa aussitôt à l'autocollant identique qui ornait la cabine de Hooter. Juste au moment où Hooter faisait irruption une fois de plus dans son esprit, il découvrit avec stupéfaction qu'elle était justement assise à l'avant du minivan, à côté du chauffeur ! Elle s'était retournée pour parler à une ou plusieurs personnes qui se trouvaient certainement à l'arrière, mais il n'en voyait aucune.

– Wooo, qu'est-ce qui se passe ici, ma petite ? marmonna Macovich en constatant que le minivan roulait de manière imprévisible, ralentissant parfois, puis accélérant brusquement, faisant des embardées pour changer de voie.

Macovich brancha les gyrophares bleus de la limousine spécialement équipée et accéléra jusqu'à toucher le pare-chocs arrière de la voiture de devant, obligeant le conducteur à se ranger sur le bas-côté. Il fit la même chose avec la voiture suivante, et se retrouva ainsi juste derrière le minivan, qu'il balayait de ses lumières clignotantes.

– Que se passe-t-il ? demanda Regina à l'arrière de la limousine, occupée à se tapoter le visage pour tester la poudre de riz que lui avait apportée Barbie.

– J'essaye d'échapper aux embouteillages, répondit Macovich, au moment où il réussissait à se faufiler dans la file de gauche pour se porter à la hauteur du minivan.

Il fit de grands gestes pour attirer l'attention de Hooter, et quand celle-ci tourna la tête et le vit enfin, après que Barbie lui eut signalé l'étrange comportement de ce chauffeur de limousine, elle prit un air désespéré et articula : « Au secours ! »

– Merde ! s'exclama Macovich, car il n'avait pas le droit d'arrêter des véhicules ni de prendre part à des incidents quand il conduisait le gouverneur.

Il haussa les épaules, comme pour faire comprendre à Hooter qu'il ne pouvait rien faire. Il désigna l'arrière de la limousine et mima une grosse boîte pour lui indiquer qu'il transportait le « Colis ». Hooter leva les yeux au ciel et se remit à crier « Au secours ! » comme une muette, en montrant l'arrière du minivan ; puis elle montra six doigts, et elle en agita deux dans le vide pour symboliser six personnes qui s'enfuient. Macovich plissa le front, en se demandant ce qu'elle voulait dire. « Six passagers à l'arrière qui partaient en courant ? » Wooo ! Est-ce que six prisonniers ne s'étaient pas évadés de prison, tout près d'ici ? Si c'étaient des personnes normales et innocentes qui voyageaient à l'arrière du minivan, pourquoi se cachaient-elles, hein ?

Macovich décrocha sa radio pour appeler des renforts, tout en faisant des signes à Hooter pour qu'elle force la conductrice à s'arrêter sur le bas-côté.

– Ma chérie, dit Hooter à Barbie, à voix haute. J'suis désolée, mais faut que j'aille aux toilettes, et quand j'dis il faut, il le faut.

La voix hargneuse de Cat monta de l'arrière du véhicule :

– Pas question ! On s'arrête pas avant d'être sortis de ces putains d'embouteillages et d'être arrivés dans un endroit où y a pas d'flics !

– Je vais t'expliquer une chose, mon garçon, répliqua Hooter, par-dessus le dossier de son siège. Quand une dame dit qu'elle doit s'arrêter, c'est qu'elle doit s'arrêter, tu piges ? Ta maman t'a pas bien éduqué ? Elle t'a rien appris sur les dames et leurs petits problèmes mensuels ? Tu sais pas qu'une femme peut vivre sa vie tranquillement sans embêter personne, et tout à coup, elle sent sa fertilité qui se réveille, deux jours avant la date prévue ?

Tous les hommes entassés sur le plancher du véhicule restèrent muets.

– Tu vas t'arrêter là, ma chérie, à la station-service, et je vais me dépêcher. Mais j'espère que j'aurai pas des crampes dans le ventre. Oh, mon Dieu, faites que j'aye pas des crampes !

Barbie en oublia momentanément les détenus qu'elle transportait dans son minivan. Quand elle était plus jeune, elle souffrait de terribles crampes, et elle savait combien cela pouvait être insupportable et handicapant. Elle mit son clignotant pour tourner à droite et tapota le bras de Hooter.

– Continuez à rouler ! ordonna Trader.

– Tu as du Midol ? demanda Barbie à son amie.

– Noooon, répondit Hooter dans un long gémissement, en se tenant le ventre à deux mains. Ooooh ! J'ai rien pris avec moi, car je m'attendais pas à avoir mes règles. Oooohhh ! Seigneur, pourquoi faut-il que ça m'arrive pile aujourd'hui ?

– Je suis sincèrement navré, dit le révérend Justice avec compassion, en inspirant une bouffée de poussière du tapis de sol et en poussant le pied de Cat qui lui écrasait la joue. Je vais prier le Seigneur pour qu'Il vous délivre des crampes. Seigneur bien-aimé. (Il éternua deux fois.) Je T'en supplie, délivre cette femme, Ta servante, des crampes. Je sollicite Tes pouvoirs de guérison, au nom de Jésus !

– Oooooh !

Hooter gémissait de plus belle, tandis que le minivan avançait au pas au milieu de cet embouteillage de voitures de fans de stock-car, qui commençaient tous à s'énerver et à s'angoisser à l'idée de manquer le début de la course.

– Bon, d'accord, très bien, dit soudain Slim Jim, car s'il y avait une chose par-dessus tout qu'il ne pouvait pas supporter : entendre gémir une femme qui avait ses règles et se préparer déjà à subir l'humeur massacrante et le comportement abominable qui constituaient la suite logique. Arrêtez-vous si vous voulez et dépêchez-vous ! Mais ne parlez à personne et ne faites rien pour attirer l'attention !

Macovich ne quittait quasiment pas Hooter des yeux, tandis qu'il roulait à sa hauteur. Visiblement, elle était blessée et il fallait la transporter d'urgence à l'hôpital. Macovich sentait monter la panique. Si ça se trouve, se disait-il, un des détenus l'avait poignardée, et elle était en train de se vider de son sang sous ses yeux !

– Euh, excusez-moi, monsieur, dit Moses en s'adressant au gouverneur à l'arrière de la limousine.

– Quoi ? fit le gouverneur en se réveillant.

– Ce petit cheval appuie son sabot sur mon pied et je ne peux plus bouger.

Moses ne voulait surtout pas déranger, mais il craignait d'avoir le pied cassé et il souffrait le martyre.

Regina essaya de se souvenir où elle avait rangé sa liste d'ordres, et elle s'aperçut qu'elle l'avait laissée à la maison. Elle savait qu'il existait un ordre précis pour « lever le sabot », et elle essayait de s'en souvenir.

– Lève ! dit-elle, au hasard.

Trip réagit en rapprochant une patte de son maître, le gouverneur, en l'occurrence.

– Aaaaaah ! brailla Moses lorsque le minicheval donna un coup de sabot dans son bras plâtré et marcha sur son autre pied. Je veux pas donner l'impression de me plaindre, mais ça recommence comme à l'hôpital !

Regina se mit à paniquer ; tous les ordres qu'elle avait parcourus rapidement se mélangeaient dans sa tête.

– Je suis désolée. Je suis très maladroite.

Trip tourna à droite et projeta la tête bandée de Moses contre la vitre. Celui-ci se remit à hurler, en suppliant qu'on le laisse descendre de voiture.

– Je vais prendre un taxi et rentrer chez moi me coucher, dit-il, tout en essayant de repousser le minicheval.

– Vous pouvez vous arrêter sur le côté ? cria Regina à Macovich, en tirant sur sa jupe en jean qui était un peu trop moulante et avait tendance à remonter sur ses cuisses épaisses. M. Custer ne se sent pas bien, il a besoin de descendre !

– Pour aller où ? répondit Macovich, qui roulait au pas à hauteur du minivan.

– Il veut faire marche arrière, expliqua Regina.

Ce que fit Trip, en appuyant tout le poids de son corps sur les deux pieds de Moses, cette fois.

– Aïïïïïe ! hurla-t-il d'une voix stridente.

– Ooooooh ! faisait Hooter dans le minivan, alors que Barbie s'engageait enfin sur l'aire de la station-service, suivie de près par le cortège de véhicules du gouverneur.

D'autres fans de course automobile qui avaient décidé,

eux aussi, de faire un petit arrêt au stand regardèrent alors passer d'un air hébété la limousine de tête avec ses gyrophares bleus, accompagnée des trois autres immenses voitures noires. Des portières étincelantes s'ouvrirent pour laisser descendre le gouverneur, une grosse fille avec une coupe de cheveux horrible et des goûts vestimentaires bizarres, un blessé qui semblait sortir de l'hôpital, plus un minuscule cheval roux et des policiers en civil avec des armes cachées sous leurs vestes, ainsi que le reste de la First Family, qui tous voulaient prendre un peu l'air.

Le gouverneur saisit le harnais de Trip et fit quelques pas hésitants, tandis que Macovich se précipitait vers le minivan, juste au moment où Hooter en descendait en agitant les bras et en hurlant :

– On a été kidnappées par des détenus !

Tous les fans de stock-car qui s'étaient arrêtés pour acheter de la bière et évacuer celle qu'ils avaient déjà ingurgitée se mirent à applaudir.

Slim Jim, Stick, Cruz Morales, Trader, Cat et le révérend sortirent en trombe à l'arrière du minivan et s'éparpillèrent. Deux d'entre eux furent plaqués au sol par Bubba Loving. Macovich rattrapa Cruz et Stick par le dos de leurs chemises, quant à Cat, il zigzagua pour s'échapper et fonça droit sur le gouverneur, qu'il avait l'intention de prendre en otage. Regina, qui se souvint qu'elle était toujours stagiaire dans la police, décida qu'elle devait prendre le contrôle de la situation, et elle cria à Trip :

– Attaque !

Le minicheval, qui ne connaissait pas cet ordre, ne réagit pas lorsque Cat passa devant lui en courant, et devant le gouverneur, désorienté, qui regardait autour de lui en plissant les yeux et en tapotant ses poches pour chercher sa loupe. Regina, qui quand elle était enfant horripilait et blessait les domestiques de la résidence et les membres de la famille en distribuant des coups de tête dans les parties sensibles, pencha en avant sa coiffure en forme de casque, frappa le sol avec ses baskets en cuir rouge, en faisant monter la pression, tandis qu'une violente survivance atavique faisait soudain resurgir sa programmation génétique. Elle s'élança vers le détenu et lui décocha un coup de tête dans le bas-ventre, le faisant décoller de terre et l'envoyant valdinguer dans Trader qui se trouvait juste derrière. Elle se jeta alors sur les deux hommes, étendue en travers de leurs poitrines, et hurla, tandis qu'elle cognait leurs têtes l'une contre l'autre et les étranglait. Hooter s'empressa de venir l'aider, tandis que les fans de stock-car encourageaient la jeune fille obèse en lui criant : « Rentre-leur dedans ! Colle-leur la pédale au plancher ! Balance-les dans le décor ! »

Smoke continuait à donner des petits coups dans la nuque d'Andy avec le canon de son arme, en menaçant de tuer Popeye si Andy et Hammer ne faisaient pas exactement ce qu'on leur disait de faire.

– Je sais que vous avez des armes, passez-les-moi, ordonna Smoke dans son micro.

Concentre-toi sur le pilotage de l'hélicoptère, se dit Andy.

– Filez-moi vos armes, tout de suite !

La voix menaçante de Smoke résonnait dans les écouteurs d'Andy.

– Je pilote, répondit-il. Cela nécessite l'usage des deux mains et des deux pieds, et je ne vais certainement pas m'amuser à chercher des armes imaginaires avant qu'on ait atterri !

– Je n'ai pas d'arme, répondit Hammer, qui brûlait d'envie de se retourner brusquement pour abattre Smoke avec le pistolet .9 mm qui se trouvait dans son sac Harley.

Mais elle se disait que ce n'était sans doute pas une bonne idée. Certes, elle ne pouvait pas louper Smoke à cette distance, mais si jamais il avait le temps d'ouvrir le feu lui aussi, Andy pouvait être blessé ou tué, et elle devrait prendre les commandes de l'hélicoptère. Or, elle ne savait pas piloter. Sans parler des dégâts et des conséquences tragiques si la balle traversait le corps de Smoke et transperçait le cockpit ; ils risquaient de s'écraser. Elle contempla, tout en bas, les eaux sombres de la James River qui se déversaient dans la gueule de la baie de Chesapeake et lui rappelaient sa peur panique de la noyade.

– Assieds-toi et ferme-la, ordonna-t-elle à Smoke d'un ton sévère qui imposait le respect. On survole la baie, je te signale, et tu n'as sûrement pas envie qu'on perde le contrôle de l'appareil. Si jamais on s'écrase, tout le monde mourra noyé. Vous serez tous prisonniers à l'intérieur de l'hélicoptère, et vous aurez beau cogner contre les portes pour essayer de les ouvrir, vous n'y arriverez pas, à cause de la pression. Vous vous débattrez dans l'obscurité glaciale, tandis que l'eau envahira peu à peu le cockpit, et vous connaîtrez une mort lente.

– Reste cool, mec, dit Cuda à son chef, d'un ton suppliant. Relax. J'ai pas envie de mourir noyé !

Possum tenait Popeye douillettement enveloppé dans le drapeau en le serrant dans ses bras. Smoke se rassit sur son siège, en jouant avec la seringue, pendant qu'Unique regardait fixement, d'un air inquiétant, la nuque d'Officier Vérité, en serrant si fort un cutter dans sa main fine que ses ongles s'étaient enfoncés dans sa paume, jusqu'au sang. Mais elle ne ressentait aucune douleur, uniquement les bouffées de chaleur et les vibrations qui montaient du tréfonds de ses Ténèbres.

Andy consulta une table de navigation et enregistra la fréquence de Patuxent sur la radio de bord, et quelques minutes plus tard, il contacta la tour de contrôle de la zone militaire.

– Hélicoptère zéro-un-un-Delta-Bravo, récita-t-il dans son micro.

– Un-Delta-Bravo, répondit la tour.

– Demande autorisation de traverser zones interdites en direction de Tanger Island.

– Autorisation refusée, répondit la tour de contrôle, exactement comme s'y attendait Andy.

– Reçu, dit-il en entrant dans le transpondeur le code 7500, qui correspondait aux détournements, et il fit signe à Hammer que tout était OK.

Avec ou sans autorisation, il avait l'intention de traverser la zone interdite, et maintenant que les contrôleurs de Patuxent l'avaient repéré sur leur radar, qu'ils connaissaient son immatriculation et savaient qu'il y avait des pirates de l'air à bord, l'armée allait intervenir. Andy poussa la manette des gaz, heureux de piloter un engin capable de les propulser à une vitesse au sol de cent soixante-dix nœuds. Un quart d'heure plus tard, ils pénétraient dans l'espace aérien de Patuxent.

Andy inspira à fond et passa en pilotage automatique. Smoke ne pouvait pas voir qu'il avait maintenant les mains et les pieds libres, et Andy se pencha lentement en avant pour sortir son pistolet de son étui de cheville. L'imitant, Hammer sortit son pistolet .9 mm de son sac, et tous les deux glissèrent leurs armes sous leurs cuisses pour que Smoke ne remarque rien si jamais l'envie lui prenait de se lever de nouveau pour voir ce qui se passait dans le cockpit.

Fonny Boy et le docteur Faux ignoraient ce qui se passait, eux aussi, alors qu'ils marchaient dans Janders Road, sans apercevoir le moindre habitant de Tanger Island. Dans la plupart des petites maisons, les lumières étaient éteintes, et aucune voiturette de golf, aucun vélo ne circulait dans l'obscurité glaciale. L'île offrait ce visage abandonné depuis que Fonny Boy et le docteur Faux étaient descendus en douce du bateau postal après une tentative infructueuse pour soudoyer le capitaine afin qu'il les aide à retrouver le casier à crabes signalé par la bouée jaune.

– Ça alors ! P't'être que le jour du jugement dernier est arrivé, dit Fonny Boy, qui avait entendu parler de cela toute sa vie. Mais nous, on nous a laissés là, parce qu'on mérite pas d'aller au ciel, à cause de tous nos péchés !

– C'est stupide ! répliqua le dentiste, assailli par la frustration.

Il avait faim, il avait froid, il était fatigué, et il imaginait que tous les habitants de l'île étaient partis sur leurs petits bateaux pour récupérer le trésor Tory. Il se demandait si les garde-côtes les avaient tous encerclés et arrêtés, ou si les pêcheurs avaient trouvé le moyen d'extorquer la coopération des autorités. Bref, le docteur Faux ignorait ce qui se passait, mais il avait peur, et il regrettait d'avoir été assez stupide pour truquer ses honoraires, arnaquer la Sécurité sociale, profiter des enfants et abîmer les dentitions de tous ces gens, par seul amour du gain.

Ils atteignirent enfin la maison de Fonny Boy : il n'y avait personne, là non plus.

– Ma maman elle devrait être là en train d'faire du feu et la vaisselle. Elle sort jamais quand y fait nuit. (L'étonnement de Fonny Boy grandissait en même temps que son inquiétude.) J'parie que Jésus il est descendu sur son nuage, et tout l'monde il a fichu le camp, sauf nous !

– Tais-toi ! ordonna le dentiste. Personne ne s'est envolé sur un nuage, Fonny Boy. C'est une légende. Il y a forcément une raison pour expliquer pourquoi l'île est déserte. On va prendre la voiture de golf de tes parents pour faire un tour. Je propose qu'on aille à l'aérodrome voir s'il s'y passe quelque chose.

Malheureusement, la batterie de la voiturette était morte, et cela ne fit qu'accroître l'appréhension et le sentiment de damnation de Fonny Boy.

– Bon, on ira à pied, décida le docteur Faux, en faisant demi-tour et en partant dans une autre direction, à travers les marécages. J'avoue que c'est étrange. Si tout le monde est parti à la recherche du trésor, pourquoi a-t-on vu autant de bateaux ancrés au port quand on a débarqué du bateau postal ?

– Chuuut ! fit Fonny Boy en posant son doigt sur ses lèvres. J'entends un hélicoptère ! C'est les gardes !

Le dentiste tendit l'oreille et perçut un vrombissement sourd et lointain, en effet, mais ce n'était pas le seul bruit.

– Des chants, dit-il. Tu les entends, Fonny Boy ?

Ils s'arrêtèrent sur le chemin ; le vent saumâtre agitait leurs cheveux, tandis qu'ils essayaient de capter les faibles échos des gospels portés par le vent de manière presque imperceptible.

– Ça vient de l'église méthodiste McMann Leon, dans la Grand-Rue ! s'exclama Fonny Boy, le souffle coupé par l'excitation. Mais j'sais pas pourquoi. Y a jamais de messe le samedi soir.

Fonny Boy et le dentiste se précipitèrent en direction de l'église, alors que le bruit des pales d'hélicoptère s'amplifiait et qu'ils apercevaient maintenant deux lumières vives mouvantes, tout là-haut, dans le ciel constellé d'étoiles, à l'ouest.

Fonny Boy n'avait jamais couru aussi vite de sa vie ; il était essoufflé et inondé de sueur quand il gravit quatre à quatre les marches de l'église et ouvrit la porte à la volée. Il n'en crut pas ses yeux en découvrant ce spectacle : tous les habitants de l'île semblaient s'être rassemblés dans l'église, toutes les lumières étaient éteintes et chacun tenait une bougie. Les gens chantaient « Gloire à Toi, mon Dieu » a cappella, et Fonny Boy demeura pétrifié, partagé entre la stupéfaction et la peur. Il avait dû se produire une chose épouvantable, pensait-il. Ou bien une chose merveilleuse. Peut-être savaient-ils que le jugement dernier était proche, et attendaient-ils l'arrivée de Jésus sur son nuage. C'est complètement idiot ! s'exclama Fonny Boy dans sa tête. Pourquoi est-ce qu'ils n'essayaient pas plutôt de trouver le trésor ? Et l'arrivée des hélicoptères ne les inquiétait pas ? Pourtant, le bruit des moteurs était si puissant qu'on l'entendait à l'intérieur de l'église. Il sortit son harmonica de sa poche, referma ses mains autour, gonfla les joues et se mit à souffler dans son instrument, en tapant du pied pour marquer le rythme.

Les chants s'arrêtèrent immédiatement et le révérend Crockett monta en chaire. Il balaya du regard l'océan de petites flammes dansantes.

– Qui joue du biniou ? demanda-t-il.

– « J'suis plus à la dérive, chanta Fonny Boy en se lançant dans une improvisation entrecoupée de quelques fausses notes. J'suis pas non plus pomponné avec mes habits du diman-anche et les po-oches pleines de billets, mais un gars qu'a le cœur li-ibre, l'est jamais pauv', oh non. »

Des petits cris de surprise résonnèrent autour de lui, et des voix s'exclamèrent : « Dieu soit loué ! », « Merci, mon Dieu ! » ou « C'est un miracle ! ». Soudain, la mère de Fonny Boy jaillit d'un banc en trébuchant pour serrer son fils dans ses bras, puis ce fut au tour de son père, qui le souleva de terre, avec des larmes qui coulaient sur son visage buriné. Tout le monde sur l'île avait cru que Fonny Boy était mort quand ils avaient entendu parler du trésor Tory et de l'arrestation du dentiste. Étant donné qu'il n'avait pas été fait mention de Fonny Boy dans cette histoire, les insulaires avaient supposé que le jeune garçon avait été jeté par-dessus bord par le cupide docteur Faux.

– Donnons-nous la main pour exécuter une grande danse de remerciements ! lança le révérend Crockett. Le Seigneur nous inonde de sa grâce, Il a ravivé le souffle de vie dans ce pauvre garçon noyé !

– Gloire à Dieu ! s'exclama la mère de Fonny Boy. Il a ramené not' petit de chez les morts !

– Sur ma vie, j'étais pas mort ! dit Fonny Boy, hébété et aussi profondément ému, car il commençait à comprendre que tous les habitants de l'île s'étaient rassemblés dans l'église, chaque soir peut-être, pour prier pour lui, car il avait disparu en mer. Le dentiste m'a ramené avant la tombée de la nuit, expliqua-t-il.

Un grondement parcourut l'assemblée des fidèles, au moment où les hélicoptères passaient dans un vrombissement de tonnerre au-dessus de l'église, faisant trembler le toit.

Le révérend Crockett laissa exploser sa colère :

– C'en est trop ! Le dentiste est revenu sur l'île ?

– Non ! répondit Fonny Boy en s'exprimant à l'envers.

– Où qu'il est ?

– Il marche vers la piste d'atterrissage.

– Ce malfrat venu du continent m'a arraché toutes mes dents ! dit Mme Pruitt, assez fort pour que tout le monde l'entende.

– Moi aussi.

– Moi aussi.

– Ouais ! Moi aussi.

– Il va essayer de s'échapper avec les hélicoptères !

Des voix tonitruantes, pleines de fureur, s'élevèrent pour former un grondement assourdissant avant que Fonny Boy puisse expliquer ce qui se passait, et toute la population de l'île se déversa hors de l'église pour se diriger, telle une vague compacte et déterminée, éclairée à la bougie, vers l'aérodrome, qui n'était qu'à cinq minutes à pied, car sur l'île, rien n'était jamais très loin.

Des soldats en tenue de combat descendaient de deux hélicoptères Black Hawk quand ils virent un nuage de petites flammes flotter dans leur direction. Andy aperçut lui aussi cet étrange phénomène lumineux, tandis qu'il fonçait à mille cinq cents pieds d'altitude, juste au moment où Unique pressait sur un bouton du cutter et faisait jaillir la lame.

– Que se passe-t-il en bas ? demanda Hammer, malgré elle.

– Vous avez pas intérêt à tenter quoi que ce soit, ou vous êtes tous morts ! lança Smoke d'un ton menaçant, en regardant par la vitre la mer mouvante de lumières et les imposants hélicoptères Black Hawk. Qu'est-ce que vous avez fait ? Qu'est-ce qui se passe, bordel ? J'veux savoir !

Toute l'attention de Possum était fixée sur la seringue dans la main de Smoke. Il le connaissait suffisamment bien pour deviner ce qui allait se passer. À l'instant même où l'appareil se poserait sur le sol, Smoke poignarderait Popeye avec la seringue, à travers le drapeau, et il lui injecterait la mort-aux-rats, après quoi il abattrait de sang-froid Hammer et Officier Vérité, et il emmènerait Cuda et Possum avec lui sur cette île paumée, pour toujours. Soudain, Possum vit Unique s'agiter, comme si elle était victime d'une attaque. Elle détacha sa ceinture.

– Adieu, Popeye ! dit Smoke d'un ton moqueur et sadique en ôtant le capuchon orange à l'extrémité de sa seringue.

– Non, Unique ! hurla Possum.

Andy se souvint immédiatement de la phrase mystérieuse de Possum dans un de ses e-mails, disant « c'était Unique » à propos de l'agression de Moses Custer à coups de couteau, et il se souvint de Moses parlant d'un ange qui lui avait promis une expérience « unique ».

– May Day ! cria-t-il dans le micro.

Il réduisit la vitesse et fit plonger le nez de l'hélicoptère, tout en actionnant la commande cyclique sur la droite, ce qui fit chavirer l'appareil. Pendant une seconde de pure terreur, ils se retrouvèrent la tête en bas. Des alarmes sonores se déclenchèrent, des lumières clignotèrent, et l'hélicoptère se déchaîna tout à coup comme un étalon survolté.

– Situation de crash ! Situation de crash ! hurla Andy sur les ondes.

En même temps, il coupa les gaz, abaissa la commande cyclique jusqu'en bas et laissa flotter l'hélicoptère dans le vide. Seul l'air qui sifflait entre les pales empêchait l'appareil de chuter comme une enclume.

Couper les gaz en plein vol n'était pas une chose exceptionnelle. Andy pratiquait souvent des autorotations, et il était non seulement doué pour ce genre d'acrobatie, mais il adorait cette sensation de faire atterrir un appareil de quatre tonnes sans l'aide des moteurs. Un autre tour qu'il aimait bien consistait à attendre d'arriver à une dizaine de mètres du sol avant de remettre les gaz pour repartir brutalement. C'est ce qu'il fit. Soudain, l'hélicoptère exécuta un décollage ultrapuissant qui le propulsa dans le ciel étoilé, comme une fusée. Arrivé à cinq cents pieds d'altitude, Andy coupa de nouveau les moteurs et adressa un sourire à Hammer, tandis que les alarmes se remettaient à hurler, et il exécuta une nouvelle pirouette. Il répéta ce numéro périlleux trois fois de suite, pour faire bonne mesure, aussi ne fut-il pas étonné, quand il posa enfin l'appareil, de découvrir Smoke, Cuda et Possum livides et pliés en deux en position fœtale. Unique était couchée sur le plancher, évanouie.

– Je m'occupe de Smoke, vous vous chargez de la fille ! cria-t-il à Hammer, tandis qu'ils ouvraient les portes arrière de l'appareil, alors que les pales tournaient encore et que le souffle des rotors ressemblait à une tempête. Faites attention ! C'est notre tueuse au rasoir !

Andy pointa son pistolet sur Smoke, qui était totalement désorienté et avait perdu son arme depuis longtemps. Andy éjecta ce monstre de l'appareil, sans ménagement, et le jeta sur la piste comme un vulgaire sac de linge sale, pendant que Hammer s'occupait d'Unique. L'océan de bougies s'étendait autour d'eux, en formant un cercle, tandis que les soldats accouraient pour voir ce qui se passait.

– Ce sont des pirates, déclara Andy aux insulaires stupéfaits, en refermant les menottes autour des poignets de Smoke.

De son côté, Hammer attachait les chevilles et les mains d'Unique dans son dos avec des petits bracelets en plastique incassables, pendant que la jeune fille reprenait conscience peu à peu, en bavant.

– Désolé, dit Andy aux soldats. J'ai été obligé de violer l'espace aérien interdit, car on me menaçait avec une arme, comme vous l'aviez certainement compris, je suppose, grâce au code que je vous ai envoyé. Ça ne vous ennuie pas de m'aider à neutraliser l'autre pirate, celui qui est en train de vomir dans un sac ? Ne vous occupez pas du plus petit. Il s'appelle Jeremiah Little, c'est un otage. Nous allons le ramener en Virginie avec nous.

Pendant ce temps, Hammer couvrait Popeye de baisers. Le docteur Faux s'approcha furtivement et lui donna une petite tape hypocrite dans le dos, sur son blouson en cuir.

– J'ignore ce qui s'est passé au juste, mais je suis content de voir que votre chien est sain et sauf. C'est incroyable, les animaux familiers sont vraiment comme des enfants, hein ? Si vous saviez à quel point j'aime mes chats. Si ça ne vous ennuie pas, ajouta le docteur Faux, je crois qu'il vaut mieux que je rentre en Virginie avec vous. Je suppose que vous repartez tout de suite.

– C'est ça, emmenez-le ! ordonna le révérend Crockett. On ne veut plus jamais avoir affaire à lui !

– Non ! s'exclama toute la population, en chœur et à l'envers. (Leurs voix couvrirent le ronronnement des pales qui ralentissaient.) Renvoyez-le sur le continent ! psalmodièrent-ils.

LE TRIOMPHE DE DONNY BRETT !!

Par Officier Vérité

Dites donc, fans de course automobile, quelle soirée !

Évidemment, la mauvaise nouvelle, c'est qu'il n'y a pas de trésor Tory, en tout cas, pas à l'emplacement signalé par la bouée jaune, qui, apparemment, n'a fait que dériver avec le courant de la baie, jusque dans des eaux moins profondes, où le casier à crabes a fini par se prendre dans des algues, à environ un mille des côtes de Virginie. Mais ce qui compte, c'est que Fonny Boy était en fait le seul trésor auquel tenaient vraiment les habitants de l'île, et bravo, officier Reggie, pour avoir arrêté à vous seule les détenus en fuite !

Et notre ami Donny, dans tout ça ? Je suis au regret d'avouer que j'étais occupé par une enquête, hier soir, et que j'ai manqué la course, mais j'ai regardé à la télé les innombrables rediffusions de son coup de génie, au moment où il était au coude à coude avec la voiture nº 4 et qu'un accident a mis hors course la Chevrolet nº 33. C'est alors que ce crack de Donny a su profiter d'une situation périlleuse en exécutant son coup de génie.

Eh oui, fans de sport. Vous l'avez tous vu lever le pied et donner un coup de patins, exactement comme il l'avait déjà fait une fois, et tout à coup, il a dépassé la nº 4 comme un boulet de canon dans la ligne droite, en venant de l'extérieur, et il a conservé la tête jusqu'à la fin de la course.

« J'ai puisé tout au fond de moi-même, a déclaré un Donny Brett exubérant en buvant une gorgée de champagne. J'ai essayé de me faire plaisir, sans avoir peur de perdre, vous comprenez ? D'ailleurs, je tiens à remercier ce policier qui a pris le temps de discuter avec moi dans ma caravane. Hé, mec, je connais pas ton nom, mais je te dis merci. Et je voudrais vous répéter, à vous tous qui m'écoutez, ce qu'il m'a dit. Le plus important, c'est pas d'être le meilleur, c'est de savoir à quel moment vous devez passer à l'action. »

Le moment est venu pour moi de passer à l'action et de vous dire, à vous mes fidèles lecteurs, qu'il y a un temps pour parler et un temps pour se taire. Je vais conclure cet essai, et ce sera le dernier. Peut-être reviendrai-je un jour, je ne sais pas. Il s'est passé tellement d'événements récemment ; j'ai un tas de choses à boucler et un tas de choses à analyser.

Je serai toujours heureux de recevoir vos e-mails et je continuerai à apprécier tout ce que vous faites pour m'éclairer et rendre le monde un peu meilleur. Mais si je ne vous réponds pas, ne soyez pas vexés, je vous en prie, ne croyez pas que je m'en fiche. Souvenez-vous de la Règle d'or : même la chose la plus infime sur cette terre possède une histoire, si on prend le temps de l'écouter.

Soyez prudents, amis lecteurs !

Dans la collection
« Crime »

BASSET-CHERCOT Pascal
Baby-Blues, 1988
Le Zoo du pendu, 1990
Le Baptême du Boiteux, 1994
La Passion du Sâr, 1995
Le Bûcher du Boiteux, 1996
Le Diable et le Boiteux, 1998

CORNWELL Patricia
Morts en eaux troubles, 1997
Mordoc, 1998
La Ville des frelons, 1988
Combustion, 1999
La Griffe du Sud, 1999
Cadavre X, 2000
Dossier Benton, 2001

DIBDIN Michael
Vendetta, 1991
Coups tordus, 1994
Cabale, 1994
Piège à rats, 1995
Derniers Feux, 1995
Lagune morte, 1996
Così fan tutti, 1998
Vengeances tardives, 1999
Orage de sang, 2001

DUNANT Sarah
Tempêtes de neige en été, 1990
La Noyade de polichinelle, 1992
Poison mortel, 1994
Beauté fatale, 1996

FULLERTON John
La Cage aux singes, 1996

LEON Donna
Mort à la Fenice, 1997
Mort en terre étrangère, 1997
Un Vénitien anonyme, 1998
Le Prix de la chair, 1998
Entre deux eaux, 1999
Noblesse oblige, 2001

RENDELL Ruth
Le Goût du risque, 1994
Simisola, 1995
Espèces protégées, 1999
Sans dommage apparent, 2001

Photocomposition CMB Graphic
44800 Saint-Herblain

Impression réalisée sur CAMERON par

BRODARD & TAUPIN

GROUPE CPI

La Flèche

pour le compte des Éditions Calmann-Lévy
3, rue Auber, Paris 9e
en janvier 2002

Dépôt légal : février 2002
N° d'éditeur : 13258/01
N° d'impression : 10830
Imprimé en France